U0523395

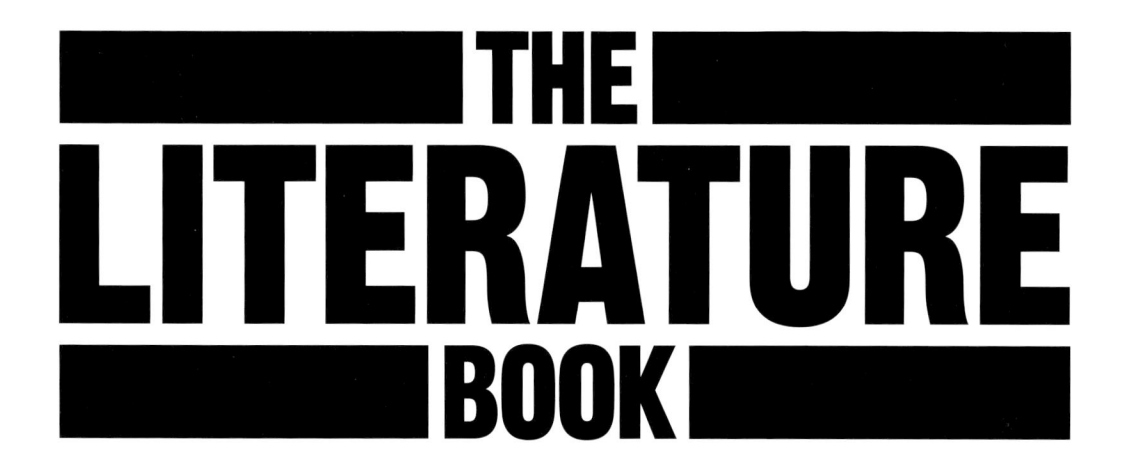

THE
Literature
BOOK

"人类的思想"百科丛书
精品书目

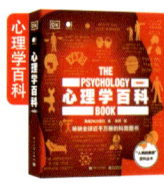

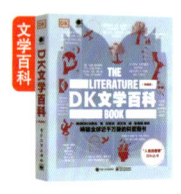

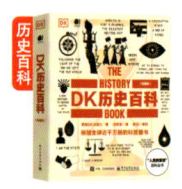

经济学百科	心理学百科	哲学百科	科学百科	商业百科
政治学百科	莎士比亚百科	DK社会学百科	DK文学百科	DK福尔摩斯百科
DK电影百科	DK历史百科	DK艺术百科	罪案百科	宗教学百科
天文学百科	生态学百科	数学百科	DK古典音乐百科	DK法律百科
DK神话百科	化学百科	第二次世界大战百科	DK医学百科	DK物理学百科

更多精品图书陆续出版，
敬请期待！

DK

"人类的思想"百科丛书

DK 文学百科

（典藏版）

英国DK出版社　著

边若溪　吴文安　译

张德旭　审校

电子工业出版社
Publishing House of Electronics Industry
北京·BEIJING

Original Title: The Literature Book
Copyright ©2016 Dorling Kindersley Limited
A Penguin Random House Company

本书中文简体版专有出版权由 Dorling Kindersley Limited 授予电子工业出版社。未经许可，不得以任何方式复制或抄袭本书的任何部分。

版权贸易合同登记号　图字：01-2015-8202

图书在版编目（CIP）数据

DK 文学百科：典藏版 / 英国 DK 出版社著；边若溪，吴文安译 . — 北京：电子工业出版社，2022.11
（"人类的思想"百科丛书）
书名原文：The Literature Book
ISBN 978-7-121-44357-2

Ⅰ．①D… Ⅱ．①英… ②边… ③吴… Ⅲ．①世界文学－通俗读物 Ⅳ．①I1-49

中国版本图书馆 CIP 数据核字（2022）第 183090 号

审图号：GS 京（2022）0908 号
本书插图系原文插图。

责任编辑：郭景瑶
文字编辑：刘　晓
特约编辑：王小丹
印　　刷：鸿博昊天科技有限公司
装　　订：鸿博昊天科技有限公司
出版发行：电子工业出版社
　　　　　北京市海淀区万寿路 173 信箱　邮编：100036
开　　本：850×1168　1/16　印张：22　字数：704 千字
版　　次：2022 年 11 月第 1 版
印　　次：2025 年 7 月第 6 次印刷
定　　价：168.00 元

凡所购买电子工业出版社图书有缺损问题，请向购买书店调换。若书店售缺，请与本社发行部联系，联系及邮购电话：（010）88254888，88258888。
质量投诉请发邮件至 zlts@phei.com.cn，盗版侵权举报请发邮件至 dbqq@phei.com.cn。
本书咨询联系方式：（010）88254210，influence@phei.com.cn，微信号：yingxianglibook。

www.dk.com

扫码免费收听DK"人类的思想"
百科丛书导读

"人类的思想"百科丛书

本丛书由著名的英国DK出版社授权电子工业出版社出版，是介绍全人类思想的百科丛书。本丛书以人类从古至今各领域的重要人物和事件为线索，全面解读各学科领域的经典思想，是了解人类文明发展历程的不二之选。

无论你还未涉足某类学科，或有志于踏足某领域并向深度和广度发展，还是已经成为专业人士，这套书都会给你以智慧上的引领和思想上的启发。读这套书就像与人类历史上的伟大灵魂对话，让你不由得惊叹与感慨。

本丛书包罗万象的内容、科学严谨的结构、精准细致的解读，以及全彩的印刷、易读的文风、精美的插图、优质的装帧，无不带给你一种全新的阅读体验，是一套独具收藏价值的人文社科类经典读物。

"人类的思想"百科丛书适合10岁以上人群阅读。

《文学百科》的主要贡献者有James Canton, Helen Cleary, Ann Kramer, Robin Laxby, Diana Loxley, Esther Ripley, Megan Todd, Hila Shachar, Alex Valente, Bruno Vincent, Nick Walton, Marcus Weeks, Penny Woollard等人。

目录

10　前言

英雄与传奇
公元前3000年—公元1300年

20　只有众神永远居于阳光之下
《吉尔伽美什史诗》

21　食旧德，贞厉，终吉
《易经》，相传由周文王所著

22　哦、奎师那，我这是在谋划什么罪过？
《摩诃婆罗多》，相传由毗耶娑所著

26　歌唱吧，女神，歌唱阿喀琉斯的愤怒
《伊利亚特》，相传由荷马所著

34　当真相于事无补时，得知真相将多么可怕！
《俄狄浦斯王》，索福克勒斯

40　地狱之门日夜敞开；轻易堕入通行无阻
《埃涅阿斯纪》，维吉尔

42　命运会在必要时揭晓它的安排
《贝奥武夫》

44　就这样，天方夜谭开始了……
《一千零一夜》

46　处世若大梦，胡为劳其生？
《全唐诗》，收录8世纪李白、杜甫、王维等人的诗歌作品

47　黑暗中的真实似乎比梦境更加虚无
《源氏物语》，紫式部

48　一个人应为主人赴汤蹈火
《罗兰之歌》

49　悠哒啦咪，夜莺唱着甜美的歌
《菩提树下》，瓦尔特·封·德尔·福格威德

50　敢于违背爱情之命的人是大错特错的
《囚车骑士兰斯洛特》，克雷蒂安·德·特鲁瓦

52　让他人的伤口成为我的警示
《尼雅尔萨迦》

54　延伸阅读

从文艺复兴到启蒙运动
1300年—1800年

62　我发现自己置身于一片阴暗的森林中
《神曲》，阿利盖利·但丁

66　我三人结为兄弟，协力同心
《三国演义》，罗贯中

68　翻过书页，选择另一段故事
《坎特伯雷故事集》，杰弗雷·乔叟

72　欢笑是人类的财富，高高兴兴地生活吧
《巨人传》，弗朗索瓦·拉伯雷

74　鲜花终会凋谢，岁月也终会使你的美丽枯萎
《给卡桑德拉的情歌》，彼埃尔·德·龙沙

75　耽于享乐者必将堕于享乐
《浮士德博士》，克里斯托弗·马洛

76　人是其事业之子
《堂吉诃德》，米格尔·德·塞万提斯

82　人在其一生中扮演着许多角色
《第一对开本》，威廉·莎士比亚

90　尊重一切无异于蔑视一切
《恨世者》，莫里哀

91　然而在我身后，我总听到，时间的战车插翼飞奔，步步逼近
《杂诗集》，安德鲁·马维尔

92　蛤壳与肉离，吾与诸友别情依，秋尽景更凄
《奥州小路》，松尾芭蕉

93　前往死亡之山的路途上，无物会成阻碍，亦无人会被阻碍
《曾根崎心中》，近松门左卫门

94　我出生于1632年，来自约克郡一个富足的家庭
《鲁滨逊漂流记》，丹尼尔·笛福

96　若这果然是所有可能存在的世界中最好的那个，那么其他世界又将如何呢？
《老实人》，伏尔泰

目录

98　我有足够的勇气赤足穿越地狱
《强盗》，弗里德里希·席勒

100　爱情当中，最难之事便是以笔传达无心之言
《危险的关系》，皮埃尔·肖代洛·德·拉克洛

102　延伸阅读

浪漫主义与小说的崛起
1800年—1855年

110　所有学科的气息与精神皆可见于诗歌之中
《抒情歌谣集》，威廉·华兹华斯、塞缪尔·泰勒·柯勒律治

111　没有什么比现实生活更加美妙、更加梦幻了
《夜曲》，E.T.A. 霍夫曼

112　失误是进取的代价
《浮士德》，约翰·沃尔夫冈·冯·歌德

116　很久很久以前……
《儿童与家庭童话集》，格林兄弟

118　除了为邻人提供消遣，再反过来嘲笑他们，我们还为什么而活？
《傲慢与偏见》，简·奥斯汀

120　在那不为人知的辛劳中，谁能想象我经历的恐惧？
《弗兰肯斯坦》，玛丽·雪莱

122　人人为我，我为人人
《三个火枪手》，亚历山大·仲马

124　我从不曾奢求幸福，那对我来说全然是陌生的
《叶甫盖尼·奥涅金》，亚历山大·普希金

125　让你的灵魂冷静而从容地站立在百万个宇宙面前
《草叶集》，沃尔特·惠特曼

126　你曾见证一个人如何沦为奴隶；你将见证一个奴隶如何重生为人
《黑人奴隶弗雷德里克·道格拉斯的生平自述》，弗雷德里克·道格拉斯

128　我不是鸟，亦没有陷入罗网的束缚
《简·爱》，夏洛蒂·勃朗特

132　失去了生命，我如何能够活下去！失去了灵魂，我如何能够活下去！
《呼啸山庄》，艾米莉·勃朗特

138　人类若发起疯来，做出的事比世上任何畜生还要愚蠢得多
《白鲸》，赫尔曼·梅尔维尔

146　所有的离别都预示着最后的永别
《荒凉山庄》，查尔斯·狄更斯

150　延伸阅读

刻画真实生活
1855年—1900年

158　乏味，同蜘蛛一般安静，却在她心灵的幽暗之处结出了一张网
《包法利夫人》，居斯塔夫·福楼拜

164　我也是这片土地的孩子，我也在这片风景中长大
《瓜拉尼人》，若泽·德·阿伦卡尔

165　诗人是虚无缥缈的家人
《恶之花》，夏尔·波德莱尔

166　没有被听见不是保持沉默的理由
《悲惨世界》，维克多·雨果

168　越奇越怪，越奇越怪！
《爱丽丝梦游仙境》，刘易斯·卡罗尔

172　对于学识广博、内心深沉的人来说，苦难与折磨总是避无可避的
《罪与罚》，费奥多尔·陀思妥耶夫斯基

178　别说是整个人类的生活，即使是一个民族的生活也是难以描绘的
《战争与和平》，列夫·托尔斯泰

182　无法从不同角度审视事物的人是心胸狭隘的人
《米德尔马契》，乔治·艾略特

184　我们或许能够勇敢面对人类法则，却决然无法抗拒自然法则
《海底两万里》，儒勒·凡尔纳

185 在瑞典，我们所做的一切都是在为纪念日而庆贺
《红房间》，奥古斯特·斯特林堡

186 她以外语写作而成
《一个贵妇人的画像》，亨利·詹姆斯

188 人对自己的同类可真狠得下心
《哈克贝利·费恩历险记》，马克·吐温

190 他只是想再一次下到矿中，经受折磨，挣扎求生
《萌芽》，爱弥尔·左拉

192 此时此刻，在她的眼中，夕阳仿佛天空中一大片红肿的伤口，丑陋不堪
《德伯家的苔丝》，托马斯·哈代

194 挣脱诱惑的唯一方法便是屈服于它
《道林·格雷的画像》，奥斯卡·王尔德

195 从古至今，总有一些东西是人类的眼睛无法看到的
《德古拉》，布莱姆·斯托克

196 地球上的一块黑暗之地
《黑暗的心》，约瑟夫·康拉德

198 延伸阅读

打破陈规
1900年—1945年

208 这世上充斥着显而易见却从未有人注意到的事情
《巴斯克维尔的猎犬》，阿瑟·柯南·道尔

209 我是一只猫，我尚没有名字，我不知道自己出生在哪里
《我是猫》，夏目漱石

210 格里高尔·萨姆沙发现自己躺在床上，变成了一只巨大的甲虫
《变形记》，弗兰兹·卡夫卡

212 为国捐躯，甘美而光荣
《诗选》，威尔弗雷德·欧文

213 四月是最残酷的时节，将丁香繁育于荒凉的土地上
《荒原》，T. S. 艾略特

214 星辰天树上坠着挂满水汽的夜蓝色果实
《尤利西斯》，詹姆斯·乔伊斯

222 我年轻时也曾经做过许多梦
《呐喊》，鲁迅

223 爱除了自身别无所予，除了自身别无所取
《先知》，纪伯伦

224 批评是进步与教化的源泉
《魔山》，托马斯·曼

228 如飞蛾一般，在耳语、香槟与繁星间来回穿行
《了不起的盖茨比》，F. 司各特·菲茨杰拉德

234 旧世界定要崩塌，觉醒吧，曙光之风！
《柏林，亚历山大广场》，阿尔弗雷德·德布林

235 远处的船只承载着每一个人的愿望
《他们眼望上苍》，佐拉·尼尔·赫斯顿

236 人死重于心碎
《长眠不醒》，雷蒙德·钱德勒

238 眼泪的世界是多么神秘啊
《小王子》，安东尼·德·圣-埃克苏佩里

240 延伸阅读

战后文学
1945年—1970年

250 老大哥正在看着你
《一九八四》，乔治·奥威尔

256 如今我已经17岁了，但有时候，我还是会表现得像个13岁的孩子一样
《麦田里的守望者》，J. D. 塞林格

258 死神是来自德国的大师
《罂粟与记忆》，保罗·策兰

259 我是看不见的人，这仅仅是因为人们拒绝看见我
《看不见的人》，拉尔夫·艾里森

260 洛丽塔，我的生命之光，欲念之火；我的罪恶，我的灵魂
《洛丽塔》，弗拉基米尔·纳博科夫

262 什么都没有发生，没有人来，没有人去，这简直太糟糕了！
《等待戈多》，塞缪尔·贝克特

目录

263 我们无法以一手触碰永恒，另一手触碰生命
《金阁寺》，三岛由纪夫

264 他垮掉了——那便是至福的根源与灵魂
《在路上》，杰克·凯鲁亚克

266 一族之福，一族之祸
《瓦解》，钦努阿·阿契贝

270 即便是壁纸的记忆力，也要好过于人类
《铁皮鼓》，君特·格拉斯

272 在我的眼中，世界上只有一种人，就是人
《杀死一只知更鸟》，哈珀·李

274 若一个人有勇气宣布我们已经失去了一切，必须从头开始，那么，一切便都没有失去
《跳房子》，胡里奥·科塔萨尔

276 他决心永远活下去，或是在这一努力中离开人世
《第二十二条军规》，约瑟夫·海勒

277 我押着韵，为了凝视我自己，为了让黑暗发出回声
《一个自然主义者的死亡》，谢默斯·希尼

278 一定是哪里出了问题，才能让我们做出我们做出的事
《冷血》，杜鲁门·卡波特

280 结束在每一个瞬间，却永远不要让结局结束
《百年孤独》，加夫列尔·加西亚·马尔克斯

286 延伸阅读

当代文学
1970年至今

296 历史是最后时刻的集合体
《万有引力之虹》，托马斯·品钦

298 你即将翻开伊塔洛·卡尔维诺笔下全新的小说
《寒冬夜行人》，伊塔洛·卡尔维诺

300 若想理解一条生命，你就必须吞下整个世界
《午夜之子》，萨曼·鲁西迪

306 解放自我是一回事；对那个解放了的自我宣称所有权又是另外一回事
《宠儿》，托妮·莫里森

310 天地混沌
《红高粱》，莫言

311 你无法用语言讲述这样一个故事，你只能用心去感受
《奥斯卡和露辛达》，彼得·凯里

312 珍惜我们的岛屿，珍惜它青葱的质朴
《奥梅罗斯》，德里克·沃尔科特

313 我觉得自己是致命的，处在狂暴的边缘
《美国精神病人》，布莱特·伊斯顿·埃利斯

314 安静地，他们沿着这条平静而圣洁的河流顺流而下
《如意郎君》，维克拉姆·塞斯

318 这是一个十分晦涩的想法，也非常深刻，美丽即恐怖
《校园秘史》，唐娜·塔特

319 我们眼睛看到的仅仅是这个世界中微小的一部分
《奇鸟行状录》，村上春树

320 也许只有在失明者的世界里，事物才是其原本的模样
《失明症漫记》，若泽·萨拉马戈

322 英语并不是描绘南非现实的恰当媒介
《耻》，J. M. 库切

324 每一个瞬间都会发生两次：内与外，而这是两种不同的历史
《白牙》，扎迪·史密斯

326 保守秘密的最好方法就是装作没有秘密
《盲刺客》，玛格丽特·阿特伍德

328 他的家人希望将一些东西遗忘
《纠正》，乔纳森·弗兰岑

330 这一切都源自同一场噩梦，那场我们一同制造的噩梦
《客人》，黄皙暎

331 我们需以生命的逝去为代价来学习如何生活，而我对此深感悔恨
《特别响，非常近》，乔纳森·萨弗兰·福尔

332 延伸阅读

340 术语表
344 原著索引
352 致谢

INTRODUCTION

前言

讲故事从人类诞生之日起便已开始。记录社群中事件与看法的传统可追溯到人类第一次坐在篝火旁讲故事的时候。历史因传说与神话代代相传而得以留存。天地造化、宇宙奥秘在这一过程中也得以阐释。

书面记载早在远古时期就已存在，但最初只是为了满足人类简单的需求，譬如记录商业交易或整理物品数量。从叙利亚乌加里特发掘出的数千件楔形文字泥简中，我们可以看出，早在公元前1500年，文字的形态就已相当繁复。很快，文字便从单纯记录贸易信息的手段发展为留存口述历史的方式，铭刻下了一段段关于每一个文明以及各自风俗、思想、道德和社会结构的不可或缺的历史。由此便产生了最早的书面文学——美索不达米亚、古印度和古希腊的史诗故事，以及更偏重哲理、史学的古代中国文学。正如1962年约翰·斯坦贝克（John Steinbeck）获诺贝尔奖时所发表的言简意赅的感言所述："文学与语言一样古老。它因人类的需求而生，这一点从未改变，只不过这种需求如今更加强烈罢了。"

在简·奥斯汀（Jane Austen）的《傲慢与偏见》（Pride and Prejudice）中，宾利小姐曾这样说道："没有什么比读书更有乐趣了！"尽管她在说这话的时候显得有些自作聪明，但这种说法在很多人看来并不假。虽然人类有数不尽的选择来满足各种需求，但唯有文学始终满足着人类的精神需求，开启人类的心灵之窗，展现出一个多彩多姿的世界。许多创作于千百年前的作品如今依旧令人沉迷，让人愉悦；复杂的后现代主义文学虽然晦涩难懂，但仍让人爱不释手；新小说新颖独特，让人仿佛对文学又有了全然不同的理解。

何谓文学

虽然"文学"最初从字面上可简单定义为"书写下的文字"，然而，如今提到文学，我们总会首先联想到小说、戏剧和诗歌，文学也被赋予了无限的价值和优越性。这样的价值正是经典文学的内在本质。19世纪中期以来，针对经典文学的学术研究和文学赏鉴不断发展。"经典"一词源自教会，指的是经教会认可的宗教经文。文学经典便是那些得到广泛认可、质量卓越的作品。这些作品几乎全是我们所熟悉的西欧文学。

而20世纪中期后，文化及文学理论家开始否定那些"早已作古的白种欧洲人"作品的权威性，试图动摇经典文学的地位。尽管如此，"经典文学"这一概念仍是一个有价值的评定机制。被奉为经典的作品并非一成不变，而会历经更迭。新一代经典文学往往会重新检视过去的意识形态和权力制度，探究前一代的经典缘何成为经典，而

> "当我创作时，我会写下第一句话，而将第二句话交给万能的上帝。"
> ——劳伦斯·斯特恩

其他作品又为何会沦为"平庸"。可以说，研究一部文学作品的诞生以及评价其在文学体系中的地位，可能会使我们成为更好的读者。本着这一精神，本书介绍了许多传统意义上的经典著作。我们选取了来自世界各地的作品，试图探讨它们在文学史上的重要意义。本书也收录了近年来的一些文学作品。这些作品向我们传达了千百年来被殖民主义、父权制等社会制度和欧洲在文学领域的统治地位所压抑的声音。

书目的选择

本书以时间顺序带你畅游文学之路，沿途与你一起赏析超过百部的文学作品。同时，这本书以全球视野广泛探寻不同文化的文学作品，讲述多数人或许不曾涉猎的内容。

本书选取的作品或许是某种写作风格或技巧中的典范；或许代表着某个文学团体或运动开辟出的文学发展新方向。这些方向或为当代作家所用，或由后世作家继承和发展。书中收录的文学作品以时间为序，以突出特定社会、政治背景下文学的突破与革新。例如，17—

18世纪，法国文学先后经历了多重演变，从莫里哀（Molière）新古典主义喜剧的腔调，到伏尔泰（Voltaire）对启蒙运动乐观主义的讽刺式批判，再到之后拉克洛（Pierre Choderlos de Laclos）出版于法国大革命预备阶段的作品《危险的关系》（*Les Liaisons Dangereuses*）中对腐朽法国贵族阶层的猛烈抨击。在文学形态发生变迁的过程中，一些作家积极倡导革新，然而，新鲜事物成为主流总是需要时间的；其他作家则继续沿用以往的写作惯例。因此，这些变迁相互间总会存在交集。

对于书目的选择永远存在争

> 有些书给我们自由，
> 有些书则使我们自由。
> ——拉尔夫·沃尔多·爱默生

议。可以说，本书收录的100多部作品完全可以换成另外100多部，甚至可以更换多次，因此我们并非试图罗列权威的"必读书目"。我们为每一部作品附上背景介绍，辅以时间轴和文学界与之相关的重要转折点及事件，"参见"部分还提供了相似类型的作品、对该书创作产生影响或受到该书影响的作品。同时，本书"延伸阅读"中也列出了逾200部作品，详细探寻每个时期的文学之美。

文学的故事

约4000年前，最早用文字记录下的故事以诗歌形式呈现，留存下原本口口相传的传说，例如，来自美索不达米亚文明的《吉尔伽美什史诗》（*The Epic of Gilgamesh*）和来自古印度文明的《摩诃婆罗多》（*Mahabharata*）。诗歌的音韵、节奏和格律在人们背诵和传唱的过程中起到了不可或缺的作用。因此，最早的文学文本使用常见的诗歌写作手法便不足为奇了。当时的许多书面文本与宗教相关。如《圣经》《古兰经》这样的

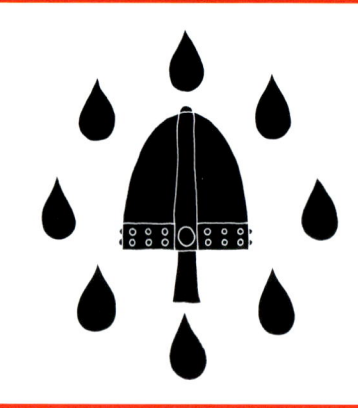

宗教文献讲述了早期历史，几个世纪以来对后世的文学创作都产生了影响。后来的古希腊戏剧采用了类似叙事民谣的形式，用与众不同的声音介绍出场人物，并配以合唱队的评论。古希腊戏剧对悲剧、喜剧的独特分类被沿用至今。散文小说集《一千零一夜》（One Thousand and One Nights）中的故事来源多样，语言平实，其中许多写作技巧后来成为现代小说的主流，例如，连环包孕式结构（一个故事中套着另一个故事）、埋设伏笔以及重复律。

漫长的中世纪尽管充斥着诸如盎格鲁-撒克逊文学《贝奥武夫》（Beowulf）和骑士文学这样的世俗故事，但当时占据主流地位的始终是以拉丁语、古希腊语创作的宗教文学。到文艺复兴时期，哲学领域新探索与新思潮的涌现开启了文学变革的大门。对古希腊、古罗马文学的重新翻译将学者从宗教信条中解放出来，而这也成为文艺复兴的驱动力。古人的智慧催生了人文主义思想，内容涵盖哲学、语法、历史和语言。《圣经》的口语化使信徒可以直接与上帝对话。古腾堡（Gutenberg）印刷术让图书走进了寻常人家，乔叟（Geoffrey Chaucer）与薄伽丘（Giovanni Boccaccio）这样的作家则将日常生活变成文学作品的主题。到了17世纪初期，塞万提斯（Miguel de Cervantes）和笛福（Daniel Defoe）的作品问世，许多学者将他们的作品视为第一批真正意义上的小说。同一时期，莎士比亚（Shakespeare）剧作集《第一对开本》（First Folio）也得以出版。

小说的崛起

在戏剧与诗歌不断发展的过程中，小说迅速崛起。到18世纪末，小说已成为主要的文学表达形式。

人们常以艺术运动来定位艺术家风格，如巴洛克、洛可可。同理，文学史的划分也常以某个特定地理区域内风格、技巧独特的作家为代表。西方浪漫主义文学起源于德国的狂飙突进运动（Sturm und Drang），其特征是推动故事发展的并非情节，而是主人公情感的抒发。在同一时期的英格兰，浪漫主义诗人证明了大自然的力量能够治愈人类的灵魂，新英格兰超验主义的创作主题也与之相似。人们频繁地将"体裁"这一概念应用于小说的分类（如哥特式小说）中。到了19世纪，浪漫主义被刚刚诞生的社会现实主义取代。社会现实主义或许在简·奥斯汀笔下的英国中上层阶级及福楼拜（Gustave Flaubert）笔下的法国乡间小镇中，并未发挥巨大影响力，却越来越多地被用于表现穷人的艰苦生活。陀思妥耶夫斯基（Fyodor Dostoyevsky）将他的小说《罪与罚》（Crime and Punishment）定义为"幻想现实主义"，其中杀人犯

> 笔耕不辍是为力。
> ——玛格丽特·阿特伍德

拉斯柯尔尼科夫黑暗的内心独白，带有心理惊悚片的元素。多年以后，小说已发展出多种体裁与次体裁。时至今日，小说的概念几乎包罗万象，从反乌托邦小说到自传体小说，再到与纳粹大屠杀相关的作品。

伴随着小说的发展，文学领域描述文本的词汇亦得到扩展，譬如，"书信体"是以书信形式创作的小说；"流浪汉小说"则是成长小说的代表。文学创作所使用的语言也在不断扩展，以方言写成的小说拓展了民族文学的领域，例如，以比切・斯托夫人（Harriet Beecher Stowe）、马克・吐温（Mark Twain）为代表的作家刻画出了美国社会人种的多样性。

20世纪初，新艺术运动、工业技术的进步及科学的发展，推动了西方社会的变革。不到20年，第一次世界大战爆发，使得一代年轻人难以施展拳脚。紧接着，文学领域尝试创新的风潮席卷而来。现代主义作家开始探索全新的文体特征，意识流小说便是成果之一，创作者还以碎片化的叙事方式表达了自己对周遭环境变迁的悲痛与疏离感。然而，文学界的乐观主义与探索精神并未持续太久，第二次世界大战再次将世界卷入动乱之中。许多作家投身于战争，或积极宣传抗战，或在前线进行报道，这便放缓了文学创作的步伐。

全球性繁荣

两场残酷的世界大战过后，世界已做好迎接改变的准备。在20世纪五六十年代的西方社会，文学成为反主流文化的核心。后现代主义作家、理论家关注写作技巧，对读者也提出了更高的要求，并非仅限于阅读现实主义作品。这一时期的小说创作技巧包含破碎或非线性时间跨度、不可靠叙述者、魔幻现实主义篇章，以及多重结局。在此期间，西方作品，尤其是用英文写作的作品，也在一定程度上减弱了对全球文化的控制力。尼日利亚、南非及印度等地出现了后殖民主义文学，加夫列尔・加西亚・马尔克斯（Gabriel García Márquez）这样富有创造力的作家，使得南美作家的地位得到提升。

如今，当代文学中包含了来自女权主义者、民权运动参与者、同性恋者、黑人、美洲原住民及移民的呼声。小说创作的一个良好趋势是，经典与流行的区分正逐渐被淡化。全球出版社、独立出版、网络出版、全球文学课程、海内外图书大奖及不断增多的翻译出版物，正将澳大利亚、加拿大、南非、印度、加勒比地区、中国的文学作品带向世界。来自全球各地的数量庞大的文学作品，不仅提醒着我们世界的共通性，亦有对全球文化差异性的颂扬。■

> 只有阅读能够让人无可抗拒，不由自主地发出他人声音，披上他人外壳，潜入他人灵魂。
>
> ——乔伊斯・卡罗尔・奥茨

HEROES AND LEGENDS
3000 BCE—1300 CE

英雄与传奇
公元前3000年—公元1300年

时间线

约公元前2600年 — 美索不达米亚平原南部阿布萨拉比赫的泥简上书写着人类已知最早的文字——苏美尔文。

公元前12世纪—公元前11世纪 — 周文王写下对古代占卜之法的解读，后发展为《易经》。

约公元前8世纪 — 相传由荷马所著的古希腊史诗《伊利亚特》与《奥德赛》问世。

公元前508年 — 古希腊雅典城邦民主制宪法的采用开辟了古典时期。

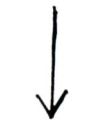

公元前2100年 — 《吉尔伽美什史诗》是世界上最早的书面文学之一。

公元前9世纪—公元前4世纪 — 古印度创作出了伟大的梵语史诗《摩诃婆罗多》与《罗摩衍那》。

公元前551年—公元前479年 — 中国哲学家孔子致力于"五经"的编纂与传授。

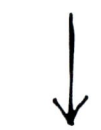

公元前5世纪 — 悲剧作家埃斯库罗斯、欧里庇得斯与索福克勒斯争夺雅典最伟大戏剧家的头衔。

书写体系最早用于记录行政事务、商业交易。慢慢地，这一体系愈发完善，使得以前只能依靠记忆与口头传述的古代智慧、历史事件及宗教仪式得以留存。纵观世界早期文明，无论两河流域、中国、古印度，还是古希腊，最初的文学经典都与历史或神话有关。

最早的文学作品以叙事长诗的形式呈现，也就是史诗。该体裁通常描绘一位伟大的战士或领袖身边发生的传奇故事，以及他为了保护人民，与敌人或邪恶势力战斗的事迹。通过结合历史事件与神秘探险，加之采用格律诗的形式，史诗将不同民族的文化遗产诠释得生动精彩，令人难忘。

神与人的传说

已知最早的史诗通常讲述文明的起源，或记录早期历史的转折点。不同版本的《吉尔伽美什史诗》如此，经典梵语史诗《摩诃婆罗多》与《罗摩衍那》（Ramayana）亦如此。这些史诗在描述英勇个人或统治家族的功绩的同时，也会凸显神在其中扮演的角色，以展现神的力量与人类英雄的脆弱。这样的主题在后来的荷马史诗中也有所体现。比如，荷马笔下的主人公阿喀琉斯与奥德修斯，既是特洛伊战争中彰显古希腊强大势力的英勇战士，也是无法摆脱命运与自身软弱的普通人。后期，随着古希腊影响力的减弱，古罗马诗人发展出了独特的拉丁语诗歌形式，甚至借鉴特洛伊战争的故事，创作出了描绘罗马帝国时代开端的史诗。维吉尔（Virgil）的巨作《埃涅阿斯纪》（Aeneid）就是这样的例子。荷马史诗的诗歌结构及其广度与深度，为西方文学的建立打下了基础。

古希腊戏剧

体现古希腊讲述故事这一传统的另一产物是戏剧。戏剧从最初的单纯叙事发展至以表演形式将台词带给观众，从而使得故事更加生动。随着时间的推移，这种戏剧化的叙事模式变得越发复杂、精致。到了雅典民主城邦建立之时，剧场已成为戏剧文化中不可或缺的组成

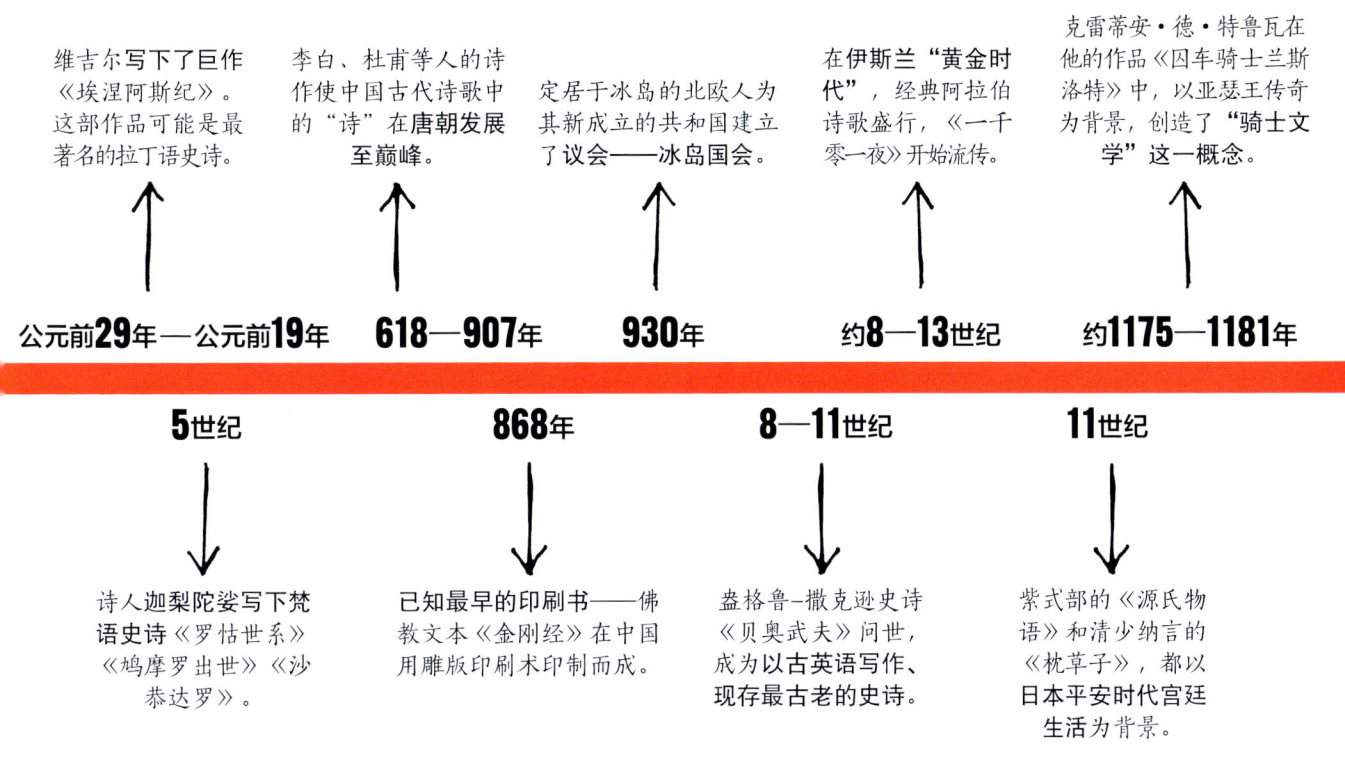

英雄与传奇　19

公元前29年—公元前19年
维吉尔写下了巨作《埃涅阿斯纪》。这部作品可能是最著名的拉丁语史诗。

618—907年
李白、杜甫等人的诗作使中国古代诗歌中的"诗"在唐朝发展至巅峰。

930年
定居于冰岛的北欧人为其新成立的共和国建立了议会——冰岛国会。

约8—13世纪
在伊斯兰"黄金时代",经典阿拉伯诗歌盛行,《一千零一夜》开始流传。

约1175—1181年
克雷蒂安·德·特鲁瓦在他的作品《囚车骑士兰斯洛特》中,以亚瑟王传奇为背景,创造了"骑士文学"这一概念。

5世纪
诗人迦梨陀娑写下梵语史诗《罗怙世系》《鸠摩罗出世》《沙恭达罗》。

868年
已知最早的印刷书——佛教文本《金刚经》在中国用雕版印刷术印制而成。

8—11世纪
盎格鲁-撒克逊史诗《贝奥武夫》问世,成为以古英语写作、现存最古老的史诗。

11世纪
紫式部的《源氏物语》和清少纳言的《枕草子》,都以日本平安时代宫廷生活为背景。

部分。埃斯库罗斯（Aeschylus）、欧里庇得斯（Euripides）与索福克勒斯（Sophocles）的悲、喜剧作品可以吸引成千上万的观众。

从欧洲到亚洲

　　北欧盛行口述故事,这种传统一直持续至8世纪左右。《贝奥武夫》将北欧英格兰人的祖先留存下来的历史与神话相结合,是盎格鲁-撒克逊民族已知最早的完整史诗。后来的冰岛萨迦（尤指古代冰岛或挪威讲述冒险经历和英雄业绩的长篇故事）,其灵感也取自挪威的古老传奇。同一时期,诗人取悦着欧洲大陆上的贵族们。一些诗人的创作取材于古希腊和古罗马神话,而法国南部的抒情诗人则从查理曼大帝（Charlemagne）带领士兵和摩尔人、萨拉森人进行战斗的激昂故事中汲取素材。与南部不同,法国北部的抒情诗人则吟诵传奇人物亚瑟王统治英国时期抒情热烈的典雅爱情（尤指中世纪的一种文学传统,描写骑士对贵妇人忠贞但无果的爱情）。

　　到了中世纪晚期,"黄金时代"的伊斯兰国家十分尊崇学术,诗歌被视为最有价值的文学形式。尽管如此,《一千零一夜》这样的叙事故事亦因其娱乐性而备受青睐。在古代中国,英雄传奇更多体现在民间传说中,而非文学作品中。早期被认定为文学作品的文本都是留存了该文明历史、习俗、哲学的篇章。但是,与这些纪实文本一同被奉为经典文学的还有一部诗歌总集（《诗经》）。这部作品为之后几个世纪以来中国诗歌的发展提供了范本。到唐朝,诗歌发展至顶峰。

　　在古代,日本一直处于中国统治之下。到了11世纪,该国创作出了自己独特的日语文学作品。这一时期的日本小说（Fictional Prose）借鉴了古代统治王朝撰写的编年史,大多讲述平安时代的宫廷生活。从时间上看,这种文学形式早于小说在欧洲的出现。■

只有众神永远居于阳光之下

《吉尔伽美什史诗》（公元前2100年）

背景介绍

聚焦
青铜时代文学

此前

公元前30世纪 文字书写系统首先出现于美索不达米亚平原和古埃及。

约公元前2600年 美索不达米亚平原南部阿布萨拉比赫的泥简上，以苏美尔文书写着人类已知最早的文字（虽然并非文学文本）。

约公元前2285年—公元前2250年 已知最早的作家阿卡德公主、女祭司恩西杜安娜在苏美尔城市乌尔生活与工作。

此后

约公元前1700年—公元前1100年 印度教"四吠陀"中最古老的一部《梨俱吠陀》，在印度西北部创作完成。

约公元前1550年 古埃及葬礼用文本《埃及度亡经》，是首部写在纸莎草纸上而非篆刻于墓碑或灵柩上的作品。

文字最早出现于美索不达米亚平原，时间大约是我们如今所说的青铜时代（约公元前3300年—公元前1200年）初期。楔形文字的创造原本是为了记录商业贸易。后来，它由数字符号逐渐发展至对声音的描述，这就为记录苏美尔文及阿卡德文创造了条件。

1853年，亚述考古学家霍尔木兹德·拉桑（Hormuzd Rassan）发现了泥简碎片，其上刻有乌鲁克国王吉尔伽美什的传奇故事。这便是早期书面文学的典范。据猜测，这些故事之前可能是通过口述代代相传的，叙述内容夹杂着历史与神话传说。

从暴君到英雄

从残存的文本来看，《吉尔伽美什史诗》讲述的是美索不达米亚平原上乌鲁克城的国王在受到教训之后，从一位暴虐的统治者成长为民族英雄的故事。

神用黏土造出了"野人"恩奇都（Enkidu），并派他来折磨吉尔伽美什，意图惩罚这位统治者的狂妄自大。然而，一场恶战过后，两人成了朋友，并一起踏上了斩妖除魔的旅途。这样的转折惹怒了众神，恩奇都被判死刑。吉尔伽美什因失去朋友而悲痛欲绝，但这也使他意识到自己并不能永生不灭。故事的后半段讲述的是吉尔伽美什寻找永生之法的征程，以及他回归乌鲁克城之后虽仍为凡人，却成为一个更智慧、更高尚的统治者的故事。■

> " 你追寻的人生将永远无法寻得。
> ——《吉尔伽美什史诗》

参见：《摩诃婆罗多》22~25页，《伊利亚特》26~33页，《贝奥武夫》42~43页，《尼雅尔萨迦》52~53页。

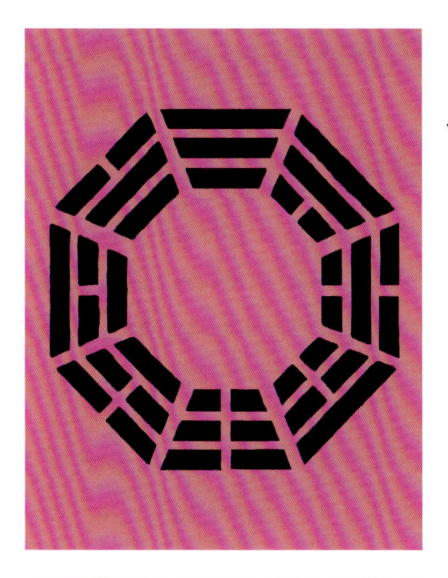

食旧德，贞厉，终吉

《易经》（公元前12世纪—公元前11世纪），相传由周文王所著

背景介绍

聚焦
"五经"

此前

约公元前29世纪 伏羲被尊为中华民族人文始祖。相传他发明了一种借助八卦占卜的方法，奠定了中国文字体系的根基。

此后

约公元前500年 描述中国礼仪制度的典籍《礼记》成书。

公元前2世纪 以"五经"为首的儒家经典得以确立。

公元前136年 汉武帝将《周易》奉为"五经"之首，并将其正式命名为《易经》。

960—1279年 宋朝学者朱熹将公元前300年以前写成的"四书"同"五经"一起纳入儒家经典。

《易经》是一部关于占卜的书，其部分内容以甲骨文写作而成。该作品自伏羲发明的原始占卜方法演变而来，由周文王（公元前1152年—公元前1056年）所著，并被命名为《周易》。"文王卦序"包含64卦，皆为抛掷蓍草或铜钱后推导出的数字组合。每一卦都与一个具体的情境或命运相联系，周文王也依据这些卦象一一做出判断。后来的学者也在《十翼》（《易传》，解释《周易》的著作）中加入了一些评论，它与《周易》共同构成了《易经》。

提起这本书，人们经常会联想到"五经"，其余四本分别为《尚书》《春秋》《礼记》《诗经》。相传这些经典都是由孔子（公元前551年—公元前479年）编订的，因此他在西方世界也极负盛名。公元前2世纪时，孔子的道德与政治哲学思想成为中国的正统思想。

智慧之源

"五经"与"四书"是体现儒家思想作为官方意识形态的重要文献。对于重视理性的儒家来说，《易经》似乎有些格格不入，然而，儒家却将它视为智慧之源。这本书对儒家哲学、历史、礼教及诗学的建构产生了深远影响。人们阅读《易经》不仅是因为它包含对未来的预知，更是因为其中的智慧忠言展示给人们"君子"在不同境况下应如何作为。直到如今，这本书仍旧是中国文化的智慧之源。■

参见：《全唐诗》46页，《三国演义》66~67页，《奥州小路》92页。

哦，奎师那，我这是在谋划什么罪过？

《摩诃婆罗多》（公元前9世纪—公元前4世纪），相传由毗耶娑所著

背景介绍

聚焦
伟大的梵语史诗

此前

公元前3000年 毗耶娑写下最初的《摩诃婆罗多》，并将自己写入书中。

约公元前1700年—公元前500年 "四吠陀"（指《梨俱吠陀》《娑摩吠陀》《夜柔吠陀》《阿达婆吠陀》）以梵语写成，成为印度教的首部经典。

此后

约公元前5世纪—公元前4世纪 据传，蚁垤以"输洛迦"（古印度古典梵语文体的一种，意为"歌"）的形式写成《罗摩衍那》，这种形式后来成为梵语诗文的典范。

约公元前250年—公元1000年 "往世书"作为古印度经典文献的一种，逐渐发展壮大。它讲述了古印度诸神的谱系，以及宇宙的创造、毁灭和再生。

古印度次大陆的史诗是世界上最古老的文学作品之一，长久以来以口口相传的形式得以留存。与其他古代文学一样，古印度史诗结合了神话、传说及历史事件，经过数个世纪的发展演变，最终以文字形式流传至今。

除《摩诃婆罗多》这部经典史诗外，古印度的文学作品还包含"四吠陀"，即婆罗门教最重要的经文典籍，记载了自大约公元前3000年中期开始的文献资料。"四吠陀"与《摩诃婆罗多》都以梵语写就，这是因为古印度将这种语言视为文学创作的通用语言，许多印

参见：《吉尔伽美什史诗》20页，《伊利亚特》26~33页，《一千零一夜》44~45页，《罗摩衍那》55页，《坎特伯雷故事集》68~71页，《午夜之子》300~305页，《合适郎君》314~317页。

> 这世间的历史，诗人们过去曾经讲述，诗人们现在正在讲述，未来的诗人也将把它讲述。
>
> ——《摩诃婆罗多》

欧语种也都源自梵语。

公元1世纪，"四吠陀"同《摩诃婆罗多》《罗摩衍那》这两部史诗一起，在梵语文学中占据着主宰地位。尽管《罗摩衍那》中包含历史叙事、神话及民间传说，但它是单一作者的原创作品。人们通常认为这部作品的作者是圣人蚁垤（Valmiki）。相比之下，《摩诃婆罗多》比《罗摩衍那》更负盛名，篇幅更长，取材也更复杂。这也间接证明了这部作品的成型经历了更漫长的发展过程。

毗湿奴的礼物

《摩诃婆罗多》的内容大约在公元前9世纪已初具规模，但直到大约公元前4世纪才最终成型。这部作品篇幅极长，全篇包含超过10万"颂"（押韵的对句），共分为18卷本。该作品讲述了两个家族之间的斗争及家族历史，古印度和印度教的历史也包含其中。在故事的最开始，第一卷（初篇）的叙事者便这样说道："书中所有，世间皆有；书中所无，世间尽无。"

据传，《摩诃婆罗多》是由一位名叫毗耶娑（Vyasa）的人所写的，初篇中也提到过。毗耶娑是一名诗人，也是一位智者。据说他是印度教之神毗湿奴的转世。毗耶娑的弟子护民子是这部作品中大部分内容的叙事者，另外两位叙事者则是吟游诗人、智者厉声及侍从全胜。

护民子描述了毗耶娑是如何一次性将整部故事讲述给象头神伽内什听的。几年过去了，当厉声与印度教圣人们会面并重新向他们讲述这个故事的时候，就如初篇中所说，护民子的描述最终演变成了《摩诃婆罗多》史诗。这部作品在记叙过程中故事相互嵌套、结构极为复杂。由此也可以推测出，《摩诃婆罗多》在最终成型之前，曾有过多个不同的版本。

《摩诃婆罗多》的另一个具有代表性的特点便是故事中历史、神话与宗教内容的相互交融。故事的主线是古印度北部统治家族婆罗多的分崩离析，以及接踵而至的俱卢之野上的大战及其余波，而对奎师那神（毗湿奴的另一位转世）的描写又为故事增添了神话色彩。整部史诗有众多支线，数次牵涉与哲学、宗教相关的题外话。其中的《薄伽梵歌》更是成为脱离原著的经典之作。史诗探讨了血脉与冲

圣人毗耶娑正在讲述史诗《摩诃婆罗多》的故事。这部作品题目的含义是"婆罗多的伟大故事"，婆罗多是古印度北部的统治家族。图中抄写故事的人是象头神伽内什。

突、责任与勇气、命运与选择等主题，以寓言的形式一一呈现，阐明了印度教中关于"达摩"（正确言行）的复杂概念。

家族分裂

在解释性的序言后，作品详细介绍了统治家族俱卢王一族如何分裂为俱卢族和般度族这两个相互对立的家族。这两个家族的成员分别是盲人持国与他的弟弟般度这两位王子的后人。这两位王子的矛盾源自持国因身患残疾而被剥夺王位继承权一事。般度代替哥哥成为国王，但是，一个诅咒使得他无法有后。众神让他的妻子怀上了身孕，使般度族的血脉得以传承。然而，持国的100个儿子认为他们有权继承王位，因此，在般度的大儿子坚战加冕后，他们便利用掷骰子的游戏使他失去了一切。般度一族脸面尽失，被流放至远方。

几年过后，般度五子回到故土争夺王位，一系列战争便在俱卢战场上打响了。般度的二儿子阿周那乘着密友奎师那所驾的战车奔赴战场，他是在奎师那劝说他为正义而战是他的职责之后，才满怀迟疑地加入战争的。这场战争最终演变成一场血战。俱卢族几乎全部遭到杀戮，幸存的几人为复仇趁般度军队将士沉睡时将他们杀死。般度五子在这场屠杀中存活下来，他们又将俱卢族残存的势力彻底消灭。

当坚战再一次登上王位时，成功令他感到空虚。此时，这部史诗将笔墨放在对战争余波的具体描述上。奎师那，或者说毗湿奴转世，意外被杀，般度族则踏上前往天堂的漫长而又危险的旅途。故事的最后，般度五子得以重逢，并和俱卢族和解，而这一切只能发生在幻想的世界中。

> **人类不是命运的主人，只不过是它手中的一只牵线木偶罢了。**
> ——《摩诃婆罗多》

阿周那渴望自身言行与"达摩"一致，这使得他在行动前摇摆不定，而他的战车御者奎师那却巧妙地引导他走上正确的道路。

阿周那
- 战争是罪恶的。
- 杀害家人与朋友对我来说令人憎恶。
- 暴力违背我的道德准则。
- 这样的行动罪孽深重。

奎师那
- 你有义务在正义之战中战斗。
- 你有义务保护你的子民，维护他们的权利。
- 你必须将个人情绪与牵挂放在一边。
- 但是，逃避你应尽的义务是更深的罪孽。

道德困境

"达摩"是《摩诃婆罗多》中反复出现的主题，一方面指导每个人在这一概念下如何针对不同情境做出解释，另一方面探讨人性的懦弱和命运的强大使得"达摩"之道异常崎岖。正如俱卢族后代之一慈悯在第十卷"夜袭篇"中所说："上天的命运与自身的努力是人类依赖且无可抗拒的两股力

英雄与传奇　25

盲人持国摸索着朝妻子甘陀利伸出手。妻子蒙着眼睛，试图体会持国的黑暗世界。持国上一世做的坏事注定了他这一世的残疾，这便是"业障"。

量，除此以外，别无其他。"对与错之间的界限常常并不分明，人类只有通过对爱与义务这样的利益冲突进行调和，才能将自身从生死轮回中解脱出来。

《摩诃婆罗多》的每一个章节都体现了人类力量与软弱的对比。从俱卢族与般度族之间那场灾难性的战争中可以看出，是非曲直的较量往往复杂且微妙，并最终倾向于毁灭。尽管这部史诗的大部分内容在讲述人物应对人世间的道德两难境况，然而，在最后一部分，尤其是在奎师那去世之后，我们可以看到他们直面命运的故事。在一段段悲剧与冲突之后，故事的主人公们最终进入了永恒极乐，但作品的结尾也警示人们：这世间人类的挣扎仍会继续。

文化基石

《摩诃婆罗多》广泛的主题与丰富的情节建立在人们喜爱的神话与历史故事之上，并且富有道德与宗教内涵，这使得这部史诗至今一直受人们的追捧。几个世纪以来，若论哪部作品是最伟大的梵语史诗，恐怕只有《罗摩衍那》可以与之较量。《罗摩衍那》不如《摩诃婆罗多》内容广泛、情节刺激，但它的表述更加连贯，辞藻更加优美。这两部作品为1—7世纪涌现的一批梵语史诗提供了创作灵感。它们一同构成了古印度历史与神话，以及印度教智慧的来源，其文化价值可与荷马所作的《伊利亚特》（*Iliad*）与《奥德赛》（*Odyssey*）在西方的价值相媲美。■

《薄伽梵歌》

史诗《摩诃婆罗多》的核心情节是自第六卷开始的俱卢之战，其中一节便是我们所熟知的《薄伽梵歌》，意为"神圣之歌"。战争开始前，般度王子阿周那在敌方俱卢军队中见到了自己的家人，于是放下了弓弩。但是，奎师那却提醒他，在这场正义之战中，战斗是他的义务。他们之间带有哲学意味的对话便是长达700颂的《薄伽梵歌》。这部作品如今已脱离《摩诃婆罗多》，成为印度教的重要经文，内容涵盖对于"达摩"（正确言行）、"业障"（因果报应）及"解脱"（从生死轮回中解脱）等概念的解释。尽管奎师那的忠告是针对阿周那参战而提出的，但我们却可以将战场这一背景宽泛地理解为与己对立的善恶力量，阿周那良心的挣扎则代表着我们必须做出的选择。

> "当神将'战胜'这张牌发给一个人的时候，他们首先会转移他的注意力，这样他便不用考虑公正与道德。
> ——《摩诃婆罗多》

歌唱吧,女神,歌唱阿喀琉斯的愤怒

《伊利亚特》(约公元前8世纪),相传由荷马所著

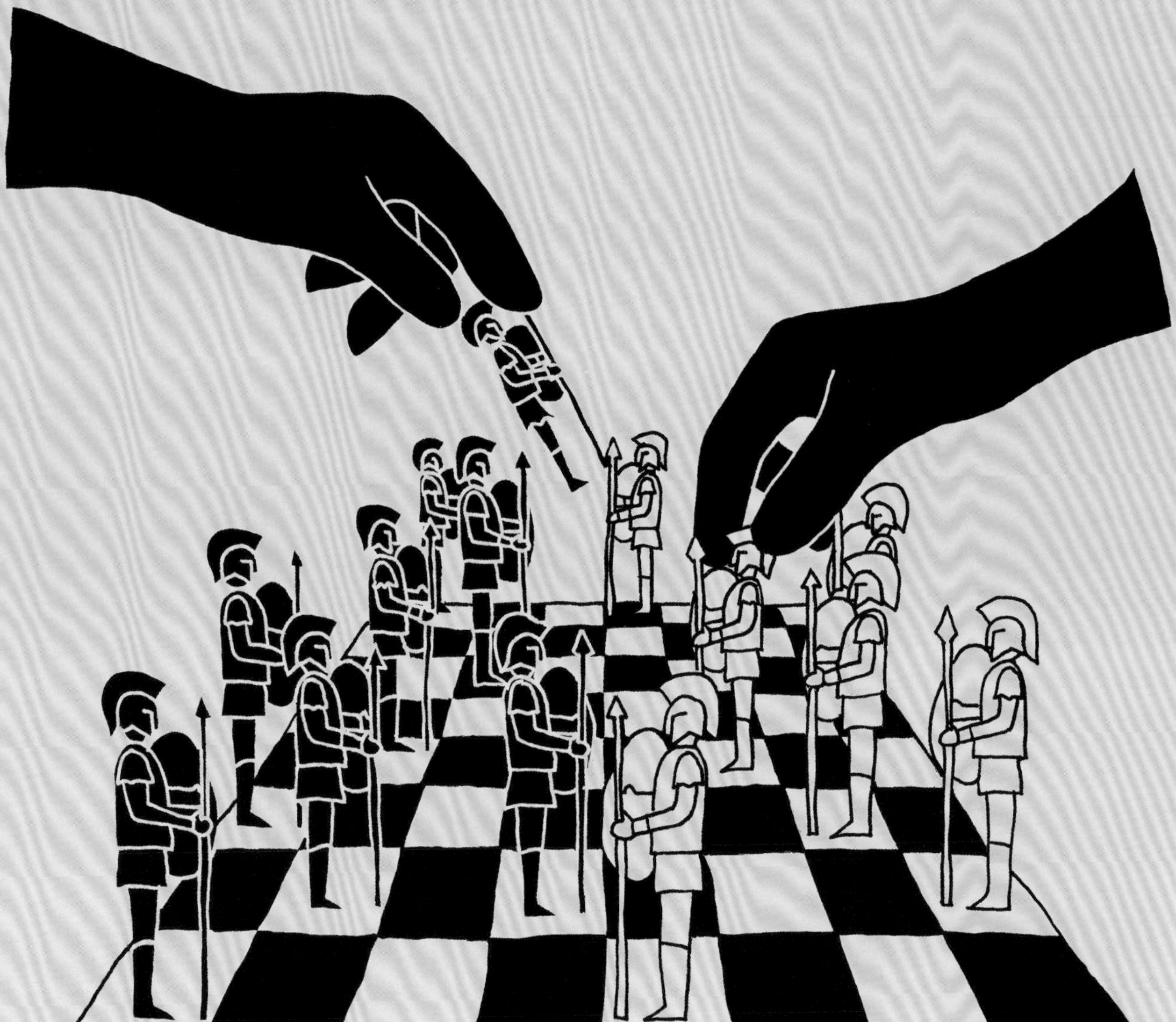

背景介绍

聚焦
古希腊史诗

此前
公元前2100年 已知最早的书面文学《吉尔伽美什史诗》以苏美尔文写成。

公元前9世纪 《摩诃婆罗多》史诗出现于古印度。

此后
约公元前8世纪 荷马所著的史诗《奥德赛》继续讲述《伊利亚特》中主人公奥德修斯的故事。

约公元前700年 大约在荷马史诗最终版成型的同一时期,赫西俄德写下了《神谱》(《诸神的诞生》),描述了宇宙的诞生及古希腊众神的神话传说。

公元前1世纪 古希腊史诗为贺拉斯、维吉尔及奥维德等古罗马诗人提供了创作模型。

史诗是叙事诗,讲述某一文化中具有代表性的英雄事迹。诗歌以年代顺序记录英雄的征战与磨难,对他做出的抉择及动机予以说明,以此建立社会的道德准则并将其编撰成典。

史诗在世界许多文化当中是最早的文学形式之一。这些受人喜爱的故事最初只是口口相传,随着时间的推移,人们对其加以润色并重新解读,最终才正式记录成书,为所处社会的文学历史打下基础。史诗通常包含许多人物与家族关系,篇幅很长,结构复杂。人们学习史诗大约需要通过对重复格律的死记硬背,或是在背诵时辅以音乐节拍。毕竟相对散文而言,诗歌记忆起来要容易得多。事实上,"史诗"(Epic)一词本身就来源于古希腊语Epos,意为"故事"与"诗歌"。

特洛伊战争

古希腊许多史诗作品讲述了特洛伊战争的故事,也就是亚加亚(古希腊部分城邦结成的联盟)与特洛伊城之间的冲突。这些史诗之中年代最早、最有名的是两部由同一位作者荷马所撰写的史诗——《伊利亚特》与《奥德赛》。历史学家承认,这两部史诗改编自真实的历史事件,也就是说,约在作品完成前5个世纪左右,古希腊与特洛伊之间确实偶尔会发生战争;然而,作品中的人物与故事情节则完全出于想象。但是,在荷马生活的年代里,古希腊人完全有可能相信这些故事真实记录了祖先的英雄事迹。

古希腊人早在公元前8世纪便

> **畅饮战争。**
> ——《伊利亚特》

荷马生活的年代尚未出现现实主义画法。这座半身雕像的创作依据是公元前2世纪绘制而成的荷马画像。

荷马问题

人们通常认为《伊利亚特》与《奥德赛》这两部伟大的古希腊史诗均由荷马创作而成。但是,对于这位作家,人们却知之甚少。从公元前5世纪古希腊历史学家希罗多德开始,人们对于荷马的生卒年月、出生地及生平事迹的猜测大相径庭。古典主义学者以"荷马问题"指代一系列相关问题:荷马是谁?他曾真实存在吗?若是的话,存在于什么时期?荷马是两部史诗的唯一作者,还是许多作者中的一位?这位或这些作者是创作了两部史诗,还是单纯记录了世世代代以口述形式传承下来的诗作……

不少学者主张,两部史诗是许多位诗人在口述文献的基础上,对不同版本诗作加以润色而最终完成的。这种说法缺少确凿证据。至今人们仍不能对荷马问题做出明确回答。

英雄与传奇　29

参见：《吉尔伽美什史诗》20页，《俄狄浦斯王》34~39页，《埃涅阿斯纪》40~41页，《贝奥武夫》42~43页，《奥德赛》54页，《神谱》54页，《变形记》55页，《迪格尼斯·阿克里塔斯》56页，《伊戈尔远征记》57页，《尤里西斯》214~221页。

古希腊人与特洛伊人都曾受助于神，也曾受制于神。两国之间的冲突实际也是众神之间的冲突。赫拉、雅典娜、波塞冬与古希腊人结盟，阿波罗、阿佛洛狄忒和阿尔忒弥斯支持特洛伊人，宙斯则在很大程度上保持中立。

神

- **宙斯** — 众神之王

- **赫拉** — 众神之后
- **雅典娜** — 智慧女神
- **波塞冬** — 海神
- **阿波罗** — 太阳神
- **阿佛洛狄忒** — 爱之女神
- **阿尔忒弥斯** — 月之女神

亚加亚人（古希腊人）

- **阿伽门农** — 迈锡尼国王
- **阿喀琉斯** — 古希腊最伟大的战士
- **帕特洛克罗斯** — 阿喀琉斯的好友
- **墨涅拉俄斯** — 斯巴达国王
- **奥德修斯** — 统帅、伊塔卡岛之王

特洛伊人

- **普里阿摩斯** — 特洛伊国王
- **赫克托耳** — 普里阿摩斯之子
- **帕里斯** — 赫克托耳的弟弟
- **海伦** — 墨涅拉俄斯之妻
- **埃涅阿斯** — 阿佛洛狄忒之子

开始创作史诗。这些作品同那些口口相传的故事一样，都以叙事诗形式写就。古希腊史诗格律规整，每一行都由六个基本韵律单位组成，每一个韵律单位都包含一个长音节与两个短音节。这种格律被称为"六音步扬抑抑格"，更通俗的叫法为"英雄格"。基于这种韵律格式的变化给了诗歌创作所需的灵活性。

神与人的故事

《伊利亚特》叙事精巧。它从阿喀琉斯这一人物的角度，讲述了伊利昂（特洛伊）战争的故事，其中部分战争片段以倒叙或预言形式呈现。许多次要情节及对主人公人生的洞察被一同编织进故事中。

我们现在已无法得知这一复杂的故事究竟有多少是荷马的原创，又有多少经过了后人的调整与润色。但正是因为有前人的付出，才成就了今天这部融历史、传说、神话于一体，包含冒险元素与人性戏剧，叙事精彩绝伦又引人入胜的作品。

《伊利亚特》无论从篇幅，还是叙事范围上看，都是一部巨著（毕竟因为有了这部作品，我们才对"史诗级规模"这一说法有了概念）。全诗超过1.5万行，共分为24卷。荷马的史诗并非单纯以时间顺序讲故事，而是通过一种常见于史诗作品中的写作手法来抓住读者的注意力。这种手法一开篇便将读者直接带入错综复杂的故事情节之中，套用古罗马诗人贺拉斯（Horace）的话来说，即为"直入主题"。荷马以两国冲突结束前的最后一年里发生的事作为开篇，此

特洛伊城一直以来都被视为一座神话中的城市。然而，考古学家却在土耳其安纳托利亚的发掘现场向人们展示了荷马史诗《伊利亚特》中特洛伊城的面貌。

时特洛伊战争爆发已有九年之久。他首先交代了所述事件发生的背景，但故意略过引发冲突的原因，尽管当今的读者对此已心知肚明。

战争起源

特洛伊战争的根源可追溯至海洋女神忒提丝与珀琉斯婚礼上发生的事。众神出席了这场婚礼，其中包括赫拉、雅典娜与阿佛洛狄忒。这三位女神在典礼上吵了起来，因为她们都声称自己才是最美的。宙斯为了化解冲突，便让特洛伊国王普里阿摩斯的儿子帕里斯在三人之中选出最美的那一位。阿佛洛狄忒为了收买帕里斯，许诺将特洛伊最美的女人海伦交给他。遗憾的是，海伦当时已经嫁给了古希腊城邦迈锡尼国王阿伽门农的弟弟墨涅拉俄斯。帕里斯后来掠走了海伦，这便引发了这场战争。

当故事发展至阿伽门农率领的亚加亚军队为夺回海伦而战时，读者也加入了叙述之中。全书的开篇之句"歌唱吧，女神，歌唱阿喀琉斯的愤怒"为叙事做了铺垫，让读者做好阅读战争故事的心理准备；同时也预示这是一篇与个人恩怨及复仇有关的故事，暗示神亦牵涉其中。战争历史与阿喀琉斯的故事同时发展，主人公的荣誉感与英勇精神便是古希腊的写照。

愤怒的力量

愤怒是《伊利亚特》的主旋律，既体现于战争之中，又是人物行动的动力。作品中既有阿伽门农与墨涅拉俄斯因海伦被掠走而爆发的正当的愤怒，亦有驱使着阿喀琉斯的狂怒，故事中一个又一个事件反复激发着他的愤怒。他的愤怒不仅针对特洛伊人，甚至不局限于人类敌人。有一次，他愤怒至极，竟与河神克珊托斯打了起来。

与古希腊人相同，阿喀琉斯愤怒的背后原因是荣誉感与尊严感受到了轻蔑与不公的践踏。这种愤怒有时也来自内心在义务、命运、抱负与忠诚等冲突之间的挣扎。

在《伊利亚特》开篇处，阿

> " 胜利在人类之中来回传递。"
> ——《伊利亚特》

当有人问帕里斯"最美"的女神是谁时，赫拉试图以王国收买他，雅典娜以荣誉收买他，阿佛洛狄忒则承诺将世界上最美的女人海伦许配给他。

喀琉斯被古希腊军队首领阿伽门农国王激怒，原因是他的战利品、女俘虏布里塞被阿伽门农占为己有。阿喀琉斯不能直接向国王宣泄自己的愤怒，便撤军回营，拒绝继续战斗。直到普里阿摩斯国王的大儿子、特洛伊英雄赫克托耳杀害了他的密友帕特洛克罗斯，阿喀琉斯才重返战场，以更胜以往的凶狠厮杀。

两位英雄的故事

同阿喀琉斯一样，赫克托耳也是一位军队将领。人们将他视为最尊贵、最高尚的特洛伊战士。但是，他与阿喀琉斯在性格与追求上迥然不同，使得故事中凸显了两种

英雄与传奇

对待战争截然相反的态度。

阿喀琉斯战斗的动力来自内心的愤怒，但亦有崇高之处，即他希望能够捍卫国王与国家的名誉，也希望为战友帕特洛克罗斯的死复仇。赫克托耳则是为了忠诚而战——既包含对特洛伊的忠诚，也包含对家人的忠诚。他战斗一方面是想要保护自己的弟弟，也就是因掠走了海伦而引发战争的帕里斯；另一方面是要忠诚于自己的父亲普里阿摩斯——一位智慧且仁慈的国王。阿喀琉斯是一位训练有素的战士，少有家庭牵绊；而赫克托耳虽不够果决，却也是一位英勇的将士，他为家庭与国家而战，而非为荣誉而战。

荷马笔下的这两个人物都是高尚的，但也都有瑕疵。他们的个性与境况映射了当时个人与社会中两种截然相反的价值取向，即是选择义务与责任，还是选择忠诚与爱。这两种选择无所谓对错，只是在战争之中一定会有一方胜出。尽管两位英雄最终都战死沙场（赫克托耳死于阿喀琉斯刀下，阿喀琉斯则被一箭射中脚踵而死），但阿喀琉斯身上体现出的英雄主义更甚于赫克托耳亲情的羁绊。最终，《伊利亚特》肯定了战场上存在荣耀，而战争的动机也被认为是高尚的。

命运与神

荷马深知，阅读该作品的人，也就是古希腊人，都知道故事的结局。因为假若特洛伊取胜，那么古希腊文明便不会存在了。古希腊人注定会获胜。为进一步强调这其中的必然性，荷马在《伊利亚特》中铺设了许多预言，并讨论了命运与神在战争胜负中扮演的角色。

对于古希腊人来说，神并不是后来我们概念中无所不能的上帝。他们是永生的，统治着某一领域，或拥有某种力量。他们间或与人类有所接触，但大多数情况下会任人类自生自灭。然而，在《伊利亚特》中，几位神却因自身利益而几次插手特洛伊战争。毕竟这场战争最初就是因宙斯与勒达（Leda）之女海伦被掠走而引发的。帕里斯与阿佛洛狄忒相勾结拐走了海伦，

> 世间万物唯人性懦。
> ——《伊利亚特》

社会意识
赫克托耳重视家庭，试图避免大规模杀戮。

值得依靠
赫克托耳勇猛地率领着将士们，对祖先的忠诚之心将他们团结在一起。

情绪温和
赫克托耳容易犯错，在最后的对峙中有所动摇。

赫克托耳　阿喀琉斯

两位战士——赫克托耳与阿喀琉斯的性格截然相反，追求亦各不相同。这成为荷马对于英雄理想的讨论中反复出现的话题。

个人主义
阿喀琉斯沉湎于自己对荣誉的渴求之中。

难以揣摩
阿喀琉斯对他人漠不关心，一心执着于名誉。

暴躁易怒
阿喀琉斯于战争的激荡中崛起。

> 我承受了世间凡人所不能承受的事，用双唇亲吻了男人那双杀死我孩子的手。
>
> ——《伊利亚特》

如此说来，众神早在奥林波斯山所居之处便已表明了自己的立场。神与人之间也存在其他形式的联系：以忒提丝为例，她不但是海洋女神，也是阿喀琉斯的母亲。

人类对神的拥戴促使神进一步插手人类的事务，保护他们偏爱的人免受伤害，让自己的敌人生不如死。阿波罗尤其仇视古希腊，几次给古希腊制造麻烦。例如，当帕特洛克罗斯身穿阿喀琉斯以坚固著称的铠甲，假扮阿喀琉斯踏入战场的时候，阿波罗巧妙地除去了他的铠甲，使得赫克托耳得以将他杀死。阿喀琉斯因挚友的死而被激怒，发誓复仇。这时，神又一次插手：他的母亲忒提丝赠给他一副由工匠之神赫淮斯托斯所制、无与伦比的铠甲。

人类需要这样的保护昭示了人与神之间的不同——生命的有限性。英雄踏上战场之时便知自己可能面对死亡，但是他们只能以人终有一死来安慰自己。人类不仅自身得不到永生，他们的创造也并非是永恒的。他们清楚战争导致的不仅仅是死亡，因为注定有一个国家将被毁灭，即便是胜利的一方，有朝一日也终将走向灭亡。荷马有时会公然将这一事实摆上台面，以预言形式昭告主人公和特洛伊的命运。但是，书中另一个思想却是隐晦的，即尽管灭亡是人类共同的命运，每个社会都注定如此，但英雄的荣耀与事迹不会消亡，这些故事将世世代代永远流传。

超越冲突

在一番战争、流血与狂暴之后，荷马的这部史诗于平静与和解中结束。全篇最感人的场面恐怕便是年迈的普里阿摩斯国王拜访阿喀琉斯，请求他归还儿子赫克托耳尸体之时了。阿喀琉斯因这位老人的请求而动容，他的愤怒得到平息，并同意暂时休战，让特洛伊能够举办一场得体的葬礼。尽管这样的结局看上去风平浪静，但我们也知道，这样的安宁并不会持续多久。

普里阿摩斯亲吻着阿喀琉斯的手，请求他大发慈悲，让自己能将被阿喀琉斯斩杀的儿子赫克托耳的尸体带回去。面对悲痛的普里阿摩斯，阿喀琉斯流露出了同情。

战争还会继续，特洛伊将倒塌，阿喀琉斯也将在某个时刻死去。故事还没有结束。

事实上，荷马的第二部史诗《奥德赛》通过对另一位古希腊英雄——奥德修斯（古罗马神话中的尤利西斯）命运的描写，才将《伊利亚特》中一些未了情节交代清楚。《奥德赛》讲述了奥德修斯战后从特洛伊返回家乡伊塔卡岛途中发生的故事。诗中，这位英雄叙述了特洛伊战争的破坏性与阿喀琉斯之死，而这仅仅只是他自己艰苦旅程的故事背景而已。

西方文化基石

《伊利亚特》与《奥德赛》对古希腊、古罗马，甚至整个西方文学领域的影响之大如何强调都不为过。它们不仅仅是欧洲最早的文学作品，更是为史诗这一体裁奠定了基础的、具有重要意义的作品。

荷马运用了复杂且极具画面感的比喻手法，赋予了他的诗作非凡的深度。他对六音步扬抑抑格的驾驭，赋予了诗句音乐般的质感。荷马使用的这一格律之后被古希腊语及拉丁语史诗所继承，他作品中出现的多种方言也成为研究古希腊语的珍贵文献。

荷马最杰出的贡献大约是将从前人们口口相传、讲述民间英雄故事的传统发展为一种文学形式——史诗。他也界定了这种文学形式的特征，例如，故事的主线应追寻英雄的征战或旅程；应将情节置于一定历史背景之下；同时伴有多条相互交织、具有插曲性的故事片段。此外，荷马也对史诗的潜台词做出了设定，即个人与社会的价值常常是对立的。

《伊利亚特》与《奥德赛》为许多创作相似主题史诗的古希腊诗人带去了灵感，对古典时期戏剧这一新体裁的发展也产生了影响。荷马史诗在古希腊已是广受喜爱的作品，但在古罗马，《伊利亚特》与《奥德赛》却是规范文本，启发诗

> **"** 无疑，宙斯与诸神都清楚，哪位战士将注定以死亡终结这一切。**"**
> ——《伊利亚特》

《奥德赛》详细描写了英雄阿喀琉斯之死。在太阳神阿波罗的指点之下，帕里斯将箭瞄准了阿喀琉斯身上唯一的要害——脚踵。于是，阿喀琉斯死于箭下。

人们创作出独特的拉丁语史诗。维吉尔的《埃涅阿斯纪》便是其中的巅峰之作，这部作品以特洛伊沦陷为开端亦是在向荷马致敬。

不朽的影响

人们对荷马史诗的尊崇并未终结于古典时期。中世纪，荷马的作品依旧被广泛阅读与研究，里面的故事更是被以不同形式反复讲述。

荷马所著的古典诗歌在很大程度上为中世纪传奇故事与小说的繁荣奠定了基础。自20世纪初起，电影、电视剧等其他受众广泛的叙事形式也太多继承了史诗的模式，其架构与文化内涵也应归功于荷马。■

当真相于事无补时，得知真相将多么可怕！

《俄狄浦斯王》（约公元前429年），索福克勒斯

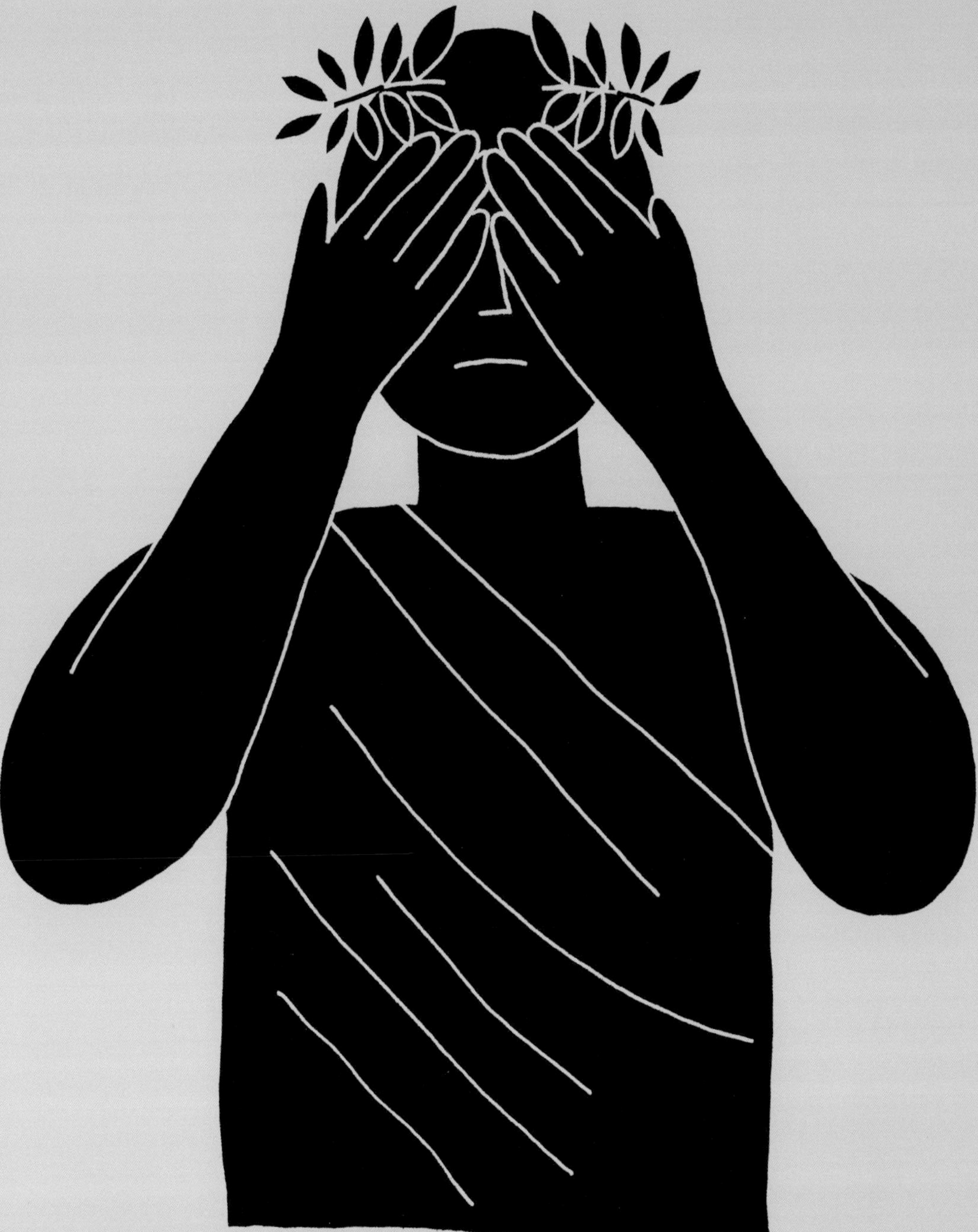

背景介绍

聚焦
古希腊古典戏剧

此前

约公元前7世纪 酒神赞歌出现于提洛岛及雅典，以合唱诗形式伴以歌舞表演来赞颂酒神狄俄尼索斯。

约公元前532年 被视为第一位演员的泰斯庇斯在戏剧舞台上扮演角色。

约公元前500年 帕拉提那斯创造了讽刺性体裁"羊人剧"。

公元前458年 埃斯库罗斯的《奥瑞斯忒亚》第一次在雅典舞台上演出。这是唯一一部得以完整保存的古典时期悲剧三部曲。

公元前431年 欧里庇得斯的作品《美狄亚》中的现实主义元素震惊了观众。

此后

公元前423年 阿里斯托芬的喜剧作品《云》讽刺了雅典的社会现实，尤其讽刺了苏格拉底。

随着公元前510年最后一位僭主被推翻，以及民主制度的建立，雅典城邦开创了古典时代。两个世纪以来，雅典不仅是该地区政治权力的中心，也是学术活动的策源地，促进了哲学、文学与艺术的繁荣兴旺，并对西方文明的发展产生了深远影响。

在古希腊古典文化中，以雅典思想家、艺术家及作家的成就最为突出。他们发展出的明晰、形式与平衡的美学价值观后来成为古典建筑的典范。人本主义观念也对一种相对新鲜的文学形式——戏剧的发展产生了影响，这种形式最早源自宗教中赞颂酒神狄俄尼索斯的合唱诗表演。

戏剧的诞生

古典时代初期，宗教表演已从本质上的音乐仪式，发展为更接近如今我们所理解的戏剧模式，增加了演员对故事中角色的演绎，而非简单叙述故事。

这一崭新的娱乐方式极受人

德尔菲剧场包括三个主要部分：舞台、乐队合奏或合唱场地（位于最前方），以及圆形露天剧场。它建造于公元前4世纪，可容纳5000人。

们喜爱，很快成为酒神节的重头戏。酒神节每年在专门设计建造的露天剧场中举办，持续数日，吸引多达1.5万名观众。剧作家们会向庆典提交表演剧目，形式为悲剧三部曲及一部紧随其后的喜剧作品，并角逐最后的大奖。

有三位戏剧家几乎包揽了公元前5世纪近100年里所有的奖项，

索福克勒斯

约公元前496年，索福克勒斯出生于距雅典不远的科罗诺斯。他很早就展现出了音乐才华，也由此迷上了戏剧，并受到了极富创造力的悲剧作家埃斯库罗斯的鼓励，或许还曾接受过他的教导。公元前468年，他第一次参加酒神节戏剧比赛，便战胜了上届的冠军埃斯库罗斯，拿到了第一名，很快成为同代人中最受推崇的悲剧作家。他一生创作了超过120部戏剧，其中只有很少几部得以完整保存至今。索福克勒斯在当时的雅典社会中也备受尊敬，曾任伯里克利（Pericles）政府财政总管，之后还担任过将军职务。他有过两段婚姻，他的儿孙都继承了他的衣钵成为戏剧作家。他于公元前406年去世。在去世前不久，他还完成了最后一部戏剧《俄狄浦斯在科罗诺斯》，他的孙子在他死后将这部作品呈献给了世人。

主要作品

约公元前441年 《安提戈涅》
约公元前429年 《俄狄浦斯王》
约公元前409年 《厄勒克特拉》

英雄与传奇 37

参见:《伊利亚特》26~33页,《埃涅阿斯纪》40~41页,《奥德赛》54页,《俄瑞斯忒亚》54页,《美狄亚》55页,《黄蜂》55页,《第一对开本》82~89页,《恨世者》90页。

他们是埃斯库罗斯（约公元前525或524年—公元前456或455年）、欧里庇得斯（约公元前484年—公元前406年）和索福克勒斯（约公元前496年—公元前406年）。他们所创作的100多部作品为之后悲剧的创作设定了明确的标准。作为雅典三大悲剧作家中生活年代最早的一位，埃斯库罗斯通常被视为先驱者，他的创作奠定了戏剧写作中许多传统手法与风格的基础。人们认为，埃斯库罗斯扩大了戏剧表演的演员规模，让演员以对话形式相互交流。正是这种互动初次引入了"戏剧冲突"这一概念。戏剧剧情以往由合唱队推动，如今演员走到了舞台中央，合唱队的作用转变为情境设定与对剧情和人物加以评论。

戏剧在欧里庇得斯的笔下继续向现实主义发展。这位剧作家进一步削弱了合唱队的角色，作品中的人物更加立体丰满，人物间的互动也更加复杂。

打破常规

在三位伟大的戏剧家中，索福克勒斯的悲剧作品被视为古希腊古典戏剧的巅峰之作。可惜的是，他所创作的123部悲剧，只有7部得以留存。在这7部作品中，最为杰出的大概就是《俄狄浦斯王》（Oedipus the King）了。

这部作品是索福克勒斯三部以神话中忒拜城（Thebe）国王为主要人物的作品（其他两部分别为《俄狄浦斯在科罗诺斯》和《安提戈涅》）之一，这三部作品被合称为"忒拜剧"。索福克勒斯打破了埃斯库罗斯创立的以三部曲形式演绎悲剧的创作传统，将每一部视为独立存在的个体，以时间顺序进行创作，各部作品间间隔数年。在《俄狄浦斯王》中，索福克勒斯树立了如今人们公认的经典雅典悲剧的架构：以序幕开篇，紧随其后的是人物介绍，情节则通过一系列故事片段并穿插合唱队的评论展开，最终散场。在这样的架构之下，索福克勒斯凭借自己的创造力在戏剧中加入了第三个角色，意在拓宽人物间交流的多样性，让情节更加复

古希腊悲剧的发展

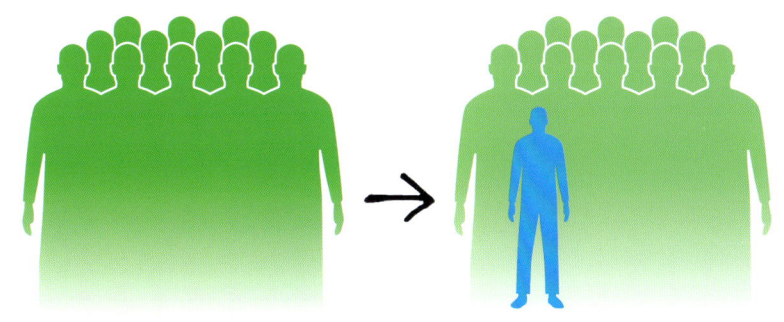

合唱队引出悲剧，叙述情节。即便发展到后期，合唱队也一直承担着情境设定与表白人物内心思想的角色，以交代无法用表演形式呈现的内容。

主人公扮演主要的悲剧角色，由此开启整部戏剧。最早扮演主人公一角的人是泰斯庇斯。

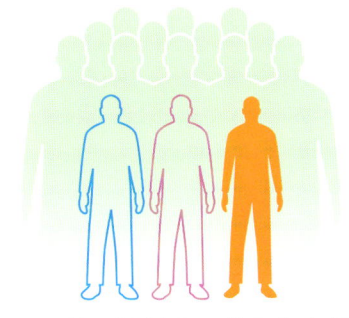

第三演员这一角色由索福克勒斯首创，通常扮演主人公的敌人。第二演员则扮演主人公的辅助人物，例如助手或顾问。

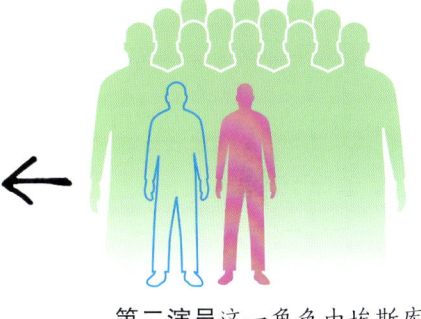

第二演员这一角色由埃斯库罗斯首创，通常在戏剧中扮演主人公的对手。这样一来，人物便可以通过对话交流，相当于引入了"戏剧冲突"的概念。

杂、更具张力，而这恰恰体现了如今"戏剧"一词的内涵。

一般而言，悲剧往往讲述一位英雄遭遇不幸，在命运或神的驱使下逐步走向毁灭的故事。随着古典时代悲剧的不断发展，英雄的命运逆转越来越多，这主要归咎于英雄性格中的懦弱或缺陷，也就是"致命缺陷"。在《俄狄浦斯王》中，悲剧的发生既是命运在作祟，也是主人公自己一手造成的。我们很难非黑即白地评价俄狄浦斯的性格。最初，他以受人爱戴的忒拜国王这一形象登场，人们将解除诅咒的希望寄托于他。然而，随着情节进一步推进，他无意中卷入了诅咒。

真相的揭示营造出一种不祥的氛围，这样的氛围正是古典时代经典悲剧的独特之处。戏剧中这种在劫难逃的感觉，源自人们对故事情节的熟悉，俄狄浦斯的故事也是如此。这便是"悲剧性讽示"，即

> 最大的不幸往往是我们自己一手造成的。
> ——《俄狄浦斯王》

观众已知晓人物的命运，而主人公却一步步走向命中注定的毁灭而不自知。在《俄狄浦斯王》中，索福克勒斯铺设了许多多年前便已做出但却屡屡被俄狄浦斯与他的妻子伊俄卡斯忒无视的预言，进一步渲染了人物在劫难逃的氛围。与其说这部作品叙述了俄狄浦斯走向毁灭的过程，不如说它描写了那些促使真相一点点被揭开，使人们看清俄狄浦斯过去所作所为对今日影响之深远的事件。

悲剧预言

这一连串事件始于一场席卷忒拜城的瘟疫。人们前往德尔菲神庙求得神示，祭司告诉他们，只有将杀死忒拜先王拉伊俄斯，也就是伊俄卡斯忒前夫的凶手找到，瘟疫才会消退。这让提瑞西阿斯（忒拜城的一位盲人先知）处于两难境地，因为他虽目不能视，却能看到俄狄浦斯看不到的东西，即俄狄浦斯便是凶手而不自知这一事实。于是，提瑞西阿斯建议俄狄浦斯息事宁人，然而，俄狄浦斯却要求查明真相，并在盛怒之下一口否认了这位先知的说法。先知还进一步揭露凶手原来是俄狄浦斯妻子的亲生儿子。听到这话，俄狄浦斯慌乱不安，想起了他年少时在德尔菲发生的事情。那时他无意间听到自己是被领养的，知晓了自己的出身。依据神示，他将弑父娶母，于是俄狄浦斯逃走了，一路逃到了忒拜城。途中，他杀死了一位阻拦自己去路的老者。

观众并没有忽视这一情节的重要性，尤其是当索福克勒斯引入伊俄卡斯忒——俄狄浦斯的妻子、拉伊俄斯的遗孀这一人物时。伊俄卡斯忒试图安慰俄狄浦斯，说预言都是不准的，还说曾有一位先知预言拉伊俄斯将被自己的儿子杀死，然而，他却死在了土匪的手下。

这一信息使观众清楚地知道，俄狄浦斯身上的预言已然应

这幅古老的马赛克作品描绘了演员在悲剧中佩戴的面具。有些面具表情极为夸张，演员利用面具向观众传达角色的性格特征。

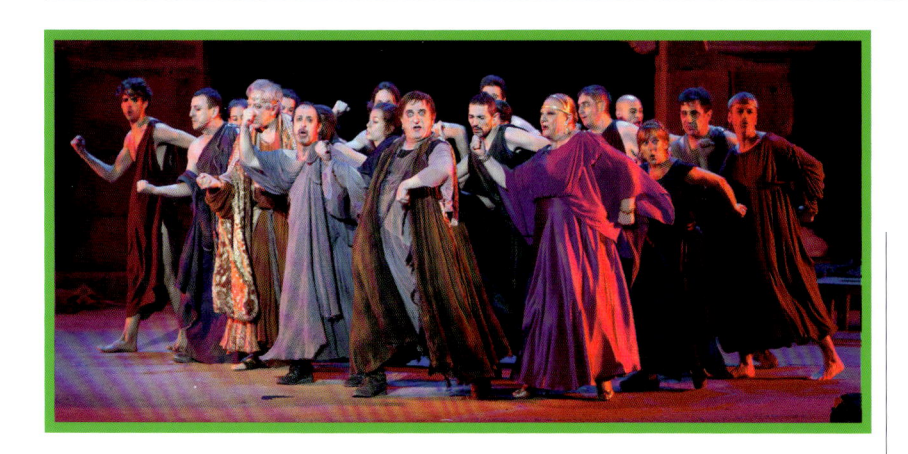

阿里斯托芬的喜剧作品《普鲁特斯》（又译《财神》）是一部稍带讽刺意味的作品，描写了雅典社会的生活与财富分配。图中是由现代演员演绎的《普鲁特斯》。

但掌声与喝彩往往献给了制作人与演员，而非剧作家。阿里斯托芬（Aristophanes，约公元前450年—公元前388年）的喜剧作品在一定程度上填补了优秀悲剧作品缺失的空白，并逐渐将人们的品位转向相对轻松的戏剧。

今天，古希腊古典时代的悲剧作品依然具有重要地位，其中对人物的心理剖析更是被弗洛伊德与荣格应用于建设无意识、动力和压抑情感理论方面。雅典悲剧作家们得以保存至今的作品，在启蒙运动时期被重新搬上舞台，并在那以后定期演出，尤其是《俄狄浦斯王》。这些作品的主题和故事亦被后世无数作家重新解读。■

验。预言促使俄狄浦斯离开家乡，并引发了一系列事件，让他在不知情的情况下杀死了自己的亲生父亲拉伊俄斯，代替他成为忒拜城国王，并迎娶了自己的亲生母亲伊俄卡斯忒。

当俄狄浦斯顿悟了一切时，戏剧的发展达到高潮。他刺瞎了自己的双目。整部剧中，合唱队始终担任着表达人物内心想法与感受的角色。在故事最终结束之前，面对着空荡荡的舞台，合唱队一遍遍吟唱着："不要说任何人是幸运的，只有死亡才能带来真正的解脱。"

西方传统

《俄狄浦斯王》很快便受到了雅典观众的喜爱，更获得了亚里士多德（Aristotle）的盛赞，称其可能是古希腊古典时代最好的悲剧作品。索福克勒斯对复杂情节的巧妙处理及对自由意志与坚定性、高尚人物的致命缺陷等主题的把握，不仅树立了古典主义戏剧的标杆，更奠定了此后西方戏剧的基础。埃斯库罗斯、欧里庇得斯与索福克勒斯相继去世后，古希腊再也没有出现声望可与他们媲美的悲剧作家。戏剧依然是雅典文化生活的中心，

> 若人生受命运支配，万事亦无法预料，那我们又何须惧怕呢？人只应活在当下。
> ——《俄狄浦斯王》

亚里士多德的《诗学》，约公元前335年

亚里士多德（公元前384年—公元前322年）相当尊崇悲剧作家，他所著的《诗学》是一部关于悲剧艺术的著作。亚里士多德将悲剧视为一种行动的模仿，目的是让观众感受到怜悯与恐惧，戏剧情节的展开使感情得到净化。

一部悲剧作品的品质由六个因素决定：情节、人物、思想、语言、场面及音乐。情节应统一，包含开端、发展、结局。戏剧中至少有一个人物需经历人生的转折，或归因于命运，或归因于人物本身的缺陷，或两者皆有。此外，思想也很重要，即亚里士多德所说的主题及戏剧中传递出的道德信息。语言，即措辞，包含比喻的使用、演员对台词的传达等。场面（布景与舞台效果）和音乐（由合唱队吟唱）应融入情节之中，以增强人物的表现力。

地狱之门日夜敞开；
轻易堕入通行无阻

《埃涅阿斯纪》（公元前29年—公元前19年），维吉尔

自公元前3世纪左右起，古罗马逐渐开始取代古希腊，成为地中海地区的强者。自那时起，最早的拉丁语文学开始出现。起初，古希腊文化对古罗马的影响极其深远，古罗马文学的发展过程非常缓慢。尽管古罗马作家以拉丁语创作，但是他们一直套用古希腊文学的模式写作诗歌、戏剧及历史文献。直到大约公元前80年，政治家、演说家、作家及诗人西塞罗开创了拉丁语文学的"黄金时代"，古罗马才诞生了独特的写作风格与体裁。

帝国的根基

所谓的"黄金时代"快速推动了古罗马从共和国到帝国的演变。这场演变（包含内战的动荡）反映在从以西塞罗、撒路斯提乌斯及瓦罗为代表的历史、修辞写作到以贺拉斯、奥维德（Ovid）及维吉尔为代表的诗歌写作的过渡之中。这一特点在古罗马皇帝奥古斯都统治时期（自公元前27年开始）最为

背景介绍

聚焦
古罗马的文学作品

此前

公元前3世纪 格涅乌斯·奈维乌斯以古希腊文学为参照，以拉丁语创作了与古罗马神话和历史相关的史诗和戏剧作品。

约公元前200年 昆图斯·恩尼乌斯的史诗作品《编年纪》问世。

约公元前80年 西塞罗作为律师的演说词标志着拉丁语文学"黄金时代"的开端。

此后

公元前1世纪 贺拉斯的诗歌作品（包括《歌集》《讽刺诗集》和《长短句集》）诞生。

约公元8年 奥维德发表了他的叙事诗《变形记》。

公元2世纪 阿普列乌斯版本的《变形记》（又名《金驴记》），虽对原著有几分不敬，却也无伤大雅。

维吉尔

维吉尔于公元前70年出生在意大利北部的曼图亚。他早年大多数时间生活在罗马共和国，他的诗歌作品《牧歌》描述的便是当地的乡村生活。维吉尔的另一部主要作品《农事歌》是为其赞助人、政治家盖乌斯·梅塞纳斯而创作的。维吉尔也是屋大维，即后来的古罗马皇帝奥古斯都的朋友。当时，维吉尔在古罗马诗界与贺拉斯和奥维德齐名。在奥古斯都的鼓励下，维吉尔于大约公元前29年着手创作巨著《埃涅阿斯纪》，直至公元前19年他因高烧去世为止。据说维吉尔临终前曾要求将《埃涅阿斯纪》销毁，可能是因为他对奥古斯都的统治感到失望。在皇帝的命令下，这部作品还是在他死后出版了。

主要作品

约公元前44年—公元前38年《牧歌》
公元前29年《农事歌》

参见：《伊利亚特》26~33页，《变形记》55页，《金驴记》55~56页，《神曲》62~65页，《失乐园》103页。

> 承受当下的苦难，活下去，养精蓄锐以待命运更好的安排。
> ——《埃涅阿斯纪》

鲜明。维吉尔在世时便被视为古罗马杰出的文学大师，他创作过许多诗歌作品，最终使他名垂千古的是史诗《埃涅阿斯纪》。这部关于古罗马祖先的作品很有可能是在奥古斯都皇帝的授意下撰写的。这部爱国主义诗歌的成功，无疑在某种程度上应归功于帝国成立之初高涨的民族自豪感。

尽管《埃涅阿斯纪》的主题偏重民族主义，但它始终植根于古希腊文学，受荷马的影响尤其深远。它仿照《伊利亚特》与《奥德赛》的写作模式，使用相同的格律，即古典主义"英雄格"进行创作。《埃涅阿斯纪》共12卷，讲述了埃涅阿斯从家乡特洛伊到意大利的征程及拉丁姆（拉丁人聚集地）战争，埃涅阿斯正是通过这场战争才最终建立了古罗马。

荷马式成就

埃涅阿斯这一人物在《伊利亚特》中出现过。维吉尔巧妙地

埃涅阿斯在地中海地区的征程

1. **特洛伊：** 与父亲安喀塞斯国王等人一起逃离特洛伊城，妻子的鬼魂告诉他要找到台伯河的土地。

4. **克里特岛：** 神出现在埃涅阿斯的梦境中，并告诉他，他所寻找的祖先的土地就在遥远的意大利。

5. **斯楚菲德斯群岛：** 偏离航线驶向哈比人的居所，在攻击中幸存下来。哈比人预言意大利将发生饥荒。

9. **迦太基：** 遇到女王狄多并坠入爱河，但因众神劝说，他继续征途，离开了狄多。

11. **库迈：** 在女先知西比尔的带领下来到地府，通过与鬼魂对话，他看到了古罗马的未来。

12. **拉丁姆：** 在台伯河河口处受到拉丁努斯国王的欢迎，国王提出将女儿拉维妮娅公主嫁给他。

地图上的数字标记着埃涅阿斯穿越地中海地区的路线

将特洛伊传奇与古罗马传奇结合在一起，对这位英雄的故事进行续写，从古罗马传统价值观的角度赞颂他的美德。维吉尔的这部史诗开篇第一句话是："我歌颂战争与一个人。"这种陈述主题的方式与《伊利亚特》十分相似。接着，他开始讲述埃涅阿斯在前往意大利途中，因暴风雨被迫流落迦太基的故事。在迦太基，埃涅阿斯向女王狄多讲述了特洛伊城的沦陷。在整部史诗中，维吉尔着重突出了埃涅阿斯的虔诚，在命运与神的操控下，他的品德与责任驱使他离开故土，前往命运之地拉丁姆。

《埃涅阿斯纪》奠定了维吉尔在古罗马文学界的地位，他的作品本身更称得上是最杰出的拉丁语文学作品。在整个中世纪，维吉尔一直受到尊崇，并成为但丁（Dante Alighieri）创作《神曲》（Divine Comedy）时的导师。《埃涅阿斯纪》中的故事自面世起便一直被传颂，这部作品之后，"特洛伊木马"一词也往往与"危险"联系在一起，更由此衍生出"当心希腊人的礼物"这一谚语。这种说法如今已进入大众文化之中。■

命运会在必要时揭晓它的安排

《贝奥武夫》（8—11世纪）

背景介绍

聚焦

盎格鲁-撒克逊文学

此前

7世纪 凯德蒙本是一位牧羊人，后来成为惠特比修道院的修道士。他创作的赞美诗是最早的古英语诗歌。

约8世纪 铭刻于鲁斯韦尔十字碑（位于苏格兰，曾属诺森比亚王国）上的如尼文字残片，记录的是诗歌《十字架之梦》中的诗句，内容融合了战士形象与基督受难的故事。

此后

约1000年 史诗《沃尔德雷》被誊抄下来。虽仅有两片残片得以流传，但为后人了解盎格鲁-撒克逊文化中完美战士形象提供了借鉴。

10世纪 本笃会的修道士编纂了一部盎格鲁-撒克逊诗集，即我们如今所知的《爱塞特诗集》。

尽管学术界对《贝奥武夫》的确切创作时间尚存在争议，但它确实是得以完整留存至今、最早的盎格鲁-撒克逊史诗，它以古英语或盎格鲁-撒克逊语创作。该语言来源于斯堪的纳维亚侵略者带入英国的日耳曼语。在1066年诺曼征服英格兰之前，古英语或盎格鲁-撒克逊语一直是英国的通用语言。

古英语自5世纪起便在英格兰和苏格兰南部地区被广泛使用，以

> 每个人都应预料到生命终将走到尽头；让可能胜利的人在死前感受自豪，因为这或许是对往生的战士最高的礼遇。
> ——《贝奥武夫》

该语言成书的文学作品直到后来才慢慢开始出现。7世纪中叶，英国皈依基督教。拉丁语是知识分子普遍使用的语言，基督教修道院、教堂也都使用拉丁语撰写经文。到了阿尔弗雷德大帝统治时期（在位年份为871—899年），以古英语翻译的基督教经文开始与原拉丁语版本共同出现在市面上。

口述传统

《贝奥武夫》可能创作于8—11世纪初期。这部作品的主题并不是宗教性的，却以基督教视角写成。目前尚无法确认《贝奥武夫》的作者是否就是当初创作原稿的那个人或那群人，也无法得知这部作品是否真的是以前诗作的抄本。盎格鲁-撒克逊有口述故事的传统，包括《贝奥武夫》在内的几部古英语作品都提到了吟游诗人，因此该史诗有可能在被书面记载下来之前就已经历了数年的口口相传。

同这部史诗的语言一样，《贝奥武夫》的故事情节也深植于斯堪的纳维亚文化中，讲述了当地人的

英雄与传奇 | **43**

参见：《吉尔伽美什史诗》20页，《摩诃婆罗多》22~25页，《伊利亚特》26~33页，《埃涅阿斯纪》40~41页，《囚车骑士兰斯洛特》50~51页，《尼雅尔萨迦》52~53页，《熙德之歌》56页，《神曲》62~65页，《魔戒》287页。

传说，其中包含几位生活在约公元前500年的历史人物。这部史诗描绘了耶阿特战士贝奥武夫的英勇事迹。他帮助丹麦国王洛斯格将怪物哥伦多和它的母亲从土地上驱逐出去。贝奥武夫听从洛斯格国王"伟大的战士，请不要骄傲自大"的建议，由一位盛气凌人的年轻探险者成长为耶阿特民族令人尊敬的国王。他的最后一场战争是将自己的子民从巨龙的手中拯救出来。

史诗与挽歌

《贝奥武夫》除了讲述斩妖除魔的英雄故事、正义与邪恶的斗争，还触及了忠诚、兄弟情、生命的转瞬即逝，以及在避无可避的劫数面前傲慢与自大的危险性等主题。英国作家、学者J. R. R. 托尔金（J. R. R. Tolkien）认为，《贝奥武夫》既是一部史诗，也是一部挽歌，既带有英雄情结，也饱含哀伤情思。该诗哀叹英雄的死，也是对即将消亡的人生之道及人类与命运斗争的怀旧式挽歌。

《贝奥武夫》的原稿约于10世纪末或11世纪初被存入诺威尔法典之中，并被视为历史文物，直到19世纪，人们才第一次将它翻译为现代英语。正是因为有了托尔金的大力宣传，人们才认识到了这部作品的文学价值。如今，《贝奥武夫》被译为多种语言，加之其本身的声望，对当代奇幻文学的创作产生了深远影响。■

wægflota
"浪上悬浮物"=船

hronrād
"鲸之路"=海洋

hildewulf
"战争之狼"=战士

weorðmyndum
"精神价值"=荣誉

古英语中的"比喻复合修辞法"

"比喻复合修辞法"（kenning）一词来源于古诺尔斯语中"了解、领会"（kenna）一词。这是一种比喻手法，使用复合词或比喻性短语替代常见的名词。例如，"战争之汗"（battle-sweat）便可替代"血液"（blood）一词。

hildeswat
"战争之汗"=血液

heofoneswynne
"天空之乐"=黎明

sólarborð
"太阳之桌"=天空

uhtsceaða
"暮色之伤"=龙

古英语诗歌

《贝奥武夫》是一部史诗，长达3182行，其语言慷慨激昂，表述强势有力，使用了盎格鲁-撒克逊特有的诗歌写作技巧。

与当代诗歌的韵律不同，古英语诗歌最显著的特点是押头韵。每一行分为两部分，相互间结尾并不押韵，而是第一个词或音节发音相似。同一行间的两部分以中间的停顿相分隔，以此形成两个押头韵的对句。古英语诗歌的另一个特点是比喻复合修辞法的使用，即用比喻性的复合词替代一个缺少诗意的单词，例如，用"战争毒蛇"替代"箭"。

类似写作手法的使用，尤其是古英语中大量典故的存在，使得将诗歌翻译为现代英语更加困难。

就这样，天方夜谭开始了……

《一千零一夜》（约8—15世纪）

纵观阿拉伯世界，讲故事这一传统由来已久，民间故事通过口述得以代代相传。然而，自8世纪起，随着城市的崛起及伊斯兰教影响下阿拉伯文化的日益繁荣，课堂中教授的标准阿拉伯语与百姓使用的阿拉伯语间的差距逐渐拉大。前伊斯兰时期以方言写成的文学作品，包括传统民间故事，逐渐不为知识分子所青睐。作家们也开始从凭借想象创作散文转向诗歌及纪实文学的写作。

民间对故事的需求

尽管社会更加重视诗歌这样的高雅艺术，但民间却一直偏好精彩的故事。在接下来的几个世纪里，一部故事集出现了，即如今我们所知的《一千零一夜》，也叫《天方夜谭》（*Arabian Nights*）。尽管当时并未被阿拉伯学者所重视，但这部作品却始终受到大众的喜爱。

几个世纪里，《一千零一夜》中的故事被杂乱无章地整合在

伊斯兰文学的黄金时代

到了8世纪中期，穆斯林掌控的区域已由横跨波斯的中东扩展至印度次大陆，由北非扩展至伊比利亚。伊斯兰国家中先进的城市成为文化及政治中心。

这便是伊斯兰黄金时代的开端，这一时代持续了500年左右。教育中心，例如巴格达的"智慧宫"，吸引了大批博学大师（精通科学、哲学和艺术的学者）及研究伊斯兰教经典《古兰经》的学者。

《古兰经》记录了真主启示穆罕默德的原话，因此，这本书不仅被视为宗教智慧的源泉，也是阿拉伯文学的模范。其写作风格和语言特点深深影响了自8世纪开始涌现的阿拉伯经典文学作品，尤其是被人们公认价值远远高于叙事小说的诗歌作品。

背景介绍

聚焦
早期阿拉伯文学

此前

610—632年 伊斯兰教认为，《古兰经》（阿拉伯语意为"诵读"）是真主给予穆罕默德的启示。

8世纪 一部由7首前伊斯兰时期诗歌组成的诗集以黄金书写于亚麻布上，这些诗歌中有些可追溯至6世纪。据说它们曾被挂在麦加卡巴天房的墙上。这就是我们所说的"悬诗"。

此后

约990—1008年 白迪阿·宰曼·赫迈扎尼写下了《玛卡梅集》（"玛卡梅"意为"集会"）。这是一部韵文集，讲述了机智的主人公伊斯坎达里身上发生的故事。

13世纪 《比亚得与利雅得的故事》是伊斯兰文明安达卢西亚地区的文学作品，讲述了商人之子与异国宫女之间的爱情故事。

参见：《摩诃婆罗多》22~25页，《坎特伯雷故事集》68~71页，《十日谈》102页，《儿童与家庭童话集》116~117页，《安徒生童话》151页，《怪异故事集》152页，《先知》223页。

天方夜谭

每当夜晚降临的时候，山鲁佐德便开始继续讲述前一晚的故事，以此吸引丈夫的注意力。

当一个故事结束后，她便开启另一个新的故事，并且通常都是由故事中的人物讲述发生在自己身上的事。

每当破晓，故事进入最扣人心弦部分的时候，山鲁佐德便会结束。国王为了听完故事的结尾，都会暂且推迟对山鲁佐德的处决。

一起，也并未出现主流的经典版本。讲故事的人将古印度、波斯和阿拉伯的故事也汇集在一起，并不断加入新的故事。人们认为，《一千零一夜》现存最古老的阿拉伯语手稿是在15世纪末于叙利亚汇总而成的。它以口语写就，与经典阿拉伯诗歌和《古兰经》的语言风格形成了鲜明对比。

故事中的故事

《一千零一夜》采用连环包孕式结构，即一个故事中包含其他所有故事。串联全篇的便是用智慧应对丈夫山努亚国王处决的王妃山鲁佐德的故事。在发现上一任妻子的不贞后，山努亚便坚信天下的女人都是不可信的。他发誓每天迎娶一个女人，"于夜晚夺取她的贞节，并在第二天早上砍下她的头颅，以此维护自己的名誉"。然而，山鲁佐德在嫁给山努亚国王后却改变了这一命运：她在新婚之夜给国王讲了一个故事，却不告诉他结局如何，让山努亚在好奇的驱使下推迟了对她的处决。1001个这样的夜晚过后，国王坦诚自己的灵魂已被她洗礼，并赦免了她。

山鲁佐德所讲的故事将奇幻情节设置于传奇地点，并将主人公定为历史人物，例如故事中的哈伦·拉希德（约生活在766—809年），就是伊斯兰黄金时代阿拔斯王朝的哈里发。故事的多样性决定了体裁的多种多样，包括冒险、浪漫、神话及恐怖故事，甚至科幻小说。

> 哦，我的姐姐，讲些新的故事给我们听，让人愉悦、吸引人的，让我们借以消磨后半夜难以入睡的时间。
> ——《一千零一夜》

在西方的影响力

《一千零一夜》中的故事直到18世纪才传到欧洲，这要归功于法国学者安托万·加朗（Antoine Galland）所著的法语版《一千零一夜》（1704—1717年）。加朗参照的原稿并不完整，其中的故事远不能供人们讲述1001夜。于是，他便在其中加入了阿里巴巴、阿拉丁及辛巴达等阿拉伯传说。这些情节原本并不存在于《一千零一夜》之中，但自那以后却成了西方世界最为熟知的故事。

加朗的作品受到人们的喜爱，在很大程度上应归功于其异域色彩，他的故事中充满了精灵和飞毯。这些故事在19世纪初期对格林兄弟（Brothers Grimm）等其他作者创作故事集产生了很大影响。理查德·波顿爵士（Sir Richard Burton）在1885年的译作激发了人们研究伊斯兰文明的兴趣。然而，在阿拉伯世界，人们仍将《一千零一夜》视作具有娱乐性的奇幻故事，而非文学作品。■

处世若大梦，胡为劳其生？

《全唐诗》（编纂于18世纪），收录8世纪李白、杜甫、王维等人的诗歌作品

背景介绍

聚焦
帝制时期的中国诗歌

此前
约公元前4世纪 抒情诗集《楚辞》编纂完成，通常认为是屈原、宋玉等人所著的。

2—3世纪 曹操（后来的魏武帝）和他的两个儿子曹丕与曹植，于东汉末年开创了诗歌的独特风格——"建安风骨"。

此后
960—1368年 宋元时期，相较于唐朝流行的"诗"，"词"更受欢迎。

1368—1644年 明朝时期的诗歌以高启、李东阳和袁宏道的作品为杰出代表。

1644年 清王朝开启了研究并出版唐代文学作品的时代。

中国创作诗歌的传统可追溯至公元前11世纪。早期的一些诗作是为吟唱而谱写的，也就是"辞"，以歌和爱情诗的形式呈现；风格较为正式的"诗"，主题更加深沉，结构更加严谨。《诗经》（Book of Odes）是中国古代诗歌的开端，收集了西周初年至春秋中叶的诗歌，共300多首。这部作品被视为中国古代文学"五经"之一，为之后中国古典诗歌的创作确定了标准。

作诗的传统

"诗"的创作在唐朝时期（618—907年）达到巅峰，8世纪更是涌现出了一大批杰出的诗人。这些诗人之中，最著名的有李白（701—762年）、杜甫（712—770年）、王维（699—759年）等。1705年，清朝康熙皇帝（在位年份1661—1722年）命曹寅编纂一部权威诗集，即我们如今所知的《全唐诗》（Complete Tang Poems）。书中收录超过2000位诗人所作的近5万首诗。约在1763年，孙洙编了一部篇幅较短的诗集《唐诗三百首》（Three Hundred Tang Poems）。如《诗经》一般，这部作品也被奉为经典，直到今日都是中国人必读的作品。■

> 相看两不厌，
> 只有敬亭山。
> ——李白《独坐敬亭山》

参见：《易经》21页，《三国演义》66~67页，《奥州小路》92页。

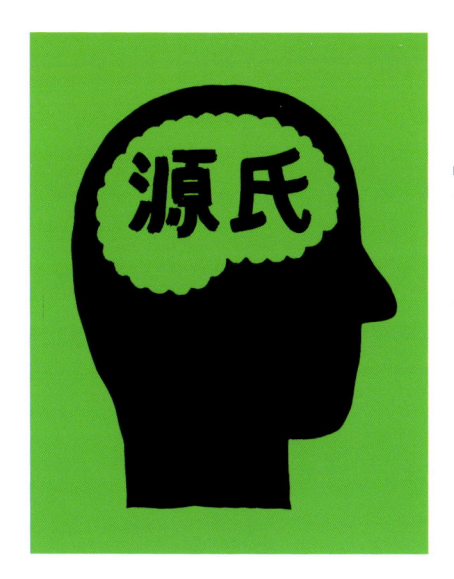

黑暗中的真实似乎比梦境更加虚无

《源氏物语》（约1000—1012年），紫式部

背景介绍

聚焦
平安时代宫廷文学

此前
约920年 第一部和歌（日本古典诗歌）选集——《古今和歌集》得以出版。

10世纪后期 童话故事《落洼物语》创作完毕。

约1000年 清少纳言创作了《枕草子》，这部作品记录了她以一条天皇皇后藤原定子身边宫女的身份生活于宫中时的见闻。

此后
12世纪早期 《今昔物语》编纂完成，书内囊括了来自印度、中国和日本的故事。

1187年 最后一部帝制时期和歌选集《千载和歌集》，由藤原俊成编纂而成。

日本的艺术与文化在平安时代（794—1185年）繁荣发展，当时的宫廷坐落于平安京（如今的日本京都市）。正是在这一时期，区别于中国语言和文化的日本古典文学开始萌芽。尽管当时汉语仍是日本官方和贵族的用语，但更为简单的假名文字系统越来越多地成为文学作品使用的语言。

皇室的支持

在平安时代，皇帝高度重视并鼓励诗歌创作，下令编纂了8部日语经典诗集。到10世纪末期，物语作品出现了，其中包含历史文献和民间故事，如《竹取物语》（The Tale of the Bamboo Cutter）和相传由宫女所著的《落洼物语》（The Tale of the Lady Ochikubo）。最引人注目的是由宫女紫式部（Murasaki Shikibu，973—1014年或1025年）创作的《源氏物语》（The Tale of Genji）。这部作品被视为日本的第一部长篇小说（也有人将其视为世界上最早的小说）。全书共54回，讲述了被剥夺继承权的皇帝之子光源氏及其后代的故事。尽管该书并没有真正意义上的情节，只是记录了一系列事件的发生，但是书中的人物描写引人入胜，不仅向读者展现了当时宫廷生活的内幕，还展现了人物的内心想法及行为动机。这也使得这部作品被称为现代心理小说的先驱。

紫式部创作《源氏物语》时，也许只将贵族妇女当作目标读者，却没想到吸引了更加广泛的读者群，从而使这部作品成为经典之作，自12世纪起便以不同版本面世。尽管《源氏物语》名望甚高，但复杂的写作风格却使这部作品直至20世纪才得以翻译成现代日语，通常还要添加注释，以对其中的文化内涵进行解释说明。■

参见：《枕草子》56页，《奥州小路》92页，《曾根崎心中》93页。

一个人应为主人赴汤蹈火
《罗兰之歌》（约1098年）

背景介绍

聚焦
武功歌

此前

5—11世纪 在英国，盎格鲁-撒克逊的吟游诗人通过吟唱或背诵有关斯堪的纳维亚历史的史诗来取悦宫廷贵族。

880年 《圣女欧拉丽的颂歌》是最早以奥依语（古时法国北部方言）写成的作品之一。

此后

11世纪末或12世纪初 早期"法兰西史诗"出现，代表作品包括《纪尧姆之歌》及《戈尔蒙和伊桑贝尔》。

约1200年 已知第一部西班牙史诗作品《熙德之歌》创作完成。

14—15世纪 百年战争（1337—1453年）引起的动荡及黑死病的爆发（约1346—1353年），终结了中世纪法国诗歌的鼎盛时期。

尽管早在9世纪就出现了以古法语写成的宗教典籍，但人们通常将武功歌视作法语文学的开端。这类作品最早由游方艺人或吟游诗人在宫廷中背诵或演唱。起初，这些带有韵律的叙事诗只是口述故事的形式之一。到了11世纪末期，人们越来越多地将它们以文字形式记录下来。

传奇事迹

武功歌主要以古法语创作而成，为法兰西史诗（又称加洛林纪事，是中世纪三大文学纪事作品之一）的发展奠定了基础。武功歌主要讲述历史人物的英勇事迹，如法兰克国王查理曼大帝的故事。其他两类中世纪文学纪事作品——罗马史诗（讲述古典时期的历史与神话）和不列颠史诗（讲述亚瑟王与骑士团的传奇故事）——都不是武功歌的主题。法兰西史诗中最早的武功歌便是《罗兰之歌》（The Song of Roland），其中一个版本是由诗人杜罗尔德（Turold）创作的。全诗约4000行，描绘了发生在778年查理曼大帝统治期间传奇的战争——龙塞沃战役。在为争夺摩尔人的要塞——西班牙萨拉戈萨而战时，罗兰被继父背叛，遭受伏击。他拒绝发出求援信号，并英勇反攻。随着部下逐一被屠杀，罗兰终于下定决心复仇，他用尽全力吹响象牙号角，最终力竭而亡。查理曼大帝听到号角声迅速赶到，击败了摩尔军队。

武功歌激发了西班牙史诗的创作，包括卡斯蒂利亚语史诗《熙德之歌》（Cantar de mio Cid），以及被改编为古诺尔斯语的《险境英雄传奇志》。到12世纪，诗人开始偏向于创作宫廷抒情诗。即便如此，像《罗兰之歌》这样的优秀作品一直到15世纪仍受人们的喜爱。■

参见：《贝奥武夫》42~43页，《菩提树下》49页，《囚车骑士兰斯洛特》50~51页，《坎特伯雷故事集》68~71页。

英雄与传奇　49

悠哒啦唻，夜莺唱着甜美的歌

《菩提树下》（12世纪晚期），
瓦尔特·封·德尔·福格威德

背景介绍

聚焦
法德抒情诗人

此前

11世纪末　法国南部抒情诗人以奥克语（法国南部的传统方言）创作宫廷爱情诗歌的传统，传播至西班牙和意大利。

12世纪　法国南部抒情诗人，包括克雷蒂安·德·特鲁瓦，开始以奥依语（法国北部的传统方言）创作抒情诗歌。

12世纪末　库伦贝格尔和迪特玛·冯·艾斯特开创了德国宫廷恋歌先河。

此后

13世纪末　最后几位德国宫廷诗人之一的弗劳恩洛普创办了培养"名歌手"（中世纪德国手工业行会里热衷歌咏活动的工匠所举行的歌唱比赛的获胜者）的学校。

约14世纪30年代　法国北部抒情诗人数量骤降，后来这一职业因黑死病（约1346—1353年）而完全消失。

中世纪早期，欧洲宫廷的主要娱乐活动就是让游方艺人背诵或吟唱史诗。到11世纪，一些贵族也成为游方诗人。为将他们与杂耍游唱艺人或普通的表演者区分开，人们便将他们称为"抒情诗人"。他们创作的诗歌从叙述历史事件逐步发展至歌颂宫廷爱情，也就是描绘骑士的英勇事迹及他们与贵族夫人之间的浪漫爱情。

贵族表演者

抒情诗歌最早出现于法国北部，之后才传播至意大利和西班牙。在接下来的一个世纪里，德国也慢慢有了贵族表演者，即抒情诗人。他们之中最杰出的代表是瓦尔特·封·德尔·福格威德（Walther von der Vogelweide，约1170—1230年）。除抒情诗歌外，这位诗人也创作政治和讽刺类诗歌。他最负盛名的作品是《菩提树下》（Under the Linden Tree）。这首诗沿袭了抒情诗人创作宫廷恋歌的传统，又在许多方面独树一帜。其中，模仿夜莺歌唱之音的叠句"悠哒啦唻"借鉴了民谣的副歌部分；更值得注意的是，诗中许多优美用词并不是贵族夫人的常用语，而更像一个天真烂漫女孩的话语。

这些特征也预示了宫廷抒情诗时代的消亡。在同一时期，德国出现了一批专业诗人，也称"名歌手"。■

> 你仍能在那里看到，相爱的我们两人，枕着鲜花，卧着绿草。
> ——《菩提树下》

参见：《罗兰之歌》48页，《囚车骑士兰斯洛特》50~51页，《坎特伯雷故事集》68~71页。

敢于违背爱情之命的人是大错特错的

《囚车骑士兰斯洛特》（约1175—1181年），
克雷蒂安·德·特鲁瓦

背景介绍

聚焦
亚瑟王骑士文学

此前

1138年 威尔士教士、编年史家蒙默思的杰弗里编纂的《不列颠诸王纪》一书，使得亚瑟王的传说为人们所熟知。

12世纪 英国作家托马斯以古法语（北部方言奥依语）创作的诗歌《特里斯坦》，讲述了圆桌骑士特里斯坦与爱人伊索尔德的传奇故事。

此后

13世纪 一位不知名的教士以古法语写成长达5卷的《兰斯洛特圣杯组歌》（又称《兰斯洛特叙事诗》），讲述了兰斯洛特争夺圣杯的故事。

1485年 英国作家托马斯·马洛礼创作的《亚瑟王之死》，重新解读了亚瑟王和圆桌骑士的传说。

史诗起源于荷马与维吉尔的作品。到了中世纪，这一文学传统被法国南部及其他地中海国家的抒情诗人，以写作并吟诵武功歌的形式保留下来。这些中世纪的史诗作品继承了史诗的文体，讲述了英勇事迹、古代经典战役，以及对抗撒拉逊人和摩尔人的战争。到了12世纪，随着宫廷爱情逐渐取代军事战绩成为作品的主旋律，故事所强调的重点也从英雄主义转向高尚行为，这些骑士冒险故事的写作风格开始发生转变。

亚瑟王传奇

人们通常将文学领域的这种转变归功于抒情诗人克雷蒂安·德·特鲁瓦（Chrètien de Troyes）。他的写作灵感则来自亚瑟王和圆桌骑士的传说。在克雷蒂安生活的年代，法国存在两种截然不同的、以其方言相区分的文化：南部的抒情诗人使用奥克语，北部的抒情诗人则使用奥依语。因此，克雷蒂安将

克雷蒂安·德·特鲁瓦

人们对克雷蒂安·德·特鲁瓦知之甚少。他是一位吟游诗人，于12世纪末追随法国的伯爵夫人玛丽。他名字中的"德·特鲁瓦"大约可以证明他来自法国巴黎东南部香槟地区的特鲁瓦，但也有可能出自他居住于特鲁瓦的赞助人，也就是香槟地区的伯爵夫人玛丽。从他于1160—1180年创作的诗歌作品中可以看出，他曾是一位神职人员。克雷蒂安的主要作品是四部描写亚瑟王或其骑士团爱情故事的作品，而他的贡献之一是在描写兰斯洛特和桂妮维亚的恋情时开创了"典雅爱情"这一文学传统。他的第五部作品《帕西法尔，圣杯的故事》大约于1190年开始创作，但最终没能在去世前完成。

主要作品

约1170年 《艾莱克与艾尼德》
约1176年 《克里赛》
1177—1181年 《雄狮骑士伊文》

参见：《罗兰之歌》48页，《菩提树下》49页，《堂吉诃德》76~81页，《高文爵士与绿衣骑士》102页，《亚瑟王之死》102页。

当兰斯洛特像普通囚犯一般被押入囚车时，他十分犹豫且抗拒。不过，他最终以骑士事迹挽回了自己的名誉。

作品内容从古典地中海及法国南部的英雄情节，转向所谓的"不列颠史诗"（讲述英国和布列塔尼的传奇故事）来吸引读者的注意力，便不足为奇了。

爱情战胜一切

克雷蒂安不仅向法国读者介绍了亚瑟王的传奇故事，还对"骑士文学"这一概念进行了重新解读。在《囚车骑士兰斯洛特》（Lancelot, the Knight of the Cart）这部作品中，他集中描写了一位当时并不出名的人物——兰斯洛特。他追求浪漫的爱情，而他的高尚之处则体现在保卫王后桂妮维亚的名誉上。

兰斯洛特的任务是将桂妮维亚从米勒根的魔爪下拯救出来。为此，他踏上了征程，其间必然也牵涉与米勒根的战斗。兰斯洛特在战斗中取得了胜利，也爱上了桂妮维亚。然而，这位骑士并非事事如意：一系列的误会与欺骗使得桂妮维亚对他的态度反复无常，兰斯洛特也被迫遭受被押入刑车的侮辱，并一度成为囚犯。但是故事的最后，他和他的爱情最终赢得了胜利，桂妮维亚的名誉和兰斯洛特的尊严都得以保全。

骑士时代

尽管早前的武功歌依旧受到读者的喜爱，但克雷蒂安对史诗的创新处理方式成功地适应了当时社会的氛围。全欧洲的诗人亦开始尝试这种全新的写作风格，主题也大都是亚瑟王传奇。许多人选择描绘诸如兰斯洛特与桂妮维亚、特里斯坦与伊索尔德这样的爱情故事，其他人则选择描写争夺圣杯的宏伟征途。到了13世纪，"史诗"这一概念逐渐衰落，人们更倾向于以散文的形式讲述亚瑟王的传奇故事，其中又以托马斯·马洛礼（Sir Thomas Malory）创作的《亚瑟王之死》（Le Morte d'Arthur）为代表。

伴随着文艺复兴的到来，人们逐渐对亚瑟王骑士文学这一体裁失去兴趣。到1605年塞万提斯的作品《堂吉诃德》（Don Quixote）面世时，尽管人们仍将"骑士"与"传奇"这样的词与中世纪的神秘世界联系在一起，但故事中高贵的骑士、落难的女子及有礼有节的宫廷爱情早已成为陈词滥调。■

三种截然不同的史诗类型于中世纪在欧洲西部逐渐形成。这些史诗作品主要以古法语书写而成，以主题或题材的不同相区别。

罗马史诗

古典时期的神话与传说（主要来源于古罗马，一部分来自古希腊），也有历史故事，其中包括亚历山大大帝与恺撒大帝的事迹。

法兰西史诗

查理曼大帝与圣骑士的传说故事，以及对抗摩尔人和撒拉逊人的战争故事，其中包括罗兰、纪尧姆·德·奥郎日和敦·德·梅央斯的事迹。

不列颠史诗

英国和布列塔尼的传说故事，其中包括亚瑟王传奇、圣杯的争夺、布鲁图斯、高尔王、李尔王及歌革玛各的故事。

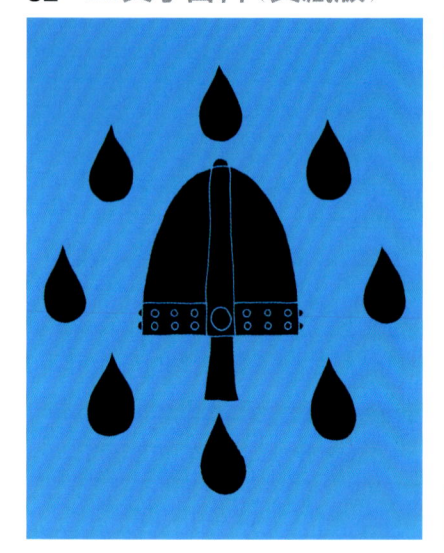

让他人的伤口成为我的警示
《尼雅尔萨迦》（13世纪末）

背景介绍

聚焦
北欧萨迦

此前

12世纪 挪威和冰岛出现了最早的古代北欧萨迦（Konungasogur，即国王萨迦）。

约1220年 学界普遍认为冰岛学者斯诺里·斯图鲁松创作或编纂了神话集《散文埃达》。

13世纪中后期 一部没有书名的诗集收录了斯堪的纳维亚神话，这就是后来的《诗体埃达》。

此后

13世纪 法国武功歌（歌颂英雄事迹）的译文为"冰岛骑士萨迦"这种文体的诞生提供了创作灵感。

约1300年 12世纪冰岛斯图隆家族的故事被编纂为《斯图隆萨迦》。

北欧萨迦创作于12—14世纪，讲述了许许多多的英雄事迹、家族恩怨、爱恨情仇及历史事件。大部分作品作者不详。直到12世纪，多数萨迦仍通过口述形式为人所知，数年之后才由抄书吏誊写成书。与其他大多数以拉丁语书写而成的中世纪文学作品不同，萨迦所用的语言是普通平民使用的古诺尔斯语和古冰岛语。萨迦主要分为五类：国王萨迦，主要讲述早期挪威国王，亦包括奥克尼（苏格兰北部群岛）和瑞典国王的事迹；当代萨迦，涉及冰岛族长的世俗故事（有时会以颇具名望的斯图隆家族命名）；古代萨迦，这一类萨迦不讲述历史，而讲述传奇或神话故事；骑士萨迦，这类萨迦起初只是法国武功歌的译文，如《亚历山大萨迦》；最后一类则是冰岛萨迦，创作于13世纪早期，也被称为"家族萨迦"，是聚焦家族历史的英雄主义叙事散文，描写家族之间各种各样的争斗与冲突。

《埃达经》

《埃达经》指的是一系列古代冰岛文学作品。这些作品收录在两本创作于13世纪的书中，分别是《散文埃达》和《诗体埃达》。这两本书一同构成了探索斯堪的纳维亚神话作品最全面的文献资料。

《散文埃达》又称《新埃达》，由冰岛学者斯诺里·斯图鲁松于1220年前后创作或编纂而成。这是一本关于诗歌的教科书，解释了早期宫廷吟唱诗人运用的格律，并对先前诗歌中的神话题材进行了说明。它包含一章序言，正文分为三部分："诗歌语言""格律型录""欺骗古鲁菲"（讲述古鲁菲国王拜访阿萨神域的经历）。

《诗体埃达》又称《老埃达》，虽创作于《新埃达》之后，却收录了年代更加久远（800—1100年）的作品。书中包含英雄诗歌与神话诗歌，作者不详。

英雄与传奇 53

参见：《伊利亚特》26~33页，《贝奥武夫》42~43页，《罗兰之歌》48页，《囚车骑士兰斯洛特》50~51页，《熙德之歌》56页，《艾凡赫》150页，《卡勒瓦拉》151页，《魔戒》287页。

家族萨迦因其现实主义元素、优美的笔触及生动的人物描写，成为古典冰岛萨迦创作的杰出代表。其中，《埃吉尔萨迦》（Egil's Saga）、《拉克斯峡谷萨迦》（Laxdæla Saga）、《格雷蒂尔萨迦》（Grettis Saga）和《尼雅尔萨迦》（Njal's Saga）最为出名。一些学者认为，斯诺里·斯图鲁松（Snorri Sturluson，1179—1241年）有可能是《埃吉尔萨迦》的作者，其他作品作者不详。

悲剧式血仇

《尼雅尔萨迦》是篇幅最长，也是评价最高的冰岛萨迦之一。这部作品以散文形式写就，偶尔嵌入诗句，再现了英雄主义时期冰岛人的生活，描写了发生在10—11世纪几大家族间的故事。《尼雅尔萨迦》记录了50年间牵涉许多冰岛人的血仇。故事采用片段式的叙事手法，基调暗淡，人物复杂而鲜明。

作者将大部分笔墨集中于描写两位主人公：尼雅尔，一位睿智且谨慎的律师；尼雅尔的朋友贡纳尔，一位强壮但性格犹豫不决的战士。这两个人都热爱和平，然而，他们对于荣耀与血缘的追求却将自己和家人置于充满杀戮的血仇之中，并最终造成了悲惨结局。从某种程度上讲，《尼雅尔萨迦》的篇幅、内容与心理主题都与现代小说有相似之处。书中的情节与人物贴近生活，真实可信。这部作品主要讨论了对荣耀的追求及复仇的后果，也对法律在解决争端中扮演的角色进行了探讨。

巨大影响

冰岛萨迦描绘了战士、国王、强者和有权势的女性统治者。这些作品既触及了历史事件与纷乱时代，又描绘了古老的神话与传奇故事；既向读者展现了一幅描绘没落社会的现实主义画卷，又书写了奇幻与浪漫的故事。

这些故事集是欧洲中世纪文学作品巅峰之作的代表，也对后世作者的创作产生了极大影响，其中包括19世纪苏格兰诗人、剧作家沃尔特·司各特爵士（Sir Walter Scott）和20世纪英国奇幻主义作家J. R. R. 托尔金。

北欧人的文学作品

国王萨迦		讲述了斯堪的纳维亚地区国王的丰功伟绩，是萨迦中最高级的作品。其中最负盛名的是斯诺里·斯图鲁松约于1230年所作的《海姆斯克林拉》，该作品讲述了历代挪威国王的故事。
当代萨迦		讲述了12—13世纪冰岛的内部斗争。这部作品极富社会历史感，与家族萨迦不同，通常写于事件发生之后不久。
古代萨迦		讲述了诺曼人移居冰岛之前发生的事，约在1270年创作的《沃尔松格萨迦》是这一类型的代表。古代萨迦还记录了神话故事与日耳曼英雄传说，包括探寻远方大地的征程。
骑士萨迦		收录了以诺尔斯语翻译的罗曼语故事，以吸引更多读者。其中，最早的作品是大约创作于1226年的特里斯坦的故事。
家族萨迦		以散文形式记录家族历史的作品类型，讲述了约930—1030年早期几代开拓者家族的故事。作者不详。

> 永远不要违背由审判者促成的你与他人之间的和平协议。
> ——《尼雅尔萨迦》

延伸阅读

《埃及度亡经》
（公元前16世纪）

《埃及度亡经》（*Egyptian Book of the Dead*）书绘于纸莎草纸上，全文分为大约200个章节，包含不同作者写下的许许多多用于阴世的咒语和配方。抄书吏将这些内容抄写下来，与木乃伊共同埋葬。人们相信死者会在去往阴世的道路上阅读这些内容，以保护自己并指引自己穿越前方的险境。度亡经中最著名的一部是《阿尼的莎草纸卷》（*The Papyrus of Ani*），现藏于伦敦大英博物馆。

《奥德赛》
（约公元前725年—公元前675年），荷马

《奥德赛》是一部古希腊史诗，共分24卷（超过1.2万行），为口头表演而作。人们普遍认为是荷马创作了这部作品（参见28页）。《奥德赛》在很大程度上是荷马的另一部巨著《伊利亚特》的续作。作品的主人公是伊萨卡岛国王奥德修斯。历时10年的特洛伊战争结束后，奥德修斯在返乡途中因意外被迫漂泊海上。他生动的探险历程中包括与超自然生物的交锋和情欲的诱惑。在奥德修斯离家20年后，他的妻子珀涅罗珀和儿子忒勒玛科斯对他的归来早已不抱期望。珀涅罗珀不得不应付一位又一位求婚者，而他们的命运则掌握在伪装下的奥德修斯手中。这为故事的结局增添了戏剧性。

《神谱》
（约公元前700年），赫西俄德

总长1022行的史诗《神谱》（*Theogony*）又称《诸神的诞生》，是由古希腊诗人赫西俄德（Hesiod，约生活于公元前8世纪—公元前7世纪）创作而成的，也是最早从神话的角度对宇宙和诸神的起源加以解释的作品之一。全书以地神盖亚自混沌中诞生开篇，细细讲述诸神的诞生及世代权力的更替，最后以宙斯的胜利而完结。《神谱》最核心的内容是讨论千百年来萦绕在人类想象之中的核心主题，包括创世、父子之间的争斗，以及浩瀚宇宙之中人类的位置。

《道德经》
（公元前6世纪—公元前3世纪），老子

相传《道德经》是由中国古代圣人老子编写的，是道家的核心经典著作。这部作品共分81章，以高深的建议教导人们如何依据"道"和谐生存。作品中充满了引人入胜、深奥玄妙且极富诗意的格言警句，例如"为无为，则无不治"，对老子倡导的"无为"加以说明。

《俄瑞斯忒亚》
（公元前458年），埃斯库罗斯

《俄瑞斯忒亚》（*Oresteia*）的作者是古希腊早期著名的悲剧作家埃斯库罗斯。该作品是一部三部曲（也是埃斯库罗斯唯一得以完整留存的三部曲），讲述了阿特柔斯家族的悲剧故事。第一部描绘了阿伽门农国王自战场归来，以及妻子克吕泰涅斯特拉与人通奸的故事；第二部讲述了阿伽门农的女儿厄勒克特拉和儿子俄瑞斯忒斯复仇的故事；第三部则讲述了复仇的后果。故事的最后，在雅典娜女神的干预之下，法律最终终结了杀戮的循环。

埃斯库罗斯

埃斯库罗斯一生创作的作品大约有70～90部，如今得以完整留存下来的7部悲剧作品足以证明他是戏剧创作方面的大家。埃斯库罗斯大约于公元前525年或524年出生于雅典附近的埃琉西斯。他生活在早期雅典民主制度之下，参与了雅典对抗波斯帝国入侵的战役，特别是为马拉松战役做出了贡献。除创作悲剧外，他还对轻松滑稽的"羊人剧"有所涉猎。这两种体裁的作品都曾参与雅典最具规模的戏剧竞赛——一年一度的"酒神节"，他也是竞赛的常胜者。后来，他在竞赛中败给了年轻的悲剧作家索福克勒斯。公元前456年或455年，他在西西里的格拉城去世。

主要作品

公元前458年　《俄瑞斯忒亚》
公元前472年　《波斯人》
公元前467年　《七将攻忒拜》
公元前5世纪　《被缚的普罗米修斯》

《美狄亚》
（公元前431年），欧里庇得斯

《美狄亚》（*Medea*）是古希腊剧作家欧里庇得斯创作的悲剧作品，情节扣人心弦，涉及不公、嫉妒与复仇等主题。该剧作全场只由两名演员进行演出，以传说中美狄亚公主的故事为创作灵感，描写了在其丈夫伊阿宋（古希腊神话阿尔戈英雄中的主人公）为追求科任托斯城国王的女儿而将其抛弃后，美狄亚对丈夫残忍的报复。欧里庇得斯虽描绘了美狄亚的冷酷无情，尤其是她对自己与伊阿宋所生子女的虐待，却依旧成功引发了观众对美狄亚的同情之心。

《黄蜂》
（公元前422年），阿里斯托芬

《黄蜂》（*Wasps*）是世界上最伟大的戏剧作品之一，由古希腊戏剧家阿里斯托芬创作而成，通过描写腐败的民意煽动家如何轻易利用古代雅典的法律体系来对其进行讽刺。这部戏剧的情节围绕一位着迷于担任陪审员、脾气暴躁的老人展开。《黄蜂》是传统喜剧的典范，以歌队的使用、创新的批判、粗俗的幽默和奇幻元素的加入为特征。这部戏剧以合唱队，也就是成群的陪审员命名。

> 不，我不懂得如何宣判他人无罪，就像我不懂得如何弹竖琴一样。
> ——阿里斯托芬《黄蜂》

《罗摩衍那》
（公元前5世纪—公元前4世纪），蚁垤

《罗摩衍那》（意为"罗摩的旅程"）是古印度文学中的经典作品之一，其成就甚至可以同《摩诃婆罗多》相媲美。它是一部梵语史诗，长达2.4万颂，共分7卷。这部史诗意在于叙事过程之中向读者呈现完美的道德模范——完美的国王、兄弟、妻子、仆人，等等。故事讲述了罗摩神在猴子将军哈努曼的帮助下，对抗魔王并解救妻子悉多的故事。《罗摩衍那》的作者，古印度圣者、诗人蚁垤本人的形象也出现在了作品之中。

《楚辞》
（公元前4世纪）

《楚辞》是一部收录了中国战国时期南方诸侯国楚国诗词的诗集，其中的许多作品由被流放的大臣屈原（约公元前339—公元前278年）所作。屈原是一位文学创新者，他将更丰富的写作形式引入诗歌之中。《楚辞》中许多诗篇的创作受到了楚地巫祭仪式和民歌传说的影响。第一篇作品《离骚》是一部充满哀情的长诗，奠定了中国文学史上浪漫主义传统的基础。

《变形记》
（约公元8年），奥维德

古罗马诗人奥维德在他创作的史诗作品《变形记》（*Metamorphoses*）

蚁垤

蚁垤因开创了"输洛迦"（颂）这一诗歌形式而被誉为梵语诗歌"第一人"。他是一位圣人，约生活于公元前6世纪—公元前1世纪的古印度。蚁垤原名宝生（Ratnakara），曾是一位杀人劫掠的强盗，因试图抢劫圣人那罗陀而被罚静坐数年的苦修。修行期间，他身上的蚂蚁堆积如山，因而得名"蚁垤"（梵语意为"诞生于蚂蚁之山"）。据传，蚁垤是在印度教创教之神梵天的授意之下开始撰写《罗摩衍那》的。

主要作品

公元前5世纪—公元前4世纪 《罗摩衍那》

中，讲述了一系列生动的神话故事。这部作品标志着大众对诗歌的喜好由战争题材转向了爱情题材。史诗中的故事以"变形"这一主题相互串联而成，而变形则通常是由爱情或欲望所导致的。《变形记》的主题囊括古希腊和古罗马最有名的传说。这部作品对文学（包括莎士比亚和但丁的作品）及视觉艺术（尤其是绘画）的发展都产生了巨大影响。

《金驴记》
（公元2世纪），阿普列乌斯

得益于古罗马提供的机遇，来自努米底亚王国的柏柏尔人阿普列乌斯

清少纳言

清少纳言以其创作的日记式短文而闻名。她大约出生于966年，父亲清原元辅是日本著名的学者、和歌人。清少纳言入宫后成为一条天皇皇后的侍女。她的作品《枕草子》生动地描绘了991—1000年前后平安时代宫廷的生活。同时代的许多作者并不喜欢她，某种程度上可能是因为她的聪明才智，其中就包括创作了《源氏物语》的紫式部。据传，当她所侍奉的皇后去世后，清少纳言便离开宫廷嫁人了。在丈夫去世后，她又遁入佛门。人们认为她大约死于1025年前后。

主要作品

约1000年　《枕草子》

（Apuleius）创作出小说《金驴记》（The Golden Ass）。这是唯一一部得以完整流传至今的拉丁语小说。作品讲述了一个年轻人的历险，他对魔术的强烈兴趣使他变成了一头驴。在这副全新的皮囊之下，他被一次次转卖，直到女神爱西斯打破咒语解放了他。这部小说主要包含了讽刺、粗俗的滑稽闹剧、淫秽、寓言、道德反思及最重要的部分——幽默。"将人类变成动物"这一构思至今仍是世界文学领域的主要题材。

《希尔德布兰特之歌》
（约800年）

《希尔德布兰特之歌》（Hildebrandslied）是一首以古高地德语写作而成的诗歌，发现于一部古代神学手抄本的扉页之上，是由抄书吏于830—840年书写而成的。全诗仅残存68行，而这首头韵体诗歌（可能是为了方便口头传播）原本有100行左右。诗歌的主题是战士希尔德布兰特在战场上与自己的儿子碰面，一边试图隐藏自己的身份，一边保护儿子不受伤害的故事。

《迪格尼斯·阿克里塔斯》
（约10世纪）

这部拜占庭史诗的主人公是巴希尔（Basil），而他更为人们所熟知的名字却是迪格尼斯·阿克里塔斯（Digenis Akritas，意为"双重血脉边地勋爵"）。该作品以希腊语写成，广受人们喜爱。"迪格尼斯·阿克里塔斯"也是一部无韵史诗的标题，这部史诗作品作者不详，描写了巴希尔的家族、童年及之后史诗般的一生。巴希尔的父亲本是一位撒拉逊酋长，后来皈依基督教。巴希尔本人则在帮助拜占庭帝国对抗敌人的时候展现了强大的力量、勇气和胆识。12—17世纪，这部史诗又得到进一步完善。

《枕草子》
（约1000年），清少纳言

在日本传统文化中，"枕草子"是一种于卧室之中写作而成的散文随笔，其中最著名的是平安时代宫廷侍女清少纳言创作的作品。书中条目并非以时间顺序排列，而是以主题排序，以便在日本宫廷中流通。这些内容中既包含语言尖酸讽刺的哲理，也包含对生活中美好事物的赞美，展现出作者对人生与自然的细腻观察。读者可从其中窥见宫廷生活的细节，如悠扬的笛声、调皮的小狗，甚至女眷们打赌一捧雪要多久才会融化的生活化场景。

《马比诺吉昂》
（11—14世纪）

《马比诺吉昂》（Mabinogion）是英国最早的散文文学作品，书中收录了11篇由不知名作者创作的威尔士散文故事，其中一些故事向人们揭示了凯尔特文化与法国文化的影响。作品的手稿可追溯至14世纪晚期。书中包含奇幻的超自然元素，这些可能来自古老的口述故事传统。《马比诺吉昂》中的故事形式与题材多样，其中一些故事的主人公便是传奇人物亚瑟王。在11篇故事中，最精巧的当属《马比诺吉昂的四个分支》，它讲述了巨人、魔幻白马、乱伦、背叛与救赎的故事。

《熙德之歌》
（约1140年）

《熙德之歌》是西班牙文学中现存最早的史诗作品，讲述了现实中卡斯蒂利亚民族英雄熙德（1043—1099年），在试图从摩尔人手中夺回西班牙的过程中的英勇事迹。这首史诗聚焦熙德的军事与外交才能，也描写了他与国王阿方索六世之间的关系，以现实主义手法讲述了这位英雄重拾荣耀的斗争。这首史诗的创作目的大约是供人们吟诵，其作者是谁却无从得知。唯一一部得以流传至今的手稿上的署名为阿巴斯（Per Abbas），然而，作者的身份从未得到证实。

《伊戈尔远征记》
（12世纪末）

《伊戈尔远征记》（The Tale of Igor's Campaign）是一部以古代东斯拉夫语创作而成的史诗，作者不详。它讲述了罗斯王公伊戈尔·斯维亚托斯拉维奇发起的一次失败的远征。伊戈尔英雄主义的傲慢情绪使他面临难以抵挡的逆境。他被敌人所俘，最后脱逃。这部作品既有史诗元素，也带有抒情诗色彩，同时兼具政治内涵，称得上是俄国民族文学的经典之作。

《尼伯龙根之歌》
（约1200年）

《尼伯龙根之歌》（Nibelungenlied）中的主人公通过瓦格纳的歌剧《尼伯龙根的指环》而为世人所知。该作品是一部充满想象力的中古高地德语史诗，作者不详。中世纪德语文学语言逐渐趋于优雅礼教，《尼伯龙根之歌》却让人想起古老而发自肺腑的荣耀感与复仇魂。作品描写了被偷窃的宝藏（莱茵河的黄金）和魔法（包括隐身术）；屠龙勇士齐格弗里德及他对克里姆希尔公主的爱慕；克里姆希尔在齐格弗里德被勃艮第最杰出的战士之一、国王的弟弟哈根所杀之后寻求复仇的故事。史诗中的一些人物，如强大的女王布伦希尔特，以及叙事情节都来自古诺尔斯语萨迦。

《玫瑰传奇》
（约1225—1280年），基洛姆·德·洛利思、让·德·默恩

法国人基洛姆·德·洛利思（Guillaume de Lorris，约1200—1240年）创作了《玫瑰传奇》（Romance of the Rose）的前4058行，而让·德·默恩（Jean de Meun，约1240—1305年）将这首诗延长至2.1万行。这首诗改编自奥维德的作品《爱的艺术》（Ars Amatoria），是中世纪后期最受人们喜爱的法语作品之一。《玫瑰传奇》是一部梦幻寓言，讲述了追求爱情的故事，其中以玫瑰花蕾象征那位少女，花园代表了当时的宫廷社会。让·德·默恩在诗中就当时的热门话题发表了自己的看法。后来，这首诗的前1705行被乔叟（Geoffrey Chaucer）译为英语。

《圣母玛利亚歌曲集》
（1252—1284年），阿方索十世

《圣母玛利亚歌曲集》（Cantigas de Santa Maria）是收录中世纪独唱曲目最多的歌曲集之一，以中世纪加利西亚语写作而成。这部作品的作者可能是卡斯蒂利亚王国、莱昂王国及加利西亚王国的国王阿方索十世（Alfonso X），或至少有一部分是由他创作的。作品中的每一首歌曲都与圣母玛利亚有关，发生在她身上的圣迹为叙事提供了素材，每逢整10数的歌曲便是歌颂圣母玛利亚的赞美歌。《圣母玛利亚歌曲集》中的歌曲以乐谱形式记载，格律多样，一行中有的只有两个音节，有的多达24个。

> 尸体横陈于禾场，灵魂自躯体中簌扬。
> ——《伊戈尔远征记》

阿方索十世

阿方索十世于1221年出生在卡斯蒂利亚（位于现在的西班牙北部）的首都布尔戈斯。他是一位好学且智慧的国王，鼓励学术与艺术的发展。他的父亲斐迪南三世极大地扩张了卡斯蒂利亚的领土，并针对摩尔人的入侵发起了史上最成功的失地收复运动。阿方索十世在1252年父亲过世后继位，同时继承了富庶的国土。这位国王下令编纂了大量文献，从法律、天文、音乐到历史，并亲自监督，以确保卡斯蒂利亚能够成为现代西班牙语发展的先驱。阿方索十世于1284年在塞维利亚去世。

主要作品

1252—1284年 《圣母玛利亚歌曲集》

约1255—1265年 《七章律》

1264年 《西班牙编年通史》

RENAISSANCE TO ENLIGHTENMENT
1300–1800

从文艺复兴
到启蒙运动
1300年—1800年

时间线

约1308—1320年
阿利盖利·但丁创作了《神曲》，描写了一段穿越地狱、炼狱与天堂的旅程。

14世纪
中国古典四大名著中的前两部——罗贯中创作的《三国演义》与施耐庵创作的《水浒传》成书。

约1439年
在德国，约翰内斯·古腾堡发明了使用活体字块的印刷术，第一次令印刷品的大规模发行成为可能。

1543年
伴随着尼古拉·哥白尼《天体运行论》及安德烈·维萨里《人体结构》两部作品的面世，一场科学上的人文主义革命开始了。

1346—1353年
黑死病引发了巨大的社会与经济动荡，加速了欧洲中世纪的结束。文化层面上，它终结了法国诗歌与抒情诗人的伟大时代。

约1387—1400年
杰弗雷·乔叟在《坎特伯雷故事集》中叙述了社会各阶层朝圣者口中的故事。

1532—1564年
弗朗索瓦·拉伯雷创作并出版了一系列讽刺小说，讲述了巨人高康大与庞大固埃的历险故事。

1604年
克里斯托弗·马洛创作的《浮士德博士》于他死后得以出版，此时距离这部作品首次被搬上舞台已过去了10年。

14世纪伊始，一场名为"文艺复兴"的文化运动，以意大利城市佛罗伦萨为起点向全欧洲扩散。这场运动的标志是人们思想上的转变，即由中世纪基督教教义统治下的思想，转向通过对古希腊、古罗马哲学及文化的再发现而启发出的人文主义视角。这场运动远非古代文明思想的重生，更是一种创新。

史诗与日常

在文学领域，尽管作家们仍旧从古典风格与形式中汲取灵感，但他们越来越多地放弃拉丁语或希腊语，而选择以方言进行创作，同时也开始写作自己的故事。首先采用这种创作模式的是佛罗伦萨诗人阿利盖利·但丁。他的作品《神曲》以诗意的语言描绘了一段壮丽的灵魂之旅，也是一首写给当代世界的讽喻之作。

同一时期，另外一些作者厌倦了创作史诗与传奇故事，开始专注于描写普通人的生活、自主权与聪明才智。乔万尼·薄伽丘于1353年出版的作品《十日谈》（Decameron）收录了100篇以佛罗伦萨方言写作的短篇小说。不久之后，杰弗雷·乔叟也创作了一部相似的故事集《坎特伯雷故事集》（Canterbury Tales）。这两部作品都讲述了各式各样的日常生活故事，从爱情故事到道德寓言。书中对人类恶行的讨论、放荡的故事情节和下流的玩笑使得它们很快成为大众读物。

小说的诞生

15世纪，古腾堡发明的印刷术加速了思想的传播，这项技术也使得人们更容易迎合读者的需求。以薄伽丘和乔叟作品为代表的叙事散文促进了大众对书籍的追求。正是从这些早期的故事中，一种新的文学形式——长篇叙事散文诞生了。这种文学形式现如今已十分普遍，但在当时却相当新颖。

到了16世纪，叙事散文逐渐取代史诗，成为欧洲大部分地区的主流文学形式。读者尤其喜爱幽默诙谐的文章，如弗朗索瓦·拉伯雷（François Rabelais）讲述巨人高康大与庞大固埃历险经历

从文艺复兴到启蒙运动　61

1605年 — 米格尔·塞万提斯的作品《堂吉诃德》第一卷出版，标志着西班牙文学黄金时代进入了高潮。

1702年 — 松尾芭蕉在作品《奥州小路》中将俳句嵌入散文之中，描述了一段穿越日本的精神之旅。

1751年 — 德尼·狄德罗与让·勒朗·达朗贝尔共同编纂的《百科全书》第一卷，为启蒙运动时期发展出的思想与科学提供了全面的参考文献。

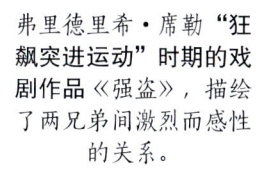

1781年 — 弗里德里希·席勒"狂飙突进运动"时期的戏剧作品《强盗》，描绘了两兄弟间激烈而感性的关系。

1623年 — 威廉·莎士比亚创作的一部喜剧、历史剧、悲剧作品合集出版，这就是如今我们所知的《第一对开本》。

1719年 — 丹尼尔·笛福最负盛名的作品《鲁滨逊漂流记》，以同名主人公、海难唯一幸存者**自传体小说**的形式出版。

1759年 — 伏尔泰在他的**讽刺性哲学奇幻小说**《老实人》中，讽刺了现代启蒙运动中倡导的乐观主义。

1789年 — 7月14日巴黎巴士底狱的倒塌引发了法国大革命，启蒙运动中倡导的**自由与平等**观念，开启了一段摆脱宗教束缚的共和国时期。

的讽刺小说。西班牙作家塞万提斯在他的作品《堂吉诃德》中延续了这一传统，并在其中加入了几分巧思。人们通常将《堂吉诃德》视为第一部现代小说，或者说是第一部欧洲小说，因为中国的四大名著与日本的《源氏物语》成书年份要远早于它。

台上与纸上的人生

在英格兰，叙事散文经历了更加漫长的岁月才逐渐受到人们的关注。埃德蒙·斯宾塞（Edmund Spenser）与约翰·弥尔顿（John Milton）等诗人继续重新诠释史诗，但最吸引大众的却是剧场中的作品。克里斯托弗·马洛（Christopher Marlowe）与本·琼森（Ben Jonson）的戏剧作品吸取了古希腊悲剧与喜剧的精髓，然而即便如此，他们与莎士比亚相比依旧黯然失色。莎士比亚对创作形式的驾驭使他能够通过一系列喜剧、历史剧和悲剧刻画出极具人情味的人物角色。

莎士比亚之后，小说开始出现在英格兰，并很快超越戏剧，成为人们最喜爱的文学形式。英国小说家丹尼尔·笛福和亨利·菲尔丁（Henry Fielding）创作的小说极具真实感，书中对时间、地点生动细致的描绘使作品带有现实主义色彩。笛福的作品《鲁滨逊漂流记》（Robinson Crusoe）被称为"真实的"自传体小说。劳伦斯·斯特恩（Laurence Sterne）的喜剧小说《项狄传》（Tristram Shandy）和乔纳森·斯威夫特（Jonathan Swift）的奇幻小说《格列佛游记》（Gulliver's Travels）亦使用了自传式表达法，却又以一种试探读者是否愿意信任叙事者的方式进行写作。

在17世纪的法国，戏剧依旧是文学领域的核心。法国甚至比英格兰更加倚重古典主义创作模式，其中，让·拉辛（Jean Racine）和皮埃尔·高乃依（Pierre Corneille）力求遵循古希腊戏剧的"规则"。相比之下，莫里哀的风尚喜剧更能跟上时代的脚步。针砭时弊始终是18世纪法国文学界的主题之一，启蒙运动中，诸如伏尔泰这样的哲学家巧妙地对社会制度进行了批判。■

我发现自己置身于一片阴暗的森林中

《神曲》（约1308—1320年），阿利盖利·但丁

背景介绍

聚焦
后古典主义史诗

此前
公元前800年 古希腊诗人荷马创作了史诗《奥德赛》，对西方文学产生了极大的影响。

公元前29年—公元前19年 古罗马诗人维吉尔以拉丁语写成了《埃涅阿斯纪》。这部作品成为中世纪拉丁语史诗的创作范本。

此后
1572年 路易·德·贾梅士笔下的葡萄牙史诗《卢济塔尼亚人之歌》，延续了但丁的创作传统，将虚构、历史与政治编织在一部描写葡萄牙航海大发现的故事中。

1667年 约翰·弥尔顿的《失乐园》是最后一部以英语创作的伟大史诗作品，反映了英国作为新兴世界强国所扮演的角色。

古代许多伟大的诗人曾创作史诗。史诗的写作目的是颂扬某位英雄的事迹，而这位英雄通常具有神性或具备非凡的力量与勇气。史诗中的故事往往是历史上重大转折点的讽喻，如国家的诞生或是对敌人的征伐。例如，荷马的作品《伊利亚特》既讲述了英雄阿喀琉斯的故事，又记录了特洛伊被强敌古希腊攻陷这一事件。这样的作品中通常交织着历史与神话，故事中的主人公也在文明的建立中起到了关键作用。

史诗在古代文明衰落后很长一段时间内，仍旧是人们喜爱的文

参见：《埃涅阿斯纪》40~41页，《奥德赛》54页，《仙后》103页，《卢济塔尼亚人之歌》103页，《失乐园》103页，《红房间》185页，《荒原》213页。

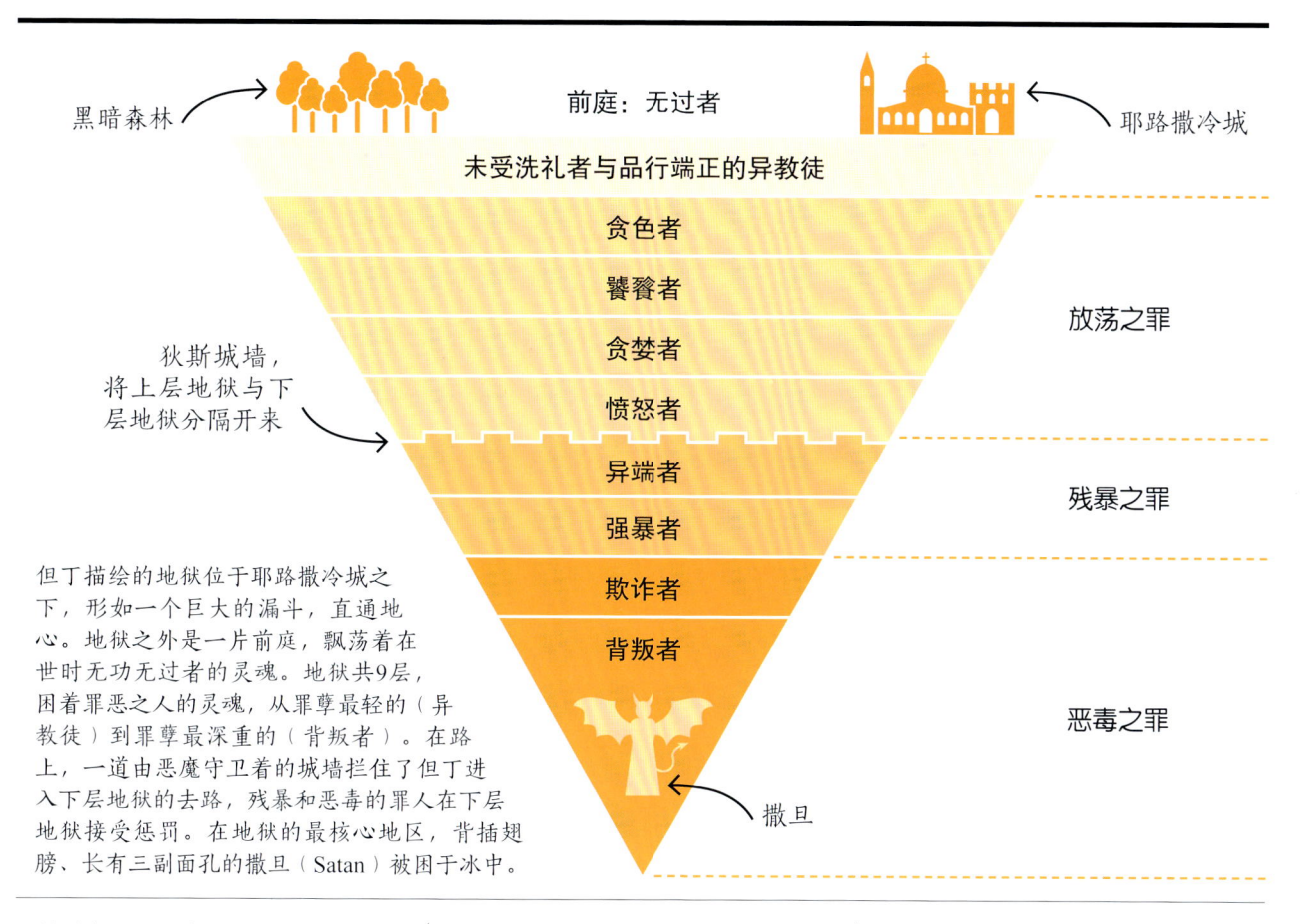

黑暗森林　　　前庭：无过者　　　耶路撒冷城

未受洗礼者与品行端正的异教徒

贪色者
饕餮者　　　　　　　　　放荡之罪
贪婪者
愤怒者

狄斯城墙，将上层地狱与下层地狱分隔开来

异端者
强暴者　　　　　　　　　残暴之罪

欺诈者
背叛者　　　　　　　　　恶毒之罪

撒旦

但丁描绘的地狱位于耶路撒冷城之下，形如一个巨大的漏斗，直通地心。地狱之外是一片前庭，飘荡着在世时无功无过者的灵魂。地狱共9层，困着罪恶之人的灵魂，从罪孽最轻的（异教徒）到罪孽最深重的（背叛者）。在路上，一道由恶魔守卫着的城墙拦住了但丁进入下层地狱的去路，残暴和恶毒的罪人在下层地狱接受惩罚。在地狱的最核心地区，背插翅膀、长有三副面孔的撒旦（Satan）被困于冰中。

学形式，同时也歌颂着国家实力。例如，英国诗人埃德蒙·斯宾塞在1590年创作的史诗《仙后》（The Faerie Queene），为伊丽莎白一世的权势和她统治的国家吹奏了一曲凯歌；意大利作家卢多维科·阿利奥斯托（Ludovico Ariosto）于1516年完成的作品《疯狂的奥尔兰多》（Orlando Furioso），则是一曲对日渐强大的艾斯提家族的赞歌。

神圣的史诗

但丁所作的《神曲》与后古典主义史诗的创作传统相符。作品篇幅长，具有英雄主义色彩和讽刺意味，还兼具民族主义情结，从中可以看出但丁积极投身于佛罗伦萨政治领域。这部作品在许多方面又是不寻常且带有创新性的。在早先的史诗中，全知叙事者置身于故事之外，但丁却将叙事者置于故事之中；作品大胆地使用了意大利托斯卡纳方言，而非传统的拉丁语；但丁将古代思想和神话主题与当代欧洲哲学和基督教象征相结合，拓展了史诗的形式。

但丁带领读者经历了一段穿越地狱、炼狱与天堂的旅程，从罪恶与绝望走向最终救赎。他在书中详细绘制出每一层地狱的地理环境，几乎令读者感到这些地方是真实存在的。作品回顾了许多描述阴间之旅的史诗，与早期史诗作品一样，《神曲》也是一部寓言：穿越阴间的旅程象征着但丁对个人意义的找寻。

最初，但丁简单地将这部作品命名为《喜剧》（Commedia），这个词在当时被用来形容"主人公克服重重困难与挑战，最终解决问题、皆大欢喜"的一类作品（与之相对应的是古典悲剧，注重描述失落与苦难）。最初将这部作品冠以"神圣"之名的是14世纪意大利诗人乔万尼·薄伽丘。"神

圣"一词折射出了该书的精神内涵，又是对其至美文风的赞颂。

政治与诗歌

当但丁提笔创作《神曲》这部将耗时12载才能完成的作品他已经是一位颇有建树的诗人，并积极投身于"温柔的新体"（以内省与对比喻和象征手法的自由使用为特征）这一文学运动。他诗歌中的主题通常是政治与个人激情，13世纪末的意大利则为他提供了充足的灵感。

在但丁深深热爱着的佛罗伦萨，他置身于政治生活中。同意大利其他地区一样，佛罗伦萨也陷入了教会（教皇）与国家（神圣罗马帝国）政治斗争的旋涡。但丁在《神曲》里描绘了这场斗争中的重要人物。虚构作品中的真实人物在某种程度上为该作品带来了轰动效应，促成了它的成功。

最终，但丁因为自己的政治立场而被驱逐出佛罗伦萨。虽然这令他痛苦万分，但自公共事务中抽身而出也使得他能够专心创作。这部倾注了他哲学观、道德观与信仰的讽喻之作得以最终完成，并享誉世界。

《神曲》全诗结构上分为三部分，这也体现出了基督教信仰中数字三的重要性（象征着圣父、圣子、圣灵三位一体）。这段旅程共分三卷（"地狱""炼狱""天堂"），每卷分33篇，算上开头的一篇序诗，全文共包含100篇。作品采用"三行体"（三行诗隔句押韵法）以韵律诗形式写作完成。这是一种连锁押韵，三行一段，隔句押韵，由但丁首创。

《神曲》以第一人称叙事，描写了一段阴世旅程（关于死亡与死后生活）。故事始于一片黑暗的森林之中，象征着人间罪恶人生的开始。但丁试图攀上一座山，以找到逃出森林的路，却被猛兽（象征罪恶）挡住了去路。他既绝望又虚弱，迫切需要灵魂上的指引。此时，他遇到了古罗马诗人维吉尔。维吉尔受比阿特丽斯，也就是但丁逝去的爱人所托，前来指引他逃出森林。对于但丁来说，维吉尔代表着古代思想、理性与诗歌。维吉尔向但丁保证，他能够获得救赎，但前提是他要穿越阴世。这段旅程便从堕入地狱开始。

阴世之旅

《神曲》第一卷描述的是地狱，解释了那里是如何"量体裁衣"，依据人的罪行降下惩罚的。例如，阿谀逢迎者的灵魂将被永世埋葬于粪便之中，时刻提醒他们在人世时说过的空话；诱奸者则受到长角恶魔的折磨，被鞭子啪啪抽打。但丁生动地描述了地狱中的刑罚及地狱的构造，让读者反思自身罪孽，鼓励人们与他人和神明和谐共存。但丁与维吉尔结束了地狱最底层的旅途后，升上了环形阶梯状的炼狱山。炼狱是为在世时自私自

> **" 人生最悲伤的事情莫过于在痛苦之中回忆往昔的快乐。"**
>
> ——《神曲》

炼狱是一座山，呈阶梯状，忏悔者的灵魂在每一层经受不同的折磨，从而洗涤身上的罪恶，最终进入天堂。

利但表现出悔悟之意、有希望得到救赎的罪人准备的。在炼狱中，他们有可能得到净化，为升入天堂做好准备。随着但丁与维吉尔一步步攀上山顶，他们经历了代表着七宗罪恶的七个阶段，与一个个痛苦挣扎着克服自身缺陷的人相遇。譬如，傲慢的人背上会负着巨大石块，以此来学习谦逊之道。

在他们走出炼狱的那一刻，比阿特丽斯开始取代维吉尔，成为但丁的向导。这是因为维吉尔先于基督出生，不能进入天堂——那片"受到祝福的区域"。我们可以将比阿特丽斯视为永恒的女性向导、人类的心脏与灵魂。正是因为她参与了但丁被救赎的过程，所以但丁才慢慢感悟到了上帝的爱。

但丁的遗产

但丁采用了古代史诗的创作形式，在诗中描绘了经历冒险的主人公与多位神明，深刻表达了对于基督教主宰命运的看法。诗中既包含个人思想，又夹杂着历史事件。《神曲》为无数艺术家、作家带去了创作灵感。出生于美国的作家托马斯·斯特尔那斯·艾略特（T. S. Eliot）评价这部作品为"诗歌曾达到或将能达到的最高境界"。■

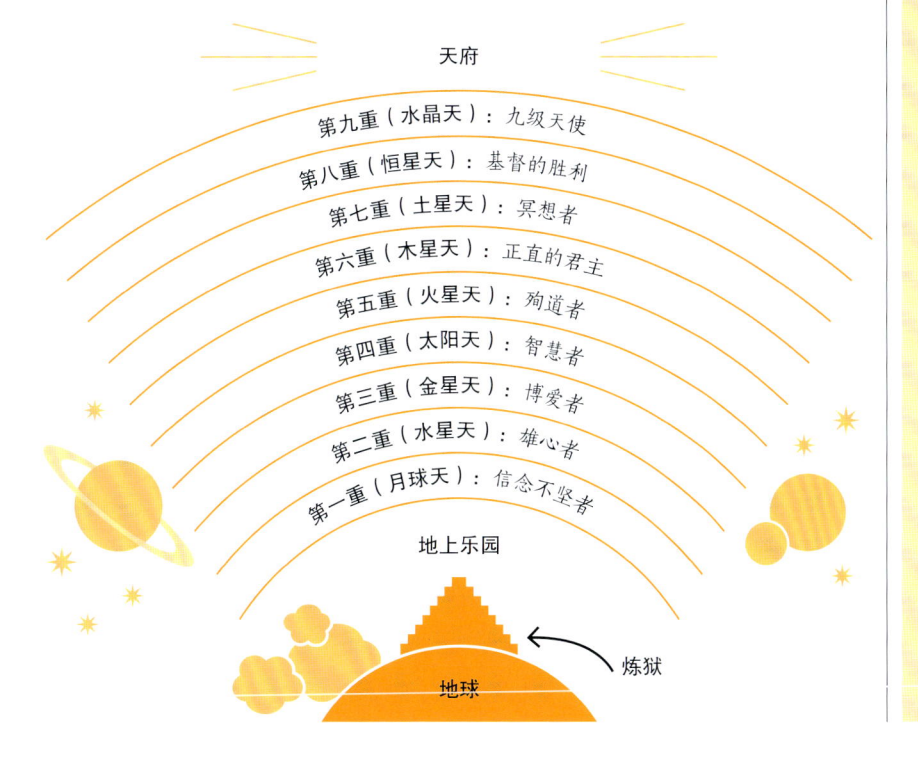

阿利盖利·但丁

政治家、作家、哲学家杜兰特·德利·阿利吉耶里（Durante degli Alighieri，通常被称为"但丁"，Dante），于1265年出生在意大利佛罗伦萨一个富足且有着悠久参政历史的家庭。1277年，但丁订婚，然而那时他已经爱上了另一个女孩比阿特丽斯·比斯·波提纳利。这个女孩后来成为但丁的缪斯，但丁也为她创作了许多首情诗。不幸的是，她在1290年突然过世。但丁悲痛欲绝，于是投身于政治生活中。1300年，他成为一名行政长官，并于佛罗伦萨动乱期间成为教皇卜尼法斯八世的使节。但丁后来遭到放逐，永世不得回到佛罗伦萨。但丁具体于何时开始创作《神曲》已无从得知，但大约可以追溯至1304年。1321年，但丁在意大利拉文纳去世。

主要作品

1294年《新生》
1303年《论俗语》
1308年《宴会》

但丁穿越的九重天，每一重都与一个天体相连（这与中世纪"地心说"的观点相一致），也同天使们的等级相关。九重天之上便是上帝所居的"天府"，也就是超越时间与空间的天堂。

天府
第九重（水晶天）：九级天使
第八重（恒星天）：基督的胜利
第七重（土星天）：冥想者
第六重（木星天）：正直的君主
第五重（火星天）：殉道者
第四重（太阳天）：智慧者
第三重（金星天）：博爱者
第二重（水星天）：雄心者
第一重（月球天）：信念不坚者
地上乐园
炼狱
地球

我三人结为兄弟，协力同心

《三国演义》（14世纪），罗贯中

背景介绍

聚焦
中国古典四大名著

此后

14世纪 中国古典四大名著中的第二部、施耐庵所著的《水浒传》，讲述了一群起义者反抗腐朽统治阶级的故事。

16世纪 古典四大名著中的第三部、吴承恩的《西游记》，讲述了唐僧师徒一路降妖伏魔、西行取经的故事。

约1791年 古典四大名著的第四部、曹雪芹所著的《红楼梦》，描写了一个名门家族的崛起与没落。

作为中国古典四大名著中的第一部，《三国演义》是中国文学领域极其重要且影响深远的作品。同其他三部（《水浒传》《西游记》《红楼梦》）一样，这部作品是中国文学彻底脱离诗歌与哲学等"高雅体裁"的标志。这本书以普通百姓为目标读者，使用的写作技巧贴近讲故事的形式，如浅显易懂的语言，以及直接与读者对话。该作品虽在很大程度上参考了历史文献，却与其他三部一样，被定义为小说。这是一部伟大且充满想象力的作品，全书超过80万字，描写了1000多位人物。

第一部小说？

《三国演义》以东汉分裂为三国，以及此后长达百年的战乱为创作灵感，成书于14世纪，这时其所描写事件的发生已过去了将近1000年。

罗贯中

尽管人们确信罗贯中（约1330—约1400年）这个人物在历史上是真实存在的，但他的生平却鲜有记载。人们通常将他视为中国古典四大名著中的第一部《三国演义》的作者，也有人说罗贯中是四大名著第二部《水浒传》的共同作者或编者。罗贯中还创作了许多描写中国古代王朝历史故事的故事集，其中便包括神魔小说《三遂平妖传》。在14世纪的中国，在一部作品上署名某位作者，很有可能意味着这个人只是将过去许许多多的故事编纂在一起并对其进行了审校。

主要作品

《三遂平妖传》
《残唐五代史演义》
《隋唐两朝志传》

参见：《源氏物语》47页。

创作背景

- **184—280年**：东汉分裂为三国，后又得以统一。
- **3世纪**：这一历史事件被陈寿记录下来，作品名为《三国志》。
- **4—14世纪**：《三国志》中许许多多的故事被神化，通过口述代代相传。
- **14世纪**：罗贯中艺术加工创作了一部宏伟的故事集，集历史与虚构于一体，并对文字进行了编辑与校对。
- **14—16世纪**：《三国演义》经历了多次誊抄与再版，具体承担工作的人的姓名不详。
- **1522年**：现存最早的一版《三国演义》出版。

许多学者认为《三国演义》的成书时间比《堂吉诃德》——欧洲第一部伟大的小说，早了将近250年。有一点很可能出乎许多人的意料，那就是这部作品并未引发散文文学的创作热潮。事实上，四大名著的面世跨越了近400年的岁月。尽管如此，《三国演义》的吸引力仍是经久不衰的：这部作品从未停止出版，其中的许多故事更是家喻户晓，甚至许多不曾读过这本书的中国人都对其非常熟悉。作品的成功一部分应归功于其传统保守的叙事原则：恶有恶报，社会秩序终将得到重建。

许多版本的《三国演义》附有详尽的配图，这使得普通百姓能够更好地理解文字与故事情节，也让作品没有仅仅停留在精英读物这一层面上。

书中传达的主题之一即为忠诚。比如《三国演义》中最重要的故事之一"桃园三结义"，蜀国未来的君主刘备说服另外二人与其结为兄弟，这打破了当时社会中最强有力的伦理束缚，即对家庭的无条件忠诚。这一场景颇具震撼力，对中国社会中后来出现的"兄弟情义"这一概念影响深远。

《三国演义》读者甚众，四大名著中的其他三部作品也受到人们的喜爱，是学者争相研究的对象（如《西游记》在海外亦引发了热烈反响），被人们视作中国大众文学的巅峰之作。■

翻过书页，选择另一段故事

《坎特伯雷故事集》（约1387—1400年），
杰弗雷·乔叟

背景介绍

聚焦
框架叙事

此前

约8—13世纪 《一千零一夜》是一部收录伊斯兰世界不同作者作品的故事集，其中的故事嵌套于山鲁佐德故事的框架之中。

1348—1353年 意大利作家乔万尼·薄伽丘的作品《十日谈》中包含了100篇故事，以人们逃离黑死病的情节为框架组织在一起。

此后

1558年 法国作家玛格丽特·德·纳瓦尔创作的《七日谈》中包含了72篇短篇小说，以10位受困旅人的故事为框架进行组织。

2004年 英国作家大卫·米切尔的小说《云图》沿袭了框架叙事的创作传统，故事中嵌套故事，时间跨度长达上百年。

外部叙事中包裹着一个完整的故事（或称故事集，甚至是故事中再套入另一个故事），这一文学写作手法由来已久。框架叙事为故事提供了背景与结构。这样的故事中通常还会有一位或多位叙事者，他们可以直接与读者交流，吸引读者的注意力。《一千零一夜》成功运用了这种写作手法；乔万尼·薄伽丘的作品《十日谈》也是如此。早期的大多数作品使用框架叙事，都是为了将故事围绕在一个主题（通常与宗教相关）周围。杰弗雷·乔叟在他的作品《坎特伯雷故事集》中将这一手法应用得更加

从文艺复兴到启蒙运动

参见：《一千零一夜》44~45页，《十日谈》103页，《呼啸山庄》132~137页，《巴斯克维尔的猎犬》208页，《寒冬夜行人》298~299页，《盲刺客》326~327页。

早期版本的《坎特伯雷故事集》中包含木版画，以便更多读者理解书中的故事。图中为朝圣者们聚在一起吃饭的场景。

游刃有余，使得叙事中刻画出了形形色色的人物，讲述了各种各样的故事。

之后用这一手法创作的作品包括艾米莉·勃朗特（Emily Brontë）的《呼啸山庄》（Wuthering Heights）及阿瑟·柯南·道尔（Arthur Conan Doyle）的福尔摩斯侦探故事。框架叙事的手段如今仍为许多作者所用，且在很多现代主义与后现代主义小说中有所体现，如伊塔洛·卡尔维诺（Italo Calvino）的《寒冬夜行人》（If on a Winter's Night a Traveller）。该写作手法也常见于戏剧与电影作品中。

文学创新

乔叟大约于1387年开始创作《坎特伯雷故事集》，这恰巧是他暂时从议会及政府工作中脱身得以休息的一段时期。这一时期也是乔叟文学写作方向的重大转折期。他的诗歌，包含其创作的第一部重要作品（一首梦幻体挽歌）及《特洛伊罗斯与克瑞西达》（Troilus and Criseyde），还有由他改写的特洛伊战争背景下的爱情故事，大多关注宫廷生活这一主题，主要为宫廷中的贵族们聆听而作。《坎特伯雷故事集》的目标读者却更加广泛，这部作品是为了让人们阅读而作的。

《坎特伯雷故事集》并非以当时宫廷诗歌创作中常用的拉丁语或法语写作而成，而使用了中古英语。乔叟不是第一位用中古英语写作的人，但是许多人认为他在普及用方言创作英语文学的过程中扮演了重要角色。《坎特伯雷故事集》的另一个重要意义是它绘制了一幅中世纪晚期英国社会的画像，生动刻画了各阶层的男人、女人，从贵族到工人阶级无所不包。

形形色色的人

《坎特伯雷故事集》以总序开篇，铺设了作品的场景，并为故

> "那天傍晚，29位形形色色的人一同来到了那家旅店。"
> ——《坎特伯雷故事集》

乔叟笔下的人物：阶级与职业

贵族
- 骑士
- 女修道院院长
- 僧尼
- 修道士

↓

做生意的富人
- 商人
- 律师
- 销售员
- 小地主

↓

同业公会会员
- 裁缝
- 染坊工人
- 木匠
- 纺织工人
- 挂毯工人

↓

中产阶级
- 厨师
- 水手
- 医生
- 巴斯城妇女

↓

品德高尚的穷人
- 牧师
- 农夫

↓

下层阶级
- 粮食采购员
- 磨坊主
- 城镇长官
- 法庭传票员
- 售卖天主教免罪符的人

事搭起了叙事框架。小说讲述了一行29位朝圣者，在前往英格兰南部坎特伯雷大教堂中的圣托马斯·贝克特祠朝拜的路上发生的故事。这群人相遇在伦敦的塔巴德旅店，叙事者杰弗雷·乔叟便是在此地与他们会合的。在中世纪的欧洲，朝圣之旅非常常见。乔叟笔下这些朝圣者被描述为"形形色色的人"，也就是来自社会各个阶层、从事各种职业的人。

总序共包含858行诗句，主要描述朝圣者们所属的阶级、着装及个性，也对叙事者本人进行了描述。总序以旅店主人哈里·贝利提出比赛讲故事为结尾。哈里建议，每位朝圣者讲述4个故事，去程及返程路上各2个，故事讲得最精彩的那个人回到旅店后能够免费吃一顿由其他人请客的大餐。于是，朝圣者们通过抽签决定讲故事的顺序。第一个故事是由骑士讲述的。

故事

《坎特伯雷故事集》框架内的24个故事中有2个是由叙事者，即作者乔叟本人讲述的。书中大多数篇章以诗体创作，少数以散文体创作。这些故事大相径庭，因为乔叟在写作过程中覆盖了广泛的主题，亦使用了多种文学风格，例如，动物寓言及其他寓言、短篇俚俗故事（粗俗且带有讽刺性）、浪漫诗歌、布道文及劝喻故事（道德叙事）等。骑士讲述的故事带有浪漫色彩，描绘了两兄弟之间的爱情之争；磨坊主的故事淫秽且滑稽，讲述了一位剑桥木匠如何被人戴上了"绿帽子"。那位吵吵闹闹又粗俗不堪的法庭传票员口中道出了一位修道士被人戏弄，将别人放的屁当作报酬的事情；与他的故事相反，修女却讲述了圣塞西莉亚为信仰而殉道的故事。

书中的故事，篇幅各不相同，

> "这世界不过是一条遍布悲哀的通途。
> ——《坎特伯雷故事集》

其中最长的可能也是最知名的一个是巴斯城妇人讲述的故事。这个故事以对妇人跋扈而又耽于享乐的性格的描述为开篇，紧接着她讲述了自己与5位丈夫在一起的不平凡生活。故事的主题是女人对男人的驾驭。

多彩的画卷

乔叟在写作时，确保叙事语言和风格契合每一位故事讲述者的社会地位、职业与性格。正因如此，他作品中的每一个故事都讲得活灵活现。在这种框架叙事下，作品以对话和人物互动的形式将一个个故事相互连接起来，进一步增添了叙事的生动性。讲故事的人时常打断彼此，相互争吵、辱骂，或者表达赞许。举个例子，在受到旅店主人礼貌的邀请后，女修道院院长才开口讲述自己的故事；再比如，骑士因觉得僧人的故事过于悲伤而打断了他。作品的整体框架扩展了每一个故事本身的维度。

《坎特伯雷故事集》描绘了

"埃利斯米尔抄本"（约1410年）是一部精美绝伦、装饰古朴华美的《坎特伯雷故事集》抄本，也是大多数现代版乔叟作品的依据。

从文艺复兴到启蒙运动

一幅关于中世纪晚期英格兰、英格兰人及发生在英格兰的故事的多姿多彩的画卷。乔叟生活、创作于一段格外动荡的岁月：1348—1349年爆发的黑死病夺去了欧洲近三分之一人的生命；1381年的农民起义暴露了封建制度的缺口；教会的权威受到挑战，其腐败更是广受抨击。

乔叟的故事中描绘了许多类似的重大事件，并表达了对教会虚伪面貌的蔑视与嘲讽。在售卖天主教免罪符之人讲述的故事中，他所犯下的罪孽正是他主张攻击的；修道士的故事亦是对基督教法庭传票员的讽刺与抨击。这样一来，传票员在他的故事中攻击修道士，也就不足为奇了。

未完之作

乔叟创作《坎特伯雷故事集》时借鉴了许多文献资料。骑士的故事基于薄伽丘的史诗《泰萨依德》（*Teseida*）创作而成，另有几个故事的灵感源自薄伽丘的作品。乔叟还借鉴了奥维德的文章、《圣经》、骑士传奇。他很可能也参考了自己的朋友——英国诗人约翰·高尔（John Gower）的作品。学者们已无法得知乔叟创作该作品的最终目的，亦无法知晓他希望如何排列这些故事，他们甚至不清楚这部作品是否已经完结。唯一的线索来自总序中所说的由每一位朝圣者讲4个故事的计划。然而，书中只有24个故事，平均下来每个人甚至没能讲到一个。作品中的朝圣者和旅店主人都没有提到故事的顺序或标号。

永世经典

有证据表明，乔叟临终前依旧在创作《坎特伯雷故事集》。然而，他手中并没有原始的手抄本，因此如今留存下来的只是由他人抄写下来的残篇。现存最早的是"亨威特抄本"，大约创作于乔叟去世后不久。如今人们最常参照的一个版本是书写于15世纪的"埃利斯米尔抄本"。该版本将全文分为10章，每一章包含不同数目的故事，故事依据文中的线索或纽带分类。以牧师的故事——一篇篇幅相对较长、以七宗罪为主题的布道文结尾。在整部作品的最后，乔叟进行了一番耐人寻味的道歉，因文中粗俗而又脱离宗教元素的内容请求读者的谅解。人们不清楚这番道歉的意义何在，一些人将其视作乔叟临终前的忏悔。

抛开围绕作品结构与情节的种种争论，《坎特伯雷故事集》无疑是一部伟大的作品，也是英语文学中最重要的篇章之一，其中幽默、淫秽、感伤与讽刺性的笔触，在作品成书600多年后的今天仍无人能望其项背。■

> " 无论我们沉睡或清醒，漫步或骑行，时间终将流逝，不会为任何人停留。"
> ——《坎特伯雷故事集》

杰弗雷·乔叟

杰弗雷·乔叟不仅是一位伟大的英国诗人，还是宫廷侍臣、政府官员、外交家。他大约在1343年前后出生于伦敦。乔叟的父亲是一名葡萄酒商人，渴望推动儿子的事业，确保其能在埃尔斯特伯爵夫人家中做一名侍从。乔叟自那里起步，进入宫廷后效命于爱德华三世，起初只是一名士兵，后来成为外交家，出使法国和意大利。在那里，他接触到但丁和薄伽丘的作品。1374—1386年，乔叟担任关税管理员。

乔叟于1366年结婚，并获得了国王的四儿子——冈特的约翰的赞助。他的第一部重要诗歌作品《公爵夫人之书》（*Book of the Dutchess*，1369年）便是献给冈特第一任夫人布兰熙的挽歌。在理查德二世统治期间，乔叟度过了一段艰辛的岁月。1389年，他被任命为王室建筑工程的主事。1400年，乔叟去世，葬于威斯敏斯特教堂。

主要作品

1379年 《声誉之宫》
约1385年 《特洛伊罗斯与克瑞西达》
约1388年 《贤妇传说》

欢笑是人类的财富，高高兴兴地生活吧

《巨人传》（1532—1564年），弗朗索瓦·拉伯雷

背景介绍

聚焦
文艺复兴中的人文主义

此前

1304—1374年 意大利学者、诗人彼特拉克翻译了古希腊与古罗马卷轴。这便是人文主义和意大利文艺复兴的起点。

1353年 薄伽丘的作品《十日谈》描写了10位佛罗伦萨青年在逃避瘟疫路上讲述的100个故事。这部作品为文艺复兴时期的文学奠定了基础，并影响了从乔叟到莎士比亚的一众作家。

1460年 约翰内斯·冯·泰培的作品《波希米亚的农夫》是德国最早的人文主义诗歌之一，描述了死神与农夫间的一段对话。

1522—1535年 荷兰人文主义学者伊拉斯谟发表了他翻译自希腊语和拉丁语的《新约》，这一译作后来成为马丁·路德德文版《圣经》与威廉·廷代尔英文版《圣经》的基础。

在长达5卷的《巨人传》（Histories of Gargantua and Pantagruel）中，弗朗索瓦·拉伯雷围绕两位巨人及他们的同伴构建了一个奇幻世界。书中包含了当代读者所熟知的中世纪民间幽默故事的一切元素：身体功能、粗鄙的性行为、出生及死亡。这部作品极具讽刺性，亦充满了文艺复兴时期从意大利传播至北欧的人文主义特征。在那个时代，"人文主义"的内涵与如今不同，主要关注的是古典时代智慧的复苏。当时的教育一直盲目遵循教会倡导下狭隘的经院哲学传统；人文主义最大的动力便是建立一个完善的教育项目，将哲学、语法、诗歌、历史、古希腊语和古拉丁语等纳入其中。

学术性与讽刺性

面对急剧变幻的世界形势，拉伯雷选择了沉着应对。他将人文主义议程与其创作的巨人探险故事编织在一起，第一步便是以低俗幽默、荒谬奇幻的故事吸引读者的注意力。作品开篇以产婆的视角描写了一位分娩中的母亲，她腹中的宝宝高康大挣扎着穿过她的身体，从她左耳中呱呱坠地。接着，作者就高康大和儿子庞大固埃的英勇事迹、战斗及征程侃侃而谈，还随意地描写了两个巨人将大块大块的肉和一铲一铲的芥末丢进洞穴一般的嘴里、把朝圣者拌在沙拉中大快朵颐、巨大的遮阴布、被尿液冲走的军队，还有战斗后自高康大头发中掉出来的炮弹等内容。尽管巨人的行为既粗鲁又极端，拉伯雷却将他们描述为通晓精妙文化的人，他

> 时间通常会冲刷掉一切，却会使高尚的行为愈发闪光。
> ——《巨人传》

从文艺复兴到启蒙运动 73

参见：《坎特伯雷故事集》68~71页，《堂吉诃德》76~81页，《十日谈》102页，《项狄传》104~105页。

尽管拉伯雷最先创作的是《庞大固埃》，但《巨人传》作品中的一系列故事却以事件发展的先后顺序出版。第一卷便是《高康大》。前两卷中最明显的特征是文中的讽刺与粗俗幽默，第三卷相对严肃，第四卷与第五卷则充满负面嘲讽意味。

《高康大》：庞大固埃的父亲用自己的尿液淹死了超过26万名波斯人，还盗走了巴黎圣母院的钟。

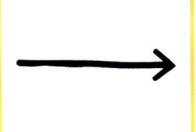

《庞大固埃》：庞大固埃通过放屁让体型微小的人们赛跑，也用尿液淹死了敌人的一整支军队。

《第三卷》：庞大固埃的朋友巴汝奇想结婚，紧接着便诞生了一系列充满哲学意味的讨论。

《第四卷》：一只神猪通过向战场上排泄芥末，阻止了与半人半香肠的"香肠人"的战争。

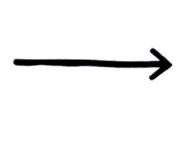

《第五卷》：庞大固埃和朋友遇到了"道听途说"——一位长着七个舌头、头上遍布耳朵的盲人。

弗朗索瓦·拉伯雷

弗朗索瓦·拉伯雷是16世纪法国思想领域的巨人。他是一位作家、医学家、神父，也是研究古希腊文化的杰出学者。拉伯雷大约于1494年出生在法国都兰地区，曾学习法律，后加入方济各会，成为修道士。他又进入了本笃会，学习医学与希腊语。1530年，他打破自己的誓言，离开本笃会，进入蒙彼利埃大学专攻医学。毕业后，他开始翻译希波克拉底、盖伦等古希腊医师的著作。

1532年，拉伯雷化名为亚勒戈弗里巴·奈西埃（Alcofribas Nasier，将自己名字中的字母调换顺序），发表了作品《庞大固埃》，这也是《巨人传》五卷（尽管学者无法确定第五卷是否为拉伯雷所著）中最先创作的一卷。这五卷作品都遭到了教会及巴黎索邦神学院的强烈谴责。因此，尽管得到了颇有权势的赞助人的保护，但拉伯雷仍因害怕遭受迫害而被迫于1545—1547年移居海外。后来，他得到教皇的赦免。1553年，拉伯雷在巴黎去世。

们了解医学、法律和科学。这样一来，这部作品无疑具备了文艺复兴新时代的人文主义色彩，人物形象也为人们所接受。在写给儿子的信中，老巨人高康大将自己在黑暗世界中成长的经历与现今的时代相比较，指出"光明与尊严已得到重建"。

15世纪中期欧洲印刷术产生后，普通人也能够读到翻译版本的《圣经》，他们第一次能够直接接触未经教会操纵的上帝之言。尽管拉伯雷曾是一位牧师，但他却时常抓住机会讽刺宗教教条。比如在其作品中，高康大手下强大的战士约翰修士创立的华丽的特莱美修道院里面，居住着无数衣着精致的修女与修道士，他们整日不受约束地鬼混在一起。这座修道院的院规便是"随心所欲"，因为"我们每个人都做着明令禁止之事，渴望着应当戒绝之物"。

没有一部小说像《巨人传》这般诙谐、无礼，却又充满学术精髓。几个世纪以来，这部作品受到无数作家的赞扬，近年来的后现代主义作家更是将其奉为经典，认为拉伯雷作品中的叙事自由值得仰慕。∎

鲜花终会凋谢，岁月也终会使你的美丽枯萎

《给卡桑德拉的情歌》（1552年），
彼埃尔·德·龙沙

背景介绍

聚焦
七星诗社

此前

1549年 杜·贝莱制定了七星诗社的要旨。七星诗社推崇模仿古典诗歌创作模式，复兴古词与方言，同时鼓励创造新词。

此后

1555年 龙沙从古希腊诗人卡利马科斯的作品中汲取灵感，创作了《赞美诗》，热烈赞颂了天空等自然现象，同时也赞颂了诸神与英雄。

1576年 让·安托万·德·巴伊夫是七星诗社中最博学的一位，善于通过实验创作各种诗作，《哑剧、训诫与谚语》完全出自他的原创。

1578年 龙沙的作品《致埃莱娜十四行诗》中，充满了恋爱中的人们的苦痛，也包含了对古典神话与命运的讨论。

彼埃尔·德·龙沙（Pierre De Ronsard，1524—1585年）是法国人文主义诗人文学团体七星诗社的领袖人物。该诗社以天空中明亮的昴宿星团命名，也表达了对公元前3世纪以来亚历山大文化下的诗人的敬仰。七星诗社欲创造可与文艺复兴时期意大利文学比肩的法国文学。他们模仿古典体裁与创作形式，其诗歌创作信条备受争议。

崇高的艺术

龙沙将诗歌视为一门崇高的艺术，而非宫廷内供人消遣的娱乐形式。他多才多艺且极富创造力，创作的诗歌优美动听且充满感性。他本人虽是一位初级神职人员，但其作品却不带宗教色彩。龙沙为颂歌、十四行诗及挽歌等诗歌形式的发展做出了极大贡献。如今，他最令人印象深刻的是他笔下巧妙、温柔的情诗。

在《给卡桑德拉的情歌》（Les Amours de Cassandre）中，龙沙欲与意大利诗人彼特拉克一较高下。他以锐利的箭、爱情魔水及毒药等意象表达自己对卡桑德拉深深的爱意，这在彼特拉克的诗中亦有体现。不同的是，在龙沙的笔下，这些意象充满了肉欲。他的诗中常常将欲望幻化为不同形态，如化作一头公牛，将爱人驮在背上带向远方。■

> 我愿变为最深的黄色，化作金色的雨露，一滴一滴，落入她的怀中……
> ——《给卡桑德拉的情歌》

参见：《巨人传》72~73页，《杂诗集》91页，《恶之花》165页，《地狱一季》199页。

从文艺复兴到启蒙运动　75

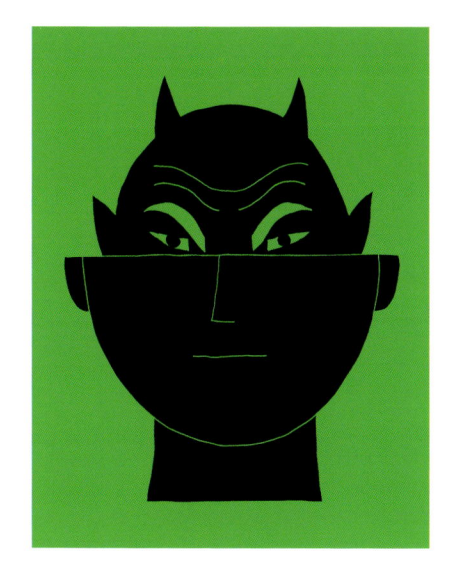

耽于享乐者必将堕于享乐

《浮士德博士》（1604年），
克里斯托弗·马洛

背景介绍

聚焦

詹姆士一世时期戏剧

此前

1592年　伊丽莎白时期戏剧《西班牙悲剧》中的一些元素（如复仇主题与戏中戏等），在之后的詹姆士一世时期戏剧中得以延续。

1598—1600年　威廉·莎士比亚的剧作《亨利四世》（上下两篇），以其中喧闹的喜剧、历史剧、暴力与荣耀观念，反映了詹姆士一世时期的社会关系。

此后

1610年　本·琼森创作的《炼金士》初次被搬上舞台，作品中充满詹姆士一世时期盛行的尖锐讽刺元素。

1614年　约翰·韦伯斯特所作的五幕复仇式悲剧《马尔菲公爵夫人》，是一部真正意义上的詹姆士一世时期戏剧，其中描写了乱伦、折磨与癫狂等内容。

在英格兰，伊丽莎白一世（1558—1603年）与詹姆士一世（1603—1625年）统治时期的戏剧作品，通常描绘的是充斥着谋杀、政治与复仇的黑暗世界并配以幽默与模仿艺术。"詹姆士一世时期"一词标志着英国文学在两个时期间的衔接。"伊丽莎白时期"见证了喜剧与悲剧的崛起；到了"詹姆士一世时期"，宫廷中放荡淫乱，此时的作品开始体现心理与超自然元素。

与魔鬼的契约

克里斯托弗·马洛出生于1564年，他一生放荡不羁，据说在一次斗殴中被刀刺伤而死，去世时年仅29岁。他的作品是詹姆士一世时期以黑暗题材为主的戏剧的先驱。

马洛创作的《浮士德博士》（*Doctor Faustus*）取材自德国一位传奇炼金士的故事。作品的主人公

> 你说死亡是罪恶的报偿？这真让人难以接受。
> ——《浮士德博士》

是一位学者，极受人们敬重，却因传统科学的局限性而失去研究的热情。他对知识的渴求无比强烈，因此不得不求助魔法，召唤出魔鬼梅菲斯特。魔鬼向他许下虚假承诺，予他"全能"与"享乐"。

二人订立了死亡契约：浮士德其出卖灵魂给魔鬼，以换取魔鬼在此后24年效劳于他。浮士德本是好人，却受到权力的腐化，当他意识到自己亲手将灾难降于自己头上时，已为时晚矣。■

参见：《第一对开本》82~89页，《仙后》103页。

人是其事业之子

《堂吉诃德》(1605—1615年),
米格尔·德·塞万提斯

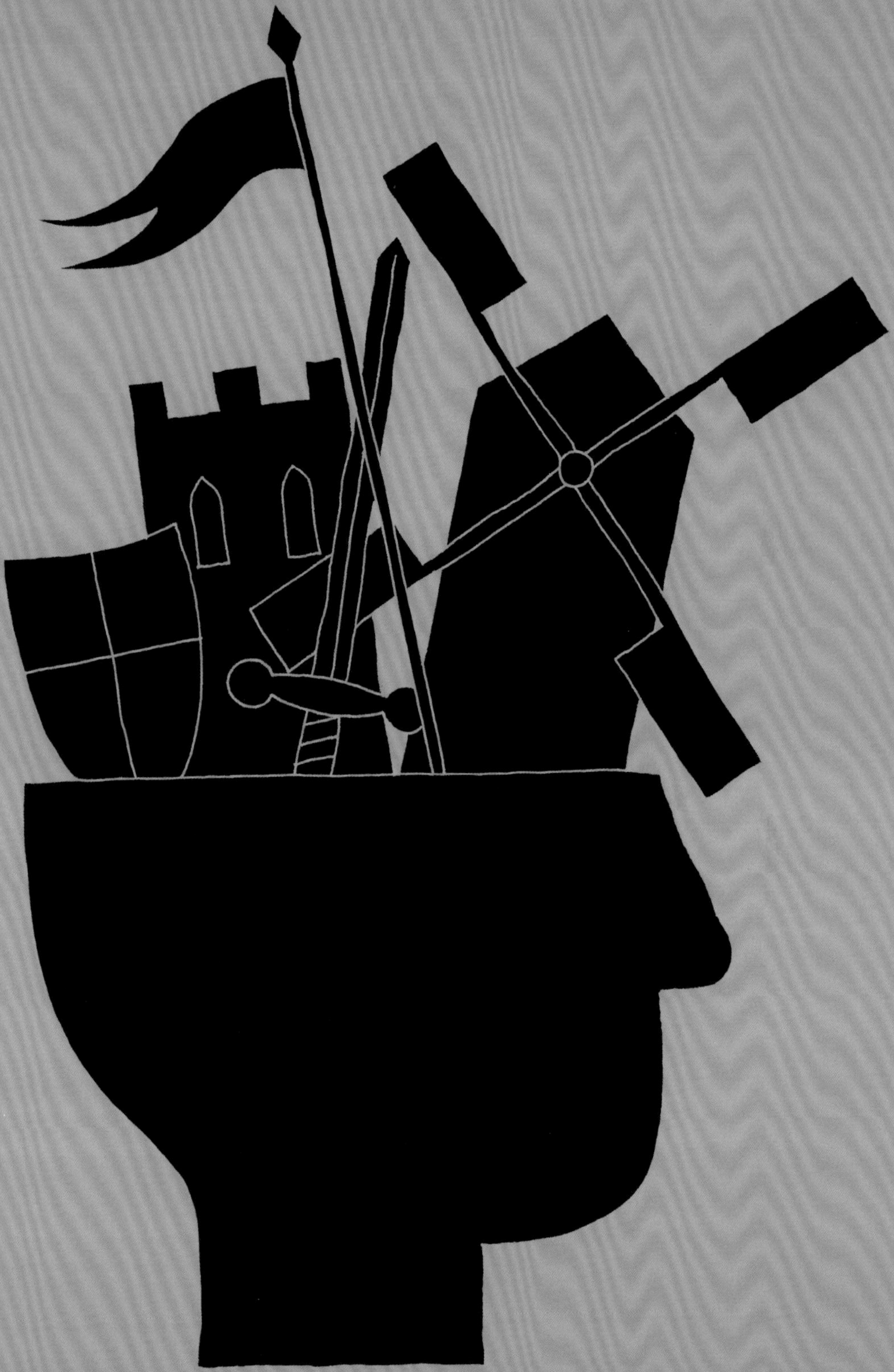

背景介绍

聚焦
西班牙黄金世纪

此前
1499年 费尔南多·德·罗哈斯创作的小说《塞莱斯蒂娜》,以对话体形式讲述了一位老鸨的故事。该作品的诞生标志着西班牙文学复兴的开端。

1554年 佚名小说《托尔梅斯河边的小癞子》,创造了一种崭新的文学体裁——流浪汉小说。

此后
1609年 西班牙最负声望的戏剧作家、诗人洛佩·德·维加出版了他的艺术著作《写作喜剧的新艺术》,以为其写作风格正名。

1635年 佩德罗·卡尔德隆·德·拉·巴尔卡创作的哲学寓言《浮生如幻梦》,是黄金世纪被翻译最广的作品之一。

西班牙黄金世纪跨越16世纪和17世纪,指始于西班牙通过在美洲殖民地积累的财富逐渐登上超级大国宝座之时的一段艺术发展繁盛时期。

在神圣罗马帝国皇帝查尔斯五世(在位年份1519—1556年)统治时期,欧洲曾经历一股思想自由交流潮,西班牙作家也响应了文艺复兴的热潮。伴随着叙事文学、诗歌和戏剧创作中新技巧的出现,全新的散文、诗歌及舞台剧作品应运而生。在佚名作者创作的作品《托尔梅斯河边的小癞子》中,叙事者是一位命途多舛的流浪汉(小无赖)。这部作品催生了一种全新的文学体裁——流浪汉小说。诗人加尔西拉索·德·拉·维加(Garcilaso de la Vega)的作品最突出的特点是对诗体形式以及格律的大胆尝试。戏剧作家洛佩·德·维加(Lope de Vega)创作了1800部人物丰满、情节丰富、充满历史感的耀眼剧作,以及多篇十四行诗、小说和抒情诗。

同一时期,米格尔·德·塞万提斯创作的小说《堂吉诃德》(原名《奇情异想的绅士堂吉诃德》)问世,成为黄金世纪文学成就的巅峰之作。当时,西班牙因其专制统治、宗教狂热主义,以及其无敌舰队被英国击败后财力削减等原因,正逐渐走向衰落。在动荡的形势之下,堂吉诃德这位古怪主人公的骑士探险故事,跨越了浪漫的过去和不安的当下,不断激励着读者,使人沉迷其中。

沟通现实

若说威廉·莎士比亚的剧作是现代戏剧的开端,那塞万提斯的《堂吉诃德》便是现代小说的开端。两位作家都以前人未曾尝试过的手段深入探究主人公的动机、行为和情感,他们笔下的哈姆雷特、麦克白及堂吉诃德等人物都拥有复杂的心理,更加贴近真实生活。

《堂吉诃德》这部作品在两个层面上与现实接轨。小说主人公痴迷于从前传说中的英雄骑士,

米格尔·德·塞万提斯

米格尔·德·塞万提斯1547年出生在西班牙马德里附近。他的母亲是贵族之后,父亲是医师。塞万提斯的早年生活鲜有人知,但他在加入西班牙海军之前,很可能于1569年前后在罗马居住并谋生。塞万提斯在莱潘托战役中身负重伤,于1575年被土耳其人俘虏,并在阿尔及尔的监狱中度过了5年岁月。后来,一个天主教团体为其支付了赎金,塞万提斯得以重返马德里。他在1585年出版了自己的第一部正式作品《伽拉泰亚》。尽管生活拮据,但他仍坚持创作,最终凭借《堂吉诃德》而成名(虽然没有获得财富)。塞万提斯于1616年去世,棺木却在后来不知所踪。2015年,一些科学家声称在马德里一所修道院中发掘出了他的遗骸。

主要作品

1613年 《训诫小说集》
1617年 《贝尔西雷斯和西希斯蒙达历险记》(未完成)

从文艺复兴到启蒙运动 79

参见：《坎特伯雷故事集》68~71页，《第一对开本》82~89页，《十日谈》102页，《高卢的阿玛迪斯》102页，《铁皮鼓》270~271页，《跳房子》274~275页，《寒冬夜行人》298~299页。

- 堂吉诃德认为他能够选择自己的身份，他变身为征战的骑士。
- 堂吉诃德的疯狂将日常生活变为超凡探险，例如将风车幻化为巨人。
- 书中的人物知道自己只是**故事中的角色**，这让读者能够时刻意识到他们在阅读一部虚构的文学作品。
- 这本书植根于**现实中单调无味的日常生活**——拉曼恰的旅店、道路和风车。

并为效仿他们而将自己的名字改为"堂吉诃德"。与传说中的英雄不同，《堂吉诃德》里的人物为生活中吃饭、睡觉等琐事而担忧。他们穿行于酒馆与风车之间，脚踏平凡的大路小道。

在另一层面上，小说是依据现实主义原则创作而成的：所有事件都在时间与空间上统一（书中的情节与其创作的时代相吻合，发生在特定的地理区域，并且大体上按时间顺序进行叙事），没有魔法或神话的介入。

想象的巨人

《堂吉诃德》中除现实主义元素外，还有幻想元素，尽管这种幻想仅存在于主人公的头脑之中。堂吉诃德与旅店老板、妓女、牧羊人、士兵、牧师、逃犯及遭受爱情背叛者的相遇，都被他的想象力夸大为骑士式的探索——那种高卢的阿玛迪斯在以其命名的骑士小说中可能进行的探索。他披上锈迹斑斑的铠甲，骑上那匹被他命名为"罗齐南脱"的老马，将劳工桑丘·潘萨招募为自己的扈从，并遵循骑士传奇中最崇高的传统，向被自己取名为杜尔西内亚的村妇表达爱意。在他的奇幻王国中，日常生活变成了超凡探险，其永恒的标志便是拉曼恰的风车。风车是令人生畏的敌人，也是恰当的战斗对象。

愈加复杂

现实与幻想之间的差距造就

了书中的喜剧元素（亦造就了其中的悲剧色彩），也在接下来的4个世纪里为西方小说作品的创作提供了主题。尽管主题已经确立，但塞万提斯又在第一部面世10年后才得以发表的第二部中，进一步深化了该主题，使其愈加复杂。

在第二部里，书中的人物已经读过或至少听说过自己出现其中的第一部小说里的故事内容。陌生人在碰到堂吉诃德和桑丘·潘萨时，已然得知他们的事迹。例如，一位公爵和其夫人在与堂吉诃德相遇时异常兴奋，因为他们曾读过他的历险经历。在他们看来，若能将堂吉诃德捉弄一番，定有好戏看，于是他们设计了一环接一环的想象式探险，也就诞生了一系列残忍的恶作剧。塞万提斯借此提出，名誉显然与社会地位毫无关系。在塞万提斯创作《堂吉诃德》第二部的时候，一本由托德西利亚斯人阿隆索·费尔南德斯·德·阿维亚乃达创作的《奇情异想的绅士堂吉诃德·拉曼恰第二部》出现于市面上，塞万提斯的文学创作被人盗用了。

> 最终，过少的睡眠与过量的阅读榨干了他的大脑，他彻底失去了理智。
> ——《堂吉诃德》

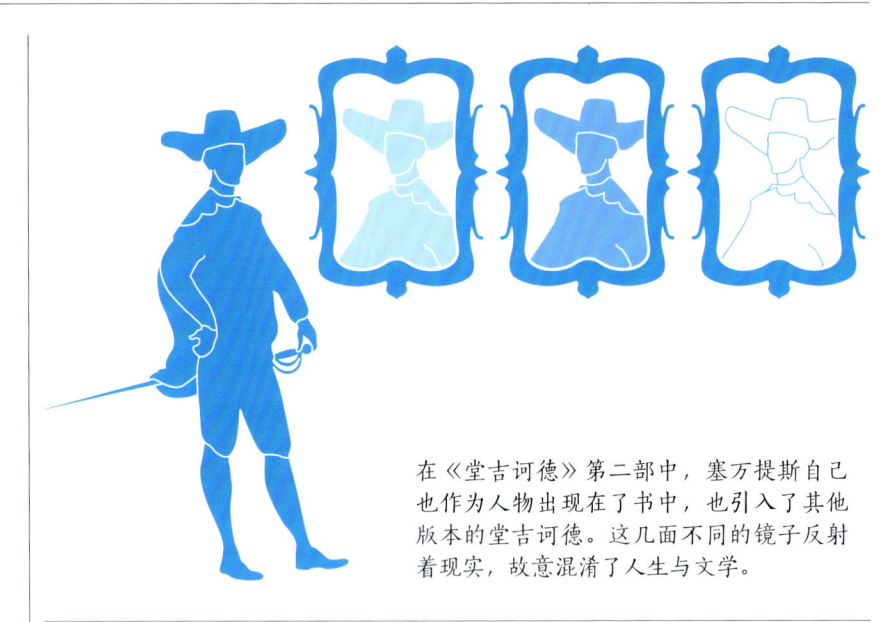

在《堂吉诃德》第二部中，塞万提斯自己也作为人物出现在了书中，也引入了其他版本的堂吉诃德。这几面不同的镜子反射着现实，故意混淆了人生与文学。

为鼓动塞万提斯对此进行回应，这部作品在结尾处写道："堂吉诃德为我一人而生，我亦为他而生；他应做的是行动，而我应做的是创作。"作为报复，塞万提斯在自己的书中将骑士和他的扈从派往巴塞罗那，绑架了阿维亚乃达书中的一个人物。

故事中的故事

文学本身也是小说的主题之一。我们知道，堂吉诃德的妄想就是因为他读了太多的故事，这也是小说呈献给读者的一个有趣命题。尽管牧师、管家和理发师烧了堂吉诃德的书，但他为追寻荣耀而展开的荒谬征程仍在继续。该书叙事者的角色也受到质疑。塞万提斯不仅没有隐藏在角色和故事之外，反而常常出现在故事中，毫不掩饰地发出自己的声音，有时还以摩尔人作家熙德·阿梅德·贝纳赫利的名义进行叙事。

小说采用插曲式写作结构，为后世许多公路小说与电影的创作奠定了基础。堂吉诃德与桑丘·潘萨遇见的大多数人物有故事可讲，这使得拜读过乔叟《坎特伯雷故事集》和薄伽丘《十日谈》，以及接触过来自东方经典文学故事（在阿拉伯统治西班牙南部的漫长世纪中逐渐传入该国）的读者，能够对小说的结构产生一丝熟悉感。

例如，小说中一个不起眼的人物——摩里斯科人（被强行改信基督教的穆斯林）里科特，讲述了他被流放的故事。这个故事中嵌套的故事为虚构小说带入了历史元素。1609年对摩里斯科人的放逐一度为热门话题。之前的骑士文学都寓于神话传说之中，而塞万提斯的小说却已做好了描绘真实当下生活的准备。

幻想与幻灭

故事的不断增加为幻想与幻

灭提供了更多机会。堂吉诃德和桑丘听说，一位年轻人学习田园文学后成了一位牧羊人，却因爱上了一位美丽的牧羊女玛塞拉而去世。众人指责玛塞拉害死了牧羊人，于是，她在葬礼上发表了一段炽热的演说，以捍卫自己随心所欲生活的权利，同时拒绝成为男性幻想的对象。文学因其鼓吹读者生活在梦想世界中而受到谴责，但这正是这本书达到的目的。

塞万提斯表示，作为作者，他将完全依据自己的意愿行事。渐渐地，堂吉诃德感到疲惫，也不再抱有幻想，便踏上了回家的路。"以前是我疯了，现在我找回了自己的理智。"他在临终前这样说道。塞万提斯通过抹杀这一角色，清晰地表明自己不希望再出现任何未经授权创作续集的事发生。

尽管塞万提斯声称堂吉诃德归自己所有，但这一角色却向

> '告诉我，堂·阿尔瓦罗先生，'堂吉诃德说道，'我是否与你口中的堂吉诃德一般无二？'
> ——《堂吉诃德》

人们展示了伟大的小说人物是如何从其原作者手中及原著的书页中跳脱出来的。该人物为英国喜剧作家亨利·菲尔丁、法国现实主义作家居斯塔夫·福楼拜等人带去了创作灵感。仿效这部小说，福楼拜笔下的包法利夫人也尽力从单调乏味的生活中逃脱出来，被视为19世纪的堂吉诃德。到了20世纪，塞万提斯作品的趣味横生及"元小说"的风格使豪尔赫·路易斯·博尔赫斯（Jorge Luis Borges）受到启发，创作出了《皮埃尔·孟纳：〈堂吉诃德〉的作者》，描写了一位作家重写塞万提斯小说的故事。由"堂吉诃德"这一人物也衍生出了英语中一个用以形容"不切实际、理想主义行为"的词——quixotic（指堂吉诃德式的、不切实际的），并由此流传百世。

各样诠释

《堂吉诃德》站在中世纪骑士传奇与现代小说的交汇处，将丰富的文化遗产留给后世读者。最初于西班牙黄金世纪发表之时，众人普遍将其视为一部讽刺小说，堂吉诃德这个人物便是最大的笑柄；又因故事中交织着西班牙的历史，该作品亦被视为对国家帝制的批判。堂吉诃德英雄情结的破灭也被认为象征着西班牙在衰落之时的徒劳扩张行为。对于革命的支持者来说，堂吉诃德的存在则是一种激励——他没有错，错的是这个时代的体系。浪漫主义作家将他变成了一个悲剧式人物——胸怀崇高的理想，却终究被平庸打败。不同时期的人们对《堂吉诃德》的重新评估，正是其情节与写作不朽影响力的证明，也保证了这部作品在文学史上能够始终占据中心地位。■

拉曼恰位于西班牙中部，虽气候干燥，却是重要的农业产区。这里无法激发文学创作的灵感，因此，一位即将成为英雄的骑士似乎并不可能居住于此（这样的设定也会引人发笑）。

人在其一生中扮演着许多角色

《第一对开本》（1623年），威廉·莎士比亚

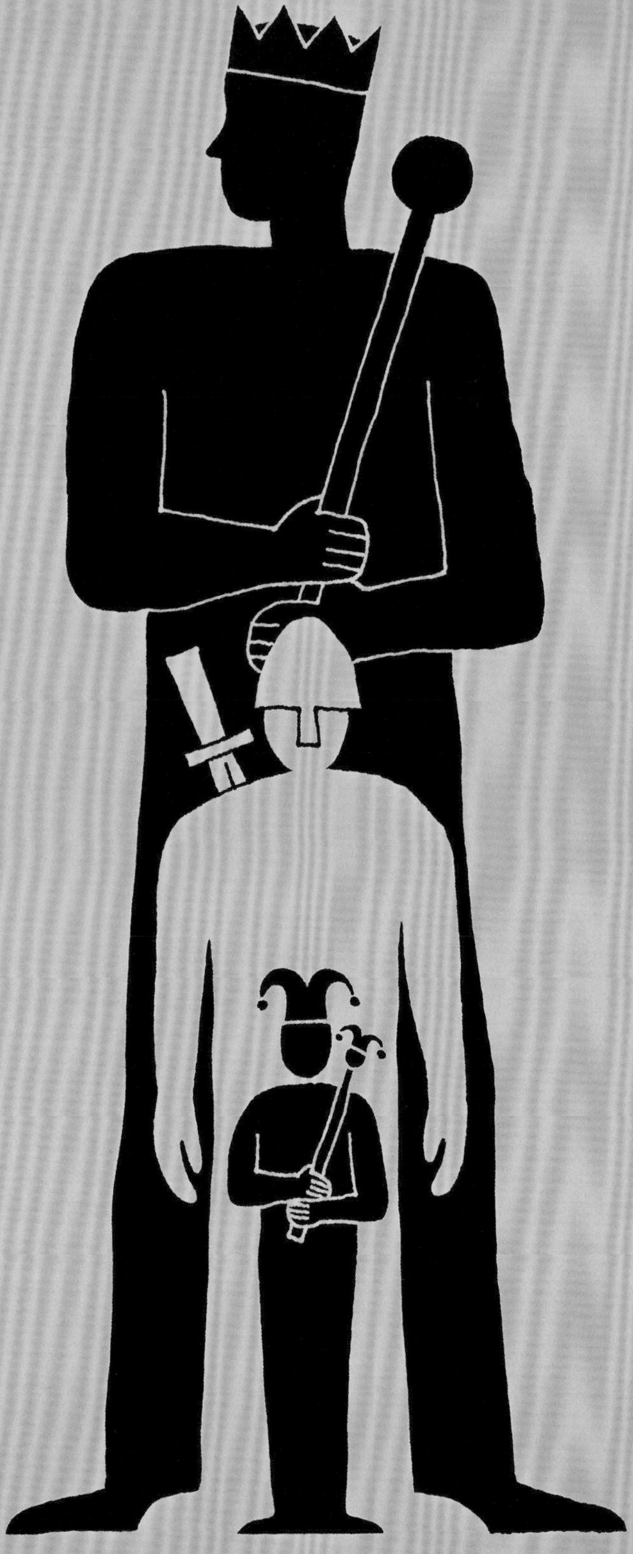

背景介绍

聚焦
吟游诗人

此前
1560年 《日内瓦圣经》的英文译本得以出版,成为莎士比亚创作的重要参考文献。

1565年 古罗马诗人奥维德创作的《变形记》,经亚瑟·戈尔丁翻译后正式出版,成为莎士比亚创作的重要参考文献。

1616年 英国作家本·琼森创作的《作品集》,是第一部公开出版的知名剧作家剧作集。

此后
1709年 雅各布·汤森出版了由英国作家尼古拉斯·罗编写的《莎士比亚全集》。这是自《第一对开本》后,人们试图重新编辑莎士比亚剧作的第一次重要尝试。罗对拼写与标点进行了现代化改编,并加入了分场。

当威廉·莎士比亚去世的时候,他的友人与竞争对手、剧作家本·琼森写下这样一句话:"时间将会证明,他的作品不仅是一个时代的巨著,更是永恒的经典。"这一预言成真了:莎士比亚享誉全球,世世代代的人们将其视为有史以来最杰出的作家之一。他的作品被翻译成80多种语言;他创作的戏剧被改编为电影、动画、音乐剧;他的话语更是为全世界的政治家、艺术家、广告商带去了灵感。

不朽的魅力

1999年,莎士比亚经票选成为英国的"千年人物",其剧作《暴风雨》(The Tempest)中的台词被用于2012年奥运会的开幕式,他是英国最伟大的文化传播者之一。每年有近80万名游客来埃文河畔斯特拉特福,只为一睹他人生故事开始的那幢房屋。

为何早在1616年便已去世的莎士比亚,对如今的读者和戏剧爱好者依旧有如此大的吸引力?这种吸引力大部分源于他有能力用文字精确地表达出人生在世的感觉。莎士比亚对语言娴熟的驾驭能力,使他能够以巨大的冲力与效力传达出复杂的情感。他的读者群跨越社会各个阶层,从鞋匠到朝臣无所不包,而这也鞭策着这位剧作家探索出一种能够在不同阶层、教育背景与年龄段人群间传递的诗意语言。他的戏剧既能吸引那些花1便士站在外场的人,也能在一些场合中迎合君王与宫廷的品位。这样说来,

> 有人生来伟大,有人获得伟大,有人肩负起伟大的使命。
> ——《第十二夜》

威廉·莎士比亚

威廉·莎士比亚于1564年4月出生在埃文河畔的斯特拉特福。18岁那年,他与安妮·哈瑟维结婚。据记载,16世纪90年代初期,莎士比亚曾在伦敦做演员。最早对于其作为一名剧作家的评论出现于1592年,且在某种程度上并不正面:同为剧作家的罗伯特·格林评价他为"自命不凡的乌鸦,用我们的羽毛装扮自己"。

到了16世纪90年代末,莎士比亚笔下关于国王亨利六世的历史剧开始广受欢迎。他在当时颇负盛名。1598年,弗朗西斯·米尔斯评价莎士比亚的剧作"语言柔美流畅、甜蜜动听"。

这位卓越的作家曾在国王剧团工作,后来成为泰晤士河畔环球剧场的股东。1616年4月23日,他在圣乔治日去世。

主要作品

1593年 《维纳斯和阿多尼斯》
1594年 《鲁克丽丝受辱记》
1609年 《莎士比亚十四行诗》

从文艺复兴到启蒙运动

参见:《俄狄浦斯王》34~39页,《变形记》55页,《坎特伯雷故事集》68~71页,《浮士德博士》75页,《白鲸记》138~145页,《尤利西斯》214~221页。

莎士比亚出生在埃文河畔斯特拉特福市镇中。一直到成年,包括与安妮·哈瑟维婚姻生活的前5年,莎士比亚都居住在这座位于亨利街的房屋中。

莎士比亚的作品如今依旧能使无数观众着迷,便不足为奇了。他笔下充满想象力的故事不仅为学龄儿童带去了欢乐,也愉悦了资深戏迷。

世界的作家

莎士比亚的才华在于他能够给自然找一面镜子,并将观众映照其中。在他的作品中,人们看到了自己和他人。他与观众建立联系最有效的手段便是使用独白。当人物独自站在舞台上,剖析自己的内心时,戏剧世界与观众之间便有了一条坚实的纽带。独白使得人物能够与观众分享他们内心最大的恐惧、失落、梦想与抱负。在这样不受他人打扰的时刻,莎士比亚笔下的人物能够展现自己的脆弱;观众也可能在这种时候发现,某个人物其实是两面三刀、奸诈恶毒的。莎士比亚让人物能够在私密的环境之下与观众沟通,而正是通过这种方式,他让观众产生了自己可探知台上人物心理的错觉。他创作出的角色不仅是带动情节发展的载体,更是活在当下的鲜活人物,在每一个场景中做出自己的决定。

莎士比亚的戏剧均为剧场而创作,但读者也在戏剧公演之后,通过印本接触到了一些作品:《哈姆雷特》(Hamlet)、《罗密欧与朱丽叶》(Romeo and Juliet)、《仲夏夜之梦》(A Midsummer Night's Dream),以及《亨利五世》(Henry V),都在莎士比亚有生之年得以出版成书。其他戏剧作品,如《恺撒大帝》(Julius Caesar)、《麦克白》(Macbeth)、《皆大欢喜》(As You Like It)、《第十二夜》(Twelfth Night)等,则似乎没能在这位戏剧家去世前出版成书。要不是有1623年出版的《威廉·莎士比亚先生的喜剧、历史剧和悲剧》(Mr. William Shakespeares Comedies, Histories, & Tragedies,又称《第一对开本》),这些作品很可能早就失传了。

《第一对开本》

现存《第一对开本》的抄本仅有240部左右,它也因此成为世上最有价值的书籍之一,在拍卖会上能拍出约600万美元的价格。若没有这本书,我们可能永远也接触不到莎士比亚的许多巨著。

在伊丽莎白时期与詹姆士一世时期,一部戏剧作品能够登上舞台并不代表它就能出版成书。出版商倾向于将戏剧视作风靡一时的东西,认为它并不具有永久的魅力。他们更愿意将精力(与财力)投到出版圣经、布道文及英国编年史

> " 世界是一个舞台,所有男人女人不过是演员而已。"
> ——《皆大欢喜》

《第一对开本》中的剧目

喜剧	历史剧	悲剧
《暴风雨》	《约翰王》	《特洛伊罗斯与克瑞西达》
《维洛那二绅士》	《理查二世》	《科利奥兰纳斯》
《温莎的风流娘儿们》	《亨利四世(上篇)》	《泰特斯·安德洛尼克斯》
《一报还一报》	《亨利四世(下篇)》	《罗密欧与朱丽叶》
《错误的喜剧》	《亨利五世》	《雅典的泰门》
《无事生非》	《亨利六世(上篇)》	《恺撒大帝》
《爱的徒劳》	《亨利六世(中篇)》	《麦克白》
《仲夏夜之梦》	《亨利六世(下篇)》	《哈姆雷特》
《威尼斯商人》	《理查三世》	《李尔王》
《皆大欢喜》	《亨利八世》	《奥赛罗》
《驯悍记》		《安东尼与克莉奥佩特拉》
《终成眷属》		《辛白林》
《第十二夜》		
《冬天的故事》		

上。本·琼森是第一位将自己的戏剧作品结集成册并成功出版的人。他的《作品集》(Works)于1616年面世,那年正是莎士比亚去世的年份。这部作品的成功激励了其他作者出版类似作品集。

莎士比亚做演员时的两位同事,约翰·赫明斯(John Heminges)与亨利·康德尔(Henry Condell)对编纂《第一对开本》进行了监督。这是一项极为艰巨的任务,首先要考虑如何寻找剧本。剧作家的原始手稿经公司之手后,或被使用,或被转录,以便生成"提示剧本":每位演员都会拿到转抄有自己台词的剧本,上面只有几句台词,供演员知晓何时到自己的戏份。时间久了,原始手稿便消失了,或至少已经被修改得布满墨迹了。如今,尽管有人认为《托马斯·莫尔爵士》(Sir Thomas More)中的147行台词出自莎士比亚之手,但真正的莎士比亚手稿其实已不复存在。于是,《第一对开本》便成为人们纪念莎士比亚的丰碑。这部作品出版后大受欢迎,仅9年便再版(其中亦有修改),且自那以后无数次以不同版本继续发行。想想当初出版这部作品的远见及编纂过程中的决心,就不难理解人们如今为何给予《第一对开本》如此崇高的地位了。

三重分类

《第一对开本》将莎士比亚的戏剧分为喜剧、历史剧与悲剧。这样的分类有几分武断,与其说反映了莎士比亚对其戏剧作品的看法,不如说是出版商的意愿。例如,

从文艺复兴到启蒙运动　　**87**

环球剧场坐落在泰晤士河南岸，为莎士比亚与他人共同拥有。这座剧场于1599年开放，1644年被拆除。20世纪90年代，改造后的环球剧场在原址上重新开放。

《恺撒大帝》被归为悲剧，但我们也可将其视为历史剧；同样，《理查三世》（Richard III）被归为历史剧，但它同时也是一部悲剧。

莎士比亚在创作之时未必就预先想好了要写作某种特定体裁的作品。作为极富创造力的作家，他常常将不同体裁的特征杂糅在一起，为其作品增添多样性。例如，他有时会在大哀之中添加一丝黑色幽默，以改变当下的氛围：在《哈姆雷特》中，掘墓人一边挖坟，一边歌唱；在《麦克白》中，当麦克白与妻子走下舞台以洗去满手血污之时，搬运工却与观众开起了玩笑；在《安东尼与克莉奥佩特拉》（Antony and Cleopatra）中，女主

人公在策划自杀的那一刻却突然笑出了声。同样，人们往往期待莎士比亚的喜剧是轻松好笑的，然而，这些作品有时也是阴暗危险的：在《一报还一报》（Measure for Measure）中，伊萨白拉受到了安哲鲁的性骚扰；在《仲夏夜之梦》中，仙王将魔水滴在仙后的眼中，这样她便会爱上醒来后第一眼见到的东西；而在《第十二夜》中，马伏里奥傲慢严苛的性格最终让他在大庭广众之下颜面尽失。

经受试炼的感情

尽管莎士比亚的众多喜剧有相似之处，但也迥然不同。这些作品几乎都以一对爱人的结合为结尾，对个人与群体的团结起到推动作用；同时，婚礼也为一出戏剧的落幕带去庆典式的欢乐气氛，让观众遗忘之前所有的不愉快。《爱的徒劳》（Love's Labour's Lost）在众多喜剧作品中显得独树一帜，因为

> "我们的狂欢现已归为沉寂。我们这些演员，亦已化为空气。"
> ——《暴风雨》

这部剧并非以婚礼结束，而是几对情侣相互约定，分开一年后再见。

喜剧通常在和谐与重聚中落幕，悲剧的戏剧发展轨迹则更具破坏性。一段感情经历考验，在压力下最终走向破裂，戏剧往往在死亡的场景中落下帷幕。一些历史剧也会遵循相同的发展轨迹。王权、政府与统治的故事常常通过冲突、宿怨与敌对来推动。尽管这些作品各不相同，但莎士比亚的戏剧通过作者为不同社会阶层人物发声的愿望

埃及艳后克莉奥佩特拉在《安东尼与克莉奥佩特拉》一剧达到致命高潮时，手中紧攥一条毒蛇，被毒蛇宛如"爱人轻捏"般的一咬后死去。图中埃及艳后的扮演者是哈丽特·瓦尔特。

莎士比亚戏剧中反复出现的主题

主题	作品
女扮男装	《维洛那二绅士》《威尼斯商人》《皆大欢喜》《第十二夜》《辛白林》
傻子	《李尔王》《第十二夜》《皆大欢喜》
戏中戏	《仲夏夜之梦》《哈姆雷特》《爱的徒劳》
超自然力量	《麦克白》《哈姆雷特》《仲夏夜之梦》《暴风雨》《恺撒大帝》《理查三世》《辛白林》
无意中听到	《第十二夜》《爱的徒劳》《哈姆雷特》《奥赛罗》
错认(为获得喜剧效果)	《错误的喜剧》《无事生非》《一报还一报》《皆大欢喜》
暴风雨与海难	《麦克白》《李尔王》《暴风雨》《泰尔亲王配力克里斯》《错误的喜剧》

而联结在一起：在《亨利四世（上篇）》（Henry IV Part 1）与《亨利四世（下篇）》（Henry IV Part 2）中，皮条客、老鸨和妓女与英格兰未来的国王并肩同行；在《仲夏夜之梦》中，织工波顿闯入精灵的世界；在《李尔王》（King Lear）中，君王聆听着傻子与乞丐的想法。

悲剧的苦痛

在《第一对开本》收录的剧目中，一些作品称得上是莎士比亚的代表作。没有阅读或观看过《哈姆雷特》的人，也对"生存还是毁灭，这是一个值得考虑的问题"这句话耳熟能详。如今，全世界都将哈姆雷特这一人物与忧郁和深思联系在一起。莎士比亚在他身上创造出了最为诗意的表达以及关于不安良知的文学幻象。他带领观众领略哈姆雷特脑海中的迂回曲折，看着他挣扎于道德与死亡之间。"当我们丢弃了凡人的皮囊，死后又将做些什么梦？"哈姆雷特因这样的想法而备感困扰。正如许多诗歌、小说及戏剧中描绘的那般，不止他一人有这样的烦恼。莎士比亚亦借李尔王这一悲剧式人物传达自己对人类境遇的感悟。暮年的李尔王对自己及周围世界的理解与年轻时截然不同。他的骄傲令他做出轻率的判断，也使他逐渐被朋友和家人疏远，于是，他开始反思自己的言行及与周围人的关系。如莎士比亚笔下其他悲剧人物一般，李尔王被自己的想法折磨着，且自始至终都在重新评估自身的境况，直到最后才终于看清悟透。

身份问题

《仲夏夜之梦》是莎士比亚最受欢迎的喜剧作品之一，波顿也是他创造出的最令人印象深刻的人物之一。当波顿在树林中排戏时，赖皮的精灵迫克用魔法将波顿的脑袋变成了驴头。舞台上视觉效果带给观众的冲击力远大于书页上的文字。人们只有通过观看表演，才能完全感受到这种眼见一位演员为将"变形"传出来而改头换面的欢乐；读者亦能读出波顿的生活被彻底颠覆，并且在那一瞬间，他能够以他人的身份体会不同的人生。

丹麦王子哈姆雷特是一个心理极其复杂的人物，为行报复之事而装疯卖傻。图为1948年电影版《哈姆雷特》，扮演者为劳伦斯·奥利弗，他亦是本片的导演。

被人施了魔法的织工波顿是《仲夏夜之梦》中的人物。受到爱情魔水影响的仙后爱上了长着驴脑袋的波顿。

乔装使得角色能够改变自己的身份，这一技巧在莎士比亚其他喜剧作品中也有所体现：《皆大欢喜》中的罗莎琳和《第十二夜》中的薇奥拉都变装为年轻男子；在《错误的喜剧》（The Comedy of Errors）中，两对双胞胎亦被错认，引发了爆笑。

权力的风险

莎士比亚的历史剧中充满了两面三刀的人物。《理查三世》中，"葛罗斯特公爵"理查将自己的真实意图掩饰起来，一路杀戮，终于登上王位，可谓莎士比亚笔下最大的反派。从开篇的独白可以看出，除了他畸形的身体，驼背理查其实是一位魅力非凡的人。他一开始便告知观众自己将"坚定地成为恶人"，并声称自己是一个"表里不一、奸诈狡猾"的人。这段独白及他身体上充满象征意味的残缺，成功地将理查塑造为剧中的反面角色，而观众也享受憎恶他的感觉。正如从《理查二世》（Richard II）到《亨利六世》（Henry VI）期间所写作的所有历史剧，人们能够从中感受到权力的脆弱。莎士比亚在《亨利四世（下篇）》中写道："为王者无安宁。"那些手握权力的人永远不能真正摆脱危险。这便是理查三世意想不到的领悟。在双手沾满鲜血，终于登上王位后，他仍不能停止杀戮，直到将一切威胁铲除。

永世经典

《第一对开本》总篇幅超过900页，包含36部剧作。然而，书中并没有收录《泰尔亲王配力克里斯》（Pericles）与《两个高贵的亲戚》（The Two Noble Kinsmen），而如今大多数《莎士比亚全集》中能看到这两部作品。《暴风雨》、《辛白林》（Cymbeline）和《冬天的故事》（The Winter's Tale）在现代版本中常常被归为爱情故事，而《科利奥兰纳斯》（Coriolanus）、《恺撒大帝》和《安东尼与克莉奥佩特拉》现在有时会被视为莎士比亚的"罗马剧"。

如今，莎士比亚的作品早已突破其最初出版时的局限性，但这些作品之所以能够流传至今，《第一对开本》功不可没。∎

关于著作权的争议

18世纪末以来，有人声称埃文河畔斯特拉特福的威廉·莎士比亚并非《第一对开本》中剧作的作者，之后围绕这一话题，出现了种种阴谋论。

人们列出一长串候选名单，讨论究竟是哪位作家创作了这些作品，而且名单还在不断拉长，其中包括弗朗西斯·培根、克里斯托弗·马洛、爱德华·德·维尔，甚至还有伊丽莎白一世。这些人无一例外都死于莎士比亚最后一部戏剧作品面世之前。伊丽莎白时期剧作家克里斯托弗·马洛1593年便遭谋杀，他如何能创作出那些剧作？有一种说法是1593年马洛并没有真的在一家酒馆被人杀害，而是归隐了，且化名为"威廉·莎士比亚"，继续为公共剧场提供戏剧作品。有关其他候选人物的说法也一样荒谬。

尊重一切无异于蔑视一切

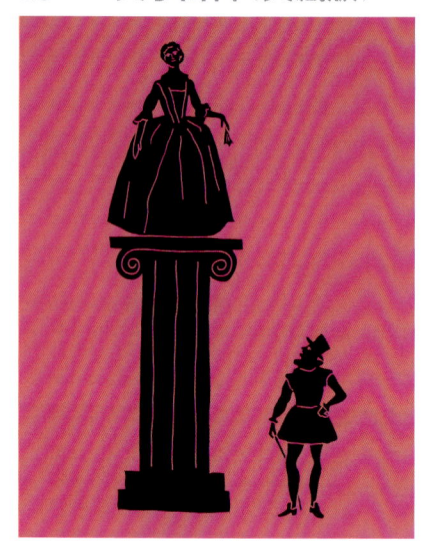

《恨世者》（1666年），莫里哀

背景介绍

聚焦
法国新古典主义

此前

1637年 皮埃尔·高乃依创作的悲喜剧《熙德》在巴黎公演，收获一片赞誉。然而，法兰西学院却批判该作品违背了古典主义"三一律"。

1653年 菲利普·奎诺尔特的《对手》首次登上舞台。这位多产作家创作了众多喜剧、悲喜剧，以及一些鲜为人知的悲剧。

此后

1668年 让·德·拉·封丹创作的《寓言诗》取材自不同古典著作，其中包括伊索与费德鲁斯的寓言，拓宽了当时格律诗的创作思路。

1671年 莫里哀、高乃依与奎诺尔特共同执笔创作了悲喜剧芭蕾舞作品《普赛克》。

1677年 戏剧《费德尔》延续了让·拉辛就希腊神话主题创作的系列悲剧。

启蒙运动时期，狂热追求一切古典事物的风潮席卷欧洲。古希腊对于形式、明晰性及典雅的理想化追求引发了一场覆盖各个艺术领域的新古典主义运动，法国正是这场文学运动的领军者。新古典主义的影响力在戏剧中最为突出。17世纪，人们发起了对古希腊戏剧传统的再解读，而该传统正是亚里士多德《诗学》中描述的内容。

这种具有固定格式的诗体戏剧通常为悲剧作品，以古希腊神话为题材，这也是让·拉辛作品的重要灵感来源。然而，大众越来越希望看到喜剧作品，莫里哀妙趣横生的戏剧恰恰满足了这一需求。

风尚喜剧

莫里哀最大的贡献便是创造出了风尚喜剧，借由《恨世者》（*The Misanthrope*）主人公阿尔切斯特这样的人物讽刺当时的社会传统。阿尔切斯特看不惯当时社会的礼节，却爱上了交际花色里曼娜。阿尔切斯特被她的打情骂俏蒙蔽了双眼，一言一行逐渐趋同于他所鄙视的那些人。然而，在批评一位贵族所作的抒情诗时，他又恢复了原来的暴躁、毒舌。这令他卷入了一场法律争端。于是，他试图从轻浮的色里曼娜身上寻求慰藉。莫里哀一边嘲笑阿尔切斯特的愤世嫉俗，一边继承古希腊戏剧家阿里斯托芬的喜剧精神，揭露17世纪人们温文儒雅举止之下的虚伪嘴脸。

莫里哀的《太太学堂》（*The School for Wives*）等喜剧作品的成功，标志着贯穿整个18世纪，以高贵典雅、诙谐幽默为特征的崭新戏剧时代的开始。很快，风尚喜剧在英格兰大受欢迎，这些复辟时期的喜剧激发了以奥利弗·哥德史密斯（Oliver Goldsmith）等一系列剧作家的创作。■

参见：《俄狄浦斯王》34~39页，《老实人》96~97页，《熙德》103页，《费德尔》103~104页，《傲慢与偏见》118~119页，《道林·格雷的画像》194页。

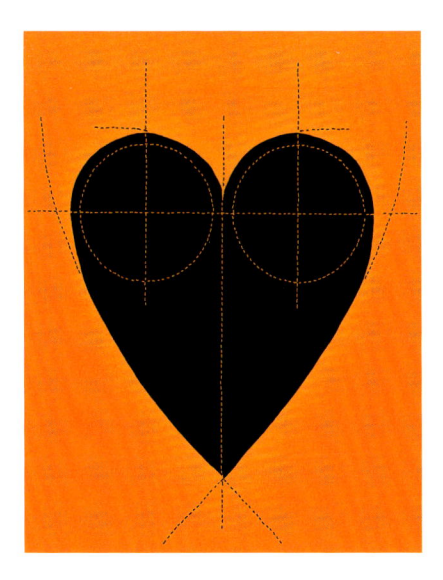

然而在我身后，我总听到，时间的战车插翼飞奔，步步逼近

《杂诗集》（1681年），安德鲁·马维尔

背景介绍

聚焦
玄学派诗人

此前

1627年 约翰·邓恩在他创作的忧郁爱情挽歌《圣露西节之夜》中，使用了玄学式夸张手法——"我们二人的眼泪哭成了洪水，淹没了世界，也淹没了我们自己……"。

1633年 乔治·赫伯特的诗作《苦难》将玄学智慧融入信仰之中——"爱情便是那香甜神圣的液体，于上帝是鲜血，于我却是美酒"。

1648年 罗伯特·赫里克的诗集《金苹果园》收录了其倡导"及时行乐"的著名诗篇《致妙龄少女：莫负青春》，其中的名句便是"趁早采撷那朵玫瑰花苞"（有花堪折直须折）。

1650年 亨利·沃恩受到乔治·赫伯特的影响，发表了诗歌《世间》，歌颂对上帝的忠诚与敬拜。

"玄学派诗人"一词最早由散文家、文学评论家塞缪尔·约翰逊（Samuel Johnson）提出，用来形容17世纪的一群英国作家，包含约翰·邓恩（John Donne）、乔治·赫伯特（George Herbert）及安德鲁·马维尔（Andrew Marvell）等人。他们以诙谐的语言、复杂的逻辑及玄妙的比喻见长，写作主题通常为爱情、性欲、信仰等。

感官愉悦

与诗人身份相比，马维尔的政治家身份更加为人所熟知，但他一生创作了多部作品。这些作品在他死后被结集成册，以《杂诗集》（*Miscellaneous Poems*）为名发表，其中包括著名情诗《致羞怯的情人》。在这首诗中，主人公试图劝说自己所爱之人及时行乐，与他共赴巫山。他的论据中充满玄学式的奇想，以别出心裁的想法推导出极富创意的结论："坟墓倒是个幽静的好地方，然而无人去那里相拥。"马维尔的诗融合了历史、神学与天文学。17世纪严苛的基督教信仰阻碍了人们对感官愉悦的追求，他的作品正是对这一传统的挑战。

马维尔也为田园诗注入了生动的意象与生机。在诗歌《割草者致萤火虫》及《花园》中，他赞颂人们归隐于"绿荫里绿色的遐思"，使得抽象与感官达成了完美平衡。■

> 漫步之时，甜瓜将我绊倒；落入鲜花的陷阱，我伏于一片芳草。
> ——《花园》

参见：《变形记》55页，《给卡桑德拉的情歌》74页，《失乐园》103页，《荒原》213页。

蛤壳与肉离，吾与诸友别情依，秋尽景更凄

《奥州小路》（1702年），松尾芭蕉

背景介绍

聚焦
俳句与俳文

此前

1686年 松尾芭蕉创作出他最具盛名的俳句之一，描述了一只青蛙扑通一声跳入池塘中，溅起一片水花的场景。江户时代，这首俳句引发了诗人之间关于这一主题的比赛。

此后

1744年 著名俳句诗人与谢芜村继松尾芭蕉之后发表了纪行文集。

1819年 小林一茶结合散文与俳句，创作了俳文作品《我春集》，证明了自己是松尾芭蕉当之无愧的接班人。这位多产的作家一生写出约2万首俳句，其中230首以萤火虫为主题。

1885年 正冈子规开始以自己的绘画作品为主题创作俳句。他倡导写生理论，认为创作应像艺术家描绘风景一般。

诗人松尾芭蕉（Matsuo Bashō，约1644—1694年）是江户时代的俳句大家。俳句是日本的一种古典短诗，译成英语后通常为三行或四行（相对少见）。这种诗体捕捉稍纵即逝的瞬间，通常辅以深刻且犀利的评论。松尾芭蕉最经典的作品是俳文。这是一种合成式文体，即将俳句嵌入散文之中。

壮丽旅程

松尾芭蕉写作《奥州小路》（*The Narrow Road*），是希望记录一段灵魂朝拜之旅，并向在他之前四处游历的诗人表达敬意。在这段旅程中，诗人邂逅了自然，并参观了神道教神社。这些经历进一步坚定了诗人将自己从自我欲望中解脱出来的决心。书中的诗歌与散文达到了完美平衡，就如两面相对而立的镜子，相互映照。诗人行游四方，搜寻智慧，用散文将见闻记录下来。文章中描绘的内容清晰生动，也常常渗透着一丝哀伤与忧愁，即使是"受到海风吹拂的松树，造型仿若盆景一般"这样的描写，也有萧索与逆来顺受的意味。松尾芭蕉的俳句广受追捧，已达到"见性"（悟彻清净的佛性）之境界。透过他的诗，我们仿佛在一瞬间被唤醒，离真理又近了一步。■

参见：《源氏物语》47页，《在路上》264~265页。

> 艄公穷生涯于船头，马夫引缰辔迎来老年，日日羁旅，随处栖身。
>
> ——《奥州小路》

前往死亡之山的路途上，无物会成阻碍，亦无人会被阻碍

《曾根崎心中》（1703年），近松门左卫门

背景介绍

聚焦
歌舞伎与文乐木偶戏

此前
约1603年 歌舞伎是一种难以驾驭的戏剧表演形式，融合了歌曲、舞蹈、表演与默剧。其最初的创始人是位女性舞者，名阿国，是出云国神道教神社的一名侍者。

约1680年 在文乐木偶戏中，半人高的木偶伴随浪漫说唱故事"净琉璃"进行表演。

此后
1748年 竹田出云、三好松洛与并木千柳共同创作的《假名手本忠臣藏》公演。这部作品作为木偶剧写作而成，后被改编为歌舞伎。当时只有它的人气能与近松门左卫门的作品媲美。

1963年 大阪文乐协会将"净琉璃"这种戏剧形式自衰落中拯救出来。

歌舞伎与文乐木偶戏都是日本传统戏剧形式，起源于17世纪。歌舞伎题材粗鄙，由流浪的女子班子表演，这些女人大多是娼妓。文乐木偶戏则是木偶剧，每个木偶背后都有一位主傀儡师，负责操控木偶的右手，第二位傀儡师负责操控左手，第三位则负责操控双腿与双脚。这三位傀儡师经常身穿一套黑衣，完全暴露于观众视野之中。舞台上大多还会有一位说唱者，通过改变声调来表现不同的人物。

日本民族诗人

在歌舞伎与文乐木偶戏这两种戏剧形式的创作领域中，最伟大的作家是近松门左卫门（Chikamatsu Monzaemon，1653—1725年）。他出生于武士阶级，却走上了戏剧创作道路，后来成为日本最杰出的戏剧家。其作品中常出现在道德伦理与个人需求间挣扎的人们。近松门左卫门的巨著《曾根崎心中》最初是一部木偶剧，后被改编为歌舞伎。这部作品于其描绘的真实事件发生后两周创作完成，讲述了一对年轻情侣在森林中殉情的故事。

在这部作品中，近松门左卫门创造出了两位如莎士比亚笔下的罗密欧与朱丽叶那般命途多舛的人物，而他们如今也已成为悲剧爱情的代名词。德兵卫是一位老实的青年。他拒绝迎娶已选择的新娘进门，因为他爱的是游女阿初。阿初的另一位爱慕者威胁德兵卫，要诬陷他为盗贼。德兵卫既不能证明自己的清白，也看不到与阿初的未来。于是，这对情侣决定共赴黄泉。这部作品与当时的一些相似剧目令许多作者争相效仿，开始创作描写殉情的作品。自1723年后的一段时间里，当局便明令禁止创作类似戏剧。无论如何，许多人认为，《曾根崎心中》是日本文学中辞藻最为优美的作品之一。■

参见：《第一对开本》82~89页，《金阁寺》263页。

我出生于1632年，来自约克郡一个富足的家庭

《鲁滨逊漂流记》（1719年），丹尼尔·笛福

背景介绍

聚焦
自传体小说

此后

1726年 英裔爱尔兰作家乔纳森·斯威夫特创作的游记体与自传体小说《格列佛游记》发表，立刻大受好评。

1740年 英国作家塞缪尔·理查森发表了自传体小说《帕梅拉》，按时间顺序，以书信形式记录了女佣帕梅拉的一生。

1749年 英国作家亨利·菲尔丁创作的自传体喜剧小说《汤姆·琼斯》面世，讲述了一个弃儿意气风发的历险故事。

1849—1850年 英国作家查尔斯·狄更斯出版了他的小说《大卫·科波菲尔》。虽然，小说是虚构的，但主人公的人生却与狄更斯的人生极其相似。

在自传体小说中建构叙事文本，这种创作手法给读者一种作者在讲述自己人生故事的感觉，亦能让读者觉得其中的文字是对真实事件的转录。丹尼尔·笛福创作的《鲁滨逊漂流记》（原名《鲁滨逊·克鲁索的人生及惊奇冒险》）便是这种自传体小说的先驱。继鲁滨逊之后，18—19世纪创作的文学作品中又出现了许多著名的人物，其中包括乔纳森·斯威夫特笔下的格列佛、亨利·菲尔丁笔下的汤姆·琼斯，以及查尔斯·狄更斯（Charles Dickens）笔下的大卫·科波菲尔。

首次出版的《鲁滨逊漂流记》的封面上并未将笛福列为作者，而在书名下写着"亲历者所著"几个字，读者很容易认为书中的故事是真实发生的。该书开篇的第一句话"我出生于1632年"传达出这样的讯息：这是一个真实的故事，由经历冒险的人亲自道来。"作者"出生的具体信息为这篇自

丹尼尔·笛福

据传，丹尼尔·福（后来他在自己的姓氏中加入前缀"笛"）于1660年出生于伦敦。1684年，笛福与玛丽·塔夫里结婚，多年来以经商为生，直到1692年破产。1697年，他成为国王威廉三世的密友，并作为秘密情报员前往英国。1702年，笛福因其撰写的反讽小册子《与意见不同者们打交道的捷径》中对时政的讨论锒铛入狱。后来，在政客罗伯特·哈利的帮助下，笛福被释放，并成为罗伯特的门客，游历于英国各地，为其搜集舆论情报。笛福50岁后才开始写小说，并凭借《鲁滨逊漂流记》取得巨大成就。笛福于1731年离世。

主要作品

1722年 《摩尔·弗兰德斯》
1722年 《瘟疫年纪事》
1724年 《罗克萨娜》

从文艺复兴到启蒙运动 95

参见：《格列佛游记》104页，《汤姆·琼斯》104页，《大卫·科波菲尔》153页，《麦田里的守望者》256~257页。

以自传式写作手法将作品奉为真实故事。

宣扬个人主义：独自一人、自给自足的主人公凭借理性征服了自然。

鲁滨逊成了小岛的"绝对上帝"。

《鲁滨逊漂流记》与《格列佛游记》都采用了自传式写作手法，以记录真实经历一般的笔触讲述历险故事。然而，这两部作品亦在几个关键方面有所差异：

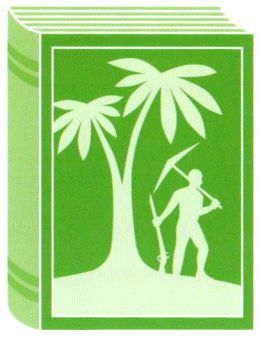

《鲁滨逊漂流记》　　《格列佛游记》

运用自传的声音，对当代小说所主张的真理进行滑稽模仿。

讽刺个人主义观念及对理性的运用。

格列佛沦为利立浦特岛上的囚犯。

传体小说增添了真实性，也使小说看上去像真正的记叙文。小说中很多地方以日志形式记叙，这进一步使作品更具真实性。

荒岛漂流者

人们普遍将《鲁滨逊漂流记》奉为现实主义小说的奠基之作，在许多人心中，这部作品也是最杰出的英国小说。据传，这部小说改编自一位荒岛漂流者亚历山大·塞尔柯克的真实经历。他在18世纪初被困于太平洋的一座小岛上。这部小说一经出版便大获成功，小说描绘了主人公鲁滨逊在非洲和巴西等地的异国探险经历及奴隶贩卖生意，正是这次生意导致其在加勒比海中遭遇船难，漂流至一座荒岛上。

书中，鲁滨逊讲述了自己试图挽救船上生活物资的故事，还有独自生活在岛上的孤独。他搭建了简陋的住处，还制作了狩猎、耕种使用的工具。他通过在木质十字架上刻痕来记录日期；阅读《圣经》并感恩上帝。数年来，这便是他的生活。

后来，鲁滨逊在沙滩上发现了一个脚印，这使他终日难安，生怕受到"野人"的攻击。在防御处躲避两年后，他遇到了一位来自附近岛屿、正从食人族手中逃生的原住民。鲁滨逊将他"救下"，为他安排了活计，并以他们相遇的那一天为纪念，为其取名"星期五"。他们之间的关系被解读为主人与奴隶（一位是欧洲探险者、剥削者，一位是土生土长的当地人）：作为"文明"的传递者，鲁滨逊是新兴英国帝国主义的象征。正如欧洲国家占领殖民地一般，鲁滨逊亦占据了这座小岛，并将自己视为小岛的主人和"绝对上帝"。事实证明，鲁滨逊"自传式"的荒岛回忆录影响巨大，激发了许多作家对其经历的再创作，并衍生出一种全新的次体裁——鲁滨逊式故事。这部作品在英国文学史上具有举足轻重的地位，且产生了令其他作品望尘莫及的深远影响，其主题也逐渐成为大众文化的一部分。■

> " 他再一次跪下，亲吻了土地……而后将我的脚放于自己头上；似乎在向我发誓，永远做我的奴隶。"
> ——《鲁滨逊漂流记》

若这果然是所有可能存在的世界中最好的那个，那么其他世界又将如何呢？

《老实人》（1759年），伏尔泰

背景介绍

聚焦
启蒙思想家

此前
1721年 孟德斯鸠创作的《波斯人信札》，透过两位波斯旅人的眼睛讽刺了当时的法国社会。这两人将基督教与伊斯兰教对比，削弱了天主教教义的权威。

1751—1772年 达朗贝尔与狄德罗共同编纂了启蒙运动时期的一部巨著——《百科全书》，以"改变人们思考的方式"。

此后
1779年 戈特霍尔德·埃夫莱姆·莱辛的剧作《智者纳旦》，将背景设定为第三次十字军东征，为宗教宽容描绘了理想愿景。

1796年 狄德罗的哲理小说《宿命论者雅克》提出了一种宿命主义世界观，书中的两个人物都无法从相互决斗中解脱出来。

18世纪，法国生活着形形色色的作家与学者，后来人们将这群人称为"启蒙思想家"。他们的作品超越了哲学的范畴，延伸至社会、文化、伦理及政治领域。启蒙思想家是启蒙运动这场席卷欧洲的文化运动的重要组成部分，他们之中的杰出代表包括伏尔泰、让-雅克·卢梭（Jean-Jacques Rousseau）、德尼·狄德罗（Denis Diderot）以及孟德斯鸠（Montesquieu）。启蒙运动以理性和思想自由的名义抨击封建迷信、狭隘偏激和社会中的不公正。

> " 人生来便注定，不是在苦难中担惊受怕，便是于乏味中昏昏欲睡。"
> ——《老实人》

这场运动自17世纪末一直持续至1789年法国大革命爆发。事实上，法国大革命的爆发亦是因为受到了哲学家及科学家思想的激发，当时社会上普遍倡导的理性主义与政治自由主义精神也起到了促进作用。

盲目乐观主义

《老实人》（Candide）是一部哲学寓言，在叙事中融入了启蒙运动倡导的价值观。伏尔泰在这部作品中猛烈地抨击了德国学者戈特弗里德·威廉·莱布尼茨（Gottfried Wilhelm von Leibniz）提出的乐观主义哲学。在莱布尼茨看来，既然上帝是一位仁慈的神，那么我们生活的这个世界便一定是最理想的世界。

在《老实人》中，莱布尼茨的这一观点得到了哲学家邦葛罗斯教授（Dr Pangloss）的认同。即便面对接踵而至的灾祸，他也始终念叨着自己的口头禅——"在可能存在的最好世界中，一切皆善"。似乎是存心挑战这种盲目乐观的形而上观点，书中年轻的主人公憨第德

参见：《格列佛游记》104页，《宿命论者雅克和他的主人》105页。

憨第德天真且容易受骗，自己无法形成对人生的看法：他眼中的世界（如他对宿命论、乐观主义、自由意志的看法）是建立于周遭人观点之上的。

邦葛罗斯教授（憨第德从前的家庭教师）：世间一切皆反映了上帝为人类的友好和睦所做的最好安排。

老婆子（教皇乌尔班十世与帕莱斯特里纳公主的女儿）：每个人的人生都是一个充满悲剧与苦难的故事。

马丁（学者，以前是出版行业的雇佣文人）：邪恶的势力创造了这个世界，为的是让人们彻底疯狂，它毫无意义、令人厌恶。

波谷居郎泰伯爵（威尼斯的一位贵族，名字本意为"冷漠的"）：没有什么艺术品能给人带来纯粹的愉悦感，人们总是倾向于给予艺术品过分的称赞。

土耳其农民：政治带来苦痛；人们不如去耕种自己的土地，因为劳动能够消除空虚、罪恶与贫穷。

经历了一连串的磨难：被男爵逐出家门；遭遇难以计数的厄运；好不容易与失散的爱人居内贡重逢，却发现自己已经不再爱她。这些倒霉事铺天盖地袭来，且相互之间又紧密联系，让人不禁感觉到好笑。在这样一个充斥着贪婪、欲望与残暴的世界里，善行变成了稀缺品。面对无情的现实，邦葛罗斯式的乐观主义显然太过天真。

个人影响

尽管《老实人》中充斥着情节夸张的事件，但它确确实实是一部哲理小说，只是植根于自传体小说而已。伏尔泰本人也经历过苦难：他曾遭受耶稣会教师的虐待，受过法国宫廷的排挤，也曾被普鲁士驱逐出境。两场灾难深刻影响了他对上帝与自由意志的看法，并激发了他的创作灵感。这两场灾难分别是1755年摧毁葡萄牙里斯本的大地震，以及使整个欧洲遭受巨大破坏的七年战争（1756—1763年）的爆发。这两场灾难都在《老实人》中以虚构化形式对主题的传达起到了重要作用。

书中不同人物的故事交织在一起，形成了一条线索，串联起了作者对截然相反的社会制度的描绘。《老实人》中有一段乌托邦式的插曲，描绘了"黄金国"——一个物产丰富、主张人人平等的国家。最终，憨第德选择定居于土耳其的一座农场，那里的人们生活十分幸福。故事的最后，憨第德说："我们必须去耕耘自己的园子。"这预示着人们能够摆脱哲学，依靠辛勤劳作获得幸福。

伏尔泰

弗朗索瓦-马利·阿鲁埃（François-Marie Arouet）于1694年出生在法国巴黎，父亲是一位法律公证员。伏尔泰是这位戏剧家、诗人的笔名。他创作的讽刺诗为自己招来了牢狱之灾，1717—1718年他被关入巴黎的巴士底狱。出狱后，伏尔泰在英格兰度过了两年时光（在他看来，英格兰比法国更具包容性），他的作品《哲学通信》则在法国被禁。

伏尔泰对国王路易十四的研究使他重新获得了凡尔赛宫的青睐，并在1745年被任命为宫廷史官。后来，他在柏林与普鲁士国王腓特烈大帝交好。花甲之年，伏尔泰在其位于法国费内的居所中创作了一系列哲理小说，其中包括《老实人》。他还曾投身于农业改革，并为蒙冤之人伸张正义。1778年，伏尔泰在巴黎去世，享年84岁。

主要作品

1718年 《俄狄浦斯王》

1733年 《哲学通信》

1747年 《札第格》

1752年 《微型巨人》（短篇小说）

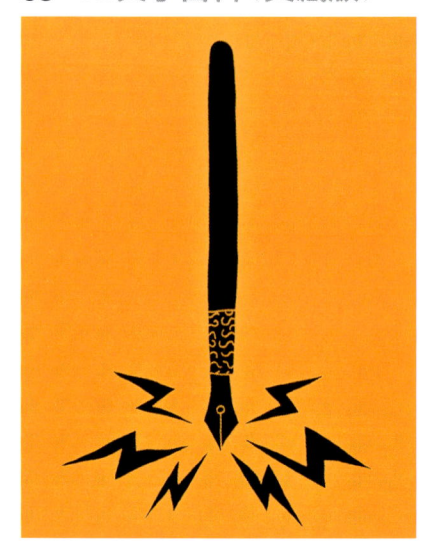

我有足够的勇气赤足穿越地狱

《强盗》（1781年），弗里德里希·席勒

背景介绍

聚焦
狂飙突进运动

此前

1750年 出生于瑞士的哲学家让-雅克·卢梭创作的《论科学与艺术》，对启蒙运动中倡导的纯理性进行了批判。

1774年 德国作家约翰·沃尔夫冈·冯·歌德创作的小说《少年维特的烦恼》一面世便大受欢迎。书中的一些元素后来成为狂飙突进运动的典型代表，如对内心情感、激情的表述，以及一位少年主人公的无谓挣扎。

1777年 弗里德里希·马克西米利安·克林格的戏剧作品《狂飙突进》首次登台，狂飙突进运动便得名于此。

此后

1808年 歌德创作了他的代表作《浮士德》，逐渐自狂飙突进运动中抽离出来。

狂飙突进运动是德国文学史上一次突然且短暂的文学发展狂潮，持续了10年左右。这一时期的戏剧及小说作品狂热、澎湃，描绘肉体与情感的激情，抒发强烈而痛苦的情感。

这一运动是对启蒙运动中倡导的纯理性与理性主义的回应。启蒙运动早期的一些思想家相信，人们可以通过勤奋训练成为天才，并且认为好的文学作品必须遵循古典文学的形式。然而，在狂飙突进时期的作家们看来，这样的观点令人窒息。于是，他们在创作中摒弃了这些固有的观念。

狂飙突进时期的戏剧作品无视既定的形式结构：作品不一定由五幕构成，对白也不一定是完整且成形的句子。语言除了用于表达，也可以用于震惊四座：弗里德里希·席勒（Friedrich Schiller）的戏剧《强盗》（*The Robbers*）与约翰·沃尔夫冈·冯·歌德（Johann Wolfgang von Goethe）的小说《少年维特的烦恼》（*The Sorrows of Young Werther*），都因原文中的言辞过于激烈而出现了许多语气相对和缓的版本。

青春的朝气

席勒创作的《强盗》于1782年首次公演。这部剧是狂飙突进运动达到顶峰并开始衰落之时的最后一次绽放。作品讲述了一对世界观截然不同的贵族兄弟的故事。卡尔是一位品德高尚的理想主义者，弗朗茨则是一个冷漠、物质且控制欲极强的人。弗朗茨令卡尔在父亲面前失宠，并抢走了他的继承权。于

> 法律从未铸就过一个好人；培育出千万伟人与英雄的是自由。
> ——《强盗》

从文艺复兴到启蒙运动

参见：《老实人》96~97页，《少年维特的烦恼》105页，《夜曲》111页，《浮士德》112~115页，《简·爱》128~131页，《呼啸山庄》132~137页，《卡拉马佐夫兄弟》200页。

是，卡尔带领一伙强盗在波希米亚的森林中以劫掠为生。剧中，带领强盗犯下严重罪行的正是主人公卡尔。他在盛怒之下杀害了无辜的表妹，同时也是自己未婚妻的阿玛莉亚。《强盗》的语言如同其传达出的情感一般狂野且炽烈，同时也具有浓郁的抒情色彩。许多人认为，这部作品是德国文学史上最出色的戏剧之一。如今，许多评论家也将其看作欧洲情节剧的开端。

狂飙突进时期的作品大多以二三十岁、精力充沛的年轻人为主人公，年龄最大的不超过40岁。或许是因为这一时期的作家逐渐老去，不愿再创作描绘年轻人反抗权威的作品了。这大概也解释了这场运动为何会昙花一现。狂飙突进运动渐渐平息后，德国文学进入漫长且成果丰硕的魏玛古典主义时期及浪漫主义时期，许多作家开始以更具反思性的模式进行创作。■

自由
在约翰·沃尔夫冈·冯·歌德创作的剧本《葛兹·冯·伯里欣根》（1773年）中，一位受人敬重、珍视自由的贵族难以融入这个玩世不恭之人追逐权力的世界。

控制
在雅各布·米歇尔·莱茵霍尔德·伦茨的作品《士兵》（1776年）中，美丽的姑娘玛丽沦为沙文主义青年贵族士兵们的玩物，由此导致了一系列谋杀与自杀事件的发生。

狂飙突进运动
狂飙突进时期作品的主题通常具有轰动效应，反映作者的激情所在。

欲望与嫉妒
在弗里德里希·马克西米利安·克林格的作品《孪生兄弟》（1776年）中，一个忧郁、暴躁的男人为了自己渴望的女人而谋杀了为人绅士的双胞胎哥哥。

压迫
在弗里德里希·席勒的戏剧《唐·卡洛斯》（1787年）中，主人公试图解放受到压迫的弗兰德人。这部作品旨在揭露宗教裁判所的暴行。

弗里德里希·席勒

著名诗人、剧作家、哲学家及历史学家弗里德里希·席勒，出生于德国的符腾堡。他在读书时便创作了《强盗》。这部剧作令他一夜之间家喻户晓，却并没能为他带来经济上的独立。后来，席勒成为耶拿大学的历史学与哲学教授，这所大学如今已更名为席勒大学。18世纪末期，他与歌德成为好友，并一同建立了魏玛剧院。该剧院现已成为德国首屈一指的剧院。席勒一生身体羸弱，1805年因患肺结核离世，年仅45岁。当时他刚刚重拾戏剧写作，并完成了多部作品。如今，许多人将席勒视为德国最伟大的古典主义剧作家。

主要作品

1784年　《阴谋与爱情》
1786年　《欢乐颂》
1787年　《唐·卡洛斯》
1794年　《审美教育书简》
1800年　《华伦斯坦》

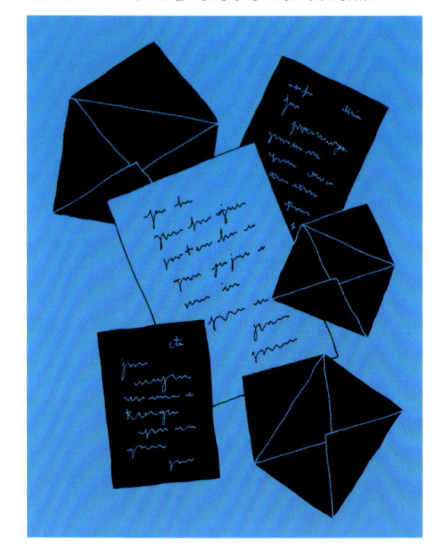

爱情当中，最难之事便是以笔传达无心之言

《危险的关系》（1782年），
皮埃尔·肖代洛·德·拉克洛

背景介绍

聚焦
书信体小说

此前

1669年　《葡萄牙修女的情书》发表。它是最早的书信体小说之一，据传为法国作家吉耶哈格伯爵加布里埃尔-约瑟夫·德·拉·维尼所著。

1740年　英国作家塞缪尔·理查森创作的小说《帕梅拉》讲述了一位天真女仆的堕落，引发了巨大反响。

1747—1748年　理查森创作的悲剧故事《克拉丽莎》是最长的英语小说之一，也是他的代表作。

1761年　出生于瑞士的哲学家让-雅克·卢梭写下了《新爱洛依丝》。小说以书信体形式探索了诸如理性、道德及自主性等哲学问题。

18世纪，书信、日记、便笺等都是日常生活与文学作品中人们进行书面沟通的主要形式。《危险的关系》便是书信体小说这种文学体裁的一个范例。这种体裁以书信或其他书面记录形式讲述故事。书信体小说在19世纪后逐渐开始消亡，然而，在其发展的鼎盛时期，它也曾风靡一时，极受人们的喜爱。它映照着当时通信往来异常繁荣的社交世界。拉克洛并非仅仅仿效这种体裁形式来写作，而是从根本上拓宽了书信体小说的边界。当时最著名的书信体小说，如塞缪尔·理查森（Samuel Richardson）的《克拉丽莎》（*Clarissa*）及让-雅克·卢梭的《新爱洛依丝》（*The New Heloise*），通常描述细致、篇幅冗长，并且倾向于采用说教的口吻，令人感到沉闷。拉克洛的作品则完全不同。他利用书信体的形式让情节更加紧凑，故事更加振奋人心；他笔下人物的语言亦大多有着那个时代的风趣与练达。

天真的崩摧

在法国，书信体小说与激情叙事和女性的蓄意引诱紧密相关。这些小说成功的关键在于当时盛行的"寻欢作乐"哲学。在这一思想的影响下，色情描写、性欲腐化，以及倡导放肆与堕落的生活方式同巧妙的文字游戏结合在了一起。

在《危险的关系》这部作品中，多位人物之间互通的信件暴露了法国大革命前夕贵族阶层道德的败坏。拉克洛笔下以勾引异性为消

> ❝ 当一个女人在另一个女人心口上捅刀子时……她很少会失手，而那人的伤口也永远不会愈合。❞
> ——《危险的关系》

从文艺复兴到启蒙运动 **101**

参见:《鲁滨逊漂流记》94~95页,《克拉丽莎》104页,
《少年维特的烦恼》105页,《德古拉》195页,《月亮宝石》198~199页。

遣的代表人物,便是浪荡公子瓦尔蒙子爵与表面上恪守妇道的梅尔特伊侯爵夫人。两人曾是情人,如今却试图在情场上超过对方,残忍地控制他人,以性剥削的方式诱使他人堕落。瓦尔蒙、梅尔特伊及其他人之间的信件展现出二人是怎样像作战一般,步步为营,策划猎艳的。

道德暧昧感

当时的书信体小说通常直接与读者对话,而拉克洛在他的小说中隐去了自身的存在,让人物自己说话。正是因为作品中并无叙事者的存在,作者也未对其笔下人物的恶行发出任何指责之声,当时的评论家才不禁怀疑,拉克洛是否也如梅尔特伊与瓦尔蒙那般行为不端。

《危险的关系》这部作品的聪明之处就在于表现道德上的暧昧感。拉克洛通过描写当时社会将女人视为所有权与性支配游戏的抵押品,从而在一定程度上将读者带入其中。梅尔特伊曾对瓦尔蒙说,她将自己的行为视作两性斗争中的一部分,而她"生来便注定征服异性,为同性报仇",尽管在此过程中,她对女人造成的伤害也并不亚于对男人的伤害。拉克洛亦在透过呈现这场战争的书信吸引读者阅读。■

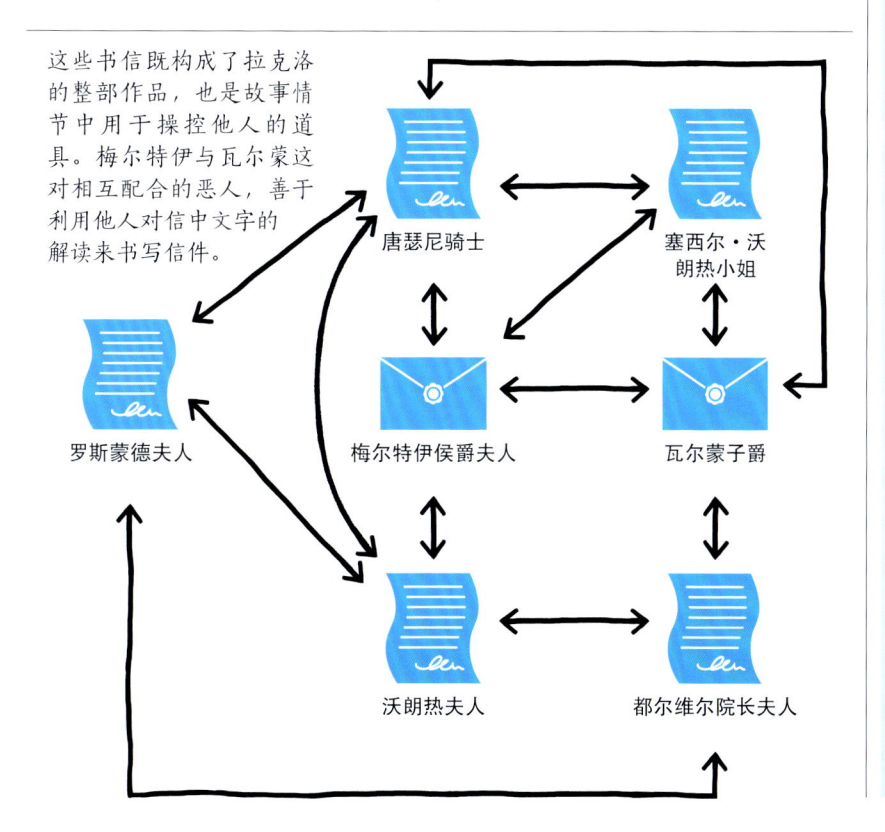

这些书信既构成了拉克洛的整部作品,也是故事情节中用于操控他人的道具。梅尔特伊与瓦尔蒙这对相互配合的恶人,善于利用他人对信中文字的解读来书写信件。

罗斯蒙德夫人　唐瑟尼骑士　塞西尔·沃朗热小姐　梅尔特伊侯爵夫人　瓦尔蒙子爵　沃朗热夫人　都尔维尔院长夫人

皮埃尔·肖代洛·德·拉克洛

皮埃尔·肖代洛·德·拉克洛于1741年出生在法国亚眠市一个新晋贵族家庭。这个家庭并不属于上层社会,这就意味着年轻时的拉克洛不得不通过参军谋生。1778年,拉克洛在驻扎于贝桑松的炮兵团担任上校时,受到让-雅克·卢梭作品的影响,开始创作自己作家生涯中的唯一一部小说。

尽管《危险的关系》中充满各色丑闻,书中角色风流放荡,且该书以描绘性的堕落为主题,但作者拉克洛本人并不是一位背信弃义的浪荡之人。他与自己的挚爱玛丽-苏朗诗·迪佩尔结婚,共同养育了两个孩子,生活美满幸福。1794年,拉克洛从断头台上侥幸逃生,在1803年因发热去世之前,都一直专注于家庭生活。

主要作品

1777年 《埃尔内丝汀》
1783年 《论女性与教育》
1790—1791年 《宪法之友的日记》

延伸阅读

《十日谈》
（1353年），乔万尼·薄伽丘

意大利作家、诗人、学者乔万尼·薄伽丘创作的《十日谈》包含100个故事，采用框架叙事结构。起到串联全篇作用的故事讲述了10位年轻人（3男7女）逃离被瘟疫席卷的佛罗伦萨，来到菲耶索莱附近一座环境优美的别墅后发生的事。这些人决定每人每天讲述一个故事，这样一来，便串联出了10日中的100个故事。当天被选为领导者的人有权选择故事的主题，并决定讲述故事的规则。此外，每日结束之时，一人会唱歌，其余9人则伴着歌声舞蹈。就这样，一部令人赞叹、包含精妙叙事的故事集便完成了，它的内容从悲剧爱情、淫秽故事，到人类意志的力量、女人玩弄男人的把戏，无所不包。这部作品为文艺复兴时期及后世无数作家带去了创作灵感。

> 被亲吻过的唇瓣并不会失去生机，因为它们像月亮一样，总会重新焕发光彩。
> ——乔万尼·薄伽丘《十日谈》

《高文爵士与绿衣骑士》
（约1375年）

《高文爵士与绿衣骑士》（*Sir Gawain and the Green Knight*）是头韵诗的杰出代表，总长约2500行，以中古英语写作而成，作者不详。该诗将背景设定于早期传奇亚瑟王的宫廷之中，描绘了骑士的浪漫爱情。诗中充满了令人着迷的动人故事，且极具心理洞察力。它讲述了主人公高文爵士在遇到一位神秘的绿衣骑士后所面对的一系列挑战与诱惑。

《井筒》
（约1430年），世阿弥元清

《井筒》（*The Welle Cradle*，日语 *Izutsu*）是由日本最伟大的能剧作家、理论家世阿弥元清（Zeamie Motokiyo，1363—1443年）创作的一部经典能剧。"井筒"指的是井边起保护作用的围栏。在这部剧作中，一个村妇偶然遇到了一位僧人，并为他讲述了一个故事。该作品在很大程度上是虚构的，改编自一个梦幻式的音乐故事——男孩与女孩在井边相遇，坠入爱河，最后结为夫妻。

《亚瑟王之死》
（1485年），托马斯·马洛礼爵士

《亚瑟王之死》的手抄本早在1470年左右便已成书，但其印刷本直到1485年才由威廉·卡克斯顿（William Caxton）制作而成。这部作品是对传说中亚瑟王与圆桌骑士故事的汇编，

> 那里插着一柄宝剑……凡能将其从石台中拔出者，便是英格兰全境之王。
> ——托马斯·马洛礼爵士《亚瑟王之死》

书中的内容均来自早前的法国传奇故事。人们将其翻译为英语散文，最后由英国军人、作家、国会议员托马斯·马洛礼爵士编纂而成。他将故事按照时间顺序排列，以亚瑟王的诞生为故事开端，将主题聚焦于骑士之间的兄弟情，而非曾在法国盛极一时的宫廷爱情。

《高卢的阿玛迪斯》
（1508年），加西亚·罗德里格斯·德·蒙塔尔沃

《高卢的阿玛迪斯》（*Amadis of Gaul*）是蒙塔尔沃（Montalvo，约1450—1504年）以西班牙语写作而成的骑士文学浪漫故事。这部作品的创作年代大约可追溯至14世纪初，具体时间与原作者已无法考证。蒙塔尔沃的版本共分为4册，重述了阿玛迪斯这位英俊、勇敢而又温柔的骑士的故事，以及他对奥丽安娜公主的爱慕

之情——为了保护公主，阿玛迪斯踏上了骑士征途，与巨人和怪物英勇地战斗。书中描绘的崇高理想、勇敢顽强，以及浪漫爱情，都为之后的骑士文学树立了标杆。

《舟》三部曲
（1516年、1518年、1519年），吉尔·文森特

《舟》（Barcas）三部曲是由被誉为"葡萄牙戏剧之父"的吉尔·文森特（Gil Vicente，约1465—1573年）创作的宗教式作品，包含3部独幕剧：《地狱之舟》（Ship of Hell）、《炼狱之舟》（Ship of Purgatory）、《天堂之舟》（Ship of Heaven）。这3部剧作被视为文森特最精湛的作品，以讽喻手法写作而成，描绘了代表着里斯本各个社会阶层的乘客。这些人希望升入天堂，却多以失败而告终。

《卢济塔尼亚人之歌》
（1572年），路易·德·贾梅士

《卢济塔尼亚人之歌》（The Lusiads）通常被视为葡萄牙史诗。这部作品由伟大的葡萄牙诗人路易·德·贾梅士（Luís de Camões，1524—1580年）创作而成，共分10篇，重述了瓦斯科·达·伽马本人前往印度的航海之旅。该诗在引言、向河神祈祷，以及将此诗献给国王塞巴斯蒂昂的说明之后，记录了多位叙事者的演说，其中包含由达·伽马本人讲述的葡萄牙历史，还描绘了探险、风暴和古希腊、古罗马众神的介入。总而言之，这部作品是对葡萄牙民族及他们所取得的成就的致敬。

《仙后》
（1590年、1596年），埃德蒙·斯宾塞

《仙后》是英国诗人埃德蒙·斯宾塞的代表作，也是最伟大的英语长诗之一。它是一部融合宗教、道德与政治的讽喻诗，以神秘的亚瑟王时代为背景，象征英国都铎王朝。该诗共6卷，每卷都讲述一位骑士的英勇事迹，每一位骑士又都代表着一种道德品质，例如，勃利托玛女骑士代表的是贞洁。这些骑士都效忠于仙后格罗丽亚娜，而她是女王伊丽莎白一世的象征。斯宾塞本打算创作12卷，却不幸于作品完成之前在伦敦逝世，年仅46岁。

《熙德》
（1637年），皮埃尔·高乃依

法国悲剧作家皮埃尔·高乃依创作的诗体悲剧《熙德》（Le Cid）共分5幕，是法国新古典主义悲剧的奠基之作。作品灵感来源于西班牙民族英雄熙德，讲述了熙德的成长过程，以及父亲命他向未来岳父申请决斗的故事。这样一来，他便被迫在自己的所爱之人与家族荣誉间做出选择。

《失乐园》
（1667年），约翰·弥尔顿

史诗《失乐园》（Paradise lost）由弥尔顿创作而成。该诗是他的代表作，在韵律与声律方面堪称完美。《失乐园》描写了《圣经》中亚当与夏娃的堕落，以及随之而来的人类的堕落。1674年面世的最终版本共分为12卷（首次发表的版本为10卷），诗中两个主题相互交织，即撒旦对上帝及天堂的反抗，以及亚当与夏娃经不住诱惑，最终被逐出伊甸园。

《费德尔》
（1677年），让·拉辛

法国剧作家让·拉辛创作的悲剧作品《费德尔》（Phèdre）是法国新古典主义的杰出典范。该剧以诗体写就，共分5幕，以古希腊神话为主题，而这已是古典戏剧家欧里庇得斯

约翰·弥尔顿

英国诗人约翰·弥尔顿最负盛名的作品便是最伟大的英语史诗之一——《失乐园》。弥尔顿于1608年出生在伦敦的齐普赛街。他在学生时代便开始创作，1642年英国内战爆发后，他投身革命，编写捍卫宗教和公民自由的小册子。伴随着1649年查理一世的处决及英国君主制的覆灭，弥尔顿成为政府秘书。1654年，弥尔顿彻底失明，却依旧没有停止创作，他以口述形式将诗歌与散文作品传达给助手。1660年斯图亚特王朝复辟之后，弥尔顿致力于创作自己最伟大的文学作品。他于1674年在伦敦逝世，享年65岁。

主要作品

1644年《论出版自由：阿留帕几底卡》

1667年《失乐园》

1671年《复乐园》

1671年《力士参孙》

塞缪尔·理查森

英国小说家塞缪尔·理查森是一位真正的文人，其最大成就是创作出全新的书信体小说，让故事情节通过书信呈现出来。理查森于1689年出生在英格兰比郡。他没有接受过正统教育，这一直令他备感困扰。搬到伦敦后，理查森成为一名印刷业主。他的家庭生活十分不幸：第一任妻子在去世前为他留下了6个孩子，这些孩子都相继早逝。后来他再婚。50岁的时候，他开始创作第一部小说，并成为一名受人敬仰的作家。1761年，理查德因中风在伦敦逝世。

主要作品

1740年　《帕梅拉》（又名《贞洁得报》）
1747—1748年　《克拉丽莎》
1753年　《查尔斯·格兰迪森爵士的历史》

与塞内加探究过的内容。拉辛的戏剧描绘了费德尔的乱伦之爱。她嫁给了雅典国王，却爱上了自己的继子希波吕式。希波吕式大为震惊，因为他爱的是另一个女人，于是拒绝了费德尔的追求。

《克莱芙王妃》
（1678年），拉法耶特夫人

法国作家拉法耶特夫人（Madame de La Fayette，1634—1693年）的小说《克莱芙王妃》（The Princess of Cleves）诞生于一个女性无法公开发表作品的时代，于是她匿名出版她的作品。这部作品被视为第一部探索人物心理的小说。故事发生在法国国王亨利二世的宫廷之中，拉法耶特亦在其中重现了历史事实。她笔下的女主人公克莱芙王妃将自己对一位年轻贵族的爱意压抑在心中，然而，误解与宫廷阴谋却令她的婚姻岌岌可危。

《格列佛游记》
（1726年），乔纳森·斯威夫特

英裔爱尔兰作家乔纳森·斯威夫特创作的讽刺小说《格列佛游记》，是一部影响力巨大的作品。故事的叙述者是船上的外科医生里梅尔·格列佛。他游历过多个奇幻之地：利立浦特，那里的人只有15厘米高；布罗卜丁内格，一个巨人居住的国家；勒皮他，一座飞岛；巫人岛；慧骃国。斯威夫特的这部小说幽默且充满奇幻色彩，讽刺了游记文学，并对当时的社会进行了一番嘲弄，抨击政党、宗教反动势力、科学家、哲学家，还对狭隘的做派进行了讽刺。

《克拉丽莎》
（1747—1748年），塞缪尔·理查森

《克拉丽莎》，又名《一位年轻女士的生平》（The History of a Young Lady），是塞缪尔·理查森创作的一部书信体小说。这部作品篇幅达到百万余字，是最长的几部英语小说之一。它讲述了品行端正的女主人公克拉丽莎·哈洛悲剧式的一生。她被家人排斥，还遭受拉夫雷斯不择手段的虐待。作者主要通过克拉丽莎与好友豪小姐，以及拉夫雷斯与好友约翰·贝尔福德4人之间的信件，将这一系列事件呈献给读者。

《汤姆·琼斯》
（1749年），亨利·菲尔丁

《汤姆·琼斯》（Tome Jones），原名《弃儿汤姆·琼斯的历史》（The History of Tome Jones, a Foundling），是英国作家亨利·菲尔丁创作的喜剧小说，也是最早被定义为小说的几部作品之一。书中的主人公是一位被富有乡绅奥尔华绥收养的弃儿。故事追寻同名主人公的人生经历，并讲述了他对娴静淑女苏菲娅·魏思特恩的追求。故事充满了巧合与不幸，通过善良热情但常常事与愿违的汤姆·琼斯与其同母异父、见风使舵的弟弟布力菲之间的差距来展现作者的道德判断。

《项狄传》
（1759—1767年），劳伦斯·斯特恩

《项狄传》的全名为《绅士特里斯舛·项狄的生平与见解》（The Life and Opinions of Tristram Shandy, Gentleman），是一部充满淫秽、幽默的小说。该作品由爱尔兰作家、

> " 我希望我的父亲或母亲在决定生下我之时，对自己即将做的事有过苦闷；若双方都思索过便更好，因为他们二人同样无法逃避。
>
> ——劳伦斯·斯特恩《狄项传》

牧师劳伦斯·斯特恩所著。全书共9册，出版时间跨越9年之久，不仅讲述了主人公的生平，还以滑稽的手法模仿了当时的小说作品。《项狄传》无边无际地讲述了一长串的题外话与主人公的推论，自项狄尚是一枚受精卵时开始讲起（尽管他直到第二册才出生），随后回顾他的一生。其中穿插着没头没尾的趣闻轶事、时空的迁移，还引入了许多有趣的角色，如项狄的父母、叔叔托比、仆人特里姆、牧师约里克，以及雇工奥巴迪亚。《项狄传》极具突破性，叙事飘忽不定；斯特恩在某几页中故意留白，还用星号使文章看上去杂乱不堪。这样的写作手法让许多人将这部作品视为20世纪意识流小说的先驱。

《少年维特的烦恼》
（1774年），约翰·沃尔夫冈·冯·歌德

《少年维特的烦恼》是狂飙突进运动中的代表作品，当时年仅26岁的歌德也因此名扬四海。歌德狂热地投入创作中，仅用6周就完成了自己的这部处女作。该小说以书信体形式写就，亦带有自传色彩。书中记叙了主人公——年轻的浪漫主义艺术家维特写给友人威廉的一系列书信。他在信中饱含痛苦地诉说了自己对少女绿蒂的爱意，然而绿蒂已与他人订婚。这部小说风靡一时，还在全欧洲掀起了一股"维特热"，年轻人纷纷学习这位同名悲剧主人公的穿衣打扮及喜好。

《天真与经验之歌》
（1794年），威廉·布莱克

威廉·布莱克（William Blake）的诗集《天真与经验之歌》（Songs of Innocence and of Experience）是英国韵律诗的杰出代表，其中收录的诗歌富含精妙的韵律，讨论了究竟何为诗人口中"人类灵魂的对立状态"。其中，《天真之歌》（Songs of Innocence）最先出版于1789年，透过孩童的双眼（或者说成人眼中孩子的样子）展现童年的天真。1794年的版本中则加入了与之完全相反的《经验之歌》（Songs of Experience）。诗人在这些诗歌作品中探究了恐惧、侵略、冲突与压迫等经验，并讨论了随之而来的天真与童趣的失落。

《宿命论者雅克和他的主人》
（1796年），德尼·狄德罗

法国启蒙运动时期的哲学家、作家德尼·狄德罗撰写的《宿命论者雅克和他的主人》（Jacques the Fatalist and His Master）于他去世后才得以发表。这部作品对道义责任、自由意志、宿命论等问题进行了探讨。小说中，雅克与其不知名的主人骑行于法国各处，书中大部分是两人的对话。在主人的促使下，两人开始谈论自己的爱人。书中不仅展现了18世纪法国的样貌，也展现了整个世界的图景。

> 无疑，世上没有什么比爱情更能让一个人感受到自己是不可或缺的。
> ——约翰·沃尔夫冈·冯·歌德
> 《少年维特的烦恼》

威廉·布莱克

威廉·布莱克于1757年出生在伦敦的苏豪区，10岁辍学。他早年深受《圣经》影响，自称一生中多次看到过天使或天堂的幻象，其诗歌与版画作品常以宗教为主题。布莱克在被伦敦一位知名的版画匠收为学徒后，于1789年自创出一种浮雕蚀刻法，并将其运用于自己最精美的插画作品之中。如今，人们将布莱克视为英国浪漫主义诗歌的鼻祖，然而，1827年当他去世时，许多人还对他的作品不屑一顾，认为他是一个疯子。

主要作品

1794年　《天真与经验之歌》
1804—1820年　《耶路撒冷》

故事中，事件随机发生，同时，历史决定着个人的命运，雅克便是一个典型例子。狄德罗的这部小说复杂且具有多层架构，雅克毫无计划的旅途时不时会被又长又好笑的插曲、其他人物、其他叙事者或偶然事件打断。这种有趣且现代化的叙事风格令狄德罗的作品被奉为20世纪小说的先驱。

ROMANTICISM AND THE RISE OF THE NOVEL
1800–1855

浪漫主义与
小说的崛起
1800年—1855年

18世纪80年代
詹姆斯·瓦特发明的蒸汽机驱动着磨坊与工厂中的机械设备，加速了**工业化与城市化**的步伐。

1808—1832年
约翰·沃尔夫冈·冯·歌德的代表作《浮士德》，自其参与的魏玛古典主义运动中诞生。

1812—1822年
雅各布·格林与威廉·格林共同出版了影响力巨大的**德国民间故事集**《德国儿童与家庭童话集》。

1816年
玛丽·雪莱18岁时着手创作**哥特式科幻小说**《弗兰肯斯坦——现代普罗米修斯的故事》，并于两年后将其发表。

1798年
威廉·华兹华斯与塞缪尔·泰勒·柯勒律治共同创作的诗集《抒情歌谣集》标志着**英国浪漫主义文学的诞生**。

1808年
美国宣布禁止从海外贩运奴隶，然而，**奴隶制在美国南部各州依然合法**。

1813年
简·奥斯汀的社会风俗小说《傲慢与偏见》，包含了对英国乡绅传统的辛辣讽刺。

19世纪30年代
最早**面向大众的杂志**诞生。该杂志将读者群体锁定为新兴的、有读写能力的工人阶级，并在书中连载了流行小说。

18世纪末，一场巨变席卷了整个欧洲。启蒙运动（"理性时代"）促进了科技的进步，科技进步又引发了工业革命；同时，众多哲学思想的涌现推动了北美与法国的政治革命。工业化与城市化的不断深入对人们的生产、生活方式产生了巨大影响。

在文艺复兴与启蒙运动时期，人与理性是文化领域中一对相辅相成的关注点。在某种程度上，作为对启蒙运动中倡导的冷静理性的回应，艺术领域兴起了一场运动，将关注点放在人的主观感受，以及直觉、想象与情感等官能上。这便是后来的浪漫主义运动。

浪漫主义文学

浪漫主义植根于德国的狂飙突进运动，这场运动涌现出了约翰·沃尔夫冈·冯·歌德、弗里德里希·席勒等作家。从启蒙运动时期的古典主义到19世纪浪漫主义期间，这些作家引入了"非常规主人公"的概念。作品中，主人公的想法与感受重要于行动。后来，这样的"非常规主人公"更像是权威的反抗者，标榜着那段时期无数作品中出现过的叛逆精神。19世纪中期，浪漫主义已传遍整个欧洲，甚至传播到了俄国。亚历山大·普希金（Alexander Pushkin）、米哈伊尔·莱蒙托夫（Mikhail Lermontov），以及伊凡·屠格涅夫（Ivan Turgenev）等作家创造出了"多余人"的形象，即抱有非传统想法、被社会彻底孤立的人物。

浪漫主义文学的另一特征是与自然的密切联系。威廉·华兹华斯（William Wordsworth）、塞缪尔·泰勒·柯勒律治（Samuel Taylor Coleridge）等英国诗人，通过展现自然的美丽与强大、赞颂童年的天真与冲动，给工业时代注入了一剂解药。从美国超验主义作家拉尔夫·沃尔多·爱默生（Ralph Waldo Emerson）、亨利·戴维·梭罗（Henry David Thoreau）以及沃尔特·惠特曼（Walt Whitman）的作品中，也能看到他们对于城市化的相似态度。他们试图唤醒人道主义自由精神，并以"回归自然"的口号将运动推向顶峰。

哥特式小说

在许多浪漫主义作家看来，自然（以及人性）亦有其阴暗面：

浪漫主义与小说的崛起 **109**

1825—1832年
俄国诗人亚历山大·普希金创作的"诗体小说"《叶甫盖尼·奥涅金》，首次以连载形式公开发表。

1845年
弗雷德里克·道格拉斯这位成功挣脱黑奴枷锁的美国人，发表了他的自传体小说《黑人奴隶弗雷德里克·道格拉斯的生平自述》。

1851年
哈莉耶特·泰勒与约翰·斯图尔特·密尔共同发表了激进文章《妇女的选举权》。

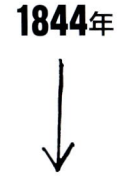

19世纪50年代
查尔斯·狄更斯开始举办公众朗读会，并将《荒凉山庄》《艰难时世》及《小杜丽》等作品以连载形式公开发表。

1844年
亚历山大·仲马笔下年轻的达达尼昂的传奇历险故事，以《三个火枪手》为名连载出版。

1847年
夏洛蒂·勃朗特与艾米莉·勃朗特姐妹出版了她们最著名的小说：夏洛蒂（笔名库瑞尔·贝尔）出版了《简·爱》，艾米莉（笔名艾利斯·贝尔）出版了《呼啸山庄》。

1851年
赫尔曼·梅尔维尔受真实事件启发，创作出史诗般的捕鲸小说《白鲸》，讲述了向自然寻求复仇的故事。

1855年
新英格兰超验主义作家沃尔特·惠特曼发表了他的诗集《草叶集》，但直到1892年临终前，他都在对这部作品进行增补。

既能为人带去愉悦感，也能激发恐怖感。在这种对自然破坏性和超自然力量的执着与迷恋之下，哥特式文学诞生了。德国作家歌德的戏剧《浮士德》（Faust）以及恩斯特·西奥多·阿玛迪斯·霍夫曼（E. T. A. Hoffmann）的短篇小说，为这一体裁奠定了基调。最常采用哥特式写法的却是英国小说家，如写下《弗兰肯斯坦》（Frankenstein）的玛丽·雪莱（Mary Shelley）。维多利亚时期的许多小说中亦贯穿着哥特式元素，常常用来体现荒野之中一位浪漫主义主人公的不羁本性。艾米莉·勃朗特的《呼啸山庄》和查尔斯·狄更斯笔下阴冷城市中的荒诞人物均是如此。在美国，哥特式文学也广受欢迎，这一点从埃德加·爱伦·坡（Edgar Allan Poe）的恐怖故事中便可见一斑。哥特式文学还影响了赫尔曼·梅尔维尔（Herman Melville）的创作风格，他笔下的短篇故事与《白鲸》（Moby-Dick）令人久久难以忘怀。

历史与身份

伴随着工业化进程的不断加快，文学也不再仅仅是社会精英的专属品。在19世纪的欧洲和美国，小说异军突起，走进了大众生活。许多作品还以连载形式呈现在读者眼前。其中，沃尔特·司各特、亚历山大·仲马（Alexandre Dumas）及费尼莫尔·库柏（Fenimore Cooper）等人的历史题材小说尤其受欢迎，迎合了城市民众对浪漫与冒险的渴望；列夫·托尔斯泰（Leo Tolstoy）的小说《战争与和平》（War and Peace）更是满含沉甸甸的精神食粮。许多人也喜欢阅读民间故事与童话故事。这些故事同历史小说一样，都植根于某一特定的文化之中，切合了该时代不断高涨的民族主义热情。

读写能力的普及不仅拓宽了读者群体，也使作家群体更加多样，其中最引人注目的便是女性作家的涌现，如英国的勃朗特姐妹和乔治·艾略特（George Eliot）。她们作为先驱者，将女性视角带入文学之中。此外，第一批获得自由的奴隶弗雷德里克·道格拉斯（Frederick Douglass）、哈里特·雅各布斯（Harriet Jacobs）与所罗门·诺瑟普（Solomon Northup），也通过作品为美国被压迫的黑人发声。■

所有学科的气息与精神皆可见于诗歌之中

《抒情歌谣集》（1798—1800年），威廉·华兹华斯、塞缪尔·泰勒·柯勒律治

背景介绍

聚焦
英国浪漫主义诗人

此前
1794年 威廉·布莱克的《天真与经验之歌》是浪漫主义进入早期阶段的标志，早于华兹华斯表达了对童真的尊重，同时也为社会中的边缘人物发声。

此后
1818年 珀西·比希·雪莱笔下关于奥西曼提斯之像的十四行诗，体现出了浪漫主义对人类渺小的关注。

1819年 浪漫主义诗歌与毒品、死亡、想象力之间的关联，在约翰·济慈的作品《夜莺颂》中得以体现。

1818—1823年 拜伦勋爵的作品《唐璜》之中包含的愤世嫉俗、诙谐幽默与颠覆意味，削弱了他早期的浪漫主义风格。

威廉·华兹华斯（1770—1850年）与塞缪尔·泰勒·柯勒律治（1772—1834年）是"湖畔诗人"（因在英格兰湖区这片充满灵性的土地上居住并创作而得名的诗人）的两位杰出代表。这对友人合作出版了《抒情歌谣集》（*Lyrical Ballads*）。该作品是一部浪漫主义诗歌集，试图"记录下因对大自然强烈而单纯的情感而躁动不安时，内心的潮起与潮落"。英国浪漫主义（约1790—1830年）以人类经验、想象力、自然及个人自由为灵感进行创作，这在某种程度上也是对工业时代理性主义的回应。

诗歌民主化

《抒情歌谣集》以柯勒律治所著的《古舟子咏》开篇，诗中充满超脱尘世的意味。人们普遍认为，带有"真实表象"的超自然诗歌将成为这位作者的领域。华兹华斯认为，诗歌在赋予日常生活"新奇的魅力"，使读者领悟到习以为常的空虚感。两位作家都认为，诗歌的语言应当朴实易懂，不需要复杂的格律与韵律，并应选择与民主化浪潮相契合的主题：描绘未曾接受过教育的质朴百姓的生活，反映他们纯粹而共通的情感，这样才能更加贴近普通民众。于是，那些描写皇室的作品与崇高的讽喻诗歌逐渐被以贫穷、罪恶或癫狂为主题的诗歌所取代。

纯粹与反思

华兹华斯的一些诗作以孩童为主题。在他看来，孩子们更加亲近自然，且与自然间有一条天然的纽带。在他眼中，童年是一段天真、冲动、玩闹的岁月。《抒情歌谣集》中的许多诗歌，与其说思想深刻，不如说感情深沉。但是，其中有两首诗格外具有反思性，即柯勒律治的会话诗歌《夜莺》与华兹华斯的《丁登寺旁》。■

参见：《天真与经验之歌》105页。

没有什么比现实生活更加美妙、更加梦幻了

《夜曲》（1817年），E. T. A. 霍夫曼

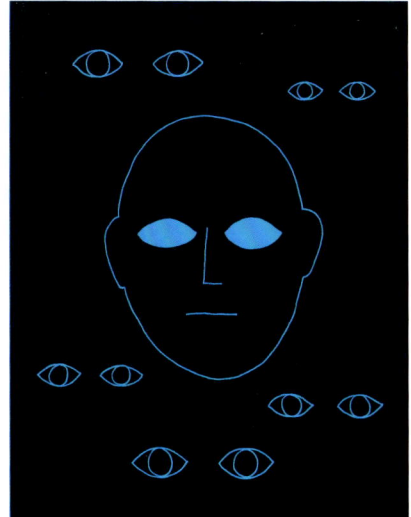

背景介绍

聚焦
德国浪漫主义

此前
1797—1799年 诗人弗里德里希·荷尔德林的抒情悲剧小说《许佩里翁》共分两卷，反映了德国浪漫主义对古希腊文化的迷恋。

此后
1821年 海因里希·冯·克莱斯特创作的《洪堡王子》，在其自杀去世10年后首次登台演出。在这部爱国主义戏剧中，王子未能遵从命令，在梦境中晕倒。为避免冒犯普鲁士贵族，作品上演前曾做过改动。

1827年 海因里希·海涅出版了《歌集》。该作品共分为5部分，收录了使海涅名声大噪的浪漫主义诗歌。弗朗茨·舒伯特及罗伯特·舒曼后来还将其中的许多诗篇谱成了曲。

德国浪漫主义时期在魏玛古典主义时期之后到来，也称得上是该时期的产物。其拥护者反对平静的自我克制，只关心艺术家的感受。德国浪漫主义文学将中世纪视为一段可被用于再创作的学术纯粹时期。浪漫主义作家也对想象世界中的超自然事物、神秘现象及奇异幻想进行探索；他们希望世界如梦似幻，梦幻则真实到与现实一般无二。与英国浪漫主义相比，德国浪漫主义更加轻松，作品中常充斥着嬉笑风趣。

黑暗启示

E. T. A. 霍夫曼（1776—1822年）出生于普鲁士的柯尼斯堡。他创作的短篇小说集《夜曲》（*Nachtstücke*）收录了8篇故事，将无忧无虑的精神与人类非理性的阴暗主题结合在一起。故事以简单而平民化的语言写就，人人都能读懂，没有刻意卖弄的高深感。霍夫曼是一位作家，更是一位音乐家；《夜曲》是乐章的题目，也是众多被改编为乐曲或歌剧的德国浪漫主义文学作品之一。

《夜曲》中最著名的故事是《沙人》。传统上，沙人被普遍视为一个极具同情心的角色；然而，在霍夫曼的故事里，这位本应为孩子带去美梦的人却是一个挖人眼球的怪物。这一充满奇幻色彩的故事展现了人类心理不安的一面，以及个体试图在社会中寻求安稳的挣扎。■

> 他将这些人的眼睛丢进袋子里，带到新月上，喂给自己的孩子。
> ——《沙人》

参见：《强盗》98~99页，《少年维特的烦恼》105页，《抒情歌谣集》110页，《浮士德》112~115页，《弗兰肯斯坦》120~121页。

失误是进取的代价

《浮士德》（1808年，1832年），
约翰·沃尔夫冈·冯·歌德

背景介绍

聚焦
魏玛古典主义

此前

1776年 德国哲学家约翰·哥特弗雷德·赫尔德在青年歌德的赞助下来到魏玛，开始创作关于文学美学的作品。这些作品回归古希腊经典著作中的价值观。他的思想为魏玛古典主义运动提供了哲学支撑。

1794年 弗里德里希·冯·席勒给歌德写信。自他们在魏玛相遇后，结下友谊的二人便成为魏玛古典主义运动的中坚力量。

1799年 席勒完成了《华伦斯坦》三部曲。这部作品常被视为最杰出的德语历史剧，也是魏玛古典主义时期的重要作品。

约翰·沃尔夫冈·冯·歌德在1832年逝世前不久，才完成了自己最为著名的作品——悲剧《浮士德》。该剧作分两部，第一部出版于1808年。《浮士德》也是魏玛古典主义时期最杰出的作品。这一时期始于18世纪80年代，持续了近30年。

提到魏玛古典主义，我们最先想到的两位作家便是歌德和他的友人及合作者、剧作家弗里德里希·冯·席勒。二人年轻时都曾参与18世纪末期的狂飙突进运动。到了18世纪80年代，随着年少时心中的"火焰"逐渐熄灭，他们开始重新审视他们之前曾排斥的启蒙运动时期的价值观，并将其与狂飙突进

浪漫主义与小说的崛起

参见：《浮士德博士》75页，《强盗》98~99页，《危险的关系》100~101页，《少年维特的烦恼》105页，《魔山》224~227页，《麦田里的守望者》256~257页。

> 岁月并不会让我们返老还童，只会让我们看清，自己曾经是孩童，如今也依旧是孩童。
> ——《浮士德》

时期的能量相调和，再次将古希腊经典端上台面，试图创造出更好、更新的美学规范。

协同古典主义

魏玛古典主义常被视为歌德与席勒的共同成就，尽管其他很多作者也曾参与其中，如哲学家约翰·哥特弗雷德·赫尔德（Johann Gottfried Herder，1744—1803年）与诗人、小说家克里斯多夫·马丁·维兰德（Christoph Martin Wieland，1733—1813年）。

歌德与席勒在定义何为优秀的文学时都认为，作品若想在美学上达到完美是不可能的。因而，他们强调平衡与和谐的重要性，并认为，即使一部文学作品存在不完美之处，但是倘若它能与不完美元素达成完美的平衡，那它就是伟大的作品。

依据歌德和席勒的观点，要想达成这样的平衡，艺术作品需要具备最为关键的3个元素。首先是意蕴，也就是作者最初的灵感或想象；其次是完形（亦称格式塔），即作品的美学形式，可能源于对经典创作模式的深度探究；再次是内容，即作者创作的主体，也就是文学作品中的遣词造句。因此，内容是作者必须精雕细琢的，否则它有可能制造出一种不平衡感，将读者的注意力分散开来。

歌德与席勒共同创作彼此的作品，并相互鼓励——正是在席勒的鼓励下，歌德才得以继续创作《浮士德》这部自己20多岁时便已动笔，却在后来被搁置的作品。二人几乎每天通信，直到1805年席勒去世那天为止。许多评论家将这一天视为魏玛古典主义时期的终结。

> 奇幻难形笔楮，焕然竟成文章；永恒女性自如常，接引我们向上。
> ——《浮士德》

舞台上的万象

《浮士德》的创作灵感来源

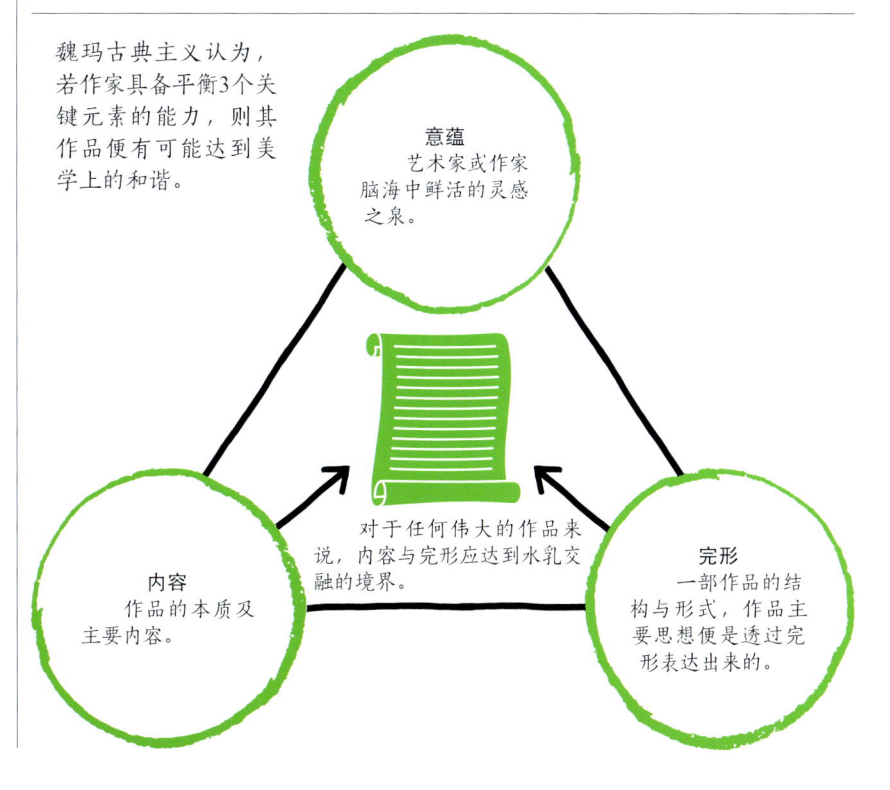

魏玛古典主义认为，若作家具备平衡3个关键元素的能力，则其作品便有可能达到美学上的和谐。

- **意蕴**：艺术家或作家脑海中鲜活的灵感之泉。
- **内容**：作品的本质及主要内容。
- **完形**：一部作品的结构与形式，作品主要思想便是透过完形表达出来的。

对于任何伟大的作品来说，内容与完形应达到水乳交融的境界。

一个人出卖了灵魂，只为获得世俗的满足——这是个长久以来令许多作家为之着迷的想法。《浮士德》的第一部便为夏尔·古诺的歌剧带去了创作灵感。布莱恩·特菲尔（图右）扮演的便是靡菲斯特。

于16世纪早期欧洲许多脍炙人口的传说故事，这些故事讲述了人与魔鬼之间的契约。

早前关于浮士德的传说情节相对简单，讲述的大多是上帝与恶魔或是善与恶之间的较量；歌德笔下的《浮士德》则更加深奥，涉及的话题远不止道德。歌德认为，人们在生活、工作及奋斗的过程中可能会犯错，从错误中吸取教训能够使人变得正直。

歌德（在一段诗体献词后）以序幕开启了整部剧作。序幕中，一位导演、一位诗人及一个小丑讨论着一部优秀的戏剧作品要具备哪些特征。他们每个人都有自己的想法：导演希望创作出一部叫好又叫座的戏剧；诗人是一个理想主义者，试图在戏剧中展现不朽的价值观，希望创作一部既完整又能为他人带去灵感的永恒经典；至于小丑，他只希望能够通过喜剧与动作博观众一笑。他们最终互相妥协，并达成共识：诗人可以创作深奥的剧作，但其中必须包含动作、喜剧与悲剧。讨论结束前，他们承诺，观众将在舞台上看到天地万象，从天堂穿越人间，到达地狱。《浮士德》第一部开篇便将场景设置在天堂，靡菲斯特（恶魔）思考着人类的样子，并与上帝打赌：他能够将上帝最引以为傲的子民之一——浮士德带入歧途，并夺取他的灵魂。上帝接受了这个赌约，但他坚持认为浮士德不会失去信仰，因为虽然人类在其一生中可能会犯错，但他们本质上却是善良的。

致命契约

接下来，场景转移至人间。歌德笔下的故事发生在当时的德国，主人公浮士德是一位学识渊博的教授，也是一位博士和神学家。他绝望地坐在书房中，感到自己在学海中已达到极限，现在的自己不过是一个"可悲的傻瓜，甚至还不及从前有智慧"，他甚至有了自杀的念头。就在这时，恶魔出现了，两人定下一个契约：靡菲斯特同意满足浮士德在世时的一切愿望，但他死后将成为恶魔的仆从。此外，浮士德宣称，若恶魔能让他有一刻的满足，令他希望的时间能够永远停留在那一刻，那么，他便会在那一刻死去。两人以鲜血签订了契约。

后来，浮士德遇到了一位名叫葛丽卿的年轻女人，并爱上了她。在恶魔的帮助下，他诱惑了葛丽卿。然而，浮士德期望中本应到来的幸福却演变成死亡与悲剧。

第二部则是这部悲剧作品相对复杂的一部分，共有5幕，每一幕的场景各不相同，带领观众穿梭于现实、魔幻、历史与神话之间。歌德在第一部中探索了浮士德的个人世界，在第二部中则将故事置于更广阔的世界之中。这一部中包含

> " 不断努力进取者，吾人均能拯救之。"
> ——《浮士德》

浪漫主义与小说的崛起　115

许多奇幻甚至令人感到困惑的故事线，例如浮士德与特洛伊城美女海伦的婚姻。

文学里程碑

《浮士德》以其丰富的古典文学引喻成为魏玛古典主义时期的代表作：这部作品中的角色包含了古希腊诸神，许多场景也设置在古代。该作品糅合了数量惊人的文学风格，参考古希腊悲剧与神话中有关圣经的题材写作，还从文艺复兴时期假面剧和即兴喜剧（一种于17世纪出现在意大利的戏剧形式，演员固定就一类角色进行即兴发挥）中汲取灵感，并运用了多种诗歌形式。

《浮士德》称得上是魏玛古典主义时期最杰出的作品，然而，它并没有对当时的作家产生深远影响，因为这部作品出现时，他们中的许多人已经出版了很多作品。相反，德国浪漫主义文学（不重视古典主义强调的平衡）在欧洲大部分地区大行其道。尽管《浮士德》在当时的影响力并不大，但它却成为德国文学史上最负盛名、被最多人研究的作品，如今许多人也将其视为历史上最伟大的戏剧作品之一。

《被缪斯眷顾的魏玛宫廷》是特奥博尔德·冯·欧俄于1860年创作的作品，图中描绘了歌德（图右，手叉腰者）、对面的席勒（朗读者）以及他身后坐着的赫尔德与维兰德。

约翰·沃尔夫冈·冯·歌德

歌德于1749年8月28日出生在德国法兰克福一个富裕的中产阶级家庭。他不仅是伟大的作家、文学大师，还在多个领域颇有建树，从法律、哲学、医学，到植物学、动物学、自然科学，无所不通。

歌德一直接受家庭教育，直到1765年，他才被送往莱比锡学习法学。在那里，他开始创作抒情诗歌，并开始写作自己的第一部全本戏。毕业后，歌德继续创作，成为富有创新精神的杰出作家。

1775年，歌德受邀到魏玛公国担任公职，并在那里工作了10年之久。1786年，他辞职前往意大利游历两年。大约自1794年起，歌德开始与弗里德里希·冯·席勒共事，二人合作创作了许多令人赞叹、影响力巨大的文学、艺术作品。歌德于1832年3月22日离世。

主要作品

1773年　《铁手骑士葛兹·冯·贝利欣根》
1774年　《少年维特的烦恼》
1795—1796年　《威廉·迈斯特的学习时代》

很久很久以前……

《儿童与家庭童话集》
（1812—1822年），格林兄弟

背景介绍

聚焦
民间故事集

此前

约1350—1410年 《马比诺吉昂》收录了许多以口述形式流传的威尔士故事，是英国最早的散文文学作品。

1697年 法国作家夏尔·佩罗创作了童话故事集《鹅妈妈的故事》，其中既有原创作品，也有改编作品。

1782—1787年 德国作家约翰·卡尔·奥古斯特·穆索斯出版了一部广受欢迎的讽刺性民间故事集。

此后

1835—1849年 艾里阿斯·隆洛特的《卡勒瓦拉》歌颂了许多民间传说。

1841年 彼得·克里斯登·阿斯伯扬森与约根·莫埃共同出版了《挪威民间故事》。

1979年 英国小说家安吉拉·卡特的《染血之室和其他故事》，颠覆了传统民间故事中对女性的描绘。

民间故事集起源于中世纪。这类作品通常将（家庭或社交场合中流传的）童话故事、口述历史以及民间信仰等文化传统整合在一起。"童话故事"一词最早在17世纪末由法国作家奥努瓦夫人提出，这个词为人们所熟知是在夏尔·佩罗改编童话故事之后。英国古文物研究家威廉·汤姆斯在1846年写给《雅典娜神殿》杂志的一封信中首次对"民间文学"这一概念进行了定义。

有些民间故事背负着宗教或精神使命，如14世纪威尔士的《马比诺吉昂》；然而，并非所有民间故事都与宗教相关。童话故事中不会引用真实的地点、人物或事件；没有特定的历史背景，而是发生在"很久很久以前"，故事的人物、魔法、奖赏、复仇，与主人公"从此过上幸福的生活"的结局都是读者熟知的情节。童话故事中一般不会引用诗歌或典故，亦不常采用现实主义写作手法；它们通常平铺直叙，使用简单易懂的意象，关键是靠发展节奏快、令人不可思议的故事情节取胜。

丰富西方文化

同许多民俗学家一样，格林兄弟也进行了学术研究，试图通过记录民间文化中的故事，探究留存于该文化中的精神。

这是一个史诗般的浪漫冒险：民族主义与文化自豪感激发了人们对民间故事的兴趣，格林兄弟编纂故事集的初衷也是如此。他们不是欧洲唯一从事这一事业的学者，二人在大学的同事对民俗传统也有同

> " 很久以前，当人们许下的愿望尚能成真时……
> ——《儿童与家庭童话集》 "

参见：《一千零一夜》44~45页，《安徒生童话》151页，《卡勒瓦拉》151页，《染血之室与其他故事》332页。

样的热情。然而，格林兄弟的《儿童与家庭童话集》（亦称《格林童话》）却是欧洲范围内收录故事最多的故事集，也有着最多的译本、最广泛的读者群。W. H. 奥登（W. H. Auden）认为，"西方文化可以建立在为数不多的几本公有版权图书之上，《格林童话》便是其中之一"。

令大多数人想象不到的是，格林兄弟并未深入各地搜集故事，许多故事是他人提供的，其中一些甚至已经编写完整，例如，《桧树》是由画家菲利普·奥托·龙格提供的。

第一版《格林童话》主要是写给成年人看的。直到1823年埃德加·泰勒（Edgar Taylor）英译版的童话集受到孩子们的欢迎后，格林兄弟才对原有版本做出了删减及改动。例如第一版中《莴苣姑娘》这个故事，作者描写了主人公（婚外）怀孕的情节，而修订后的版本里，她仅仅是胖了一些。然而，故事中的暴力情节并未删减，如帮助灰姑娘的小鸟们啄瞎了姐姐们的眼睛这一情节仍保留。

尽管如此，这部作品仍一直受到人们的喜爱。多年来，《格林童话》被不断解读，并在诸多媒体中流传。"很久很久以前"这种浪漫的开头，同"过上幸福的生活"这一结局一起，吸引着一代又一代的读者。

雅各布·格林与威廉·格林

人们常将雅各布·格林与弟弟威廉·格林合称为"格林兄弟"。他们是德国著名的学者、文化研究者、语言学家，也是词典编纂人。

格林兄弟在黑森州的哈瑙市长大，家中共有6个兄弟姐妹，二人最为年长。他们的父亲是一名律师，父亲去世后一家人仅能艰难维持生活。多亏姑姑的帮助，格林兄弟才得以在马尔堡大学接受教育。

人们普遍认为是格林兄弟最早找到了收集民间故事的方法，这种方法成为如今民俗研究的基础。二人还是著名的语言学家，为编写一部极为重要的德语词典做出了突出贡献。

主要作品

1813—1816年 《古老的德国森林》

1815年 《哈特曼·封·奥埃：可怜的亨利希》

1815年 《古埃达》

1816—1818年 《德国传说》

1852—约1860年 《德语词典》（未完成）

童话故事中的典型人物

施魔法的救星		在格林兄弟的版本中，当灰姑娘在母亲的墓旁哭泣时，一棵榛树为她变出了漂亮的衣服，让她能够参加舞会（在佩罗的版本中，这一角色由仙女教母承担）。
邪恶的继母		在早期的《格林童话》中，这样的人物是生母而非继母，而将母亲改为"继母"维护了母性的圣洁。
女巫		这类人物为情节变幻、触发魔法创造机会，却往往会为主人公带去厄运。
骗术师		故事中，这类人物会制造威胁和障碍，挑战自然法则。
变身为动物		《格林童话》中有许多被魔法变成小鸟或其他动物的人物，这些人物在适当的条件下可能又会变为常人。

除了为邻人提供消遣，再反过来嘲笑他们，我们还为什么而活？

《傲慢与偏见》（1813年），简·奥斯汀

背景介绍

聚焦
社会风俗小说

此前
1740年 英国作家塞缪尔·理查森创作的《帕梅拉》，被视为早期社会风俗小说，讲述了一位女仆在社会中向上攀爬的故事。

此后
1847年 夏洛蒂·勃朗特创作的《简·爱》，批判了维多利亚时期的阶层分化、社会偏见，以及对女性发展的压抑。

1847—1848年 英国小说家威廉·梅克比斯·萨克雷通过对《名利场》中蓓基·夏普这一人物的刻画，讽刺了社会生活中的尔虞我诈。

1905年 美国作家伊迪丝·华顿创作的社会风俗小说《欢乐之家》，反映了社会、经济以及道德伦理对女性的束缚。

18世纪初期到中期见证了小说的崛起，促进了此后浪漫主义文学的发展。到18世纪末期，一种全新的小说体裁出现在英格兰，这便是社会风俗小说。这种体裁的小说没有浪漫主义文学中常见的放肆的情感表达及异想天开的奇幻想象，而是将重点放在对某一特定群体信仰、风俗及社会结构的描写上。该类小说通常由女性主导（作者是女性，主人公也是女性），却也因此常遭到不公的对待。简·奥斯汀的小说便是这类文学的代表。她的作品温和地讽刺了当时英国乡绅的风俗传统，也嘲弄了哥特式浪漫主义中过度放纵的戏剧作品。

社会兴衰

在《傲慢与偏见》中，读者跟随班内特姐妹，见证她们如何寻觅良配。对当时的女性来说，嫁一个好人家是她们维系或提升社会地位的关键。这部小说主要透过主人公伊丽莎白·班内特的视角进行叙事。伊丽莎白是一个正直且善良的年轻姑娘，也是奥斯汀本人最喜爱的主人公。伊丽莎白共有5个姐妹，父亲班内特先生是一位乡绅，很有才智，却经常被人占便宜；母亲则是一个死缠烂打、无比庸俗的女人。他们二人的结合是不幸婚姻的典型例子。

伊丽莎白遇到了贵族菲茨威廉·达西。达西先生不由自主地被她吸引，她却因他的傲慢自大与目空一切而感到被冒犯。达西先生的朋友宾利先生与他截然相反，他虽

> "女人的思维很有跳跃性：从仰慕到爱慕，从爱慕到结婚都是眨眼间的事。"
> ——《傲慢与偏见》

参见：《简·爱》128~131页，《名利场》153页，《南方与北方》153页，《米德尔马契》182~183页。

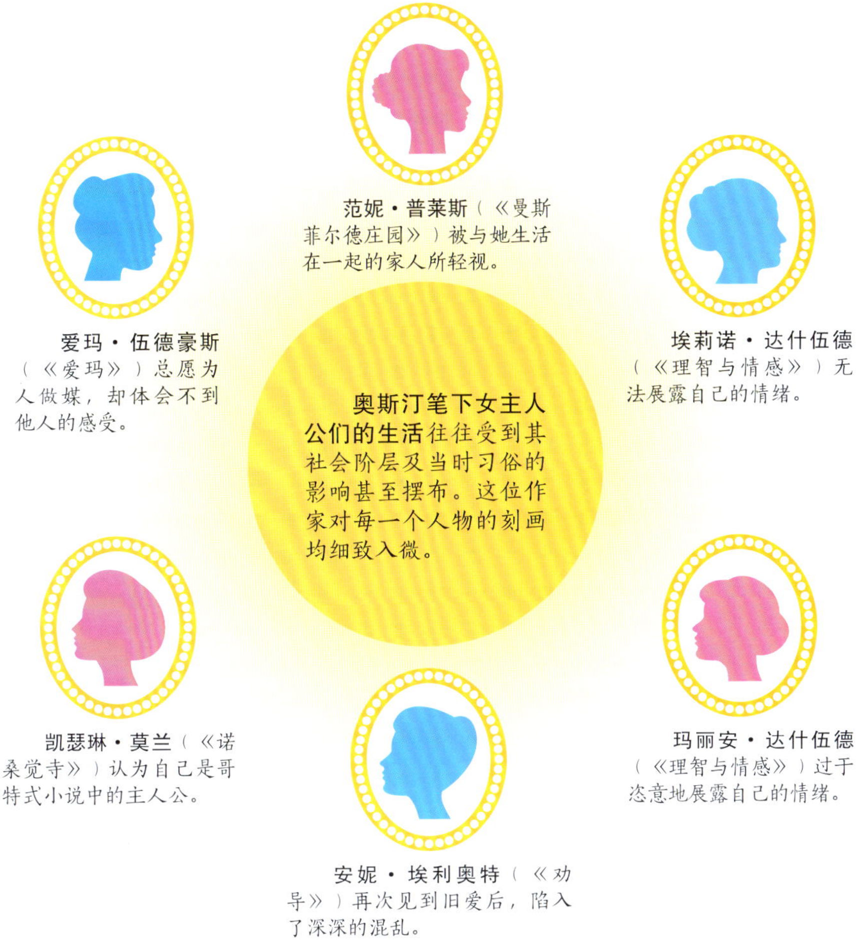

浪漫主义与小说的崛起

范妮·普莱斯（《曼斯菲尔德庄园》）被与她生活在一起的家人所轻视。

爱玛·伍德豪斯（《爱玛》）总愿为人做媒，却体会不到他人的感受。

埃莉诺·达什伍德（《理智与情感》）无法展露自己的情绪。

奥斯汀笔下女主人公们的生活往往受到其社会阶层及当时习俗的影响甚至摆布。这位作家对每一个人物的刻画均细致入微。

凯瑟琳·莫兰（《诺桑觉寺》）认为自己是哥特式小说中的主人公。

玛丽安·达什伍德（《理智与情感》）过于恣意地展露自己的情绪。

安妮·埃利奥特（《劝导》）再次见到旧爱后，陷入了深深的混乱。

简·奥斯汀

简·奥斯汀1775年出生于英格兰汉普郡史蒂文斯顿教区一个相对富有的家庭，父亲是一名牧师，家中共有8个孩子，奥斯汀排行第7。她从小便对书籍如饥似渴，经常阅读父亲的藏书。奥斯汀10岁便开始写作，于1796—1797年创作出《傲慢与偏见》初稿，并将其命名为《最初的印象》。1800年，奥斯汀全家移居巴斯。在那里，她过得并不快乐。1809年，她与母亲、姐姐一同搬到汉普郡的查顿，并在那里每日坚持创作。奥斯汀对汉普郡上流社会的细致观察为其小说创作积累了素材。奥斯汀一生创作了许多关于婚姻的作品，但她却终身未嫁。1817年，奥斯汀去世，年仅41岁。

主要作品

1811年　《理智与情感》
1814年　《曼斯菲尔德庄园》
1815年　《爱玛》
1818年　《诺桑觉寺》
1818年　《劝导》

同样富有，却十分真诚，后来喜欢上了伊丽莎白的姐姐简。然而，在伊丽莎白轻浮的妹妹莉迪亚与帅气的军官乔治·威克姆私奔，几乎使整个家族蒙羞的时候，达西先生意外地伸出了援手。伊丽莎白的骄傲、偏见与经验不足致使她做出了错误的判断（错看了威克姆和达西），并为此付出了代价，也正是这一连串的琐事令她成长为一个成熟的人。同样，达西先生虽出身更加高贵，也不得不抛开自身的傲慢，证明自己是配得上伊丽莎白的人。

事实上，奥斯汀通过小说中精妙的风趣与讽刺，清晰地传达出一个讯息：良好的出身并不一定能与良好的举止画等号（而良好的举止可以让人推断出某人具有良好的品行）。《傲慢与偏见》虽仅涉及乡绅这一相对狭窄的群体，但仍旧对当时的社会风俗与道德传统进行了深入的探讨。■

在那不为人知的辛劳中，谁能想象我经历的恐惧？

《弗兰肯斯坦》（1818年），玛丽·雪莱

背景介绍

聚焦
早期哥特派

此前

1764年 英国作家霍勒斯·沃波尔出版了《奥特朗托城堡》。该作品后来被誉为哥特式小说的起源。

1794年 英国作家安·拉德克利夫出版了小说《奥多芙的神秘》，将一位黑暗、浪漫而又忧郁的主人公带到读者眼前。

1796年 英国人马修·刘易斯受到拉德克利夫作品与德国恐怖故事的启发，创作出了当时最具轰动效应的哥特式小说之一——《修道士》。

1817年 普鲁士作家E. T. A. 霍夫曼创作出短篇故事集《夜曲》，其中收录了著名的《沙人》，该故事将浪漫主义哲学融入哥特式的恐怖与荒谬主题之中。

哥特式小说主题确立于18世纪末期，距离玛丽·雪莱《弗兰肯斯坦》的出版还有数十年之久。这一时期，霍勒斯·沃波尔（Horace Walpole）的《奥特朗托城堡》（The Castle of Otranto）、安·拉德克利夫（Ann Radcliffe）的《奥多芙的神秘》（The Mysteries of Udolpho），以及E. T. A. 霍夫曼的《夜曲》等作品，确定了该类型小说的主要元素。这些作品中充斥着虐待、残暴与凶杀情节。

早期哥特式小说的核心是体现浪漫主义突破思维能力、想象力的极限，对当代社会问题等方面的思考，其结合了哥特派对邪恶贵族反派、暴力的杀戮、阴暗的中世纪背景等方面的隐喻。这样的结合常常在吸血鬼、幽灵、怪物以及恐怖神秘的女性角色等人物身上得到体现。

在《弗兰肯斯坦》中，玛丽·雪莱将既有元素与更加广阔的哲学思辨相联系，并不断扩展哥特式小说体裁。这部小说的灵感来源于作者同珀西·比希·雪莱与拜伦勋爵等人的对话。一天晚上，窗外暴风骤雨，他们围坐在火堆旁讲故事。拜伦建议讲些鬼故事，这激发了玛丽·雪莱的想象力。

动荡的年代

尽管《弗兰肯斯坦》是在一场暴风雨中应运而生的，但这部小说绝不仅仅是一个恐怖故事。玛丽·雪莱为哥特式小说体裁做出的最大贡献之一，便是扩充了原先相对单调的主题，使题材从处决、凶兆、挥之不去的恐怖等延伸至更加

> "一道闪电照亮了它……是那个怪物，那个被我赋予了生命的魔鬼。"
> ——《弗兰肯斯坦》

参见：《浮士德博士》75页，《夜曲》111页，《浮士德》112~115页，《呼啸山庄》132~137页，《道林·格雷的画像》194页，《德古拉》195页。

哥特式元素

阴暗的环境	 破落的城堡、黑暗的森林、神秘的高塔、荒凉且偏远的地区、墓园、坟墓
惯有的人物	 邪恶的暴君、遇险的少女、疯狂的男人和女人、蛇蝎美人、恶毒的修女和修道士
不祥的征兆	 凶兆、幻象、梦境、风暴、满月
超自然事物	 鬼魂、怪兽、无法解释的事件、吸血鬼、狼人
紧张的情绪	 恐惧、疯狂、精神折磨、怒火、激情、好奇心、尖叫

复杂精妙的内容，探讨了浪漫主义时期最令人忧心的问题之一——现代社会中遭受孤立的个人。

时代的寓言

书名"弗兰肯斯坦"指的并不是那个恶名昭彰的怪物，而是小说的主人公维克多·弗兰肯斯坦。他是一名科学家、艺术家，也是无名生物（他形容为"被我赋予了生命的魔鬼"）的缔造者。弗兰肯斯坦是一个孤独的天才，他"隐秘的"恐惧来自内心，因为他以典型的浪漫主义方式不自量力地越过了人类的道德底线。雪莱通过这个人物重构了哥特式小说中的怪物，即理想化的流亡者或徘徊的局外人形象。正如学者大卫·潘特（David Punter）所言，这部作品聚焦"人们对陌生事物的排斥，这种排斥不仅体现在社会层面，也体现在心理层面"。《弗兰肯斯坦》中的怪物是当时刚刚兴起且令人不安的工业化的产物，也是作者与动荡社会对话的产物。

给人们带去恐怖感的并非《弗兰肯斯坦》中的怪物，而是令浪漫主义者陷入思考的时代焦虑，例如对宗教与科学、正义理念、生命起源的争论，以及对教育、文化在塑造个人身份中扮演的角色的讨论等。

弗兰肯斯坦最终因自己创造的怪物受尽折磨而死，这正是现代寓言的完美体现，即巧妙地将道德与社会问题包裹在哥特式恐怖的外衣之下。■

玛丽·雪莱

小说家玛丽·沃尔斯通克拉福特·雪莱于1797年8月30日出生在英国伦敦。她的母亲、女权主义作家玛丽·沃尔斯通克拉福特在她出生11天后便离世了。她的父亲是激进主义哲学家威廉·葛德文。

玛丽14岁时被送往苏格兰生活。1814年，她回到父亲位于伦敦的家，在那里遇到了年轻诗人珀西·比希·雪莱。当时雪莱已有妻子，但二人仍旧私奔至欧洲，并在1816年结婚。这段爱的结合充满了悲剧：两人育有4个孩子，其中3个夭折；1822年，珀西·雪莱又溺水身亡。玛丽直至1851年去世前一直坚持创作。她最著名的作品便是《弗兰肯斯坦》。这部小说起草于1816年。

主要作品

1817年《周游六星期记事》
1819年《玛西尔达》
1826年《最后一个人》
1830年《珀金·沃贝克》
1835年《洛多尔》

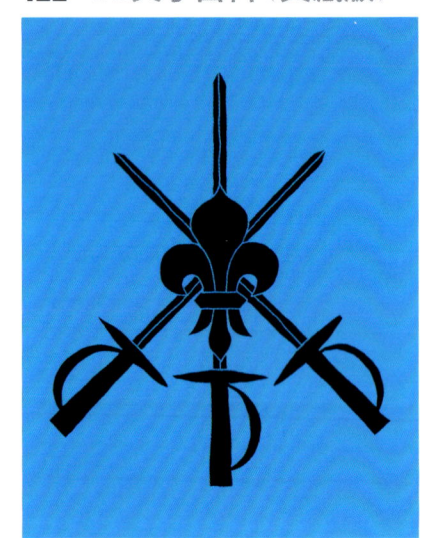

人人为我，我为人人

《三个火枪手》（1844年），亚历山大·仲马

背景介绍

聚焦
历史小说

此前

1800年 英裔爱尔兰作家玛利亚·埃奇沃思创作的《拉克伦特堡》，是历史小说的先锋之作。

1814年 苏格兰作家沃尔特·司各特创作了系列历史小说的第一部《威弗利》。

1823—1841年 美国作家詹姆斯·费尼莫尔·库柏创作出"皮袜子故事"系列，其中包括《拓荒者》（1823年）和《最后的莫希干人》（1826年）两部历史小说。

1829年 奥诺雷·德·巴尔扎克的小说《朱安党人》，讲述了1799年发生在法国的保皇党暴动事件。

此后

1989年 加夫列尔·加西亚·马尔克斯创作的《迷宫中的将军》，是一部后现代主义历史小说。

将一部小说的背景设定为过去的历史时期并不是什么新鲜的想法，讲述过去事情的虚构小说自文学诞生之日起便已存在。然而，历史小说真正成为一种独立的体裁并受到前所未有的喜爱，却是在19世纪。这样的文学需求首先出现在英国，并随着1814—1832年沃尔特·司各特爵士历史小说的面世而愈加旺盛。

19世纪20年代，司各特小说的影响力传播至美国。美国作家詹姆斯·费尼莫尔·库柏创作了"皮袜子故事"系列。英国历史小说翻译本也在欧洲开拓了历史小说的市场，尤其是在法国，维克多·雨果（Victor Hugo）以及奥诺雷·德·巴尔扎克（Honoré de Balzac）等人也创作了多部同类作品。最受人们喜爱的法国历史小说家是亚历山大·仲马（大仲马）。

冒险的渴望

大仲马最早的作品《三个火枪手》（*The Three Musketeers*）于1844年以连载形式面世，一经出版就令他的名字家喻户晓。这部小说包含了当时所有流行的小说元素：潇洒浪漫的主人公与阴险狡猾的反派、讲述大胆冒险与伙伴情谊的情节。书中描绘的正是当时读者所熟悉的政治阴谋泛滥的时期。

这部作品出版时，法国刚经历了大革命后的动荡；君主派与共和派间的紧张局势尚未平息。因此，书中以浪漫主义手法虚构的过去恰好吸引了向往稳定生活的人们。

大仲马小说的核心人物是达达尼昂。1623年，这位年轻贵族离开位于加斯科涅的故乡，前往巴黎，

> " 永远不要惧怕争吵，
> 但要追寻冒险的经历。
> ——《三个火枪手》 "

浪漫主义与小说的崛起 **123**

参见：《艾凡赫》150页,《最后的莫希干人》150页,《悲惨世界》166~167页,《战争与和平》178~181页,《双城记》198页。

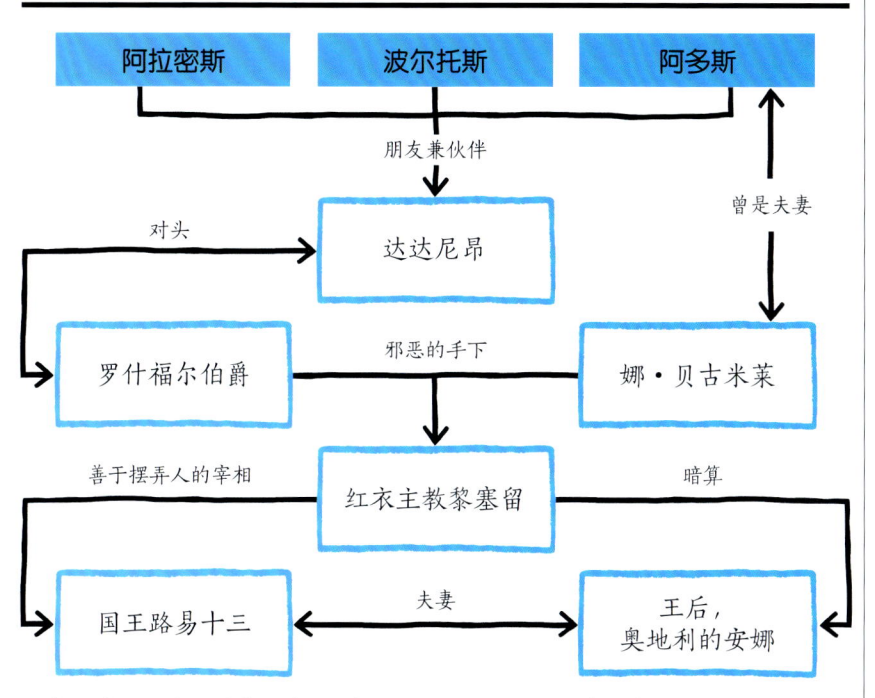

```
阿拉密斯      波尔托斯      阿多斯
   │            │            ↕
   │         朋友兼伙伴    曾是夫妻
   │            ↓            │
对头 ─→      达达尼昂         │
   │                          │
罗什福尔伯爵 ──邪恶的手下──→ 娜·贝古米莱
   │                          │
善于摆弄人的宰相              │
   ↓                          │
      红衣主教黎塞留 ←──暗算──┘
            │
国王路易十三 ←──夫妻──→ 王后，奥地利的安娜
```

火枪手卫队是一群情同手足的护卫人员，也是这一故事的焦点。该小说内容涵盖国际政治、宫廷阴谋、友情、敌对与爱情纠葛，在历史故事中融入了永恒的主旋律。这也使得这部作品能够一直受到读者的喜爱。

加入了火枪手卫队。在经历了一系列不幸后，他的抱负受挫。后来，他遇到了三个火枪手——阿多斯、波尔托斯与阿拉密斯，他起先与他们决斗，最后与他们成为朋友。他们一起踏上冒险旅途，完成了一系列任务：捍卫王后的荣誉，并使国王未受宰相、红衣主教黎塞留的阴谋欺瞒，从而避免了卷入与英国人的战争。一路上，他们还经历了许许多多的狂欢作乐与浪漫情事。

在传奇历险情节之下，大仲马提出了一些严肃问题，并对当时社会进行了批判性思考。他笔下的火枪手虽英勇迷人，却盲目效忠皇室，且在对待他人的时候并不总是彬彬有礼的。他们效忠的对象国王路易十三，轻信他人又软弱无能，受到了红衣主教及其手下的无情摆布。

1844年夏天，法国读者每天热切期盼着报纸上连载的内容，这部作品也被翻译为多种语言，《三个火枪手》大获成功。在此基础上，大仲马又陆续连载了两部讲述达达尼昂传奇故事的小说——《二十年后》（*Twenty Years After*）和《布拉热洛纳子爵》（*The Vicomte of Bragelonne*）。一直以来，这些作品，无论原著，还是由其改编而成的影视作品，都极受大众喜爱。■

亚历山大·仲马（大仲马）

亚历山大·仲马于1802年出生于法国皮卡第大区。他的父亲是圣多明的总督，母亲则是一位名叫玛丽·瑟赛特·仲马的加勒比海黑人女奴。

大仲马和他的父亲一样，之后冠上了出身贵族的祖母的姓氏，其贵族血统使他得以走上文学创作的道路。他曾效力于奥尔良公爵，即后来的"公民国王"路易·菲利普。大仲马在自己的历史戏剧最初取得成功后，转向了小说的创作。这些小说中包括了描写达达尼昂冒险的故事，也正是这些故事令他一举成名。

大仲马一生经历许多段感情。据说他至少有4个孩子，其中包括作家亚历山大·仲马，即后人熟知的小仲马。

主要作品

1845年 《二十年后》
1847—1850年 《布拉热洛纳子爵》

我从不曾奢求幸福，那对我来说全然是陌生的
《叶甫盖尼·奥涅金》（1833年），亚历山大·普希金

背景介绍

聚焦
"多余人"

此前
1812—1824年 英国诗人拜伦笔下的主人公恰尔德·哈洛尔德与唐·璜是俄国文学中"多余人"的前身。

此后
1840年 米哈伊尔·莱蒙托夫创作的唯一一部小说《当代英雄》建立在"多余人"主题之上，其中极具拜伦风格的主人公毕巧林，迫切渴望一切能够令自己摆脱厌世情绪的活动。

1850年 伊万·屠格涅夫在中篇小说《多余人日记》中，透过对主人公丘尔卡图林的刻画，进一步发展了理想主义的、听之任之的角色形象。

1859年 伊凡·冈察洛夫小说《奥勃洛莫夫》的同名主人公是一个无所事事的空想者，他身上所有特征无一不体现着"多余人"的懒怠与惰性。

同《叶甫盖尼·奥涅金》（Eugene Onegin）的主人公一样，亚历山大·普希金也是在一场决斗中死去的。尽管他的文学生涯早早地结束了，但人们却将他视为俄国最伟大的诗人。他的作品极具影响力，尤其是代表作《叶甫盖尼·奥涅金》，书中的同名主人公为"多余人"的概念及形象树立了典型。

"多余人"通常出身于有钱有势的家庭，却对生活充满失望，用厌倦、愤世嫉俗的态度审视周围的社会，同时认为自己在道德及智慧层面上都高人一等。

壮志未酬的人生

《叶甫盖尼·奥涅金》的故事发生在19世纪20年代的沙皇俄国。该作品以"诗体小说"形式写成，围绕着几位主人公的生活与命运展开：叶甫盖尼·奥涅金，一个无所事事的青年；他的朋友弗拉基米尔·连斯基，一位年轻的浪漫主义梦想家；美丽智慧的达吉雅娜·拉林娜和她轻浮美艳的妹妹奥尔加。达吉雅娜爱上奥涅金，却遭到拒绝，因为他不希望"生活中有的只是家庭的幸福"。奥涅金不能或不愿阻止悲剧的发生；他与连斯基决斗后离开故土，多年后回来时发现达吉雅娜已嫁作他人妇。

孤独的命运

《叶甫盖尼·奥涅金》语言生动活泼，常带有几分讽刺意味。作者以现实主义笔触描绘了俄国的真实生活场景，书中充满文学典故与哲学评论，对当时的社会进行了讥讽。

叶甫盖尼·奥涅金终其一生都在试图将自己与周围人疏离开来。此后，"多余人"这一形象反复出现在19世纪40年代至50年代的俄国文学作品之中。■

参见：《项狄传》104~105页，《当代英雄》151~152页。

让你的灵魂冷静而从容地站立在百万个宇宙面前

《草叶集》（1855年），沃尔特·惠特曼

背景介绍

聚焦
超验主义

此前
1840年 作家、文学评论家玛格丽特·富勒与散文家、诗人拉尔夫·沃尔多·爱默生，共同成为超验主义期刊《日晷》的创刊主编，发表关于文学、哲学、宗教的文章。

1850年 超验主义的代言人爱默生提出"普遍精神"这一概念，认为这种精神可以透过柏拉图、莎士比亚等天才的人生展露出来。

1854年 亨利·戴维·梭罗在《瓦尔登湖》（又名《林中生活散记》）里描述了自然、简单生活的美好。

此后
1861—1865年 美国著名诗人艾米莉·狄金森正处于其创作生涯最多产的时期。她的作品带有超验主义色彩，夹杂着对宇宙浩瀚的敬畏。

超验主义运动受到德国哲学家伊曼努尔·康德（Immanuel Kant's）思想的启发，于19世纪中期在美国蓬勃发展。康德认为，知识关注的"并不是具体对象，而是我们认识对象的方式"。这种智力与玄学的交汇，加之对肉体、欲望和自然的崇尚，是美国诗人沃尔特·惠特曼以及其他超验主义作家作品的特征。

肉体与灵魂的赞扬

惠特曼的诗集《草叶集》（*Leaves of Grass*）收录了诸如《我歌唱带电的肉体》等作品。惠特曼一方面对灵魂充满敬畏，另一方面希望将美国人从对肉体的羞耻中解放出来，实现天性的平等，并鼓励建立人与人之间的联系。《自己之歌》便是一篇献给人类的颂歌。作者想象自己重新回归自然界的循环之中，纵情于感官体验之中："我要去林畔的河岸那里，褪去伪装，全身赤裸，我疯狂地渴望与它接触。"

惠特曼享受自然及其循环，他认为，在自然之中，上帝的存在不言自明。他与诗人爱默生都坚信"人性本善"，这一点也成为超验主义的特征。书中还有一些诗歌，亦展现出了对"无限浩瀚的海洋"难以言喻的痴迷。■

> 这便是有土有水就能生长的芳草，这便是覆盖着整个地球的空气。
> ——《自己之歌》

参见：《抒情歌谣集》110页。

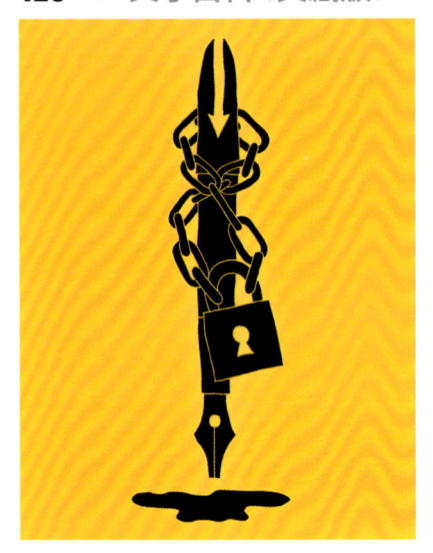

你曾见证一个人如何沦为奴隶；你将见证一个奴隶如何重生为人

《黑人奴隶弗雷德里克·道格拉斯的生平自述》（1845年），弗雷德里克·道格拉斯

背景介绍

聚焦
奴隶叙事

此前

1789年《非洲人奥拉达·艾奎亚诺或古斯塔夫斯·瓦萨自我撰写的有趣的生活叙事》在英格兰出版，作者是一位来自贝宁（今尼日利亚）的奴隶男孩。

此后

1853年 所罗门·诺瑟普的自传式作品《为奴十二年》，展现了美国北部自由黑人与南部奴隶黑人之间生活的鲜明对比。

1861年 曾为奴隶的哈丽雅特·雅各布斯在其作品《女奴生平》中，着重描述了女性奴隶的经历。

1979年 奥克塔维娅·E. 巴特勒的小说《家族》是一部新奴隶叙事作品，主人公穿梭于如今的加利福尼亚和南北战争之前的马里兰。

在南北战争（1861—1865年）爆发前的几十年中，有近400万名奴隶受困于南部各州。与此同时，北部废奴运动开展得如火如荼，试图结束奴隶制这一非人的暴政。1841年，一名逃亡至北部的混血奴隶弗雷德里克·道格拉斯受邀参加了反奴隶制协会于马萨诸塞州举办的一次集会，并发表了一场极具煽动力的演说。随后，他在一本书中记录了自己的一生。这部作品于1845年出版，短短4个月便售出5000余册，成为美国文学史上奴隶叙事这一文学体裁的成功范本。

道格拉斯在书中提出了这样一个问题："一个人是如何沦为奴隶的？"他讲述了自己出生不到一年便被人带离母亲身边的经历。他亲眼看到监工因一点点小事便挥鞭抽打男性奴隶，也有奴隶因不听话而被杀。当时年幼的道格拉斯便已意识到，"杀害奴隶或有色人种……并不算犯罪，法庭上如此，社会上亦如此"。

文学求解放

《黑人奴隶弗雷德里克·道格拉斯的生平自述》由反奴隶制机构出版，并有两位废奴主义者领袖作序。这部作品的出版在某种程度上亦是为了迎合当时废奴运动的需求。这位逃奴在书中以强有力的文字配以《圣经》中的意象，揭露了美国南部向人们兜售的荒诞说法，例如，黑人是不可教的、蓄奴的本意是良善的。作者总结到，南部的基督教"纯粹是在为最可怖的罪恶做掩盖，为最骇人的暴行做

> 对于我来说，这是以前从未干过的脏活儿、苦活儿。我还是动手做了，而且心甘情愿。现在，我的命运由自己主宰。
> ——《黑人奴隶弗雷德里克·道格拉斯的生平自述》

浪漫主义与小说的崛起

参见：《汤姆叔叔的小屋》153页，《哈克贝利·费恩历险记》188~189页，《看不见的人》259页，《宠儿》306~309页。

辩护……"。随着他笔下的故事一点点展开，道格拉斯提出了另一个问题："一个奴隶怎样才能重新做回一个真正的人？"为了回答这个问题，他将自己写入了一个流浪汉的成长故事中。道格拉斯年幼时，一位女教师教会了他读书、写字。很快，他便以文字为武器，一边揭露社会中的不公正，一边探索自己的未来。不久他便被剥夺了继续学习的机会，于是又开始向贫穷的白人小孩和工友学习。16岁的时候，他遇到了人生的转折点，在与一位残暴的监工打架时，他成功胜出。

深远影响

南北战争之后，人们慢慢对奴隶叙事失去兴趣。到了20世纪中期，马丁·路德·金等人在民权运动中的演讲重现了这一体裁中的语言与情感。自那以后，奴隶讲述的故事便成为黑人研究的重点，也成为美国文学经典的核心。■

由奴隶创作的叙事作品实现了两重效应：一方面，这些作品进一步推动了废奴运动的发展；另一方面，这些作品也标志着一种独特的非裔美国文学的诞生。

记录真相
逃往美国北部的奴隶身上有许多辛酸的故事，他们渴望向他人诉说。这些故事揭露了他们所经受的不公与残暴。

宣传
这些读者甚众的叙事作品，能够对废奴运动以及社会上反对奴隶制的运动，起到强有力的宣传作用。

发声
这些故事给了那些因奴隶制而沉默的人们呐喊的力量，也一并记录下了他们的故事。

弗雷德里克·道格拉斯

弗雷德里克·奥古斯托·华盛顿·贝利于1818年2月出生在美国马里兰州一个奴隶家庭。他的母亲哈丽雅特·贝利是位黑人妇女，父亲是白人。20岁时，弗雷德里克逃至纽约，与一名自由黑人女性安娜·默里结婚，二人共育有5个孩子。

弗雷德里克搬到马萨诸塞州后，为了不被捉拿，将姓氏改为道格拉斯，定期在废奴主义者集会上发言。他曾前往英国演讲，并在友人的帮助下成功筹得"赎金"，于1846年在巴尔的摩正式摆脱奴隶身份。后来，他定居纽约。在那里，弗雷德里克常常在报纸上发表文章，帮助逃亡的奴隶，并鼓励黑人入伍，保卫联邦。妻子死后，他又与一位白人编辑、女权主义者海伦·皮茨结婚。1895年，他在华盛顿去世。

主要作品

1855年《我的奴隶生涯和我的自由》
1881年《弗雷德里克·道格拉斯的生平和时代》（1892年修订后再版）

我不是鸟，亦没有陷入罗网的束缚

《简·爱》（1847年），夏洛蒂·勃朗特

背景介绍

聚焦
维多利亚时期的女权主义

此后

1847年 艾米莉·勃朗特出版了《呼啸山庄》，在作品中对维多利亚时期社会中性别、家庭以及女性地位等女权主义问题进行了探讨。

1853年 夏洛蒂·勃朗特出版了《维莱特》。人们将这部作品视为夏洛蒂对早期创作题材的重修。她以更加成熟的笔触再次探讨了女性的自主选择、身份与独立。

1860年 在乔治·艾略特的作品《弗洛斯河上的磨坊》中，女性智慧成长与家庭责任观念这两大主题形成了鲜明对照。

1892年 夏洛特·帕金斯·吉尔曼发表了自己的短篇小说《黄色墙纸》。该作品是早期美国女性主义文学的代表作，展现了女性在父权社会压抑下的精神状态。

《简·爱》（Jane Eyre）于1847年首次出版时，其作者署名为库瑞尔·贝尔（Currer Bell），事实上，那是夏洛蒂·勃朗特（Charlotte Brontë）为了隐藏自己的真实性别（当时的评论家普遍认为女性作家创作出的都是二流作品）所用的笔名。此外，该书的副标题有"一部自传"几个字，显示出这部作品借鉴了19世纪德国成长小说的形式。在成长小说中，读者通常会追随主人公从幼年到成年的成长足迹，见证他们克服种种困难，最终成熟起来的转变。值得注

浪漫主义与小说的崛起

参见：《呼啸山庄》132~137页，《米德尔马契》182~183页，《魔山》224~227页，《藻海无边》290页。

哈登庄园是一座位于英格兰德比郡的中世纪庄园。这里风景如画、古色古香，两部《简·爱》电影中的桑菲尔德庄园都是在此取景的。

意的是，这种自我意识与身份认同的成长过程，通常是在男性人物身上刻画的，因为当时的人们普遍认为女性没有这样的深度。《简·爱》在那个时代之所以显得激进，是因为书中女性也有着同男性一样复杂的内心世界，而非仅仅是依靠美丽外表生存的肤浅生物。

角色发展

读者追随着勃朗特笔下平凡而充满激情与智慧的女主人公的情感发展，对女性经受的苦难与不公正待遇产生了同情与共鸣。与当时大多数男性作家的作品不同，简·爱这一人物并非一具漂亮的躯壳或是道德的典范，小说也没有为她贴上任何标签。

勃朗特将简·爱刻画为一个复杂、立体的人物，无论是她童年时代遭受的虐待，还是之后没有自由、没有独立的不公正待遇，都让读者对她的经历感同身受。这些情感一一体现在书中许多令人印象深刻的段落中。那些充满反抗与叛逆的文字，紧紧联系着简对自由的渴望与不安的情绪。

在桑菲尔德庄园中，简·爱见到（并爱上）了那里的主人——神秘的罗切斯特先生，卷入了他复杂的情感纠葛之中。其中，对简·爱来说最大的威胁来自罗切斯特的第一任妻子，也就是被他囚禁于阁楼之中、精神失常的伯莎·梅森。简·爱无法与罗切斯特结婚，于是离开了桑菲尔德庄园。起初她身无分文，命运却让她重新富有起来，并将她一步步带回了罗切斯特的身旁。

夏洛蒂·勃朗特

夏洛蒂·勃朗特于1816年4月21日出生于英格兰约克郡，是家里的第三个女儿。1824年，夏洛蒂与两位姐姐玛利亚和伊丽莎白被送往寄宿学校，那里恶劣的条件导致了伤寒病的爆发。在夏洛蒂看来，正是那样的艰苦环境才使两位姐姐早早离开了人世。她以这一经历为基础，创作了《简·爱》中罗伍德学校的那段故事。

后来，夏洛蒂成为一名家庭教师。她的小说处女作《教师》当时四处碰壁，直到死后才得以发表。1847年，《简·爱》出版，立刻大获成功，然而悲剧接踵而至。夏洛蒂的哥哥帕特里克、两个妹妹艾米莉与安妮相继去世。至此，勃朗特一家6个兄妹只剩下夏洛蒂一人了。1854年，她与牧师A. B. 尼科尔斯结婚，却在第二年3月因难产而死。

主要作品

1849年 《谢利》
1853年 《维莱特》
1857年 《教师》

一些女权主义者将伯莎·梅森（爱德华·罗切斯特的妻子）视为简·爱自身以及她在社会中地位的投影。伯莎·梅森虽与简·爱对立，却可被看作简·爱的第二重哥特式人格，二人也可以称得上是罗伯特·路易斯·史蒂文森笔下哲基尔与海德的女权主义版本。

简·爱常常听到不知来自哪里的声音。

一直以来，人们都告诉简·爱不要将自己的感情表露出来，孩童时代如此，少女时代亦然。

年少的简·爱被舅母锁在房间里时，她表现得"像一只抓狂的猫"。

简·爱被囚禁于家中。

伯莎·梅森被人们视为疯子。

伯莎·梅森会将自己的愤怒、狂暴与激情发泄出来。

伯莎·梅森有时会"像不知名的野兽那样"咆哮。

伯莎·梅森确实处于被囚禁的状态。

简·爱　　伯莎·梅森

家庭的奴役

《简·爱》不仅是一部英国版的成长小说。勃朗特在这部作品中，注入了自己和姐妹们在19世纪许多政治传单中读到的反奴隶制以及革命式元素。在《简·爱》中，这样的政治化语言并未被用于描绘一般意义上的人性话题，而是直指维多利亚时期中产阶级女性以及她们身上背负的家庭束缚。小说中，极具煽动性的一段文字便是简·爱对读者说的话。在她看来，女性"同男性一模一样，被严紧地束缚着，经受着过于一成不变的生活；而那些同是女性但享有特权的人却狭隘地认为，女人就应当每日在家做做布丁、织织袜子、弹弹钢琴、绣绣手袋"。对性别平等的呼唤贯穿整部小说，简·爱的经历也一步步让人们看到女性对自由、独立与激情的渴求。

与勃朗特同一时期的作家亦感受到了小说中的女权主义色彩。尽管很多人批评这部作品内容过于激进，并认为其中的观点"不适合女性"。但简·爱还是迅速成为当时文学作品中最具影响力的主人公之一。这部小说面世之后，维多利亚时期文学作品中涌现了一批全新的女性角色，她们平凡、叛逆而又充满智慧。对于诸如查尔斯·狄更斯、威廉·梅克比斯·萨克雷（William Makepeace Thackeray）等男性作家笔下常常出现的那些乖巧、善良、貌美、以家庭为重的女性人物来说，勃朗特创造出的简·爱无疑是一种挑战。

女性空间

《简·爱》为同时期的女性作家打开了一扇门，让她们能够尽情探索女性生命的潜能，发出对平等的呼唤。维多利亚时期许多作品以此为主题，例如，乔治·艾略特的《米德尔马契》（Middlemarch），对父权社会及其道德缺陷进行了批判，并让人们看到了女性无法施展抱负的挫败感。现实中，家庭责任支配着女性的人生，勃朗特在《简·爱》中也对家庭空间进行了动人描写。这一点也同样出现了在19世纪女性作家的作品之中。

许多对《简·爱》的女性主义解读聚焦于书中描绘的重点空间，如某些特定的房间、窗户，以及桑菲尔德庄园中那个恶名昭著的阁楼——简的爱慕对象罗切斯特便将自己精神失常的第一任妻子囚禁于此。家庭空间与女性身体及其自我都有密切联系，正因如此，当时的许多女性小说极其细致地描绘了家庭生活。女权主义评论家们认为，这是女性对当时严格的性别分界与意识形态做出的反应，体现于小说之中也是自然而然的。

疯癫与野蛮

简·爱不甘于过着维多利亚时期社会为女性设定好的人生，她试图挣脱束缚，并将家庭视为定要逃出的牢笼。罗切斯特曾说简·爱是一个"坚定、不羁而又随心所欲的人"，还强调说"无论我如何摆弄笼子，都无法抓住她，那个野蛮却又美丽的小东西"。他将简·爱形容为被困于笼中的"野蛮"生物，这样的形容词亦能用在他的第一任妻子伯莎·梅森身上。对于19世纪那些结婚后便失去自我的女性来说，伯莎·梅森这一文学作品中的人物只是一个极端的例子。她不仅暗喻着简·爱经受的束缚与狂怒，也映射着女性生活中被困的"疯狂"。

之后的一些作家更加直白地

> "人们都认为女人就应当波澜不惊。但是，女人和男人一样有血有肉；她们同自己的兄弟一般，也需要锻炼自己的才能，找到用武之地。"
> ——《简·爱》

从女性视角出发，就伯莎·梅森面临的困局进行创作。1892年，美国作家夏洛特·帕金斯·吉尔曼（Charlotte Perkins Gilman）发表了女性主义短篇小说《黄色墙纸》（The Yellow Wallpaper）。她在作品中质疑父权社会中女性在医疗和文化层面受到的压迫，更深入地刻画了勃朗特笔下伯莎·梅森这一人物的癫狂。出生在多米尼加的英国作家简·里斯（Jean Rhys）在其著名的小说《藻海无边》（Wide Sargasso Sea）中，以全新的视角，讲述了伯莎·梅森的故事。

受困而非疯狂

从女性主义角度来看，与简·爱酷似的伯莎·梅森并非"疯"了，她只是同其他所有女性一样，被人剥夺了自由。在这一情境之下，简·爱对罗切斯特的激烈控诉——"我不是鸟，亦没有陷入罗网的束缚；我是一个自由的人，有着独立的意志"——便强有力地提醒着人们，19世纪的英国社会正用一张大网捆绑着女性，令她们的内心逐渐趋于疯狂。勃朗特的《简·爱》可能在无意之中创造出了两位女权主义代表人物：一个是简·爱本人，另一个便是"阁楼上的疯女人"。■

《阁楼上的疯女人》

美国学者桑德拉·M.吉尔伯尔特与苏珊·古芭共同创作的小说《阁楼上的疯女人》，是从女权主义视角出发对《简·爱》进行的最著名的演绎。这部作品出版于1979年，题目借鉴《简·爱》的内容，并重新审视了勃朗特以及当时其他几位女性作家的作品，包括简·奥斯汀、玛丽·雪莱、艾米莉·勃朗特、乔治·艾略特、伊丽莎白·巴雷特·勃朗宁等人的作品。这部作品的一大重要内容便是将"疯癫"这一概念置于19世纪社会对女性情感、精神、身体的束缚之中，再对其进行讨论。

两位作者认为，19世纪女性的形象都是借由男性作家之手建构的，她们不是天使就是恶魔。针对这样的刻板印象，女性作家在自己作品中流露出了焦虑。于是，她们笔下的女性角色若非唯命是从，便是彻底疯癫。

失去了生命，我如何能够活下去！失去了灵魂，我如何能够活下去！

《呼啸山庄》（1847年），艾米莉·勃朗特

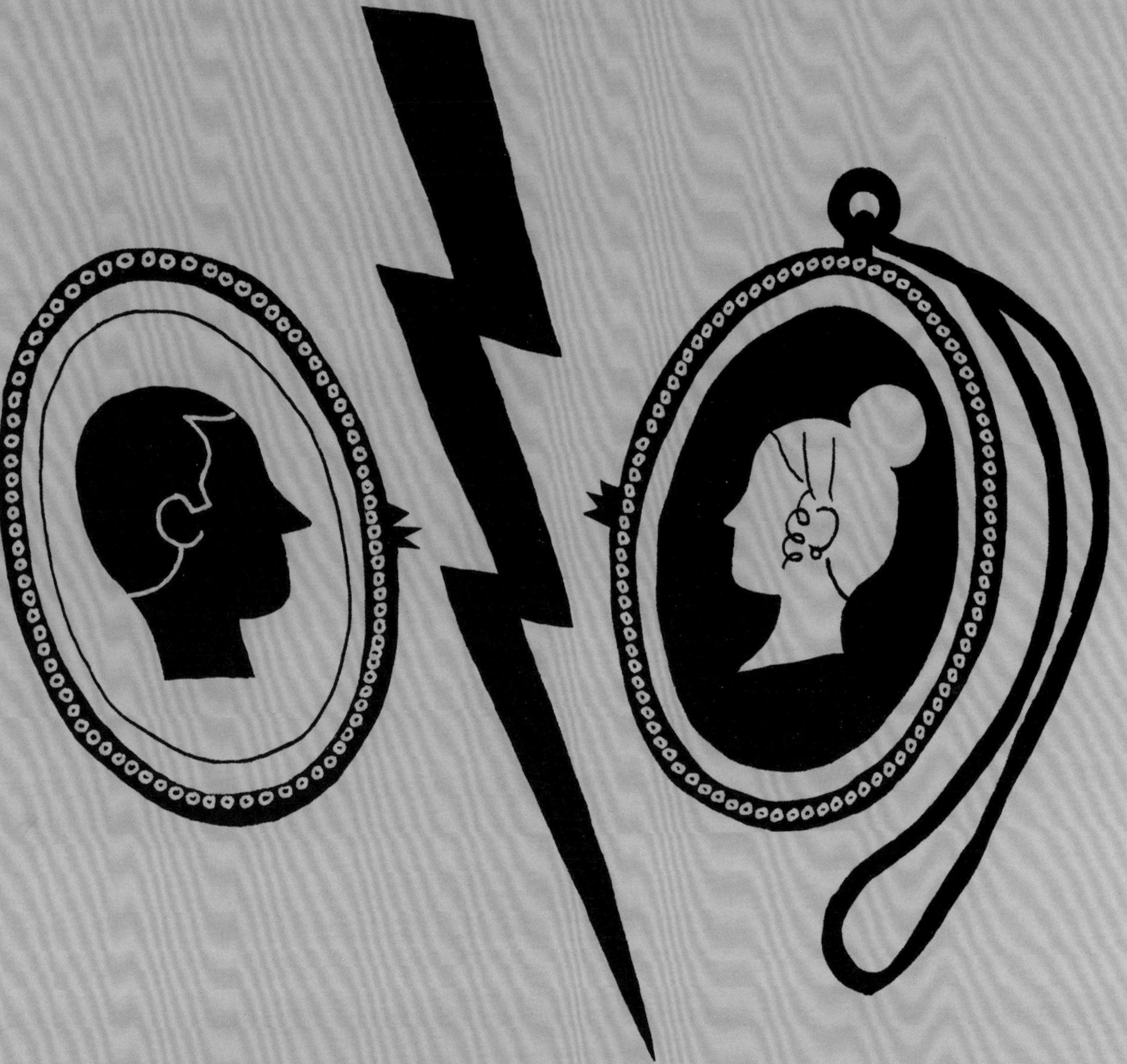

背景介绍

聚焦
维多利亚时期的哥特式文学

此前

1837—1839年 查尔斯·狄更斯的小说《雾都孤儿》将早期哥特式小说中阴郁的氛围搬到了伦敦街头。

1840年 埃德加·爱伦·坡创作的故事中,充满了剑拔弩张的关系,以及哥特式主题中令人不安、摇摇欲坠的房屋、鬼魂和死尸。

1847年 夏洛蒂·勃朗特出版了《简·爱》,其中哥特式的家庭虐待与禁闭等情节亦在《呼啸山庄》中有所体现。

此后

1852—1853年 在维多利亚时期城市哥特式小说的发展过程中,查尔斯·狄更斯创作了《荒凉山庄》,将场景从之前哥特式小说中破败的城堡转变为伦敦贫民区中的廉价房屋。

艾米莉·勃朗特创作的《呼啸山庄》被视为西方最著名的爱情故事之一。然而,这样的说法有待商榷:尽管书中两位主人公希斯克利夫与凯瑟琳之间深刻却悲惨的爱情令人为之痴迷,但读者很快便会发现,这本书与其说讲述了一个爱情故事,不如说讲述了一个与暴力、纠缠、伤害有关的故事。艾米莉·勃朗特在这部作品中延伸并重塑了哥特式主题,揭露了维多利亚时期性别、阶级、贫穷以及家庭生活等社会问题。

荒野迷思

这部作品将背景设定在约克郡一片荒原上名为"呼啸山庄"的庄园中,讲述了一个有关复仇、依赖与强烈渴望的故事。故事情节围绕非传统派主人公希斯克利夫展开。希斯克利夫原本是个弃儿,在利物浦的街头被恩肖家族领养,并与家中的女儿凯瑟琳和儿子辛德雷一同长大。作品讲述了此后几年他们之间复杂的关系与权力的斗争,

> "我的内心在燃烧!我多希望自己是在室外,多希望自己还是一个小女孩,粗鲁、顽强,却又无拘无束。"
> ——《呼啸山庄》

以及在凯瑟琳嫁给埃德加·林顿后希斯克利夫的一系列报复。

这部小说采用框架式结构,其中的故事各自独立,却共同串联起情节主线。书中有一段讲述一位名为洛克伍德的绅士拜访呼啸山庄的故事。他自认为见到了凯瑟琳的鬼魂,这在他心里留下了极深的阴影,他终日惶惶不安,于是便向这个家族从前的仆人耐莉·丁恩打听这栋房子的历史。耐莉的故事不仅是讲给洛克伍德听的,也是讲给读者听的。《呼啸山庄》在1847年最

艾米莉·勃朗特

艾米莉·勃朗特出生于1818年7月30日,是家中的第五个孩子。一家人生活在约克郡一片荒原上名叫霍沃思的小镇。故乡对艾米莉之后的创作产生了深远影响,对其他两位姐妹夏洛蒂与安妮来说亦如此。

艾米莉的母亲于1821年去世。1824年,姐妹5人被送往兰卡郡一所专为牧师女儿开办的学校。在两位姐姐伊丽莎白与玛利亚相继因伤寒病去世后,活下来的三姐妹回到了家中。在霍沃思,她们以男性笔名出版自己的作品,艾米莉的笔名是"艾利斯·贝尔"。艾米莉出版的唯一一部小说便是《呼啸山庄》。《呼啸山庄》出版仅一年后,她便因感染肺结核去世了。

主要作品

1846年 《库瑞尔、艾利斯与阿克顿·贝尔的诗集》(勃朗特三姐妹共同出版)

浪漫主义与小说的崛起

参见：《简·爱》128~131页，《荒凉山庄》146~149页，《雾都孤儿》151页，《怪异故事集》152页，《远大前程》198页。

初出版之时并没有立刻获得大众的认可，这可能是因为维多利亚时期的感性难以接受书中放纵的激情与残暴。随着后来的评论家纷纷声援这部作品，读者对其的认知也开始发生变化。1916年，英国作家弗吉尼亚·伍尔芙（Virginia Woolf）发表的一篇文章，完全改变了人们对这部作品的看法。伍尔芙认为，《呼啸山庄》同一部童话或神话故事一般，其本质永不过时。这种说法很快为大众所接受，时至今日仍是如此。然而，它却忽略了勃朗特在这部作品叙事中加入的哥特式元素，也忘记了该小说在其特定文学及历史背景下的重要意义。

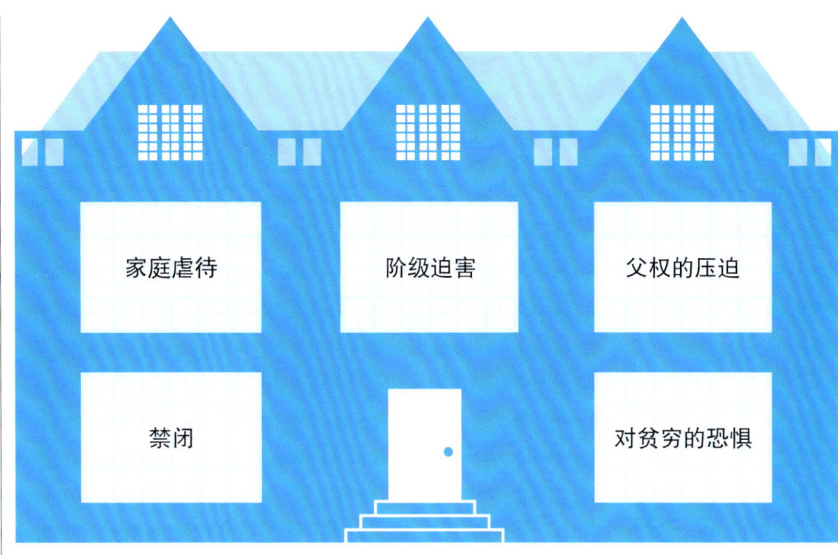

《呼啸山庄》中的房屋象征着纷乱的故事情节以及主人公内心的情感波动。这个家并不是阻止外界伤害的庇护所，而被作者刻画成了一座哥特式的，充满虐待、恐惧、幽闭、剥削与压迫之地。

哥特式主题

《呼啸山庄》最令人惊叹的是其改编维多利亚时期哥特式文学的方式。当时，查尔斯·狄更斯等作家都将哥特式元素插入现实主义小说中，拓展了早期哥特式文学的主题、风格以及含义。狄更斯并没有将故事置于破落的中世纪城堡等场景之中，而是选择描绘城市内部充斥着贫穷与压迫的边缘地区。他以发生在阴郁的伦敦街头、家门之外令人惊心的暴行，取代了发生在恐怖庄园之中人物遭受伤害的故事。

艾米莉·勃朗特在狄更斯的基础上，以希斯克利夫这一人物为载体，进一步拓展了哥特文学的创作传统。希斯克利夫年幼时被带到呼啸山庄，刚来到这里的时候，甚至于在整个故事中，他都被别人叫作"吉卜赛人"。对于维多利亚时期的人们来说，"吉卜赛人"这一称谓用于指明某人是其他种族之人；或是对那些无家可归、四处游荡、令人恐惧的人的侮辱之词。

勃朗特对哥特式题材的高明处理还体现在她对人物内心挣扎的刻画上。例如，当凯瑟琳被迫要在希斯克利夫与林顿之间做出选择的时候，她整整三日无法入眠，分不清想象与现实。

所谓"体面"

维多利亚时期，种族差异与工人阶级的贫穷是社会关注的两大焦点。这一时期的文学通过构建理想的中产阶级家庭空间来塑造资产阶级的体面以及英格兰的民族面貌。例如，狄更斯的作品时常描绘那些平常得不能再平常的家庭场景，资产阶级的体面与家门外贫穷、肮脏的景象形成了鲜明对比。勃朗特却将外面赤裸裸的现实带到

> 恐惧令我变得残忍。当我发现自己无法甩开它的时候，便一把抓起它的手腕，放在破碎的窗格之上，来来回回地摩擦，直到血流了下来，浸染了被褥。
> ——《呼啸山庄》

家庭虐待　阶级迫害　父权的压迫
禁闭　对贫穷的恐惧

人迹罕至的荒原这一场景象征着自然投射下的残暴威胁。这片会令人轻易迷失其间的荒凉土地是作品的一大特征。

家庭中，呼应早前的哥特式叙事。因为在这些作品中，家庭并非安全的港湾、温暖的怀抱，而是见证虐待的犯罪现场。勃朗特以这种方式向当时的读者传达出这样的内容：与希斯克利夫相联系的"奴隶""漂泊"等词亦可见于理想的家庭之中；事实上，家并不比罪案多发的哥特式街道安全。

作为一个曾经流浪于利物浦街道的弃儿，希斯克利夫这一人物不仅常与吉卜赛人联系在一起，也与当时泛滥的奴隶贸易有关联。我们可以将该人物视为将外界陌生恐怖的哥特式元素带入家庭环境的人。凯瑟琳同希斯克利夫一样，也在呼啸山庄中经受了漠视与虐待。透过希斯克利夫对她深切的情谊，我们可以看出，犯罪与剥削绝不仅仅存在于贫穷的城市中产阶级之中。

爱人还是吸血鬼？

凯瑟琳与希斯克利夫之间的关系与其说是浪漫的，不如说更像吸血鬼一般。他们在追寻自己所愿与复仇的过程中，相互汲取生命力，也从对方身上反映出自己生活上的欲望与挫败。希斯克利夫曾这样对凯瑟琳嘶吼着："失去了生命，我如何能够活下去！失去了灵魂，我如何能够活下去！"这段话充分说明二人的结合并非绚烂爱情的绽放，而是两个相似灵魂的相遇。凯瑟琳也说着类似的话："无论我们的灵魂是用什么构筑的，我的与他的都是相同的。"对于她来说，希斯克利夫并不是少女时期的

> 在这世上，我最深的苦痛便是希斯克利夫的苦痛；自最初之时起，我便眼睁睁地看着、一点点地感受着这一苦痛。
> ——《呼啸山庄》

痴迷对象。她甚至警告过自己的小姑，不要将他幻想为浪漫故事中的主人公。相反，凯瑟琳看到的是真正的他：自私又充满掠夺性。她自己亦是一个固执而自我的人，其行动也反映出希斯克利夫不屈的意志。

希斯克利夫因出身卑微而在呼啸山庄备受折磨。他没有金钱，也没有地位，渴望通过提升社会阶级、积累财富、拥有资产（以凯瑟琳为代表）来获得权力。同当时其他中产阶级女性一样，凯瑟琳也将自己视作一份财产，视作那囚禁着自己的家庭中的一部分。对于凯瑟琳来说，自成年的那一刻起，她便慢慢融入体面的中产阶级，而希斯克利夫则正是她对抗中产阶级的武器。

性别与家庭

维多利亚时期哥特式文学与性别之间的关系是《呼啸山庄》中的一个重要主题，并在小说最为激烈、最为著名的一个段落中得以体现。当倒霉的洛克伍德先生第一次来到呼啸山庄的时候，他以为自己

找到的是一座典型的维多利亚时期乡村别墅，如狄更斯一次次在小说中描绘的那般——一家人能够围坐在火炉旁，幸福和谐地生活。然而，他却似乎闯入了哥特式小说之中：不知哪里来的狗朝他冲过来，脾气暴躁的庄园主将他往外赶，一位神秘的管家还将他安顿在一间闹鬼的屋子之中。

当洛克伍德在凯瑟琳过去的房间中遇到她孩童时的鬼魂时，那种惊惧、血腥的氛围达到了高潮，使得他不管不顾地一把抓住鬼魂裸着的手腕，在破碎的窗格上不断摩擦。若非读者知道凯瑟琳与这栋房屋复杂的关系，这一充满暴力、让人不适的场景可能会被解读为纯粹的哥特式情节。凯瑟琳一生都被囚禁于家庭之中。她试图逃脱，却又颇具讽刺意味地作为鬼魂在呼啸山庄边缘游荡。同希斯克利夫一样，她也是一个"无家可归"的人，找不到归宿。对于她来说，真正属于哥特式恐怖的一点是这栋房子无处安放她的肉体和她的欲望。相反，

正如洛克伍德令她死后的肉体支离破碎一般，凯瑟琳在世时的身份也是破碎的。勃朗特透过这一人物揭露了维多利亚时期女性应安于家庭这一观念的局限性。

受困于家庭

19世纪时，女性与家庭紧密相连这种观念根深蒂固，维多利亚时期杰出的评论家约翰·拉斯金（John Ruskin）甚至形容女性的身体是家庭的私密空间。夏洛蒂·勃朗特在《简·爱》中通过刻画一位被囚禁于家中的女性，反映了女性生活中的幽闭恐惧。在《呼啸山庄》这一以哥特式笔触描绘妇女受困的作品之中，艾米莉透过对凯瑟琳的描绘，传达了女性挣脱家庭的唯一途径便是激烈的自我毁灭，而这又终将导致她们永远居无定所的观点。

对于凯瑟琳来说，维多利亚时期的家庭观念不仅是一座牢笼，更是实际存在的困境。她不知自己的归属到底在何方，直到榨干她的

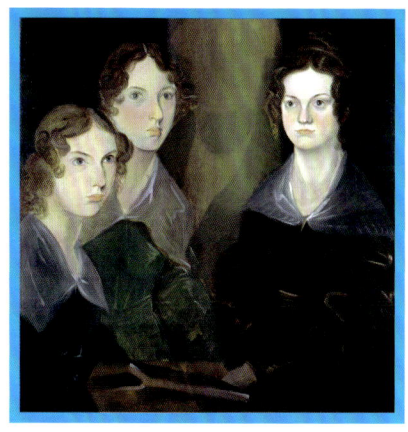

勃朗特三姐妹（安妮、艾米莉、夏洛蒂）在文学创作中相互合作，并在各自的作品中探讨相似的主题。图中的画像是三人的兄弟布兰韦尔创作而成的。

生命与活力，最终真正化为一缕幽魂。这便是《呼啸山庄》以及其中维多利亚时期哥特式元素的力量。它告诉人们，故事真正的悲剧，不是凯瑟琳与希斯克利夫之间注定无果的爱情，而是他们二人无法觅得归属感的命运。■

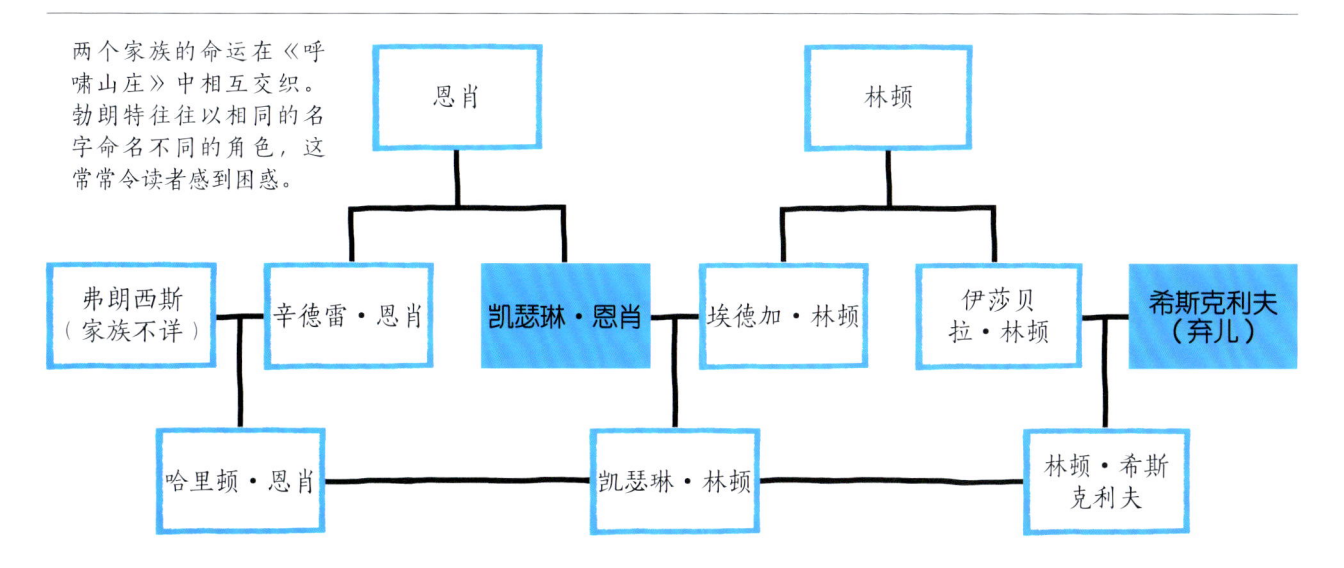

两个家族的命运在《呼啸山庄》中相互交织。勃朗特往往以相同的名字命名不同的角色，这常常令读者感到困惑。

```
         恩肖                          林顿
          │                            │
   ┌──────┴──────┐              ┌──────┴──────┐
弗朗西斯   辛德雷·恩肖  凯瑟琳·恩肖  埃德加·林顿   伊莎贝   希斯克利夫
(家族不详)                                    拉·林顿   （弃儿）
     │                    │                      │
     │                    │                      │
  哈里顿·恩肖         凯瑟琳·林顿            林顿·希斯克利夫
```

人类若发起疯来，做出的事比世上任何畜生还要愚蠢得多

《白鲸》（1851年），赫尔曼·梅尔维尔

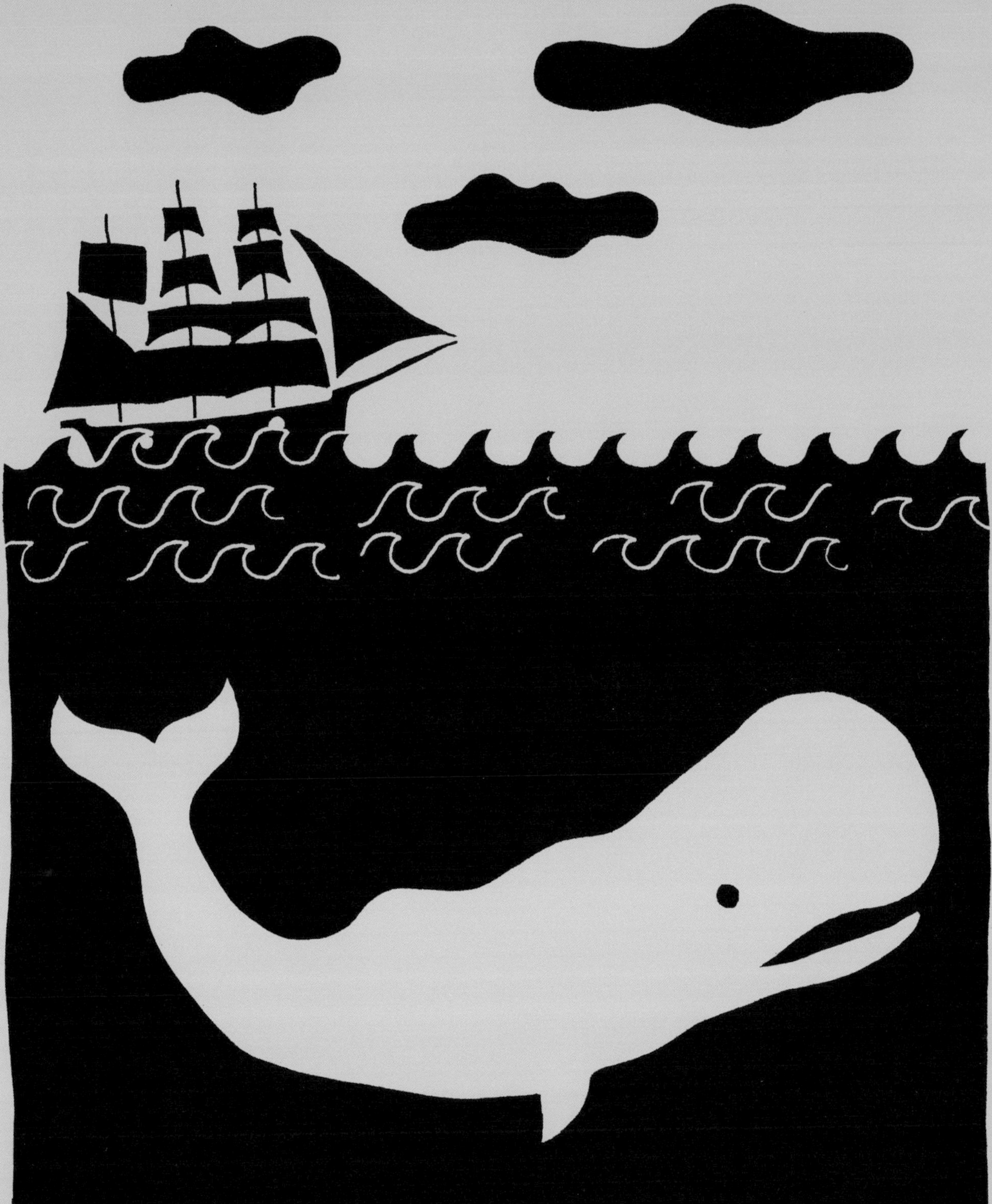

背景介绍

聚焦
黑暗浪漫主义

此前

1845年 在埃德加·爱伦·坡的诗歌《乌鸦》中，这只鸟儿一遍又一遍地重复着"永不复焉"，令悲痛欲绝的爱人一步步堕入疯狂。

1850年 在纳撒尼尔·霍桑的作品《红字》中，海斯特尚未成婚便生下了女儿。她衣服上摘不掉的红字"A"的意思是"淫妇"（Adulteress）。

1851年 霍桑的另一部作品《带七个尖顶的阁楼》探讨了罪恶、报应以及救赎等话题，还带有超自然与魔法元素。

此后

1853年 梅尔维尔创作的《抄写员巴特尔比》为存在主义文学的出现埋下了伏笔。在这部作品中，一位法律文员客气地拒绝了接受自己的工作，逐渐沦为单纯的存在。

19世纪初期到中期，美国见证了两股逐渐兴起的浪漫主义风潮。一股是以拉尔夫·沃尔多·爱默生与亨利·戴维·梭罗为代表的超验主义风潮。这是一场空想主义运动，围绕对灵魂或"内心之光"的探讨展开，相信人性及自然与生俱来是美好的。另一股是对人性本质持悲观态度的黑暗浪漫主义风潮。作为对超验主义中理想化思想的反击，埃德加·爱伦·坡、纳撒尼尔·霍桑（Nathaniel Hawthorne），以及赫尔曼·梅尔维尔等作家对人类的罪恶与自我毁灭倾向进行了深入探索。

阴暗面

两个派别都承认自然中存在灵性能量，超验主义者将自然视为人与上帝沟通的媒介，黑暗浪漫主义却将自然视为人类身处险境时不得不面对的神秘的黑暗力量。同样的悲观态度也令他们对社会改革半信半疑，认为这种尝试过于理想

> 一切伤其体肤、损其心志的罪过，一切心底对魔鬼的信仰，一切邪恶之物……那一刻，在疯狂的亚哈眼中，莫比·迪克仿佛成为所有这一切的化身，他也有了攻击它的理由。
> ——《白鲸》

化。1836年至19世纪40年代期间的黑暗浪漫主义诗歌与散文作品中，经常出现个人试图做出正向改变却最终失败的情节。这一时期的作家受阴森恐怖、超自然现象、惨剧、受难以及悲剧等元素的吸引，痴迷于描绘人性的邪恶与在罪恶、悔恨、复仇、疯狂等心理驱使之下人类行为的后果。这样的元素亦可见于哥特式文学之中，并为现代恐怖

赫尔曼·梅尔维尔

梅尔维尔1819年出生于纽约，父亲是一名从事进出口贸易的商人。父亲过世后他接手其事业，他也在当地一所学校教过书，在叔叔的农场里做过工，还当过银行职员。20岁时，梅尔维尔在一艘驶往利物浦的商船上打工。1841年，他加入了"阿古希耐号"的捕鲸船队。间歇之中，他在南太平洋上的马克萨斯群岛生活一段时间，这段经历为他的第一部小说《泰比》提供了创作灵感。后来，他在美国海军护卫舰上服役。梅尔维尔的航海生涯为《白鲸》的创作积累了素材。然而，这部作品出版时，人们的关注点已转向美国西部故事。1891年，他因心脏病去世，没能见证这部作品成为经典。

主要作品

1846年 《泰比》
1853年 《抄写员巴特尔比》
1857年 《骗子》
1888—1891年 《水手比利·巴德》

浪漫主义与小说的崛起　　141

参见：《第一对开本》82~89页，《弗兰肯斯坦》120~121页，《草叶集》125页，《呼啸山庄》132~137页，《怪异故事集》152页，《红字》153页，《德古拉》195页，《万有引力之虹》296~297页。

超验主义与黑暗浪漫主义是19世纪中期美国文艺复兴运动中相互对立的两方。超验主义者认为自然与人的本性都是善良的。与之相反，黑暗浪漫主义者认为自然具有潜在的邪恶性，人类也非常容易犯错误。

超验主义

- 自然是一种神圣的精神力量，在人类与上帝之间进行调解。
- 人类具有神性，本质也是善良的。
- 个人在自给自足、独立自我的时候是处于最佳状态的。

黑暗浪漫主义

- 自然是一种邪恶的精神力量，揭露出令人恐惧的真相。
- 人类并不完美，具有犯罪与自我毁灭倾向。
- 当个人试图使事物获得改善时，个人往往无法成功。

故事的发展铺平了道路。埃德加·爱伦·坡在其诗歌与故事中，常常描绘阴郁而朦胧的细节，如被埋葬的活人、腐化的宅邸，以及为人们带去精神折磨的乌鸦。现实世界中清教主义的虚伪是纳撒尼尔·霍桑的噩梦，因此他的作品时常描绘羞耻之事与隐秘的罪行。

1850年8月5日，黑暗浪漫主义的两位巨匠——46岁的霍桑与31岁的赫尔曼·梅尔维尔在马萨诸塞州登山时相遇。当时，梅尔维尔正因创作其代表作《白鲸》而备受煎熬，年长的霍桑身上强烈的浪漫主义灵性与特立独行的态度给了梅尔维尔许多创作灵感。后来，他举家迁至霍桑住所附近，还在《白鲸》的第一页撰写了给霍桑的献词，"谨以此表达我对您才华的无限敬仰"。

复仇之旅

《白鲸》，又名《莫比·迪克》，是美国第一部伟大的虚构史诗故事。这部作品语言多彩、情节丰富、人物众多，善用象征主义，在其海洋主题的创作之中展现出了惊人的深度与知识广度。作者创作之时有着极强的文学野心。书中开篇的第一句话"你就叫我以实玛利吧"便深深吸引了读者，让读者追随叙事者的脚步，探索他那"犹如11月天一般阴雨潮湿的内心"。

事实上，以实玛利的征途是与亚哈一同进行的。亚哈是裴廓德号捕鲸船的船长。他在海洋中不断搜寻着那条咬断了他半条腿的巨型白色抹香鲸莫比·迪克，最终完成了一场执拗而悲剧的探险。亚哈"身材高大，凶恶，却如神明一

> " 任何悲剧般伟大的人物都曾经历过病态阶段……人类所有的伟大，无非是疾病罢了。
>
> ——《白鲸》

亚哈这一人物内心充满仇恨且难以释怀。这位船长的形象一开始是通过二手信息以及道听途说构建而成的。在整部小说中，他实际出现的篇幅只有100页左右。

知性，会给人们带去伤害；而在攻击那条鲸的时候，他实际上是在攻击上帝，或者说是在攻击某个不知名的事物。正如故事中所述，他的偏执亦是对生命与死亡意义的探究，以及对宗教与疯狂等问题的洞悉。

对于亚哈来说，唯有对年轻水手皮普的温情才能够调和他对复仇的执着。当与裴廓德号上的大副斯达巴克谈起他40年漂泊海上的孤独时，亚哈想起了自己的妻子和年幼的儿子。然而，他对复仇的强烈欲望终究击溃了他的悔恨。

漂浮的国度

裴廓德号的航行，甚至这艘船的名字本身，都具有讽刺意味：裴廓德是美国一个印第安部落的名字，17世纪时，该部落的原住民几乎被定居于此的英国清教徒斩尽杀绝。该部落的毁灭意在指出一个文明注定毁灭的命运，而其背后的原因便是人类对物质生产无底洞般的渴求、帝国主义殖民扩张、白种人优越论，以及对自然无止境的开发。这艘船可看作世界的缩影，尤其是美国的缩影；故事中亚哈对复仇的执着毁了一整艘船，则暗指整个社会的命运。

船上的人有着不同的肤色、不同的信仰，这反映着梅尔维尔包容的愿景。船员们一起工作，彼此依靠，他们之间存在着超越身份地位的行动自由与交流自由。然而，这一漂浮于海上的多样化社会远远称不上民主：社会地位与种族的差异终究导致了不平等，船上所有的人都屈服于亚哈的铁腕统治之下。

> 这只白鲸是那一切的象征。
>
> ——《白鲸》

般"，戴着用鲸骨做成的假肢，在甲板上迈着重重的步子走来走去，浑身散发着撒旦般的超凡气场。他的灵魂深处无时无刻不在与上帝（莫比·迪克"冲动面具"背后的莫名存在）交战。在亚哈的世界中，所有事物都高深莫测，带有未

梅尔维尔同名小说中那只巨大的白鲸是亚哈复仇之途的生动象征。书中其他人物因教育程度、社会阶级与内心信仰（或信仰的缺乏）的不同，对这只动物也有着不同的看法。

- 一只神秘的巨兽
- 人类局限性的象征
- 邪恶的化身
- 一张白纸，等待人类的装点
- 荣耀与利益之源
- 冷漠无情的大自然
- 神秘莫测的上帝的面具
- 亚哈幻化成形的疯狂

浪漫主义与小说的崛起　**143**

> 并非是莫比·迪克寻找你，而是你，是你在疯狂地寻找它！
>
> ——《白鲸》

捕鲸者们经历的各种思想与情感，同船长的偏执与他下定决心想要追杀的那条鲸的巨大能量，形成了强烈对比。

这艘船是一座漂浮海上的大工厂，也是一艘追逐之船。梅尔维尔清楚地意识到，读者会在这艘船中看到美国资本主义、机器时代与市场经济的缩影。

《圣经》与预言

《白鲸》这部史诗巨著饱含对神明的蔑视（"老兄，别跟我说什么亵渎神明，"亚哈说道，"就算是太阳冒犯了我，我也会把它打下来。"），还引用了《圣经》中的故事来传达作品的寓意。书中两位主人公以实玛利和亚哈的名字便取自《圣经》。在《创世纪》16~25章中，族长亚伯拉罕的私生子以实玛利不像其嫡子以撒那样受族人支持，并遭到遗弃。梅尔维尔将叙事者命名为以实玛利，意在强调其流浪者、局外人的身份，他捕鲸经验不足，在加入船队时遭遇百般阻挠。在《列王记》中，统治者亚哈觊觎一片葡萄园，便以欺骗的手段将其据为己有，然而，他注定要面对不光彩的结局。《白鲸》中的亚哈也有着类似的经历，他获取成功的方式也注定了他悲惨的结局。

梅尔维尔十分关注机会与命运中蕴含的阴谋，通过预言在作品中营造出一种不祥的氛围。在以实玛利加入裴廓德号船队之前，一个名叫以利亚（《圣经》中也有同名人物）的人预言这艘船将遭遇不幸。后来，先知费达拉（也是船上的鱼叉手）预言了故事最后的结局。他说船长将会在看到两辆灵车后死去，一辆"并非出自凡人之手"，另一辆则用美国生长的树木制作而成。然而，亚哈却将此视为自己在航行中得以幸存的预兆。

地狱之火与报应

以实玛利在结识了鱼叉手魁

捕鲸船在马萨诸塞州的新贝德福德十分常见。这里正是梅尔维尔曾经工作的地方，他也将《白鲸》开篇之处的场景设置于此。最后一艘捕鲸船于1925年离港。

1820年，楠塔基特岛的捕鲸船埃塞克斯号在太平洋上遭遇了一只巨大的抹香鲸，最终沉船。这一事件是梅尔维尔创作《白鲸》的灵感来源之一。

魁格后，曾酸溜溜地说过这样的话："宁愿和一个清醒的食人族同寝，也不要与一位烂醉的基督徒共眠。"类似这般对基督教正统信仰的鄙视，甚至是对其他宗教的损毁，贯穿整部小说。亚哈将整艘船的船员召集在一起，让三位"清教徒"鱼叉手以鱼叉头的中空处为杯饮酒，这一场景像极了一场亵渎神明的弥撒。他将这些人唤作自己的枢机主教，将他们手中用来喝酒的容器唤作圣杯，还催促他们发誓要杀死莫比·迪克。他将自己准备用来杀死那头白鲸的鱼叉尖端涂满鲜血，还以拉丁语充满嘲讽地说："现在，以恶魔之名而非圣父之名，我为你受洗。"梅尔维尔曾告诉霍桑，这句话便是整部作品的"秘密箴言"。在他写给霍桑的信中，他说自己创作了一本"邪恶的书"。在以往的信件中，他也提到自己的小说"炙烤于地狱之火中"。

裴廓德号的船身刷着黑漆，装饰有抹香鲸巨大的牙齿和骨头，让人不禁想起一些阴暗部落宗教的葬礼船只。梅尔维尔将其形容为"同类相食之船，以敌人的雕花之骨迷惑人眼"。夜晚到来之时，船员们用来融化鲸油的火堆变为了"火红的地狱"。这样一来，不仅是小说情节与对话，其场景亦带有几分颠覆人们信仰的力量。

戏剧与诗歌

《白鲸》的许多写作技巧常见于戏剧之中，而非小说之中，其中包括独白（人物直接与观众对话，分享自己的内心想法）、舞台指示，作者甚至还把第40章（"子夜，船首楼"）编写为剧本。梅尔维尔受到伊丽莎白时期悲剧主人公的启发，在描绘亚哈自我毁灭般的野心时，模仿了莎士比亚笔下的悲剧反派麦克白、无情悖理的李尔王以及冲动复仇的哈姆雷特。梅尔维尔在1850年发表的一篇文章中写到，他崇拜莎士比亚作品中"深沉遥远的思想"与他笔下"黑暗人物"叙述的事实真相。在《白鲸》中，梅尔维尔特意以莎士比亚的写作手法表达自己的想法，如上文提到的独白（在莎士比亚的作品中具有直击人心的力量）、强烈升华的语言、带有无韵诗（有韵律但不押韵的诗行）一般抑扬顿挫音调的散文。

梅尔维尔也从约翰·弥尔顿的无韵史诗《失乐园》中汲取灵感，并将其运用于《白鲸》中。此外，他还参考了塞缪尔·泰勒·柯勒律治的诗

> "我在他身上看到了骇人的力量，那种力量来自一种难以言喻的怨恨。
> ——《白鲸》

浪漫主义与小说的崛起

魁魁格这位浑身布满文身的波利尼西亚鱼叉手是裴廓德号上各国船员中的一员。尽管人们说他是异教徒、食人族，但实际上魁魁格是一个冷静、宽厚、正直而又忠诚的人。

歌《古舟子咏》，白鲸这一意象对应的便是水手击落的那只信天翁。

百科全书式元素

《白鲸》在其创作过程中使用了戏剧和小说中的一系列元素，且极具原创性，足以使这部作品成为虚构文学的里程碑。它还借鉴了另一种文学体裁——百科全书。伴随着一系列愈发戏剧化的捕鲸事件，故事的悬念一步步堆积，作者却故意"冻结"了这一势头，在其中插入了一章内容，向读者特别介绍与鲸和捕鲸行为有关的人物学、动物学及其他事实资料，例如对提取鲸油的介绍，以及对艺术作品中鲸的形象的讨论。这一奇妙的章节以及其中的厚重知识，对于梅尔维尔这样一位自学成才的人来说竟显得无比自然。以实玛利曾说"我畅游过图书馆的每一个角落"，梅尔维尔本人也是如此。每当独自一人漂泊海上时，他便通过阅读汲取丰富的知识。这一百科全书式的章节充满详尽的知识，其内容与基调为小说增添了一抹现实主义色彩。它将梅尔维尔的黑暗浪漫主义世界观同读者所处的文明社会连接在一起，并通过科学与历史对他们进行教导。

引人入胜的综合体

小说中贯穿始终的莎士比亚戏剧元素与史实性内容，为《白鲸》这部作品营造出了两种极为独特的散文风格。然而，其第三种风格却抵消了前两种的风采，那便是口语式的随意语言。不同体裁与风格的杂糅共同创造出了非同凡响的艺术效果。

《白鲸》既有知识深度，又融合了广泛的文学写作风格。它讨论了冷漠世界中的善与恶，详细描绘了这个群居世界的样貌。可以说，这一带有悲剧色彩的、里程碑式的魔幻主义史诗，为小说的创作设立了全新的标杆。■

> 若不处于疯狂状态，你要如何活下去？难道天堂已然厌恶于你，你才不得不变得疯狂？
> ——《白鲸》

"伟大的美国小说"

19世纪，创作出一部"伟大的美国小说"是大多数作家的理想。这既是民族自豪感的体现，也是对当时欧洲小说经典地位的挑战。

"伟大的美国小说"这一说法是由小说家约翰·威廉·德·福雷斯特在1868年提出的，其最重要的衡量标准便是作品应当把握美国独特的民族精神，例如，《汤姆叔叔的小屋》及后来的《宠儿》这样描写种族及其他社会矛盾的家族传奇，被认为符合这一标准。还有一些作者专注于写作自我创造类作品，这一题材在20世纪成为"美国梦"的基石，《了不起的盖茨比》与《看不见的人》（拉尔夫·艾里森，1952年）深刻挖掘了这一主题。另外一类有资格被称为"伟大的美国小说"的是所谓的"百万小说"，这些小说中众多的人物与相互交织的情节，共同表现出社会与哲学观点相互碰撞的缩影。第一部"伟大的美国小说"《白鲸》既属于第二类，也属于第三类。紧随其后的《哈克贝利·费恩历险记》在很大程度上应被归为第二类。

到了21世纪，"伟大的美国小说"这一概念已然失去了其原本的风采，许多评论家也认为"美利坚"的各种呼声无法等量齐观。然而，这一概念仍旧受到作家与读者的追捧。

所有的离别都预示着最后的永别

《荒凉山庄》（1852—1853年），
查尔斯·狄更斯

背景介绍

聚焦
连载小说

此前

1836—1837年 查尔斯·狄更斯创作的《匹克威克外传》在月刊上分20节连载出版。这部作品为叙事小说的连载奠定了读者基础。

1844—1845年 大仲马创作的《基督山伯爵》分期连载。该作品讲述了一位含冤入狱之人扣人心弦的冒险及复仇故事。

此后

1856年 居斯塔夫·福楼拜的处女作《包法利夫人》连载于文学杂志《巴黎评论》中。

1868年 威尔基·柯林斯的作品《月亮宝石》在连载时大受欢迎，由原先预定的26节延长至32节。

1841年，大西洋两岸的读者焦灼地等待着查尔斯·狄更斯的作品《老古玩店》（The Old Curiosity Shop）的最后一期连载。运送这批作品的船只刚刚靠岸，大批等在那里的激动的读者便迫不及待地穿过码头，一拥而上，急切地想要知道书中的主人公小耐儿究竟是生是死。

从这样的热情之中便能看出，查尔斯·狄更斯的作品有多受欢迎。同时，连载作品的热度也可见一斑。连载文学的兴起应归功于印刷技术的进步、纸张价格的降

浪漫主义与小说的崛起 147

参见：《雾都孤儿》151页，《基督山伯爵》152页，《名利场》153页，《大卫·科波菲尔》153页，《包法利夫人》158~163页，《月亮宝石》198~199页。

> "英国法律体系中最重要的一条原则便是，为了做业务而做业务。"
>
> ——《荒凉山庄》

低、铁路的扩张，以及人们识字程度的提升。此外，价格也在其中起到重要作用：读者更愿意，或者说更有能力购买连载作品，而不是直接购入一本价格昂贵的图书。这样一来，连载这种形式便受到大众的普遍喜爱。

连载作品先驱

当查尔斯·狄更斯开始走上文学创作之路时，他本想依照当时的文学传统，创作一部长达3卷的小说。出版商却建议他写作连载文章，附在体育版中发表。据狄更斯回忆说，"我的朋友跟我说这样的出版是廉价的次等品，若将文章放在这种地方，我会毁了自己的一切希望"。然而，他还是接受了出版商的建议，开始创作《匹克威客外传》（The Pickwick Papers）的第一章。这部作品收获了巨大的成功。自从以后，狄更斯所有的小说都是以连载形式出版的。

尽管每周或每月的截稿日期都让他备感压力，但连载出版却十分适合狄更斯那种充满活力而又戏剧化的叙事风格。这也拉近了他与读者之间的距离，他甚至会时不时地依据读者的反馈修改之后的故事情节。

成熟的复杂作品

在1852年3月到1853年9月期间，《荒凉山庄》（Bleak House）每月刊载一节。这是狄更斯的第9部小说，许多人也将其视为狄更斯最成熟的作品。英国作家、评论家G.K.切斯特顿（G.K. Chesterton）更是认为，《荒凉山庄》是狄更斯最杰出的小说，许多读者也同意这种看法。

《荒凉山庄》是一部厚重而复杂的作品，其中的故事大部分发生在伦敦，另一部分发生在英格兰东部的林肯郡。小说主要描绘了当时

《荒凉山庄》的每一期连载都配有两张哈布洛特·奈特·布朗绘制的插图，以渲染作品的氛围。这幅作品向人们描绘出庄严的切斯尼山庄。

查尔斯·狄更斯

查尔斯·狄更斯于1812年2月7日出生在英格兰的朴次茅斯，在家中8个孩子中排行第2。12岁时，他的父亲因欠债入狱。查尔斯不得不辍学，在一家鞋油工厂打工。这段凄惨的遭遇被他写入了《大卫·科波菲尔》之中。

1836年，狄更斯开始创作《匹克威客外传》，逐渐树立了自己作为一名小说家的声望。之后的30年中，他共出版了12部重要的小说作品，还参与编辑了各类期刊，写作了诸多文章、短篇故事和戏剧作品。1870年，狄更斯去世，被葬于威斯敏斯特教堂的"诗人角"。

主要作品

1836—1837年 《匹克威克外传》
1837—1839年 《雾都孤儿》
1843年 《圣诞颂歌》
1849—1850年 《大卫·科波菲尔》
1855—1857年 《小杜丽》
1859年 《双城记》
1860—1861年 《远大前程》
1864—1865年 《我们共同的朋友》

英国法律体系的不公正，当时的法律体系混淆事实、泯灭人性，致使一条条无辜的性命被葬送。故事的核心是一宗名为"贾丹思控告贾丹思"的案件，这一案件贯穿了整部作品。这是一宗争夺遗产的法律纠纷案，持续了数十年之久。

多层次

《荒凉山庄》中不仅包含对英国法律体系的抨击，还讲述了神秘的谋杀事件、侦探推理故事，并以尖锐的笔触讨论了19世纪英格兰贫穷、疾病与疏于照管的社会现实。小说主要情节与次要情节描绘的主题都包括秘密、悔恨、贪婪、自我、爱情与宽容。《荒凉山庄》中人物众多，且个个令人印象深刻。这些人物以或显而易见或极其微妙的方式相互关联，而大多数人是通过"贾丹思控告贾丹思"案件这张复杂的大网走入他人生活的。这一特点正是由连载文学的本质决定的，这种分期刊载的形式使得作者能够描写多条情节支线，刻画众多人物。

狄更斯自第1期连载便开始奠定整部作品的创作基础，带领读者熟悉各种地点、情节以及几位主要人物。同时，他也为这一神秘的事件布下线索，只待最后一刻的水落石出。

小说的开头令人印象深刻。狄更斯描写了11月的伦敦，河上的雾气渗入骨髓，象征着大法官法院散发出的迷乱与腐败。当场景移至林肯郡时，雾气又幻化为飘散于德洛克爵士与德洛克夫人居所切斯尼山庄周围的薄雾。

我们逐渐认识了书中的3位主

> " 四周都是雾。雾气飘浮在河的上游，笼罩着葱绿的河心岛与草地；雾气飘浮在河的下游……"
> ——《荒凉山庄》

黄色浓雾，即飘浮着煤烟和其他污染物的大雾，是19世纪伦敦的标志。在《荒凉山庄》中，雾气是困惑与压迫的象征。

人公：埃丝特·萨默森、婀达·克莱尔和理查德·卡斯顿。3人都是孤儿，也都受到"贾丹思控告贾丹思"案件的影响。他们与监护人约翰·贾丹思共同生活在荒凉山庄中。约翰·贾丹思是一个善良的男人，他早早便坚定地从那场臭名昭著的诉讼中抽身，也警告孩子们不要陷进去。然而，3人却都受到波及，卡斯顿更被卷入其中，身处险境。

埃丝特在小说中扮演着核心角色，她从小被严厉的姨母带大，身世成谜。她是一个十分谦逊、害羞、不爱出风头的年轻姑娘，谈及自己时总说"我知道自己不是那么聪明"。

埃丝特也是作品中两位叙事者之一。她以第一人称穿梭于故事中，从个人角度回顾式地叙述各种人物与事件。她也会提供自己对其他人物的深入见解与批评。另一位叙事者则不知姓名，从第三人称的角度描述当下发生的事，为故事带去戏剧性的张力，并着重强调社会中的不公正，可谓"良知之声"。

引人注目的人物

《荒凉山庄》中每一个人的名字都颇有深意，能够表达出某一社会观点。这些人物通常有些夸大，却没有一个是一概而论的。狄更斯笔下复杂的人物使读者更加难以自拔，他们等待每一期连载，关注着人物的命运，就如同现在的观众每周守在电视机前等待电视剧播放一样。

德洛克爵士夫妇代表着死气沉沉、思想贫乏与冷漠孤僻的贵族阶层，而德洛克夫人冷傲的外衣之下又掩藏着阴暗的秘密。弗莱德小姐是一位被"贾丹思控告贾丹思"案逼得疯疯癫癫的老女人，她总是抱着一袋子文件出入大法官法院，盼望着裁决。到了那时候，她便会将自己养在笼子里的几只鸟放生。废品商克鲁克嗜好朗姆酒，对庭审案件极其痴迷。这一人物本在小说中扮演着重要角色，却在第10期连载中令人震惊地消失了。此外，德洛克的律师图金霍恩不断试图寻找那个将德洛克夫妇与埃丝特·萨默森联系在一起的秘密。

连载作品的成功

《荒凉山庄》也可被称为英国文学史上最早的侦探小说之一。书中的侦探便是布克特先生，一个亲切和蔼、如猎犬一般的男人。一起可怕的谋杀事件过后，他试图追查罪犯。在这一支线中，狄更斯布下了虚假线索，为最后两期连载设置了悬念，令读者急切想要继续读下去。

一些早期的评论家并不看好《荒凉山庄》，认为这部作品过于阴郁，缺乏幽默感。然而，读者显然并不同意这种看法，因为这部作品连载的杂志每月的销量都在

狄更斯将《荒凉山庄》中的地点当作独立的人物一般来刻画。这些场景被描绘得生动细致，成为不同阶级的速写，也为有着截然不同社会地位的人物的相遇与沟通提供了可靠的背景。

林肯会馆
林肯会馆是伦敦四大律师会馆之一，大多数情节发生在这里，尤其是对"贾丹思控告贾丹思"案的法律谋划。这个地方既是小说中图金霍恩的家，也是现实生活中狄更斯律师的住所。

托姆独院
狄更斯笔下伦敦的贫穷以及破败的生存与工作环境，都在托姆独院这一摇摇欲坠的贫民窟中得以体现。这一地区是小说中虚构的场景，但它很有可能是以伦敦威斯敏斯特一个名叫"恶魔地"的地区为原型创作的。

圣奥尔本斯
狄更斯将约翰·贾丹思的中产阶级之家"荒凉山庄"安置在赫特福德郡的圣奥尔本斯，人们却认为"荒凉山庄"的原型应是位于肯特郡布罗德斯泰斯的一栋房屋，狄更斯几年间每个夏天都同家人一起住在那里。

林肯郡荒原
狄更斯将累斯特·德洛克爵士与夫人的宏伟住所切斯尼山庄安置于林肯郡，并参照莱斯特郡罗丁汉姆城堡的外观进行描绘，这座城堡的主人便是狄更斯的友人理查德·沃森（Reihcard Watson）与妻子拉维妮娅（Lavinia）。

3.4万本到4.3万本之间。狄更斯取得成功后，其他作者也开始通过连载形式吸引读者。威尔基·柯林斯（Wilkie Collins）的侦探小说《月亮宝石》（*The Moonstone*）最初便以连载形式出版，柯南·道尔爵士的作品《福尔摩斯探案集》（*Sherlock Holmes*）也是在杂志上连载发表的。除英国外，列夫·托尔斯泰创作的《安娜·卡列尼娜》（*Anna Karenina*）和费奥多尔·陀思妥耶夫斯基的《卡拉马佐夫兄弟》（*The Brothers Karamazov*）都是通过连载形式出版的。后来，收音机与电视机取代了杂志连载，然而，在1984年，美国作家汤姆·沃尔夫（Tom Wolfe）在《滚石》杂志上发表了他的作品《虚荣的篝火》（*The Bonfire of the Vanities*），使连载形式得以回归。■

延伸阅读

《勒内》
（1802年），弗朗索瓦-勒内·德·夏多布里昂

勒内（René）这一忧郁的人物自法国漫步至美洲大地，在城市与乡村之间感受到的却是倦怠。这样一个人物对于早期浪漫主义来说是再合适不过的主人公了。创作《勒内》这部作品的是法国作家、外交官、政治家夏多布里昂（Chateaubriand，1768—1848年）。小说中，当勒内的姐姐艾米丽为断绝自己内心的乱伦之爱而决定做一名修女的时候，读者感到分外震惊。这部小说一经出版便大受欢迎。

《见闻札记》
（1819—1820年），华盛顿·欧文

美国作家华盛顿·欧文（Washington Irving，1783—1859年）创作的《见闻札记》（The Sketch Book）是一部短篇故事、散文集。这部作品收录了"瑞普·凡·温克尔"（故事中的主人公一觉醒来发现独立战争已经结束）以及"睡谷的传说"（讲述了伊卡博德·克莱恩被无头骑士追捕的故事）等篇章。欧文的《见闻札记》是第一部在英国乃至欧洲受到好评的美国文学作品，并在19世纪初期提高了美国文学作品的口碑。

《艾凡赫》
（1820年），沃尔特·司各特爵士

《艾凡赫》（Ivanhoe）的故事发生在12世纪的英格兰，改编自残暴的诺曼统治者与流离失所的撒克逊人民之间充满张力的故事。司各特的这部传奇故事记叙了两位出身高贵的撒克逊人罗文娜与艾凡赫之间的爱情。他们与许多或高贵或卑劣的骑士共同生活，那些人时常决斗或在马上进行长矛比武。传奇故事中的罗宾汉作为一名拥有绝佳剑术与强烈正义感的亡命之徒也出现在这本书中。司各特的《艾凡赫》使得罗宾汉这一形象在维多利亚时期读者的心目中更加鲜活。

《最后的莫希干人》
（1826年），詹姆斯·费尼莫尔·库柏

《最后的莫希干人》（The Last of the Mohicans）中的故事发生在18世纪50年代七年战争（1754—1763年，美国人将其称为"法印战争"）的高潮阶段，讲述了莫希干部落最后两个血统纯正之人钦加哥与他的儿子恩卡斯的故事。美国作家詹姆斯·费尼莫尔·库柏详细描绘了他们的英勇行为。他们二人同自己的白人伙伴、捕猎者纳蒂·邦波共同拯救了无辜生命。这部作品是"皮袜子故事"系列5篇故事之中最受人们喜爱的一篇。库柏的小说在西方文学体裁中树立了多个经久不衰的人物形象，例如传奇故事中勇敢、无畏的拓荒者与智慧、坚韧的部落人。

《红与黑》
（1830年），司汤达

《红与黑》（The Red and the Black）分上下两卷，记叙了19世纪法国小城的一位年轻人于连·索海尔的成长，以及他渴望跻身上流社会的故事。作者透过对主人公早年个人成长、历史环境以及心理变化的描写，成功地刻画了这一人物。从他还是一个敏感的木匠之子开始，到后来他通过与一名贵族女人私通而攀至社会顶端，作品一步步将结局引向于连的

沃尔特·司各特爵士

沃尔特·司各特爵士出生在爱丁堡，因此，苏格兰是其大部分作品的故事背景。在一些人心中，他是历史小说的鼻祖，也是不可超越的。司各特童年时代对自然、苏格兰景观以及传统民间故事的热爱，使他产生了强烈的民族认同感。在他创作的诗歌及散文作品中，传奇故事与历史故事相互交织，充满激情地描绘他的故乡，这一点在《威弗利》系列作品中体现得尤为明显。该系列作品由司各特匿名发表，受到读者热烈追捧，也改变了苏格兰的文化形象。司各特身体羸弱，最终决定前往意大利修养。1832年，他在苏格兰阿伯茨福德离世。

主要作品

1810年　《湖上夫人》
1814年　《威弗利》
1820年　《艾凡赫》

浪漫主义与小说的崛起

奥诺雷·德·巴尔扎克

奥诺雷·德·巴尔扎克是19世纪法国最伟大的作家之一，以其对现实主义小说的推动而闻名，代表作是《高老头》。巴尔扎克于1799年出生，年幼时便来到巴黎，1816年进入索邦大学学习法律，后转向文学创作。1832年，他开始创作《人间喜剧》——一部收录近150篇作品的文集。巴尔扎克希望这部巨著能够准确描绘人类状态的本质，然而，他于1850年不幸去世，最终未能完成这部巨著。

主要作品

1829年	《朱安党人》
1834—1835年	《高老头》
1841—1842年	《搅水女人》

身败名裂。法国作家司汤达（Stendhal，1783—1842年）将故事背景置于19世纪的法国，夸张地演绎并嘲讽了1830年七月革命到来前夕波旁王朝的放纵。

《高老头》
（1834—1835年），奥诺雷·德·巴尔扎克

巴尔扎克笔下《高老头》（Old Goriot）的故事发生在1819年的巴黎，该作品记叙了波旁王朝复辟期间人们的生活。当时，1789年的法国大革命似乎已经非常久远了，社会中的阶级分化又一次成为焦点。巴尔扎克以现实主义写作手法，重述了19世纪早期巴黎社会的残酷，尤其是那些追求更高社会地位的人，他们不惜践踏他人，只为达到自己的目的。人们认为，《高老头》是巴尔扎克最杰出的作品。这也是他第一次让小说人物在不同作品中反复出现，这样的做法成为巴尔扎克小说的重要标志。

《安徒生童话》
（1835—1837年），汉斯·克里斯汀·安徒生

丹麦作家汉斯·克里斯汀·安徒生（Hans Christian Andersen，1805—1875年）创作的童话，一部分来源于他儿时听过的故事，另一部分则来源于他大胆的想象。《安徒生童话》（Fairy Tales）出版时共分3卷，收录了9个故事，其中包括《豌豆公主》《海的女儿》《皇帝的新装》等经典故事。安徒生的作品预示了19世纪儿童文学数量的激增，直到现在都具有深远的文化意义。

《卡勒瓦拉》
（1835—1849年），艾里阿斯·隆洛特

《卡勒瓦拉》（Kalevala，意为"英雄之国"）改编自卡累利阿与芬兰本土的民间故事。该作品是一部史诗集，被视为芬兰文学史上最具影响力的作品之一。它由芬兰医生、语文学家艾里阿斯·隆洛特（Elias Lönnrot，1802—1884年）编纂而成。隆洛特在芬兰和卡累利阿各地游历，记录下了人们传唱的民歌，还做了大量人种学调查。《卡勒瓦拉》以独特的格律写作而成，每一行都有4对一扬一抑的音节。这部作品建立在文学与文化遗产之上，向人们重新讲述了一个个神话传说，成功唤醒了19世纪芬兰人民的民族自豪感。

《雾都孤儿》
（1837—1839年），查尔斯·狄更斯

英国作家查尔斯·狄更斯（详见147页）在他的第二部小说中，大胆地描绘了维多利亚时期英国社会底层人民的生活，讲述了穷人是如何在那个凶险的世界中自谋生路的。《雾都孤儿》（Oliver Twist）常被人们视为早期的社会抗议小说。在这部作品中，主人公奥利弗逃离济贫院前往伦敦，却成为儿童犯罪团伙中的一员。同狄更斯的其他作品一样，这部小说以连载形式出版，高潮迭起的情节令读者殷切盼望着每一期的内容。

《当代英雄》
（1840年），米哈伊尔·莱蒙托夫

在《当代英雄》（A Hero of Our Time）这部作品中，俄国作家、诗人、画家米哈伊尔·莱蒙托夫为读者刻画了主人公毕巧林这一懒惰而又充满虚无主义色彩的"多余人"形象。故事发生于俄国的高加索地区，毕巧林在一系列冒险经历与情爱关系中，始终以反传统主人公的形象出现。作者将这部小说分为5部分，

> " 我本已做好准备拥抱这个世界，却没有人理解我。于是，我学会了憎恨。
> ——米哈伊尔·莱蒙托夫《当代英雄》"

刻画出主人公的复杂本性。他敏感、情绪化而又异常愤世嫉俗，对自己眼中毫无意义的生活感到绝望。

《怪异故事集》
（1840年），埃德加·爱伦·坡

《怪异故事集》（Tales of the Grotesque and Arabesque）最初出版时只有2卷，共收录25篇短篇故事或传说。其中，很多故事以哥特式元素写作而成，一些还深入探究了主人公的阴暗心理。黑暗浪漫主义是一股出现于美国的浪漫主义风潮，美国作家爱伦·坡被视为该风格的创始人。这本故事集中最著名的作品是《厄舍府的倒塌》，故事中将罗德里克·厄舍古屋开裂、破碎，直至倒塌这一过程视为主人公心理崩塌的平行事件，引发读者共鸣。许多对爱伦·坡这部作品的分析解读是围绕着"怪诞"与"奇异"这两个词进行的：无论作者本意为何，《怪异故事集》对故事中恐怖与惊悚元素的处理，都足以使其成为一部经典。

> 我的内心逐渐冰冷、下坠，一阵阵翻涌；脑海中的沉寂得不到救赎，任凭想象力如何煽动，也无法使其变得崇高。
> ——埃德加·爱伦·坡《厄舍府的倒塌》

《搅水女人》
（1841—1842年），奥诺雷·德·巴尔扎克

一直以来，人们都忽视了《搅水女人》这部作品。如今，它被视为法国小说家、剧作家巴尔扎克（详见151页）的代表作之一。这部作品与竞争有关，讲述了一个资产阶级家族中成员们为了争夺遗产而相互操纵、相互算计的故事。该作品的题目在法语中原指那些"为困住鱼类而搅动水流的人"，在故事中指的则是那位支配他人的情妇。《搅水女人》故事引人入胜，深入探讨了欺骗的本质。巴尔扎克在书中还探究了金钱、地位、正统等主题，以及人类为了获得财富究竟愿意走到哪一步。

《死魂灵》
（1842年），尼古莱·果戈理

《死魂灵》（Dead Souls）常被人们视为俄国黄金时代的第一部伟大小说。尼古莱·果戈理（Nikolai Gogol）出生于乌克兰，受到好友——诗人普希金的启发，本打算创作一部共分3篇的史诗，最终却只来得及创作出前两篇，而且临终前他还将第二篇的手稿焚毁。如今流传下来的这部分主要讽刺了俄国的农奴制。当时，地主必须为他们拥有的所有农奴缴纳税款，即便这些农奴自上次统计之后已经死去。于是，主人公乞乞科夫与这些地主非法勾结，买下他们手中死去的魂灵。他还打算将手里的"死魂灵"抵押出去，并用押金购买自己的地产。乞乞科夫在俄国四处游走，产生了十分滑稽的效果，同塞万提斯创作的堂吉诃德颇有几分相似。

尼古莱·果戈理

果戈理出生于1809年。他是19世纪俄国现实主义的先驱。年幼时，果戈理居住在哥萨克聚居地的中心地带，听着当地人讲述的民间故事长大。他早期的作品风格活泼，大多偏向口语化。他创作的短篇故事、小说以及戏剧覆盖浪漫主义、超现实主义、喜剧以及讽刺剧。后来，果戈理的创造力逐渐趋于苍白，直到1852年去世。

主要作品

1831—1832年 《狄康卡近乡夜话》
1836年 《钦差大臣》
1842年 《死魂灵》

《基督山伯爵》
（1844—1845年），亚历山大·仲马

法国剧作家、小说家亚历山大·仲马（详见123页）创作的《基督山伯爵》（The Count of Monte Cristo），在其连载之时是全欧洲最受欢迎的作品。小说中的情节发生在波旁王朝复辟时期，讲述了爱德蒙·堂泰斯在被人诬陷叛国而入狱后，向敌人复仇的故事。在狱中，堂泰斯遇到了法里亚神父，并从他那里听说了基督山岛上秘密宝藏的故事。他在成功自监狱中逃脱并找到宝藏后，重拾权力，成为基督山伯爵。

浪漫主义与小说的崛起

《名利场》
（1847—1848年），威廉·梅克比斯·萨克雷

《名利场》（Vanity Fair）讲述了两个女人——出生于富足家庭的爱米丽亚·赛特笠与孤儿蓓基·夏泼的命运。二人走入了纷乱的社交世界，追寻财富与地位。她们的性格截然不同：爱米丽亚天真温柔，蓓基却十分残忍，一心渴望爬到社会顶层。英国作家萨克雷通过该作品生动地描绘了社会万象，并通过蓓基这一人物刻画出了一位无视道德准则、顽劣的女主人公形象。

> 名利场是一个无比虚荣、无比邪恶，而又无比愚蠢的地方。
> ——威廉·梅克比斯·萨克雷《名利场》

《大卫·科波菲尔》
（1849—1850年），查尔斯·狄更斯

《大卫·科波菲尔》（David Copperfield）最初以连载形式发表，讲述了主人公大卫·科波菲尔的成长历程。在狄更斯（详见147页）创作的所有小说中，这部作品最接近自传体文学。尽管地点与背景不尽相同，但科波菲尔一生中遇到的许多事曾出现在作者的生命之中。书中的许多角色，如贝西姨婆、谄媚的尤赖亚·希普，以及身无分文的米考伯先生，是狄更斯笔下最著名的形象，也是最受读者喜爱的人物。

《红字》
（1850年），纳撒尼尔·霍桑

美国作家纳撒尼尔·霍桑创作的历史传奇小说《红字》（The Scarlet Letter），将背景设置在17世纪中期受清教主义支配的马萨诸塞州。作品讲述了年轻女人海丝特·白兰因犯通奸罪而被迫于胸前戴上红字"A"示众的故事。她的丈夫很久以前就消失了，人们都认为他已经死了。面对教会牧师的逼问，海丝特在顽强抵抗，拒不说出女儿的父亲是谁，于是被押入监狱。海丝特游离于清教社会严格的宗教信条之外，这使得作者霍桑能够在更广阔的层面上深入探讨精神与道德问题，例如对"罪恶"这一概念的看法。《红字》发表不久便大获成功，成为美国历史上最初大规模印刷出版的作品之一。

《汤姆叔叔的小屋》
（1852年），哈里特·比彻·斯托

美国作家斯托夫人创作的《汤姆叔叔的小屋》（Uncle Tom's Cabin）是一部极为成功的反奴隶制小说。这部作品成功说服读者，令他们意识到基督教信仰与奴隶制是不相容的。故事中，汤姆本是贵族家中的奴隶，后来被卖给奴隶贩子，被迫与家人分离，然而，他却从未放弃自己的道德准则。斯托夫人的这部作品突出了美国的种族问题与南北分离问题，面世仅一年便在美国售出了约30万册，许多人甚至将其视为南北战争（1861—1865年）的导火索。

《南方与北方》
（1854—1855年），伊丽莎白·盖斯凯尔

英国小说家伊丽莎白·盖斯凯尔（Elizabeth Gaskell）极为蔑视社会中的不公正与贫穷现象。在她的《南方与北方》（North and South）中，女主人公玛格丽特·黑尔自繁华的英格兰南方一路行至北方，让读者能够看到英国北方工业化城市中底层人民的生活有多么不堪。作品生动地描绘了英国南北方之间的分离，以及为工业革命提供劳动之人的生活。盖斯凯尔是在狄更斯的要求下决心写这本小说的，而在狄更斯创作的《艰难时世》发表后不久，《南方与北方》也以连载形式面世。

伊丽莎白·盖斯凯尔

盖斯凯尔夫人1810年出生于伦敦，父亲是唯一神教派的牧师，她本人也在工业城市曼彻斯特与一位教会牧师结婚。她在30多岁的时候，开始以日记形式记录家人每日的生活。自那时起，她便开始了文学创作。她的第一部作品借鉴了自己早年在柴郡乡村的生活经历。然而，真正令她扬名四海的却是之后描绘工人阶级贫穷与冲突的作品。1865年，盖斯凯尔去世，未能完成自己最为出色的一部小说——《妻子与女儿》（Wives and Daughters）。

主要作品

1848年　《玛丽·巴顿》

1853年　《克兰弗德》

1854—1855年　《南方与北方》

DEPICTING REAL LIFE
1855–1900

刻画真实生活
1855年—1900年

时间线

1845年 — 弗里德里希·冯·恩格斯在其作品《英国工人阶级状况》中，揭露了工业化影响之下普通人生活的悲惨现状。

1856年 — 在居斯塔夫·福楼拜的小说《包法利夫人》中，法国外省的平凡生活同女主人公对世界的浪漫幻想形成了强烈对比。

1859年 — 查尔斯·达尔文创作的《物种起源》引发了一场辩论，也激发了公众对科学知识的渴求。

1862年 — 维克多·雨果在《悲惨世界》这部作品中，通过记叙那些最终导致1832年巴黎反君主制起义的事件来突出社会中的不公正现象。

1865年 — 刘易斯·卡罗尔出版了第一部专为孩子而创作的奇幻小说《爱丽丝梦游仙境》。

1866年 — 费奥多尔·陀思妥耶夫斯基的小说《罪与罚》，描绘了主人公拉斯柯尔尼科夫犯下谋杀罪的想法与动机。

1869年 — 列夫·托尔斯泰完成了历史史诗《战争与和平》。该作品讲述了1812年拿破仑时期法国入侵俄国这一事件。

1871—1872年 — 玛丽·安·伊万斯以乔治·艾略特这一笔名发表了《米德尔马契》，并在其中描绘了日常生活的复杂性。

到19世纪中期，小说已成为文学领域最重要的文学形式，读者数量之多史无前例，市场拓展至世界各地。这时，阅读早已不再是文化精英的专属，而成为大众的消遣。读者更希望看到贴近生活实际、描绘他们所居住世界的作品。

现实主义加速发展

刻画真实可信的人物与事件是由早期小说家开创的创作风潮，先驱者包括丹尼尔·笛福与亨利·菲尔丁等人。到了19世纪，这股风潮愈演愈烈，逐渐产生了描绘普通人日常生活的当代小说作品。这一文学态度铸就了现实主义。现实主义的起源可追溯至法国，当时的一批作家无法接受浪漫主义理想化、戏剧化的发展倾向，开始尝试尽可能真实准确地描绘身边的场景与人物。最初尝试这一创作风格的是奥诺雷·德·巴尔扎克，他笔下的系列故事《人间喜剧》(*La Comédie Humaine*) 是一部里程碑式的作品，意在描绘社会的方方面面，揭示支配每个人命运的社会法则及这些法则对个人的影响。这般伟大的远见启迪了居斯塔夫·福楼拜等法国现实主义小说家，还创造了现实主义这一风靡西方世界的文学体裁。

作家大多会通过不同方式来增强小说的现实主义色彩。一些作家创作射影小说，在虚构故事中呈现真实历史事件；另一些人创造出全知叙者，从他们的角度描绘人物的想法、感受与行动。这种对人物内心的塑造后来发展为心理现实主义。俄国作家尤其善于运用这一体裁，代表人物有列夫·托尔斯泰与费奥多尔·陀思妥耶夫斯基。

社会批判

许多作家在力求真实的过程中将目光从中产阶级转向了工人阶级。与描写包法利夫人这类人物单调生活的作品不同，维克多·雨果与查尔斯·狄更斯以细致入微的笔触向读者展现了农业与工业领域工人阶级的凄惨生活。这样的作品不仅是为了追求文学效果，更是为了批判社会与政治弊端。其他一些作家，如爱弥尔·左拉（Emile Zola），强调社会环境在塑造人物

刻画真实生活 **157**

19世纪80年代
在"瓜分非洲"时期，欧洲列强为建立殖民地相互斗争，争取在这片未被大规模开发过的大陆上拓展自己的势力。

1884年
马克·吐温以方言创作了《哈克贝利·费恩历险记》，颠覆了美国南部的种族主义看法。

1888年
一名被称为"开膛手杰克"的杀手残忍地杀害了伦敦东区贫民窟中的多名女性，为以城市为背景创作的哥特式小说提供阴暗、恐怖的素材。

1891年
奥斯卡·王尔德出版了《道林·格雷的画像》。小说探索了感官的愉悦以及美丽的肤浅本质。

1881年
亨利·詹姆斯在《一位女士的画像》中对比了欧洲及北美文化中的旧世界与新世界。

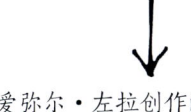

1885年
爱弥尔·左拉创作的《萌芽》表达了对人性的美好希冀。作品将故事的背景设置在19世纪法国北部的一个矿区之中。

1891年
托马斯·哈代在其小说《德伯家的苔丝》中，深入探讨了现代生活对传统英国价值观的毁灭性影响。

1899年
约瑟夫·康拉德在其代表作《黑暗的心》中，同时描绘了原始文明之中对殖民的理想与人类的绝望。

品格方面扮演的角色。

从哥特到奇幻

这一时期许多作品对工人阶级悲惨生活的描绘，使得人们将目光转向了城市生活的阴暗面，从哥特式文学传统中衍生的城市哥特式小说便是其成果之一。城市哥特式小说的代表作包括布莱姆·斯托克（Bram Stoker）的《德古拉》（Dracula）以及罗伯特·路易斯·史蒂文森（Robert Louis Stevenson）的《化身博士》（Dr. Jekyll and Mr Hyde）。科学进步能给充斥着肮脏、疾病与死亡的痛苦时代带去希望，这样的想法不仅令大众着迷，也为儒勒·凡尔纳（Jules Verne）与阿瑟·柯南·道尔等作家创作"科学传奇"带去了灵感。在他们笔下，科学技术与发明创造成为故事的主人公，仿佛被真正赋予了生命。

由于人们对奇幻故事的喜爱，越来越多的儿童读物出现了，刘易斯·卡罗尔（Lewis Carroll）的超现实小说《爱丽丝梦游仙境》便是其中的代表作。这一独特而又充满冒险经历的作品开启了儿童文学的黄金时代。这一时期的作品，还包括像鲁德亚德·吉卜林（Rudyard Kipling）的寓言集《丛林之书》（The Jungle Book）这样的经典之作，以及如马克·吐温的《哈克贝利·费恩历险记》（The Adventures of Huckleberry Finn）一般更加现实的故事。

象征主义表达

一些作家认为，艺术应当是美的代表，描绘感官愉悦而非痛苦挣扎。这场唯美主义运动中的作家受法国诗人夏尔·波德莱尔（Charles Baudelaire）以及斯特芳·马拉美（Stéphane Mallarmé）等人作品中象征主义的影响，多使用间接的表达方式。象征主义者反对现实主义小说中毫无诗意的表达；相反，他们强调比喻、意象与暗示的重要性。象征主义诗人还探索全新的表达方式，尝试多种诗歌写作技巧。这也启迪了紧随其后的一批现代主义作家。■

乏味，同蜘蛛一般安静，却在她心灵的幽暗之处结出了一张网

《包法利夫人》（1856年），居斯塔夫·福楼拜

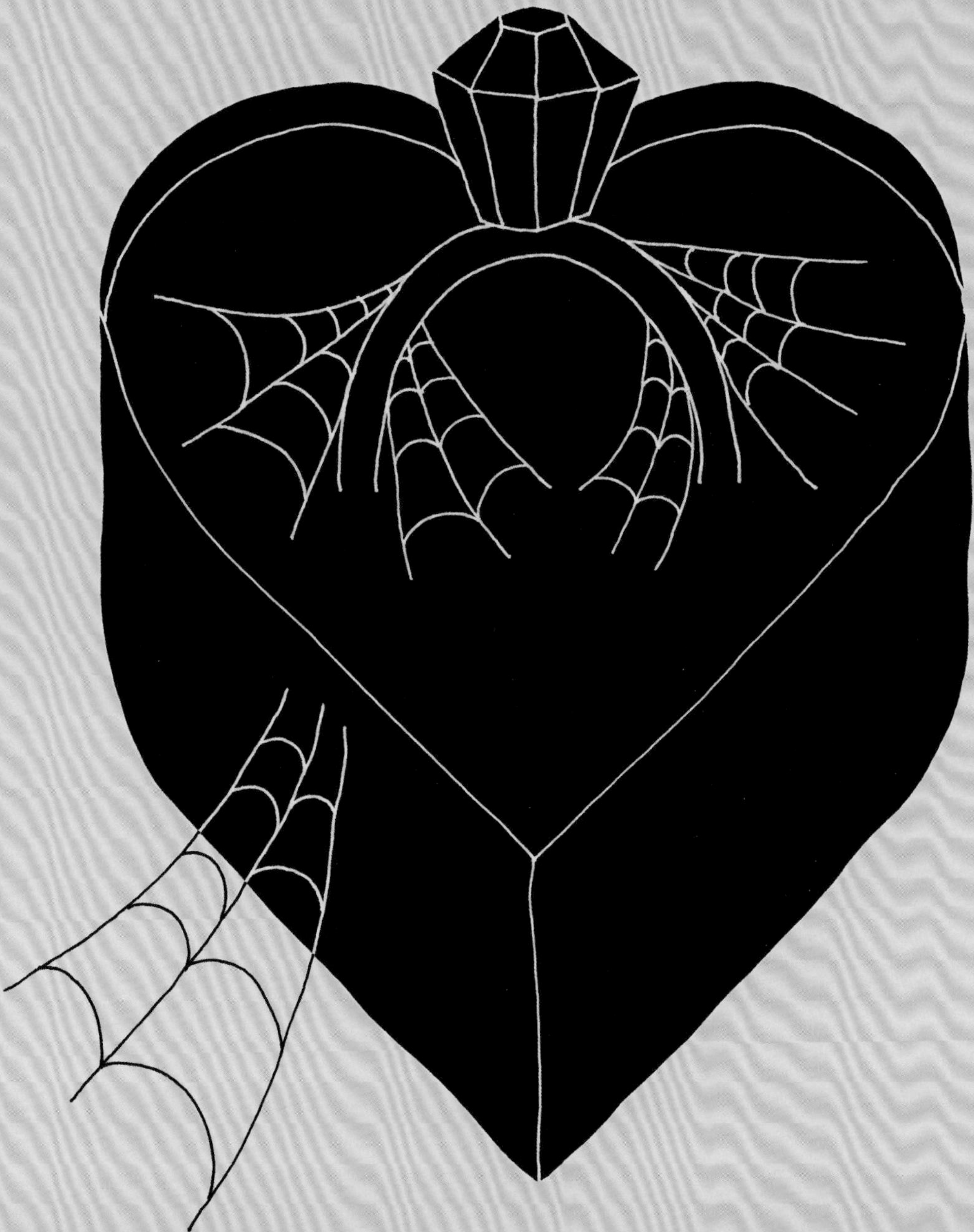

背景介绍

聚焦
法国现实主义

此前

1830年 司汤达创作的《红与黑》对法国社会进行了全面的描绘，极具理性深度，标志着浪漫主义向现实主义成功过渡。

1830—1856年 《人间喜剧》是奥诺雷·德·巴尔扎克的代表作，向人们展现了1815年到1848年间法国社会的全貌。

此后

1869年 福楼拜创作的《情感教育》，细致刻画了路易·菲利普国王统治下的法国社会，使现实主义得到进一步发展。

1885年 在居伊·德·莫泊桑创作的《漂亮朋友》中，主人公为了爬到社会顶层而无所不用其极。该作品是一部现实主义小说，其中的故事发生在19世纪末的巴黎。

自18世纪末开始，浪漫主义这股聚焦内心情感、自然，以及英雄情结的思潮便在法国文学中占据主导地位。到了19世纪30年代，一种全新的文学形式即现实主义，逐渐崛起。这一文学形式后来传遍整个欧洲，甚至传播至世界各地，但是其源头和发展却与法国有着千丝万缕的联系。

现实主义的出现一方面是对浪漫主义的回应，另一方面也反映了自然科学与社会科学的发展。这种全新的文学形式试图以未经修饰且不带浪漫主义色彩的笔触，详细、准确地刻画当代社会生活。现实主义作家将人们熟悉的场景及事件置于文学显微镜之下，使它们不带任何理想化色彩、如实地展现在人们眼前，尽管与浪漫主义文学相比，一些主题可能会显得平淡无奇。

现实主义的势力强劲

司汤达是这一时期最早采用现实主义写作手法的法国小说家。他在作品《红与黑》和《帕尔马修道院》（The Charterhouse of Parma）中，将浪漫主义与现实主义融合在一起。奥诺雷·德·巴尔扎克则是法国现实主义的先锋人物。他在代表作《人间喜剧》中，以敏锐的洞察力与现实主义笔触，向读者展现了普通人的生活，这部巨著共收录100余篇小说与故事。居斯塔夫·福楼拜的作品《包法利夫人》（Madame Bovary）在当时现实主义小说的基础上又向前迈进了一大步，被世人视

> "她的内心正是那样：与富人的接触在上面留下了斑斑点点的痕迹，永远无法消退。"
> ——《包法利夫人》

居斯塔夫·福楼拜

居斯塔夫·福楼拜于1821年12月12日出生在法国鲁昂。他的父亲是当地中心医院的外科主任医师。福楼拜在学生时代便已开始创作。1841年，他前往巴黎学习法律。22岁时，他患上了一种神经系统疾病，随即放弃了法律，一心扑在文学创作上。1846年，福楼拜的父亲与妹妹卡洛琳娜相继去世，他同母亲与侄女一起搬到距离鲁昂不远的鲁瓦塞，在那里度过了自己的余生。福楼拜一生未婚，但在1846年到1855年间，他一直同女诗人路易丝·高莱维持着亲密关系。1851年，福楼拜开始创作小说《包法利夫人》，并于5年后完稿。1857年，福楼拜到突尼斯旅行，并为自己的下一部小说《萨朗波》（书中的故事发生在迦太基）收集素材。他还创作了许多作品，但评价都不及《包法利夫人》。1880年5月8日，福楼拜去世，之后被葬于鲁昂公墓。

主要作品

1869年 《情感教育》

1877年 《三故事》

参见：《红与黑》150~151页，《高老头》151页，《萌芽》190~191页，《情感教育》199页，《洛丽塔》260~261页。

为法国文学中最杰出、最具影响力的现实主义典范。

表面上看，《包法利夫人》的情节相对简单。主人公爱玛·包法利是一个生活在法国北部诺曼底乡镇的年轻女人，嫁给了一位木讷的医生，在这段婚姻中过得并不幸福。少女时期的她曾读过许多浪漫传奇作品，在这些作品的影响下，她一直梦想着能够过上更加刺激且充实的生活。爱玛这种试图强行令幻想变为现实的做法给她带来了毁灭性的后果。

外省生活

这部小说本身远比情节看上去要复杂得多。自开篇读者刚刚认识年轻的查理·包法利到最后的悲惨结局（据说福楼拜本人读到这里也不禁落泪），《包法利夫人》的故事一直深植于19世纪中期法国外省社会之中。对于新兴中产阶级来说，巴黎才是世界的中心。然而，福楼拜却选择聚焦外省的小资产阶级，以灵敏的（却并非总是宽容、慈悲的）触觉深入这些人的精神世界，描绘他们的生活。

福楼拜在其文学生涯之初采用的是浪漫主义风格，创作出了《圣·安东尼的诱惑》（*The Temptation of Saint Anthony*）这部带有神秘异域色彩的小说。他的一些挚友，包括导师路易·布耶（Louis Bouilhet），在读过初稿后并不看好这部作品，劝说他尝试创作更加贴近现实的小说。于是，福楼拜自真实事件（一位医生去世，其夫人陷入丑闻）中取材，开始创作一部全新的作品。他的目标便是描绘普通人的生活。

诺曼底首府鲁昂是小说中故事发生的地方。这里是法国外省，为福楼拜刻画中产阶级民众的生活与思想提供了绝佳背景。

细节中的创造力

福楼拜花费5年时间，做了许多细致的调查，终于完成了这部作品。他将小说的背景设置在鲁昂周边地区，因为他本人在这里度过了一生中的大半时光，对这里的一草一木甚为了解。小说中的道特镇与永镇正是根据真实的地方城镇描绘的。福楼拜行走于各地，为保证细节准确甚至绘制了一份地图。他还写下每一位人物的生平，下定决心创造一种与浪漫主义截然不同的散文风格。福楼拜住在鲁昂附近的鲁瓦塞，常常在塞纳河畔的家中一点点修改或重写手稿上的每

> " 壁炉中的火焰已经熄灭，钟表却还在发出嘀嗒的响声。爱玛隐隐感到吃惊，为何她的内心已一片翻涌，周遭的事物却依旧如此平静。"
> ——《包法利夫人》

幻想、现实与现实主义

爱玛渴望：
远方刺激的冒险；爱情、激情与"沉醉"；财富与"奢华的生活"。

爱玛的生活可概括为：
外省小镇中的沉闷与平庸；对婚姻的厌倦与不满；难以解决的债务。

福楼拜能成功创作出犀利的现实主义作品，是因为他：
坚持找寻"恰当的措辞"；不懈地关注细节；严格遵循客观原则。

福楼拜对《包法利夫人》的研究可体现于这幅创作于1869年的人物漫画之中。这部小说是对爱玛内心世界的剖析，以尖锐的心理现实主义手法探索她脑海中私密的想法。

一页内容。这是一个极为耗时的过程。福楼拜欲以一种全新而又客观的视角进行创作，不带"一丝主观评价，也没有一毫作者本人的反思"。最终，正如他希望的那般，《包法利夫人》成了一部杰出之作。

这部作品共分3个部分，浪漫主义中多愁善感的无望与现实生活中单调无味的日常在作品中形成了鲜明对比。福楼拜还着重批判了中产阶级的愚昧与麻木，尽管他自己也属于中产阶级，但他极为蔑视这一人群。小说的主人公爱玛·包法利象征着浪漫主义的不切实际。她是农民的女儿，在修道院中接受教育，却沉浸于沃尔特·司各特与拉马丁（Lamartine）——福楼拜十分不屑的两位浪漫主义诗人——的浪漫故事中，终日幻想着生活在"古老的庄园内……极目远眺，等待那位一身白衣、骑着黑马的骑士向她飞奔而来"。

激情与现实

爱玛为寻求"非凡的激情"，嫁给了查理·包法利这位道特镇上善良却无趣的医生。几乎在结婚的那一刻，她便感受到了失望。福楼拜笔下乏味的婚姻生活与梦想之间的差距是整部小说的核心。

爱玛与查理后来搬到了永镇。福楼拜对这个乡村小镇的描写煞费苦心，其中充满了极具讽刺意味的细节。他将这里描绘为一片"杂种地区，语言没有抑扬顿挫，风景也毫无特色"。福楼拜善于捕捉平庸的生活琐事，正是这一点使得这部小说成为法国现实主义文学的代表作。书中没有一处细节描写不值得品味：像毛皮斗篷一样的稻草屋顶、枯弱的梨树、古老的农舍与谷仓，还有当地常见的小型墓地。他对乡村集市的描绘可谓经典；当地的显贵在那里发表浮夸的演说，滑稽地模仿着城市中中产阶级的样子。福楼拜还戏剧性地插入了站在窗前俯视集市面貌的爱玛·包法利激烈的言行，以平衡那些显贵冗长的发言。

遥不可及的梦想

福楼拜还刻画了生活在永镇的其他人物，包括药剂师郝麦先生（一个固执己见的无神论者，无照行医，抓住一切机会以无比浮夸的方式显摆自己浅薄的知识）和商人勒乐先生（当爱玛试图以如今人们所说的"购物疗法"来摆脱婚姻中的倦怠时，他在一旁无情地怂恿爱玛不断赊账）。福楼拜无比了解这样的人物，将他们刻画得十分细致。他巧妙地捕捉着这些人物身上的麻木与狭隘，但又没有让自己的作品也变得枯燥无味。福楼拜一边温和地讽刺爱玛完全不切实际的梦想和浪漫主义情结（还描写了这些

> 永远不要触摸神像，不然上面的金色涂层会牢牢粘到你的手上。
> ——《包法利夫人》

> 她一方面想死，一方面又想生活在巴黎。
> ——《包法利夫人》

想法带来的悲剧后果），一边也嘲讽商人的冷漠与自命不凡。

《包法利夫人》描绘的都是日常生活的真实细节，正因如此，福楼拜笔下爱玛的浪漫幻想与她在小镇婚姻中的挫败感才更直击人心，还意外地使这部作品具有现代感。几乎在所有人的意料之中，爱玛开始在婚姻之外寻求浪漫与激情，陷入了两段注定为自己带来毁灭的外遇中。第一段外遇的对象是富有的地主、花花公子罗道耳弗·布朗皆，第二段的对象是同她一样向往壮丽风景、音乐与浪漫文学的年轻的法律专业学生赖昂·都普意。爱玛起初感到兴奋、满足，可最终她的幻想还是破灭了。就像福楼拜描写的那样："爱玛发现，通奸可以同婚姻一样平庸。"后来，两个情人，一个抛弃了她，一个拒绝了她，这更使得她加速走上一条自我毁灭的道路，债务越欠越多，与周围人也越来越疏离。

现实主义试验

《包法利夫人》最初在《巴黎评论》上连载。没过多久，福楼拜、印刷厂与杂志社管理人员以猥亵言论的罪名被起诉，小说也险些因为"引发民众愤慨，违背宗教道义"而遭禁。人们认为这部作品粗俗且骇人听闻，不仅因为故事的内容，更因为其中的现实主义风格。最终，福楼拜及其同事被判无罪，小说也逐渐成了畅销书。

《包法利夫人》与福楼拜的下一部作品《情感教育》（*Sentimental Education*），以客观的细节与对日常生活赤裸裸的描绘，成为法国现实主义成熟的标志，也是这一时期的巅峰之作。在法国，福楼拜的作品影响了许多优秀的作家，其中包括：居伊·德·莫泊桑（Guy de Maupassant），从他简洁的创作风格可以看到其导师作品中现实主义的影子，以及爱弥尔·左拉，他在《萌芽》（1885年）等小说中为聚焦每日生活中的残酷现实，也同福楼拜一般，常常耗费数月对创作题材进行调研。■

罗道耳弗·布朗皆，爱玛的第一位情人。他洞悉了爱玛对生活的厌倦、未能得到满足的激情，还有沉沦于他人诱惑的意愿。于是，他用手段操控爱玛，令她深陷一段外遇之中。

我也是这片土地的孩子,我也在这片风景中长大

《瓜拉尼人》(1857年),若泽·德·阿伦卡尔

印第安主义是19世纪中期发生在巴西的一场文学与美学运动。这场运动中的作家与艺术家将本国原住民视为英雄。

印第安主义的诞生主要有两个原因。首先,当时的巴西刚刚摆脱葡萄牙的统治,获得独立。作家们希望传达这样一种声音:在巴西这一刚刚独立的国家,原住民与欧洲人平等且团结。其次,浪漫主义自欧洲传至巴西,在这股风潮下,当地人身上的天真与灵魂的纯净得到重视(该观点来自18世纪对"高贵蛮族"的感性想象)。

浪漫理想主义

若泽·德·阿伦卡尔(José de Alencar,1829—1877年)被视为巴西小说之父,《瓜拉尼人》这部作品将他带入了大众视线之中。该作品讲述的故事发生在1604年,一位早期殖民者的女儿塞西丽亚本有婚配,却爱上了瓜拉尼印第安人佩里。佩里来自异族却出身高贵,他抛弃了自己的部落,信奉基督教教义。

阿伦卡尔在作品中运用了大量当地语言及词汇,例如植物与动物的名称。葡萄牙文学界认为这种做法极不可取,然而,它却解放了巴西文学,使其能够发展出自己的特色。《瓜拉尼人》是一部极具浪漫抒情色彩的作品,至今仍是巴西学校中教授的内容。■

背景介绍

聚焦
印第安主义/土著主义

此前

1609年 加尔西拉索·印加·德·拉·维加的父亲是西班牙殖民者,母亲是印加公主。他创作的散文作品《印加王室述评》,记叙了印加文化的传统与习俗,以及西班牙对秘鲁的侵略与征服。

1851年 巴西诗人贡萨尔维斯·迪亚斯发表了印第安主义运动中最著名的诗作之一,讲述了一个图皮族战士的故事。诗歌的题目I-Juca-Pirama是图皮语,意为"必死之人值得被杀"。

1856年 巴西诗人、剧作家贡萨尔维斯·德·马加良埃斯发表了史诗《塔莫约人的联盟》,讲述了图皮族人的故事。这部作品是巴西皇帝佩德罗二世委托德·马加良埃斯创作的。

> 他们都是勇敢无畏的人,联合文明人的资源,是印第安人中狡猾、机敏之人。
> ——《瓜拉尼人》

参见:《最后的莫希干人》150页,《高乔人马丁·菲耶罗》199页。

刻画真实生活 **165**

诗人是虚无缥缈的家人

《恶之花》（1857年），夏尔·波德莱尔

背景介绍

聚焦
法国象征派诗人

此前
1852年 泰奥菲尔·戈蒂耶的诗集《珐琅与雕玉》背离了浪漫主义，关注诗歌结构而非情感。

此后
1865—1866年 斯特芳·马拉美创作的诗歌《牧神的午后》，用如梦似幻的语言描绘了牧神与两位仙女的交谈，其中一人代表物质，另一人代表知识。

1873年 阿尔蒂尔·兰波在诗集《地狱一季》中，向人们展现了自己的两面，一个是沉醉于光与童年的诗人，一个是脚踏实地的农民。

1874年 保尔·魏尔伦从自己与阿尔蒂尔·兰波的爱恋中获得灵感，创作了《无词的浪漫曲》。

19世纪法国象征派诗人的作品关注的并非平铺直叙的描写以及修辞手法，而是感觉与暗示，这些作品利用符号、比喻和意象激发主观感受。象征派的代表诗人包括保尔·维尔伦（Paul Verlaine）、阿尔蒂尔·兰波（Arthur Rimbaud）以及斯特芳·马拉美。这一派别的奠基者是夏尔·波德莱尔。

衰败中的艺术

《恶之花》的题目暗示着道德之花衰败后化为艺术。波德莱尔抛弃了浪漫主义的情感迸发，青睐暗示性的象征手法与直白的表述。他使用传统的亚历山大诗体（一行诗句中包含12个音节，中间以一个音顿将其分为两部分），描绘的却是非传统的主题，例如性交易、跨种族的性爱、酗酒、吸毒等，这些主题在当时看来颇有几分惊世骇俗。波德莱尔笔下的现代人是悲观的，这与他个人的忧虑有关，其中也包括他作为一名诗人的野心。这部作品的核心是倦怠、灵魂的衰弱，以及人类内心对死亡的恐惧。

追寻意义

开篇部分的一系列诗作探讨了艺术家的角色，他们是有远见卓识的人，是殉道者，是演员，是放逐者，也是傻瓜。诗人试图通过性爱发掘生命的意义。然而，在最初的兴奋过后，幻想却变为清醒，艺术便成了慰藉。第二部分是"巴黎即景"，也是1861年再版后全新加入的内容。诗人像一名慵懒的观察者，徜徉于城市之中，看到的一切却只能令他痛苦不堪。

在接下来的几部分中，诗人为了逃避，开始选择酗酒、做爱，甚至崇拜恶魔。最后一首诗《旅行》讲述了诗人追寻灵魂，艰苦跋涉，直到最后的冒险，终点或许也是全新的开始。■

参见：《道林·格雷的画像》194页，《地狱一季》199页，《荒原》213页，《局外人》245页。

没有被听见不是保持沉默的理由

《悲惨世界》（1862年），维克多·雨果

背景介绍

聚焦
社会抗议小说

此前

1794年 英国激进作家威廉·葛德文在小说《卡列布·威廉斯的经历》中，公开谴责了不公正的社会体系。

1845年 英国政治家本杰明·迪斯雷利创作了《西比尔》，揭露了英格兰内部存在的两个世界：穷人世界与富人世界。

1852—1865年 英国小说家查尔斯·狄更斯在其作品《荒凉山庄》《小杜丽》《我们共同的朋友》中，批判了维多利亚时期社会的贫乏与贪婪。

此后

19世纪70—80年代 法国作家爱弥尔·左拉在《小酒店》与《萌芽》等作品中，抨击了城市贫困以及社会制度问题。

1906年 美国记者厄普顿·辛克莱的小说《屠场》对芝加哥肉类加工业进行了揭露，令读者非常震惊。

《悲惨世界》是一部极为厚重的作品，全书共分5卷，每一卷各有7个章节。维克多·雨果在创作这部作品时目标非常宏伟：他希望写一部对法国当时社会环境提出抗议的作品。对于他来说，只要"社会上还存在谴责之声，让人们看到人间的苦难，这样的书便不会是无用之作"。

雨果不是唯一一位试图通过描写社会上的不公正来激发社会变革的作家。在同一时期的英格兰，查尔斯·狄更斯也在做着同样的事情；而伊丽莎白·盖斯凯尔在小说《玛丽·巴顿》（Mary Barton）中对北部工业化背景下穷人的描写，亦渲染了英格兰社会改革的氛围。在大西洋彼岸的美国，哈里特·比彻·斯托的作品《汤姆叔叔的小屋》，调动了公众反对奴隶制的激情。

雨果在这部作品中刻画了众多人物，跨越了漫长的历史，从1815年一直写到1832年巴黎起义。这是一部包罗万象的长篇小说。

人性枯竭的地狱

《悲惨世界》中的主要情节是围绕冉·阿让这一人物展开的。他因偷窃面包而在监狱中度过了19年。出狱后，冉·阿让无家可归，无奈之下潜入了一位主教家中偷窃。这位主教不仅没有揭发他，还替他解围。他的善良感化了冉·阿让，使冉·阿让走上了救赎之路。冉·阿让改名做起了生意，发家后还领养了一个名叫珂赛特的小女孩。尽管冉·阿让试图努力生活，然而，犯罪的历史却始终纠缠着

> 社会繁荣意味着人民幸福、公民自由、国家强盛。
> ——《悲惨世界》

刻画真实生活 **167**

参见：《荒凉山庄》146~149页，《雾都孤儿》151页，《汤姆叔叔的小屋》153页，《战争与和平》178~181页，《萌芽》190~191页。

《悲惨世界》中有许多相互交织、关系复杂的人物。书中刻画了来自不同社会阶层的人物，重点在于描述被巴黎底层社会吞没的人们的悲惨生活。在这些人物中，妓女的弃儿珂赛特以及她的命运是整本书的核心。

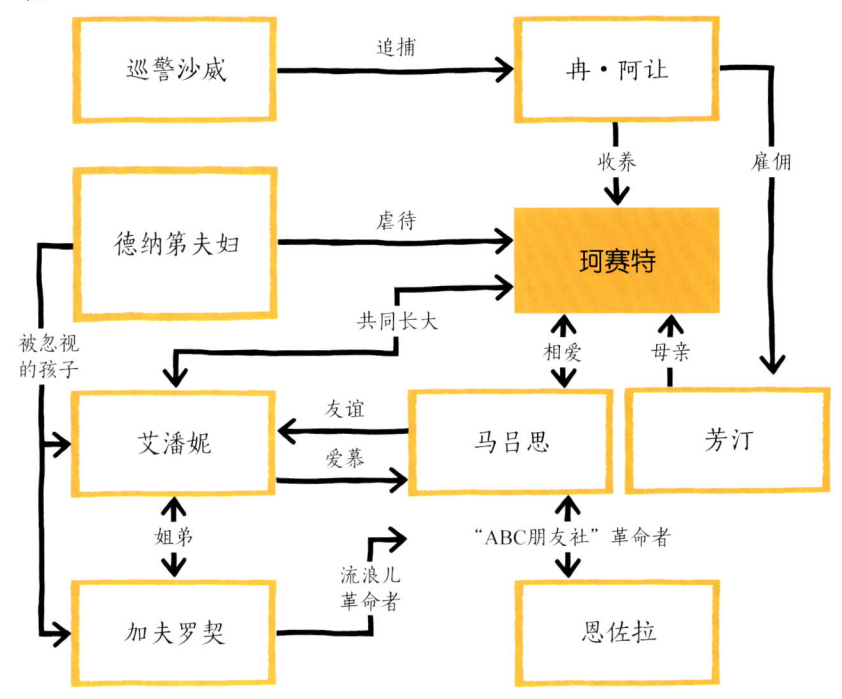

```
巡警沙威 ──追捕──> 冉·阿让
                      │ 收养      │ 雇佣
德纳第夫妇 ──虐待──> 珂赛特
  │         共同长大 ↗  ↑  ↑
  │被忽视              相爱 母亲
  │的孩子
  ↓
艾潘妮 <──友谊── 马吕思    芳汀
       ──爱慕──>
  ↕ 姐弟         "ABC朋友社"革命者
         流浪儿
加夫罗契 ──革命者──> 恩佐拉
```

他，一位名叫沙威的巡警发誓要将他缉拿归案。

许多其他人物亦贯穿于故事之中：马吕思是一位理想主义的法律专业学生，深深爱着珂赛特；酒馆老板德纳第夫妇，寡廉鲜耻、虐待珂赛特；加夫罗契与艾潘妮是德纳第夫妇的孩子，但从小被忽视，流浪街头。书中还描写了许多参与革命的学生，这些人全都活在雨果笔下地狱般的社会中。

在《悲惨世界》中，雨果会时不时地转移话题，或记叙其他一些相关内容，或发表自己的见解。他详细讨论了滑铁卢战役、街头流浪儿、巴黎式建筑，以及宗教秩序等话题。在小说接近尾声时，他又开始反思革命在改善社会秩序中的作用。

《悲惨世界》出版前曾受到广泛宣传，也在社会中引起了强烈反响。虽然一些评论家持批判态度，但这本书一经出版便大受欢迎，其影响力并不局限于法国，还传播至英国甚至更远的地方。尽管这部作品并未直接引发社会变革，但它同其他杰出的社会抗议小说一样，凭借对历史的回顾以及对不公正现象的有力记述，唤醒了社会良知。∎

维克多·雨果

维克多·雨果是法国最杰出的作家之一。他于1802年出生在法国东部的贝桑松，父亲是拿破仑军队中的一名军官。他自小在巴黎长大，受到良好的教育，20岁时发表了第一部诗集。

雨果在文学领域成绩斐然，一生共创作了近20部诗集、10部喜剧、9部小说以及许多篇短文。作为一位开明的共和党人，他支持普选制，在政治领域非常活跃。1848年的一场革命之后，雨果通过选举进入了国会。他对路易·拿破仑执掌的法兰西第二帝国相当不满。1851年，雨果与夫人阿黛尔、情人朱丽叶·德鲁埃一同被流放。

1870年，雨果作为民族英雄重返巴黎，成为法兰西第三共和国的参议员。1885年，雨果去世，被安葬在法国巴黎的万神殿。

主要作品

1827年　《克伦威尔》
1831年　《巴黎圣母院》
1859—1883年　《世纪传说》

越奇越怪，越奇越怪！

《爱丽丝梦游仙境》（1865年），刘易斯·卡罗尔

背景介绍

聚焦
童年奇幻故事

此前

1812年 瑞士牧师约翰·大卫·怀斯的作品《海角乐园》讲述了4个孩子的故事。他们同父母一起，在一座荒岛上学会了自给自足。

1863年 英国作家查尔斯·金斯莱的作品《水孩子》的主人公是一个扫烟囱的小男孩，他在一座水下的奇幻王国中经历了品行教育。

此后

1883年 意大利作家卡洛·科洛迪的作品《木偶奇遇记》，是一部献给孩子的道德故事，书中的主人公是一个牵线木偶。

1894年 英国作家鲁德亚德·吉卜林的作品《丛林之书》中的人物，包括由狼群抚养长大的男孩毛格利以及獴里基-迪基-塔威。

> "童年"这一概念其实是在18世纪被发明的。当时，中产阶级刚刚开始看到孩童身上天真与玩耍的珍贵。在文学历史上，孩子大多是"隐形"的，只有极少数时候，我们才能在一些作品中看到他们的身影。到了19世纪，查尔斯·狄更斯有时会让孩子走到幕前，然而，这些形象仅仅出现在写给成人的作品之中。

大多数写给孩子的作品，是依据成人故事改编而成的，不然就是说教式的。19世纪早期，格林兄弟创作了插图民间故事。许多人批

刻画真实生活 **169**

参见：《鲁滨逊漂流记》94~95页，《格列佛游记》104页，《儿童与家庭童话集》116~117页，《安徒生童话》151页，《小妇人》199页，《金银岛》200~201页。

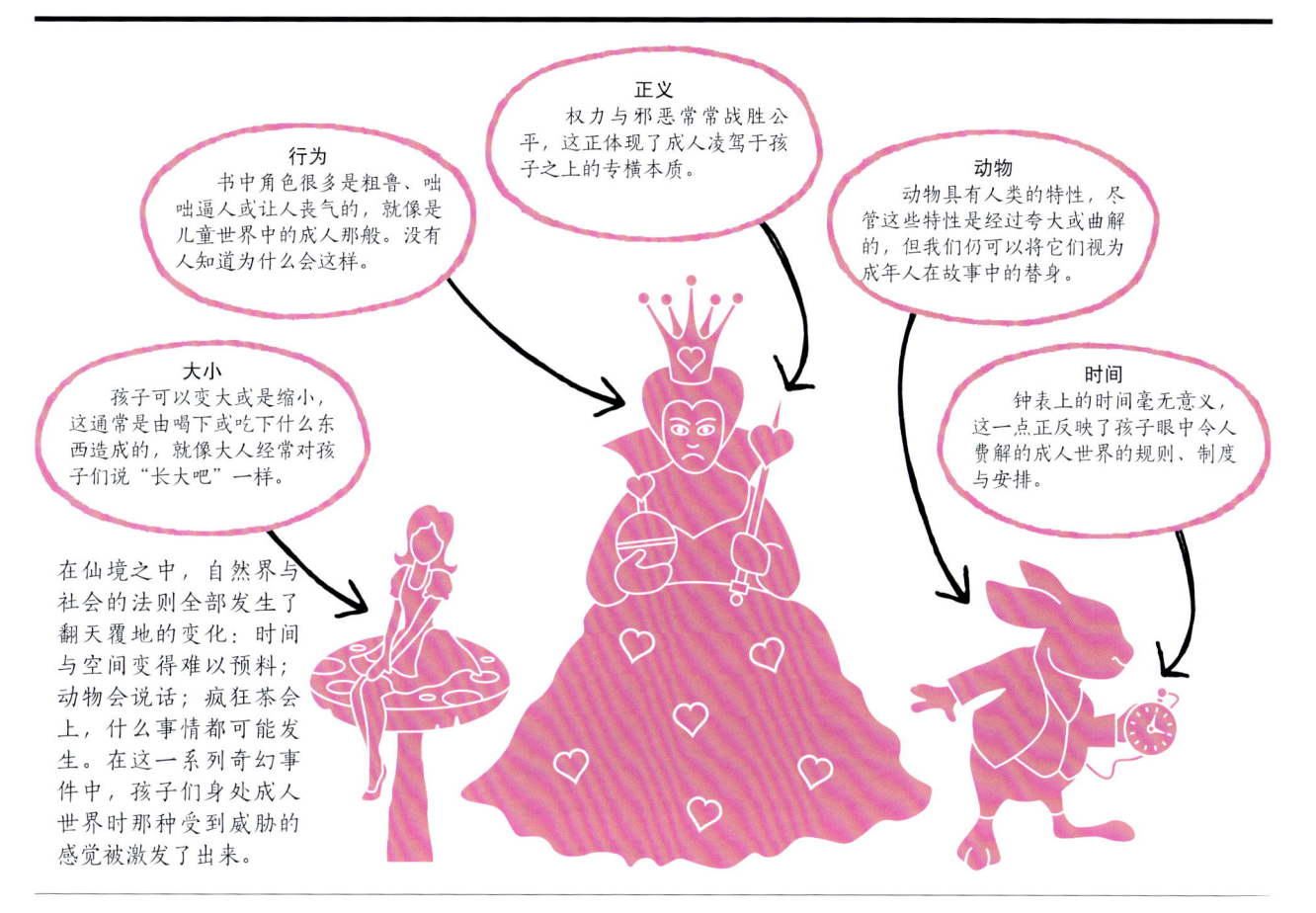

行为
书中角色很多是粗鲁、咄咄逼人或让人丧气的，就像是儿童世界中的成人那般。没有人知道为什么会这样。

正义
权力与邪恶常常战胜公平，这正体现了成人凌驾于孩子之上的专横本质。

动物
动物具有人类的特性，尽管这些特性是经过夸大或曲解的，但我们仍可以将它们视为成年人在故事中的替身。

大小
孩子可以变大或缩小，这通常是由喝下或吃下什么东西造成的，就像大人经常对孩子们说"长大吧"一样。

时间
钟表上的时间毫无意义，这一点正反映了孩子眼中令人费解的成人世界的规则、制度与安排。

在仙境之中，自然界与社会的法则全部发生了翻天覆地的变化：时间与空间变得难以预料；动物会说话；疯狂茶会上，什么事情都可能发生。在这一系列奇幻事件中，孩子们身处成人世界时那种受到威胁的感觉被激发了出来。

评这部作品包含情色与暴力内容，不适宜青少年阅读。后来经过删改的版本则更加适合作为儿童读物。汉斯·克里斯汀·安徒生专为孩子创作了《安徒生童话》，又因缺乏道德教育意义而引发了公众抗议。

黄金时代

19世纪末到20世纪初，随着识字的普及，商业出版不断增加，儿童文学进入黄金时代。托马斯·休斯（Thomas Hughes）创作的《汤姆·布朗的求学时代》（Tom Brown's School Days），开启了校园故事的创作传统。另一个崭新的体裁则是成长小说，例如美国作家露易莎·梅·奥尔科特（Louisa May Alcott）创作的《小妇人》（Little Women）。其他一些经典作品还包括瑞士作家约翰娜·斯比丽（Johanna Spyri）的小说《海蒂》（Heidi），以及苏格兰作家J. M. 巴利（J. M. Barrie）的小说《彼得·潘》（Peter Pan）。

在这一儿童文学的繁荣时期，《爱丽丝梦游仙境》（Alice's Adventures in Wonderland）称得上是其中最具影响力的作品之一。人们将其视为第一部以英语写成的儿童名著，其中的奇幻故事也与当时文学领域中盛行的现实主义截然不同。

怪诞的世界

故事中，7岁的爱丽丝掉进了兔子洞，之后发现自己身处一个奇幻的空间中。在那里，她独自应对这个世界中奇怪的生物、奇怪的态度、奇怪的事件、奇怪的语言逻辑。这是全书的中心情节，也是这部作品的主题。

爱丽丝认为这种奇怪的逻辑

那只抽着水烟的无礼毛毛虫加深了爱丽丝的不安感：对于仙境中的一切，她倍感困惑，甚至没有办法回答毛毛虫口中"你是谁"这个简单的问题。

十分有趣，这也是该书具有连贯性的原因之一。当爱丽丝落入兔子洞的时候，她想着自己会不会降落在澳大利亚或是新西兰。而在爱丽丝下一刻的想法之中，我们能够看出，卡罗尔完美地再现了孩子的率真："不会的，我应该用不着问别人吧，某个标志上肯定写着呢！"

爱丽丝永远都在琢磨自己是谁、这个奇怪的世界中有什么规矩、自己怎样才能变回正常的样子，以及孩子们每天都会想的问题。她起初迷惘于自己身材的大小，以致无法做到自己想做的事。当爱丽丝遇到毛毛虫之后，她又开始为另一件事而焦虑——有人一次又一次粗鲁地反驳她说的话。到了最后，当皇后反复叫喊着要砍掉她的脑袋时，潜在的暴力令故事更具张力。

自规则中逃脱

爱丽丝遇到的大多数角色是动物。除了在梦境到来之前与结束之后出现在故事中的姐姐和爱丽丝本人，书中仅有的人类便是疯帽子与公爵夫人（红桃国王和红桃皇后不是人类而是扑克牌）。整部作品中既没有出现父母的身影，也没有提到他们。

然而，书中禁锢着爱丽丝的日常生活发生了反转，我们或许可以将这一描写视为作者将爱丽丝从

> '天啊！我总能看见没有笑脸的猫，'爱丽丝想着，'可我从没看见过没有猫的笑脸！这简直是我这辈子见过最奇怪的事儿！'
> ——《爱丽丝梦游仙境》

维多利亚时期成人习以为常的常规中解放了出来。这种荒谬情节的魅力之一，是我们可以在此尽情地发挥想象力，或许也可以获得潜意识的满足。

故事结尾丝毫没有提到爱丽丝从这次经历中学到了什么。但是，她确实是有所收获的。因为随着情节一步步展开，爱丽丝逐渐变得坦诚，到最后接受审判时，她能够告诉皇后自己就是愿意将正义理

对于哈利·波特来说，生命的有限性潜伏在阴影之中：他是一位与黑暗势力做斗争的英雄，也在这一过程中接受了人生的教训。

哈利·波特现象

J. K. 罗琳创作的《哈利·波特》系列小说（1997—2007年）讲述了一位年轻魔法师的冒险经历，也向人们证明了儿童文学的影响力。在罗琳看来，这部作品能够取得如此成就，一定程度上应归功于其糅合了各种体裁，包括奇幻小说、成长小说、校园故事，甚至还带有恐怖和浪漫元素。罗琳声称，死亡是重要主题之一，然而这与书中强烈的幽默色彩并不冲突。该系列作品的陆续出版使得哈利·波特能够在真实世界中一点点长大。这样一来，第一代哈利·波特的小书迷便能够与他一同成长，他们的阅读体验也因此更加强烈。

《哈利·波特》系列小说极受儿童欢迎，还吸引了相当数量的成年读者，罗琳更是凭借这部作品积累了大量财富。截至2013年，该系列中的7部作品累计销量已达4.5亿册。

解为"废话"！当恢复孩子的体型时，爱丽丝做的最后一件事是坚持宣称扑克牌不过是死物，于是，它们便飞向了空中。凭借着自己的勇气，爱丽丝终于冲破了幻象。

结尾处关于爱丽丝姐姐的那一部分写得十分美妙。她迷迷糊糊做了一个梦，梦见了自己亲爱的妹妹，以及爱丽丝口中奇怪的人物。最后，她梦到爱丽丝"长大成人"，却依旧保有童年时的"单纯与爱心"。

"废话"的意义

卡罗尔的这部奇幻作品充满智慧与感性，引发了强烈反响。然而，大众却开始质疑其中的内在含义。首先，书中的食物常常引发主人公的不安情绪，那么卡罗尔本人是否患有饮食功能失调症呢？其次，卡罗尔在牛津大学教授的数学种类偏于保守，而当时又是抽象观点生根发芽的时期，那么书中的一些逻辑是否在旁敲侧击地讽刺数学中的新课题呢？此外，既然这本书是献给现实世界中小女孩爱丽丝的礼物，那么其中又是否提到过她呢？

我们永远无法得知卡罗尔在创作这部作品的时候是从哪里获得灵感的。任何圈内人的笑话都无法抹杀《爱丽丝梦游仙境》的普适性。它植根于孩童的脆弱天性，这个话题即便到了今天，依旧值得人们关注。

1871年，卡罗尔围绕爱丽丝这一人物又创作了一部《爱丽丝镜中世界奇遇记》。这本书中也有许多令人难忘的人物、荒诞的歌谣，以及调侃非主流逻辑的诙谐格言。同仙境中一样，意义是站不住脚的，就像矮胖子说的那样：一个词，"我想要它是什么意思，它就是什么意思"。这部续集的情节比第一部更加险恶，这或许反映了父亲去世后卡罗尔内心的悲痛。

奇幻故事的魅力

从《爱丽丝梦游仙境》开始，一系列奇幻作品逐渐释放出它们的影响力。尽管到了21世纪，儿童文学中出现了一股全新的现实主义风潮，作家们开始创作关于遗弃、无家可归以及疏离的作品，但奇幻文学对儿童的吸引力始终没有消散。■

矮胖子同《爱丽丝梦游仙境》中的人物一样，也与爱丽丝进行了一段对话，字字句句中充满了谜语、文字游戏，还有以理性自居的错误逻辑。

刘易斯·卡罗尔

查尔斯·道奇森（后来以笔名刘易斯·卡罗尔扬名）于1832年出生在英格兰的柴郡，父亲是一名神职人员。他在牛津大学基督堂学院获得了一等数学学位，1855年开始在那里任教，直至去世。道奇森还是教会的一名助祭。1856年，他以"孤独"为题进行创作，发表了第一首诗歌作品。道奇森的交际圈广泛，这使他能够接触到许多上流人士，他的友人包括评论家、作家约翰·拉斯金和画家、诗人但丁·加百利·罗塞蒂。道奇森还是著名的摄影师，为诗人阿尔弗雷德·丁尼生、演员埃伦·特里以及许多孩子拍摄过半身照。1898年，65岁的道奇森在注射了一剂强效流感疫苗后，因感染肺炎而去世。当时，《爱丽丝梦游仙境》已成为英国最受欢迎的儿童读物，维多利亚女王便是其忠实读者之一。

主要作品

1871年 《爱丽丝镜中世界奇遇记》
1876年 《蛇鲨之猎》

对于学识广博、内心深沉的人来说，苦难与折磨总是避无可避的

《罪与罚》（1866年），费奥多尔·陀思妥耶夫斯基

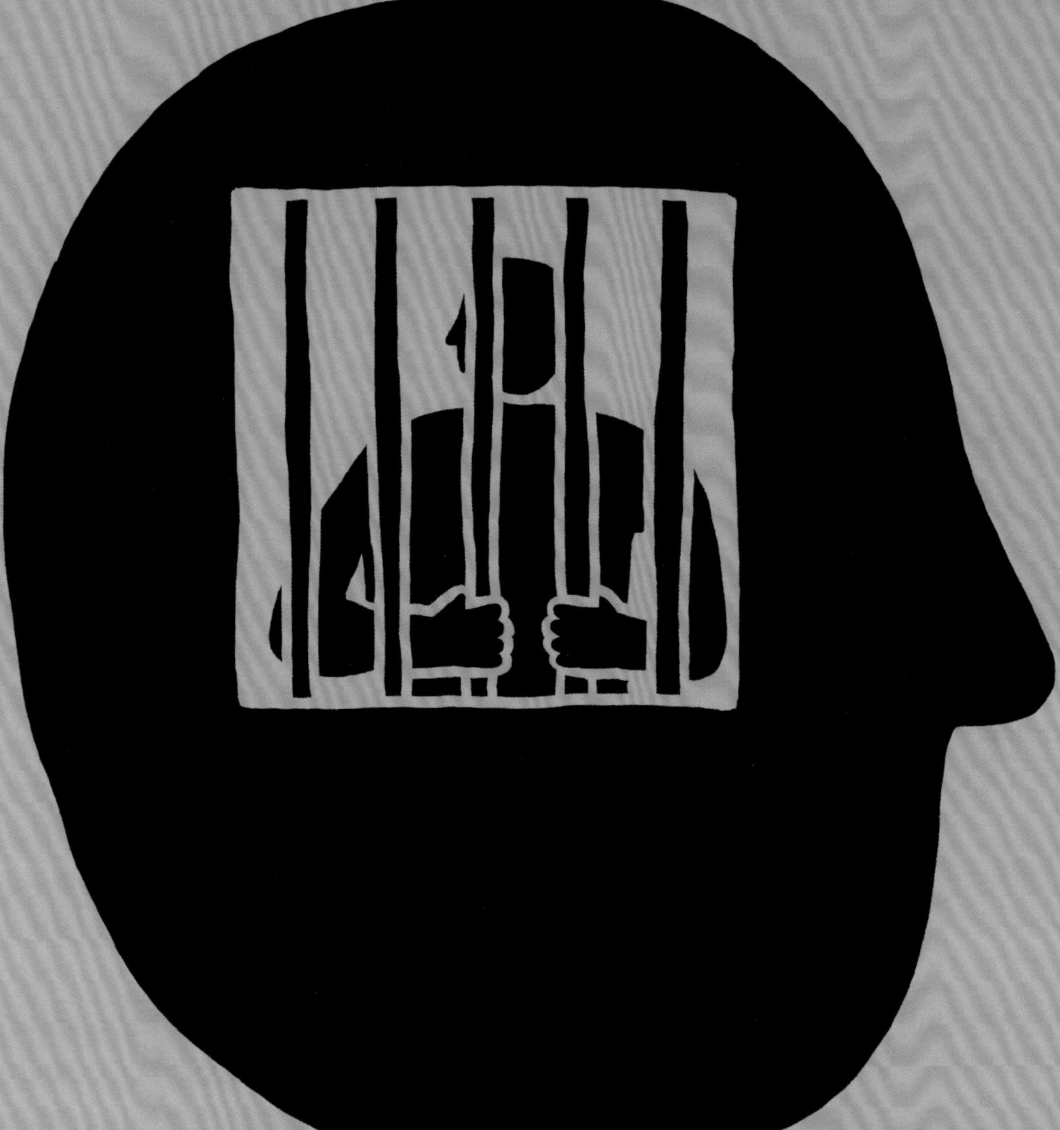

背景介绍

聚焦
心理现实主义

此前

约1000—1012年 紫式部创作的《源氏物语》从心理学角度深入探究了书中人物的人生。

1740年 英国作家塞缪尔·理查森的感伤小说《帕梅拉》,探索了女主人公的内心本质。

1830年 法国作家司汤达出版了小说《红与黑》。该作品被许多人视为第一部心理现实主义小说。

此后

1871—1872年 乔治·艾略特创作的《米德尔马契》,勾勒了英国一个乡村小镇的心理图景。

1881年 美国作家亨利·詹姆斯的作品《一个贵妇人的画像》,深入探究了主人公伊莎贝尔·阿切尔的意识世界。

心理现实主义文学作品对人物性格特征及内心感受进行描绘,聚焦他们有意识的想法与无意识的动机。在这类作品中,情节通常是次要的,其存在仅是为了设置人物间的关系、冲突与周围的自然环境,以使人物精神层面的故事能够展开。

在浪漫主义时期的小说中,情节通常串联着惩恶扬善的故事。心理现实主义这种深入探究人物心理的写作模式则截然不同。尽管文学作品一直以来都在讨论人类思维的运作,然而,当时这样的讨论尚显闭塞,并未借鉴新兴心理学的内容。例如,人物内心的阴谋是11世纪日本小说《源氏物语》的核心内容;在威廉·莎士比亚创作的《哈姆雷特》(1603年)中,高潮迭起的部分都是由主人公的内心挣扎所驱动的;此外,18世纪更是见证书信体小说达到巅峰的时期,在这类小说中,私人信件与手札成为读者深入探究人物内心想法与感受的桥梁。

> 一个人的手中本握有一切,但他却因怯懦而错失所有。
>
> ——《罪与罚》

暴露人物内心

费奥多尔·陀思妥耶夫斯基在其代表作《罪与罚》中,向读者介绍了书中的反传统主人公——罗吉昂·罗曼诺维奇·拉斯柯尔尼科夫,那些爱他的人有时也会亲切地叫他罗佳或罗吉卡。作者借助第三人称叙事,剖析了拉斯柯尔尼科夫的心理动机。这样的分析甚至比西格蒙德·弗洛伊德及其他心理学家的著作还要超前。正是这种向读者敞开主人公内心世界的写作手法,令这部作品成为19世纪最重要,也

费奥多尔·陀思妥耶夫斯基

费奥多尔·陀思妥耶夫斯基于1821年出生在莫斯科。他在创作第一部小说《穷人》(1846年)之前,从事工程师的工作。《穷人》这部作品描绘了社会底层民众的精神与物质状态。

1849年,陀思妥耶夫斯基因加入彼得拉舍夫斯基小组而遭到逮捕。在经受了模拟行刑的折磨后,他被流放至西伯利亚,被迫做了几年苦役。在那段时期里,癫痫不断折磨着他。被释放后,陀思妥耶夫斯基与债权人之间的纠纷又迫使他流落到西欧以躲避债务。1867年,他与安娜·格里戈里耶芙娜·斯尼特金娜结婚。婚后,安娜为陀思妥耶夫斯基生了4个孩子。陀思妥耶夫斯基一直忍受着病痛的折磨,最终于1881年去世。

主要作品

1864年 《地下室手记》
1866年 《赌徒》
1869年 《白痴》
1880年 《卡拉马佐夫兄弟》

刻画真实生活 **175**

参见：《源氏物语》47页，《克莱芙王妃》104页，《包法利夫人》158~163页，《米德尔马契》182~183页，《一个贵妇人的画像》186~187页。

圣彼得堡的夏天是《罪与罚》中故事发生的背景。城市里拥挤而沉闷的环境，映照着大学生拉斯柯尔尼科夫内心的狂热、混乱与起伏。

是最具影响力的小说之一。

《罪与罚》的故事开始于俄国圣彼得堡"7月中一个炎热的夜晚"，拉斯柯尔尼科夫这位衣着破旧的年轻人，从自己狭小的阁楼中走出来，避开房东女士，悄悄走入城市的燥热与恶臭之中。他生着病，精神状态并不好。他口中自言自语地嘀咕着什么。他饿了。他走在街上，因周围人的存在而感到不安。读者也随拉斯柯尔尼科夫一同游荡，透过他的眼睛看到了一个在挣扎中求生的城市。在这座城市中，许多人在与饥饿和精神折磨做斗争。

内心挣扎

陀思妥耶夫斯基在叙事中插入了各色性格鲜明、观察入微的人物。这些人物都是透过拉斯柯尔尼科夫的双眼存在的。拉斯柯尔尼科夫贸然走入当地阿廖娜·伊凡诺夫娜的典当行。伊凡诺夫娜是一位身材矮小、满脸褶皱的老妇人，60多岁，眼神中闪烁着尖锐恶毒的光芒。拉斯柯尔尼科夫来这里当掉父亲的手表，穷困潦倒的他不得不接受店主给出的少得可怜的钱。当他离开公寓的时候，一个念头闪过他的脑海。他在楼梯上停下脚步，为自己的想法感到吃惊，过了一会儿，他又回到拥挤的街头，像在梦境中一般行走着，直到突然发现自己站在了通往一间小酒馆的台阶前。他喝了一杯啤酒，马上"觉得放松了一些，头脑似乎也清醒多了"。陀思妥耶夫斯基却提醒读者，拉斯柯尔尼科夫还远称不上清醒，因为"即便是在那一刻，他也隐隐有一种不祥的预感，觉得这种近乎幸福的状态并不正常"。

他和一个醉汉聊了起来。那个醉汉名叫马尔梅拉多夫，他向拉斯柯尔尼科夫讲述了一个令人哀叹的故事——关于贫穷和自己的女儿如何沦为妓女的事。这两件事都是导致他酗酒的原因。马尔梅拉多夫承认自己的堕落，并说自己之所以向偶然相遇的拉斯柯尔尼科夫忏悔，而不是同这里的老主顾倾诉，是因为自己能够在他脸上读到"苦闷之事"。最终，拉斯柯尔尼科夫回到自己破旧的小屋，继续为之后的日子烦恼。陀思妥耶夫斯基向人们描绘了一幅令人绝望的图景，从中

> " 只要能够活着，活着，活着！无论如何，活着就好！
>
> ——《罪与罚》"

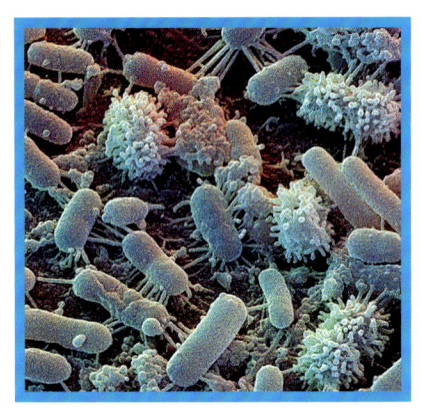

拉斯柯尔尼科夫回想起自己因神志不清而住院时所做的梦。在其中一个梦境中，他梦到了一种传染病侵袭了人类，使得受到感染的人精神失常，坚信"只有自己掌握着真理"。

我们看到了贫穷，看到了拉斯柯尔尼科夫与社会的脱节。

作者以心理现实主义手法透彻地剖析了拉斯柯尔尼科夫的内心，令读者看到他是如何深思熟虑、步步谋划，最终决定追随自己的内心，犯下罪行。陀思妥耶夫斯基还带领读者一步步靠近拉斯柯尔尼科夫，使他们能够触碰到他的内心，并感同身受。读者能够体会他的恐惧，并通过他的双眼接触到圣彼得堡肮脏的街道与堕落的市民。读者亲眼看见一幕幕场景在脑海中展开，并进入那脏兮兮的小屋里，躺卧在他身旁。读者同他一样，经历从最初的构想一直到最终残酷且血淋淋的现实，体会着那种无能为力的挫败感。

正像弗洛伊德后来提出的那样，梦境能够帮助我们理解清醒时的感受。陀思妥耶夫斯基也有相同的看法，他通过梦境向读者展示主人公的内心世界。在其中一个梦境中，拉斯柯尔尼科夫目睹了一位醉酒的农民将一匹马活活打死。这一梦境充满象征意义，既为他即将犯下的罪行埋下伏笔，同时也说明他对残暴行为的认知愈发迟钝，逐渐失去了反抗的自由意志。这些都是拉斯柯尔尼科夫心境的影射。

暴力的打击

《罪与罚》中对阿廖娜·伊凡诺夫娜遭受杀害的一段描写极为真实，颇具冲击力。拉斯柯尔尼科夫用斧头不断击打着这位老妇人，直到她的头骨"破碎，一侧甚至模糊、凹陷"。地板上铺着"一大摊血"。这种氛围令人不寒而栗，却还在持续。拉斯柯尔尼科夫打开床下一个木箱的锁，从里面拿走了"手镯、链子、耳环、胸针"等值钱的东西。到这里，这一幕仍没有结束。阿廖娜·伊凡诺夫娜所在的房间又响起了脚步声。"突然，他跳了起来，一把抓住斧头，跑出了卧室。"

陀思妥耶夫斯基为这场犯罪提供了几个可能的动机，其中最具说服力的一条便是，拉斯柯尔尼科夫将自己看作"超人"，高人一等，甚至凌驾于法律之上。他对这个社会感到厌恶，也对"凡夫俗子"愚蠢的行为感到厌恶。拉斯柯尔尼科夫曾说，所有的伟人都曾犯下罪行，违背古老的法则，杀人流血，只要这"能够对其事业有所裨益"。

人们认为，陀思妥耶夫斯基对这种动机的阐释反映出他对俄国社会变化的哀叹，他哀叹拜金主义的盛行，哀叹旧秩序的衰落，哀叹自私与虚无主义哲学的普及。拉斯柯尔尼科夫的罪行及其之后的溃败，是陀思妥耶夫斯基给那些倡导革命者的警示。

罪恶与救赎

凶杀案发生后，随着情节进一步发展，读者仍追随着拉斯柯尔尼科夫的脚步，游荡在圣彼得堡的街道上，体会着他内心的绝望与不安。他偶然遇到醉酒的马尔梅拉多夫，得知他被马车碾过，命不久

> "在我看来，真正的伟人一定经受着人间的哀痛。"
> ——《罪与罚》

沙皇亚历山大二世于1861年废除了俄国的农奴制。拉斯柯尔尼科夫经常出没的圣彼得堡乌烟瘴气的干草市场地区的那些妓女，大多是迫于生存的农家姑娘。

刻画真实生活 **177**

拉斯柯尔尼科夫杀死阿廖娜·伊凡诺夫娜的动机，是《罪与罚》这部作品的中心主题。可以看出，陀思妥耶夫斯基笔下这位反传统主人公的行为受社会、个人、哲学及宗教因素影响，是一系列复杂的动机、内在对话以及无意识驱动力相互作用的结果。

贫穷
他认为自己需要通过窃取那位老妇人的钱财来维持生计。

正义
他相信自己杀掉那位邪恶老妇人，并将她的财富用于帮助他人的这种做法，是对社会有所裨益的。

权力
他以这种做法来试探自己能否成为"超人"——超出罪恶的范畴，凌驾于善恶之上。

转移复仇
他憎恨自己的母亲，因为她限制了自己的心理发展。他将老妇人与母亲联系在一起，这样一来，将前者杀害便是他在潜意识之中转移了复仇对象的结果。

反宗教
他缺乏信仰或道德框架，希望通过惩罚寻求救赎。

疯狂
他无法承受自己内心的混乱，便试图通过杀戮重新掌控自己的命运。

矣，而他的女儿索尼娅独自支撑着这个家庭。拉斯柯尔尼科夫逐渐与索尼娅亲近起来。后来，他遇到波尔菲里·彼特罗维奇警官。彼特罗维奇怀疑拉斯柯尔尼科夫是凶杀案的凶手，却苦于没有证据。拉斯柯尔尼科夫的内心备感煎熬。自首并接受法律的制裁能否缓解自己良心上的不安？内心的自责又是否意味着自己不过是一介凡人？

反映现实

陀思妥耶夫斯基在《罪与罚》中，巧妙地探寻并剖析了主人公复杂的心理。该小说探讨了人生的意义以及在这个充满恐怖、邪恶、折磨与残忍的世界上人类的存在。它还检视了人类的罪恶、良知、爱情、怜悯以及与其他人的关系，并讨论了救赎的可能性。

陀思妥耶夫斯基在这部作品中，通过对拉斯柯尔尼科夫头脑中精神世界的刻画，反映了社会现实。这也令《罪与罚》成为检验未来同类小说水准的试金石。这种写作手法的出现与19世纪科技的发展与心理学的进步有着密不可分的关系，或许也是其产物之一。19世纪，在心理现实主义领域最有建树的作家是小说家亨利·詹姆斯（Henry James）。到了20世纪中期，包括让-保罗·萨特（Jean-Paul Sartre）和阿尔贝·加缪（Albert Camus）在内的存在主义作家的崛起，在很大程度上都得益于陀思妥耶夫斯基开拓性的叙事形式。■

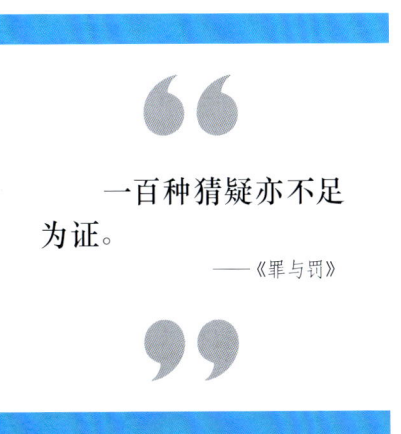

> 一百种猜疑亦不足为证。
> ——《罪与罚》

别说是整个人类的生活，即使是一个民族的生活也是难以描绘的

《战争与和平》（1869年），列夫·托尔斯泰

背景介绍

聚焦
俄国文学黄金时代

此前
1831—1832年 尼古莱·果戈理的作品《狄康卡近乡夜话》与亚历山大·普希金的作品《别尔金小说集》的出版，标志着俄国文学逐渐摆脱了过去的民俗故事这一创作形式。

1866年 费奥多尔·陀思妥耶夫斯基的小说《罪与罚》，将心理学引入现实主义文学中，对人类的行为动机进行了探讨。

此后
1880年 费奥多尔·陀思妥耶夫斯基出版了小说《卡拉马佐夫兄弟》，该作品是俄国文学黄金时代最后一部杰出的小说。

1898年 《海鸥》被搬上莫斯科艺术剧院的舞台。正是这部作品使安东·契诃夫成为俄国文学黄金时代出类拔萃的剧作家。

19世纪的俄国见证了文学领域散文、诗歌以及戏剧作品的艺术创新。评论家将这一时期称为俄国文学黄金时代，这并非因为作家们的创作意图统一，而是因为在这段短暂的时期，俄国涌现出了大量在世界文坛上占据举足轻重地位的文学作品。

黄金时代的文学作品在很大程度上受到18世纪俄国现代化的影响。14—17世纪，俄国因其独特的文化与地理位置，被隔绝于文艺复兴这一席卷全欧洲的文化运动之外。1682—1725年，在沙皇彼得大帝的统治下，俄国迅速西化，逐渐

刻画真实生活 **179**

参见：《叶甫盖尼·奥涅金》124页，《当代英雄》151~152页，《死魂灵》152页，《罪与罚》172~177页，《白痴》199页，《安娜·卡列尼娜》200页，《卡拉马佐夫兄弟》200页，《万尼亚舅舅》202页。

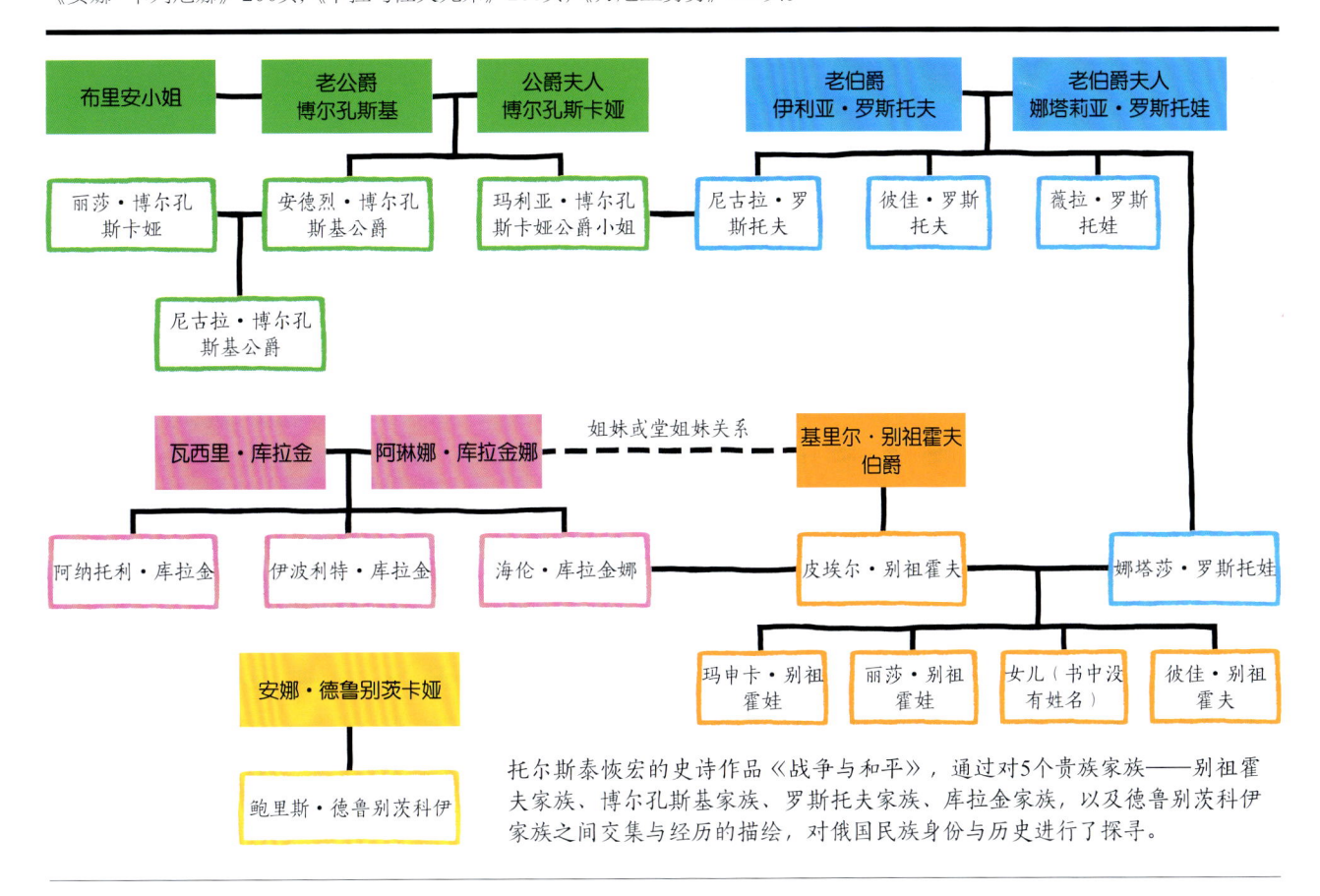

```
布里安小姐 ─ 老公爵博尔孔斯基 ─ 公爵夫人博尔孔斯卡娅          老伯爵伊利亚·罗斯托夫 ─ 老伯爵夫人娜塔莉亚·罗斯托娃
   │              │                    │                        │            │          │
丽莎·博尔孔   安德烈·博尔       玛利亚·博尔           尼古拉·罗     彼佳·罗    薇拉·罗斯
斯卡娅       孔斯基公爵         卡娅公爵小姐           斯托夫       斯托夫     托娃
            │
         尼古拉·博尔孔
         斯基公爵

瓦西里·库拉金 ─ 阿琳娜·库拉金娜  ---姐妹或堂姐妹关系---  基里尔·别祖霍夫伯爵
   │                                                          │
阿纳托利·库拉金  伊波利特·库拉金  海伦·库拉金娜       皮埃尔·别祖霍夫 ─ 娜塔莎·罗斯托娃
                                                   │
                                      玛申卡·别祖  丽莎·别祖  女儿（书中没  彼佳·别祖
                                      霍娃        霍娃       有姓名）     霍夫

安娜·德鲁别茨卡娅
   │
鲍里斯·德鲁别茨科伊
```

托尔斯泰恢宏的史诗作品《战争与和平》，通过对5个贵族家族——别祖霍夫家族、博尔孔斯基家族、罗斯托夫家族、库拉金家族，以及德鲁别茨科伊家族之间交集与经历的描绘，对俄国民族身份与历史进行了探寻。

接受西方的习俗、知识，甚至是语言。到了19世纪早期，西化程度已非常高，甚至连俄国贵族阶层使用的主要语言也变成了法语。

聚焦现代主题的文学作品逐渐取代了以民间史诗为代表的"旧俄国传统文学"。俄国语言本身也发展出了新的文学形式，并一直持续至19世纪。然而，俄国作家们并非仅仅模仿西方文学的传统创作手法，他们还公然发出挑战，开拓了独树一帜的俄国文学表现形式。这类文学作品常常回顾过去民间故事的主题，有时甚至会质疑"写作是一门艺术"这一根本理念。西方许多人常常向俄国文学黄金时代的作家们投以探知的目光：他们无疑是极具才华的，却也有人认为这些作家野蛮且粗暴，没有接受过正统的文学训练。

19世纪早期，黄金时代中绽放出的第一批花朵便是亚历山大·普希金、尼古莱·果戈理与伊万·屠格涅夫等作家的作品。到了19世纪60年代至70年代，俄国文学进入了第二段繁荣时期。这一时期诞生了黄金时代最杰出的作品，包括费奥多尔·陀思妥耶夫斯基对心理现实主义的本能探索之作《罪与罚》，以及列夫·托尔斯泰的《战争与和平》及《安娜·卡列尼娜》。在不足百年的时间内，俄国文学出现了一系列令人惊叹的飞跃，从传统的

> "倘若人人都仅凭自己的信念而战，那么世上便不会存在战争。"
> ——《战争与和平》

在19世纪早期上流社会的舞会中，人们穿着华丽的军装与昂贵的礼服。该活动也正是托尔斯泰笔下圣彼得堡肤浅自由主义的象征。

民间故事发展至更为复杂且广博的文学风格。

历史书写

俄国作家对于西方文学中的比喻存在矛盾心理，于是，托尔斯泰曾这样写道："俄国艺术散文之中没有一部作品……可被归类于小说、诗歌或故事。"他不愿为其代表作《战争与和平》贴上标签，且曾在1868年宣称，"这部作品并非小说，更不是诗歌，也绝谈不上是编年史作"。在托尔斯泰看来，所有历史记载都存在缺陷，没有全知视角，我们无法掌握历史真相。在《战争与和平》中，他试图通过刻画社会各个阶层中大量人物的人生经历来使写作角度尽可能全面。其中一些人物的创作灵感来自托尔斯泰在现实生活中认识的人，例如，娜塔莎·罗斯托娃的原型是托尔斯泰妻子的妹妹。书中许多贵族人物的名字是真实存在的，只是作者略微进行了丑化。《战争与和平》中的故事跨越8个年头，从1805年7月拿破仑率兵侵略俄国开始，一直记叙至1812年9月莫斯科燃起的那场大火。故事的主线是19世纪拿破仑战争背景之下虚构的5个俄国贵族家族的兴衰，作者将他们个人的命运与俄国历史紧紧联系在一起。除了这些虚构的人物，托尔斯泰还在作品中刻画了许多真实存在的历史人物，沙皇亚历山大与拿破仑便在这部史诗之作中扮演着至关重要的角色。

介绍

故事开始于一场在俄国西化程度最高的城市圣彼得堡举办的上流社会社交晚会。当拿破仑的军队穿过意大利，一路向东的时候，这座城市中的贵族却聚在一起闲话、赌博、畅饮、调情。值得注意的是，书中的第一句话出自举办这场社交舞会的女主人安娜·帕夫洛夫娜，而这句话点出了该作品的焦点，即历史、战争以及欧洲局势："哦，公爵大人，热那亚和卢卡城现在已经是波拿巴特家族的私人领地了。"

托尔斯泰利用这场聚会向读者介绍了书中的主要人物，包括公爵安德烈·尼古拉耶维奇·博尔孔斯基，他英俊、睿智而又富有，也是书中的英雄之一；还有安德烈的朋友皮埃尔·别祖霍夫，一位俄国伯爵的儿子，笨拙而又肥硕。正是通过这一人物，托尔斯泰传达着自己对于如何在一个险恶的世界中正直生活的想法与关注。

之后，托尔斯泰将故事的场景转移至莫斯科，那里的城市与人民都更具有传统的俄国品质。在这里，读者认识了更多的人物，包括伯爵夫人罗斯托娃与她的4个孩子，其中一人便是娜塔莉娅·伊利尼奇娜，她总是"充满活力"。她身上这种勃勃的生机也贯穿了整部作品。

战争中的俄国

很快，俄国陷入了战争。拿破仑的军队一路向莫斯科进发，与俄国军队相遇。1812年9月7日，博罗季诺战役正式打响。托尔斯泰生动地描绘了这场血战。在这场战役中，一日内阵亡的士兵超过了2.5万名。他还向读者展现了真实历史人物（如拿破仑与俄方将领库图佐

> "没有什么能比时间与忍耐这两位老兵更加强大了。"
> ——《战争与和平》

夫）的想法与行动，也对安德烈与皮埃尔等虚构人物进行了刻画，使读者能够从各个角度领略战争混乱与残酷的真相。这场以法国军队勉强胜出而告终的战役成为整场战争的转折点。

在此期间，圣彼得堡贵族的生活仍在继续，几乎没有受到影响。然而，莫斯科却遭受了洗劫，拿破仑的大军在撤退之前一把火烧毁了这座城市。但是，他们在撤军之时却遭遇了重大打击：在气候严寒与粮草短缺的恶劣条件下，数千名法国士兵被俄国军队屠杀。

在全书两部后记中，托尔斯泰讲述了1813年以及之后的一段历史。拿破仑军队逃离俄国后，战争结束，这个国家及其人民终于再一次迎来了盼望已久的和平。

众人的微小行动

当这些虚构人物的故事结束时，托尔斯泰重新评价了拿破仑与沙皇亚历山大在历史上扮演的角色。在他看来，历史并非是由伟人、领袖的行为驱动的，而是由许多微小而又平凡的事件建构起来的。在《战争与和平》中，托尔斯泰详尽地描述了大量人物与事件，并以自己对日常生活中事实的犀利见解，令这部作品成为一部广博的巨著。

《战争与和平》抓住了一个时代的精髓。1875年，俄国小说家伊万·屠格涅夫将其形容为"整个民族生活的伟大图景"。欧内斯特·海明威（Ernest Hemingway）宣称，自己对战争的描写正是因为学习了托尔斯泰的作品，因为没有人笔下的战争"能比托尔斯泰的故事更加精彩"。事实上，也没有任何人笔下的和平能够更加引人入胜。■

博罗季诺战役是托尔斯泰作品《战争与和平》中的关键情节。在他的记叙中，决定这场冲突结果的并非首领下达的命令，而是战场上的混乱场面。

列夫·托尔斯泰

1828年，列夫·托尔斯泰出生在莫斯科附近一个俄国贵族家庭。自喀山大学辍学后，托尔斯泰过了一段时间的放纵生活，也欠下了数目不小的赌债。1860—1861年，他游历欧洲各国，结识了小说家维克多·雨果与政治思想家皮埃尔-约瑟夫·普鲁东。在二人的启发下，托尔斯泰回到俄国进行文学创作，并为穷困的农奴们提供受教育的机会。1862年，他与索菲亚·安德烈耶芙娜·别尔斯结婚，一生中共育有13名子女。托尔斯泰完成《战争与和平》及《安娜·卡列尼娜》之后，便开始通过基督教寻求灵魂与道德真理，还信仰着以甘地和马丁·路德·金为代表的和平主义。1910年，托尔斯泰因肺炎去世。

主要作品

1875—1877年 《安娜·卡列尼娜》
1879年 《忏悔录》
1886年 《伊凡·伊里奇之死》
1893年 《天国在你心中》

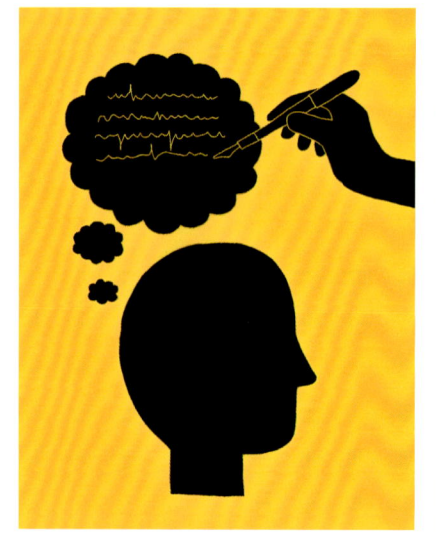

无法从不同角度审视事物的人是心胸狭隘的人

《米德尔马契》（1871—1872年），乔治·艾略特

背景介绍

聚焦
全知叙事者

此前
1749年 亨利·菲尔丁作品《汤姆·琼斯》中的全知叙事者，展现了建构叙事的过程。

1862年 维克多·雨果作品《悲惨世界》中的全知叙事者会对政治、社会以及故事中的人物进行评析。

1869年 列夫·托尔斯泰的《战争与和平》中存在一个全知的声音，使得作者能够对"哲学问题加以讨论"。

此后
1925年 《达洛维夫人》中的全知叙事者，令弗吉尼亚·伍尔芙能够创造出具有强大"潜意识空间"与思维深度的人物。

2001年 从乔纳森·弗兰岑作品《纠正》里的第三人称全知叙事中可以看出，文化评述与权威都是文学虚构的活跃机能。

全知叙事者的叙事角度来自故事之外，但他们却了解故事中的一切人物与事件。19世纪时，这一权威的叙事模式被广泛运用于现实主义小说家的作品之中。该时期许多知名的作家，例如查尔斯·狄更斯、维克多·雨果以及列夫·托尔斯泰，常常以第三人称的全知叙事角度进行创作。这也是乔治·艾略特在写作《米德尔马契》时的理想叙事手法。该手法令她能够将读者带入作品之中，让他们"近距离观察人类命运的轨迹是如何在不知不觉中相交的"。这部作品讲述

叙事者的叙述角度

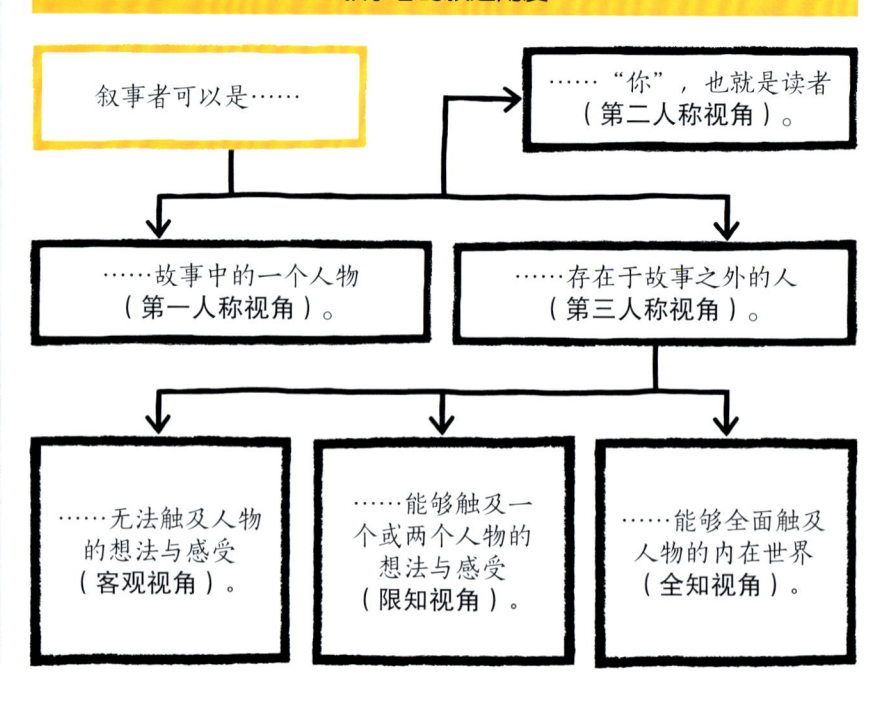

叙事者可以是……

- ……"你"，也就是读者（第二人称视角）。
- ……故事中的一个人物（第一人称视角）。
- ……存在于故事之外的人（第三人称视角）。
  - ……无法触及人物的想法与感受（客观视角）。
  - ……能够触及一个或两个人物的想法与感受（限知视角）。
  - ……能够全面触及人物的内在世界（全知视角）。

刻画真实生活

参见：《傲慢与偏见》118~119页，《三个火枪手》122~123页，《名利场》153页，《悲惨世界》166~167页，《罪与罚》172~177页，《战争与和平》178~181页，《德伯家的苔丝》192~193页。

了生活在英国小镇米德尔马契中人们的故事，通过描绘众多人物之间盘根错节的关系来探寻婚姻与工作的矛盾。小说尤其关注了两位理想主义者的梦想，一位是聪明而又乐善好施的庄园继承人多萝西娅·布鲁克，另一位则是极富才华却天真好骗的医生泰第乌斯·利德盖特。

充满艰难选择的世界

艾略特巧妙避开了循规蹈矩的大团圆结局，因为在她看来，那样的幸福幻想是"无脑"女性小说的专利。她希望创作一部真实刻画平凡人物复杂性的作品，在故事中映射出这些人物身上无伤大雅的缺陷与弱点、小小的不幸、平淡的成功，以及尊严时刻。

艾略特十分崇拜德国作家歌德，亦认同他的哲学观点，认为每一个个体的成就都对人类整体的进步有着至关重要的影响。在《米德尔马契》中，艾略特对这一观点进行了润色，并将其写为一部小说。她提出，女性在人类的发展与变革中发挥着独特且不可或缺的作用。尤其值得注意的是，艾略特还提出了一个问题，即在现实中女性应当如何在不断变化发展的世界中发挥自己的作用。

诱发思考

书中的人物也就女性角色定位这一问题进行了大量讨论。男性角色描述了许多女性应当具备的特质，比如多萝西娅的丈夫卡苏朋先生的理想是"自我牺牲式的爱情"，利德盖特对于美好伴侣的幻想则是"一同栖息于鸟语花香的天堂"。然而，书中并未针对社会中女性的命运发表确切的观点。相反，作者在书中提出很多疑问，例如，"在这段婚姻中，（多萝西娅）对待问题的看法是唯一的

> "若我们不在生活中为彼此行方便，那么人活着的意义又是什么呢？"
> ——《米德尔马契》

吗？"，她希望读者能够对这些问题进行思考，得出自己的结论。一些评论家认为，艾略特是在以自己作家的身份"欺凌"读者。然而，艾略特成功地在小说中保持着一种谈天式的语气，这一点也在全知叙事上体现得淋漓尽致。

乔治·艾略特一直坚持关注现实中的问题。为此，她也邀请读者与她一同审视周围人复杂而又常常自相矛盾的行为与性情。■

乔治·艾略特

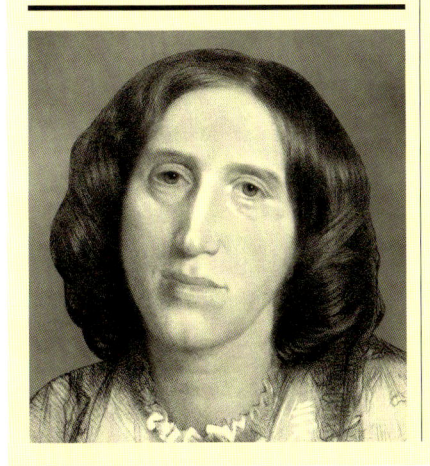

乔治·艾略特于1819年出生在英格兰的沃里克郡。16岁以前，她一直在私立学校读书。1836年母亲去世后，艾略特帮助父亲管家。1849年父亲去世后，她旅行至日内瓦，后来到伦敦定居。1851年，她成为约翰·查普曼旗下期刊《西敏寺评论》的编辑。

艾略特有过几段得不到回应的感情，包括与哲学家赫伯特·斯宾塞的感情。后来，她在作家乔治·亨利·刘易斯身上觅得真爱。当时，刘易斯并未离婚。1854年，两人选择公开同居，艾略特也开始创作自己的小说，但以男性名字作为笔名，以使自己的作品更具权威性。1878年，刘易斯去世，艾略特便停止了创作。1880年，她嫁给了约翰·沃特·克劳斯，却在成婚仅7个月后离开了人世。

主要作品

1859年　《亚当·比德》
1860年　《弗洛斯河上的磨坊》
1861年　《织工马南传》
1876年　《丹尼尔·德龙达》

我们或许能够勇敢面对人类法则，却决然无法抗拒自然法则

《海底两万里》（1870年），儒勒·凡尔纳

背景介绍

聚焦
科学传奇

此前

1818年 英国作家玛丽·雪莱出版了小说《弗兰肯斯坦》。该作品常常被视为第一部以科学为焦点的虚构文学。

1845年 "科学传奇"一词首次出现在一部佚名作品《生命起源的自然志遗迹》的评论之中，用以将其中非正统的科学观点形容为纯文学小说。

此后

1895年 赫伯特·乔治·威尔斯创作的第一部科幻小说《时间机器》，不但普及了"时间旅行"这一概念，还对未来持反乌托邦的态度。

1912年 在阿瑟·柯南·道尔爵士的作品《失落的世界》中，恐龙出现在了如今的南美洲。该作品凭借这样的想象延伸了科学传奇这一体裁。

19世纪，"科学传奇"一词首次出现在文学领域，用以描述以自然历史为题材的推论性作品，或是声讨空想式的科学观点。随着时间的推移，科学的进步意味着人们对未来的构想开始有了实现的可能。于是，这一标签便被用于形容那些在情节之中融入了科学妙想的虚构文学作品。

在这一时期，欧洲仍是世界的主宰者，人们希望科技能够发挥作用，带领人类进入一个舒适富足的新纪元。

科学与探险

法国人儒勒·凡尔纳是19世纪最为杰出的科学传奇作家。他在作品中展现出了自己对未来旅行的先见之明与奇幻想象。凡尔纳的游记《气球上的五星期》（*Five Weeks in a Balloon*）奠定了其写作风格——情节紧凑的探险经历，并以无处不在的探险旅程为作品增添趣味性。在游历了天空之后，凡尔纳又将目光转向陆地，并创作出《地心游记》（*Journey to the Centre of the Earth*）。最终令他在科学传奇这一领域声名鹊起的是其笔下的海洋探险故事。

19世纪50年代，凡尔纳开始对水下潜艇这一概念进行构思，这便是后来的鹦鹉螺号，也就是《海底两万里》中尼摩船长驾驶的潜艇。凡尔纳的这部作品讲述了尼摩船长与船员精彩的故事。他们驾驶着那艘壮观的潜艇，在世界各地的海洋中探险，还曾遭遇海藻森林与巨大的章鱼。在他的美妙展望中，科学的发展潜能使得人们得以探寻世界的最深处。

20世纪早期，"科学传奇"一词基本被"科幻小说"所取代。这一时期的作品也不再拘泥于对地球上未知领域的探索，而是逐渐将视线拓展至外太空和未来。■

参见：《弗兰肯斯坦》120~121页。

刻画真实生活　**185**

在瑞典，我们所做的一切都是在为纪念日而庆贺

《红房间》（1879年），奥古斯特·斯特林堡

背景介绍

聚焦

影射小说

此前

1642—1669年　读者能够在法国作家玛德琳·德·史居里创作的影射小说中，读出对社会上重要人物的描绘，《克莱莉》便是其中一例。

1816年　英国贵族卡罗琳·兰姆夫人创作了一部讲述丑闻的小说《葛兰纳冯》，其中刻画的许多人物以其旧情人拜伦勋爵为原型，只不过略加掩饰，还有一些则以当时伦敦社交圈中的人物为原型。

此后

1957年　杰克·凯鲁亚克的作品《在路上》，延续了影射小说的创作传统，详细记叙了作者在北美洲的旅行时光。

1963年　美国作家西尔维娅·普拉斯的半自传体小说《钟形罩》，讲述了一位年轻女人因精神疾病而逐渐陷入疯狂的故事。

影射小说原为法语，或称"带钥匙的小说"，是一种刻画真实人物或事件，但将其包装为虚构作品的小说。"钥匙"指的是真实与虚构之间的关系。这类作品通常借讽刺和幽默对政治、丑闻以及争议人物进行评论。

欺骗与腐败

瑞典作家奥古斯特·斯特林堡（August Strindberg）也是一位颇有名气的剧作家。他创作的小说《红房间》（The Red Room）对瑞典首都斯德哥尔摩的各个社会层面进行了讽刺。《红房间》因其风格与内容而被称为瑞典第一部现代小说。该书为读者刻画了一位天真的理想主义者阿尔维德·法尔克。

法尔克一开始是一位年轻的公务员，因官僚主义和工作本身的单调沉闷而郁郁不得志，最终辞去工作，成为一名记者及作家。他接触演员、政客、商人，却再次变得灰心。他意识到，瑞典社会中充满了欺骗与腐败。

小说的题目指的是斯德哥尔摩一间餐厅中波希米亚人聚集的房间。在这里，法尔克向艺术家与作家们寻求慰藉，探索人世的变迁。作者以滑稽的笔触描绘了法尔克遇到的人物，在斯德哥尔摩的波希米亚人与资产阶级的两种生活方式之间增添了一股张力。■

> 训练自己鸟瞰这个世界，那样你会发现，一切是多么的渺小且微不足道。
> ——《红房间》

参见：《荒凉山庄》146~149页，《在路上》264~265页，《钟形罩》290页，《惧恨拉斯维加斯》332页。

她以外语写作而成

《一个贵妇人的画像》（1881年），亨利·詹姆斯

背景介绍

聚焦
跨大西洋小说

此前
1844年 查尔斯·狄更斯的作品《马丁·瞿述伟》是跨大西洋小说的雏形，故事发生在英格兰和美国。

1875年 英国作家安东尼·特罗洛普的讽刺小说《如今世道》，聚焦腐败的欧洲金融家奥古斯塔斯·梅尔莫特及其在美国的投资。

此后
1907年 美国作家伊迪丝·华顿的小说《特莱梅夫人》中的故事情节，围绕生活在法国的美国人展开。

1926年 美国作家欧内斯特·海明威在《太阳照常升起》中，向读者介绍了一群生活在巴黎和西班牙的年轻英美侨民。

1955年 在弗拉基米尔·纳博科夫创作的小说《洛丽塔》中，欧洲人亨伯特走遍美国各地，追逐年轻的洛丽塔。

许多人探究过欧洲（尤其是英国）与美国之间所谓的心理与文化差异。在欧洲，人们争论的焦点通常是逐渐渗入欧洲文明中的美国精神。

文学作品中也反映出了相似的忧虑。早期跨大西洋小说通常挖掘的是两地之间的文化差异，然而，这些作品往往将重点放在欧洲对美国的影响上。18世纪英美之间政治与经济层面关系的破裂，最终导致了1776年的美国独立。然而，英美之间依旧存在着一条紧密的纽带，尽管双方仍抱有对立情绪。作为一个独立的国家，美国国民信心逐渐增强，富裕阶层不断壮大，旅游业以及大西洋两岸的交流愈发频繁。

落入海外的纯真

若问美国人中有哪些人曾游历世界各国，具有开阔的视野，能够看到各国间文化的差异，那么亨利·詹姆斯绝对是其中的杰出代表。他以超然的态度审视自己的美国同胞，其小说作品更是深入探究了作为一名美国人的意义。

同他的许多其他作品一样，《一个贵妇人的画像》（The Portrait of a Lady）讲述了一群身处欧洲的美国人的故事。白手起家的卡斯帕·戈德伍德是美国精神的象征，他雄心勃勃而又直截了当，与小说中的另一个人物吉尔伯特·奥斯蒙德形成了强烈对比。奥斯蒙德早已接受欧洲的礼仪与价值观，他道德腐化，却将自己伪装成一个有着较高品位的唯美主义者。

> 我们如果不是过得还不错的美国人，那一定就是可怜巴巴的欧洲人。在这里，我们找不到自然归宿。
> ——《一个贵妇人的画像》

刻画真实生活 187

参见：《螺丝在拧紧》203页，《洛丽塔》260~261页。

美国

- 建立在对"生命、自由和追求幸福"的信仰上，拥有稚嫩但独立的世界观。
- 文化上荒芜、粗糙、庸俗，难登大雅之堂。
- 植根于乐观主义、活力以及个人抱负的精英价值观。

早期的跨大西洋小说通常将美国的粗野与热情同欧洲的世故与愤世嫉俗相对比。无论在小说中还是在现实生活中，欧洲对于美国人来说依然有着巨大的吸引力。

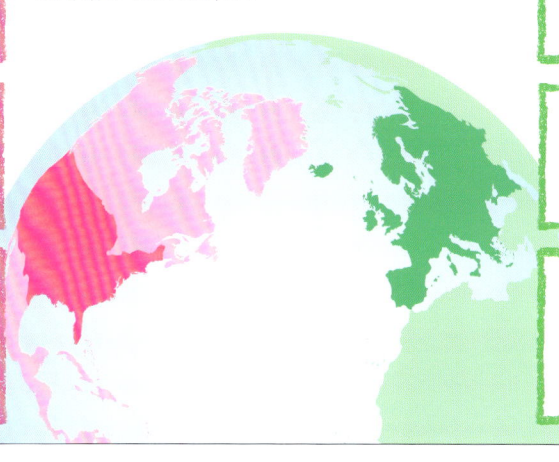

欧洲

- 更加古老且复杂的社会，遵循传统，被专制统治及颓废主义所污染。
- 文化丰富多彩、精雕细琢，优雅而又老练。
- 约束性的价值观，愤世嫉俗，害怕失去特权。

小说通过对主人公伊莎贝尔·阿切尔的刻画，将旧世界（欧洲）与新世界（美国）之间价值观的冲突赤裸裸地展现在读者面前。伊莎贝尔是一个富有才华的女人，读者能够从她身上看到美国精神中的乐观主义与个人主义。她拥有独立的灵魂，也同样渴望融入欧洲社会。伊莎贝尔的表兄拉尔夫·塔奇特为了守护她的独立，说服父亲将一大笔遗产留给她，这样伊莎贝尔永远不必为了金钱而结婚。然而，这笔遗产使得奥斯蒙德动了邪念，而伊莎贝尔在他的诱惑下不堪一击。最终，旧世界的狡诈将新世界的纯真诱入了陷阱。

詹姆斯在之后的其他作品中也继续探讨了这一主题，为许多作家带去了创作灵感。■

亨利·詹姆斯

亨利·詹姆斯出生在纽约一个富足的家庭，父亲老亨利·詹姆斯是一位学者。詹姆斯年少时曾游历欧洲各国，后返回美国，就读于哈佛大学。后来，他下定决心要成为作家，于是开始发表短篇故事及文学评论。

1875年，詹姆斯搬到欧洲，最终定居伦敦。少年时四处游历以及成年后长期居住在海外的经历，使得他能够对美国及欧洲这两个社会进行批判。詹姆斯是一位多产作家，一生中创作了多部短篇故事、戏剧、散文、游记、评论和小说，被友人伊迪丝·华顿冠以"大师"这一爱称。

主要作品

1879年 《黛西·米勒》
1886年 《波士顿人》
1902年 《鸽翼》
1903年 《使节》
1904年 《金碗》

人对自己的同类可真狠得下心

《哈克贝利·费恩历险记》（1884年），马克·吐温

背景介绍

聚焦
美国的声音

此前

1823年 詹姆斯·费尼莫尔·库柏"皮袜子故事"系列中的第一部作品《拓荒者》，是最早的美国原创小说之一。该作品表达了对边疆地带生活的不同观点。

1852年 哈丽叶特·比切·斯托在创作《汤姆叔叔的小屋》时使用了多种方言。该小说描写了引发社会上反奴隶制争论的感伤故事。

此后

1896年 萨拉·奥恩·朱厄特在《尖尖的枞树之乡》中，生动地描绘了一幅美国缅因州海岸偏远渔村的生活图景。

1939年 约翰·斯坦贝克创作的普利策奖获奖小说《愤怒的葡萄》，将地方色彩与社会不公正现象融合在一起。这部史诗般的作品讲述了大萧条时期一家人向西逃荒的故事。

19世纪的美国作家尚无多少国家历史可以记叙，亦不会受到文学传统的束缚。于是，他们开始审视并描写这个飞速发展的国家中多样且复杂的人群。有一位作家首先站出来，将笔下故事的背景设定在美国中西部地区的密西西比河流域，书中的叙事者贫穷白人小男孩更是与众不同。马克·吐温作品中的哈克贝利·费恩以方言讲述了自己的冒险经历，还在叙事中加入了哲学式冥想以及朴实的智慧作为调剂。一路走来，他成为文学史上最早真正为美国发声的人之一。

到底是什么令欧内斯特·海明威宣称《哈克贝利·费恩历险

《尖尖的枞树之乡》（朱厄特，1896年，缅因州）
"在正日子之前就把个自儿搞得筋疲力尽多不值当。"

《愤怒的葡萄》（斯坦贝克，1939年，俄克拉何马州）
"这世上压根儿就没有什么罪恶、美德。有的只是人们干出来的事儿。"

《汤姆叔叔的小屋》（斯托夫人，1852年，肯塔基州）
"这年头儿，自卖自夸的家伙可不怎么招人待见。"

《喧哗与骚动》（福克纳，1929年，密西西比）
"嘘，别出声儿。我们这就走了。就一会儿，安静点儿。"

《哈克贝利·费恩历险记》（吐温，1884年，密西西比河流域）
"快说，你是谁？你在哪儿呢？活见鬼了，我肯定听见什么动静了！"

小说中对地区方言的使用为不同种族、区域、文化以及社会阶层的人群发声，也给予了从前一直被迫保持沉默的他们某种形式的支持。这样的写作手法在19世纪到20世纪早期许多优秀的美国文学作品中有所体现。

参见：《汤姆叔叔的小屋》153页，《喧哗与骚动》242~243页，《人鼠之间》244页，《愤怒的葡萄》244页，《杀死一只知更鸟》272~273页。

记》是美国文学的开端呢？首先，这部作品为一代又一代的美国作家带去了力量，将他们的目光自新英格兰地区的殖民地中移开，使他们在作品中以本土色彩和本地方言描绘自己的故土。其次，"男孩口中"流畅地讲述着自己的故事，故事反映出他的激进之心。这部小说的故事发生于南北战争（1861—1863年）前的40~50年。当时，奴隶制仍顽强存于南部各州，移民者争相占领西部的土地。

顺流而下的历险

故事刚开始，哈克贝利便告诉读者，自己是马克·吐温之前小说《汤姆·索亚历险记》中的一个人物，这增添了他的社会经历，也使得他的叙述更加可信。为了摆脱密苏里州教化的人群，也为了逃离残暴的父亲，哈克贝利制造了自己死亡的假象，并与逃奴吉姆一起，坐着木筏沿密西西比河一路下行，开始了自己的旅程。随着木筏慢慢向南行进，每当二人上岸的时候，他们都得面对边远落后地区残酷的现实。在这些简陋的小镇中，滥用私刑的暴民和帮派执行审判；骗子利用人们的弱点招摇撞骗；吵吵嚷嚷的醉汉立刻被枪决；与哈克贝利成为朋友的一位年轻绅士在家族宿怨中被杀害。

《哈克贝利·费恩历险记》中随处可见"黑鬼"这个侮辱性的词，哈克贝利与吉姆之间的对话则起到了颠覆作用。当吉姆刚刚逃离被小姐卖出去的命运时，他得出这样一个结论："是啊，我现在富有了……我自己归我，我值八百美元呢。要是钱归我就好了。"

哈克贝利和吉姆生活在木筏上，悠闲地过着自给自足的生活。他们游离于社会秩序之外，不顾身份，逐渐成为朋友。后来，当哈克贝利与南部意识形态做斗争，拒绝交出吉姆的时候，他眼中的吉姆只是一个朋友："我们一起漂泊，一起聊天、唱歌、大笑……不知道为什么，我没办法对他硬起心肠。"

尽管在1884年出版的时候，许多人批评这部作品"粗鲁"，但它为美国文学注入了全新的活力。书中对真实美国人话语的关注更是得以延续，这一特点不仅体现在约翰·斯坦贝克的作品《愤怒的葡萄》（*The Grapes of Wrath*）（1939年）中，甚至存在于胡诺特·迪亚斯（Junot Díaz）的《沉溺》（*Drown*）一书中。∎

> 坐在木筏上，你会觉得无比自由，无比安逸，无比放松。
> ——《哈克贝利·费恩历险记》

马克·吐温

萨缪尔·兰亨·克莱门出生于1835年11月30日，在密苏里州的汉尼拔长大。

父亲死后，12岁的克莱门离开了学校，做过排字工人。1857年，他成为密西西比河上一艘蒸汽船上的领航员。南北战争期间，克莱门在内华达州勘探银矿，后来开始为报纸撰写稿件，并将自己的笔名定为马克·吐温。

1870年，克莱门与欧莉维亚·兰登结婚，二人共育有4名子女。克莱门在小说领域颇有成就，但一系列失败的投资令他最终破产。自1891年开始，他四处演讲，享誉海外，经济情况也逐渐好转。克莱门以马克·吐温这一笔名创作了28部小说和许多短篇故事、信件以及幽默短剧。1910年，克莱门去世。

主要作品

1876年《汤姆·索亚历险记》
1881年《王子与贫儿》
1883年《密西西比河上的生活》

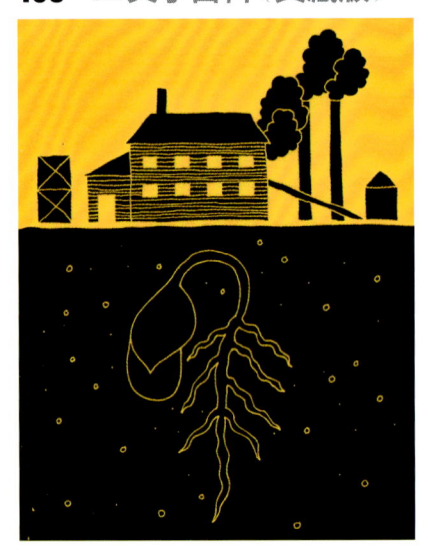

他只是想再一次下到矿中，经受折磨，挣扎求生

《萌芽》（1885年），爱弥尔·左拉

背景介绍

聚焦
自然主义

此前

1859年 英国自然学家查尔斯·达尔文的著作《物种起源》，对无数文学作品产生了深远影响，推动了生理决定论这一观念的发展。

1874年 托马斯·哈代的作品《远离尘嚣》，以宿命论式的态度描绘了人类的不平等，预示着法国自然主义的诞生。

此后

1891年 英国小说家乔治·吉辛创作的《新格拉布街》，审视了贫穷对创造力的毁灭性打击。

1895年 斯蒂芬·克莱恩的小说《红色英勇勋章》，以南北战争为背景，从心理自然主义角度向读者描绘了一位新进士兵对流血事件的反应。

自然主义是19世纪中期逐渐于法国形成的文学运动，也是对浪漫主义中感性想象力的回应。自然主义刻画的并不是一个理想化的世界，相反，其关注的是社会底层人们的艰苦生活。这与致力于真实呈现日常生活，以居斯塔夫·福楼拜笔下《包法利夫人》为代表的现实主义颇为相似。自然主义也有类似的文学追求，也使用细致的写实手法，但它植根于"人类无法超越自然对其施加的影响力"这一理论。因此，自然主义作家以客观与观察等准科学为原则，检视人物在不利环境下的反应。事实上，所有自然主义小说也是现实主义小说，而现实主义小说并非都是自然主义小说。

纪实现实主义

自然主义运动的领军人物是法国作家爱弥尔·左拉。他创作了包含20部小说的系列作品，讲述卢贡-马卡尔家族的故事，副标题为《第二帝国时期一个家族的自然史和社会史》。在这些小说里，左拉探究了一个大家族中遗传及环境的确定性效应对不同人物的影响，《萌芽》是这一系列作品中的第13部。在法国大革命历法中，"芽"是指春季植物开始萌芽的那一个月（3月21日—4月19日）。因此，小说的这一题目暗含着作者对于实现美好未来可能性的乐观态度。

左拉在小说中刻画了法国北部一群矿工的生活，向读者展现了资本与劳动力之间的斗争，以及自然环境与遗传对那些通常命运悲惨的人物难以抗拒的作用力。左拉的部分创作灵感来自1869年到1884年发生的矿工罢工事件。为了描绘矿井的样貌，左拉进行了大量的调查

> "把蜡烛吹熄。我不需要看到自己的思想是什么颜色的。"
> ——《萌芽》

刻画真实生活

参见：《德伯家的苔丝》192~193页，《远离尘嚣》199~200页，《玩偶之家》200页，《红色英勇勋章》202页，《嘉莉妹妹》203页。

克罗德·朗第耶
《杰作》（1886年）

雅克·朗第耶
《人兽》（1890年）

若望·马卡尔
《土地》（1887年）
《崩溃》（1892年）

艾蒂安·朗第耶
《萌芽》（1885年）

热尔维丝·马尔卡
《小酒店》（1877年）

安娜·古波
《娜娜》（1880年）

安托万·马尔卡
《卢贡家族的家运》
（1871年）

莉莎·马尔卡
《巴黎之腹》（1873年）

葆琳娜·克吕
《生的快乐》（1884年）

阿·福格
《卢贡家族的家运》
（1871年）

在左拉的"卢贡—马卡尔家族"系列作品中，所有主人公都是阿·福格的后代。左拉透过这些人物探讨遗传理论，研究遗传特征（例如酗酒或疯癫）是如何在一代又一代人身上传递下去的，尽管体现方式各有不同，但遗传的力量是难以阻挡的。

取证，真实的描绘几乎令矿井本身成为故事中的一个典型。意象与比喻的使用强化了矿井中环境的现实感，让读者感受到那个地方如同一个食人的贪婪怪兽，诱骗并吞噬着蝼蚁一般的工人们。

对未来的希冀

小说的主人公艾蒂安·朗第耶是一个酒鬼的儿子，他接受过教育，却暴躁易怒。后来，艾蒂安来到蒙苏，在矿井中工作。他知道自己骨子里继承了父亲的暴力倾向，于是处处小心，试图远离酒精。随着故事情节一步步发展，工作环境也愈发恶劣，矿工们愈加贫穷，终于忍无可忍，开始了罢工，理想主义者艾蒂安便是这场罢工运动的领导者。然而，当骚乱与暴力镇压接踵而至时，矿工们又纷纷开始指责他。艾蒂安面对着残酷与孤立无援，但他从未放弃自己的信仰，始终相信一个更好的社会终会萌芽。

以左拉的作品为代表的自然主义文学在欧洲仅持续了一段短暂的时间，但在美国却逐渐开花结果，斯蒂芬·克莱恩（Stephen Crane）等作家纷纷开始以不同的方式探究环境对其笔下人物的影响。■

爱弥尔·左拉

爱弥尔·左拉于1840年出生在巴黎。1847年，父亲的去世令他的家生活拮据。到了1862年，左拉开始在著名的阿歇特出版公司工作，依靠为期刊撰写评论文章补贴家用。3年后，左拉有了一定的声望，决定靠创作文学作品养活自己。他在1865年出版了第一部小说《克洛德的忏悔》。

1898年，左拉挺身而出，公开为德雷福斯事件平反，并写信批评军事参谋部门。这封信便是我们所知的《我控诉》。这一行为令他被判诽谤罪，于是，左拉逃往英格兰。1899年，法国当局准许其回国。1902年，左拉因一氧化碳中毒而死。一些人认为他的去世很可能并非意外事故，而是遭到了反德雷福斯派的谋害。

主要作品

1867年 《黛莱丝·拉甘》

1877年 《小酒馆》

1890年 《人兽》

此时此刻，在她的眼中，夕阳仿佛天空中一大片红肿的伤口，丑陋不堪

《德伯家的苔丝》（1891年），托马斯·哈代

背景介绍

聚焦
拟人化谬误

此前

1807年 威廉·华兹华斯《咏水仙》一诗的那句"我同浮云一般孤独地游荡，高高飘浮于溪谷与山丘"，应用了拟人化谬误。

1818年 "那是11月一个沉闷的夜晚……"，玛丽·雪莱以这样带有强烈预兆性的自然力量，开启了小说《弗兰肯斯坦》的第5章。

1847年 艾米莉·勃朗特的《呼啸山庄》，以荒野中的天气代表人物的情绪。

此后

1913年 英国小说家戴维·赫伯特·劳伦斯的《儿子与情人》，通过唤起周遭环境来反映人物的情绪。

1922年 T. S. 艾略特的《荒原》以"四月是最残酷的时节"开篇，将春天描写为"残酷的"。

英国作家托马斯·哈代的作品，始终存在着与风景和自然的强烈联系。这样的联系反映出作者对出生地多塞特郡的深沉爱意，那里也是哈代所有重要小说中故事发生的背景。在《德伯家的苔丝》中，自然代表着传统与乡村生活的纯净和自发性；若自然经受了磨难，那么哈代便是在针对强大的"现代"力量。在他的笔下，这种力量不仅是具有毁灭性的，更是人类苦难的标志。

哈代通过对拟人化谬误的使用，将苔丝·德伯与自然联系在了一起，使他们共同进退，自然反映着苔丝的性格与情绪。"拟人化谬误"一词最早由艺术评论家约翰·拉斯金于1856年提出，指的是赋予自然人类的行为与情感。之后，这一手法常见于19世纪的小说之中。

"拟人化谬误"是哈代及其他一些作家常用的写作手法，用以将人类情感与自然界的某一方面联系起来。比如，天气可以预示人物的情绪：晴天意味着幸福，雨天意味着痛苦，风暴则意味着人物内心的躁动。

参见：《弗兰肯斯坦》120~121页，《呼啸山庄》132~137页，《荒凉山庄》146~149页，《远离尘嚣》200页，《荒原》213页。

在《德伯家的苔丝》中，开始的时候，苔丝是一个天真无邪的女孩，穿着一身白衣，在劳动节的庆祝活动上起舞。这样的她吸引了安吉尔·克莱尔，她同样也被克莱尔所吸引。尽管哈代在副标题《一个纯洁的女人》中宣称苔丝是纯洁的，试图唤起基督教徒的感性，然而，最开始，苔丝却是异教、女性与自然的化身。

书中暗指苔丝可能是诺曼贵族德伯家族的后人，这便促成了之后发生在她身上的一系列不幸。这样的身份使得苔丝逐渐远离原本的自我，最终导致了一系列恶果。

随着一个个事件的发生，苔丝的人生也与亚雷·德伯纠缠在一起。书中苔丝所处的环境逐渐变得令人恐慌。书中的一段描写运用了拟人化谬误，将紧张的氛围渲染得淋漓尽致：苔丝醒来后发现自己处在一片树林中，周围全是濒死的雉鸡，它们被人猎杀，逃走后坠落在这里。面对这些生物，她不得不展现出怜悯之心，结束它们的苦痛。

高尚的受害者

苔丝对安吉尔的爱是纯粹的，哈代也向我们证明了这份爱能够克服不利的条件。苔丝嫁给了安吉尔，但是二人之间的幸福生活却很快"崩裂"。婚礼仪式后的午后，一只公鸡开始打鸣，这便是一种凶兆。

当苔丝向安吉尔坦白自己不幸的过去时，安吉尔虽然承认苔丝是受害者，但他的身份与成长环境却令他对苔丝产生了厌恶，并最终离她而去。这时候，哈代不再用自然界中的环境或是动物来体现苔丝的情感，而是将她带到了一个全新的环境——小镇桑德波恩中。在这里，她被孤独包围，成了亚雷豢养的情妇。

难以抗拒的命运

安吉尔最终接受了自己想与苔丝在一起的事实，二人重聚，并在黑暗再次到来之前度过了一段短暂但幸福的田园生活。他们隐居于新苑，像仙侣一般，"漫步于冷杉树针叶铺就的地毯上，沉浸在二人终于又一次在一起的这种令人陶醉的氛围之中……"。在这里，哈代再次暗示苔丝与自然是一体的。森林的氛围激发了一种令人欢喜的纯洁爱情，这样的爱情甚至战胜了近在眼前的死亡。小说最后以石头围成的圆圈代表着异教与自然，而苔丝在石筑圣坛上的沉睡则象征着她最终屈服于自己的命运。■

> 远处的天空逐渐变得灰白，鸟儿们在树篱上抖动着，飞向天空，叽叽喳喳地吵闹着；小路显出了几分苍白的颜色，苔丝也是如此，却比小路更加苍白。
> ——《德伯家的苔丝》

托马斯·哈代

托马斯·哈代于1840年出生在英国的多塞特郡。

22岁的时候，哈代搬到了伦敦。5年之后，他因身体原因以及对写作的渴望而重返多塞特郡。哈代将所有重要的作品故事背景都设置在英格兰的西南部，还将其笔下这一虚构的地点命名为韦塞克斯。在哈代的小说作品当中，许多地方是真实存在的，但他却总是将它们冠以虚构的名称。

哈代倾向于描绘苦难与悲剧。在第一任妻子爱玛于1912年去世后，他为其创作了许多首情诗。1928年，哈代去世，其骨灰被安葬在威斯敏斯特教堂的"诗人角"，但他的心脏却与爱玛安葬在一起。

主要作品

1874年 《远离尘嚣》
1878年 《还乡》
1886年 《卡斯特桥市长》
1887年 《林中居民》
1895年 《无名的裘德》

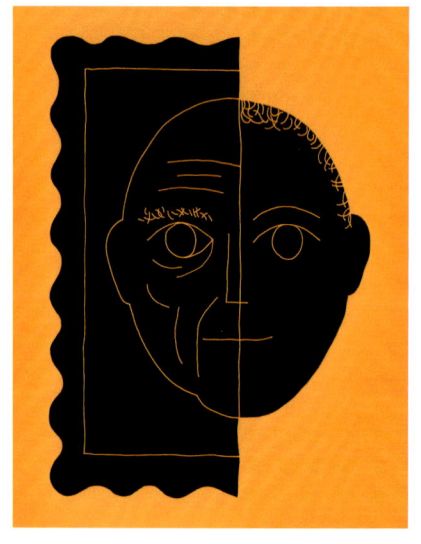

挣脱诱惑的唯一方法便是屈服于它
《道林·格雷的画像》（1891年），
奥斯卡·王尔德

背景介绍

聚焦
唯美主义

此前

1884年 在法国作家乔里-卡尔·于斯曼创作的《逆天》中，反传统主人公让·德泽森特是一位古怪的审美家，憎恨中产阶级的道德准则。

此后

1901年 德国小说家托马斯·曼在小说《布登勃洛克一家》中，详细描绘了19世纪中产阶级文化的衰落。

1912年 托马斯·曼的中篇小说《死于威尼斯》，记录了主人公古斯塔夫·冯·阿申巴赫是如何一步步向诱惑屈服的。他是一名艺术家，却过分痴迷于情欲，最终走上了自我毁灭之路。

1926年 奥地利作家阿图尔·施尼茨勒出版了中篇小说《梦幻的故事》。该作品被视为世纪之交与唯美主义相关的维也纳颓废主义运动中的重要作品。

在奥斯卡·王尔德（Oscar Wilde）的作品《道林·格雷的画像》（The Picture of Dorian Gray）中，"向诱惑屈服"这一建议总结了唯美主义的基本信条。19世纪末期起源于欧洲的唯美主义运动强调"为艺术而艺术"，而非为社会、政治或道德"价值"而"艺术"。

追求愉悦

在王尔德的小说中，俊美的道林·格雷是理想中美的化身，在追逐新奇感官体验的过程中欣然体会着各种享乐。当他一步步堕入放荡与腐败生活中时，那幅有魔力的画像中的他，也逐渐变得苍老而又丑陋，尽管现实中的他依旧年轻貌美。

尽管这部作品本身被视为"仅为感官愉悦而欣赏艺术与生命"这一信条的最佳典范，但故事中的主人公道林·格雷却踏上了一条毁灭性的道路。他的故事并非一个追求美学愉悦的简单经历，相反，同唯美主义运动一样，这部作品质疑了19世纪资产阶级的道德准则，即艺术应服务于更加崇高的目标，提出艺术应与道德相分离。作品中对违背道德的纵欲与毁灭的赞美，是对中产阶级意识形态的批判。

美丽与腐败

同道林·格雷的外表美丽依旧，那幅画像却在逐渐腐败一样，唯美主义的外表试图掩盖大英帝国衰落时中产阶级社会秩序的缺失。令亨利勋爵无比"痴迷"的美丽代表的是腐败的社会环境，诱惑象征着这个逐渐衰落的世界。美丽或许至高无上，获得美丽的代价却令人心惧；对于道林·格雷来说，最终的代价便是他的灵魂。■

参见：《死于威尼斯》240页。

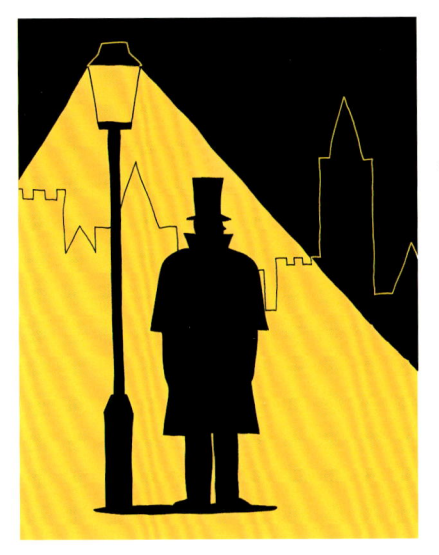

从古至今，总有一些东西是人类的眼睛无法看到的

《德古拉》（1897年），布莱姆·斯托克

背景介绍

聚焦
城市哥特式小说

此前

1852—1853年 在查尔斯·狄更斯创作的《荒凉山庄》中，城市里的雾气象征着幽闭恐怖与混乱不安。后来，这成为城市哥特式小说中神秘与恐惧的重要象征。

1886年 苏格兰作家罗伯特·路易斯·史蒂文森创作的《化身博士》，为中产阶级体面外表之下的沉闷渲染出一抹恐怖色彩。

1890年 爱尔兰作家奥斯卡·王尔德创作的《道林·格雷的画像》，刻画了社会的堕落与人类生命的有限。这一内容使该作品成为城市哥特式小说的经典之作。

此后

1909年 法国作家加斯东·勒鲁创作的《歌剧魅影》，将哥特式小说带到了巴黎的中心。由该小说改编的舞台剧及电影更令多观众得以欣赏这部作品。

18世纪末到19世纪初的哥特式小说发生在破败或荒凉环境中，是与超自然现象相关的恐怖故事。之后的城市哥特式小说将城市变为恐怖之地，并在故事中反映当时人们内心的焦虑与担忧。

爱尔兰小说家布莱姆·斯托克创作的《德古拉》，将读者带入了维多利亚时期伦敦的中心，一位来自外域的吸血鬼伯爵正威胁着中产阶级社会的安定。大多数时候，人们难以发觉他的存在，他能随意选择受害者。通过这个故事，小说将城市中人们相互之间陌生感所带来的恐惧展现在读者眼前。

来自东方的恐惧

《德古拉》是一个东西欧之间较量的故事：这位伯爵来自东欧的特兰西瓦尼亚，降落在英格兰东海岸，最终定居于伦敦东部的普福利特。对于维多利亚时期的读者来说，这样一位主人公会令他们联想到异国人、暴力与犯罪。

这位古老入侵者来自充满神秘与民间传奇的土地，在他面前，一切现代物品都无法发挥作用。德古拉伯爵被刻画成一股来自异域、黑暗而又带有兽性的力量。当他威胁要将自己身上不死的诅咒传于他人时，我们又看到了与城市肮脏生活相联系的传染、性欲。■

> 究竟什么样的人，才能做出这样的事？又或是什么样披着人类外衣的怪物，才能做出这样的事？
> ——《德古拉》

参见：《荒凉山庄》146~149页，《道林·格雷的画像》194页，《化身博士》201~202页，《螺丝在拧紧》203页。

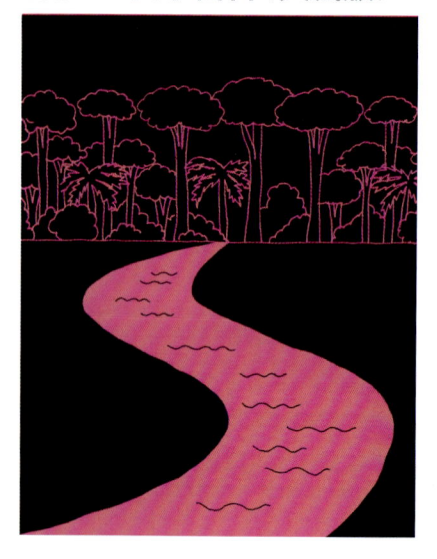

地球上的一块黑暗之地

《黑暗的心》（1899年），约瑟夫·康拉德

背景介绍

聚焦
殖民主义文学

此前

1610—1611年 在莎士比亚的《暴风雨》中，普洛斯彼罗将卡利班收为奴隶。该作品是最早以殖民主义视角进行写作的虚构文学之一。

1719年 在《鲁滨逊漂流记》中，主人公向原住民星期五传授"更为先进"的西方世界生存方式。

此后

1924年 E. M. 福斯特在《印度之行》中提出疑问：殖民者与被殖民者是否能够真正相互理解？

20世纪30年代 以艾梅·塞泽尔与L. S. 桑戈尔为带头人的黑人精神文化运动，反对法国殖民中的种族主义，主张黑人是特殊的，然而地位是平等的。

20世纪90年代 "后殖民主义"这一研究文学作品之中殖民主义话语形式的思潮，逐渐在文学理论界受到追捧。

19世纪，帝国主义占据统治地位，许多欧洲国家对其远方的殖民地行使着绝对的权力。西方作家通常抱有强烈的殖民主义态度，从这一时期的小说中也能够明显感受到殖民主义国家的优越感。

到了20世纪，人们开始质疑殖民主义以及殖民行为对被殖民者的影响。作家逐渐跳出帝国主义视角，转而对殖民主义的复杂性以及帝国主义的是非曲直进行探索。譬如，鲁德亚德·吉卜林的作品隐晦地挑战了大英帝国乐善好施的形象。在这一时期的文学作品中，约瑟夫·康拉德（Joseph Conrad）的作品无疑最能体现殖民主义的剥削与狭隘，其中最具代表性的是中篇小说《黑暗的心》（*Heart of Darkness*）。

内在的黑暗

对于维多利亚时期的英国来说，这部小说发生的背景地非洲是一片"黑暗大陆"。康拉德在整部作品中对这一黑暗形象加以利用，例如，他笔下的泰晤士河流向的是"无垠黑暗的中心地带"。然而，伦敦也是"地球上的一块黑暗之地"。这部小说向读者传递着一个信息：黑暗既可能源自外在，也可能源自内在。从书中神秘的象牙商人库尔兹身上可以看到，一个白人若是生活在欧洲社会体系的束缚之外，或许能够逐渐瞥见自身灵魂中的黑暗面。

小说一开始，一群好朋友坐在一艘停泊于泰晤士河上的小船之中。其中一个名叫马洛的人开始讲述自己在比属刚果的经历，并以自

> 沿河而上的感觉就像回到了创世之初。
> ——《黑暗的心》

刻画真实生活 **197**

参见：《鲁滨逊漂流记》94～95页，《一个非洲庄园的故事》201页，《诺斯托罗莫》240页，《印度之行》241～242页，《瓦解》266～269页。

己对"征服地球"的看法作为开场白。他说，"若你深入思考这件事，征服其他地区并不是一件多么体面的事情"。征服靠的是掠夺，掠夺"那些与我们肤色不同或鼻子更塌的人"。

马洛沿刚果河逆流而上的旅程读起来像是地狱之旅：非洲黑人因过度劳累或营养不足而死；欧洲白人慢慢发疯；马洛的船只也受到丛林中野人的攻击。他深深痴迷于库尔兹的故事。库尔兹在非洲收集了大量象牙，他也欣然接受了自己周遭（或是内心）的黑暗面。库尔兹还写了一篇报告，探讨如何"镇压"当地人的"野蛮习俗"。马洛看到了那行潦草的文字——"将那些畜生全部消灭！"在这里，康拉德暗示，在"教化"非洲这一任务的外衣之下，殖民者真正希望的是消灭那些肤色不同的人。

当马洛意识到自己与食人族船员（他将这些人称为"好伙计"）间存在着亲切感时，他也理解了自己与库尔兹之间的投契。康拉德可被视为当代的精神分析学家西格蒙德·弗洛伊德。他提出，"黑暗的心"可能存在于人类的内心，马洛深入非洲大陆的航行也可被视为深入人类心灵的航行。■

马洛沿刚果河逆流而上的旅程

帝国主义征服者为侵占自然资源而对非洲进行肆意**开发与掠夺**。

对非洲人的虐待揭露出了**帝国主义固有的种族歧视现象**。

马洛的食人族水手同伴甚至**没有欧洲人野蛮**。

逆流而上的旅程是一段走入人类灵魂黑暗地带的旅程。

约瑟夫·康拉德

约瑟夫·康拉德，原名约瑟夫·特奥多·康拉德·科尔泽尼奥夫斯基，1857年12月3日出生于沙俄帝国统治之下的波兰。康拉德母亲早逝，父亲又因政治原因被驱逐至西伯利亚。17岁时，康拉德搬到法国，之后成为一名海上领航员。这一段经历为他之后许多部小说中细节的创作奠定了基础。后来，康拉德在英格兰定居，希望成为一名海军军官。他在海上漂流了20年，慢慢学习了英语，也逐渐开始创作。1886年，他成为英国公民，并于1889年动笔写作自己的第一部小说《阿尔迈耶的愚蠢》。1890年，康拉德在比属刚果指挥蒸汽船"比利时国王号"，这为他创作《黑暗的心》提供了素材与故事轮廓。1924年，康拉德去世，享年67岁。

主要作品

1900年《吉姆爷》
1904年《诺斯托罗莫》
1907年《间谍》
1911年《在西方目光下》

延伸阅读

《双城记》
（1859年），查尔斯·狄更斯

《双城记》（A Tale of Two Cities）是由英国作家查尔斯·狄更斯（详见147页）创作而成的。该作品是这位多产作家的两部历史小说之一，以1789年法国大革命爆发之前及大革命时期的伦敦和巴黎为背景，讲述了发生在马奈特医生、女儿露西、露西的丈夫、流亡者查尔斯·达尔奈，以及长相酷似达尔奈的西德尼·卡顿几人之间的故事。作品以缺乏幽默色彩著称，描绘了农民阶级的苦难、巴士底狱的攻陷，还有断头台的恐怖。狄更斯一路埋下伏笔，而到了长久以来被埋葬的秘密终于揭开的那一刻，达尔奈的生命也危在旦夕。

《远大前程》
（1860—1861年），查尔斯·狄更斯

《远大前程》（Great Expectations）是查尔斯·狄更斯最著名的批判式小说之一，极受读者喜爱。故事开始于肯特郡一片薄雾笼罩的沼泽之中，主人公皮普遇到了一名逃犯。皮普自幼父母双亡，被刻薄的姐姐和她憨厚的铁匠丈夫乔·葛吉瑞带大。一天，一个消息彻底改变了皮普的人生：一位不愿公开姓名的捐助人让他看到了自己的"远大前程"，并使他成为一名绅士。狄更斯受人喜爱的幽默语言在这部作品中体现得淋漓尽致，他在情节中刻画了许多令人难忘的人物：衰老而狠毒的郝薇香小姐，她的养女、冷漠而傲慢的艾丝黛拉，还有逃犯阿伯尔·马格韦契。最后，当皮普得知捐助人身份的时候，他的人生彻底被颠覆。

> 我们永远无须为流泪感到羞愧……因为泪水就像雨滴，落在令人视线模糊的尘土之上……
> ——查尔斯·狄更斯《远大前程》

《黛莱丝·拉甘》
（1867年），爱弥尔·左拉

法国作家爱弥尔·左拉（详见191页）创作的《黛莱丝·拉甘》（Thérèse Raquin）最初以连载形式发表，讲述了同名女主人公黛莱丝的悲惨故事。她嫁给了体弱多病的表兄卡米拉，在婚姻生活中过得并不幸福。于是，她与丈夫的朋友洛朗开始了一段炽烈的婚外情。这对情人一同谋划杀害了卡米拉，但这却令他们后半生一直生活在阴影之中，也将二人间的激情转化为憎恨。左拉对人的"性情"做了科学的研究，令这部作品异常出彩。尽管一些人指责该小说内容"令人作呕"，但它却奠定了左拉在文学领域的突出地位。

《月亮宝石》
（1868年），威尔基·柯林斯

威尔基·柯林斯创作的《月亮宝石》被T. S. 艾略特形容为"英国最初、最长、最棒的现代侦探小说"。在该作品中，一位神秘的小偷从英国一栋乡间别墅中盗走了一颗价值连城的印度宝石。同柯林斯之前创作的《白衣女人》（The Woman in White）一样，这部小说也采用了多名叙事者，令故事更加精妙。《月亮宝石》最初以连载形式发表，树立了侦探小说中的经典元素：悬念、误导性线索与事件、一位笨拙的当地警察、一名才华横溢却与众不同的侦探（卡夫探长）、错误的嫌疑人、上锁的房间、

威尔基·柯林斯

威尔基·柯林斯于1824年出生在伦敦，父亲是著名的风景画家威廉·柯林斯。少年时期，柯林斯发现自己具有编造故事的才能。1851年，柯林斯经人介绍结识了狄更斯，成为这位文学巨匠的门生，与其合作创作文学作品，二人之间的友谊也在接下来的20年中愈发深厚。19世纪60年代，柯林斯创作出自己最受读者喜爱且影响最为深远的作品，并就此成为怪诞小说与悬疑故事领域的先锋人物。这两种体裁发展为后来的侦探小说。1889年，柯林斯因中风离开人世。

主要作品

1859—1860年 《白衣女人》
1868年 《月亮宝石》

以及戏剧性的收场。

《小妇人》
（1868—1869年），露易莎·梅·奥尔科特

美国作家露易莎·梅·奥尔科特创作的《小妇人》，在最初发表时长达两卷。故事以南北战争时期的新英格兰为背景，追寻四姐妹梅格、乔、贝思与艾米成长为年轻女人的历程，讲述她们各色各样的经历与抱负。这部作品在大西洋两岸都取得了巨大成功，并建立了一种全新的体裁，反对传统的女性角色，从崭新的现代视角探寻年轻女性的人生。尽管奥尔科特笔下的角色有时显得有几分感性，但她们都是极有主见的女性，尤其是乔，这个假小子一样的女孩敢于向墨守成规的生活说不。

《白痴》
（1868—1869年），费奥多尔·陀思妥耶夫斯基

《白痴》（The Idiot）被视为俄国文学黄金时代最杰出的作品之一。作家、哲学家费奥多尔·陀思妥耶夫斯基（详见174页）在创作这部小说时，意在"刻画一个完美之人"。这样的人便是故事的主人公、"白痴"梅诗金公爵。他是一位贵族，有着近乎基督一般的慈悲之心。然而，他终究太过天真。梅诗金从瑞士一家疗养院回到俄国，在对阿格拉娅·叶潘钦的浪漫之爱与对纳斯塔夏·菲利波夫娜——一位被人豢养、受人压迫的女人——的怜悯之爱中左右为难。在这一过程中，梅诗金的善良受到了考验。在这个愈发腐败的社会中，他的慈悲与正直终究无处安放。

《情感教育》
（1869年），居斯塔夫·福楼拜

法国小说家、剧作家居斯塔夫·福楼拜（详见160页）创作的《情感教育》，以1848年法国二月革命及随后拿破仑三世统治下法兰西第二帝国时期为背景，记叙了一位年轻的律师弗雷德里克·莫罗的故事。福楼拜在作品中插入了发生在自己生活中的事件，以零落、客观、时而有些讽刺的风格，描绘了当时法国资产阶级社会的真实图景，并批判了资产阶级的装腔作势、缺乏礼教。

《七个兄弟》
（1870年），阿莱克西斯·基维

芬兰作家阿莱克西斯·基维（Aleksis Kivi，1834—1872年）耗费10年时间，创作出了小说《七个兄弟》（Seven Brothers）。这部作品讲述了7个兄弟喧闹而又灾难不断的冒险经历。他们7人拒绝遵循社会传统，逃至森林之中，以打猎为生。小说将浪漫主义与现实主义相结合，并在其中添加了大量幽默元素。《七个兄弟》遭到了评论家的强烈批判，这可能也是基维英年早逝的原因之一。如今，人们将这部小说奉为经典。这也是第一部以芬兰语创作的杰出作品，这一作品彻底动摇了瑞典文学在芬兰的统治地位。

《高乔人马丁·菲耶罗》
（1872年），何塞·埃尔南德斯

阿根廷诗人何塞·埃尔南德斯（José Hernandez，1834—1886年）创作的史诗《高乔人马丁·菲耶罗》（The Gaucho Martín Fierro），在很大程度上是一部社会抗议之作。这部作品描绘了高乔人（南美牛仔）的生活方式。这些牧民原本生活在潘帕斯草原上，工业化以及政治操纵对他们的平静生活造成了威胁。纵观全诗，马丁·菲耶罗这位高乔吟游诗人，歌唱着自己受压迫的生活与潘帕斯草原的荒凉。埃尔南德斯在诗中捍卫着高乔人的事业。这部作品有很高的文学价值，极受当时读者的喜爱。

《地狱一季》
（1873年），阿尔蒂尔·兰波

法国天才作家阿尔蒂尔·兰波在年仅19岁的时候便创作出了《地狱一季》（A Season in Hell）这部极为复杂的作品。它结合了散文与诗歌形式，内容映射了诗人纷乱喧嚣的生活。该诗共分9个部分，诗人在其中检视了自己穿越而过的地狱。这样的内容一方面反映了兰波本人的道德危机，另一方面也记录着他与伴侣——艺术家保尔·维尔伦分手后的心境。这本书随后成为象征主义运动的灵感来源，激励了一代又一代的诗人与作家。

《远离尘嚣》
（1874年），托马斯·哈代

《远离尘嚣》（Far from the Madding Crowd）是英国作家托马斯·哈代（详见193页）第一部受到读者追捧的小说，也是他第一次将故事的背

> "在自己的目标面前，二人都是失败者——他们一个向往的只有爱情，另一个向往的只有权力。"
> ——居斯塔夫·福楼拜《情感教育》

亨利克·易卜生

亨利克·易卜生（Henrik Ibsen）被视为"现实主义之父"，也是现代戏剧的开路先锋人物之一。他于1828年出生在挪威南部的希恩镇，15岁开始创作戏剧，并下定决心从事文学创作。作品《布朗德》（Brand，1865年）令易卜生获得了业内的认可，之后的戏剧作品更是以其强烈的社会现实主义色彩使其扬名海外。易卜生一生中最多产的时期（自1868年开始）是在意大利和德国度过的，但是他的大多数戏剧作品却以挪威为背景。1891年，易卜生回到挪威，被人们奉为民族英雄。1906年，几次中风发作之后，易卜生离开了人世。

主要作品

1879年 《玩偶之家》
1881年 《群鬼》
1884年 《野鸭》
1890年 《海达·高布乐》
1892年 《建筑大师》

景设置于韦塞克斯。这部作品围绕着主人公芭丝谢芭·埃弗登展开。埃弗登是一位独立且大胆的女性，这样的她吸引了3名性格截然不同的追求者：忠诚的牧羊人伽百列·奥克、比邻而居的农人伯德伍德，还有风度翩翩的特洛伊中士。哈代在小说中描绘了动人的乡村生活，并对拒绝、贫穷、忠诚、爱情以及肆无忌惮的激情等主题进行了探索。

《安娜·卡列尼娜》
（1875—1877年），列夫·托尔斯泰

陀思妥耶夫斯基将俄国作家列夫·托尔斯泰（详见181页）创作的《安娜·卡列尼娜》视为一部"完美无瑕"的作品。该小说讲述了亚历山大·卡列宁美丽聪慧的妻子安娜与年轻单身汉渥伦斯基伯爵之间的婚外情。卡列宁发现妻子有了外遇，但为了维系公职，他拒绝与安娜离婚。于是，这对情人搬到了意大利，还生下了一个孩子，过着坎坷的生活。安娜打破了当时的社会规范，遭到排斥。与安娜的故事平行的另外一条故事线讲述了地主列文（托尔斯泰以自己为原型塑造了这一人物）与基蒂（安娜嫂子的妹妹，原本爱慕着渥伦斯基）之间的爱情。二人在经历了种种曲折之后，终于结婚，有一个幸福而圆满的结局。这也反映了托尔斯泰本人对简单田园生活的向往。

《丹尼尔·德龙达》
（1876年），乔治·艾略特

《丹尼尔·德龙达》（Daniel Deronda）是英国小说家乔治·艾略特（详见183页）创作的最后一部作品。该小说揭露了维多利亚时期英国社会中存在的反犹太主义情绪，并因其中对犹太民族理想的共鸣而闻名。小说包含两条故事线：第一条讲述了因婚姻不幸而备感沮丧的格温德琳·哈利斯的故事，第二条则描绘了丹尼尔·德龙达的故事。德龙达既富有又极具同情心，一次，他救下了一位年轻的犹太姑娘米拉·拉皮德斯，并在这一过程中发现了自己具有犹太血脉。在德龙达与格温德琳偶然相遇后，二人的人生便交织在了一起。德龙达下定决心支持犹太民族的事业，这也赋予了格温德琳追寻自由的能力。

《玩偶之家》
（1879年），亨利克·易卜生

《玩偶之家》（A Doll's House）是挪威剧作家、诗人、戏剧导演亨利克·易卜生（Henrik Ibsen）创作的戏剧，长3幕，首次公演之后便触发了社会上许多人的愤慨之心，引发了巨大争议。该作品刻画了一个普普通通的家庭：银行律师托伐·海尔茂、他的妻子娜拉以及他们的3个孩子。这部作品传达了易卜生对待传统婚姻的批判性态度。娜拉因与海尔茂之间产生了巨大分歧，从而选择离开丈夫与3个孩子，踏上了一条追寻独立与自我实现的道路。

《卡拉马佐夫兄弟》
（1880年），费奥多尔·陀思妥耶夫斯基

俄国作家陀思妥耶夫斯基（详见174页）耗费2年左右的时间创作出了《卡拉马佐夫兄弟》，这是他的最后一部小说，也被视为他的代表作。在该作品中，一位无名氏以第一人称进行叙事，讲述了不负责任的浪荡公子费多尔·卡拉马佐夫与两段婚姻中几个儿子的故事。大儿子德米特里是一个享乐主义者；二儿子伊万是一位理性主义者，也是无神论者；小儿子阿廖沙有着虔诚的宗教信仰，也异常聪明；斯乜尔加科夫（据传是费多尔的私生子）性格乖僻，还患有癫痫。故事讲述了一家人之间的遗产之争、德米特里与费多尔之间的爱情之争，还掺杂了弑父这一主题。在这部情节复杂的小说中，陀思妥耶夫斯基探讨了信仰与怀疑、自由意志，以及道德责任等深刻问题。《卡拉马佐夫兄弟》创作完成还不到4个月，陀思妥耶夫斯基便离开了人世。

《金银岛》
（1881—1882年），罗伯特·路易斯·史蒂文森

罗伯特·路易斯·史蒂文森创作的《金银岛》（Treasure Island）

刻画真实生活　**201**

最初在一本儿童杂志上以连载形式发表。该作品是儿童文学领域的经典之作，讲述了海盗、埋藏的宝藏，以及发生在热带地区一座遍布沼泽的小岛上的故事。该小说情节扣人心弦，深受世界各地儿童的喜爱。史蒂文森将其编织成一部成长小说，讲述了少年吉姆·霍金斯逐渐长大成人的故事。作者还在书中通过刻画独脚海盗西尔弗这一千变万化的人物来对道德问题进行讨论。

《一个非洲庄园的故事》
（1883年），奥莉芙·施赖纳

南非女权主义作家奥莉芙·施赖纳（Olive Schreiner，1855—1920年）以自己成长的地方——南非稀树草原（荷兰定居者的放牧地点）为背景，创作了小说《一个非洲庄园的故事》（The Story of an African Farm）。这部作品极大程度上反映了作者本人的立场。书中的主人公林达尔是一位年轻女性，她勇于挣脱圣经教义影响下布尔（荷兰裔南非人）社会的束缚。她的求婚者华尔杜也是一位社会习俗的反抗者。施赖纳对林达尔的刻画令她受到了女权主义的赞扬，也使她小有名气。她笔下对南非景观的虚构化描绘也十分具有先驱意义。

《庭长夫人》
（1884—1885年），莱奥波尔多·阿拉斯

西班牙小说家莱奥波尔多·阿拉斯（Leopolda Alas，1852—1901年）创作的《庭长夫人》（La Regenta），最初以2卷发表，讲述了一位地方法庭庭长夫人（题目在西班牙语中一语双关，也意指"下命令的女人"），通过宗教与通奸追求满足的故事。书中刻画了各式各样的人物，包括教堂神父以及当地的花花公子梅西亚。作者绝妙地描绘了当地的生活图景，通过

> 没有什么是可鄙的——所有事物都是有意义的；没有什么是渺小的——所有事物都是整体中的一部分。
> ——奥莉芙·施赖纳《一个非洲庄园的故事》

让人物自己讲述发生在他们身上的故事，深度挖掘了人物心理。

《化身博士》
（1886年），罗伯特·路易斯·史蒂文森

《化身博士》是一部让罗伯特·路易斯·史蒂文森在文学领域获得名望的作品。该小说最著名的是其中对"人格分裂"的精彩刻画。故事开始的时候便向读者介绍了两个充满神秘色彩的男人：亨利·杰基尔是一位受人敬重、善于交际的医生，爱德华·海德则是一名邪恶堕落、手段凶残的杀人犯，而这二人之间似乎存在着某种联系。随着情节一步步展开，读者慢慢得知了真相：杰基尔研制出一种药水，用以压制自己人格中享乐主义的一面，又创造出了海德这一集合了自己所有黑暗人格的形象。

《马伊亚一家》
（1888年），埃萨·德·克罗兹

埃萨·德·克罗兹（Eça de Queirós）被视为欧洲最伟大的现实主义小说家之一，《马伊亚一家》（The Maias）是他的代表作。这部作品以19世纪末的里斯本为背景进行创作，并以讽刺色彩与现实主义风格闻名。故事的主人公卡洛斯·马伊亚是一位既富有又有才华的医生，热衷于做善事，但他自己却过着放荡的生活。他与一名美丽却神秘的女人开始了一段风流韵事，一个惊人的发现最终结束了这段关系。

罗伯特·路易斯·史蒂文森

罗伯特·路易斯·史蒂文森在萨摩亚群岛生活的时候，以当地语言为自己取名为"图西塔拉"，意为"讲故事的人"。史蒂文森于1850年出生在爱丁堡，为取悦父亲，他开始学习法律。虽然如此，他仍很早便决定将写作作为自己的毕生追求。他的身体状况一直不好，但这并未阻止他游历世界各地，他走访美国，还在法国居住过一段时间。在那段时期，他创作了一些代表作，其中大部分是儿童文学作品。考虑到健康状况，史蒂文森在1887年离开欧洲，前往气候更加适宜居住的美国。1888年，他与家人一同乘船航行于南太平洋。1890年，史蒂文森在萨摩亚群岛定居，并于4年后离世。

主要作品

1881—1882年　《金银岛》

1886年　《绑架》

1886年　《化身博士》

《饥饿》
（1890年），克努特·汉姆生

挪威作家克努特·汉姆生（Knut Hamsun，1859—1952年）在30岁时出版了自己的第一部成功的小说《饥饿》（Hunger）。在这之前的许多年中，他一直过着穷困潦倒的生活，东奔西走，从事过许多不同的工作，这部作品也反映了他的亲身经历。该小说以克利斯蒂安尼亚城（后来的奥斯陆）为背景，描绘了一个年轻人的贫穷生活与绝望心理。他无比渴望成为一名成功的作家，却因这种渴望陷入了极度不安之中，最终精神失常。小说中对痴迷与疏离心理的刻画使其成为文学领域的里程碑。

埃萨·德·克罗兹

埃萨·德·克罗兹被视为葡萄牙最伟大的小说家，也是一名政治活跃分子。他于1845年出生在葡萄牙北部。克罗兹写作的短篇故事和散文作品很快出现于出版物中。到了1871年，他成为"七十年代派"中的一员。这一聚集了多位反叛知识分子的团体，致力于社会及艺术改革，克罗兹曾指责葡萄牙文学缺乏原创性。他曾在古巴和英格兰担任领事。正是在那里，他创作出了自己最具代表性的讽刺小说。后来，克罗兹被调往巴黎，于1900年在巴黎去世。

主要作品

1876年 《阿马罗神父的罪恶》
1878年 《巴济里奥表兄》
1888年 《马伊亚一家》

《丛林之书》
（1894—1895年），鲁德亚德·吉卜林

《丛林之书》是英国作家鲁德亚德·吉卜林创作的故事集，以诗歌串联而成，其中最著名的一篇是关于毛格利的故事。这个印第安男孩自小被狼抚养长大，并跟着棕熊巴洛、黑豹巴希拉和狼群学会了丛林生存法则。曾在印度生活过许多年的吉卜林通过故事中的动物角色来传达道德内涵，通过将不负责任的人类与严格遵循丛林生存法则的动物进行对比，告诉读者什么是良好的品行。这也令这部作品成为极具教育意义的寓言故事集。

《艾菲·布里斯特》
（1894—1895年），台奥多尔·冯塔纳

《艾菲·布里斯特》（Effi Briest）被视为普鲁士现实主义文学的里程碑。这部作品由德国作家台奥多尔·冯塔纳（Theodore Fontane，1819—1898年）创作。主人公是一位17岁的少女艾菲，她嫁给了殿士台顿这个年纪足有自己两倍大，又极富野心的贵族。后来，艾菲与当地一名花花公子有了婚外情。6年后，这段早已结束的风流韵事再次浮出水面。冯塔纳笔下的人物被普鲁士严苛的社会准则牢牢束缚着，故事最终逐渐走向悲惨的结局。

《无名的裘德》
（1895年），托马斯·哈代

英国作家托马斯·哈代（详见193页）在其宿命主义作品《无名的裘德》（Jude the Obscure）中，讲述了主人公裘德的故事。裘德生活在乡下，极具学术抱负，却从未成功。裘德受人欺骗，不情不愿地结了婚。后来他却爱上了自己的表妹苏，而苏嫁给了当地一所小学的校长。苏对与丈夫之间的性事感到厌恶，于是找到裘德。二人生活在了一起，然而，贫穷与社会压力最终令他们陷入了悲剧。评论家与读者因小说中对于性的坦率与悲观而备感震惊。在这样的舆论之下，哈代决定不再写作小说，转而开始创作诗歌。

《红色英勇勋章》
（1895年），斯蒂芬·克莱恩

美国作家斯蒂芬·克莱恩创作的《红色英勇勋章》（The Red Badge of Courage）是最杰出的战争小说之一，以现实主义色彩、简洁的写作风格以及具有现代性的创作思路而闻名。这部作品以南北战争为背景，主人公亨利·弗莱明是联盟军中的一名年轻列兵。他梦想着荣耀，然而，面对战场上的硝烟与残酷的现实，他在进攻联邦军的时候当了逃兵。弗莱明深陷羞愧之中，之后在英雄式的行为中寻求救赎与人生的意义。

《万尼亚舅舅》
（1897年），安东·契诃夫

许多人将《万尼亚舅舅》（Uncle Vanya）视为安东·契诃夫（Anton Checkhov）一生中最杰出的作品。这部作品对人的盲目与绝望进行了透彻的研究。它以19世纪末俄国一座乡间庄园为背景，围绕庄园管理者万尼亚，庄园主人谢列布利雅可夫教授及他的第二任妻子艾兰娜、女儿索尼雅，以及索尼雅对乡村医生阿斯特诺夫的单相思展开。万尼亚因自己虚度的人生与对艾兰娜未果的爱情而沮丧，于是，他试图射杀谢列布利雅可夫，却没有成功。当故事结束的时候，一切未曾改变。

《螺丝在拧紧》
（1898年），亨利·詹姆斯

《螺丝在拧紧》（The Turn of the Screw）是美国作家亨利·詹姆斯（详见187页）创作的中篇小说，也是最著名的鬼故事之一。该作品主要透过一位家庭女教师的日记进行叙事，讲述了她试图将自己负责照看的两个孩子弗罗拉和迈尔斯，自两名从前在这里工作却早已离世的仆人手中拯救出来的艰险经历。小说对故事中发生的事件没有清晰的定论，一些评论家也认为，这位家庭女教师并非受鬼魂所扰，而是本身情绪狂暴、歇斯底里。《螺丝在拧紧》影响深远，为之后描写天真孩童被邪恶灵魂附体的故事铺平了道路。

《觉醒》
（1899年），凯特·肖邦

美国作家凯特·肖邦（Kate Chopin，1851—1904年）创作的小说《觉醒》（The Awakening）以新奥尔良为背景，讲述了主人公埃德娜·庞德烈的故事，以及她在试图打破婚姻与母性加诸在其身上的枷锁的过程中经历的挣扎。庞德烈通过两段性关系寻求觉醒，然而，比性欲作用更强大的却是独立思考、艺术、音乐与游泳。小说中对婚姻出轨及女性独立的直白描绘震惊了读者与评论家，导致小说于出版之初就被禁。如今，这部作品已成为女性主义小说的里程碑，也是美国南部文学的早期代表作。

《吉姆爷》
（1900年），约瑟夫·康拉德

出生于波兰的英国小说家约瑟夫·康拉德（详见197页）创作的《吉姆爷》（Lord Jim），讲述了一位年轻英国海员吉姆试图洗刷污名，挽回自己无心的怯懦之举的故事。在船长马洛（也是书中大部分情节的叙事者）的帮助下，吉姆成为帕图森（虚构的南太平洋国家）的"爷"（首领），并最终通过自我牺牲弥补了自己的罪过。该小说之所以被奉为经典，不仅是因为它对理想主义与英雄主义进行了深刻的讨论，更是因为这部作品对框架式叙事的应用可谓绝妙。

《嘉莉妹妹》
（1900年），西奥多·德莱塞

《嘉莉妹妹》（Sister Carrie）是美国小说家、记者、社会主义者西奥多·德莱塞（Theodore Dreiser，1871—1945年）发表的第一部小说。该作品聚焦同名主人公嘉莉这位年轻姑娘，描写了她离开家乡威斯康星州，前往大城市芝加哥的经历。她最开始在一家鞋厂工作，在经历几段风流韵事后（其中一段的对象还是有妇之夫），嘉莉最终在舞台表演领域取得成功，并收获了财富。双日出版社接收了德莱塞的这部作品，但考虑到该小说中惊世骇俗的主题以及19世纪末美国社会的道德氛围，他们决定延迟出版，并修改了文字内容，还对发行量进行了限制。直到1981年，这部作品的完整版才得以面世。

安东·契诃夫

安东·契诃夫出生于1860年，常被人们奉为俄国最伟大的剧作家之一。他不但是一位多产的作家，还是一位医生，且从未放弃行医。他曾将医生这一行业比喻为自己的"合法伴侣"，文学则是他的"情妇"。最初令契诃夫名声大噪的是他的短篇小说——1888年，他凭借《草原》（The Steppe）获得了普希金奖章。自19世纪90年代开始，他创作了大量为人们所熟知的戏剧作品，并在莫斯科艺术剧院进行了演出。1901年，契诃夫与演员奥尔加·克尼碧尔结婚，不幸的是，他于1904年因肺结核离开了人世。

主要作品

1897年　《海鸥》
1897年　《万尼亚舅舅》
1904年　《樱桃园》

> 无论我看到了什么，弗罗拉和迈尔斯都看到了更多——那些恐怖的、难以预料的东西……
> ——亨利·詹姆斯《螺丝在拧紧》

BREAKING WITH TRADITION
1900–1945

打破陈规
1900年—1945年

19世纪90年代

奥地利神经学家西格蒙德·弗洛伊德提出了**潜意识理论**，并发明了精神分析法这一临床治疗方法。

1912年

在中国，清王朝被推翻，持续了4000年的王朝统治正式画上了句号。

1915年

弗兰兹·卡夫卡创作的存在主义中篇小说《变形记》在德国出版，讲述了一个**噩梦般的异化故事**。

1920年

英国军人威尔弗雷德·欧文创作的《为国捐躯》等描写战争的诗歌，在其去世后得以出版。

1901年

阿瑟·柯南·道尔的小说《巴斯克维尔的猎犬》，在《海滨》杂志上以连载形式发表。

1914—1918年

第一次世界大战的战火在欧洲迅速蔓延，在那一代年轻人中，伤亡人数史无前例。

1917年

3月，俄国革命推翻了沙皇统治；11月，列宁领导下的**布尔什维克**夺取了政权。

1922年

詹姆斯·乔伊斯在小说《尤利西斯》中，使用**意识流的写作手法**，描绘了主人公利奥波德·布鲁姆的一天。

20世纪初，全球弥漫着一股乐观主义情绪，人们普遍认为世纪之交是文化领域的转折点——19世纪末的悲观主义逐渐过去，一个更加活跃且现代的新纪元到来了。工业化与帝国的建立带来了繁荣，也在人们心中播下了希望的种子，令人们相信一个更加美好、公正的社会终将建立。同时，西格蒙德·弗洛伊德提出的潜意识，以及阿尔伯特·爱因斯坦提出的相对论等全新的科学理论，也影响了人们看待自己与世界的方式。

然而，历史上的20世纪却是一段动荡的时期。第一次世界大战中残酷的杀戮首先击碎了人们对美好未来的梦想。之后，在一段极为短暂的时期中，世界沉浸于享乐主义式的相互信任之中。全球性的经济大萧条很快打破了平静的现状，紧随其后的纳粹主义与法西斯主义又引发了第二次世界大战。

现代主义

新世纪的作家逐渐从创作揭露社会问题的现实主义文学作品，转向使用更为现代的写作手法与体裁来创作文学作品。埃兹拉·庞德（Ezra Pound）等诗人以法国象征派人物为榜样，创造出全新的风格，突破了诗歌写作的惯例。

小说家也找到了许多新鲜的表达方式。受存在主义哲学及心理学领域新生理论的影响，弗兰兹·卡夫卡（Franz Kafka）创作出了一个充满奇幻色彩且常常如同噩梦一般的世界，用以描绘现代社会中异化的个人。

现代主义小说家采用了另一写作形式，即意识流。心理学理论极大地推动了意识流小说的发展。爱尔兰作家詹姆斯·乔伊斯（James Joyce）的现代主义风格便建立在这一理论之上，从最初的《尤利西斯》（*Ulysses*）到后来更具实验精神的《芬尼根的守灵夜》（*Finnegans Wake*）都是如此。

更加传统的散文叙事也在现代主义文学中扮演着重要角色。譬如，德国作家托马斯·曼（Thomas Mann）首先在中篇小说《死于威尼斯》（*Death in Venice*）中重塑了成长小说（或称"教育小说"），使文章的形式更加现代化，其之后的

打破陈规　**207**

1922年 — 鲁迅以白话文创作出了短篇小说集《呐喊》。

1925年 — F. 司各特·菲茨杰拉德出版了关于"爵士时代"美国人生活的社会评论小说《了不起的盖茨比》。

1929年 — 华尔街崩盘标志着经济大萧条的开端，也结束了"爵士时代"与"咆哮的20年代"的繁荣时期。

1939年 — 雷蒙德·钱德勒的第一部小说《长眠不醒》，在黑暗、复杂的情节之中引入了硬汉派私家侦探菲利普·马洛。

1943年 — 第二次世界大战期间被流放至美国的安东尼·德·圣-埃克苏佩里创作出中篇小说《小王子》。

1924年 — 托马斯·曼完成了自己情节复杂、史诗一般的成长小说《魔山》。

1929年 — 阿尔弗雷德·德布林在其魏玛时代小说《柏林，亚历山大广场》中，使用了大量实验性写作手法。

1937年 — 佐拉·尼尔·赫斯顿在其小说《他们眼望上苍》中，描绘了20世纪美国社会中一位年轻黑人女性的真实人生图景。

1939—1945年 — 第二次世界大战期间，多国联合力量在太平洋地区共同对抗欧洲的纳粹主义与日本的军国主义。

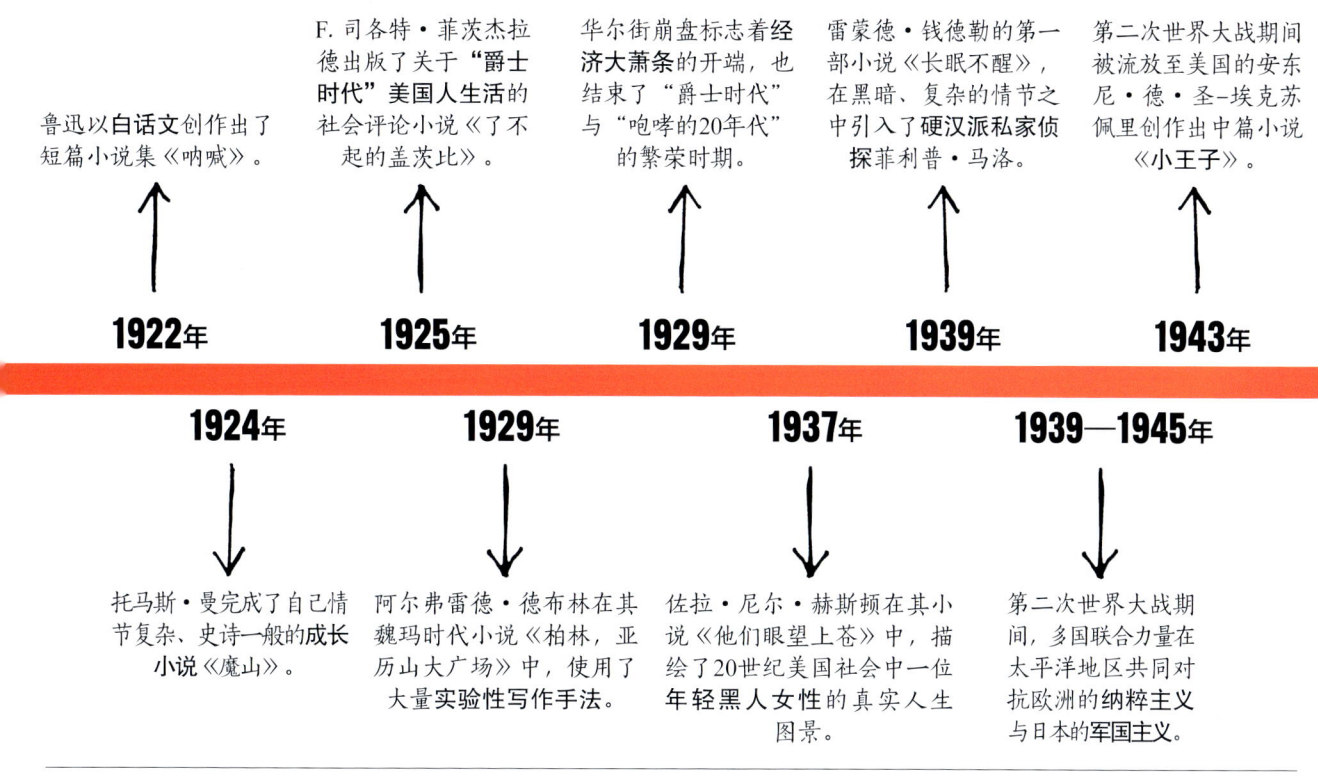

作品《魔山》（Magic Mountain）也采用了相似的写作手法。

战乱中的世界

20世纪，推动文学作品创作的不仅仅是思想，重要历史事件也起着重要作用。第一次世界大战不可避免地对文学领域产生了深远影响，这在威尔弗雷德·欧文（Wilfred Owen）等有参战经历诗人的作品中体现得尤为鲜明。我们也不能遗忘"迷惘的一代"中那些美国作家，他们在战争中逐渐成长，代表人物包括T. S. 艾略特、欧内斯特·海明威与F. 司各特·菲茨杰拉德（F. Scott Fitzgerald）。菲茨杰拉德的作品表面上描绘的是20世纪20年代那些纸醉金迷的日子，但在《了不起的盖茨比》（The Great Gatsby）中，他成功刻画了浮华外衣之下的真实世界与转瞬即逝的"咆哮的20年代"。在这部作品中，我们几乎能预见下一个十年经济大萧条的到来。20世纪20年代还见证了一批非裔美国作家的崛起，他们刻画的真实黑人生活，与当时其他文学作品中爵士时代黑人艺术家的生活形成了鲜明对比。

德国与奥地利在第一次世界大战后也经历了短暂的乐观主义时期，这一情结在阿尔弗雷德·德布林（Alfred Döblin）等小说家的作品中得到了鲜明的体现。这样的文学风潮持续了很短的一段时间。希特勒的掌权令很多作家与艺术家被迫逃往其他地区，专制的纳粹政权对现代"颓废"艺术怀有敌意。新建立的苏联亦是如此，这也导致了俄国文学黄金时代的终结。放眼中国，长达4000年的王朝统治被推翻，一大批民族主义作家纷纷涌现。

侦探小说

20世纪初，流行小说蓬勃发展，其中，侦探小说这一体裁吸引了大批读者。维多利亚时期英国作家威尔基·柯林斯与美国作家埃德加·爱伦·坡是这一领域的先驱者。但真正令侦探小说走入千家万户的是苏格兰作家阿瑟·柯南·道尔笔下的夏洛克·福尔摩斯这一人物。福尔摩斯诞生后，文学作品中又出现了许多性格特征各不相同的侦探人物。∎

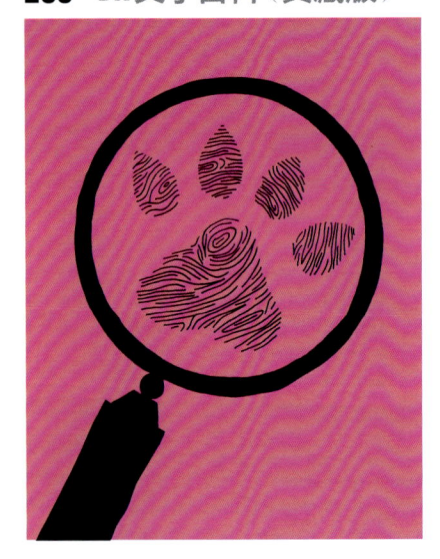

这世上充斥着显而易见却从未有人注意到的事情

《巴斯克维尔的猎犬》（1901年），
阿瑟·柯南·道尔

背景介绍

聚焦
侦探小说的成熟

此前
1841年 在美国作家埃德加·爱伦·坡创作的作品《莫尔格街凶杀案》中，主人公将观察、推理以及直觉应用于一桩杀人案的侦破过程之中。

1852—1853年 在英国作家查尔斯·狄更斯创作的《荒凉山庄》中，侦探贝克特在调查一桩谋杀案的时候，筛查了许多名嫌疑人。

1868年 英国作家威尔基·柯林斯出版了《月亮宝石》，许多人将这部作品视为第一部以英语创作的、完整的侦探小说。

此后
1920年 英国作家阿加莎·克里斯蒂出版了自己的第一部侦探小说《斯泰尔斯庄园奇案》，正式开启了所谓的侦探小说黄金时代。

此前，许多国家的文学作品中曾出现过侦探人物，他们凭借敏锐的观察及极强的推理能力，侦破一个个看似不可能的案件，抓获作恶者。直到19世纪，美国作家埃德加·爱伦·坡在其作品中刻画了C.奥古斯特·杜平这一人物，侦探小说才逐渐作为一种独立的体裁崭露头角，并在第一次世界大战期间的英国走向鼎盛。侦探小说的核心无疑是侦探人物，他们极为理性，却常常缺乏社交能力；身边通常会有一名助手；能够发现并破译那些警察都无从下手的线索。苏格兰作家阿瑟·柯南·道尔笔下的夏洛克·福尔摩斯是现代侦探的典范。

柯南·道尔曾在苏格兰学医，即使是在成为颇有名望的作家后，他也从未放弃行医。道尔真正的兴趣在于写作历史小说，令他取得成功的却是其笔下的侦探故事。这些故事大多在《海滨》杂志上以连载形式出版。《巴斯克维尔的猎犬》是道尔第三部以福尔摩斯为主人公创作的内容完整的小说。

谋杀

故事围绕着发生在达特姆尔高原上的一桩奇异案件展开：很明显，查尔斯·巴斯克维尔爵士在自己的庄园中被鬼魂所扰，受惊吓而死。福尔摩斯的朋友兼伙伴，也是本书的叙事者——华生医生，讲述了故事的主线以及支线情节中一个在荒野上游荡的逃犯的故事。

同早期其他侦探小说一样，《巴斯克维尔的猎犬》描绘了一件残忍的谋杀案、一群特定范围内的嫌疑人、一名来到现场进行调查的能力超群的侦探，以及一个读者能够通过逻辑推理得出的案件真相。这部小说的魅力一方面在于其精彩的情节——故事中，理性最终战胜了邪恶与迷信，另一方面也在于书中怪诞的哥特式气氛。■

参见：《荒凉山庄》146~149页，《月亮宝石》198页，《长眠不醒》236~237页。

打破陈规 **209**

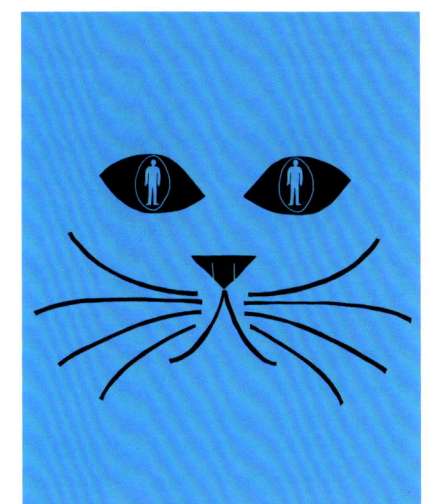

我是一只猫，我尚没有名字，我不知道自己出生在哪里
《我是猫》（1905—1906年），夏目漱石

背景介绍

聚焦
私小说

此前

1890年 在森鸥外创作的短篇故事《舞姬》中，一名身在德国的日本学生经历了一段注定无果的爱情。该作品预示着之后启示性自传体小说的盛行。

1906年 在岛崎藤村创作的小说《破戒》中，一名教师整日担惊受怕，试图掩盖自己来自社会上一个受人排斥的阶级的事实，并在此过程中为争取自我实现而斗争。

此后

1907年 田山花袋创作的《蒲团》是一部告解式小说，他在故事中记叙了自己对一名学生未能实现的浓烈爱情。该作品是第一部公开以纪实和自传体形式呈现的私小说。

1921—1937年 志贺直哉创作的《暗夜行路》是一部带有诗意的私小说，刻画了一名在追寻清静境界过程中备受折磨之人的内心挣扎。

> "私小说"是20世纪初涌现于日本的一种文学体裁。私小说与西方传统意义上的小说截然不同。这是一类带有告解意味的文学作品，内容往往也是自传式的。该体裁得名于第一人称视角"我"（私），故事的叙事者永远是坦率的，从不说谎。在以该体裁进行创作的作者看来，西方文学中使用多种视角叙事的做法是带有误导性质的，因为作者只有从自己的视角出发，才能记叙客观的事实真相。

无情的人类

许多人将夏目漱石（Natsume Sōseki，1867—1916年）奉为现代最伟大的日本作家，其作品《我是猫》（*I Am a Cat*）是私小说中的杰出典范（亦是其中妙趣横生的典范）。书中作为叙事者的那只猫极其高傲、目空一切，似乎将自己视为一位贵族，俯视着人类愚蠢的行径。私小说中的自传式元素透过猫的主人苦沙弥先生得以呈现。苦沙弥同书中其他人类一样，受到了无情的嘲讽，而这一人物的原型是夏目漱石本人。作者透过猫的双眼，描绘出了自画像。

《我是猫》最初连载于文学杂志《杜鹃》上。此前，该杂志刊登的大多是俳句作品。这部小说大部分的连载内容可被视为一篇独立的短篇故事。■

> "像我一般同人类一起生活，我越是观察他们，越是不得不承认他们的自私。"
> ——《我是猫》

参见：《金阁寺》263页。

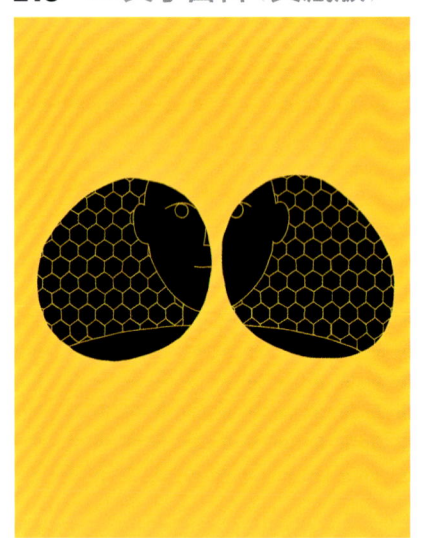

格里高尔·萨姆沙发现自己躺在床上，变成了一只巨大的甲虫

《变形记》（1915年），弗兰兹·卡夫卡

背景介绍

聚焦
存在主义

此前

1864年 费奥多尔·陀思妥耶夫斯基出版了《地下室手记》。该小说后来被誉为早期存在主义作品。

1880年 陀思妥耶夫斯基的《卡拉马佐夫兄弟》聚焦父子关系。

1883—1885年 存在主义的一个典型主题是对人类怜悯与慈悲的蔑视。这正是弗里德里希·尼采笔下《查拉图斯特拉如是说》的重点内容。

此后

1938年 让-保罗·萨特的作品《恶心》被视为杰出的存在主义小说。

1942年 阿尔贝·加缪创作的《局外人》探索了人类在纷乱事件中找寻意义的徒劳。

1953年 塞缪尔·贝克特的《等待戈多》刻画了两个流浪汉的荒诞生活。

存在主义认为，焦虑是人类情绪与思想的基础，当我们认识到自身存在的荒谬与无意义时，这一状态便会被触发。存在主义植根于19世纪的北欧哲学，关键词是丹麦思想家索伦·克尔凯郭尔提出的"焦虑"。这位思想家的作品深深影响了弗兰兹·卡夫卡。

在卡夫卡令人恐慌的作品《变形记》（*Metamorphosis*）中，混乱与焦虑透过一个极端的比喻得以体现，也在一群冷漠的人物面前得以上演。当格里高尔·萨姆沙醒来后变成一只巨大的甲虫时，卡夫卡描写的核心却是面对这一荒唐境况时家人与周围人的反应，而非变形后格里高尔所承受的身体负担。

他人即地狱

变形后的格里高尔彻底变成了一个废物，再也不能从事销售工作，也无法养活他脆弱的家人。然而，家人却并未给予他同情，而是对他的样子感到恶心。变成了甲虫的格里高尔在他们的眼中是卑贱的、令人抵触的。卡夫卡以这家人为代表，揭露了所谓文明、理性世界的野蛮与残忍。借用存在主义哲学家、作家让-保罗·萨特的话来说："他人即地狱。"这句话完美地诠释了卡夫卡所刻画的处于危机之中一家人的荒诞。

格里高尔逐渐退化，在自己房间的墙上与天花板上爬来爬去，或是缩到沙发下面打发时间。他最终彻底放弃了尊严，拒绝求助于家人，也不再试图表现出自己内心尚

> "尤其是最开始的那几天，几乎所有话题都离不开他，哪怕是人们私底下的悄悄话也与他有关。"
> ——《变形记》

打破陈规 211

参见：《荒原》213页，《审判》242页，《不安之书》244页，《局外人》245页，《等待戈多》262页。

存的人性。然而，听到妹妹演奏小提琴的那一瞬间，他还是受到了触动，并被乐声吸引，爬出了卧室。在这段插曲中，格里高尔短暂地战胜了其外在的兽性，试图展现真实的自己，却又一次让他的家人（及房客）有机会辱骂并虐待他。充满敌意的旁观者也进一步加重了格里高尔内心的羞耻感与异化感。

向荒唐屈服

卡夫卡笔下的主人公通常不会克服焦虑，相反，他们不断试图在意想不到的境况下搜寻实证性方案，以解决那些稀奇古怪的谜团。《变形记》并不符合逻辑，其中的故事情节也同噩梦一般，然而，这部小说背离了以前的作品，因为主人公从一开始便放弃了解决问题、完成探索的想法。在小说的结尾处，格里高尔通过向荒谬之事屈服而收获了某种启示。

有趣的是，尽管卡夫卡承认自己受到了克尔凯郭尔及陀思妥耶夫斯基两位存在主义领域重要人物的影响，却从未对外宣称自己是存在主义者，是萨特与加缪在其离世后将其创作的作品归入了存在主义运动中。■

弗兰兹·卡夫卡

弗兰兹·卡夫卡于1883年出生在布拉格一个德系犹太人家庭。大学时期，卡夫卡在布拉格学习法律，遇到了马克斯·勃罗德。正是勃罗德在卡夫卡去世后整理并出版了他的大多数作品。

到了1908年，卡夫卡在一家保险公司工作，却一心扑在文学创作上。疾病令他不得不中断创作，1917年，他被诊断出患有肺结核。

卡夫卡的个人生活十分坎坷。他在作品《致父亲的信》中刻画了一个疏远儿子的独裁父亲的形象。他也经历了许多段无果的爱情。1923年，卡夫卡从布拉格搬到柏林，与情人住在一起。然而，每况愈下的身体令他不得不搬回布拉格与家人同住。1924年，卡夫卡在布拉格去世。

主要作品

1913年 《判决》

1922年 《饥饿艺术家》

1925年 《审判》

1926年 《城堡》

1966年 《致父亲的信》

小说中的变形

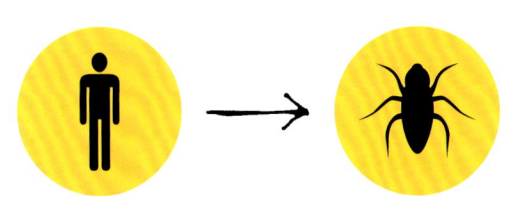

格里高尔
卡夫卡书中最显而易见的变形是格里高尔身体上的变形——他从人变成了甲虫，其心理上的变化也随之而来——他不得不学着应对自己的新状态。

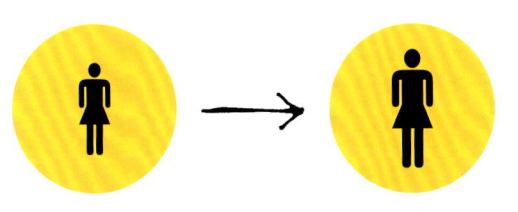

葛蕾特
该书也记录了格里高尔的妹妹葛蕾特的变形——从女孩变成了女人。她照料格里高尔的初衷也发生了变化——从爱与善意变为了责任。

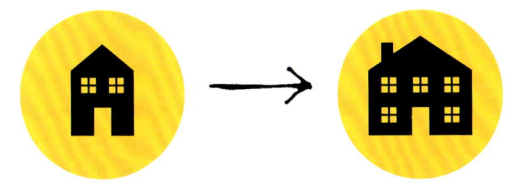

萨姆沙家族
随着书中情节一步步发展，格里高尔一家的命运由无望转变为了充满希望。

为国捐躯，甘美而光荣

《诗选》（1920年），威尔弗雷德·欧文

背景介绍

聚焦
第一次世界大战中的诗人

此前

1915年 诗人鲁珀特·布鲁克在其十四行诗《死者》中写道："死亡令我们成为比黄金更加珍贵的礼物。"这样的感情也在另一首十四行诗《士兵》中有所体现。

1916年 "美国的鲁珀特·布鲁克"阿兰·西格在法国外籍军团服役时，创作出了诗歌《我与死亡有个约会》。该作品高远、庄严而有预见性，为美国总统肯尼迪所称赞。

1916年 在艾萨克·罗森伯格生动的无韵诗《战壕黎明》中，一只"嘲弄的老鼠"匆匆穿行于死伤的士兵之间。

1917年 西格夫里·萨松在作品《将军》中，嘲讽了和蔼却无能的男性领导者的原型。

许多国家的诗人曾就自己在第一次世界大战中战斗的经历进行创作。这些诗人带领读者见证着那些悲惨的事件，他们中的许多人也英年早逝。在这些战争诗人中，最令人钦佩的是英国诗人西格夫里·萨松、鲁珀特·布鲁克，以及威尔弗雷德·欧文。

战争的不幸

欧文在入伍前曾在法国做过家庭教师。其早期作品带有强烈的爱国主义情感：《青春挽歌》讲述了那些"同牲口一般死去"的人，结尾处对这些人致以哀悼——"悲伤的郡中传出了召唤的号角"。受索姆河上的屠杀以及萨松诗歌的影响，欧文的作品中逐渐充满坚毅。在《为国捐躯》中，看着鲜血"自破碎的肺部汩汩涌出"，欧文便知道，亲眼见证过这般恐怖的人，绝不会"向痴迷于某种孤注一掷的荣耀的孩子，一遍遍讲述那古老的谎言：为国捐躯，甘美而光荣"。他笔下的一些作品聚焦超现实的噩梦。在《场景》一诗中，诗人的灵魂凝视着战争的余波，看着死去的战士同毛毛虫一般在地面上爬行。在25岁死于战场上前，他一直在打磨自己的技艺。这位诗人最为人称道的是对人类之间自相残杀的描绘，以及诗句中传达出的气节与艺术尊严。■

> 当这些人同牲口一般死去时，又是怎样的丧钟会为他们而鸣？然而，响起的只有枪炮可怖的愤怒咆哮。
>
> ——《青春挽歌》

参见：《荒原》213页，《第二十二条军规》276页。

打破陈规　213

四月是最残酷的时节，将丁香繁育于荒凉的土地上

《荒原》（1922年），T. S. 艾略特

背景介绍

聚焦
现代派诗歌

此前

1861—1865年　在马萨诸塞州，艾米莉·狄金森悄悄写下了许多首代表作。这些短篇诗歌描绘了对宗教的质疑，打破了传统，其中具有远见卓识的独特构思甚至比埃兹拉·庞德与T. S. 艾略特的作品还要超前。

1915—1962年　埃兹拉·庞德的鸿篇巨制《诗章》中博学的内容、复杂的篇章，以及直白理性的语言，与《荒原》颇为相似。

1915年　艾略特创作的《J. 阿尔弗雷德·普鲁弗洛克的情歌》，是一位幻想破灭之人的独白，也是向充满诗意的现代主义发展的里程碑式的作品。

此后

1923年　美国诗人华莱士·史蒂文斯的诗集《簧风琴》，为现代主义注入了生动而又充满哲理的想象，带有难以捉摸的美感。

20世纪早期出现于欧洲及美国的现代派诗歌认为，当下流行的诗歌，紧紧依附于浪漫主义时期提倡的主观性与传统创作形式，已无法适应科学、技术与社会价值革新后的现代全球性文化。现代派诗人抛弃了过去诗作中常见的个人论断，转而创作客观理性的内容。他们在创作过程中并不回避城市生活的复杂性，也不再对恬淡的田园生活进行幻想。

格调优美的牢骚之言

在T. S. 艾略特看来，其现代派诗歌代表作《荒原》（*The Waste Land*）"不过是些格调优美的牢骚之言"。艾略特是美国人，定居伦敦后却变成了一位咬文嚼字的英国文人。他自崩溃中逐渐恢复时，完成了《荒原》大部分内容的创作。当时许多作家，如美国诗人埃兹拉·庞德，却将作品中的悲观主义、碎片化的形式、多种语言的无标记引用，以及声音的转换，视为对第一次世界大战后世界动荡无序（包括这个堕落社会中无意义的性、人们的庸俗，以及带有隐喻意味的荒芜）的完美写照。

《荒原》的标题引用了亚瑟王传奇中费雪王的故事。费雪王被赋予照看圣杯的任务，他的无能不仅反映在其无法生育上，还反映在其令整个王国陷入寸草不生的一片荒原中。艾略特这一作品的主题便是水源与饥渴，还有生长中蕴含的死亡。这也解释了作品的首句——"四月是最残酷的时节"，也就是说，即使是春天，也无法带来生命的希望。

《荒原》带给读者一种透过快速转动的万花筒，探视人类精神（与心理、社会）焦虑的感觉。作品既有抒情的语言，也有宏大的篇章。这一切都与诗中描述的荒芜之感形成了讽刺性对比。■

参见：《恶之花》165页，《尤利西斯》214~221页，《一个青年艺术家的自画像》241页。

星辰天树上
坠着挂满水汽的
夜蓝色果实

《尤利西斯》（1922年），詹姆斯·乔伊斯

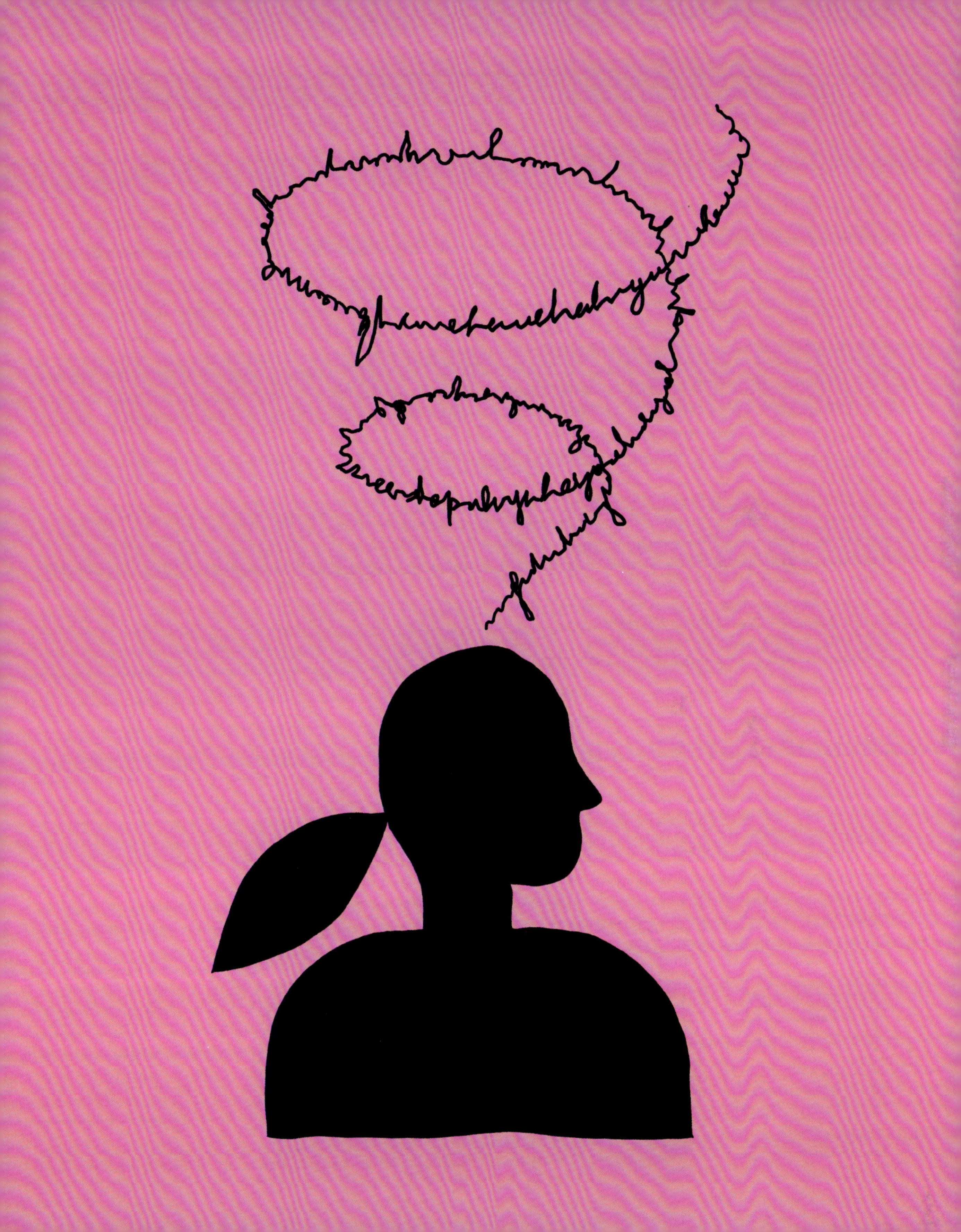

背景介绍

聚焦
意识流

此前

1913—1927年 马塞尔·普鲁斯特在其长达7卷的作品《追忆似水年华》中，深入探究了记忆与浮想这两个有助于塑造意识的部分。

1913—1935年 《不安之书》是费尔南多·佩索阿呕心沥血之作，记叙了一位里斯本的公司小职员的存在主义漫谈，映射出了他脑海中发人深省的思想与艺术的片段。

此后

1927年 弗吉尼亚·伍尔芙作品《到灯塔去》的创作，在全知叙事与意识流之间来回切换。

1929年 威廉·福克纳在《喧哗与骚动》中使用意识流的写作手法，深入探究了性格截然不同的三兄弟的所思所想。

文学评论家、诗人埃兹拉·庞德将1922年视为一个新时代的开始，称詹姆斯·乔伊斯的小说《尤利西斯》标志着旧时代的终结。《尤利西斯》与T. S. 艾略特的《荒原》这两部现代主义文学巅峰之作的发表之年，是"改变了一切的年份"。

这两部作品以作者惊人的原创力及文中严肃的艺术与道德内涵，挖掘出一种全新的文学风格。

意识流

意识流是现代派作家用以推翻现实主义叙事的手段之一。在小说领域，意识流是对人物思想、感情与情绪变化的记录。尽管早在塞缪尔·理查森书信体小说《帕梅拉》（Pamela）中，就可以看到大段大段的内省式文字，但20世纪初的小说更进了一步。亨利·詹姆斯等人的作品，无论内容还是形式，都更具主观性。

大多数学者认为，首次在虚构文学中成熟运用内心独白进行叙事的作品，是爱德华·杜夏丹（Édouard Dujardin）于1887年发表的短篇小说《月桂树被砍掉了》（Les Lauriers sont coupés）。

该体裁的出现与心理学作为一门独立科学逐渐崛起有着密不可分的联系。"意识流"一词事实上便是由哲学家、心理学家威廉·詹姆斯（亨利·詹姆斯的哥哥）在其著作《心理学原理》（1890年）中提出的。

首次将意识流应用于文学领

> **不喜欢那份差事。办丧事的家。走。帕特！听不见。他是只不长耳朵的甲虫。**
> ——《尤利西斯》

詹姆斯·乔伊斯

詹姆斯·乔伊斯于1882年出生在爱尔兰都柏林的城郊之中，父亲失业后，乔伊斯便一直在贫穷中长大。他就读于都柏林大学学院，主攻英语、法语和意大利语。后来，乔伊斯搬到巴黎，打算进修医学。母亲去世后，他回到都柏林，依靠撰写评论和教书勉强度日。1904年，乔伊斯同诺拉·巴纳克尔私奔，开始在苏黎世生活。1914年，乔伊斯发表了自己的短篇故事集《都柏林人》，这是其动笔写作《尤利西斯》的前一年。1920年，乔伊斯搬往巴黎，在那里生活了20年，创作出其晚年代表作《芬尼根的守灵夜》。1940年，乔伊斯为躲避纳粹侵略逃往苏黎世，并于1941年在那里去世。

主要作品

1914年 《都柏林人》
1916年 《一个青年艺术家的自画像》
1939年 《芬尼根的守灵夜》

打破陈规 217

参见：《奥德赛》54页，《荒原》213页，《追忆似水年华》240~241页，《一个青年艺术家的自画像》241页，《达洛维夫人》242页，《喧哗与骚动》242~243页，《不安之书》244页。

《尤利西斯》中的故事发生在1904年6月16日这一天的都柏林。书中，三位主人公的生活轨迹相互交织，并与城市中形形色色的人物有所接触。

域的是多萝西·理查森（Dorothy Richardson）创作的《尖尖的屋顶》（Pointed Roofs）。该作品采用意识流写作手法，对女性散文这一概念进行了探寻。

《尤利西斯》是意识流作品中最为出名，也是影响最为深远的一部。乔伊斯在该小说中成功"跳出"传统的叙事技巧，使得人物的心理活动不受作家的影响，被直接传达给读者。

为了记录下人物从意识到近乎潜意识中复杂而又微妙的变化历程，作家常常遵循文字间松散且带有隐喻色彩的联系，打破语法规范，省略定冠词或不定冠词。

> 每一段生命都是由许多日子组成的，日复一日。我们穿越自己，遇见强盗、鬼魂、巨人、老人、年轻人、妻子、寡妇、陷入爱河的男人。
> ——《尤利西斯》

尽管思想有时也会间接引发行动，但乔伊斯为了真实记录人物的内心独白，彻底打破了现实主义的连贯性。"邮政汇票邮票。邮局还有一段路。走着去吧。"——在《尤利西斯》中，利奥波德·布鲁姆漫步于整座城市，这段话是他在提醒自己应该要买什么，又该去哪里买。

都柏林6月的一天

《尤利西斯》的整篇故事都发生在1904年6月16日的都柏林。3位主人公的生活相互交织：斯蒂芬·迪德勒斯，22岁，教师，想成为一名作家；利奥波德·布鲁姆，38岁，广告兜揽员，一半匈牙利裔犹太血统，一半爱尔兰血统；布鲁姆的妻子摩莉，34岁，歌手，布鲁姆怀疑她与花花公子布莱泽斯·博伊兰（亦有火焰之意）之间有奸情。

作者透过对斯蒂芬、布鲁姆以及摩莉的内心描写，展现了都柏林多姿多彩的面貌。

《尤利西斯》通过开篇的几章便与乔伊斯早前的自传体小说《一个青年艺术家的自画像》（A Portrait of the Artist as a Young Man）之间架起了一道桥梁。后者讲述了主人公斯蒂芬·迪德勒斯挣脱天主教会、成长经历以及国家施加在其身上的束缚，拒绝循规蹈矩，并逐渐获得自信、解放自身的故事。在《尤利西斯》中，斯蒂芬最初出现的时间是当天清晨，他正与友人勃克·穆利根在他们居住的沙湾圆塔中争吵着。他回想起母亲临终前的事情，为自己当初因信仰无神论拒绝为她祈祷而悔恨。之后，他教授了一节历史课，还在沙滩上漫步。

接下来，时间切换到早上8

《尤利西斯》中发生在都柏林的18个片段

2 学校：
斯蒂芬离开自己居住的圆塔，步行前往迪希校长位于达尔基的学校，为学生们上课。

4、17、18 家：
"布鲁姆日"起始于也结束于布鲁姆与摩莉位于埃克尔斯街7号的家。

5 澡堂：
布鲁姆懒洋洋、飘飘然地漫步在街上，取了一封信，接着走向了土耳其澡堂。

6 墓地：
布鲁姆和另外3个朋友在送葬的队伍中共乘一辆马车，离开了帕狄·迪格纳穆的家。

7 报社：
当布鲁姆忙于跑广告业务，斯蒂芬处理迪希校长的信件时，二人相遇了。

1 地图上的数字标志着1904年6月16日那天发生的事件。

6 上午11点 墓地
4 17 18
10 下午3点 街道
17、18：上午8点、凌晨2点 家中、床上
15
12 下午5点 小酒馆
7 中午12点 报社
16 凌晨1点 出租马车行
利菲河
11 下午4点 音乐厅
5 上午10点 澡堂
8 下午1点 午餐
9 下午2点 图书馆
14 晚上10点 医院
3 上午11点 海滨
13 晚上8点 岩石
1 上午8点 圆塔
2 上午10点 学校

10 街道：
在这一关键章节中，19个人物穿行于都柏林的街道，各自踏上自己的艰苦旅程。

12 小酒馆：
当布鲁姆来到巴尼·基尔南的酒馆，准备喝一杯的时候，一个自称"市民"的爱尔兰民族主义者上前与他搭话。

14 医院：
包括布鲁姆和斯蒂芬在内的一大帮醉汉聚在医院里，等待米娜·普里福伊分娩。

15 妓院：
当布鲁姆与斯蒂芬恍恍惚惚穿越"夜城"时，二人在妓院中相遇了。

16 出租马车行：
布鲁姆与斯蒂芬躲在出租马车行里。当他们发现彼此间观念大相径庭时，二人间的同病相怜之感也逐渐淡去。

点，小说也全面进入意识流模式。读者追随着利奥波德·布鲁姆的生活轨迹，看着他在家准备早餐，去肉铺买东西，之后回家做饭，还上楼把饭食送给摩莉。乔伊斯以不同程度的意识流技巧，讲述斯蒂芬、布鲁姆和摩莉的经历。他还巧妙地在意识流中插入了第三人称叙事，以便更好地推动情节发展。

布鲁姆与现实世界

自然主义（或称"科学"现实主义）是19世纪中期法国小说的主流，这一点在爱弥尔·左拉的小说中体现得尤为鲜明。他往往以一丝不苟的细节，向读者展现生活中的阴暗面。之后的一些法国作家也纷纷在作品中以残忍的现实主义刻画第一次世界大战的恐怖，亨利·巴比塞（Henri Barbusse）的小说《在战火下》（Under Fire）便是其中一例。

乔伊斯在1915年开始写作《尤利西斯》时，也在作品中进行了直白的叙述。然而，乔伊斯的精神启蒙者与其说是左拉，不如说是左拉的同胞弗朗索瓦·拉伯雷，该作家笔下粗俗的幽默以及激情狂欢式的叙事在《尤利西斯》中有迹可循。

利奥波德·布鲁姆是小说作品中将自身情感展现得最充分的角色。这一人物是法国人口中所说的"具有常人欲望的普通人"，他聪明，但绝称不上有智慧。他为人亲切，喜欢安稳的生活，总是尽量避免冲突。他满足于自己的身体功能以及与社交圈子中某几个人之间的轻松关系。这与理智却气量狭小的斯蒂芬截然相反。

多种风格

随着故事情节一步步展开，作者也在意识流与自然主义中加入了许多种散文写作风格。譬如，第13章滑稽地仿效了感性女性小说，开篇便是"夏日的夜晚已经开始将世界环抱于其神秘的胸怀"。

在下一章中，当布鲁姆来到

打破陈规　219

马铁洛塔中有一间"阴暗的圆顶起居室",那里便是斯蒂芬·迪德勒斯、"魁梧微胖的勃克·穆利根"和"沉闷的撒克逊人"海恩斯共同生活,并努力实现作家梦想的地方。

妇产医院的时候,乔伊斯采用了一系列不同的文学风格,将英语文学中盎格鲁-撒克逊文学、乔叟、塞缪尔·佩皮斯,以及托马斯·德·昆西的作品拼贴在一起。对于一些读者来说,这一段引用最能体现乔伊斯的博学。

第15章以都柏林的红灯区为背景,描绘了城市中变幻莫测的场景。在夜城中,作者笔下生动如梦幻一般的场景,刻画了布鲁姆被压抑的受虐式幻想以及斯蒂芬对母亲的愧疚。在这里,时间与空间仿佛不复存在,主人公经历了一个又一个幻象,这样的幻象令人感到深深的不安。在一个如噩梦般的场景中,斯蒂芬在妓院中深陷恐怖的幻象,此时,布鲁姆挺身而出,扮演着斯蒂芬保护者的角色。

在《尤利西斯》的第二部中,乔伊斯深受达达主义的影响。达达主义是一场超现实主义运动,由伏尔泰酒馆中的年轻艺术家于1916年在苏黎世(乔伊斯当时的家就在那里)发起,其核心是反对理性与逻辑。同达达派艺术家一样,乔伊斯故意打破传统礼仪规范,颠覆大众品味,震惊读者。作品中还以教义问答的形式,记录下了布鲁姆与斯蒂芬在前往其家中喝一杯热可可时发生的故事。在这里,二人间产生了近乎共鸣的情感。这种对事件详尽分析式的记录与二人之间的微妙亲密感形成了强烈对比。

摩莉·布鲁姆的独白

《尤利西斯》的最后一章是意识流写作手法的杰出代表。这一章向读者展现了摩莉·布鲁姆临睡前内心的私密想法。在此之前,读者看到的摩莉都是通过其吃醋的丈夫布鲁姆的双眼呈现出来的。该作品中的视角转换(由男性视角转为女性视角)在现代文学中堪称典范。

乔伊斯开始时描绘了城市中的父权文化,女性在其中扮演着妻子、母亲、妓女等不可或缺的角色,为男性提供情感滋养与肉体满足。但是,自始至终,她们并未发出自己的声音。在最后一章中,乔伊斯修复了性别间的不平衡,开始从摩莉的视角进行写作。书中的最后一个字出自这位女主人公之口,这证明乔伊斯的想象力的确是无所不包的。然而,一些女权主义评论家却将摩莉的消极状态视为男性错误认知的产物。

当摩莉躺在床上,完全不受外界干扰的时候,其内心独白能够以最纯粹的形式呈现出来,而不必被叙事所打断。作者没有使用一个标点。乔伊斯以浪漫主义小说的风格,运用直白的语言甚至下流的俗语,让摩莉带领读者回忆其年轻时生活在直布罗陀的日子,还有后来她与布鲁姆之间激情的性爱。

神话与现代情境

> " 我得去弄一双漂亮的红拖鞋,就和戴着红圆帽的土耳其人过去卖的那种一样,或者黄色的也行。再买一条我惦记了许久的好看的半透明睡衣,就是老早以前沃波尔卖的那款……
> ——《尤利西斯》 "

> 听，海浪说着四个词组成的语言：嘻嗉、嘀嘶、叻嘻咦嘶、呜嘶。
>
> ——《尤利西斯》

在这部多层次的作品中，语言层面的大胆实验并非唯一一支撑该小说的文学技巧。作品的题目"尤利西斯"也暗示了其复杂但具有象征意义的结构。"尤利西斯"是古希腊神话中伊塔卡岛之王奥德修斯的拉丁语名称。在荷马创作的史诗《奥德赛》中，奥德修斯在特洛伊战争后一直是一位流浪探险者，他花费了10年时间才重归故土。在乔伊斯看来，利奥波德·布鲁姆与奥德修斯间存在共通之处，斯蒂芬也与国王的儿子忒勒玛科斯十分相像。乔伊斯还将摩莉与奥德修斯的妻子珀涅罗珀联系在了一起。

小说的每一章都与荷马史诗中的历险经历相呼应。前3章聚焦斯蒂芬，结构上也与《奥德赛》相似。在第3章中，当斯蒂芬在图书馆里回想起此前的一段对话时，他对父职这一社会传统提出了质疑。这一段将忒勒玛科斯失去父亲的窘境，转化为对现代父子关系这一概念的抽象辩论。

乔伊斯将《尤利西斯》与荷马史诗中的内容相互对照，这一手法的意义在斯蒂芬与布鲁姆间的神秘关系中得到最高程度的体现。斯蒂芬无意识间始终在寻找一个能够鼓励自己、支持自己的父亲形象，似乎这样一来，他便会知道应当如何为人父（既指子女的父亲，也指艺术作品的父亲）。文中关于三位一体（世界上最为复杂的父子关系）以及莎士比亚笔下哈姆雷特（深陷向杀死自己亲生父亲的凶手复仇的想法中，痛苦不堪）的讨论，也进一步为斯蒂芬的寻父之旅增添了不同的意义。与他相反，布鲁姆心灵深处有着对儿子的迫切渴望，因为他的儿子鲁迪在11年前刚刚出生几天便不幸夭折了。这一情节使得《尤利西斯》中布鲁姆与斯蒂芬之间奥德修斯与忒勒玛科斯式的关系更为深刻，也更加令人心酸。

布鲁姆与斯蒂芬曾几次擦身而过，二人最终在霍利斯街的妇产医院偶然相遇。二人相遇在这一象征着诞生与为人父母的地方绝非偶然。后来，布鲁姆救下了在都柏林红灯区中与人斗殴的斯蒂芬，使他免于被捕。那天晚上晚些时候，当他们坐在一起，在布鲁姆家的厨房中喝着热可可的时候，斯蒂芬瞥见

《奥德修斯与喀耳刻》（1590年）是由巴托罗美奥·斯普朗格创作而成的。画中这位女巫以巫术勾引奥德修斯，这与《尤利西斯》中贝洛·科恩挑逗布鲁姆的情节相照应。

了布鲁姆的过去，布鲁姆也看到了斯蒂芬的未来。以乔伊斯小说的精妙来看，二人间的相互认可似乎就应当发生于这样转瞬即逝的一刻，而不需要被放在显而易见的高潮。

乔伊斯笔下荷马式的故事框架一方面创造出了一系列象征性的对应情节，另一方面则暗示读者，布鲁姆这样一个平凡无奇的善良市民也可以有英雄式的一面。这便是日常生活中的英雄主义，或者说反英雄主义。这样的行为大多体现于人们的头脑之中，可被归于个人的恐惧与渴望。正是在这里，布鲁姆战胜了嫉妒、愤怒、无聊、羞耻与愧疚，开始珍惜令人生变得有意义的希望与爱。

流放与归属

乔伊斯在小说的最后用一句话记录了自己的奥德赛式旅程，"的里雅斯特—苏黎世—巴黎，1914—1921年"。乔伊斯意识到自己是一名受多国文化影响的艺术家，也时刻感受着遭受流放的强烈

> **"** 他在那时听到了一声暖暖的、深深的叹息，而当她转过身时，床架上松动了的黄铜圆环发出叮当的响声，那叹息声也轻了下来。**"**
> ——《尤利西斯》

《尤利西斯》与荷马作品的相似之处

荷马的《奥德赛》	詹姆斯·乔伊斯的《尤利西斯》
忒勒玛科斯是奥德修斯与珀涅罗珀的儿子，该人物在史诗的情节支线中试图寻找自己的父亲，却终究无果。	**斯蒂芬·迪德勒斯**是一位迷失于自我之中的知识分子、艺术家，他一直以来都在寻找父亲的形象。
卡吕普索是一位美丽的古希腊女神，她迷惑了奥德修斯，并将其囚禁了7年之久。	**摩莉·布鲁姆**后来成为一名尽责的妻子，然而在开篇的几章中，她被刻画为迷惑了利奥波德·布鲁姆的永生仙女。
奥德修斯前往冥界，向盲人先知提瑞西阿斯的灵魂问询回家的路。	**布鲁姆**参加了帕狄·迪格纳穆的葬礼，而他的脑海中却不合时宜地想着一些好笑的事情。
喀耳刻是一位美丽的女巫，她下药将奥德修斯的手下变成猪猡，奥德修斯本人也成了她的情人。	斯蒂芬与布鲁姆步行穿越夜城，前往**贝洛·科恩**经营的那家妓院。科恩就是现代的喀耳刻。
珀涅罗珀与追求者之间保持距离，一心等待着失踪已久、在他人看来早已死在海上的奥德修斯的归来。	**摩莉**与她的情人相互玩弄，尽管她已厌倦了丈夫，但她却依旧等待他回家。

情感。常年生活在海外的经历令他能够刻画出都柏林的粗俗与生机，将其变为自己想象中的家园。1904年，乔伊斯计划创作这部作品时，正值爱尔兰自治法案未通过，民众政治情绪空前高涨。在《尤利西斯》出版的那一年（1922年），国家刚刚经历一场残酷的内战，爱尔兰自由邦诞生。乔伊斯小说中人物的身上也投射着这些政治事件的影子，他们对自己与社会中种种机构与制度（包括爱尔兰民族主义、大英帝国、天主教堂，以及爱尔兰文学复兴）之间的关系充满焦虑。《尤利西斯》一方面以前所未有的直白语言描绘着个体经历，另一方面也无畏地刻画了爱尔兰社会中的动荡与不安。

小说的生命力来源于其中描绘的生活经历，这些真实经历即使是与作品中复杂的文学手法相比也毫不逊色。继18世纪劳伦斯·斯特恩颇具实验精神的《项狄传》后，《尤利西斯》可称得上是最具自我意识的精妙作品。这部作品的核心便是书中真实刻画的都柏林人，以及他们的生活与爱。■

我年轻时也曾经做过许多梦

《呐喊》（1922年），鲁迅

背景介绍

聚焦
白话文学

此前

1917年 胡适在《新青年》杂志上发表了《文学改良刍议》，倡导一种全新的、不依赖旧形式的文学写作手法。

1918年 鲁迅发表了《狂人日记》，该作品被视为中国第一部现代白话小说。

1921—1922年 鲁迅的作品《阿Q正传》（后被收录于小说集《呐喊》之中）在《晨报副镌》上连载。

此后

1931—1932年 巴金创作的《激流》以连载形式面世，后又以单行本《家》出版。该作品讲述了新旧思想的碰撞，在中国青年人中大受欢迎。

1935年 鲁迅出版了作品《故事新编》，对流行的中国古代神话故事进行了改写。

中国倡导白话文的新文化运动开始于1917年，由文学家、哲学家胡适发起，并与五四运动齐头并进，五四运动起源于1919年北京的一场学生起义，是一次彻底反对帝国主义和封建主义的爱国运动，是中国新民主主义的开始。

新文化运动的拥护者反对传统观念，支持向西方民主思想与现代科学看齐。他们还反对用文言文（只有少部分人能够读懂）进行写作，提倡使用白话这种人人都能接受的书写语言。很快，白话文开始出现于报纸与教科书中，使得农民阶级的教育产生了根本性革新。

全新的思考方式

鲁迅（1881—1936年）是第一位使用白话文进行创作的现代作家。他始终没有成为一名共产党员，却是共产党的支持者，其作品受到了共产党的拥护。《呐喊》（*Call to Arms*）是鲁迅的第一部文集，其中收录了他最早发表也最为著名的两篇故事——《狂人日记》（"Diary of a Madman"）与《阿Q正传》（"The True Story of Ah Q"）。

《狂人日记》是对传统文化的讽刺性抨击，讲述了一位村民（"狂人"）的故事。他认为自己的朋友和家人都是吃人的，还坚信传统儒家经典著作是鼓励这种做法的。

《阿Q正传》是一部短篇小说，主人公是一名无知且受到了迷惑的农民。他自诩有智慧，身上却体现着老一辈人的落后与自满。

这两篇故事标志着白话文学的诞生，不仅是因为其中使用的语言是白话，更是因为作品中对五四运动时期关注的焦点进行了讨论，如旧式儒家思想加诸于人们身上的束缚，以及大众对过时传统的盲目接受等。■

参见：《全唐诗》46页。

打破陈规　223

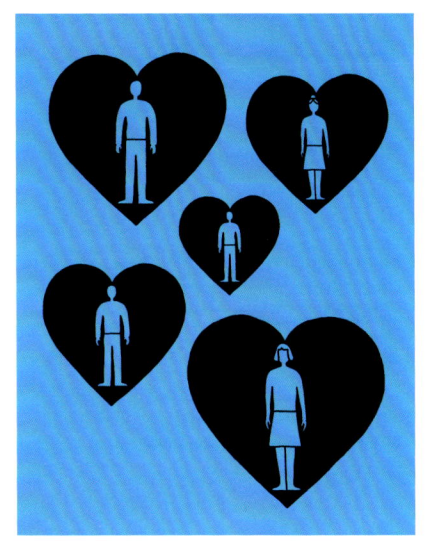

爱除了自身别无所予，除了自身别无所取

《先知》（1923年），纪伯伦

背景介绍

聚焦
现代阿拉伯之声

此后

1935年　"阿拉伯文学泰斗"塔哈·侯赛因是一位多产的作家与学者。他在以第一次世界大战时期开罗、巴黎两地为背景的小说《日子》中，描绘了一位埃及作家身处阿拉伯与欧洲文化中的挣扎。

1956—1957年　纳吉布·马哈富兹的作品《开罗三部曲》，讲述了一个开罗家族从1919年（埃及爆发反对英国殖民统治的革命）到1944年（第二次世界大战即将结束）间的经历，着重刻画了一个处于变革时期的城市及国家中个人、社会与政治的斗争。

1985年　塔哈尔·本·杰伦在其以法语创作的小说《沙之子》中，探索并批判了传统伊斯兰价值观、性别政治，以及后殖民时期摩洛哥背景下的身份建构等问题。

第一次世界大战后，殖民帝国不可避免地开始走向衰落，这在一定程度上应归功于战争对西方文明中心的冲击。文学取向、话题与主题逐渐反映出殖民地与被殖民地之间全新的权力关系。在这一时期涌现的文学作品中，发源于北非与中东的阿拉伯国家的文学作品开始闪耀于世界文坛。

多样的观点

黎巴嫩作家、哲学家、艺术家卡里·纪伯伦（Khalil Gibran，1833—1931年）是阿拉伯文学繁荣时期最杰出的作家之一。他自身的基督教成长背景以及对伊斯兰教、苏菲神秘主义及犹太教教义的兴趣，体现出了一种传统上地理环境与精神信仰之间连接的断裂，这也对其英语插图散文诗集《先知》（The Prophet）的创作产生了深刻影响。在这部作品中，纪伯伦采用了一种常见于宗教经文与布道文中的写作风格，传达着先知阿穆斯塔法在乘船离开奥法里斯城之前，针对不同人群讲述的简短言语。书中的26篇短文的主题从对爱情、激情、子女与饮食的反思，到对正义、时间、邪恶与死亡的看法，无所不包。这些文章将重点放在人与人的关系上，涉及差异性，还有超脱于宗教信仰的兼爱。■

参见：《一千零一夜》44～45页。

> 这些情感在你的体内流动，就像光明与阴影，始终相依相随。
> ——《先知》

批评是进步与教化的源泉

《魔山》（1924年），托马斯·曼

背景介绍

聚焦
成长小说

此前

1795—1796年 约翰·沃尔夫冈·冯·歌德出版了《威廉·迈斯特的学习时代》。

1798年 德国作家路德维希·蒂克出版了《施特恩巴尔德的游历》这部带有成长小说特征的浪漫主义作品。

1849—1850年 查尔斯·狄更斯发表了半自传体小说《大卫·科波菲尔》。

1855年 瑞士作家高特弗利特·凯勒发表了小说《绿衣亨利》。这是一部重要的成长小说。

1916年 詹姆斯·乔伊斯的作品《一个青年艺术家的自画像》，证明成长小说也可以在现代主义文学中占有一席之地。

《魔山》被人们看作托马斯·曼的代表作。这部作品也被冠以许多殊荣：最杰出的德国小说之一、20世纪最优秀的文学作品之一、一部对疾病与死亡进行反思的崇高黑色喜剧，以及现代主义文学的杰出代表。《魔山》也是成长小说领域的典范。这一体裁起源于18世纪的德国，直至今日依旧受到读者的欢迎。

大多数研究将约翰·沃尔夫冈·冯·歌德于1795—1796年出版的小说《威廉·迈斯特的学习时代》（ *Wilhelm Meister's Apprenticesh*

打破陈规

参见：《简·爱》128～131页，《大卫·科波菲尔》153页，《小妇人》199页，《情感教育》199页，《死于威尼斯》240页，《一个青年艺术家的自画像》241页，《杀死一只知更鸟》272～273页，《午夜之子》300～305页。

ip）视为这一体裁的开山之作。这部作品包含了成长小说的所有关键元素，讲述了一位年轻艺术家在追寻艺术表达方式与人生幸福过程中的奋斗，以及最终对自己所处社会地位的接受。在接下来的几十年甚至数百年中，许多杰出的作家也追切希望向读者讲述与自己经历相似的故事：在法国，居斯塔夫·福楼拜发表了小说《情感教育》；在英格兰，查尔斯·狄更斯创作出《大卫·科波菲尔》；在爱尔兰，詹姆斯·乔伊斯将《一个青年艺术家的自画像》这部作品献给了世人。成长小说的影响力遍及欧洲，后又传播至世界各地。

疾病带来的启发

《魔山》的创作要追溯到托马斯·曼1912年拜访瑞士达沃斯一家高山疗养院的经历。当时，他的妻子在那里接受治疗。他最初本打算写一本薄薄的作品，并与当年出版的《死于威尼斯》一同发表。然而，随着1914年第一次世界大战的爆发，托马斯·曼逐渐意识到其笔下的世界即将以一种突兀而暴力的形式终结。于是，这部作品逐渐得到扩充。在这次战争中，他见证了所谓文明社会的价值观带给社会的大规模死亡与毁灭，这也在很大程度上改变了他对民族主义与资产阶

> 一切对疾病与死亡的关注不过是关注生命的另一种表达方式。
> ——《魔山》

"山庄"所在的那座"魔山"象征着疗养院与这个世界隐喻性的距离。在这个遗世独立的地方，时光的流逝似乎都与其他地方有所不同。

级的看法。因此，这部小说肩负着重大使命，其篇幅也越来越长。战后，托马斯·曼花费了许多年对这部作品进行修改，并最终于1924年将其出版。《魔山》一经出版，便被人们誉为一部巨著。

作品从年轻人汉斯·卡斯托尔普前往瑞士阿尔卑斯山上一家名为"山庄"的疗养院，探望表兄约阿希姆·齐姆森开始讲述。彼时，卡斯托尔普的前途一片大好，正准备进军造船业。

"山庄"疗养院四周空气清新，景致壮美，没有多少访客，气氛安静而祥和，仿佛独立存在于一个狭小而又封闭的世界之中。卡斯托尔普刚到那里的时候，便患上了肺结核，在他人的说服下，他留在

人物关系图

卢德维科·塞塔姆布里尼
人文主义、知识分子以及启蒙运动中理性价值观的代表。

明希尔·皮佩尔科尔恩
享乐主义、快乐原则以及感性优于理性的代表。

汉斯·卡斯托尔普
代表着成长小说中典型的"白板"中心人物，从周围人的身上汲取教益。与其他主人公不同，他一直处于矛盾之中，被动且无法全情投入。

里奥·那夫塔
激进主义、非理性和宗教原教旨主义的代表。

约阿希姆·齐姆森
忠诚、责任、全情投入生活、简单直率的代表。

克拉芙迪娅·舒夏特
爱情、性欲与感官愉悦的代表。

了疗养院，决定康复后再离开。结果，他在那里一待便是7年。小说的情节围绕他在那里遇到的几位病人展开。小说讲述着他们之间发生的故事。

生命中的教益

正是在疗养院的其他病人身上，汉斯·卡斯托尔普收获了教益——那些与艺术、政治、爱情以及人类境况相关，所有成长小说主人公都必须学到的东西。托马斯·曼利用笔下的人物，反映了第一次世界大战前欧洲社会中不同的观点与信仰体系。也就是说，这部书中的大部分内容其实是哲学式辩论。书中还有一个名叫克拉芙迪娅·舒夏特的女人，卡斯托尔普爱上了她，并在她身上学到了一堂关于浪漫与情欲诱惑的必修课。

大多数成长小说记叙了主人公的成长与情感旅程，但《魔山》却以单一的地理位置——"山庄"疗养院为背景进行叙事，其中的旅程便是纵观西方意识形态（有些内容也带有东方色彩）的旅程。就好像这座山本身的海拔赋予了卡斯托尔普在这一特定时刻纵览整个欧洲的视野一样。这部作品既是成长小说的代表作，也是这一体裁的滑稽模仿之作。书中包含了成长小说应具备的所有关键元素：一位人生刚刚开始、年轻且可塑的主人公；一段困难重重却最终安然无事的教育历程；一个孤注一掷的目标。卡斯托尔普必须经历疾病与康复，才能真正珍视生命的美好。因此，这部作品无疑属于成长小说。然而，托马斯·曼却从不同层面对该体裁进行了夸张的演绎，欲对其发出质疑。

不同层次的滑稽模仿

从某种意义上看，卡斯托尔普学到了很多东西。书中不同角色对世界的看法相互冲突，读者无法得知托马斯·曼本人是否同意他们的观点。在早前的成长小说中，作者往往希望读者能够对主人公的收获与成长持赞同或接受态度。例如，狄更斯小说中的大卫·科波菲尔学到的是不以貌取人。然而，《魔山》反其道而行。作者清楚人们审视世界的角度与方式各有不同，且无对错之分。因此，《魔山》虽然是一部成长小说，其目的

> " 就拿我来说，我就从未遇见过一个没有一点疾病的人。
> ——《魔山》"

打破陈规　**227**

> " 战胜死亡的不是理性，而是爱。
>
> ——《魔山》"

却是进行夸张的演绎。

成长小说一般都是循循善诱的，而这正是托马斯·曼欲嘲弄的地方。譬如，叙事者对待卡斯托尔普的态度自始至终都是冷淡而又疏离的，同时也以这种方式提醒读者，他不过是一个普普通通的年轻人。此外，在成长小说中，主人公通常都会在故事结尾脱胎换骨，而卡斯托尔普好像并没有从这7年所经历的人生与哲学教训中，学到什么特别的东西。

漂泊于时间之中

托马斯·曼还以其他方式削弱了成长小说的目的性，尤其是在时间及作品与叙事进程之间的关系这一主题上。时间的流逝对于那些身患重病、濒临死亡的人来说无疑是一桩大事。在这个与世隔绝的疗养院中，人们却很难保有时间观念，病人只能以月为单位计算流逝的时间。过去的事件在人们口中都是"前几天"才发生的，无论这件事已经过去了多久，卡斯托尔普本人后来也养成了这样的习惯。在人们的观念中，成长小说中的"教育"应当是一个持续的过程，书中发生的故事也是有先后顺序的。托马斯·曼却没有将卡斯托尔普（与读者）带入这一框架中，也没将这样的视角强加于他们。文中的事件并没有严格的时间节点，我们也无法说清它们具体发生在什么时候。

因此，《魔山》其实在很大程度上是对成长小说的蔑视。作品中包含该体裁应有的所有内容，却（以现代主义者的冷漠态度）告诉读者这一切都是假象，至少，人们无法判断这样的教育到底有多大的成效。于是，这本书没有为许多作家带去灵感，未能引发模仿的热潮，也就不足为奇了。

尽管如此，作家们依旧不断对成长小说进行着探索，主题自后殖民主义与现代历史，到感官与感觉的觉醒，无所不包。■

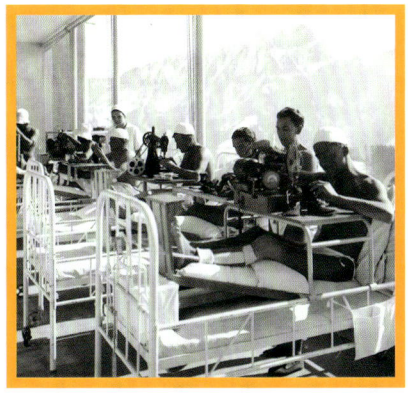

慢性病患者在位于瑞士阿尔卑斯山上的这座高海拔、空气稀薄的疗养院里生活，"下面"世界中发生的事情基本不会对他们的生活产生影响。

托马斯·曼

托马斯·曼于1875年出生在德国北部的一个富足家庭。他26岁时凭借代表作《布登勃洛克一家》进入公众视野。这部小说讲述了一个富贵家族的衰落，这个家庭与曼本人的家庭非常相似。1905年，托马斯·曼与一位富有的犹太企业家的女儿卡蒂娅·普林斯海姆结婚，他的6个子女中有3人成了作家。1929年，托马斯·曼被授予诺贝尔文学奖。

1933年，托马斯·曼离开德国。在第二次世界大战爆发前夕，他到达美国，在普林斯顿大学教书。后来，他搬到加利福尼亚州，正式成为美国公民。战争期间，托马斯·曼在美国发表了许多场反纳粹演讲，这些演讲的录像也从英国传播至德国。战后，他回到了欧洲，于1955年在瑞士去世，享年80岁。

主要作品

1901年　《布登勃洛克一家》

1912年　《死于威尼斯》

1933—1943年　《约瑟夫和他的兄弟们》

1947年　《浮士德博士》

如飞蛾一般，
在耳语、香槟与繁星间来回穿行

《了不起的盖茨比》（1925年），
F. 司各特·菲茨杰拉德

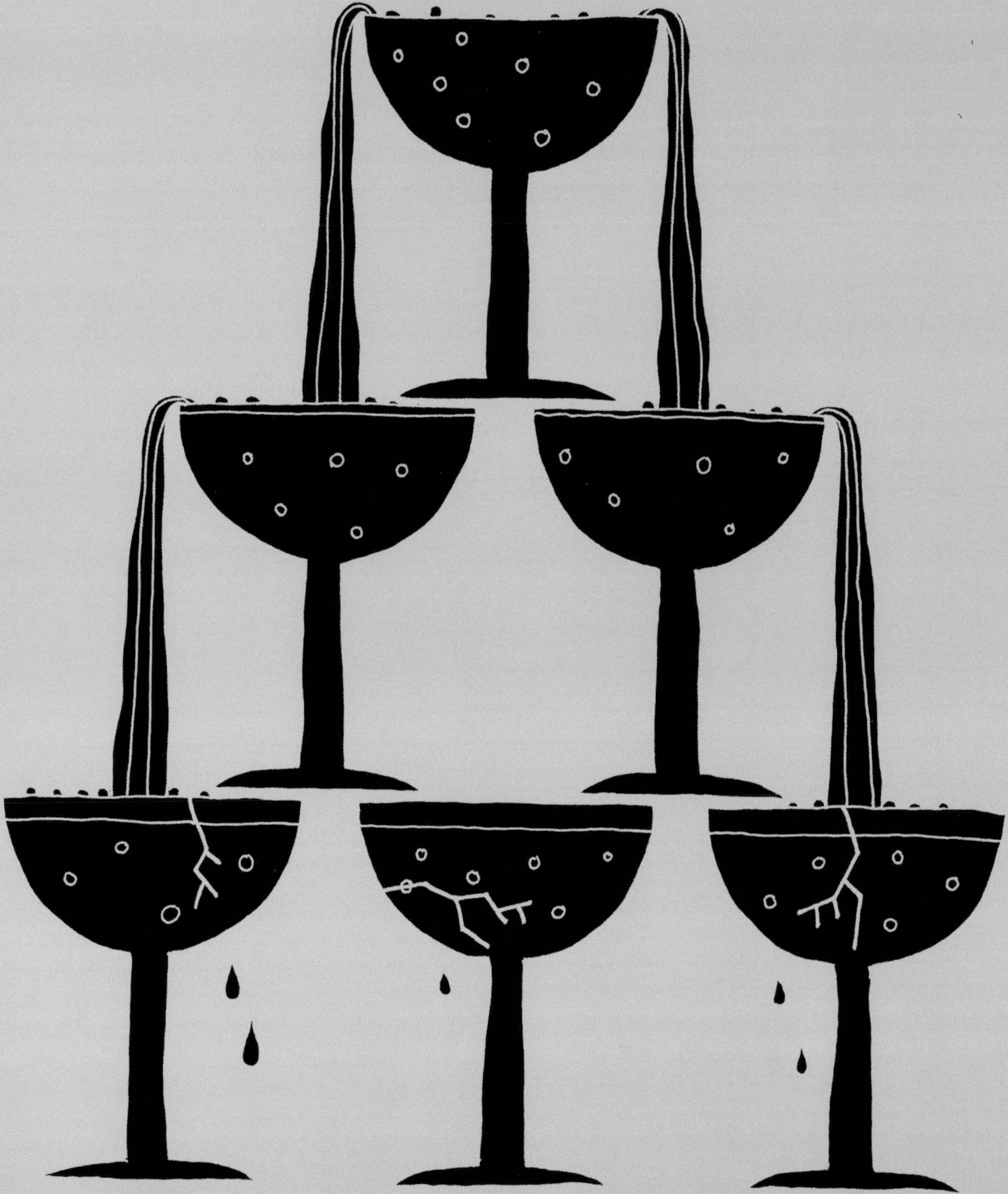

背景介绍

聚焦
"迷惘的一代"

此前

1920年 F. 司各特·菲茨杰拉德的短篇故事《伯妮斯剪发》,着眼于传统女性价值观与"爵士时代"解放精神之间的矛盾。

1922年 T. S. 艾略特的小说《荒原》对文化的瓦解进行了探讨(包括空虚的性以及精神意义的缺失等),预见了"迷惘的一代"文学作品的诞生。

此后

1926年 欧内斯特·海明威在小说《太阳照常升起》中,对爱情、死亡以及男性气概等主题进行了深入探究。

1930—1936年 约翰·多斯·帕索斯透过对《美国》三部曲中12个人物的刻画,探索了"美国梦"的含义。

作家、文学沙龙主办者格特鲁德·斯泰因(Gertrude Stein)曾与欧内斯特·海明威谈起年轻人中"迷惘的一代"——那些参与过第一次世界大战的人。据海明威回忆,斯泰因是从为其提供修车服务的汽修厂老板那里第一次听到这种说法的。这段轶事不禁使读者联想到《了不起的盖茨比》中发生在修车厂的那一段故事。在海明威将"迷惘的一代"写入其小说《太阳照常升起》的引言中后,该说法很快成为20世纪20年代身处巴黎这个思想文化大熔炉中的一群年轻美国侨居作家的代名词。这群作家包括F. 司各特·菲茨杰拉德、约翰·多斯·帕索斯(John Dos Passos)、埃兹拉·庞德,以及海明威本人。第一次世界大战深深改变了这一代人,令他们变得躁动不安、愤世嫉俗,在爱情、创作、酒精与享乐中追寻人生的意义。

"迷惘的一代"中最杰出的作家之一是菲茨杰拉德。20世纪20年代"爵士时代"妙趣横生的表象深深吸引着他,但同时他也深刻意识到其道德价值层面的缺陷,以及该时代"改善所有人生活"这一承诺的空洞。菲茨杰拉德最著名的小说《了不起的盖茨比》,讲述了主人公盖茨比注定无果的爱情梦。这部作品同时也讲述着注定无果的美国梦,令人们看清美国梦中承诺的美好世界不过是一个骗局。

新贵,新价值观

菲茨杰拉德视"爵士时代"

> '旧梦无法重温?'他难以置信地大声反驳,'怎么可能?当然可以!'
> ——《了不起的盖茨比》

F. 司各特·菲茨杰拉德

弗朗西斯·司各特·菲茨杰拉德于1896年出生在美国明尼苏达州的圣保罗市。1917年,他从普林斯顿大学辍学,在第一次世界大战期间加入了军队。后来,他爱上了一位法官的女儿泽尔达·塞尔,并在自己的第一部小说《人间天堂》取得成功后与其结婚(二人育有一女)。婚后,他依靠为流行杂志提供稿件养家糊口。菲茨杰拉德的第二部小说《美丽与毁灭》使其成为"爵士时代"的最佳记录者与评论者。1924年,为专心创作《了不起的盖茨比》,菲茨杰拉德与妻子搬到了法国蔚蓝海岸地区。菲茨杰拉德因酗酒而备受折磨。1934年,他出版了小说《夜色温柔》。在此后两年中,他不断在酗酒与抑郁中挣扎。1937年,他尝试为好莱坞电影编写剧本。1940年,他在洛杉矶因突发心脏病去世,年仅44岁。

主要作品

1922年 《美丽与毁灭》
1922年 《爵士时代的故事》
1934年 《夜色温柔》

参见:《荒原》213页,《人鼠之间》244页,《愤怒的葡萄》244页,《局外人》245页。

为充斥着奇迹与放肆的时代。华尔街成为第一次世界大战后繁荣的中心,大笔资金涌向股票与债券交易市场。在过去,大家族间通过遗产继承与婚姻传递财富;如今,白手起家的理想正是瓦解"旧富"力量的最好武器。

在20世纪20年代的美国,社会阶层流动性不断提高,这一方面安抚了社会底层人们的心情,另一方面打击了上流社会的优越感。那些曾经到西部"碰运气、赚大钱"的人重新回到东部,寻求致富的机遇,将大把大把的钞票花在豪宅、奢侈品与奢华的生活上——不论能否实现,这起码是他们的梦想。现实却是,一些人的财富将其他人推入贫穷的深渊,同时催生了一种浮华、道德败坏、精神空虚的文化。虚伪随处可见,势利也依旧存在——它们找到了全新的目标。

光鲜与腐朽

菲茨杰拉德将自己的小说视为"一部纯粹的创造性之作——不是蹩脚的臆想,而是对一个真诚且光鲜的世界有理有据的想象"。他以充溢浪漫主义光芒的感性散文式风格,描绘着时尚东海岸社会炫目魅力中的光鲜。

杰伊·盖茨比是纽约城外长岛海岸西卵区一栋法国市政厅式豪宅的主人。他刚刚从中西部搬到这里,背景神秘,社会上流传着许多关于他的流言:有人说他杀过人,

有人说他谎称自己有牛津大学的背景,还有人说他依靠非法贩卖违禁品起家。同小说的叙事者尼克·卡拉威(在盖茨比隔壁租下了一间不大的房子)描述的那般,每个周六,盖茨比都会举办一场腐朽的派对,邀请数百名宾客。派对上有狂欢,有爵士乐,更有数不清的人在这里喝得酩酊大醉,争吵打闹(尤其常见于情侣之间)。事实上,在整部作品中,男人与女人的对话始终充斥着轻浮无礼与虚情假意。

尼克慢慢同盖茨比熟悉起来,也逐渐得知了他的秘密:5年前,他疯狂地爱上了美丽的社交名媛黛茜·布坎南。黛茜恰巧是尼克的表妹,现在成了尼克大学时期的朋友汤姆的妻子。正是为了黛茜,盖茨比才买下了她与丈夫所居住的那栋乔治王殖民时代风格住宅对岸

盖茨比疯狂而又华丽的派对将东卵区"旧富"中的社会名流,与住在西卵区、自以为是的邻居们聚在了一起。图中是1949年电影版《了不起的盖茨比》中的派对场景。

的豪宅。他一心希望重拾挚爱的芳心,于是便与黑手党一般的骗子梅耶·沃尔夫西恩做起了非法勾当,积累下了一大笔财富。如今,他终于有能力养活黛茜了。

地点的重要性

小说中极具象征意义的地点体现着该作品的主题。东卵区是黛茜与汤姆的家,也是盖茨比派对上大多数宾客的家,这里象征着传统价值观与"旧富";西卵区则是盖茨比的住处所在,是"新贵"这一时髦富裕阶层的象征。距离这里不远的地方便是纽约,城市中四处都

《了不起的盖茨比》中的地理环境

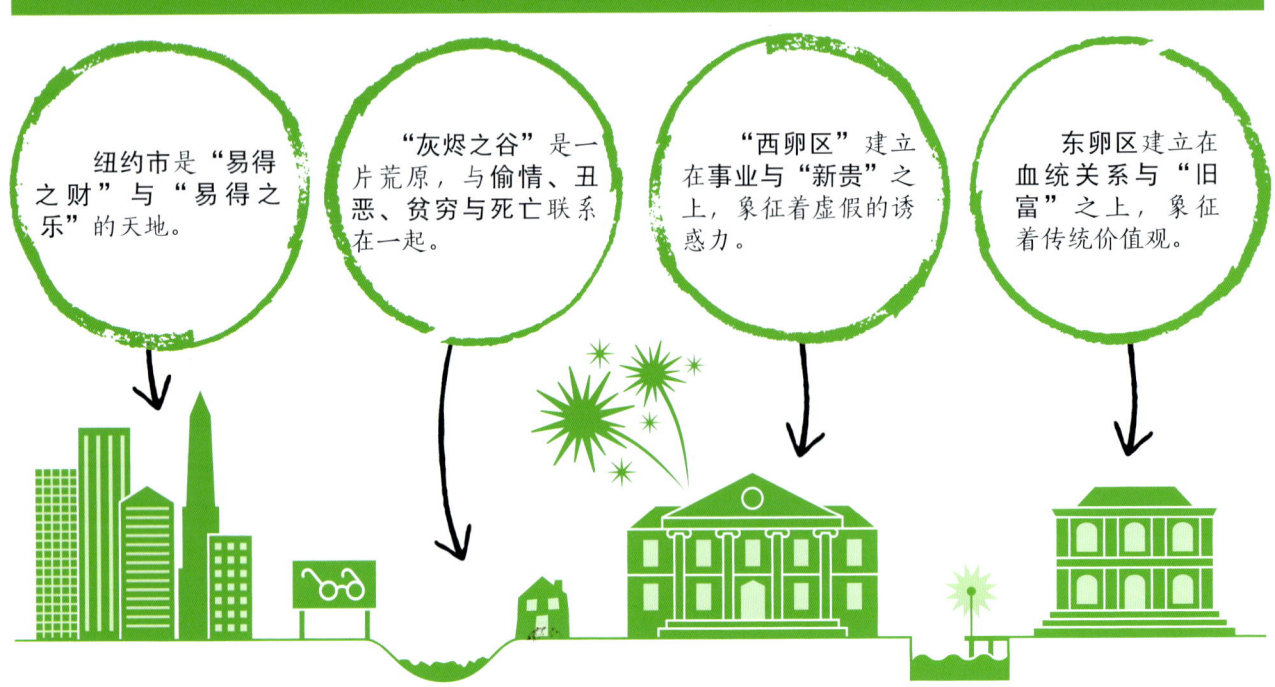

- 纽约市是"易得之财"与"易得之乐"的天地。
- "灰烬之谷"是一片荒原,与偷情、丑恶、贫穷与死亡联系在一起。
- "西卵区"建立在事业与"新贵"之上,象征着虚假的诱惑力。
- 东卵区建立在血统关系与"旧富"之上,象征着传统价值观。

是令人生疑的交易与见不得光的享乐。在两地之间有一小片区域,在那里,光鲜表面下的苍凉昭然可见、令人压抑,那便是"灰烬之谷"。这片荒无人烟的地方会令读者想起T. S. 艾略特的现代主义诗歌《荒原》。正是在这里,汤姆的情妇默特尔·威尔逊和她那忧郁、消极、经营着一家汽修厂的丈夫生活在一个巨大的广告牌附近。广告牌上宣传的眼镜极具讽刺意味,因为在盖茨比的世界中,没有一个人是耳聪目明的,即使尼克这样"倾向于对一切事物持保留意见"的人,也是如此。

色彩与时间

乔丹与黛茜第一次出场时穿着纯白的连衣裙,两人却都不像身上的颜色这般纯洁。在《了不起的盖茨比》中,色彩是对主题的象征:盖茨比身穿粉色西装,开着一辆黄色的劳斯莱斯,可以看出他想在人们心中留下深刻印象的迫切之心。书中最重要的象征色彩之一是绿色。这是黛茜船舶停靠的码头灯光的颜色,盖茨比身处对岸,满眼渴望,深深凝视着那片灯火。作品最后,当尼克独自一人站在盖茨比空荡荡的花园中时,他仿佛看到了最初定居于长岛之人眼中那片"清新、碧绿的新世界"。后来,他陷入了沉思,想着盖茨比信仰中那片充满象征意味的"绿灯,那一年一年在我们眼前逐渐远去的美好未来"。在这一刻,在那片绿色灯光与绿色土地中,作者对个人与民族未来的担忧逐渐汇聚到一起。

在尼克看来,盖茨比悲剧式的结局令东部仿佛飘荡着鬼魂,"面目全非,我的双眼已无法修正"。于是,尼克离开这里,回到自己位于中西部的故乡。他的身上充满了多变、世故而又细致入微的认知与怜悯,这样看来,尼克这一人物在

> 我既身处其中,又置身其外;一面深深陶醉于生活的光怪陆离,一面又对这样的人生深感厌恶。
> ——《了不起的盖茨比》

小说中的重要性并不亚于盖茨比。他为我们上了重要一课：过去终会将我们带回过去，前进的梦想不过是愚人之金。

迟来的赞誉

当菲茨杰拉德于1923年计划撰写这部小说的时候，他希望创作出一部"非凡、优美、简单而又精妙"的作品。无疑，他最终达成了自己的目标。这部作品面世之初获得的褒贬不一，销量也少得可怜。菲茨杰拉德去世时，仍认为自己的一生是失败的：版税报告记录显示，在他去世的前一年，其9部作品总共只卖出了72册。

如今，人们将《了不起的盖茨比》以及菲茨杰拉德之后的一部作品《夜色温柔》（Tender is the Night），视为美国文学史上最杰出的小说之一。《夜色温柔》以虚构的笔触记叙了菲茨杰拉德坎坷的一生。

在两部小说中，《了不起的盖茨比》相对更受赞誉。小说中对社会缺陷的取证式揭露尤为深刻：作品语言精妙，第一人称叙事的随意性与极富韵律的描绘结合得天衣无缝；文中的对话令人印象深刻，以简洁的语言揭露了社会中的道德缺失；小说的结构组织也可谓高超，例如，乔丹对盖茨比背景故事的介绍既是对过去的倒叙，也是对未来的预述（因为汤姆在讲述乔丹告诉他的秘密时并没有依循时间顺序）。

同"迷惘的一代"中其他作家一样，菲茨杰拉德也在对其身处时代的特定氛围（幻想的破灭、道德的缺失，以及过分注重物质而非精神）做出了回应。同时，这部作品亦超越了时间的限制。在一定程度上，这也是因为书中的内容对当今的社会环境同样具有现实意义。这部作品成为永恒经典，更是因为其中的方方面面都体现着菲茨杰拉德在艺术层面上不容置疑的深厚造诣。■

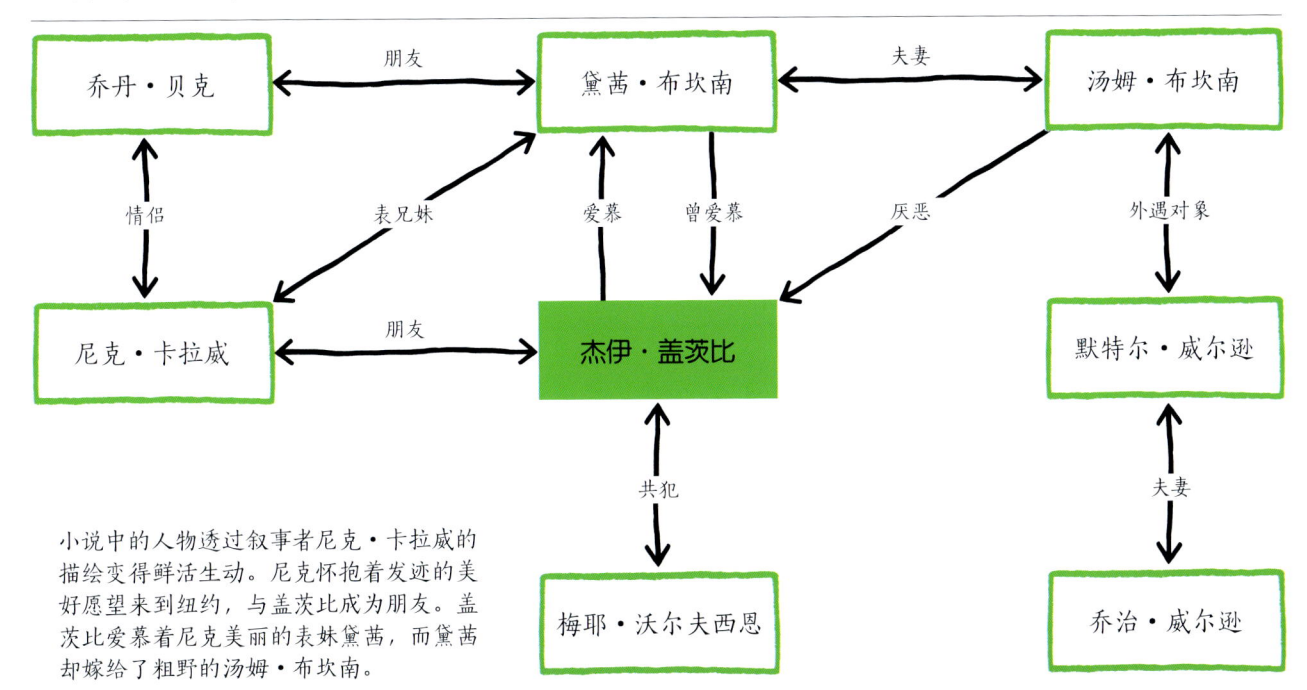

> "我们奋力前行，逆流而上，却又不停地被迎面而来的潮水推回到过去。"
> ——《了不起的盖茨比》

小说中的人物透过叙事者尼克·卡拉威的描绘变得鲜活生动。尼克怀抱着发迹的美好愿望来到纽约，与盖茨比成为朋友。盖茨比爱慕着尼克美丽的表妹黛茜，而黛茜却嫁给了粗野的汤姆·布坎南。

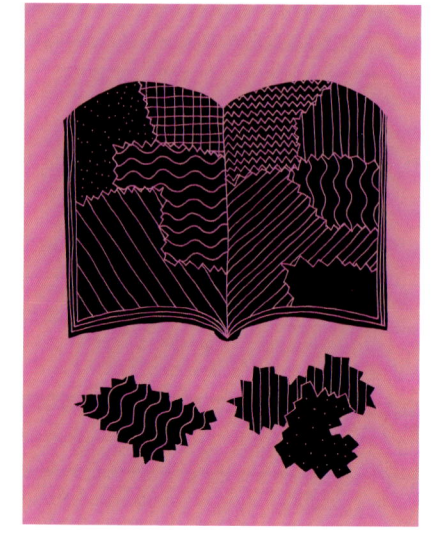

旧世界定要崩塌，觉醒吧，曙光之风！

《柏林，亚历山大广场》（1929年），阿尔弗雷德·德布林

背景介绍

聚焦
魏玛时代实验主义

此前
1915年 弗兰兹·卡夫卡创作的《变形记》，是早期反现实主义文学的代表作，也对多位现代德语作家产生了深远影响。

此后
1931—1932年 奥地利作家赫尔曼·布洛赫在《梦游者》三部曲中，对创作形式进行了大胆试验，依据情节调整体裁。

1930—1943年 奥地利作家罗伯特·穆齐尔的小说《没有个性的人》，从结构上看是一场思想之旅，主人公试图在这次旅程中寻找自我定义。

1943年 赫尔曼·黑塞在《玻璃球游戏》的创作过程中，运用了荣格精神分析学与东方神秘主义，二者结合形成的文学效果与之后的魔幻现实主义颇为相似。

在第一次世界大战后的15年间，德国经历了恶性通货膨胀与大规模失业。尽管如此，这仍是一段艺术与科技极大繁荣的时期，史称"魏玛时代"。这段时期的许多先驱人物是犹太人。1933年，希特勒的登台与反犹太主义的兴起，令成千上万名犹太人逃离德国，也为这段文化繁荣时期画上了句号。

新世界，新文体

在魏玛时代，德语文学领域的实验主义怀抱雄心壮志，试图以全新的方式描绘复杂的现代世界，而阿尔弗雷德·德布林创作的《柏林，亚历山大广场》（Berlin Alexanderplatz）是其中的代表之作。小说讲述了社会底层皮条客弗兰茨·毕勃科普夫出狱后艰难求生的故事。文中的人物生活在第一次世界大战后、第二次世界大战前柏林的贫民窟中，说着那里的黑话，近乎无法翻译。小说本身也是一部令人眼花缭乱的文学蒙太奇，时而像报纸文章，时而像街头民谣，时而像演讲，时而又像虚构作品中的节选。文中的叙事结合了意识流与第一人称和第三人称交替的视角。通过这些复杂的实验性写作技巧，20世纪20年代的柏林跃然纸上，《柏林，亚历山大广场》也成为"大都会小说"（聚焦城市生活）中的代表作之一。■

> 德国同胞们，从来没有哪个国家同德意志民族这般遭受如此卑劣、如此不公的背叛。
> ——《柏林，亚历山大广场》

参见：《变形记》210~211页，《魔山》224~227页，《没有个性的人》243页。

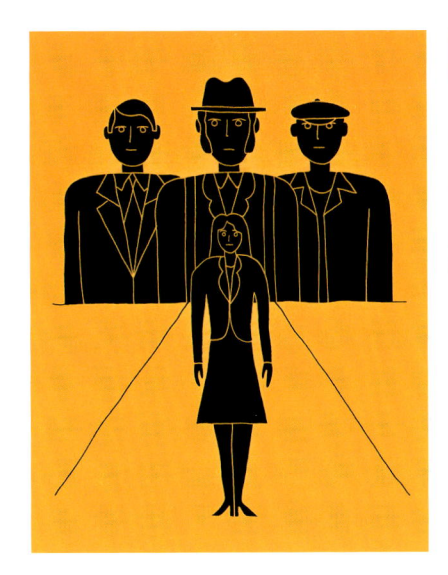

远处的船只承载着每一个人的愿望

《他们眼望上苍》（1937年），

佐拉·尼尔·赫斯顿

背景介绍

聚焦
哈莱姆文艺复兴

此前

1923年 吉恩·图默发表了自己的第一部小说《甘蔗》——一部揭露南部黑人生活的现代主义作品。作为一名混血儿，图默更喜欢别人叫他"美国作家"，而非"黑人作家"，但他依旧是哈莱姆文艺复兴时期的重要人物。

1923年 康梯·卡伦凭借诗歌《棕色姑娘的民谣》（讲述一对来自不同种族的爱人间注定无果的爱情），获得了美国诗歌学会的奖项，也成为哈莱姆文艺复兴时期的关键人物。

1934年 哈莱姆文艺复兴时期的作家兰斯顿·休斯发表了自己的第一部短篇故事集《白人的行径》，聚焦种族间的关系，题目也意在达到嘲讽效果。

哈莱姆文艺复兴是20世纪20—30年代的一段"黑人文学繁荣时期"，以美国纽约的哈莱姆区为中心。正如美国作家詹姆斯·韦尔登·约翰逊所说，这也是非裔美国人民族自豪感与身份认同感的一次重要觉醒。1924年，《机遇》杂志举办了一次派对，将黑人作家引荐给白人出版商，为他们提供进入主流文学领域的机会。这次派对正是哈莱姆文艺复兴开始的契机。

哈莱姆文艺复兴于迅速发展的城市黑人中产阶级中萌芽，除文学外，也涉及戏剧、音乐以及新兴的政治思想。尽管后来的经济大萧条为这场运动画上了句号，但它却极大地增强了非裔美国人的自豪感，并为第二次世界大战之后的"民权运动"奠定了基础。

反抗之声

佐拉·尼尔·赫斯顿（Zora Neale Hurston）是哈莱姆文艺复兴时期的代表作家，在非裔美国文学与女性文学领域都颇有建树。她最著名的小说《他们眼望上苍》（Their Eyes Were Watching God），讲述了20世纪早期美国南部一个贫穷黑人妇女珍妮·克劳福德的故事。作品以佛罗里达州的伊顿维尔为背景，这里是《解放黑人奴隶宣言》颁布后美国第一个全黑人城市。

同哈莱姆文艺复兴时期的其他作品一样，这部小说与之前非裔美国文学的最大不同在于，它并不过分多愁善感，而是坦白且真实的。这部小说聚焦了珍妮与三任丈夫的婚姻。这三人无一例外地试图掌控她的生活、削弱她的地位，珍妮都勇敢反抗。

《他们眼望上苍》是最早向种族歧视、贫穷、性别不平等等社会关键问题发出反抗之声的作品。即使在当今社会，这些问题也依旧能引发人们的强烈共鸣。■

参见：《黑人奴隶弗雷德里克·道格拉斯的生平自述》126~127页，《看不见的人》259页，《宠儿》306~309页。

人死重于心碎

《长眠不醒》（1939年），雷蒙德·钱德勒

背景介绍

聚焦
硬汉派侦探小说

此前
1930年 美国作家达希尔·哈米特在其创作的小说《马耳他之鹰》中塑造了侦探萨姆·斯佩德这一人物，他强烈的道德观为钱德勒创造出菲利普·马洛这一人物提供了灵感。

1934年 美国作家詹姆斯·M. 凯恩的小说《邮差总按两次铃》，因对性与暴力的露骨描写而声名狼藉。

此后
1943年 凯恩的另一部小说《双重赔偿》讲述了一位蛇蝎美人为骗取保险金，谋害自己丈夫的故事。

1953年 在钱德勒另一部以马洛为主人公的小说《漫长的告别》中，作者以真实人物为原型，创造出嗜酒如命的作家罗杰·韦德与同为酒鬼的特里·伦诺克斯这两个人物。

硬汉派侦探小说将现实主义、性、暴力，以及利落而又口语化的对白引入了犯罪小说这一体裁中。该体裁最早以短篇故事形式呈现，尤其是20世纪20—40年代刊登于低俗刊物中的故事，其中的领军刊物便是《黑色面具》。在雷蒙德·钱德勒之前，该领域最杰出的作家是达希尔·哈米特（Dashiell Hammett），其第一部硬汉派侦探小说《血腥的收获》（Red Harvest）的面世比钱德勒的《长眠不醒》（The Big Sleep）要早10年，该作品最初便是在《黑色面具》上连载的。

硬汉派侦探极富智慧，雷厉风行。他们往往会被卷入暴力中，与有组织犯罪和警界腐败做斗争。他们头顶枪林弹雨，且在特定情况下向别人射击。这样的经历令他们变得冷酷，变得愤世嫉俗，"硬汉派"也由此得名。与此同时，他们也有自己的原则。在《长眠不醒》中，钱德勒笔下的侦探菲利普·马

雷蒙德·钱德勒

雷蒙德·钱德勒于1888年出生在美国芝加哥，父母离异后，12岁的他被母亲带到英格兰生活。他曾就读于伦敦南区的达利奇学院，后又前往法国及德国攻读国际法。1912年，钱德勒回到美国，定居加利福尼亚，依靠为网球拍穿线糊口，同时也做着其他工作。第一次世界大战爆发后，他加入了加拿大陆军，并在法国服役。经济大萧条期间，他丢掉了石油公司的工作，开始认真从事文学创作。《长眠不醒》是其第一部小说，之后，他又创作了6部小说。1959年，即钱德勒去世的前一年，他当选美国推理作家协会主席。

主要作品

1940年 《再见，吾爱》
1949年 《小妹妹》
1953年 《漫长的告别》

打破陈规 **237**

参见：《荒凉山庄》146～149页，《月亮宝石》198～199页，《巴斯克维尔的猎犬》208页，《纽约三部曲》335～336页。

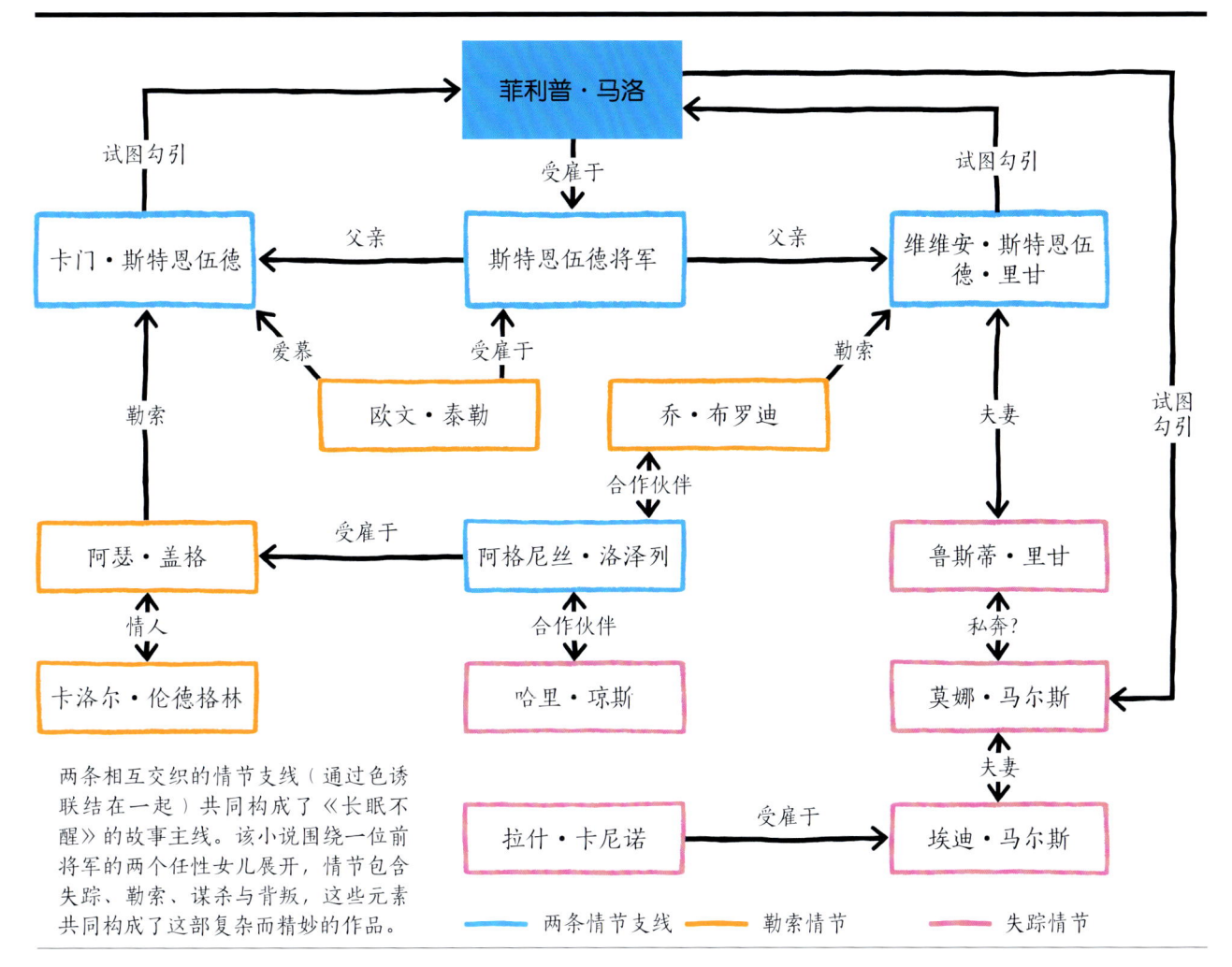

```
                        菲利普·马洛
       试图勾引  ┌─────────┬─────────┐  试图勾引
              │      受雇于      │
    卡门·斯特恩伍德 ──父亲── 斯特恩伍德将军 ──父亲── 维维安·斯特恩伍德·里甘
         ↑              ↑              ↑
        爱慕           受雇于          勒索
         │              │              │
         └──欧文·泰勒    乔·布罗迪──┘      夫妻
                         合作伙伴           │
                                          ↓
    阿瑟·盖格 ←受雇于── 阿格尼丝·洛泽列              鲁斯蒂·里甘
         │                │                         │
        情人              合作伙伴                   私奔?
         ↓                ↓                         ↓
    卡洛尔·伦德格林      哈里·琼斯                莫娜·马尔斯  ←试图勾引
                                                   │
                                                  夫妻
                                                   ↓
                      拉什·卡尼诺 ──受雇于──→    埃迪·马尔斯
```

两条相互交织的情节支线（通过色诱联结在一起）共同构成了《长眠不醒》的故事主线。该小说围绕一位前将军的两个任性女儿展开，情节包含失踪、勒索、谋杀与背叛，这些元素共同构成了这部复杂而精妙的作品。

■ 两条情节支线　■ 勒索情节　■ 失踪情节

洛在被一名年轻女人色诱时，拒绝了她并命令她穿上衣服。尽管马洛称不上完人，但他却是现代的骑士，身处罪恶的国王、王后与他们的人质之中。他忠实于自己的委托人，憎恨撒谎之人、骗子与暴徒，并以智慧与勇气进行还击。

低俗的全新应用

钱德勒的成就之一是将文学的复杂精妙引入低俗小说之中。《长眠不醒》以第一人称进行叙事，叙事者便是马洛。文中口语化的语言不仅体现在对话中，还体现在叙事过程中。那些文字如同宝石一般细腻，虽然简洁，但精妙绝伦。作品中有许多诙谐有趣却不显过火的比喻，例如，门"能放进一个连的亚洲象"。

《长眠不醒》情节紧凑，每一个情景之间都有极为自然的过渡。当读者读到整本书的三分之二时，马洛已经解决了委托人的案件。他利用剩下的篇幅将未交代清楚的情节一一解释清楚，深挖故事中的反派到底做了多少十恶不赦的事情，也进一步将自己推入危险之中。整部作品里，马洛总是先人一步，如同象棋中的"士"一般，凭借自己的智慧，以出其不意的行动战胜敌人。题目中的"长眠"指代的便是死亡，也是小说结尾处沉痛的主题。马洛在这里展现出了超越夏洛克·福尔摩斯的自我认知，他认识到自己也是"肮脏世界中的一部分"。■

眼泪的世界是多么神秘啊

《小王子》（1943年），安东尼·德·圣-埃克苏佩里

背景介绍

聚焦
流亡作家

此前

1932年 奥地利犹太作家优塞福·罗特创作出了《拉德斯基进行曲》，详细记叙了奥匈帝国的衰落。作品出版一年后，罗特离开德国，前往巴黎，且此后一生都流亡在外。

1939年 贝尔托·布莱希特为躲避纳粹迫害离开了德国。几年后，他创作出自己的反战戏剧《大胆妈妈和她的孩子们》。

1941年 奥地利作家斯蒂芬·茨威格的《象棋的故事》，强烈批判了纳粹政权下第三帝国的残暴。这部作品出版后不久，流亡巴西的茨威格便自杀身亡了。

此后

1952年 纳粹大屠杀幸存者保罗·策兰在恐怖的战争结束后选择定居巴黎，并创作了诗集《罂粟与记忆》。

第二次世界大战爆发前夕一直到战争结束，优塞福·罗特（Joseph Roth）、贝尔托·布莱希特（Bertolt Brecht）、斯蒂芬·茨威格（Stefan Zweig）以及保罗·策兰（Paul Celan）等许多作家被迫逃离自己的祖国。在他们的作品中，我们能够感受到忧郁、伤感与哀愁。安东尼·德·圣-埃克苏佩里（Antoine de Saint-Exupéry）也是这些流亡作家中的代表人物。在纳粹占领法国后，他逃往纽约，并在那里创作出了代表作《小王子》（The Little Prince）。

> 告诉你我的秘密，非常简单：只有用心才能看得真切。真正重要的东西，用眼睛是无法看到的。
> ——《小王子》

同这一时期许多杰出的文学作品一样，《小王子》从严格意义上来说并不是一部战争小说，然而它确实诞生于战时的政治与社会环境中。人们从不同视角对圣-埃克苏佩里的这部作品进行解读——《小王子》可被视为一则道德与哲学寓言，也可被视为童话故事；它可被看作一部披着奇幻外衣的自传体小说，也可被看作那个时期的直接投影。其他流亡作家的文学作品也曾被这样解读过，它们共通的主题便是对迷失人生道路的哀叹。

流离之感

圣-埃克苏佩里的《小王子》植根于一个流离的时代，因此故事中的主人公是一位流落地球的外星男孩便不足为奇了。这个男孩降落在神秘的撒哈拉沙漠，在那里，他遇到了故事的叙事者——一位遭遇飞机坠毁的飞行员。

《小王子》的叙事以遗弃、逃脱、流浪与不安定为特征，向读者呈现出一部表面上简单易懂的作品。然而，与这类小说中的其他杰

打破陈规 **239**

参见：《大胆妈妈和他的孩子们》244~245页，《罂粟与记忆》258页，《伊凡·杰尼索维奇的一天》289页。

出作品一样，《小王子》既是写给孩子的，也是写给成年人的。圣-埃克苏佩里自经典儿童文学中汲取灵感，将童年视为一个过渡阶段，差异性在其中居主导地位。无论从字面意义上看，还是从引申含义上看，小王子都是流落地球的外星人，因为他是身处成人世界的孩子。但是，作为一个人物，小王子身上的格格不入是由其自身的伦理价值观所决定的。他赞美差异，质疑成人世界的处事方式，因为他们的行为导致了战争，且就圣-埃克苏佩里个人来说，正是成人世界造成了他的流离失所。

包容差异

小说描绘了成人世界的陌生，赞美了小王子的与众不同，许多人从中解读出了政治批判的意味。书中大量滋生于小王子母星的猴面包树，代表的便是现代纳粹主义"毒瘤"及其贪婪攫取的本质，它们席卷整个欧洲，毁灭沿途一切拦路之物，包括圣-埃克苏佩里深深爱着的法国。

小说提出以人文主义哲学中的理性、同情以及对差异的尊重来对抗这场灾难。这个外星男孩也向所有人提出了建议："眼睛往往是受蒙蔽的。人必须用心去看。"

在对人类生命价值的探讨上，《小王子》既是一部永不过时的经典之作，又是一阵及时雨。与其他流亡作家一样，圣-埃克苏佩里在当时动荡与疏离的大背景下，对失去与改变进行探索，传播对待他人的善意及对待差异的包容。■

安东尼·德·圣-埃克苏佩里

1900年，安东尼·德·圣-埃克苏佩里出生在法国一个贵族家庭。在军队服役时，他成为一名飞行员。

第二次世界大战之前，圣-埃克苏佩里一直服务于航空公司，并在欧洲、南美及非洲等地开创了多条航空邮递线路。战争爆发后，他加入了法国空军，在1940年前，他一直在执行飞行侦察任务。在此期间，他创作出了许多部广为人知的作品。然而，法国战败，与德国签署了停战协议，他与妻子康素爱罗·森琴踏上了辛酸的流亡之路，《小王子》正是在那时创作而成的。

在政府的诋毁与婚姻的压抑下，1944年，圣-埃克苏佩里执行了自己的最后一次飞行任务，穿越地中海。一些人认为，他的飞机是在那里被击落的。在他过世后，人们将其誉为法国文学领域的豪杰之一。

主要作品

1926年《飞行员》

1931年《夜航》

1944年《给一个人质的信》

纳粹势力的崛起催生了一批流亡作家。这些作家的故土因政治（马克思主义者布莱希特离开德国前往丹麦）、反犹太主义（犹太人优赛福与茨威格分别去了巴黎与伦敦）以及战争（圣-埃克苏佩里逃离了被侵占的土地，战时政治犯策兰选择了战后流放）等原因，变得不再适宜人们生存。

贝尔托·布莱希特 从柏林到丹麦的菲英岛

优塞福·罗特 从柏林到巴黎

斯蒂芬·茨威格 从维也纳到伦敦

保罗·策兰 从切尔诺夫策到巴黎

圣-埃克苏佩里 从里昂到纽约

延伸阅读

《野性的呼唤》
（1903年），杰克·伦敦

美国作家杰克·伦敦（Jack London，1876—1916年）的代表作《野性的呼唤》（The Call of the Wild），以19世纪90年代阿拉斯加克朗代克淘金热为背景，动情地讲述了一个关于生存的故事。其主人公是一只拥有一半圣伯纳血统、一半柯利牧羊犬血统的狗。它原本生活在加利福尼亚的一座农场中，却被拐卖到遥远的阿拉斯加，成为一条雪橇犬。在主人的虐待与同伴的挑衅下，它找回自己的野性，慢慢褪去文明的皮毛，重新学会原始的生活方式，并最终成为狼群的首领。

> " 它们无一不是凶残之辈，不懂得法则为何物，棍棒与尖牙便是它们的法则。"
> ——杰克·伦敦《野性的呼唤》

《诺斯托罗莫》
（1904年），约瑟夫·康拉德

小说家约瑟夫·康拉德（详见197页）出生于波兰，曾做过20年的水手。1886年，他加入英国籍，并开始以英语进行创作。《诺斯托罗莫》（Nostromo）以一个虚构的南美共和国为背景，对政治、革命与腐败等进行了详细的分析，也深入检视了后殖民时期的全球资本主义。在这些主题之下，《诺斯托罗莫》事实上是一部历险故事，追溯了同名主人公，也是一位有原则之人的命运。该小说是一部黑暗之作，其中充斥着背叛与幻灭。书中大部分故事是以倒叙形式呈现出来的，甚至连高潮部分都是如此。

《伊坦·弗洛美》
（1911年），伊迪斯·华顿

美国作家伊迪斯·华顿（Edith Wharton，1862—1937年）笔下最受读者喜爱的作品便属《伊坦·弗洛美》（Ethan Frome）了。小说中的叙事者来到了位于新英格兰的一座偏僻小镇，并对当地冷酷而又寡言的农民伊坦·弗洛美产生了好奇。小说在第一人称叙事与第三人称倒叙间切换，讲述了弗洛美对妻子的表妹隐秘而悲伤的爱，还有发生于24年前那场悲剧式的雪橇"事故"。在条件恶劣的乡村环境下，小说中关于激情、阻挠、怨恨以及挫败等主题的描写都得到了放大。

《死于威尼斯》
（1912年），托马斯·曼

《死于威尼斯》是德国诺贝尔奖得主托马斯·曼（详见227页）最著名的中篇小说。故事中，一位知名作家因文思枯竭而决定前往意大利水城威尼斯度假。在那里，他深深迷恋上了一名14岁的少年。后来，霍乱爆发，整座城市拉响警报，也为小说营造出了一种分崩离析的氛围。该作品是一部弗洛伊德式的反思之作，一方面讨论了不同代之间同性情欲的退变性影响，另一方面谈及了衰老的深深辛酸。

《儿子与情人》
（1913年），D. H. 劳伦斯

D. H. 劳伦斯（D. H. Lowrence）最杰出的小说《儿子与情人》（Sons and Lovers）是一部半自传式作品，对中产阶级家庭以及爱情关系进行了深入探究。这部作品以劳伦斯的成长环境为背景，讲述了一位刚刚崭露头角的年轻艺术家保罗·莫雷尔的故事。保罗的女朋友是一个坚贞不屈、恪守教义的女人，但保罗却同时与另一名已婚女性陷入了爱情纠葛中。然而，他与自己的母亲之间有着一条亲密而令人窒息的纽带，在母亲面前，那两个女人无不黯然失色。保罗的父亲粗野而暴力，没受过教育，这使家庭的紧张氛围更加浓厚。这本书对特定社会进行了近距离观察，理性刻画了童年、少年、代际间冲突、亲情占有欲及哀伤等主题，并对母亲对生活的不满以及最后的致命疾病进行了深刻的描绘。

《追忆似水年华》
（1913—1927年），马塞尔·普鲁斯特

法国作家马塞尔·普鲁斯特（Marcel Proust，1871—1922年）耗费近15年的时间，创作出了其长达

打破陈规　**241**

D. H. 劳伦斯

戴维·赫伯特·劳伦斯出生于1885年。在英格兰诺丁汉郡的那个村庄中，劳伦斯是第一个凭借奖学金进入当地高中就读的孩子。后来，他被大学录取，并在大学任教。然而，劳伦斯在文学创作上的天赋却令他在1912年辞去了这份工作。同年，他与已婚的贵族女性弗丽达·威克利私奔至德国。劳伦斯的作品以自然生动的现实主义为标志，颠覆了当时的社会、性以及文化常规，这也使其许多作品被禁。1930年劳伦斯去世时，他的名声已严重受损。

主要作品

1913年　《儿子与情人》
1915年　《虹》
1920年　《恋爱中的女人》

7卷的代表作——《追忆似水年华》（*In Search of Lost Time*）。在故事刚刚开始的一个场景中，玛德琳蛋糕的味道令叙事者"我"回忆起了少年时期假期的时光。普鲁斯特运用从容而条分缕析的散文形式详细勾画出了作者自己与故事中人物的内心世界，包括爱情与嫉妒、同性之爱、艺术抱负，以及各式各样的善与恶。他生动地描绘了战争时期巴黎的生活。自始至终，社会中的方方面面，每一处细微差异，都得到了精妙的传达。最终，叙事者开始懂得，过去的美好会在记忆中永存，正是以这种方式，人们才得以重拾时光。后来，他开始将自己的人生故事写入文学作品之中，这样的自传式视角也是该作品的魅力之一。

《一个青年艺术家的自画像》
（1916年），詹姆斯·乔伊斯

《一个青年艺术家的自画像》是爱尔兰作家詹姆斯·乔伊斯（详见216页）的第一部小说。该作品讲述了主人公的早年生活，这一人物之后又出现在了乔伊斯发表于1922年的代表作《尤利西斯》中。斯蒂芬·迪德勒斯反抗着爱尔兰社会与天主教信条中的常规，努力奋斗，决心"铸就"自己的命运——在巴黎成为一名作家。这本书使用意识流的叙事手法，并在某种程度上预示了乔伊斯后期的作品。

《无情》
（1917年），李光洙

韩国记者、独立运动家李光洙（Yi Kwang-su，1892—1950年）创作的近代小说《无情》（*The Heartless*），讲述了日本占领朝鲜期间，京城（如今的首尔）一位青年英语教师与两个女人之间的情爱纠葛。这两个女人，一个因循守旧，另一个则接受了开放的西方价值观。作者利用主人公的窘境，戏剧化地展现出韩国社会的紧张局势。这部作品同时也探讨了个人与性欲的觉醒，以及文化的歧义性。

《悉达多》
（1922年），赫尔曼·黑塞

瑞士作家赫尔曼·黑塞（Hermann Hesse，1877—1962年）创作的《悉达多》（*Siddhartha*）深入探究了东方的精神灵性，在20世纪60年代曾红极一时。该作品描绘了古印度一位年轻婆罗门的精神生活。题目"悉达多"原是梵语，意为"达到目标的人"。故事中的主人公拒绝遵从佛陀建立的新秩序，而是选择探索自身的顿悟。在这一过程中，他也曾被财富与情欲带上歧路，但最终体会到了万物的圆融统一，并于其中收获了智慧与爱。该作品将精神分析与哲学注入了精神思想中。

《印度之行》
（1924年），E. M. 福斯特

英国作家E. M. 福斯特（E. M. Foster，1879—1970年）的作品《印度之行》（*A Passage to India*），以英属殖民地印度为背景，讲述了一个发生在独立运动萌芽时期的故事。该作品的中心情节围绕山洞事件展开。一位信仰伊斯兰教的年轻印度医生被指控对一名英国女人欲行不轨，这一指控引发了一场庭审，从而将殖民者与被殖民者之间的矛盾暴露在阳光之下。福斯特刻画了那些被印度的社会表象所蒙蔽之人浪漫幻想的破灭，并在这一过程中对大英帝国的根本原则提出了质疑。同时，他也向读者展现了女性的边缘化。在这样的社会环境

> " 在英格兰的时候，月亮看上去曾那样陌生而又死气沉沉；然而在这里，她沐浴在夜色之中，被土地与星辰拥入怀中。
> ——E. M. 福斯特《印度之行》

中，男性间相互支持，他们的友情也牢不可破。

《审判》
（1925年），弗兰兹·卡夫卡

《审判》（The Trial）创作于1914—1915年，是以德语进行写作的捷克犹太作家弗兰兹·卡夫卡（详见211页）三部未完之作中最完整的一部。小说中，主人公约瑟夫·K遭到当局某神秘部门的逮捕与迫害，却没有被告知他究竟犯了什么罪。这一情节被人们解读为对现代异化的典型隐喻，也被解读为复杂僵化官僚主义（引申为极权主义国家）的灭绝人性。就第二种解读来看，卡夫卡无疑极具先见之明，因其预见了之后出现的法西斯主义与纳粹主义。

> 定是有什么人诬陷了约瑟夫·K，因为在一个天气晴朗的早晨，他无缘无故遭受了逮捕。
> ——弗兰兹·卡夫卡《审判》

《达洛维夫人》
（1925年），弗吉尼亚·伍尔芙

弗吉尼亚·伍尔芙在其巅峰时期创作出了《达洛维夫人》（Mrs Dalloway）。该作品描写了伦敦的一位富家夫人一天中的想法与感受。主人公克拉丽莎·达洛维的思绪飘荡到自己晚上即将举办的一场派对中，有时却又会想起年轻时候的事，还有自己与那个可靠却平庸的男人之间的婚姻。小说中另外一位主要人物是个内心曾受过严重创伤的军人，他前一刻还在与自己的意大利妻子漫步于公园中，后一刻却做出了悲剧性的决定。从写作技巧上看，这部小说技艺高超且极具原创性，于直接引语与间接引语之间切换自如，且对全知叙事、意识流以及独白等手法进行了巧妙的运用。

《伪钞制造者》
（1925年），安德烈·纪德

法国作家安德烈·纪德（André Gide，1869—1951年）笔下的《伪钞制造者》（The Counterfeiters），被誉为20世纪50年代"新小说"（nouveau roman）的先驱之作，将伪造金币与人类情感和关系中的真实性相提并论。该作品采用嵌套式故事结构，多重情节脉络及视角增添了小说的复杂性，试图诠释立体派提倡的摒弃单一视角的文学风格。故事围绕着一个生活在19世纪末巴黎的年轻人展开，主题之一是同性关系达成完满的可能性。

《堂娜·芭芭拉》
（1929年），罗慕洛·加列戈斯

罗慕洛·加列戈斯（Rómulo Gallegos，1884—1969年）在正式成为委内瑞拉第一位民选总统的20年前，创作出了《堂娜·芭芭拉》（Doña Barbara）这部以魅力非凡的女主人公（用神秘的力量征服男性）的名字命名的小说。该作品检视了原始冲动与文

弗吉尼亚·伍尔芙

弗吉尼亚·伍尔芙是布卢姆茨伯里派这一群颇具影响力的知识分子与艺术家中的代表人物。她于1882年出生在英国伦敦，少女时期开始创作自己的第一部小说《远航》。伍尔芙于1912年结婚，与此同时，她与才华横溢的园艺家薇塔·萨克维尔·韦斯特之间的情事也广为人知。很快，伍尔芙成为学者与作家中的先驱者，并将描绘人物内心世界的文学发扬光大。她本人却深受抑郁症与情绪波动所扰。1941年，59岁的伍尔芙在萨赛克斯郡的刘易斯附近投河身亡。

主要作品

1925年 《达洛维夫人》
1927年 《到灯塔去》
1931年 《海浪》

明冲动以及男性与女性之间的矛盾。小说以亚诺斯草原上的乡下牧场为背景，使用动人的方言进行叙事，其中对魔幻现实主义元素的运用更是早于加夫列尔·加西亚·马尔克斯的作品。

《喧哗与骚动》
（1929年），威廉·福克纳

《喧哗与骚动》（The Sound and the Fury）是诺贝尔奖得主、美国南部的卓越记录者威廉·福克纳（William Faulkner）的代表作。这部小说是一部高深莫测的野心之作，从4个截然不同的视角出发，讲述了发生在密西西比州杰弗逊小镇的故事。开头

部分由班吉这位33岁的认知障碍患者进行叙事，内容杂乱无章；第二部分的叙事者是班吉的哥哥，他18年前曾是哈佛大学的学生，有严重的自杀倾向；第三部分的故事是由班吉顽固不化的弟弟讲述的；最后一部分的叙事者是家中的一位黑奴。福克纳使用意识流手法进行创作，其中夹杂着巧妙的时空转换，成功创作出了一幅想象力与洞察力相交织的复杂拼图，并以前所未有的透彻理解对种族问题、悲痛、家庭关系失衡，以及南部价值观的衰败等主题进行了刻画。

《没有个性的人》
（1930年、1933年、1943年），罗伯特·穆齐尔

《没有个性的人》（The Man Without Qualities）是奥地利小说家罗伯特·穆齐尔（Robert Musil，1880—1942年）的代表作，也是其毕生心血。该作品共分3卷（第三卷在穆齐尔去世后才得以出版）。穆齐尔在创作时故意不以情节推动小说发展，而是在其中插入了复杂的社会愿景，揭露现代价值观与政治的愚蠢。《没有个性的人》以奥匈帝国衰落期为背景，深具讽刺意味。作者在1000多页的冗长内容中刻画了许许多多的人物，如黑人见习骑士、贵族、杀害妓女的凶手，以及对这个即将崩塌的社会进行旁观与评述的主人公。

《美丽新世界》
（1932年），阿道司·赫胥黎

英国作家阿道司·赫胥黎（Aldous Huxley，1894—1963年）的作品《美丽新世界》（Brave New World）极具讽刺意味的题目来自莎士比亚的剧作《暴风雨》。作品以2540年的伦敦为背景，刻画了反乌托邦式的未来远景。在那个极权主义的世界中，人们的自由、表达，甚至是情绪都受到了压抑。基因工程与思想灌输成为统治者控制人民的工具，消遣性毒品与性爱唾手可得。消费主义蔓延（"报废比修补好"），精神价值枯萎甚至消逝。"母亲"与"父亲"这样的词语甚至被法律所禁止。野人约翰带着叛逆的灵魂，勇敢反抗社会体系，并与世界控制者奋勇斗争。该作品因其具有先知性的洞察力、道德观与生动的语言而备受赞誉。

《长夜漫漫的旅程》
（1932年），路易-费迪南·塞利纳

法国作家路易-费迪南·德图什医生（Dr Louis-Ferdinand Destouches，1894—1961年）以祖母的名字塞利纳（Céline）作为笔名，创作出了《长夜漫漫的旅程》（Journey to the End of the Night）这部半自传体小说。该小说在风格与加工手法上进行了大胆创新，并以黑色幽默式的猛烈抨击为特点，氛围黑暗而又消极，甚至带有几分厌世色彩。故事追寻了主人公费迪南·巴尔达缪的旅程，他在第一次世界大战开始时便穿过非洲殖民地来到了美国，最后又回到了巴黎。塞利纳在作品中聚焦人类的愚蠢，并对战争、帝国主义以及统治阶级发出了反对之声。

《北回归线》
（1934年），亨利·米勒

美国作家亨利·米勒（Henry Miller，1891—1980年）的处女作《北回归线》（Tropic of Cancer），在发表之初因其中大胆直白的性描写而遭禁。该作品是一部纷杂但情节相对薄弱的半自传体小说，描绘了20世纪30年代巴黎极端生存环境下的人生与爱情。《北回归线》在美国及英国一直被推迟出版，直到20世纪60年代审查制度被推翻后才得以面世。这部作品为美国"垮掉的一代"等新一批作家带去了创作灵感。

威廉·福克纳

诺贝尔奖得主威廉·福克纳是美国南部事件的记录者。他于1897年出生在密西西比州的新奥尔巴尼。1902年，福克纳的父亲成为密西西比州牛津镇大学城的经营者，他便随家人一同搬到了那座小镇。在这里，他度过了人生的大部分岁月，环绕着牛津镇的拉斐特县也成为其大多数小说的背景地约克纳帕塔法县的创作原型。起先，福克纳以创作诗歌为主，直到1925年，他才开始写作小说。福克纳的作品常常描绘社会中上流阶层的衰落，刻画极具争议的主题（如奴隶制等）。他也讲述贫穷阶层人们的故事。1962年，福克纳去世。

主要作品

1929年 《喧哗与骚动》
1930年 《我弥留之际》
1931年 《这十三篇》
1936年 《押沙龙，押沙龙！》

《不安之书》
（约1913—1935年创作；1982年出版），费尔南多·佩索阿

葡萄牙作家费尔南多·佩索阿（Fernando Pessoa，1888—1935年）创作的《不安之书》（*The Book of Disquiet*）在其去世后47年才得以出版。该作品被佩索阿自己形容为一部"不包含事实性内容的自传"。这部未完之作是一部优美流畅、如万花筒般的马赛克式碎片，将无意间的自我意识流露与文学批评、哲学幻想与格言融合在一起。佩索阿凭借对同形异音异义词的使用，使作者的人格面具慢慢渗透进读者心中。这部极具原创性的作品也传递出了引人入胜的洞察力。《不安之书》探究的是寂寞与绝望等主题，故事中的绝妙创造力能轻易将读者带入其中。

《人鼠之间》
（1937年），约翰·斯坦贝克

《人鼠之间》（*Of Mice and Men*）是约翰·斯坦贝克最著名的作品，在出版之时受到广泛赞誉。该小说以20世纪30年代经济大萧条时期的加利福尼亚州为背景，讲述了两位梦想着拥有一个属于自己的小农场的流动工人的故事。然而，一件牵涉到牧场主女儿的事件却将故事推向了悲剧。斯坦贝克在创作这部作品时对贫困之苦、人们在寂寞之中对安慰的迫切向往，以及利己主义是如何在强者和弱者身上滋生蔓延等一系列主题进行了探究。

《恶心》
（1938年），让-保罗·萨特

《恶心》（*Nausea*）是法国哲学家让-保罗·萨特（1964年被授予诺贝尔奖，但他拒绝领奖）的第一部小说，也是存在主义领域的重要作品。在一座海边小镇中，一位性格内向的历史学家受到迷惑，认为自己的知识与灵魂自由正在被周围的物体与环境压抑着。这令他感到恶心，这种恶心感又转为深深的焦虑与自我厌恶，逐渐令他失去理智。在他眼中，人与人间的关系慢慢变得空虚，只有自己才能寻找到世界的意义。故事的最后，主人公将现实对其生命的漠视视为一种解放的力量，因为他已经有能力创造属于自己的意义，并承担一切随之而来的责任。

《愤怒的葡萄》
（1939年），约翰·斯坦贝克

同《人鼠之间》一样，斯坦贝克的另一部代表作《愤怒的葡萄》也将背景设定在了20世纪30年代的经济大萧条时期。该作品聚焦约德一家的痛苦挣扎，他们在美国俄克拉何马州"尘盆"灾年中，驾驶着一辆小轿车改装的卡车，沿着66号公路开往加利福尼亚，希望找到一份能糊口的工作。与其他许多经济移民相同，他们试图从干旱、不动产被剥夺以及未还清的债务中逃离。这部极具感染力的小说，以充满诗意的语言与犀利的人物塑造，传达出了人类精神在压力之下的复原能力，并将20世纪30年代美国对移民工人的剥削公之于众，令公众开始关注社会发展这项事业。虽然约德一家并不完美，但他们的故事却令人产生共鸣：在这本书的最后一个场景（小说发表之初曾引发巨大争议）中，约德家年轻的女儿罗莎夏展现了伟大的怜悯之心。

《大胆妈妈和她的孩子们》
（1941年），贝托尔特·布莱希特

德国诗人、戏剧导演、剧作家贝托尔特·布莱希特创作的《大胆妈妈和她的孩子们》（*Mother Courage and Her Children*），是一部重要的反战戏剧。尽管该作品以1618—1648年的"30年战争"为背景，但它也对作者所处的时代具有现实意义。布莱希特笔下的中心人物大胆妈妈一点都不

约翰·斯坦贝克

诺贝尔奖得主约翰·斯坦贝克的作品探究着人类与土地之间的关系。他是一名图书馆会计师的儿子，于1902年出生在美国加利福尼亚州的小镇萨利纳斯，其大部分小说以该州的中部与南部地区为背景创作而成。他在斯坦福大学主攻英语，1925年辍学。作为一名作家，其成功的第一步可追溯至20世纪30年代早期。1940年，他凭借小说《愤怒的葡萄》获得了普利策奖。斯塔贝克除了创作小说，还做过战地记者，并参与了1943年的第二次世界大战与1967年的越南战争。1944年，他回到加利福尼亚，专注于创作以本地主题为内容的作品。1968年，斯坦贝克在其居住地纽约离世，享年66岁。

主要作品

1937年 《人鼠之间》
1939年 《愤怒的葡萄》
1952年 《伊甸园以东》

多愁善感，这样一来，他便将读者的注意力放在了作品讨论的问题与主题之上，而不是对人物的认同感之上。这部作品展现了布莱希特的标志性手法——"间离方法"（又称"陌生化方法"），布莱希特通过对文字说明牌、明亮灯光等手段的使用，令戏剧技巧得以凸显。

《局外人》
（1942年），阿尔贝·加缪

法国作家、记者、哲学家阿尔贝·加缪的作品《局外人》（The Outsider），浸透着存在主义哲学的晦暗与苍凉。然而，作者并不将其视为一部存在主义小说。书中，一位法裔阿尔及利亚人在母亲的葬礼上无知无感，之后，他又无情地射杀了一名与自己毫无瓜葛的阿拉伯人。即便被定罪投入监狱，他仍对自己所处的境况持冷漠态度。这一事件却在某种程度上唤醒了他的自我意识。这篇从主人公视角进行叙事的故事是荒诞文学的代表作，聚焦人们寻觅人生意义（然而意义本就不存在）的旅程。

> **我母亲今天去世了。也有可能是在昨天，我不确定。**
> ——阿尔贝·加缪《局外人》

《源泉》
（1943年），安·兰德

出生于俄国的美国作家安·兰德（Ayn Rand，1905—1982年）花7年时间创作的《源泉》（The Fountainhead），讲述了一位现代主义建筑师的故事。一些人认为主人公的原型便是弗兰克·劳埃德·赖特。这部作品深入探究了传统观念压抑下个人艺术理想的胜出。该小说是不屈的伦理个人主义（体现于主题中）与浪漫现实主义（体现于艺术手法上）的结合。

《虚构集》
（1944年），豪尔赫·路易斯·博尔赫斯

《虚构集》（Ficciones）是一部高深莫测的短篇故事集，展现出了作者豪尔赫·路易斯·博尔赫斯卓越的艺术才华。他能够凭借与童话一般令人着迷的故事，将读者带入自己奇幻而又复杂的想象世界中。《虚构集》中的17篇故事热情洋溢却又克制有度。文章语言精妙，颇具代表性的叙事风格更令其具有浓郁的形而上学式的忧虑。第一篇故事围绕百科全书上的一个词条（一个不知位于何处的国家）展开，其他故事则分别讲述了一本不存在的书的书评（却又在这一过程中将这本书鲜明地呈现在人们眼前）、一个依靠机遇统治的古代国家、通天塔图书馆，还有一个拥有绝佳记忆的人。书中使用的一些意象（如镜子与迷宫），之后也成了博尔赫斯作品的标志。

豪尔赫·路易斯·博尔赫斯

以富有知识内涵的故事而闻名的阿根廷作家博尔赫斯是西班牙语文学领域的一位大家。他于1899年出生在布宜诺斯艾利斯，少年时与家人一同行至欧洲，并在日内瓦学习法语和德语。1921年，博尔赫斯回到阿根廷。1955年，他成为国家图书馆的馆长，还在布宜诺斯艾利斯担任英国文学教授。55岁的时候，他双目失明。除写作小说外，他还创作了许多诗歌与短文作品。1986年，博尔赫斯在日内瓦去世。

主要作品

1935年 《恶棍列传》
1944年 《虚构集》
1967年 《想象的动物》

《动物农场》
（1945年），乔治·奥威尔

《动物农场》（Animal Farm）令人们看到，在揭露罪恶方面，讽刺寓言可以同现实主义作品一样有力。英国作家乔治·奥威尔（George Orwell，详见252页）在这部作品中，利用会说话的动物，戏剧性地展现出了俄国革命及其政治状况。拿破仑与雪球这两只猪精心策划了一场政变，将人类农场主赶下台。最初的理想主义成了"人类"软弱的牺牲品，而后伪善降临。该作品既具娱乐性，又引发了人们的战栗，称得上是20世纪最具影响力的政治书籍之一。

POST-WAR WRITING
1945–1970

战后文学
1945年—1970年

时间线

1945年 — 苏联军队解放了波兰奥斯维辛集中营中的幸存者。

1951年 — J. D. 塞林格创作的小说《麦田里的守望者》，以第一人称叙事记录了主人公青春期的焦虑与叛逆。

1953年 — 塞缪尔·贝克特创作的荒诞派戏剧作品《等待戈多》，首次以原版法语形式在巴黎公演。

1957年 — 杰克·凯鲁亚克的小说《在路上》对美国反主流文化的刻画，使该作品成为"垮掉的一代"的奠基之作。

1949年 — 乔治·奥威尔在小说《一九八四》中，描绘了一个在"老大哥"统治之下、反乌托邦式的极权主义国家。

1953年 — 劳伦斯·费林盖蒂与彼得·D.马丁在旧金山开设了城市之光书店。艾伦·金斯伯格的《嚎叫》便是在这里出版的。

1955年 — 弗拉基米尔·纳博科夫的性禁忌小说《洛丽塔》引发了一桩丑闻，在英国与法国被禁。

1958年 — 钦努阿·阿契贝的小说处女作《瓦解》描绘了殖民主义对非洲传统社会的影响。

1945年，世界上大多数地区在经历了30年的动荡后蹒跚而行。战后曾有一段短暂却充满希望的时期，许多人试图理解毁灭的含义，并希望建立一个更好的世界。随着帝国主义力量的不断衰落和新势力的崛起，西方资本主义国家与东方社会主义国家之间出现了"文化碰撞"。在之后的几十年中，冷战及核战争危机成了世界的主题。

"二战"余波

第二次世界大战后的文学作品难免受到战争的影响。犹太作家，尤其是诸如诗人保罗·策兰等大屠杀中的幸存者，都在尝试着正视集中营带给他们恐惧的历史。君特·格拉斯（Günter Grass）等一批德国作家则在作品中描绘纳粹主义那段令他们耻辱的历史。在日本，一代作家在审视广岛原子弹爆炸后的社会与政治变革。

在战争中胜出的国家同样感受到了战争的负面影响。在英格兰，退伍老兵乔治·奥威尔声称，纳粹主义的失败并不意味着极权主义的威胁已全部被消除。他在《动物农场》与《一九八四》（Nineteen Eighty-Four）两部作品中，刻画了反乌托邦式的社会，生动描绘了冷战时期的悲观氛围。相同的情绪也出现在法国，那里的作家并不试图找寻人生的意义，而是以黑色幽默刻画人生的荒诞。作家塞缪尔·贝克特（Samuel Beckett）的作品《等待戈多》（Waiting for Godot）就是其中的代表。除"荒诞派戏剧"外，我们也能在诸如约瑟夫·海勒（Joseph Heller）的《第二十二条军规》（Catch 22）等美国小说中看到这样的黑色幽默。

全新的声音

战后动荡的氛围启发了全新的后现代写作技巧。这些技巧投射的是人们心中的不确定性：叙事可能是自相矛盾的、碎片化的，甚至是不以时间顺序为依据的；作品中亦常常出现多角度叙事，叙事者也常是不可靠的。这些由让-保罗·萨特、君特·格拉斯等欧洲作家发明的写作技巧，为新一代南美洲作家带去了创作灵感，帮助他们创立了自己独特的写作风格。在这些作

战后文学　**249**

1959年　君特·格拉斯创作的《铁皮鼓》讲述了奥斯卡·马采拉特记忆中的故事。这些故事都是主人公在精神病院中写下的。

1961年　随着美国越来越深地卷入越南战争，约瑟夫·海勒完成了自己描写第二次世界大战的黑暗讽刺小说《第二十二条军规》。

1963年　马丁·路德·金在华盛顿特区的林肯纪念堂前发表了反对种族歧视的演讲《我有一个梦想》。

1966年　杜鲁门·卡波特创作的《冷血》是一部真实的犯罪小说，详细记叙了1959年发生在堪萨斯的克拉特一家被杀案。

1960年　哈珀·李在小说《杀死一只知更鸟》中，透过孩子的双眼描绘了美国南部一个小镇中的生活。

1962年　1962年10月，美苏两国就古巴弹道导弹部署问题展开了为期13天的对峙，这场"古巴导弹危机"将世界带向核战争的边缘。

1963年　胡里奥·科塔萨尔的反战小说《跳房子》中包含一则阅读指南，向读者说明了书中155章内容的不同阅读顺序。

1967年　加西亚·马尔克斯在小说《百年孤独》中，记叙了一个虚构的哥伦比亚家族布恩迪亚的家族史。

家中，胡里奥·科塔萨尔（Julio Cortázar）的实验性"反传统小说"《跳房子》（Hopscotch）颠覆了无数文学常规。令魔幻现实主义这一风格走入大众视野的作家加西亚·马尔克斯，则受到了阿根廷作家豪尔赫·路易斯·博尔赫斯笔下超现实主义短篇故事的启发。

随着越来越多的国家（尤其是非洲国家）自欧洲殖民统治中挣脱，获得了民族独立，新兴的文学运动开始在各处涌现。其中最突出的是尼日利亚，在那里，钦努阿·阿契贝（Chinua Achebe）等为正在重建国家的人民发出了自己的声音。美国作家同样在不断展现着自己的身份认同。伴随着20世纪五六十年代民权运动的不断兴起，拉尔夫·埃利森（Ralph Ellison）等一批非裔美国作家描绘了黑人的边缘地位，而哈珀·李（Harper Lee）的作品《杀死一只知更鸟》（To Kill a Mockingbird）则以美国南部白人的视角审视了种族问题。各种社会问题也为融合了事实与虚构的新新闻主义提供了创作主题，哈珀·李的友人杜鲁门·卡波特（Truman Capote）是这一领域的先驱者。

青年文化

战后文化中最响亮的疾呼大约是由青年一代发出的。老一辈将美国人民带入了两场世界大战中，并且继续走在这条侵略性道路上。为应对这些问题，年轻人中逐渐兴起了一种反权威文化。他们带着享乐主义的不同态度，对冷战中的不确定性及核武器的威胁做出了回应。J. D. 塞林格（J. D. Salinger）是最先描绘青春期忧郁与叛逆的作家之一。之后出现的则是"垮掉的一代"，其创作灵感来自现代爵士音乐中表现出的自由以及摇滚音乐中表现出的奔放。杰克·凯鲁亚克（Jack Kerouac）、艾伦·金斯伯格（Allen Ginsberg）与威廉·S. 巴罗斯（William S. Burroughs）的实验性创作风格，不仅打破了文学形式的局限性，也开拓了文学创作内容：在20世纪60年代社会风气更加开放之前，他们作品中对性的直白描写曾在一些地方引发法律争端，甚至使作品被禁。■

老大哥正在看着你

《一九八四》（1949年），乔治·奥威尔

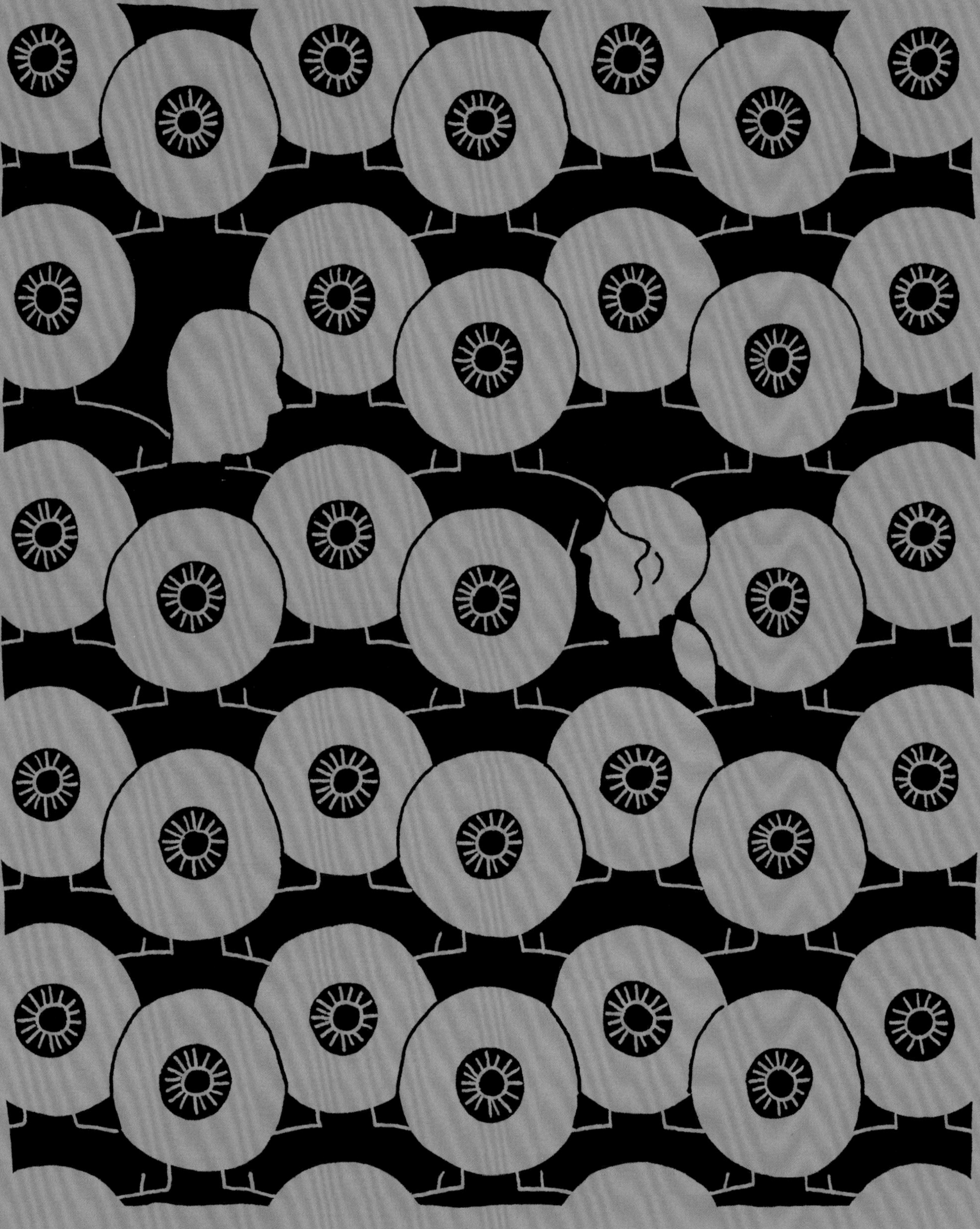

背景介绍

聚焦
反乌托邦

此前

1516年 在《乌托邦》中,作者托马斯·莫尔爵士想象出了一个理想化的社会,后又描绘了这个社会的反面——反乌托邦社会。

1924年 俄国作家叶夫根尼·扎米亚京的作品《我们》描绘了一个"大统一王国"。

1932年 在英国作家阿道司·赫胥黎的小说《美丽新世界》中,人们的个性受到了压抑。

此后

1953年 美国小说家雷·布拉德伯里创作的作品《华氏451》描绘了人们禁书、焚书的情景。

1985年 加拿大作家玛格丽特·阿特伍德的小说《使女的故事》,以极权主义基督教政权统治下的美国为背景进行叙事。

反乌托邦文学刻画噩梦般的社会,与其截然相反的另一个极端便是乌托邦社会(理想中的完美世界)。在1516年托马斯·莫尔的作品《乌托邦》(*Utopia*)面世后的几个世纪里,许许多多的作家曾聚焦这一主题,对独裁专政、贫穷、折磨、对人民的压抑,以及对思想的控制等话题进行讨论。

作家通过对这些反乌托邦社会的刻画,探索人性关怀,并告诉读者,若不对事情的发展加以制约,可能会造就怎样的恶果。譬如,玛格丽特·阿特伍德(Margaret Atwood)的小说《使女的故事》(*The Handmaid's Tale*)描绘了一个军权统治下的世界,在那里,女性的权利遭到剥夺,仅凭生育能力体现自我价值。

转折点

反乌托邦的首要关注点是想象中的未来世界,通常源于对新技术与社会变革下新生事物的恐惧。例如,20世纪,毁灭性武器原子弹的潜在威胁以及气候的急剧变化,都成为支撑反乌托邦小说盛行的强有力证据。

乔治·奥威尔创作的《一九八四》是最著名的现代反乌托邦小说。该作品创作的出发点是奥威尔本人对斯大林统治崛起的恐惧。尽管他信仰民主主义,但是,日益强大的苏维埃社会主义共和国联盟在他眼中却只是纯粹的社会主义。奥威尔曾见证1936年西班牙内战时期反弗朗哥(西班牙国家元首)势力的分裂。

> **谁把握着过去,谁便把握着未来。谁把握着现在,谁便把握着过去。**
> ——《一九八四》

乔治·奥威尔

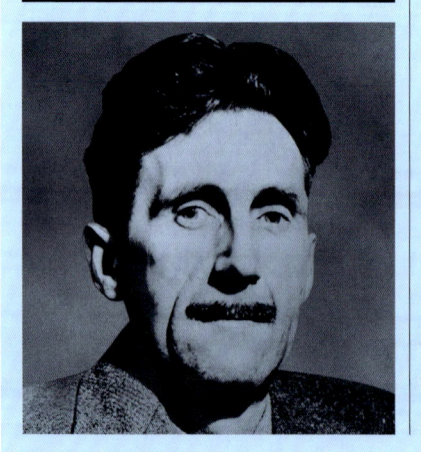

乔治·奥威尔,本名埃里克·阿瑟·布莱尔,于1903年出生在印度,父母都是英国人。他在英格兰接受教育,后又回到东方,加入印度帝国警察,并在缅甸服役。1928年,奥威尔搬到巴黎,1929年他回到伦敦,创作出小说《巴黎伦敦落魄记》。1936年,奥威尔行游至英格兰北部维甘镇,体验了经济大萧条下的贫穷生活。同年,他与艾琳·奥修兰西结婚。后来,奥威尔牵涉到西班牙内战中,不幸喉部中弹。1937年,他返回英格兰。1941年,他加入英国广播公司(BBC),于1943年离职。之后,奥威尔一心创作《动物农场》,这部作品一经出版便大获成功。同年,他的妻子意外去世。奥威尔随后便与世隔绝,开始在苏格兰的一座小岛上生活,并在那里创作了小说《一九八四》。1950年,年仅46岁的奥威尔因罹患肺结核而离开了人世。

主要作品

1934年 《缅甸岁月》
1937年 《通往维根码头之路》
1938年 《向加泰罗尼亚致敬》

战后文学

参见：《老实人》96~97页，《格列佛游记》104页，《美丽新世界》243页，《华氏451》287页，《蝇王》287页，《发条橙》289页，《阿尔特米奥·克罗斯之死》289页，《使女的故事》335页。

奥威尔在其中篇小说《动物农场》中曾描绘过对上述政治事件的凄凉想象。此外，俄国作家叶夫根尼·扎米亚京（Yevgeny Zamyatin）的作品《我们》中描绘的世界（在那里，个人自由不复存在）也为其新一部小说提供了各式各样的参考。

《一九八四》刻画了一个极权社会，操控自己的公民，为维护政治权力不顾事实。这样的反乌托邦社会更加黑暗，甚至连《动物农场》中通过革命改善社会环境的美好梦想也一并击碎。在这样的社会里，个人的存在不过是庞大系统中的一个齿轮罢了。

历史的尽头

"那是4月中晴朗而寒冷的一天，钟表刚刚敲响了13声。"这是《一九八四》开篇的一句话，它提醒着读者，作品中哪怕最基本的时空观念都与现实有所差别。小说的主人公温斯顿·史密斯走进了自己的公寓。他是大洋国（在一次全球性核战争后崛起的三大跨大洲国家之一）第一空降场省会伦敦的公民。家中的墙壁上贴满了画着同一张脸的海报，海报上的男人"大概45岁，留着浓密的黑胡子，看上去粗犷却又有几分帅气"，他的"眼睛粘在你的身上。'老大哥正在看着你'，图片下的文字这样写道"。老大哥便是大洋国统治党的领导者。史密斯生活的世界是一个精英统治的世界，民众（无产者）占据社会人口的85%。这个世界由4个荒谬可笑的部门管理：和平部，掌管战事；友爱部，负责维护治安；富裕部，操控经济，包括为民众提供配给；真理部，又称"真部"，负责新闻报

真理部的职责是，威胁并恐吓民众，以使他们顺从。在奥威尔笔下，该部门所在的大厦是"一座巨大的金字塔结构建筑"，建筑上写着党的三大口号。

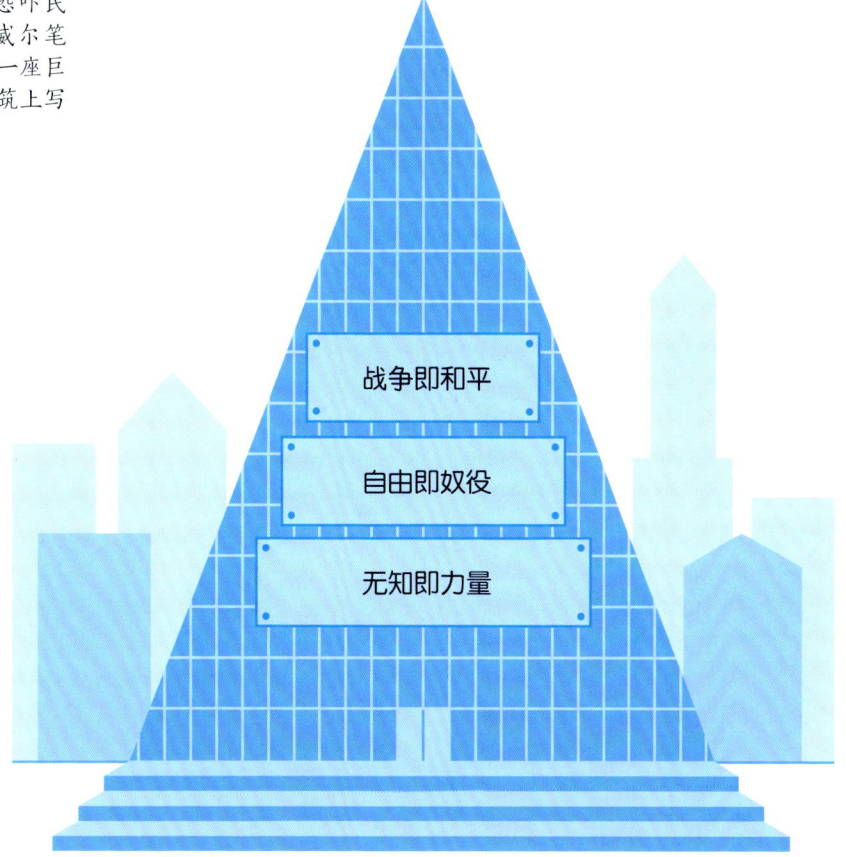

战争即和平

自由即奴役

无知即力量

"新话"是一种由拥有至高权力的国家所发明、对日常英语（"旧话"）进行省略的险恶语言形式。"旧话"将被"新话"这种粗陋且简单的语言所取代，"新话"在意义的表达上更加精练，并迎合了英国社会主义的意识形态需求。思想需要通过语言表达出来，因此，国家不得不对"思想犯罪"进行压制，任何与国家意识形态相背离的个人观点与感受都将是难以想象的。

鸭言（Duckspeak）： 一种无脑的说话方式，使得无稽之谈能够变得令人信服。

好思想（Goodthink）： 与国家的意识形态相符的观点。

双加好（Doubleplusgood）： 确实是最好的那些东西。

双重思想（Doublethink）： 一种思想体系，在这一体系中，对当下的控制便代表着对过去的改过。

犯罪思想（Thoughtcrime）： 由质疑统治党的思想衍生出的犯罪行为。

非人（Unperson）： 那些被国家从历史记录中抹去的人。

黑白（Blackwhite）： 不顾事实，盲目而不加批判的思想。

腹感（Bellyfeel）： 对于统治者观点的本能接受。

道与公民教育、发布舆论、控制民众的思想。

国家最主要的管理手段之一便是"新话"（真理部的语言）的使用，该语言强行规定了过去及如今社会中的事实真相。为迎合不断变动的国家方针，管理者歪曲并改写了历史。温斯顿·史密斯本人便在真理部工作，负责编辑历史记录，并将原始文件丢入"记忆洞"中焚毁。正如读者理解的那样，历史的脚步已经停止，"一切都已不复存在，除了永恒的当下"。

政府的全视之眼

电幕、摄像头与隐藏式传声器形成的监视与监听网络笼罩着所有公民。一切都在思想警察的控制之下，他们主要负责对统治者的维护。

凡人的反叛

奥威尔先将读者置于这个丑恶的极权主义世界之中，之后才告诉他们，温斯顿·史密斯事实上正在参与一项至关重要的反叛行动。史密斯狭小的公寓中布满了党的控制工具（电幕），他正试图在日记本（私下买来的二手货）上记录下自己的历史，这便犯下了自我表达的罪过。他明知这样的行为会令自己毫无退路，也明知"他不过是一个孤独的鬼魂，诉说着真相，却无人愿意聆听"。然而，史密斯还是义无反顾地动笔了。

温斯顿·史密斯是小说中的凡人英雄——他的姓氏极为常见，这也说明这一人物的设定并没有任何特别之处。正是这样的平凡令其颠覆行为更具煽动性：如果每个史密斯或是琼斯都能起身反抗这个社会，那么革命便不再遥远。这种对平凡姓名的使用让我们更能理解埃里克·布莱尔为何会选择"乔治·奥威尔"这样一个笔名。他在自己

> " 到了最后，统治者会宣告二加二等于五，而你却不得不信以为真。"
> ——《一九八四》

> " 若你想看到未来是什么样的，只要想象一双靴子踩踏在人的脸上——直到永远。"
> ——《一九八四》

> 你希望这种事发生在别人身上。你才不在乎他们遭受着什么样的痛苦。你在意的只有你自己。
>
> ——《一九八四》

的第一部作品《巴黎伦敦落魄记》（Down and Out in Paris and London）发表之后不久便开始使用这个笔名，以免令家族感到难堪。

奥威尔将史密斯这样一个平凡人物刻画为一名充满反抗精神、捍卫事实真相、对抗国家体制的斗士。他在裘丽亚身上不仅找到了同志之情，也找到了爱情。裘丽亚比史密斯年轻几岁，是青少年反性联盟的带头者。她递给了史密斯一张纸条，上面写着简简单单的一句"我爱你"。他们之间的爱情本身就是一种反抗，是一桩性犯罪。然而，二人隐秘的爱情掩藏于对老大哥表面上的顺从以及对大洋国统治的服从之下，注定无法长久。

国家公敌

这个国家公认的敌人是爱麦虞埃尔·果尔德施坦因，他既是国家的前任领导者，也是反抗运动兄弟会的首领。果尔德施坦因是一个受到人们蔑视的人。他当权之时曾依靠每天播放的"两分钟仇恨"来团结大洋国的公民。

史密斯在一家二手书店中打开了一本"封面上没有姓名，也没有标题"的书，这本书便是果尔德施坦因创作的《寡头政治集体主义的理论与实践》。奥威尔节选了这部著作中的大段内容，几乎整页整页地插入小说《一九八四》的章节之中，进一步拉近了读者与反叛主人公之间的距离，揭露了致使当前局面发生的幕后政治哲学与社会理论。

小说中对果尔德施坦因著作的描绘极具说服力，也显示出了作者语言与文字的感召力。《一九八四》著名的遗产便是，书中创造的许许多多"新话"渐渐融入了日常英语词汇中，老大哥、性犯罪、犯罪思想、101号房间等创新词仅仅是奥威尔这部作品中最流行的几个典型词而已。

精通操控之术

《一九八四》的一个关键主题是国家操控公民的手段。在一个极权主义社会中，个人选择与生活方式在很大程度上被纳入了万能政府的管辖范围内。

从大洋国的统治机构上我们可以看出，这个国家一心维护自己的权力，不惜削弱人与人之间的关系，根除信任与依存。奥威尔深入探究了国家胁迫其公民的心理与武力手段：他们或明目张胆，或暗地推进，试图击碎人类的情感，攻破他们的心灵。正如裘丽亚所说："每个人都不停地在坦白。这由不得你！"温斯顿·史密斯的经历揭露出国家机器是如何对个体施加影响的，读者不仅能够感受到他的痛苦，还能体会到他不惜一切手段、反抗国家机器的强烈愿望。

现代意义

评论家最初对《一九八四》的反馈极为正面，纷纷对其中描绘未来惨淡远景的创意表示赞扬。这部作品也传遍了全球，拥有超过65种译本。1984年由迈克尔·雷德福执导，约翰·赫特主演的电影进一步拓宽了这部作品的受众面。

《一九八四》中反乌托邦社会的关注焦点是放任领导阶级获取无限权力的危险性。在现代这样一个监控无处不在的全球化社会中，奥威尔为我们敲响的警钟无比振聋发聩。∎

如今我已经17岁了，但有时候，我还是会表现得像个13岁的孩子一样

《麦田里的守望者》（1951年），J. D. 塞林格

背景介绍

聚焦
青少年的诞生

此前

1774年 德国作家约翰·沃尔夫冈·冯·歌德创作的小说《少年维特的烦恼》，追溯了一位敏感年轻艺术家的激情与爱。

1821年 英国诗人约翰·济慈在年仅25岁时离世。他早期的作品被评论家称为"青春期之作"。

1916年 爱尔兰作家詹姆斯·乔伊斯发表了作品《一个青年艺术家的自画像》，在这部成长小说中刻画了叛逆与反天主教情绪。

此后

1963年 美国作家西尔维娅·普拉斯发表了作品《钟形罩》。这是一部带有反转色彩的成长小说，记叙了少年主人公堕入疯狂的故事。

在20世纪50年代"青少年"一词正式出现在美国之前，从约翰·沃尔夫冈·冯·歌德到约翰·济慈（John Keats），再到詹姆斯·乔伊斯与F. 司各特·菲茨杰拉德，无数作家探讨过青春期的波动。提起青少年，我们会联想到狂野的新音乐以及追寻刺激的心理。青少年代表着对传统社会与文化的挑战，常会令人们神经紧张却又不禁摇头叹气：在成年人看来，他们品行不端、漫无目的。青少年反击虚伪的言论，将自己视为这个冷漠世界的旁观者，这也正是J. D. 塞林格作品的主题。《麦田里的守望者》（The Catcher in the Rye）是从一位17岁的少年霍尔顿·考尔菲德的视角来叙事的。他大手大脚地花着父母的钱，对人类境况、性欲与道德等方面的评价严苛且无情。他无视权威，毫不在意自己正在逐步走上自我毁灭的道路。

青少年的不满

霍尔顿·考尔菲德不仅仅是一个叛逆的青少年。他坦率地承认自己精于说谎、不够完美、性格中充满矛盾。我们可以看出考尔菲德的茫然，他贪恋童年的无邪，内心忧伤，明知成人世界的种种矛盾之处，却不得不痛苦地长大。这位反传统主人公身上的故事极具说服力，他既有感性风趣的一面，又有幼稚粗鲁的一面；他虽对诚实不屑一顾，且鄙视社会常规，但无比坦白，对自己遇到的形形色色的人都意外地包容。

考尔菲德还是一个极易受骗的人。他在学校的寝室中被同学欺负，又被在纽约一家宾馆电梯上工

> "你这辈子也不会见到比我更会撒谎的人了。这说起来真是太可怕了。"
> ——《麦田里的守望者》

战后文学　**257**

参见：《少年维特的烦恼》105页，《魔山》224~227页，
《一个青年艺术家的自画像》241页，《钟形罩》290页。

考尔菲德穿越纽约的足迹

中央公园：与萨丽一起滑冰，并提出二人可以一同私奔。

自然历史博物馆：来到博物馆打发时间；在他看来，这里的一切都没有变化，就像一个冻结于时间之中的世界。

爱德蒙旅馆：离开潘西中学后，他在这里住下，并与孙妮（妓女）和毛里斯（老鸨、电梯操作员）有了一次尴尬的邂逅。

百老汇：来到这里为妹妹买了一张唱片（并偶然听到一个小孩唱着麦田里的守望者的故事）。

欧尼夜总会：在格林尼治的欧尼夜总会（很明显，在这里，16岁的青少年便可以饮酒了）偶然遇见了莉莉恩·西蒙斯。

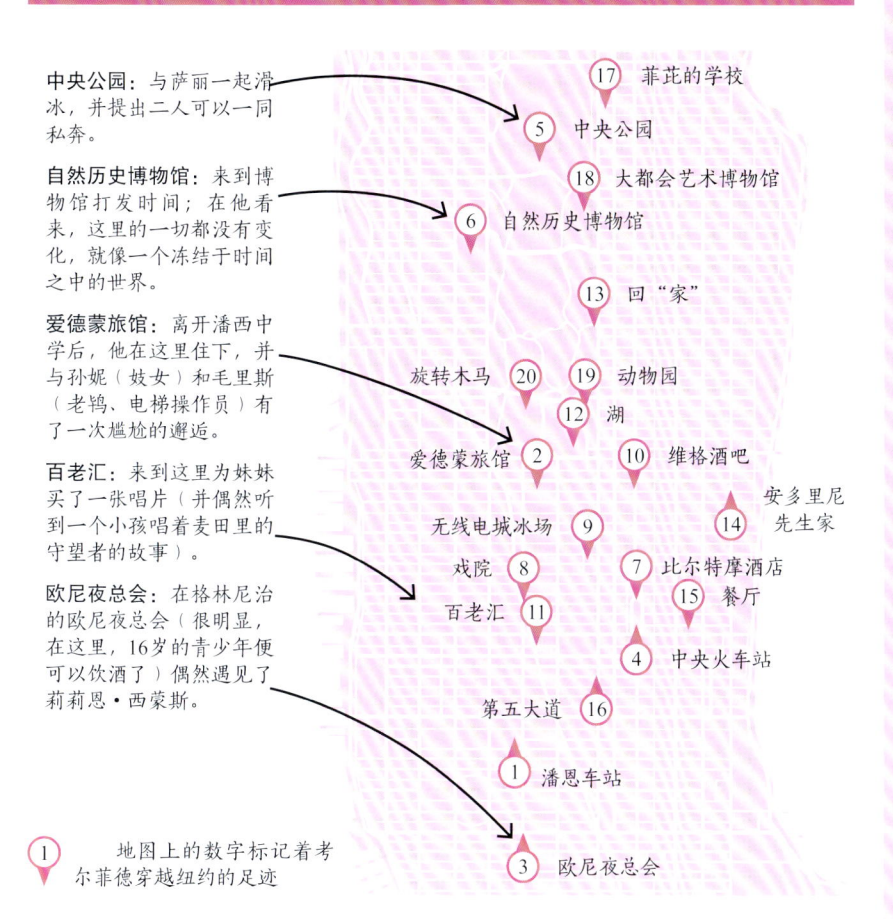

- ⑰ 菲芘的学校
- ⑤ 中央公园
- ⑱ 大都会艺术博物馆
- ⑥ 自然历史博物馆
- ⑬ 回"家"
- 旋转木马 ⑳
- ⑲ 动物园
- ⑫ 湖
- 爱德蒙旅馆 ②
- ⑩ 维格酒吧
- 无线电城冰场 ⑨
- 安多里尼先生家 ⑭
- 戏院 ⑧
- ⑦ 比尔特摩酒店
- 百老汇 ⑪
- ⑮ 餐厅
- ④ 中央火车站
- 第五大道 ⑯
- ① 潘恩车站
- ③ 欧尼夜总会

① 地图上的数字标记着考尔菲德穿越纽约的足迹

J. D. 塞林格

1919年，杰罗姆·大卫·塞林格出生在纽约市一个富足的家庭。同自己在《麦田里的守望者》中刻画的主人公霍尔顿·考尔菲德一样，塞林格在毕业之前也曾辗转多所不同的学校就读。他曾在欧洲待过一年，后进入哥伦比亚大学。大学里他选修由《故事》杂志主编惠特·伯内特开设的写作课，伯内特后来成为其早期创作生涯的导师。

1942年，塞林格应征加入美国陆军，即便是在这样的"紧张状况"下，他也没有放弃写作。《麦田里的守望者》将塞林格推上了世界舞台，使其成为文学名人。然而，他厌恶这样的关注目光，逐渐隐遁，作品也慢慢减少。当塞林格于2010年去世时，《麦田里的守望者》依旧是他唯一一部足本小说。

主要作品

1953年 《九个故事》
1955年 《抬高房梁，木匠们》
1959年 《西摩小传》
1961年 《弗兰妮与祖伊》

作的皮条客敲了竹杠。他对女人与性懵懵懂懂，并在潜意识中寻求善意与熟悉感。他花钱找了一名妓女，却问她能不能单纯地与自己"聊聊天"。他主动上前与两位修女聊天，尽管他在这一过程中表现出自己是无神论者，但她们却依然坚持称他是"一个非常可爱的孩子"。

塞林格笔下肮脏的现实主义难免引发争议。一些评论家认为这部小说幼稚且多愁善感。塞林格却在《麦田里的守望者》发表后的几年中受到了读者的顶礼膜拜，而其隐士般的生活方式更是加深了读者的狂热程度。死亡与哀痛是这部作品的重要主题。小说题目本身的意思是阻止田野里奔跑的孩子，以免他们掉下悬崖。人们猜想，塞林格的创作灵感很有可能来源于第二次世界大战中战死的无数年轻士兵。这部以第一人称进行叙事的迷人故事，也成为刻画迷惘青少年形象的不朽之作。■

死神是来自德国的大师

《罂粟与记忆》（1952年），保罗·策兰

背景介绍

聚焦
奥斯维辛后的文学

此前

1947年 柏林诗人奈莉·萨克斯在她的诗集《在死亡的寓所》中，描绘了自己同欧洲犹太人的苦痛。

1947年 意大利作家普里莫·莱维的作品《如果这是一个人》，是他对奥斯维辛集中营中被监禁经历的记叙。

1949年 德国社会学家西奥多·阿多诺认为，"在奥斯维辛的经历之后创作诗歌是无比残酷的"。这一说法并不是否定人们表达的权利，而是谴责允许奥斯维辛集中营存在的社会。

此后

1971年 德国大屠杀幸存者埃德加·希尔森拉特创作的小说《纳粹与理发师》，从一名纳粹党卫军官员的角度出发，讲述了他伪装成犹太人以逃避迫害的故事。

第二次世界大战结束后，奥斯维辛集中营于1945年1月27日得以解放，犹太大屠杀中的残暴行径逐渐为世人所知。在一些人看来，这场灾难过于恐怖，传统的文学已无法将其付诸笔端。然而，对于犹太作家来说，将集中营中的故事记录下来却是极为必要的。

悲痛的遗产

诗人保罗·策兰出生在罗马尼亚一个讲德语的犹太家庭，原名保罗·安切尔（Paul Antschel）。他在犹太人居住区与俘虏收容所中挣扎求生，以策兰为笔名，成为战后著名的德语诗人。然而，他始终无法摆脱过去的阴影，最终选择自杀。

《罂粟与记忆》是策兰的第二部诗集，也为其奠定了声望。这本书收录了超过50首诗，包括策兰笔下最著名的那首《死亡赋格》，该诗具有音乐一般的韵律。诗中，伪装成指挥官的死神命令俘虏在自己的坟墓旁跳舞。诗集中还收录了策兰的另一首代表作《花冠》，许多人将这首诗解读为在不逃避现实的情况下寻觅真爱。

大屠杀的恐怖画面反复出现于《罂粟与记忆》这部作品中，在读者的脑海里挥之不去：废墟、毛发、烟尘、霉菌、苦涩、阴影、死亡、记忆与遗忘。在对这些主题的探索中，策兰描绘了有组织的大规模屠杀之后令人悲痛的记忆。■

> 清晨的黑牛奶，我们在晚上喝你。
> ——《死亡赋格》

参见：《小王子》238~239页，《铁皮鼓》270~271页，《伊凡·杰尼索维奇的一天》289页，《一个自然主义者的死亡》277页。

战后文学 259

我是看不见的人，这仅仅是因为人们拒绝看见我

《看不见的人》（1952年），拉尔夫·艾里森

背景介绍

聚焦
民权运动

此前

1940年 理查德·赖特在作品《土生子》中，讨论了白人社会强加于非裔美国人身上的犯罪者角色。

1950年 非裔美国作家格温多林·布鲁克斯凭借诗集《安妮·艾伦》获得了普利策诗歌奖。这部作品记录了一个女人从争取个人自由到全面投身于社会进步的历程。

此后

1953年 詹姆斯·鲍德温在小说《向苍天呼吁》中，反思了自己作为一名非裔美国人的人生以及与教会的纠葛，既展现了积极的一面，也揭露了压抑人性的一面。

1969年 玛雅·安吉罗的作品《我知道笼中鸟为何歌唱》，反映了作者对种族歧视这一暴力行径的态度变化。

20世纪50年代末期到60年代间，非裔美国人民权运动试图通过抗议与非暴力反抗等手段，终结美国的种族隔离与种族歧视。拉尔夫·艾里森等作家纷纷参与到这场运动之中，通过作品揭露美国社会盛行的剥夺公民选举权、公然种族歧视以及国家层面的暴力行径。

孤独的活动人士

拉尔夫·艾里森于1914年出生在俄克拉何马州。最初他在亚拉巴马的塔斯克基学院学习音乐，后来搬到纽约，学习视觉艺术相关课程。在这里，他遇到了理查德·赖特（Richard Wright），并深受其作品与共产主义信仰的影响。第二次世界大战期间，他效力于国家商船队。艾里森逐渐对左翼意识形态感到失望，并开始创作小说《看不见的人》（*Invisible Man*）。他在这部作品中聚焦政治与社会抗议，并为这一体裁的小说开创了崭新的形式。他的写作风格在结构和叙事上都别具一格，将自己作为黑人的真实经历写入书中，并从个人角度与公众角度两个层面，将这一身份在美国社会中的意义讲述给读者。

该小说中的叙事者是隐形的，没有姓名，孑然一身（社会拒绝看见他，或是选择忽视他）。他生活在阴影之中，这正是当时被隔离的非裔美国人所过的生活。叙事者在隔绝之中充满激情地反思自己的人生道路，从年少时的公众演讲者，到成为一名受辱的大学生，在哈莱姆区一家白人工厂中备受虐待，后来又加入了政治立场不够鲜明的兄弟会。叙事者嘲讽自己一生中遭受的不公正待遇，最终却决定依循自己的本心，承担自己应负的责任：他已做好在这个世界中崭露头角的准备。■

参见：《悲惨世界》166~167页，《他们眼望上苍》235页，《我知道笼中鸟为何歌唱》291页。

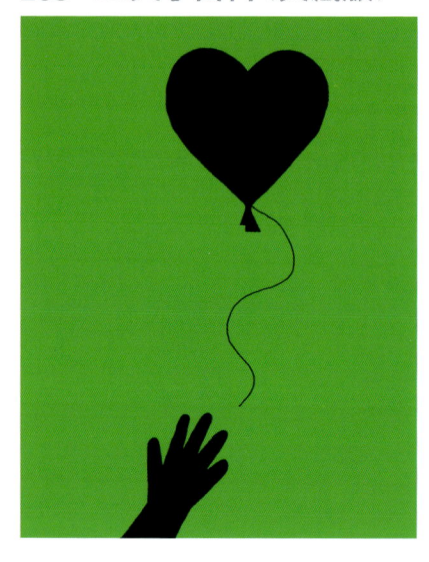

洛丽塔，我的生命之光，欲念之火；我的罪恶，我的灵魂

《洛丽塔》（1955年），弗拉基米尔·纳博科夫

背景介绍

聚焦
禁书

此前
1532—1564年 弗朗索瓦·拉伯雷的小说《巨人传》受到巴黎索邦大学的斥责，被认为是一部淫秽之作。

1759年 伏尔泰创作的《老实人》因其讽刺性内容而被政府与教会列为禁书，该作品后来却成了一部畅销书。

1934年 《北回归线》记叙了亨利·米勒作为一名作家在巴黎的生活。该书因对性的露骨描写而在美国遭禁。

此后
1959年 威廉·巴勒斯创作的《裸体午餐》于1962年在波士顿被禁，这一决定在1966年被推翻。

1988年 超过10个国家将萨曼·鲁西迪的小说《撒旦诗篇》列为禁书，认为其内容是对伊斯兰教神明的亵渎。

文学史上不时出现一些在出版过程中经历删改或是遭禁的作品。因为在当局看来，这些作品会腐蚀公众的道德观念，引发政治或宗教争端。在20世纪的前50年中，文学领域的大胆实验拓宽了读者的审美边界，也令一些相对保守的民众大为震惊。为应对这一问题，审查部门对诸如爱尔兰作家詹姆斯·乔伊斯的《尤利西斯》等一些作品进行了严格的筛阅，过滤掉了其中的淫秽内容；也将英国作家D. H. 劳伦斯笔下《查泰莱夫人的情人》（*Lady Chatterley's Lover*）中的性描写一并删除。纵观当今世界，当局对图书的审查虽日益松懈，但禁书制度却从未彻底消失。

接受不可接受的

在现代人眼中，过去那些遭禁的作品内容早已不算出格。然而，弗拉基米尔·纳博科夫（Vladimir Nabokov）创作的《洛丽塔》（*Lolita*）却是个例外，它既扰人心神，又撩人心弦。这部作品1955年在法国出版后便被列为禁书，直到1959年才得以再次出版。故事的叙事者亨伯特·亨伯特痴迷于具有某些固定特质的未成年少女。小说的题目已逐渐融入英语词汇中，用以形容年幼的荡妇。

读者在阅读《洛丽塔》的过程中会产生一种困惑，并慢慢陷入叙事者口中那颠覆一切伦常的骇人故事中。在亨伯特幽闭恐怖式的幻想中，读者渐渐失去自己的判断，不知不觉地被这位温文尔雅的欧洲教授所吸引，被其准备充分，穿插着歉疚、文学典故、文字游戏以及诡谲才智的说辞所打动。

迷恋之咒

少年时期的亨伯特爱上了一名符合自己一切想象的少女安娜贝尔。多年后，身处美国的亨伯特在另一个人身上看到了安娜贝尔的影子，那个人便是桃乐莉·海兹，小名洛丽塔，是女房东12岁的女儿。亨伯特与女房东成婚，只为接近自己的幻想对象。他本计划谋杀自

战后文学 **261**

参见：《巨人传》72~73页，《包法利夫人》158~163页，《尤利西斯》214~221页，《一九八四》250~255页，《铁皮鼓》270~271页，《嚎叫及其他》288页，《美国精神病人》313页，《撒旦诗篇》336页。

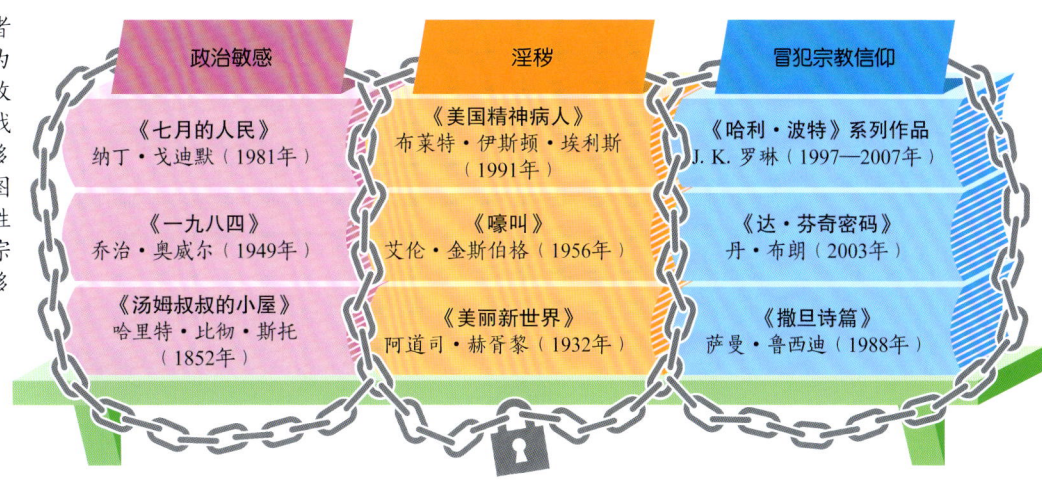

文学作品常被当权者视为一种威胁，因为它能够传递思想，改变人们的观点，挑战当下的意识形态。多年来，不同国家或图书馆以政治敏感、性描写露骨或是冒犯宗教信仰等名义，将多部名著列为禁书。

政治敏感	淫秽	冒犯宗教信仰
《七月的人民》纳丁·戈迪默（1981年）	《美国精神病人》布莱特·伊斯顿·埃利斯（1991年）	《哈利·波特》系列作品 J. K. 罗琳（1997—2007年）
《一九八四》乔治·奥威尔（1949年）	《嚎叫》艾伦·金斯伯格（1956年）	《达·芬奇密码》丹·布朗（2003年）
《汤姆叔叔的小屋》哈里特·比彻·斯托（1852年）	《美丽新世界》阿道司·赫胥黎（1932年）	《撒旦诗篇》萨曼·鲁西迪（1988年）

的新婚妻子，然而，她却意外遭遇交通事故而死。于是，这位"丧妻"的继父将桃乐莉从夏令营接回家，开始图谋实现自己的梦想。

文字之恋

在这部极为精练、华美，而又富有韵律的散文式作品中，亨伯特描绘了自己与桃乐莉穿越大陆的公路旅程，"将美国的地理景观展现于读者眼前"。作者对美国文化进行了揶揄式的描写，在一页页超现实却又如同电影画面般的文字中，我们间或可以看到亨伯特专横的痴迷。一年后，当他们再次回到东海岸的时候，亨伯特将桃乐莉送进了学校，这也是他幻想开始破灭的时刻。纳博科夫在小说的后记中为其作品辩护，称色情书籍是没有所谓风格、结构与意象的，而《洛丽塔》在这3个方面却十分出彩。在故事尚未开始的时候，纳博科夫就在前言中将所有细节都交代清楚了。在故事结尾，我们无法看到其他的解释，只听见亨伯特死后为自己无法被原谅的行为辩护的声音。■

弗拉基米尔·纳博科夫

1899年4月，弗拉基米尔·纳博科夫出生在圣彼得堡一个贵族家庭。童年时期，他在俄国度过，并在英语、法语、俄语三种语言环境中成长。俄国十月革命爆发后，他的家族于1919年被流放至英格兰，纳博科夫进入剑桥大学三一学院学习。后来，一家人又迁往柏林，在那里，纳博科夫的父亲在一场政治集会中遭到刺杀。自此，他开始生活在柏林与巴黎之间，并以俄语创作小说、短篇故事与诗歌，业余时间还兼职网球教练与家庭教师以补贴家用。1925年，纳博科夫与维拉·斯洛尼姆结婚，二人育有一子，名为德米特里。第二次世界大战期间，纳博科夫逃往美国，开始以英语创作《洛丽塔》。他还在韦尔斯利学院与康奈尔大学教书，并作为蝴蝶专家供职于哈佛自然历史博物馆中的比较动物学博物馆。1977年，纳博科夫在瑞士小镇蒙特勒离世。

主要作品

1937年 《天赋》
1962年 《微暗的火》

什么都没有发生，没有人来，没有人去，这简直太糟糕了！

《等待戈多》（1953年），塞缪尔·贝克特

背景介绍

聚焦
荒诞派

此前

1942年 阿尔贝·加缪的作品《局外人》中的叙事者表达出一种典型的荒诞主义者信仰："我向这个宇宙动人的冷漠敞开了心扉。"

此后

1959年 法国作家尚·惹内的剧作《黑鬼》用了化妆成白人的黑人演员，震惊了观众。

1959年 在罗马尼亚剧作家欧仁·尤内斯库创作的《犀牛》中，人物变身为犀牛并进行大肆破坏，暗讽这个将平凡人变为法西斯恶魔的荒谬世界。

1960年 英国作家哈罗德·品特创作的《看房人》情节空洞，对话拐弯抹角，充满了离题的内容与另类的含义。这样一部作品的诞生在很大程度上受到了贝克特的启发。

爱尔兰作家塞缪尔·贝克特在荒诞派戏剧的发展中扮演了重要角色。在他看来，宇宙中的一切意义总会故意逃避人们的探索，他的作品也贯穿着这一信仰，颠覆了艺术与人生的常规。英国剧作家哈罗德·品特（Harold Pinter）曾这样赞美贝克特："他不遗余力，搜遍脑海中每一个点子。"无论他的戏剧作品，还是他的小说作品，贝克特总是为不善表达之人发声，这些人往往灵魂破碎，没有希望，只有可悲的慰藉，直面着残酷的真相。

轨道内的文字

《等待戈多》这部作品的主人公是两个流浪汉弗拉季米尔与爱斯特拉冈。二人间的对话仿若一场悲喜剧观点交织的圆舞曲，他们的行为亦公然蔑视常识。另一人物"幸运儿"登场的时候，被其主人波卓用绳子拴住了脖子。他起初不发一言，后来却滔滔不绝地说出了一段没有标点、长达700个单词的超现实独白。只有当弗拉季米尔强行摘下他的帽子，打断他说的话时，"幸运儿"才会停下来。贝克特的这一灵感也来自轻松喜剧，或者说来自老瑞和哈迪（喜剧演员）。戈多始终没有出现，一些人将这一人物解读为上帝的替身，常常被人们所提到，却从未真正现身。贝克特承认这样的猜测具备一定合理性，却并不认同。■

> "他们的双腿跨在坟墓两侧，诞下新生命。光芒一闪即逝，随后黑夜再一次降临。"
> ——《等待戈多》

参见：《变形记》210~211页，《审判》242页，《恶心》244页，《局外人》245页。

战后文学　**263**

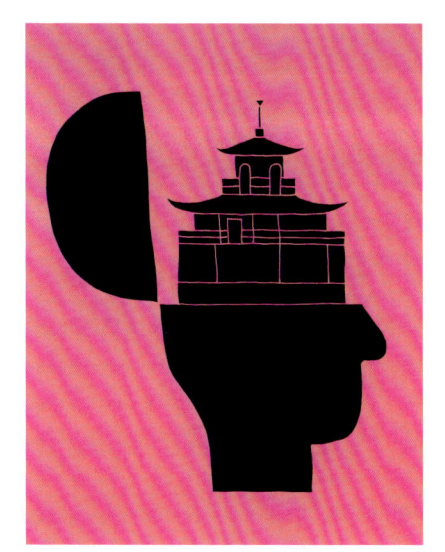

我们无法以一手触碰永恒，另一手触碰生命

《金阁寺》（1956年），三岛由纪夫

背景介绍

聚焦
战后日本作家

此前

1946年　梅崎春生发表了令自己一举成名的短篇故事集《樱岛》。该作品描绘了第二次世界大战期间日本生活的方方面面，如神风队飞行员等。

1951年　大冈升平发表了自己最著名的小说《野火》。同梅崎春生的《樱岛》一样，该作品也反映了作者在战争期间的经历，包括美军在菲律宾的莱特岛击败日军的故事。

此后

1962年　安部公房的小说《砂女》讲述了发生在一位业余昆虫学家身上凄凉而又令人不安的故事。他无意间掉入一座位于偏远村庄沙洞下的防逃脱小屋之中，并被砂女困住，找不到离开的路。

在第二次世界大战爆发前的几十年中，日本是一个极富侵略性的军事化国家，不断扩张版图。在战争时期，日本对文学的审查日渐严格。随着战后审查制度的慢慢放松，日本迎来了一段文学繁荣时期。

自由与差异

战后"第一代"日本作家（首部作品出版于1946—1947年）大多在作品中聚焦战时经历。伴随着第二代（1948—1949年）与第三代（1953—1955年）作家的涌现，自由成为唯一将他们凝聚在一起的主题，使得这些作家能够在社会上崭露头角。于是，日本文学出现了一段创新且多产的繁荣时期。

三岛由纪夫（Yukio Mishima）是第二代作家的代表，《金阁寺》（*The Temple of the Golden Pavilion*）被视为其最精妙的作品。该作品依据真实故事改编，主人公是一名相

> " 毫不夸张地说，我人生中遇到的第一个难题便是美。
>
> ——《金阁寺》

貌丑陋、说话结巴的年轻僧人。他憎恨一切美的事物，尤其是京都禅寺金阁寺这座拥有550年历史、以黄金叶片装饰而成的建筑。最初，这座寺庙在他眼中象征着生命与美丽的转瞬即逝，后来却变为一种欺凌式的存在，在其脑海中挥之不去，让他无法逃离。小说也是对美这一概念本身的冥思，其中最美的一面便是作者优美的语言。■

参见：《曾根崎心中》93页。

他垮掉了——那便是至福的根源与灵魂

《在路上》（1957年），杰克·凯鲁亚克

战后的美国涌现出了一群来自中产阶级的年轻人。他们愈发抗拒父母一辈基于物质主义目标的社会道路；在追寻人生真正意义的过程中，他们采取了曲折式的自发存在形式。他们中的一些人成了"垮掉的一代"：一批诗人与作家，追求刺激与心灵避风港，沉迷于酒精、毒品与性爱之中，也热爱爵士音乐。与此同时，英文中的"beat"一词也延伸出多种含义："至福"的状态；被流浪者艰

背景介绍

聚焦
"垮掉的一代"

此前
1926年 欧内斯特·海明威创作的小说《太阳照常升起》，描绘了现代美国人穿越欧洲的精神之旅。

1952年 约翰·克列农·霍尔姆斯在其小说《走》中，首次使用"垮掉"一词来定义"垮掉的一代"。

1953年 劳伦斯·费林盖蒂在旧金山开设了城市之光书店。这里后来成为"垮掉的一代"消磨时光之地。

1956年 艾伦·金斯伯格出版了自己的第一部诗集《嚎叫及其他》。该作品使其成为"垮掉的一代"中诗人的领军人物。

此后
1959年 威廉·S. 巴罗斯在《裸体午餐》中，使用了脱节的非线性风格，拓宽了"垮掉的一代"的叙事形式。

"垮掉的一代"的诞生

20世纪40年代，一种理想化的青年文化背离了美国主流文化。

↓

杰克·凯鲁亚克、尼尔·卡萨迪等作家踏上了去往北美的道路，开始追寻人生的意义。

↓

"垮掉的一代"以**自发式散文**形式记录自己的想法与冒险。

↓

"垮掉的一代"的诗歌与散文作品一步步融入了**主流文学**中。

战后文学

参见：《红房间》185页，《麦田里的守望者》256~257页，《嚎叫及其他》288页，《惧恨拉斯维加斯》332页。

难生活的惩罚强度所"打垮"；也有生活在爵士乐节拍中的含义。到了20世纪50年代，"垮掉的一代"自由的生活方式与莽撞的行事方式震惊了主流社会，他们的作品标志着美国文学的激进式复兴。1957年，杰克·凯鲁亚克的小说《在路上》（On the Road）出版，作者被推为"垮掉的一代"中小说家的先驱者。

《在路上》详细描绘了凯鲁亚克1947—1950年的旅行经历。书中的叙事者名为萨尔·帕利代斯。"垮掉的一代"中的许多其他作家也出现在了这部作品中，只是不以本名出现而已。

《在路上》共分为5个部分。第一部分讲述了萨尔·帕利代斯1947年7月出发前往旧金山的故事。在那里，萨尔与狄恩·莫里亚蒂会和，两人就此踏上了纵情欢闹的公路旅行，一路上搭便车或坐公车，开始了一场曲折的冒险：参加派对、拜访老友，并在返回纽约之前与姑娘们寻欢作乐。接下来的几部分讲述的是穿越北美的一系列享乐主义旅程。

自发式散文

凯鲁亚克将《在路上》的叙事形式称为"自发式散文"，这一写作手法的灵感来自其友人尼尔·卡萨迪（Neal Cassady）在1950年12月写给他的一封长达18页的机打信。据凯鲁亚克说，自发式散文的关键是迅速写作，"摒弃意识"，在半出神的状态中让思想自由流动，绝对即时地将视觉、听觉与其他感觉整合在叙事之中。譬如说，当萨尔和狄恩到达芝加哥的时候，凯鲁亚克写道："发出尖锐声响的电车、报童、身旁走过的姑娘们、油炸食品和啤酒的味道，还有闪烁的霓虹灯——'我们来到大城市了，萨尔！哟呼！'。"这般绵长而又流畅的描述性语句，配以意识流般的风格，恰好反映出萨尔沉浸于酒精之中、四处流浪这一状态的紧张节奏，也映射出爵士音乐的即兴特质。1951年4月，凯鲁亚克在咖啡因和药物的作用下疯狂写作，仅用3周时间便完成了《在路上》的初稿。一部极富创造力与原创性的散文手稿就此诞生，艾伦·金斯伯格将其称为"自发性博普诗体"，这也成为"垮掉的一代"作品的特征。

凯鲁亚克将《在路上》的文字敲在一卷卷粘贴在一起的描图纸上，因为他不想因换纸这样的事情而中断自己的思路。这部手稿最终长达36.58米。

杰克·凯鲁亚克

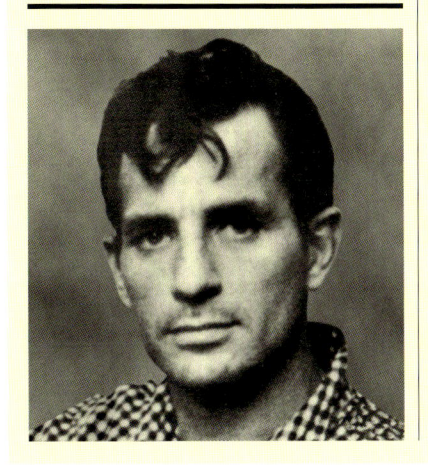

1922年，杰克·凯鲁亚克出生在美国马萨诸塞州的洛厄尔城，父母都是法裔加拿大人。高中毕业后，他进入哥伦比亚大学，在那里遇到了艾伦·金斯伯格、尼尔·卡萨迪与威廉·S.巴罗斯等人。大二的时候，凯鲁亚克自哥伦比亚大学辍学，加入了商船舰队，之后才开始一心创作，并以此为生。自1947年开始，他越发沉迷于痛饮威士忌的流浪汉生活方式，漫游于美国和墨西哥，也常常去拜访"垮掉的一代"中的其他作家。那些横穿北美大陆的旅行在其创作的影射小说中得以体现，故事中的主人公便是他的友人，不过被微微加以掩饰罢了。常年酗酒的习惯令凯鲁亚克患上了肝硬化，并最终于1969年离世。

主要作品

1950年《镇与城》
1957年《在路上》
1958年《地下人》
1972年《科迪的幻象》

一族之福，一族之祸

《瓦解》（1958年），钦努阿·阿契贝

背景介绍

聚焦
尼日利亚之声

此前

1952年 阿摩斯·图图奥拉在小说《棕榈酒鬼》中，用英语讲述了一个约鲁巴族的民间故事。

1954年 西普里安·埃昆西凭借小说《城市之人》受到了国际瞩目。

此后

1960年 沃莱·索因卡的剧作《森林之舞》，透过对历史上民族神话故事的描写批判了当今社会的腐败。

2002年 赫隆·哈比拉在《等待天使》中，刻画了拉各斯军事政权之下新一代人的生活。

2006年 以比夫拉战争为背景的小说《半轮黄日》，进一步证实了奇玛曼达·恩戈齐·阿迪契卓越的写作能力，并帮助她赢得了2007年的橘子小说奖。

钦努阿·阿契贝的小说《瓦解》（Things Fall Apart）发表于1958年。这部不足150页的作品是为尼日利亚本地作家发声的小说之一，也成为使尼日利亚文学闪耀于世界文坛的经典之作。该小说是全球受众范围最广的非洲小说，被翻译成50多种语言，销量超过1200万册。书中的故事令世界各地因受侵略而瓦解的传统文化产生了深深的共鸣。小说的题目来源于威廉·巴特勒·叶芝（W. B. Yeats）于第一次世界大战结束后创作的诗歌《第二次降临》（The

参见：《黑暗的心》196~197页，《耻》322~323页，《半轮黄日》339页。

战后文学

伊博人一年到头常会庆祝各种各样的节日。在《瓦解》中，木薯节是在木薯收获之前举办的庆祝活动，以向大地女神阿尼表示感谢。

Second Coming）。诗歌预示了未来世界的灾变：一个陷入无政府状态的世界，一名不知为何物的救世主（未成形、弯腰驼背的野兽）降临在那里，这是殖民者的"第一次降临"，它将侵略部落文化，令其分崩离析。

尼日利亚的现实

《瓦解》开篇写道："伊博人十分注重语言的艺术，说话时夹杂着谚语，就像吃饭时就着棕榈油一般自然。"阿契贝也以相同的方式赢得了读者的心，将他们带入了这部有着三部式结构、情节引人入胜、包含悲剧式主人公、充满尼日利亚文化中的神话与口述传统的经典小说之中。

当阿契贝的这部重要作品发表的时候，尼日利亚正处于政治动乱中，正是这场动乱引发了1960年的独立战争。阿契贝创作这部小说，在一定程度上也是为了对大学期间在书中读到的非洲形象做出回应。2000年，他谈到，英裔爱尔兰作家乔伊斯·卡里（Joyce Cary）以尼日利亚为背景的小说《约翰逊先生》（Mister Johnson）被视为一部描绘非洲的精妙之作，但尼日利亚人却在其中感到了厌恶与嘲讽。另外，他认为约瑟夫·康拉德在《黑暗的心》中对土著的骇人描述，代表了欧洲作家作品中对非洲根深蒂固的种族歧视。

阿契贝决定创作一部有质感、能令人身临其境的作品，描绘富足却又封闭的伊博族的衰落。阿契贝赋予了乌姆奥菲亚的村民鲜活的特点。《瓦解》以19世纪90年代沦为殖民地前的尼日利亚南部为背景，刻画了一个拥有丰富传统文化、商业、宗教与社会公正的文明社会。

在乌姆奥菲亚，人们的生活围绕着四季展开，村民种植、照料并收获着木薯，庆祝着"和平周"，享受着以棕榈酒盛宴、摔跤比赛、讲故事和唱歌为标志的庆祝活动。

白手起家之人

小说的主人公奥贡喀沃是一位著名的摔跤手，也是一名战士。他脾气暴躁，有3个妻子，还为自己拥有一座大院子而自豪。奥贡喀沃那懒惰、懦弱而又深陷债务危机的父亲什么也没留给儿子。奥贡喀沃奋发图强，努力不让自己活得像父亲一样。他不仅亲自去田间劳作，还成为佃农，慢慢变得富有。他的第二任妻子埃喀维菲是部落中的美人，因为爱上了奥贡喀沃而离开了自己的第一任丈夫。

问题与答案

在伊博文化中，人们向神明

> 白种人很聪明……他把刀架在将我们维系在一起的东西上。于是，我们分崩离析。
> ——《瓦解》

伊博文化

- 分散式的政府权力，存在许多不同的小型团体，没有统筹全局的统治者。
- 信仰大地女神以及其他数不清的神与祖先神明。
- 社群中的长者出面安抚不满、解决争端，意在维护和平。

欧洲文化

- 一个中央政府，负责治理一个单一的大型政治实体。
- 信仰唯一的上帝与他在凡间的儿子耶稣基督，将他们视为人类的救世主。
- 正式的法院依据成文法解决争端，意在维护权利。

欧洲殖民者将非洲视为原始之地，丝毫没有试图去了解他们的习俗与文化。强加于传统非洲社群中的异域价值观与社会制度迫使这里的方方面面经历了深刻的转型。

许下的愿望通过伊戈吾戈吾（戴着面具的村中老者，代表部落中祖先的灵魂）得以传递。其中还有祭献的血腥行径：这便是他们文化的裂缝，异域文化从这里入侵，本地文化在这里崩塌。没有几人同奥贡喀沃一般，死板地遵循着那充满杀戮的意愿，他战士一般的意识形态开始将自己与他人分隔开来，而其他人甚至在白种人到来之前便在内心产生了疑问。埃喀维菲下定决心反抗神明，维护自己的女儿；奥贡喀沃的朋友奥比埃里卡对于将刚出生的双胞胎丢弃的行为提出了质疑，"然而，尽管他思索了良久，却始终没有找到答案"。

第一位来到邻村恩邦塔的白人为他们带来了答案。他告诉部落中的人，他们崇拜的是"欺骗之神，这样的神会令人杀害自己的同伴，抛弃无辜的孩子。只有上帝才是真正的神……"。传教士继续讲着人们听不懂的"三位一体"，这听上去似乎与伊博族信仰的神有所不同，但依赖的都是盲目信仰。

故事的两面

阿契贝揭露了殖民的残暴，包括大屠杀与关押；他也描绘了布朗先生的工作。布朗先生是一位温和的传教士，既聆听，也布道。他将宗教与教育、天赋、医学等结合在一起，赢得了村民的心。村中一些人逐渐被新宗教的诗歌所吸引，也为"传播福音过程中的欢乐与嬉闹"所打动，奥贡喀沃的大儿子恩沃依埃便是其中之一。对于恩沃依埃来说，基督教的神明不仅"有能力拨动伊博人心中寂静而尘封的和弦"，似乎还能为"自己年轻灵魂中挥之不去的模糊问题"提供答案。

语言的力量

有人曾问阿契贝为何要用英语而非自己的母语伊博语进行创作。他回答到，不用这种自己一生都在学习的语言，实在是一件愚蠢的事情，更何况，英语可被活跃应用于"驳斥殖民行为"。在阿契贝看来，伊博语是许多种方言的混合

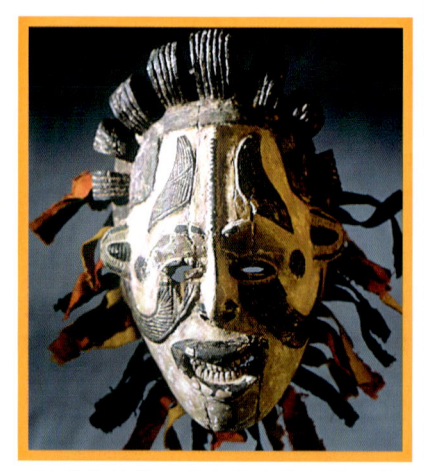

伊博族的男人会在某些特定的仪式上佩戴面具，以达到巫术的效果，尤其是在葬礼和节日上。或许正如《瓦解》中描述的那般，祖先的灵魂会戴着面具主持正义。

体，早已失去了口语中饱含的韵律与节奏感。这种观点在其小说中也有所体现，伊博语的白人翻译因其与众不同的口音而受到当地村民的嘲笑。

阿契贝继《瓦解》之后又创作了两部小说，这三部曲式的作品讲述了在英国统治之下的50年中尼日利亚的动荡不安。《动荡》（No Longer at Ease）以尼日利亚获得独立前的一段时期为背景，讲述了奥贡喀沃的孙子奥比带着理想化的想法留学归来，却挣扎于一个建立在贿赂与腐败之上的社会中。之后，阿契贝又将时间倒转，创作了《神箭》（Arrow of God）这部描绘了殖民时期伊博文化一步步走向毁灭的作品。

阿契贝被人们称为"现代非洲文学之父"，开创了用英语写作非洲故事的先河。尼日利亚一本杂志的专栏作家曾说，《瓦解》"最大的成就……在于它透过我们自己的眼睛，讲述了我们自己的故事"。20世纪60年代被形容为尼日利亚的"文学巨潮"，作家纷纷在作品中描绘这个刚刚获得独立的国家，并试图解释国家中的种种矛盾。在这些作家中，最突出的是在1986年获得诺贝尔文学奖的剧作家、小说家沃莱·索因卡（Wole Soyinka）。

对抗压迫

之后，几代尼日利亚作家延续了与殖民主义残余、内战以及文化冲突做斗争的创作传统。1991年，本·奥克瑞（Ben Okri）凭借作品《饥饿的路》（The Famished Road）获得了布克国际文学奖。在这部小说中，一个鬼孩勇敢面对死亡，只为成为一个真实存在的人。奇玛曼达·恩戈齐·阿迪契（Chimamanda Ngozi Adichie）等女性作家也开始投身于尼日利亚混乱的政治历史中，探索这个男性主宰的社会中女性的地位。在阿迪契的处女作《紫芙蓉》（Hibiscus）中，叙事者是一位15岁的少女，她努力奋斗，试图挣脱父权天主教成长背景加诸于其身上的枷锁。其他作家也从尼日利亚人的视角出发，探索现代社会方方面面的问题，如同性恋、嫖娼以及环境退化等问题。

> "一种可憎的宗教已在你们之间生根发芽。如今，一个人可以离开自己的父母兄弟……我为你们感到恐惧；我为部落感到恐惧。"
> ——《瓦解》

钦努阿·阿契贝

钦努阿·阿契贝于1930年出生在尼日利亚东南部的一座小城奥吉迪，父母都是虔诚的新教徒。他在家里讲伊博语（尼日利亚东南部方言），在学校讲英语。1952年，阿契贝从伊巴丹大学毕业，并在12年中创作了3部小说，为自己的写作生涯打下了坚实的基础。1961年，他与克里斯蒂·秦薇·奥考莉结婚，二人育有4名子女。

伴随着比夫拉战争的爆发，阿契贝结束了早年在广播公司的职业生涯。后来，他在美国与尼日利亚两地执教，同时创作故事、诗歌、短文与儿童文学。1990年，一场车祸令他不得不在轮椅上度过余生。1992年，阿契贝成为纽约巴德学院语言文学专业的教授。2009年，他来到罗德岛上的布朗大学任教。2007年，他获得布克国际文学奖。2013年3月，阿契贝去世。

主要作品

1960年 《动荡》
1964年 《神箭》
1966年 《人民公仆》
1987年 《荒原蚁丘》

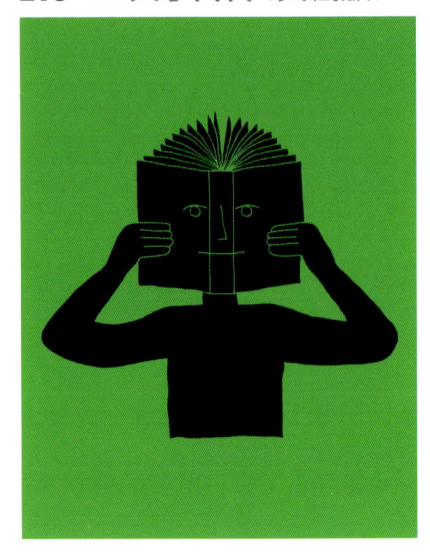

即便是壁纸的记忆力，也要好过于人类

《铁皮鼓》（1959年），君特·格拉斯

背景介绍

聚焦
不可靠叙事者

此前
1884年 在马克·吐温的作品《哈克贝利·费恩历险记》中，那个天真的男孩无法像读者一样清晰地认识到事件的重要性。

1955年 在弗拉基米尔·纳博科夫的小说《洛丽塔》中，亨伯特·亨伯特的叙事是由疯人院中的记录拼凑而成，于其死后讲述给读者的。

此后
1962年 在安东尼·伯吉斯的小说《发条橙》中，少年犯阿历克斯用纳德萨语——一种未来主义的青少年语言坦白了一切。

2001年 在扬·马特尔的小说《少年派的奇幻漂流》中，叙事者讲述着自己与一只老虎漂流海上的经历，令读者对其产生了怀疑，之后他又描绘了一段全然不同的情节。

"不可靠叙事者"一词指的是那些降低自身故事可信度的第一人称叙事者。现实主义小说倾向于以理性的态度讲述符合读者预期的故事。若叙事者为读者提供质疑自己的理由（例如叙事者自身精神狂乱、对世界的看法扭曲，或是年纪尚轻、善于撒谎），那么，作品又会如何呢？

20世纪的文学作品中经常出现不可靠叙事者，例如纳博科夫作品《洛丽塔》中的亨伯特·亨伯特、布莱特·伊斯顿·埃利斯（Bret Easton Ellis）作品《美国精神病人》（American Psycho）中的帕特里克·贝特曼。事实上，不可靠叙事者在几个世纪前便已出现于文学领域，其中的经典人物包括斯威夫特笔下的格列佛与马克·吐温笔下的哈克贝利·费恩。若处理得当，小说可以以一种完全不同的形式与读者沟通，一丝丝的质疑尽管可能难以令读者信服，但另一方面也会将读者吸引至故事中来。

> 从3岁生日那天起，我走到哪里都带着自己的铁皮鼓。也是从那天起，我没有再长高过一寸。
> ——《铁皮鼓》

历史进程之中

君特·格拉斯曾被誉为"一个民族的良心"，因为他在小说《铁皮鼓》（The Tin Drum）中，以黑暗的讽刺刻画了战后的余波以及普通家庭对纳粹的同情之心。若读者希望在某一部文学作品中了解不可靠叙事者，那么他们一定要读一读《铁皮鼓》中无法长高的主人公奥斯卡·马采拉特的故事。当奥斯卡向读者介绍自己时，他正躺在精神病院的病床上。他在犯下谋杀罪后，便一直被关押在那里。他告诉读者，自己一直到20岁的时候都只有

参见：《项狄传》104~105页，《哈克贝利·费恩历险记》188~189页，《洛丽塔》260~261页，《发条橙》289页，《美国精神病人》313页。

90厘米高，因为在3岁生日那天，他凭借意志力压抑了自己的成长。

奥斯卡身材矮小却极为狂暴，走到哪里都带着自己的铁皮鼓，尖叫声甚至能震碎玻璃。他不知道谁是自己的父亲，但有两个"候选人"：一个是母亲的情人，另一个是母亲现在的丈夫。奥斯卡见证着发生在但泽和杜塞尔多夫的所有历史事件，却一心陷在自己的世界中，执着于自己的需求。

难以置信的真相

有时，书中的叙事会突然转为第三人称，或由奥斯卡的监狱看守进行。这样一来，读者便能够从不同的角度聆听这个故事。当奥斯卡描述一位渔人从海中吊起内部扭动着多条鳗鱼的马头时，他的语气既引人入胜，又令人惊惧。

奥斯卡代表的是什么？他可能是恶魔，用自己的尖叫声在商店的玻璃上穿一个孔洞，引诱过路人入内偷窃，或是用心计诱惑女人上钩。他也可能代表着格拉斯眼中的德国，在纳粹主义盛行的时期中免受折磨，并很快将过去掩埋。可以确定的是，作者通过奥斯卡阴郁又带有魔幻色彩的奇幻故事，成功将历史灌输至人们的记忆之中。∎

君特·格拉斯

1927年，君特·格拉斯出生于但泽（现波兰的格但斯克）。他就读于康拉德逊奴高级中学，还曾是希特勒少年团中的一员。1944年年末，格拉斯加入武装党卫队（纳粹精锐部队）。2006年，他揭开这段故事，并引发巨大争议。

战后，格拉斯做过矿工。后来，他学习艺术，开始在巴黎和柏林两地依靠雕塑及写作为生。1955年，他发表了自己的第一部诗歌与戏剧作品，但真正令他扬名的却是1959年出版的《铁皮鼓》，这部作品与其后的两部小说一同构成了他的"但泽三部曲"。1999年，格拉斯获得诺贝尔文学奖，这也是他一生之中收获的多项荣誉之一。格拉斯频繁参与德国政治，反对两德统一，坚定拥护德国社会民主党。2015年，格拉斯离世，享年87岁。

主要作品

1961年 《猫与鼠》
1963年 《狗年月》
1999年 《我的世纪》
2002年 《蟹行》

不可靠叙事者总是身披各式各样的伪装：一些人说谎或是隐瞒真相，另一些人精神状况不稳定、头脑混乱、易受他人摆布。他们可能不够成熟或是毫无意识，口中讲述着在读者眼中全然不同的故事。

	《杀死一只知更鸟》	
	孩子	
	《哈克贝利·费恩历险记》	
	《发条橙》	
《飞越疯人院》	《铁皮鼓》	《麦田里的守望者》
		《少年派的奇幻漂流》
《美国精神病人》		
	《午夜之子》	《盲刺客》
精神不稳定/疯狂		**谎言/迷惑**
	《黑暗的心》	《项狄传》
《喧哗与骚动》		
		《呼啸山庄》
《螺丝在拧紧》		
	被掩埋的真相	
	《月亮宝石》	

在我的眼中，世界上只有一种人，就是人

《杀死一只知更鸟》（1960年），哈珀·李

背景介绍

聚焦
南方哥特式文学

此前
1940年 卡森·麦卡勒斯的小说处女作《心是孤独的猎手》，以20世纪30年代的佐治亚为背景，讲述了无法融入社会之人的故事，并在其中加入了南方哥特式文学的元素。

1955年 剧作家田纳西·威廉斯的作品《热铁皮屋顶上的猫》，以密西西比三角洲的一座棉花种植园为背景，挑战了南部的社会传统。故事中，家中最受宠爱的儿子其实一直在压抑自己的同性恋倾向以及隐藏酒精成瘾的事实。

此后
1980年 约翰·肯尼迪·图尔的作品《笨蛋联盟》，以新奥尔良为背景，讲述了懒汉兼怪人伊格内修斯·J.赖利的滑稽行为。

20世纪中期，美国南部诸如田纳西·威廉斯（Tennessee Williams）、弗兰纳里·奥康纳（Flannery O'Connor）和卡森·麦卡勒斯（Carson McCullers）等作家以18世纪哥特式文学中的奇幻与怪诞元素为基础，创立了一种全新的文学体裁——南方哥特式文学。这些作家利用传统哥特式风格的写作特点，检视动荡的现实与名望表象下的扭曲心理。这一体裁的作品通常包含受创或古怪的人物、恐怖的背景以及不祥的场面，对南部社会中的种族歧视、贫穷与犯罪等问题进行探索。

哈珀·李的经典小说《杀死一只知更鸟》，将成长主题融入南方哥特式文学体裁中，突出了美国民权运动之前南部社会中的种族偏见。作品还深入探究了生活在南部小规模社区中人们的行为方式。

挑战传统

《杀死一只知更鸟》以20世纪30年代中期亚拉巴马州的小镇梅康镇为故事发生的背景。在那里，"虽然一天中有24个小时，但感觉却远不止此"。小说中的叙事者是小女孩斯各特，故事开始的时候，她还未满6岁。斯各特是个假小子，勇于向社会传统发出挑战。她与自己的父亲——律师阿提克斯·芬奇、哥哥杰姆和家中的黑人厨师卡布妮亚生活在一起。

斯各特在小说中讲述着梅康镇每日的生活、自己的邻居、与男孩迪尔间的友情，还有学校里发生

> 你永远无法真正了解一个人，除非你能够从他的角度考虑问题——除非你能够深入他的肌肤，并于其中游走。
> ——《杀死一只知更鸟》

战后文学 **273**

参见：《哈克贝利·费恩历险记》188～189页，《喧哗与骚动》242～243页，《看不见的人》259页，《冷血》278～279页。

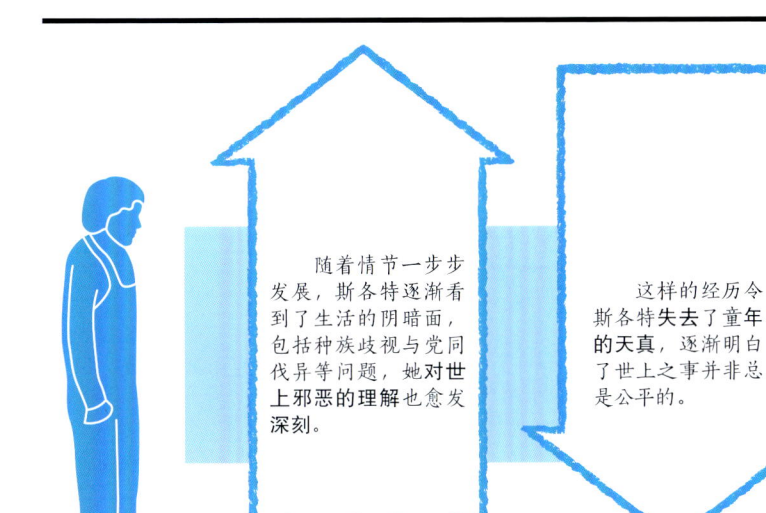

在整部小说中，斯各特对周遭世界的看法逐渐成熟，从天真的理想主义过渡到对社会理解得更加透彻的现实主义。然而，她却始终保有自己的乐观精神。

随着情节一步步发展，斯各特逐渐看到了生活的阴暗面，包括种族歧视与党同伐异等问题，她**对世上邪恶的理解**也愈发深刻。

这样的经历令斯各特**失去了童年的天真**，逐渐明白了世上之事并非总是公平的。

正因为有了父亲及朋友对她的影响，斯各特才**从未丢弃**自己内心深处**对人类善良一面的信仰**。

的事，描绘出了南部社区中看似不被打扰的生活图景。在南方哥特式文学的创作传统中，社区中总有那么几个怪人。在这部作品中，那个怪人便是隐居的布·拉得力。人们说他住在一座闹鬼的房子中，孩子们也编造了许多关于他的离奇故事。当阿提克斯同意为当地一名黑人男性汤姆·鲁滨逊（被诬陷强奸了一名白人女性）辩护的时候，斯各特描绘了这一决定带来的紧张局势与暴力行为。就连阿提克斯本人都承认，这是一场打不赢的仗。庭审过程中，有人试图谋杀几个孩子，这却揭开了布·拉得力保护者而非怪物的身份。故事结尾，长大的斯各特，以其自身所处的小环境为背景，对人类的行为进行了反思。

《杀死一只知更鸟》出版时，民权运动正如火如荼地进行，这部作品立即成为畅销书。尽管小说的语言十分温和，却如南方哥特式文学这一体裁中的其他作品一样，揭露了南部社区教养表面之下的阴暗。∎

哈珀·李

1926年4月28日，哈珀·李出生在亚拉巴马州的小镇门罗维尔。她喜欢独来独往，也是个假小子。李的父亲是一位律师，她最好的朋友是作家杜鲁门·卡波特，后来她也在卡波特创作小说《冷血》的时候协助其进行调研。

高中毕业后，李进入亚拉巴马大学学习，承担校刊的编辑工作。她就读的是法律专业，却一心渴望文学创作。她于1949年辍学，随后搬到纽约。1956年，李的一位密友提出要资助她一年，这样一来，她便能专心写作。后来，她便以儿时身边的人和事为灵感，于1959年创作完成了小说《杀死一只知更鸟》。

这部作品的巨大成功帮助李收获了无数文学荣誉，其中包括1961年的普利策奖。她曾在国家艺术委员会担任职务，但从20世纪70年代起逐渐淡出公众视野。她在2015年出版了自己的第二部小说《设立守望者》。该作品可被视为《杀死一只知更鸟》的续集，但事实上，其创作年份要早于《杀死一只知更鸟》。

若一个人有勇气宣布我们已经失去了一切，必须从头开始，那么，一切便都没有失去

《跳房子》（1963年），胡里奥·科塔萨尔

背景介绍

聚焦
反小说

此前

1605年 米格尔·德·塞万提斯的小说《堂吉诃德》被视为第一部现代小说，但其中的文学特征与插话式结构却同之后人们对该体裁的定义有所出入。

1939年 爱尔兰作家弗兰·奥布莱恩的作品《落水鸟》放弃了线性结构，从多个人物出发，涉及多条情节线。

此后

1973年 意大利作家伊塔洛·卡尔维诺的小说《命运交叉的城堡》描绘了多条情节线，每条情节线的内容都由随意抽取的塔罗牌决定。

2001年 西班牙作家恩里克·比拉-马塔斯的小说《巴托比症候群》，记叙了天马行空的文章、零散的笔记、脚注、文学典故，还有对现实与虚构作家的评论。

大多数人将顺序式的线性叙事脉络视为小说这一体裁最突出的特点之一；从叙事角度上看，每个章节的地位相等。

"反小说"一词最初由法国作家让-保罗·萨特于20世纪中期提出。这一体裁颠覆了人们的认识，无论在情节方面，还是在对话与结构方面，反小说都与传统小说截然不同。阿根廷作家胡里奥·科塔萨尔的作品《跳房子》更是完成了对传统小说观点的反叛。阅读反小说作品时，读者不得不将自己对叙事的期待放在一旁，以不同于阅读传统文学的方式享受这类作品。《跳房子》的导读表中这样说道："就其阅读方式而言，这部作品中包含着许多本书，最主要的还是两本。"

一本开放式图书

我们可以将《跳房子》视为一部简单直白的小说，从第1章开始阅读第一本书，并在第56章处结束；第二种读法则是从"可弃读章节"中的第73章开始，直接跳至第1章，来来回回，一直读到最后第58章与第131章。这最后两章则能令读者陷入一个无限的循环中。作者鼓励读者完全忽略可弃读章节，以自己的方式探索这部作品的阅读顺序。

即使是按照那种更为线性的阅读顺序阅读，故事的情节也是飘忽不定的，作者以碎片化的方式讲述20世纪50年代主人公奥拉西奥·奥利维拉在巴黎发生的故事。我们慢慢了解了奥利维拉在学术方面的

《跳房子》中多次提到了爵士音乐，它不仅出现在主题之中，在语言、非线性结构以及即兴式的创作中也有所体现。

战后文学　**275**

参见：《堂吉诃德》76~81页，《项狄传》104~105页，《局外人》245页，《寒冬夜行人》298~299页。

《跳房子》邀请读者在阅读的过程中尝试不同的路径。"正常的"第一本书包含56章，第二本书则有99个"可弃读章节"。读者可独立阅读每一本书，也可以按多种不同的顺序进行阅读。

📕 第一本书
📘 可弃读章节

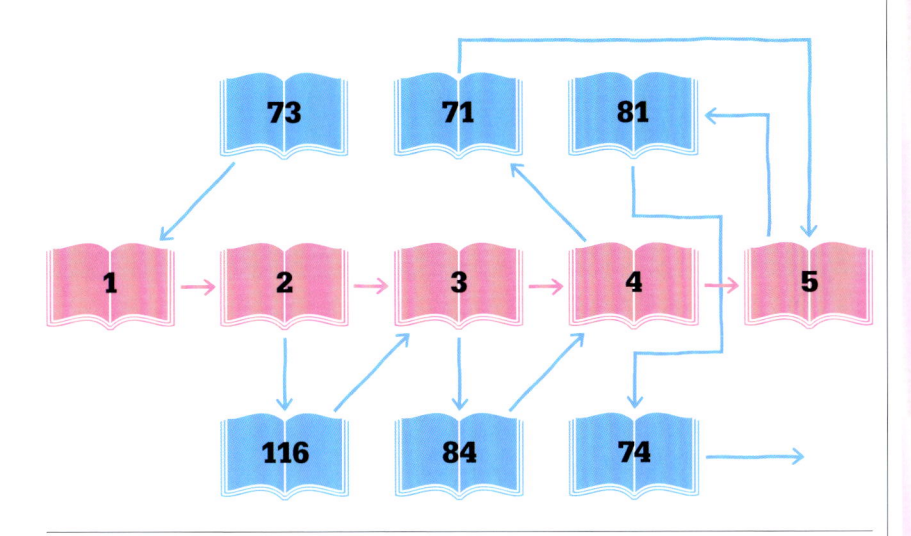

73 → 71 → 81
↓　　↓　　↓
1 → 2 → 3 → 4 → 5
　　↓　　↓　　↓
　 116　 84　 74 →

胡里奥·科塔萨尔

胡里奥·科塔萨尔于1914年出生在比利时，父母都是阿根廷人。当第一次世界大战开始时，他与家人搬到了瑞士，最终于1919年定居在阿根廷的布宜诺斯艾利斯。

科塔萨尔很早便取得了执教资格，之后，他在布宜诺斯艾利斯开始了大学生涯，主攻哲学和语言。但是，由于经济原因他不得不中断学业。

1951年，科塔萨尔移民至法国，在那里一边从事翻译，一边四处旅行并撰写短篇故事。他又投身于政治运动中，支持古巴与拉丁美洲内陆的左翼运动。大约在同一时期，他开始创作小说，其中包括《跳房子》。1984年，69岁的科塔萨尔在巴黎去世。

主要作品

1960年　《中奖彩票》
1967年　《放大及其他小说》
1968年　《装配的62型》
1973年　《曼努埃尔之书》

兴趣，也知道了他对爵士音乐的热爱（这种音乐形式以断奏切分式的韵律为特点，显然对科塔萨尔的写作风格起到了极为深远的影响），看到了奥利维拉与"蛇社"中的同伴们谈起对神秘作家莫雷利的尊重，还有奥利维拉对玛伽的爱（与不安稳的感情）。最终，他选择前往阿根廷，并在一所精神病院中工作。

叙事手段

第二本书以阿根廷为背景。从一些可弃读章节中我们可以看出，科塔萨尔认为读者应当时刻意识到小说的创作方式，而这也破坏了文本在小说中的地位。

科塔萨尔笔下刻画的精神衰弱、人际交往间的断裂与隔离，以及被迫进行的跨国游历，也体现在对读者的要求之中。这样一来，作者成功地将读者的注意力转至对作品的虚构式建构，以及对小说形式的期待上。■

> 像是在一个国际象棋的世界里，你虽为马，却试图如模仿象的车一般移动。
> ——《跳房子》

他决心永远活下去，或是在这一努力中离开人世

《第二十二条军规》（1961年），约瑟夫·海勒

黑色幽默在描写病态及禁忌题材上备受青睐，它利用滑稽的形式以轻描淡写的方式将社会上的争议问题或严重事件呈现于读者眼前。20世纪后期，美国涌现出许多黑色幽默小说。当时，美国逐步占据西方世界的领导位置，冷战与核时代则刚刚拉开序幕。

理智的疯狂

美国作家约瑟夫·海勒创作的讽刺小说《第二十二条军规》，以第二次世界大战为背景，记叙了约塞连上尉与手下飞行员在执行轰炸任务过程中的一系列事件。约塞连不为爱国主义所动，因自己的妻子受到生命威胁而勃然大怒。当他坚信自己周围都是发狂的白痴时，他又试图装病来逃避飞行任务。然而，他与战友们陷入了"第二十二条军规"的境况中：他们可以以精神失常为由申请退伍；但凭借正确的规约证明自己精神不正常的这一过程却恰恰说明了他们是清醒的。于是，这些人不得不继续飞行。

海勒通过描写悖论、荒谬，以及第二十二条军规本身展现出的循环推理，清晰地强调了战争的疯狂。该小说坚持以黑色幽默进行创作，传递着凄冷、欢闹与悲凉的情绪。■

> **任何值得你为其而死的事情，无疑也值得你为其而生。**
> ——《第二十二条军规》

背景介绍

聚焦
美国黑色幽默

此前
1939年 纳撒尼尔·韦斯特的小说《蝗虫之日》，讽刺了好莱坞荒唐的浮华以及经济大萧条期间的攀附者。

1959年 菲利普·罗斯的小说集《再见吧，哥伦布》，以幽默的笔触刻画了性爱、宗教、文化同化等阴暗或禁忌的主题。

此后
1966年 托马斯·品钦的小说《拍卖第四十九批》，探索了沟通中的失败以及世界本质上的荒诞与无序。

1969年 库尔特·冯内古特的小说《第五号屠宰场》，讽刺了人们在这一断裂时代中对意义的追寻。该作品的灵感来源于作者在德累斯顿轰炸中的经历以及战争的荒谬。

参见：《拍卖第四十九批》290页，《第五号屠宰场》291页，《美国精神病人》313页。

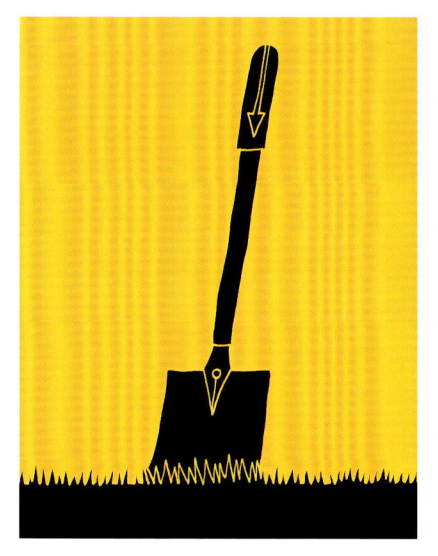

我押着韵，为了凝视我自己，为了让黑暗发出回声

《一个自然主义者的死亡》（1966年），谢默斯·希尼

背景介绍

聚焦
战后诗歌

此前

1945年 英裔美国诗人W. H. 奥登的作品《诗集》，收录了关于公共政治与其最初宗教意象的作品，反映了现代社会的危机。

1957年 英国诗人特德·休斯在诗集《雨中鹰》中，通过对具有象征意味的动物的刻画，呈现出一个充满挣扎的世界，从中亦映射着人类身处的世界。

1964年 英国作家菲利普·拉金笔下的《降灵节婚礼》由一系列诗歌作品组成，充满着对既定家族与社会关系逐渐衰落的意识。

1965年 美国诗人西尔维娅·普拉斯创作的诗集《爱丽尔》，于其去世后得以发表。该作品从战争罪行的恐怖中突出了黑暗且令人不安的意象。

第二次世界大战之后涌现出了一批诗人，他们的政治、文化与个人取向被战争中的残暴行径所扰，致使他们难以摆脱过去的阴影。在诸如W. H. 奥登、特德·休斯（Ted Hughes）与菲利普·拉金（Philip Larkin）等作家的作品中，作者将自己对战争的记忆投射在意象、内容、诗歌形式与风格之中。

记忆与改变

《一个自然主义者的死亡》（Death of a Naturalist）是爱尔兰诗人谢默斯·希尼的第一部重要诗集，也获得了巨大成功，广受赞誉。该作品探索了童年与成年、过去与现实之间的分裂，这也是战前世界与战后世界分裂的一种体现。《采黑莓》与《搅奶日》等作品中的意象，都能唤起读者对自然、家庭、人类劳作以及爱尔兰郊外风景的想象。这部诗集收录的34首诗歌都围绕着相似的风格与主题元素，其中的自然意象则被用于突出战争对人们外在及内在生活空间的影响。在第二首诗歌《一个自然主义者的死亡》中，一个小男孩遇到一群青蛙，它们"如同泥浆中的手榴弹"一般，与乡村决裂。

历史也在希尼的家人，尤其是他的父亲身上有所体现。在《挖掘》中，希尼回忆起父亲挖掘洋芋、祖父翻动地皮的场景，向读者展现他们如今已经过时的体力劳动与对传统生活方式的熟悉。希尼以愧疚的口吻将写作视为与朴实、务实的祖先之间的联系："在我的手指之间，架着一只短粗的钢笔。我将用它挖掘。"用写作的形式面对过去，似乎成为应对战争创伤与传统文化遗产的唯一方式。■

参见：《荒原》213页，《钟形罩》290页，《乌鸦之歌》291页。

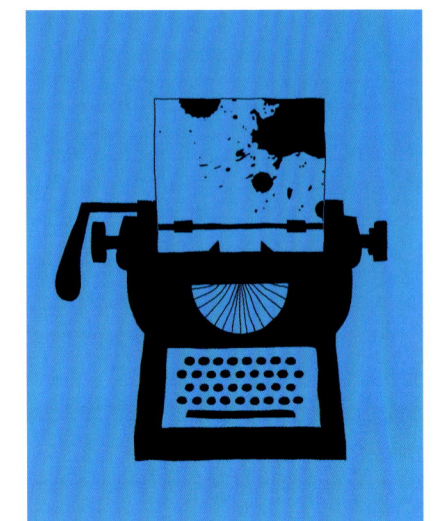

一定是哪里出了问题，才能让我们做出我们做出的事

《冷血》（1966年），杜鲁门·卡波特

背景介绍

聚焦
新新闻主义

此前
20世纪早期 林肯·斯蒂芬斯与艾达·M.塔贝尔等调查型记者将文学手法与新闻工作结合在一起，揭露了商业与政府行为的腐败。

1962年 记者盖伊·塔利斯在《时尚先生》杂志上一篇关于乔·路易斯的采访中，利用采访、对话与观察等形式，将事实与文学融合为一体。

此后
1970年 汤姆·沃尔夫的作品《激进政治时尚族大反贪官矛矛党》，以生动的观察式风格对传统新闻业发起了挑战。

1972年 亨特·S.汤普森创作的《惧恨拉斯维加斯》是"荒诞新闻"的开山之作，作者也在故事中扮演了不可或缺的角色。

"新新闻主义"一词最早在20世纪60年代由评论家提出，用来定义杜鲁门·卡波特、诺曼·梅勒（Norman Mailer）、汤姆·沃尔夫与盖伊·塔利斯（Gay Talese）等美国作家创作的作品。他们在撰写非虚构故事的过程中使用了文学写作手法，以使事实性报道更具戏剧性。卡波特认为，新闻这一体裁可衍生出另一种全新的文学形式——纪实小说。卡波特在1966年刊载于《纽约时报》的一篇访谈中详细阐述了这一理论，这也是其小说作品

> 我认为克拉特先生是一个十分和善的人……到我割断他的喉咙的那一刻，我都是这样想的。
> ——《冷血》

《冷血》（In Cold Blood）的灵魂所在。

1959年，卡波特读到一篇新闻报道，并将其视为实践其理论的完美对象：生活在堪萨斯州的一位富有的农场主赫伯特·克拉特及其家人遭到枪杀，而杀人动机不明。卡波特在好友哈珀·李的帮助下重返现场，开始调查这桩杀人案。7年后，《冷血》面世。

堪萨斯谋杀案

《冷血》中记叙的谋杀案发生在1959年11月15日。案件中的受害人共4名：48岁的克拉特，他的妻子邦尼，女儿南希，儿子凯尼恩。这家人在他人眼中都是值得尊重的人，因此，这场残酷的杀戮震惊了整个社区。一名当地人说，他们都是"温柔而又善良的人，我认识的人却这样被人杀害了"。

然而两名凶手都被判过刑，却从堪萨斯州立监狱中获得保释。1959年12月30日，二人在拉斯维加斯被捕。卡波特全然沉浸于案件之

参见：《杀死一只知更鸟》272~273页，《夜幕下的大军》290~291页，《惧恨拉斯维加斯》332页。

事实与虚构的结合

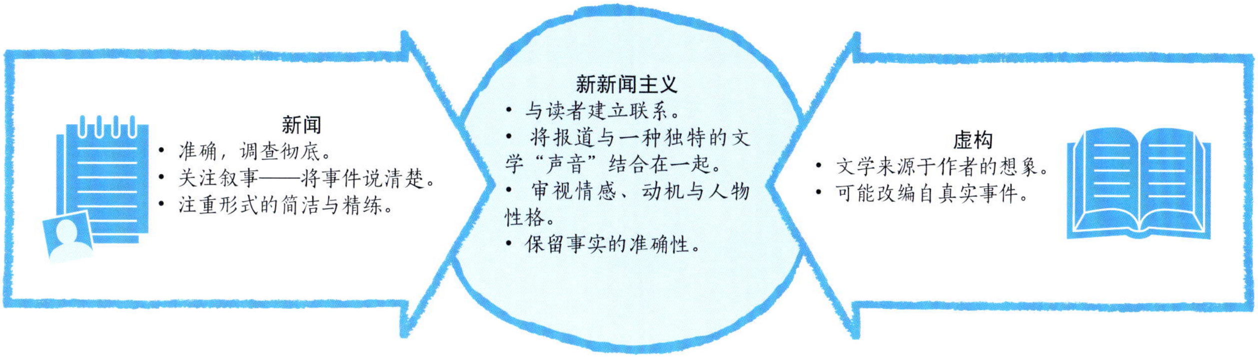

新闻
- 准确，调查彻底。
- 关注叙事——将事件说清楚。
- 注重形式的简洁与精练。

新新闻主义
- 与读者建立联系。
- 将报道与一种独特的文学"声音"结合在一起。
- 审视情感、动机与人物性格。
- 保留事实的准确性。

虚构
- 文学来源于作者的想象。
- 可能改编自真实事件。

中，与受害者的亲人、朋友、当地居民、警察、监狱看守、精神科医生，甚至是凶手本人进行了密切接触。他并未将任何采访录制下来，只是在事后将只言片语与自己的感受潦草地记录在纸上。

真实与润色

卡波特将一幕幕场景架构在一起，塑造人物形象，并允许他们以自己的语言讲述自己的故事。《冷血》最初在《纽约客》杂志上以连载形式刊登，一经发表便大受欢迎。美国记者杰克·奥尔森（Jack Olsen）评价其为第一部把刻画真实案件变为一种"成功商业体裁"的作品。即便如此，许多人还是指责卡波特伪造或夸大了事实真相。

在汤姆·沃尔夫看来，《冷血》为新新闻主义带来了"一股不可阻挡的发展势头"，他在1973年发表的选集《新新闻主义》中进一步对这一体裁的特点进行了整理。他认为，卡波特的小说囊括了该体裁的所有关键性写作技巧：对事件第一手资料的记录、真实的对话、第三人称叙事、对微小生活细节的细致描绘。于是，一部以小说形式写就、接近事实性报道的作品便这样诞生了，它以更为强有力的方式，令读者更加透彻地理解了真实事件与其中的人物。■

杜鲁门·卡波特

杜鲁门·卡波特，本名杜鲁门·史崔克福斯·珀森斯，1924年9月30日出生在美国新奥尔良，童年生活坎坷。他4岁时父母离异，在亲戚的抚养下长大。几年后，他与母亲重聚，并与其第二任丈夫约瑟夫·卡波特生活在一起。他在康涅狄格州的纽约市和格林尼治接受教育。他凭借发表在《时尚芭莎》与《纽约客》等杂志上的一系列短篇故事开启了职业生涯。1948年，卡波特发表了第一部小说《别的声音，别的房间》，并依靠这部作品成了一位颇有名气的作家。卡波特是个备受争议的人。他是社交名流，但酗酒成性，甚至还吸食毒品；他享受浮华的生活方式，从不掩饰自己的同性恋取向。1984年8月25日，卡波特在洛杉矶去世。

主要作品

1945年 《米丽亚姆》（短篇故事）
1951年 《竖琴草》
1958年 《蒂凡尼的早餐》
1986年 《得到回应的祈祷：一部未完成的小说》（在卡波特去世后得以发表）

结束在每一个瞬间，却永远不要让结局结束

《百年孤独》（1967年），
加夫列尔·加西亚·马尔克斯

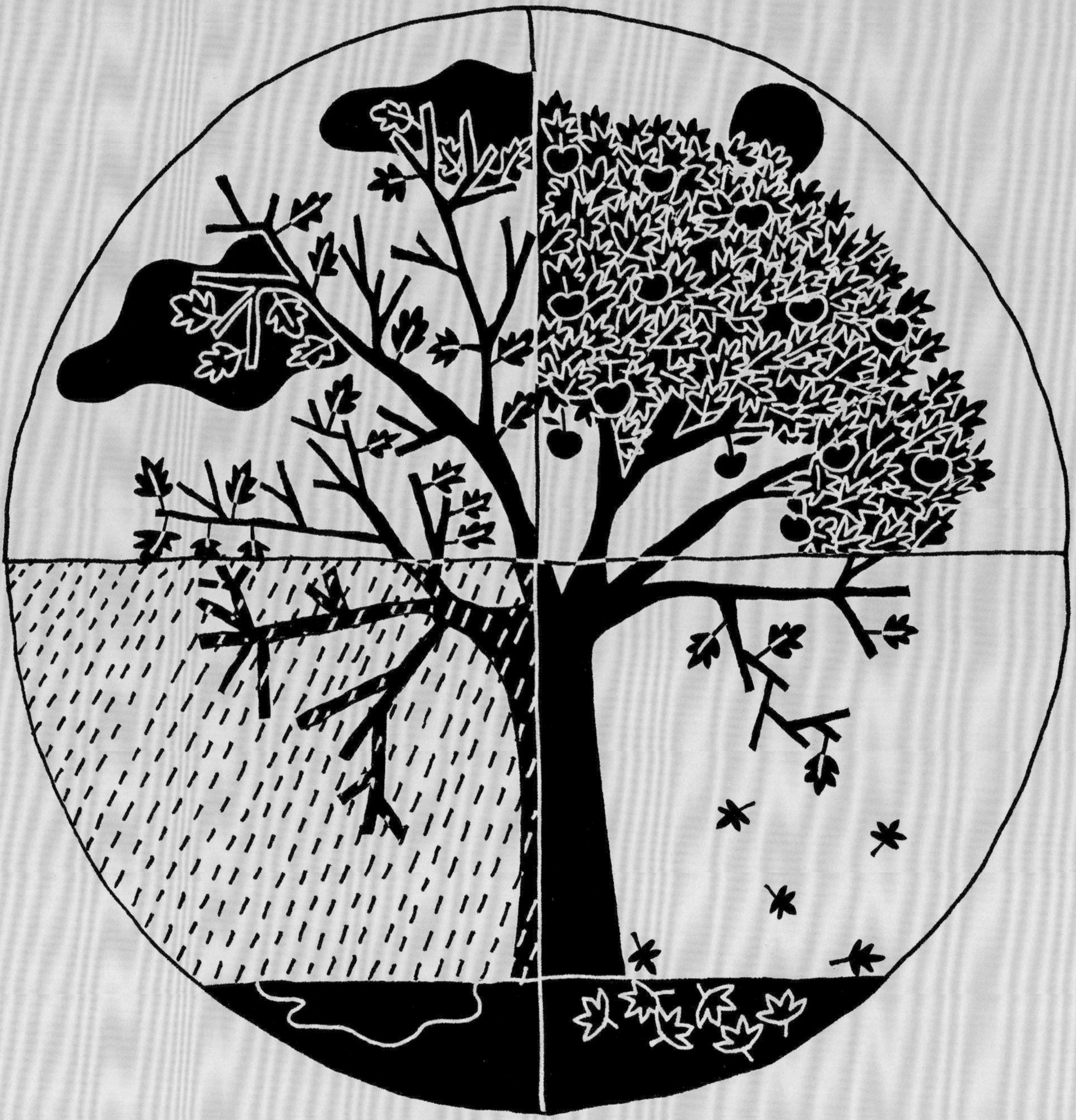

背景介绍

聚焦
拉美文学大爆炸

此前

1946—1949年 危地马拉作家米格尔·安赫尔·阿斯图里亚斯将现代主义写作技巧与超现实主义和民间故事结合起来，创作出了小说《总统先生》和《玉米人》。

1962年 卡洛斯·富恩特斯在《阿尔特米奥·克罗斯之死》一书中，揭示了墨西哥的腐败问题。

1963年 阿根廷作家胡利奥·科塔萨尔极具实验性的作品《跳房子》，令读者可以拥有自己独特的理解。

此后

1969年 马里奥·巴尔加斯·略萨的小说《酒吧长谈》，闪电般地揭露了20世纪50年代秘鲁支离破碎的社会境况。

> 时间并没有流逝，只是在循环往复而已。
> ——《百年孤独》

"拉美文学大爆炸"指的是20世纪60年代南美洲文学创作的爆发式发展。豪尔赫·路易斯·博尔赫斯早在20年前就已经点燃了拉美文学崛起的星火，他的小说《虚构集》犹如一个由短篇小说组成的魔盒，打破了当时所有文学传统。然而，拉美文学的真正"爆炸"是伴随着一批杰出作品的问世而来的，这些作品也使加夫列尔·加西亚·马尔克斯、胡利奥·科塔萨尔，以及马里奥·巴尔加斯·略萨（Mario Vargas Llosa）等作家获得了举世瞩目的成就。他们都受到了20世纪60年代反主流文化思潮的启发，常常在作品中运用非线性叙事、视角转换与魔幻现实主义等极具创造性和实验性的写作手法，聚焦拉丁美洲的政治斗争。

孤独

加夫列尔·加西亚·马尔克斯的小说《百年孤独》（*One Hundred Years of Solitude*）在对拉丁美洲历史的隐喻式解读中，将圣经故事、古代神话以及南美洲传说中的魔法、复活和再生等元素完美地融合在了一起。

小说记叙了布恩迪亚家族中7代人的故事，在时空上跨越了整整一个世纪。马孔多是布恩迪亚家族建立的小镇，也是整个哥伦比亚历史的缩影。在故事刚刚开始的时候，马孔多只是一个处处土坯房的小村子，坐落在群山和沼泽之中，完全与世隔绝，没有一条可以出山的路。村子是何塞·阿尔卡迪奥·布恩迪亚和他的妻子乌尔苏拉·伊瓜兰一手建立的，村子里的每个人都不到30岁，也从没有人去世，可谓乌托邦式的存在。大儿子何塞·阿尔卡迪奥是个精力充沛的大块头，弟弟奥雷里亚诺·布恩迪亚则是个容易焦虑、拥有预知能力的人。在布恩迪亚家族中，人们的姓名、体征和性格等代代相传，但是，妓女庇拉尔·特尔内拉这样的人物却丰富了村子的基因库；她还与不同的布恩迪亚族人私通生子，这也令家族关系更加复杂。

女家长乌尔苏拉经历了整个家族错综复杂的发展，其漫长的一生也使得她懂得如何抵抗外来入侵，料理随之而来的疯狂事件，一代又一代地保护整个家族。

入侵

布恩迪亚家族中的每一代人都会面临不同的灾难，这也投射出拉丁美洲的历史事件或丰富的神话与传说。尽管奥雷里亚诺想成为一名艺术家，但他无可避免地被卷入

位于哥伦比亚小镇阿拉卡塔卡的房子是加夫列尔·加西亚·马尔克斯长大的地方，如今已成为书迷们的朝圣之地。正是这里启发作者创造了马孔多小镇。

战后文学

参见:《虚构集》245页,《跳房子》274~275页,《佩德罗·巴拉莫》287~288页,《阿尔特米奥·克罗斯之死》289页,《城市与狗》290页,《午夜之子》300~305页,《幽灵之家》334页,《霍乱时期的爱情》335页,《2666》338~339页。

了那场在接下来的许多年中践踏着整个国家的内战之中。他成为一名杰出的上校,取得赫赫战功,名震全国,其卓越的诗歌造诣亦闻名遐迩。然而,他取得的胜利到头来只是一场空,整个国家依然冲突不断、动荡不安,这一情节反映出19世纪拉丁美洲接连不断的流血冲突。战争给昔日平静安逸的马孔多带去了死亡和暴力,奥雷里亚诺的侄子阿尔卡迪奥变成了独裁总督,后来被行刑队枪决。小镇也经历了翻天覆地的变化,新铁路的开通使马孔多第一次受到了外界的影响。

起初,村民们都痴迷于现代化创造出的奇迹,他们无法理解演员怎么会在一部电影中死去,却又在另一部电影里重生。很快,小镇便成为美国经济扩张的前哨基地。美国联合果品公司将那里改建成了香蕉种植园,为少数美国人所控制。工人为改善工作条件而罢工,却遭到屠杀,这一事件演变为暴力的催化剂,令小镇最终走向衰亡。

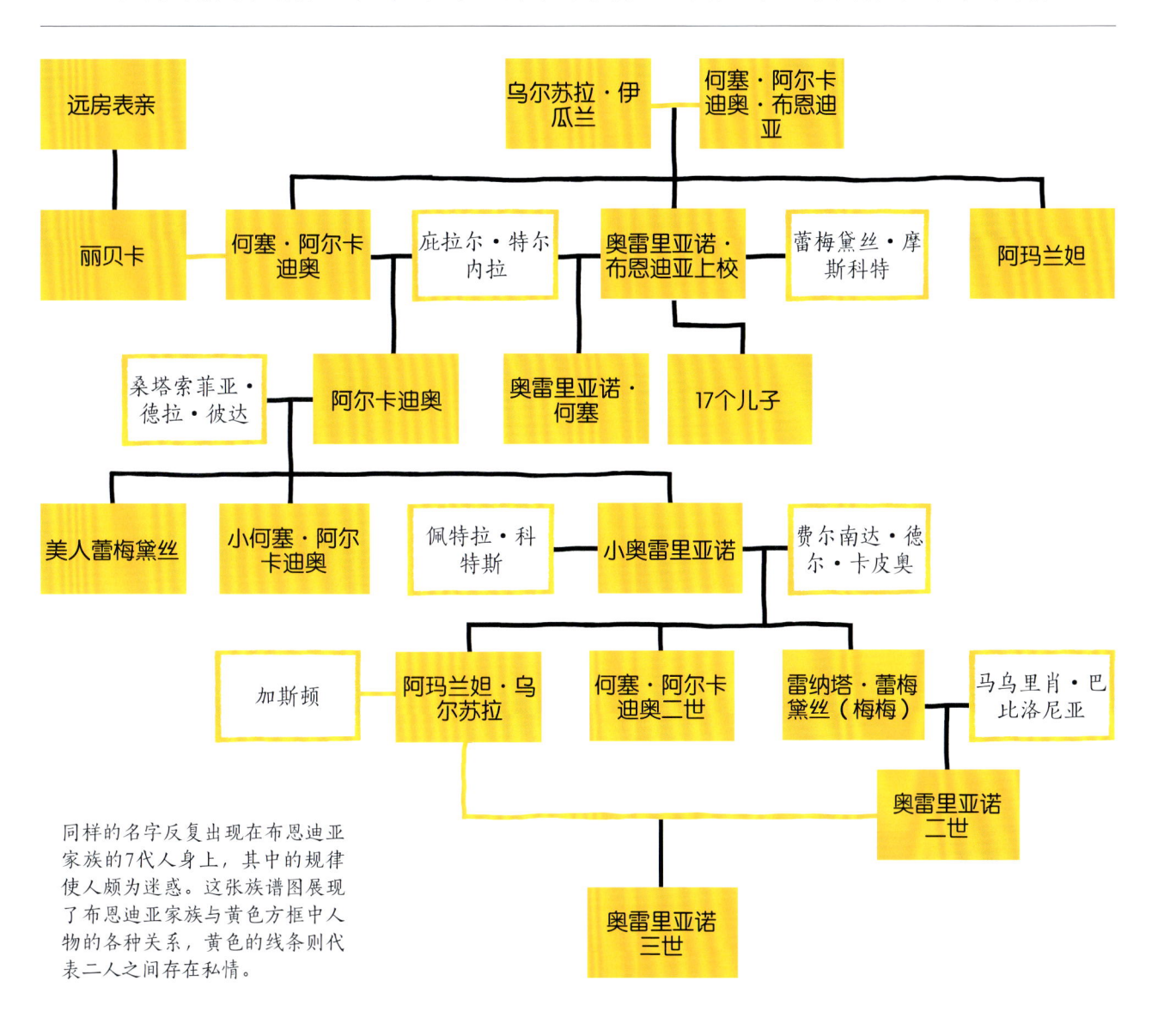

同样的名字反复出现在布恩迪亚家族的7代人身上,其中的规律使人颇为迷惑。这张族谱图展现了布恩迪亚家族与黄色方框中人物的各种关系,黄色的线条则代表二人之间存在私情。

马孔多经受的苦难代表着几个世纪以来西方经济剥削带来的苦痛，即便是一场长达4年11个月零两天的暴雨，也无法洗刷小镇所经历的一切。这场雨驱使人们大规模逃离，使马孔多成为一座空城。

圣经故事与神话

马尔克斯利用南美洲神话与圣经故事，讲述了一个人间天堂失去纯真后遭到破坏的故事。小说开始描述马孔多小镇"这片天地刚刚开辟，许多东西尚且叫不出名字"。由此可以看出，小说通过布恩迪亚家族创造出的独特神话来完成对人类历史进程的探索。

整个家族的建立基于何塞·阿尔卡迪奥与其表亲乌尔苏拉的婚姻。布恩迪亚家族上一代因近亲结婚生出了长着猪尾巴的孩子。这件事一直困扰着他们，他们对这件事的恐惧也并非杞人忧天，最后一个布恩迪亚族人就是在这种恐惧中诞生的。一些印加人的创世神话便始于兄妹之间的乱伦，亚当和夏娃的家族繁衍也是沿着类似的轨迹进行的。一些17世纪到达南美洲的人认为，伊甸园位于玻利维亚东部地区，第一批西班牙征服者相信自己发现了诺亚方舟之子，即大洪水幸存者的后代。

大洪水神话在南美洲原住民之间广为流传。在《百年孤独》中，自大暴雨开始，这些神话便同气泡一般不断浮出水面，一直持续到故事的结尾。

科学与魔法

魔法在小说中占有举足轻重的地位，与轻快诗意的文本巧妙融合在一起。即便在马孔多早已开始现代化进程的情况下，魔法在人们心中依旧同理性与科学一样重要。美人蕾梅黛丝，是一个外表惊为天人的女人，最后攥着床单升入天堂。而何塞·阿尔卡迪奥精神错乱以后，便和花园里的栗子树粘在了一起，当他被人拖进室内后，空气中蘑菇与木耳的气味也随之而来。乌尔苏拉上了年纪以后，视力逐渐减弱，但"垂暮之年的洞察力让她洞悉世事"，也使她获得了其他方面的感知能力，例如凭借气味记忆景象。

据马尔克斯回忆，他是从祖母的故事以及一位姑姑那里受到启发，找到小说中处理叙述声音的关键方法的，他能将怪诞的东西讲得真实可信。

> 它是历史的最后见证，尚未湮灭，只是处在湮灭的过程之中。
> ——《百年孤独》

加夫列尔·加西亚·马尔克斯

1928年，加夫列尔·加西亚·马尔克斯出生在哥伦比亚。他从小由祖父母带大，生活在小镇阿拉卡塔卡，这里便是《百年孤独》中马孔多小镇的原型。小镇上的成长经历塑造了他的反帝国主义信仰，在为期10年的哥伦比亚政治压迫大暴乱时期，他成了巴兰基亚的一名记者。

马尔克斯的记者生涯不断发展，但其自由主义观念却迫使他离开哥伦比亚，作为通讯员前往欧洲。在报道了1959年的古巴革命后，他曾在波哥大和纽约两地供职于古巴拉丁美洲通讯社。在墨西哥城期间，马尔克斯开始创作自己的第二部长篇小说《百年孤独》，正是这部作品为他带来了全世界的赞誉。马尔克斯一生共创作了22部作品，1982年荣获诺贝尔文学奖。2014年，马尔克斯在墨西哥去世。

主要作品

1985年　《霍乱时期的爱情》

2004年　《苦妓追忆录》

复活

在《百年孤独》中，死者始终影响着在世之人，坟墓则是超越我们所处世界的大门。在小说开头的部分，普鲁邓希奥·阿基拉尔的喉咙被长矛刺穿，自此一直到病入膏肓，他的灵魂都在其周围飘来荡去。

小说始终关注对死亡的描绘。布恩迪亚家族的远亲丽贝卡带着父母的遗骨来到马孔多，在等着厚葬父母的过程中，她吃的是泥土、石灰和坟墓里的东西。

时间的循环

断裂的时间线或非线性叙事是拉美文学大爆炸中后现代文学写作手法的核心特点。《百年孤独》开篇就以令人难忘的方式展现了非线性叙述手法："多年以后，当奥雷里亚诺·布恩迪亚上校面对着行刑队的时候，他想起了父亲带他去寻找冰块的那个遥远的下午。"

故事中的时间往复循环，过去、现在和未来在布恩迪亚家族100多年的时间跨度中相互交织。故事的背景也是循环的，所有的一切都在同心球面上循环往复地发生：最外围是包围着马孔多的现代世界，接着是村子和布恩迪亚家族的房子，最中心则是在房子中央设立的神秘实验室。纵然时光流逝，这里依旧保持着原来的样子。从行刑队获救后，奥雷里亚诺回到实验室，开始铸造金属小金鱼，然后熔掉，重新来过，意图在当下永生。

吉卜赛人梅尔加德斯给了何塞·阿尔卡迪奥一卷羊皮卷，里面是关于马孔多百年历史变迁的记录和预言。当最后一个布恩迪亚家族的子孙被带进实验室解开羊皮卷时，他发现，史前植物和发光的昆虫抹去了"房间中所有人类活动的踪迹"。在阅读羊皮卷的时候，他意识到自己"正在破译自己所经历着的片段，破译当下的这一刻，同时也预见着自己破译羊皮卷最后几页的时刻，就像望着一面会说话的镜子一般"。就在这一离奇的超小

> " 遭受百年孤独的家族永远不会第二次出现在大地之上。
> ——《百年孤独》

一座香蕉种植园在马孔多落成，美国联合果品公司的经济扩张导致了一场大屠杀的爆发。这一事件反映了美国对拉丁美洲的剥削。

说式瞬间，叙述者、小说人物以及读者融为一体，过去、现在和未来融为一体，时间停留在了羊皮卷上的预言处，陷入了空白。

如今，《百年孤独》已售出超过3000万册，被人们视为拉美文学大爆炸时期经久不衰的代表作。马尔克斯刻画了一个注定在无休无止的环境灾难、战争与钩心斗角中一代代循环往复的世界。正是透过这一图景，作者从后现代视角出发，与拉丁美洲乃至整个世界进行着对话。■

延伸阅读

《话语》
（1946年），雅克·普莱维尔

《话语》（*Paroles*）是法国诗人、编剧雅克·普莱维尔（Jacques Prévert，1900—1977年）的第一部诗集。该诗集收录了95首诗歌，长短不一，涵盖了普莱维尔的多种典型写作风格，如双关语、散文诗、文字游戏与模拟对话等。诗集中的作品题材广泛，将战后巴黎的日常生活融入反战抗议、宗教及政治批判，以及对于艺术在社会中扮演角色的反思中。

《哭泣的大地》
（1948年），艾伦·佩顿

南非作家艾伦·佩顿（Alan Paton，1903—1988年）的代表作《哭泣的大地》（*Cry, the Beloved Country*），讲述了黑人圣公会牧师古莫奴的故事。他生活在约翰内斯堡，整日试图寻找自己的儿子，却被卷入一桩谋杀案，被控因种族歧视而杀害了一名白人激进主义者。作品还讲述了被害人父亲的故事，描绘了儿子的死以及与古莫奴的相遇是如何一步步转变他自身的偏见与观点的。佩顿的故事揭露了南非种族隔离政策前夕的社会变革。

《雪国》
（1948年），川端康成

日本小说家川端康成（Yasunari Kawabata，1899—1972年）是诺贝尔奖获得者。《雪国》（*Snow Country*）是其最著名的小说之一，以日本西部山中为背景，讲述了一段注定无果的爱情。岛村是一位无所事事却十分富有的商人，他在一所温泉旅馆遇到了美丽但孤苦伶仃的艺妓驹子。书中描绘的风景成了无望、孤独等情感的隐喻。川端康成在作品中聚焦个人，全然没有提及当时正进行得如火如荼的第二次世界大战，这大约是作者对那场冲突有意识的艺术化回应。

> 火车穿越了长长的边境隧道——那里便是雪国。夜晚被映照成了雪白色。
>
> ——川端康成《雪国》

《礁湖》
（1951年），珍妮特·弗雷姆

短篇故事集《礁湖》（*The Lagoon and Other Stories*）是新西兰作家珍妮特·弗雷姆（Janet Frame，1924—2004年）出版的第一部作品。该作品中的文章在不同程度上质疑了其作为虚构文学的地位，探索了作者的身份，并对不同叙事声音进行了实验。这本书的出版以及成功（获得过一项重要的文学奖项）挽救了弗雷姆，使她免于在精神机构中接受脑叶切除手术以及一系列残忍的精神疗法。

《老人与海》
（1952年），欧内斯特·海明威

1951年，海明威在古巴期间写下了《老人与海》（*The Old Man and the Sea*），这是作者在世时发表的最后一

欧内斯特·海明威

1899年，欧内斯特·海明威出生在美国的伊利诺伊州。第一次世界大战期间，他自愿参军，却因视力原因被调往意大利做一名救护车司机。1918年，受伤的海明威返回美国。海明威在巴黎做海外通讯员的时候写下了自己的第一部小说《太阳照常升起》。在欧洲扬名后，他凭借短篇故事与小说取得了更大成功，并四处游历，满足自己对于狩猎的热爱，这一题材也在其许多作品中有所体现。此后，海明威再次回到记者岗位，报道西班牙内战以及诺曼底登陆事件，并于1954年获得诺贝尔文学奖。1961年，海明威在爱达荷州结束了自己的生命。

主要作品

1929年　《永别了，武器》
1940年　《丧钟为谁而鸣》
1952年　《老人与海》

战后文学　287

部虚构文学作品。小说的情节与写作风格一样简洁，讲述了老渔夫圣地亚哥在古巴与佛罗里达的海岸边同一条马林鱼之间的搏斗。正如普利策奖委员会与诺贝尔奖委员会在为海明威授奖时所说的那样，这部作品具有深刻的情绪与感染力。人们对于《老人与海》的解读各异，有人说它反映了作者的职业生涯，有人说它具有寓言式的宗教意义，还有人说这部作品以海明威一生中遇到的人为原型，记叙了他的个人经历。

《华氏451》
（1953年），雷·布拉德伯里

《华氏451》（Fahrenheit 451）是美国著名推理小说家雷·布拉德伯里（Ray Bradbury，1920—2012年）笔下最杰出的小说之一，也是描绘反乌托邦的典范之作。在一个知识与书籍遭到禁止的世界中，消防员（在《华氏451》中，消防员的职责是焚烧书籍）盖伊·蒙泰戈逐渐找回了自己的人性与个性。故事突出了盲目服从命令与质疑既定权力结构之间的冲突，也重点强调了冲突之中书籍与知识所扮演的角色。

《蝇王》
（1954年），威廉·戈尔丁

《蝇王》（Lord of the Flies）在最初发表之时并未取得成功，但是，这部作品后来却成为反乌托邦、寓言、政治，以及讽刺小说领域的经典之作与奠基之作。故事从一群小男孩滞留在一座荒无人烟的岛屿上开始，讲述了他们在尝试使用不同种类的自治与管理方式的过程中，经历的失败、暴力和最终充满野蛮行径的努力。小说中的故事发生在一个被昆虫包围的腐烂猪头骨附近，这也是将作品命名为"蝇王"的原因。尽管威廉·戈尔丁（William Golding）的第一部小说就因对人性、功利主义与暴力等极富争议的内容的探索引发了种种质疑，但它无疑充满着对当时政治、心理以及哲学思想的迷人洞察力。

《魔戒》
（1954—1955年），J. R. R. 托尔金

英国作家、学者J. R. R. 托尔金为自己的儿童文学作品《霍比特人》（The Hobbit）创作出了共3册的系列续集作品《魔戒》（The Lord of the Rings，又被译为《指环王》），对奇幻体裁的再发展做出了重要贡献。《魔戒》的创作灵感来源于世界大战中发生的事件、托尔金童年在南非的生活经历，以及他对冰岛和日耳曼文学的研究。故事追溯了发生在多个人物身上的故事，他们经历《护戒同盟》（The Fellowship of the Ring）、《双塔奇兵》（The Two Towers）和《王者归来》（The Return of the King），踏上生与死的探索之旅，阻止邪恶力量在中土世界的传播。

> "一本书便是隔壁房子中一杆上膛的枪……谁知道博学之人的目标会是哪一个？"
> ——雷·布拉德伯里《华氏451》

威廉·戈尔丁

威廉·戈尔丁于1911年9月出生在英国康沃尔郡小镇纽基附近。他成长在一个政治之家：父亲艾力克是一名社会主义者，也是理性主义者；母亲米尔德里德·克诺是一名推动女性选举权的活动家。戈尔丁在牛津大学学习了自然科学与英国文学。1954年，戈尔丁发表了自己的第一部小说《蝇王》。他曾被授予布克国际文学奖与诺贝尔文学奖，一生中从未间断创作，直到1993年离开人世。

主要作品

1954年　《蝇王》

1955年　《继承者》

1980年、**1987年**、**1989年**　《前往地球尽头：海洋三部曲》

《佩德罗·巴拉莫》
（1955年），胡安·鲁尔福

墨西哥作家胡安·鲁尔福（Juan Rulfo，1917—1986年）创作的小说《佩德罗·巴拉莫》（Pedro Páramo）对诸如加夫列尔·加西亚·马尔克斯与若泽·萨拉马戈（José Saramago）等作家产生了深远影响。该作品记叙了悲痛、挥之不去的记忆，还有困难重重的情感，带有超现实、超自然与神秘主义色彩。作者通过非线性叙事、模糊事件、梦境以及幻象，将读者带入叙事者胡安·普雷西亚的困惑之中。他讲述了自己在母亲去世后为完成其遗愿——找到他的亲生父亲佩德罗·巴拉莫——返回鬼镇科玛拉的

亚沙尔·凯末尔

1923年，亚沙尔·凯末尔出生在土耳其。他的童年极为坎坷，这可能也是其后来在作品中为被剥夺财产之人发声的原因。凯末尔儿时便有一只眼睛失明，5岁的时候亲眼看着自己的父亲遭人杀害。20世纪50—60年代，他在做记者的时候写下了许多短篇故事与小说，他还创作了一些抒情诗与儿童文学作品。凯末尔一生共获得38项文学荣誉，并于1973年获诺贝尔文学奖提名。2015年，凯末尔离开了人世。

主要作品

1954年《驱逐》
1955年《瘦子麦麦德》
1969年《他们焚烧蒺藜》

故事。随着故事情节一步步展开，读者慢慢发现，巴拉莫才是故事的主人公，也是其中的反面人物，他的手中掌握着科玛拉及其居民的生死。

《瘦子麦麦德》
（1955年），亚沙尔·凯末尔

亚沙尔·凯末尔的第一部全本小说《瘦子麦麦德》（*Memed, My Hawk*，原名为 *Ince Memed*，英译为 *Memed, the Slim*）是首部享有国际声誉的土耳其语作品。该作品共分4卷，第一卷记叙了年轻人麦麦德坎坷的命运，他带着爱人哈切一同逃离了压迫自己的人，却最终失去了她，并成了一群劫匪中的一员。后来，他为了报复虐待自己、间接杀害哈切的地主，回到了家乡，回到了母亲身边，却发现自己的故事只是刚刚开始。

《广阔的腹地：条条小路》
（1956年），若昂·吉马朗埃斯·罗萨

巴西作家若昂·吉马朗埃斯·罗萨（João Guimarães Rosa，1908—1967年）创作的《广阔的腹地：条条小路》（*The Devil to Pay in the Backlands*）是南美文学中的经典之作。该小说是一部长篇且不间断的作品，不以章节进行分割，其中的叙事者是前雇佣兵里奥巴尔多。他讲述了自己的一生，包括与变节牧场主和其他劫匪的相遇，以及与恶魔本人的碰撞。在巴西米纳斯吉拉斯州的腹地，这些人的生命轨迹相互交错（既描绘现实，又具有比喻意义）。

《嚎叫及其他》
（1956年），艾伦·金斯伯格

《嚎叫及其他》（*Howl and Other Poems*）是美国诗人艾伦·金斯伯格的第一部诗集，也是其最经典的一部作品。它是"垮掉的一代"的作品中最具影响力的一部，收录了包含叙事长诗《嚎叫》在内的许多诗作。金斯伯格的文字粗犷而又极富感情，公开谴责消费资本主义、同性恋恐惧症、种族歧视以及美国的文化霸权主义。该作品的出版商因其中的淫秽语言被带入法庭，却最终赢得了诉讼。这一事件更是令这本书的需求量激增，使该书在美国及全世界范围内的发行量都大幅提高。

《日瓦戈医生》
（1957年），鲍里斯·帕斯捷尔纳克

苏联作家鲍里斯·帕斯捷尔纳克（Boris Pasternak，1890—1960年）创作的《日瓦戈医生》（*Doctor Zhivago*）出版后赢得了国际文坛的赞誉。该作品内容发人深省，挖掘了从1905年莫斯科起义到第一次世界大战期间俄国当权者的作为。该书被俄国政府列为禁书后，不得不转至意大利发表。故事围绕尤利·日瓦戈展开，从多个人物的角度进行叙事，讲述了他们一步步适应祖国全新政治现实的故事。作品还探究了俄国政权误入歧途，追求令民众顺从的政治目标，以及当权者对社会主义理想的错误解读。

《嫉妒》
（1957年），阿兰·罗布-格里耶

《嫉妒》（*La Jalousie*）是由法国作家阿兰·罗布-格里耶（Alain Robbe-Grillet，1922—2008年）创作的实验性新小说，其中的主人公事实上一直缺席自己描绘的事件（尽管小说暗示了这一人物的存在）。出于嫉妒，他透过百叶窗监视着自己的妻子。一些场景会反复出现在小说之中，改变的只是一些细节。该作品模糊而又碎片化，是作者对新小说这一形式的尝试之作，读者只有依照自己的解读理解整篇故事。

《毕司沃斯先生的房子》
（1961年），V. S. 奈保尔

《毕司沃斯先生的房子》（*A House for Mr Biswas*）是第一部为V. S. 奈保尔（V. S. Naipaul，1932—2018年）这位出生在特立尼达岛的英国作家带来国际声望的小说。该作品借鉴了作者在加勒比海地区的成长经历。穆罕·毕司沃斯一直在为拥有一座属于自己的房子、让家人有个家、逃离自己飞扬跋扈的姻亲这些目标而奋斗。这部小说赤裸裸地展现了殖民主

> 她开始供应饮品：先是白兰地……之后是苏打水，最后，她拿出了三块透明的冰块，每一块的中心都禁锢着一束银针。
> ——阿兰·罗布-格里耶《嫉妒》

义的不公正，揭露了个人与家庭生活之间的矛盾。

《时间校准协会》
（1962年），阿赫迈特·哈姆迪·唐帕纳尔

阿赫迈特·哈姆迪·唐帕纳尔（Ahmet Hamti Tanpinar，1901—1962年）创作的小说《时间校准协会》（The Time Regulation Institute），以其对祖国土耳其的观察为基础，批判了现代政府治理程序中的官僚作风。这部以土耳其语写就的经典小说，记叙了主人公（以及同他有所接触的次要人物），在适应战后欧亚现状，并与不断变化的现代社会和平相处这一过程中的个人挣扎。

《伊凡·杰尼索维奇的一天》
（1962年），亚历山大·索尔仁尼琴

亚历山大·索尔仁尼琴（Aleksandr Solzhenitsyn，1918—2008年）是俄国极权主义政府的反对者。他创作了自己的第一部文学作品《伊凡·杰尼索维奇的一天》（One Day in the Life of Ivan Denisovich）。该作品记叙了蒙冤的主人公伊凡·杰尼索维奇在劳改营中的一天、责罚的本质，以及他所忍受的艰难与恐怖。这部小说传递出的是囚犯之间的团结、忠诚与人性，他们日日一起工作，因为只有这样他们才能在劳改营中活下去。

《飞越疯人院》
（1962年），肯·克西

美国作家肯·克西（Ken Kesey，1935—2001年）创作的小说《飞越疯人院》（One Flew over the Cuckoo's Nest），以俄勒冈州一家精神病院为背景，改编自作者本人在一所相似机构中服务的经历。该作品在大多数地区极受读者喜爱，然而，许多地方还是将其视为禁书。这部小说是克西最为著名的作品，突出了精神治疗体系中从病人到医者个人背后的人性光辉（以及另一些人的残暴）。许多人将其视为一部对美国社会中该类机构以及其他控制体系的批判之作。

《发条橙》
（1962年），安东尼·伯吉斯

在《发条橙》（A Clockwork Orange）这部反乌托邦小说中，作者安东尼·伯吉斯（Anthony Burgess，1917—1993年）将他眼中20世纪60年代英国社会中变化着的年轻人文化刻画得淋漓尽致，甚至到了令人不安的极限程度。读者追随着阿历克斯这位叙事者，听他用英语和纳德萨语（一种受俄语影响、在青少年间流行的语言）讲述着自己沉浸于"极端暴力、堕落与毒品之中的故事。作者也描绘了当局试图通过试验性的厌恶疗法来使其悔改，而不计较这种手段会对阿历克斯的精神产生多大伤害的过程。在小说的最后一章（美国版中被删除，直到20世纪80年代才得以恢复）中，阿历克斯似乎表现出了一丝悔改之意。1971年，斯坦利·库布里克依据这部作品改编的电影红极一时，也引发了许多争议，但这些争议无疑令人们更加关注这部小说。

《阿尔特米奥·克罗斯之死》
（1962年），卡洛斯·富恩特斯

墨西哥作家卡洛斯·富恩特斯（Carlos Fuentes，1928—2012年）创作的《阿尔特米奥·克罗斯之死》（The Death of Artemio Cruz），是使拉丁美洲文学获得国际文坛认可的重要作品之一。该小说在虚构式主人公阿尔特米奥·克罗斯临终前回忆了他的一生。透过克罗斯的回忆，读者认识了他贪婪的家人、傲慢的牧师，还有并非那么忠诚的助理。故事追溯了墨西哥60余年的历史、政治与宗教发展，还见证了其间国家的外交政策、腐败与背叛。

> 若他只能行善或只能作恶，他便成了发条橙……一个有着可爱色彩与汁液的有机体……却不过是一个被上帝或恶魔扭紧发条的机械玩具。
> ——安东尼·伯吉斯《发条橙》

《钟形罩》
（1963年），西尔维娅·普拉斯

美国诗人西尔维娅·普拉斯（Sylvia Plath，1932—1963年）最初以笔名发表了自己的半自传体小说《钟形罩》（The Bell Jar）。这部作品回顾了作者的一生。小说由主人公埃斯特早年的许多闪回片段构成，讲述了某个夏天她在纽约一家知名杂志社实习时的故事。埃斯特一直试图寻找自己作为女性的身份认同，却陷入了越发糟糕的精神状态中，最终被送往精神病院接受电击治疗。

《城市与狗》
（1963年），马里奥·巴尔加斯·略萨

秘鲁诺贝尔文学奖得主马里奥·巴尔加斯·略萨的小说处女作《城市与狗》（The Time of the Hero）是一部实验式虚构小说，在其出版之时受到了严格的审查。该作品采用多个叙事角度，以复杂的非线性叙事，记叙了利马一所真实存在的军校中发生的故事。小说揭露了那里用来训练军官学员的手段，这些手段将他们变为忠诚、沉默、极度男性化的雄蜂，从来不会质疑或反抗权威制定的规则。这些训教手段远不仅仅是学院的问题，也反映了整个军队体制，以及一个依赖军事力量维系权力的国家（指20世纪30—80年代的秘鲁）的问题。当局曾试图禁止这部小说的出版，并将其斥为邻国厄瓜多尔试图诋毁秘鲁的奸计。

《拍卖第四十九批》
（1966年），托马斯·品钦

纽约推理小说家托马斯·品钦（Thomas Pynchon，详见296页）创作的中篇小说《拍卖第四十九批》（The Crying of Lot 49），被人们视为后现代小说与精神分析领域的典范。作品讲述了主人公奥迪帕·马斯的故事。她无意间发现了一个世界性阴谋，这个阴谋植根于一场几世纪前两家邮政服务部门之间的宿怨，它们一家是真实存在的"图恩和塔西斯"，另一家则是虚构出来的"特利斯特罗"。文中随处可见对流行音乐、文学与艺术的文化及社会借鉴。

《藻海无边》
（1966年），简·里斯

出生在多米尼加的英国作家简·里斯笔下的《藻海无边》，通过对人际关系（尤其是男人与女人之间的关系）的刻画，深刻探索了女性主义与后殖民主义主题。该作品是夏洛蒂·勃朗特小说《简·爱》的前传，讲述了白种克里奥尔人安托瓦内特在牙买加的不幸生活。她始终处于他人的控制与压迫之下，在被迫以伯莎这个名字搬往英格兰之前，她又被自己的英国丈夫看作一个彻头彻尾的疯女人。

《大师和玛格丽特》
（1966—1967年），米哈伊尔·布尔加科夫

《大师和玛格丽特》（The Master and Margarita）是苏联作家米哈伊尔·布尔加科夫（Mikhail Bulgakov，1891—1940年）在1928—1940年创作的作品，却在创作完成近30年后才得以发表。这部小说以20世纪30年代的莫斯科和耶稣时期的耶路撒冷为背景，刻画了两条相互联系的情节脉络。该作品既可被视为从历史角度出发对宗教信条的验证，或是对官僚主义统治的批判，也可被看作是对苏维埃政府的讽刺。沃兰德教授（撒旦的无政府主义学者的化身）身上的特质和他身边恶毒的随从恰恰催化了这种讽刺。

> 我们紧紧盯着彼此，我的脸上带着血，她的脸上带着泪。那一刻，我仿佛看到了自己，就像是看着一面镜子。
> ——简·里斯《藻海无边》

《夜幕下的大军》
（1968年），诺曼·梅勒

记者、剧作家、小说家、电影人诺曼·梅勒创作的普利策奖获奖小说《夜幕下的大军》（The Armies of the Night）共分两卷，副标题分别为《作为小说的历史》（History as a Novel）和《作为历史的小说》（The Novel

> 我的内心一片宁静，也一片空虚……在周遭的喧闹中木然前行。
> ——西尔维娅·普拉斯《钟形罩》

as History）。该作品在创造性非虚构作品在文坛崛起并逐渐为人所接受的过程中起到了关键作用。小说从历史、政治和新闻的角度，记叙了1967年发生的反对越南战争集会，其中还夹杂着自我反思、小说化以及对该题材和作者本人的个人想法。

《第五号屠宰场》
（1969年），库尔特·冯内古特

美国作家库尔特·冯内古特（Kurt Vonnegut，1922—2007年）创作的《第五号屠宰场》（Slaughterhouse-Five），又名《儿童十字军东征：一场与死亡的会面》（The Children's Crusade: A Duty Dance with Death），是推理小说与超现实政治讽刺故事中的典范。该作品融合了时间旅行及与其相互矛盾的外星生物，涵盖了作者服役于第二次世界大战的经历。《第五号屠宰场》对战争的恐怖、出版业以及文学的地位进行了批判，还就死亡与生命的有限性进行了深刻而近乎滑稽的冥想。

《法国中尉的女人》
（1969年），约翰·福尔斯

英国作家约翰·福尔斯（John Fowles，1926—2005年）创作的《法国中尉的女人》（The French Lieutenant's Woman）是一部极受读者喜爱，并获得了广泛赞誉的作品，常被视为一部后现代主义历史小说。它讲述了自然主义者查尔斯·斯密森与前任家庭教师萨拉·伍德拉夫之间的故事。该作品在风格上对维多利亚时期的浪漫文学进行了评论，还一并探索了性别、历史、科学与宗教等主题。书中的叙事者（后来也成了故事中的一个人物）令读者能够以自己的方式解读故事的结局，动摇了小说所模仿的线性叙事结构。

《我知道笼中鸟为何歌唱》
（1969年），玛雅·安吉罗

《我知道笼中鸟为何歌唱》（I Know Why the Caged Bird Sings）是非裔美国作家、普利策奖得主、活动家玛雅·安吉罗（Maya Angelou，1928—2014年）创作的总长达7卷的自传中的第一卷，反映了作者对种族主义暴力的态度变化。这部小说既是一部极富影响力的文学作品，也是一部坦率的传记，记叙了安吉罗从3岁到16岁期间生活在阿肯色州的故事。它探讨了童年、伤痛以及母性等主题，宣告了相信自我的伟大力量及文学与文字的伟大力量。

《乌鸦之歌》
（1970年），特德·休斯

特德·休斯以美国艺术家列昂纳德·巴斯金对乌鸦的刻画为灵感，创作出了《乌鸦之歌》（Crow: From the Life and Songs of the Crow）。这部作品常被视为休斯最杰出的诗集，其中收录的诗作，有一些在风格上相对传统，另一些则采用了更为大胆的实验性形式。这些诗作以乌鸦为主人公，将世界神话与宗教元素交织在一部叙事民谣中。1969年，休斯的爱人阿茜娅·魏韦尔自杀身亡，这也令他无法继续创作。尽管《乌鸦之歌》并不完整，但这部充满野心的哲学和文学式反思之作，无疑是一部值得我们关注的诗集。

诺曼·梅勒

诺曼·梅勒于1923年出生在美国新泽西州，自小在纽约长大。他年仅16岁便进入了哈佛大学，最初攻读航空工程，后来对写作产生了浓厚兴趣。1941年，他的一部作品在一次竞赛中脱颖而出，这令他开始走上创作之路。梅勒以自己在菲律宾的战争经历为基础，创作出其第一部小说作品《裸者和死者》。作为一名文化评论家与批评家，梅勒还撰写了毕加索、李·哈维·奥斯瓦尔德和玛丽莲·梦露的传记。他曾两次获得普利策奖，他笔下的创造性纪实文学作品与其在政治领域的活跃令他扬名四海。2007年，梅勒离开了人世。

主要作品

1957年 《白色黑人》
1968年 《夜幕下的大军》
1979年 《刽子手之歌》

CONTEMPORARY LITERATURE
1970–PRESENT

当代文学
1970年至今

在人类登月的前一年，执行绕月航行任务的"阿波罗8号"人造航天器拍下了"地出"。这张照片成为以地球为主体的标志性图像。

开始于1966年的"文化大革命"在这一年结束。

萨曼·鲁西迪的小说《午夜之子》，以魔幻现实主义笔调讲述了印巴分治事件。

柏林墙的倒塌象征着冷战的结束。

1968年　　**1976年**　　**1981年**　　**1989年**

1973年　　**1979年**　　**1987年**　　**1990年**

托马斯·品钦笔下的《万有引力之虹》篇幅较长、内容复杂，将科学与哲学同高雅文化与低俗文化中的元素结合在一起。

在伊塔洛·卡尔维诺的后现代主义小说《寒冬夜行人》中，框架故事以第二人称——"你"，即读者的视角进行叙事。

托妮·莫里森在小说《宠儿》中检视了奴隶制的心理影响。

圣卢西亚诗人德里克·沃尔科特发表了《奥梅罗斯》，以后殖民时期为背景，对荷马创作的《伊利亚特》进行了再解读。

到 了20世纪末期，科技发展日益迅速，尤其是交通与通信领域，以前所未有的态势加速了贸易与文化的全球化，世界变得越来越小。以东欧社会主义集团国家的解放与铁幕的掀开为代表的政治变革，也促进了国际间的交流与联系。

随着世界各国纷纷发展自己独特的后殖民主义文化，欧洲与北美也开始受到文化多样性的影响，并逐渐意识到，自己的文化已无法在全球继续占据主导地位。这一时期，那些刚刚获得解放的国家诞生的第一批作家开始走向成熟。后现代主义的写作技巧为更多人所赏识，一些南美洲作家甚至以此为作品主导风格，其中最为突出的是魔幻现实主义这一体裁的兴起。然而，由于英语依然在世界文坛占据着无可动摇的地位，那些来自大英帝国的作家们，也在第一波后殖民主义文学热潮中脱颖而出。

新兴国家之声

萨曼·鲁西迪（Salman Rushdie）与维克拉姆·塞斯（Vikram Seth）等一批来自印度、以英语进行写作的作家，在其作品中描绘了国家获得独立及印巴分裂后新印度的现状。一些来自曾经的帝国前哨地区的作家也开始发出自己的声音，其中的代表人物是来自加勒比海地区的诗人德里克·沃尔科特（Derek Walcott）与小说家V. S. 奈保尔。在加拿大、澳大利亚，以及南非等英国移民者众多的国家中，英国文学的影响力逐渐减弱，那里的文学作品也愈发显现出当地特色。

东亚地区的文学也涌现出了许多全新的写作风格，中国、朝鲜、韩国的作家们迫切希望建构全新的民族身份。

多元文化主义

对于欧洲文化来说，一方面，其在过去殖民地的独霸性影响力正在逐渐减弱；另一方面，越来越多来自世界各地的移民在潜移默化地改变着他们的文化。许多欧洲城市成为国际大都市，不仅吸引着那些寻求全新人生、希望更好地生活的人们，更诱惑着那些始终将欧洲视

当代文学　295

维克拉姆·塞斯笔下超长篇幅的小说《合适郎君》，以4个家族的故事刻画了印度独立后国家内部的纷争。

↑ **1993**年

J. M. 库切的小说《耻》详细描绘了**南非实行种族隔离制度后一名大学讲师的堕落**。

↑ **1999**年

玛格丽特·阿特伍德的小说《盲刺客》探究了爱情、嫉妒与背叛等主题，为哥特式小说这一体裁带来了全新的转折。

↑ **2000**年

黄晳暎的小说《客人》刻画了**朝鲜战争**中的强烈仇恨与国内冲突的余波。

↑ **2001**年

乔纳森·萨弗兰·福尔在小说《特别响，非常近》中，使用了多个实验性写作技巧，以将"9·11"恐怖袭击事件阐释清楚。

↑ **2005**年

1995年 ↓

葡萄牙作家若泽·萨拉马戈在其讽喻小说《失明症漫记》中，以虚构手法描绘了一次传染病后的社会动乱。

2000年 ↓

扎迪·史密斯创作的《白牙》以20世纪文化多元的伦敦为背景，讲述了两个家庭的故事。

2001年 ↓

乔纳森·弗兰岑创作的小说《纠正》，检视了美国中西部一个传统家庭表象后面的问题。

2001年 ↓

恐怖分子驾驶着三架客机，撞击了纽约的五角大楼和世贸中心的"双子塔"。

为学术中心的作家与艺术家。

　　令人感到讽刺的是，鲁西迪、塞斯与奈保尔等在其故土建立起全新文学风格的作家，最终都选择定居英格兰，他们的存在激励着一批又一批身为印度次大陆、非洲以及加勒比海等地移民后代的年轻作家。这些作家在作品中描绘了生活在多元文化城市中的复杂体验，例如，扎迪·史密斯（Zadie Smith）探讨了移民是如何融入英国社会的问题。美国的种族及文化同化等问题则是历史更为悠久的社会问题。一直以来，美国社会的发展都建立在欧洲殖民国家的模式之上，然而，与此同时，非裔美国奴隶的后代则发展出了一种全然不同的文化。尽管在民权运动之后他们的多数政治诉求得到了回应，但是种族矛盾仍旧存在，这一问题也在托妮·莫里森（Toni Morrison）等作家独特的文学作品中有所体现。

国际文学

　　随着新兴国家文学的不断发展，以及后现代主义写作技巧在全世界的流行，这一时期的文学作品在国际上更具吸引力。20世纪60年代出现的反主流文化打破了严肃文化与大众文化之间的壁垒。同时，精密的计算机技术与电信手段也成为美国作家托马斯·品钦笔下《万有引力之虹》（*Gravity's Rainbow*）等作品的创作灵感。魔幻现实主义异军突起，成为一种被人们广泛接受的文学体裁。新兴写作手法也不断自过去的形式中汲取力量，若泽·萨拉马戈的讽喻作品与伊塔洛·卡尔维诺的元小说便是其中的经典之作。

　　英语已经成为世界各国无数人的第二语言，许多小说亦开始以译本的形式出现在大众视野中。现代读者群体更为国际化，作家们（不再受地域的局限）也很快开始关注那些具有全球性意义、能够引发读者共鸣的主题，如现代社会的问题与恐怖主义的威胁。■

历史是最后时刻的集合体

《万有引力之虹》（1973年），托马斯·品钦

背景介绍

聚焦
百科全书式小说

此前
1851年 赫尔曼·梅尔维尔的《白鲸记》是美国第一部百科全书式小说。

1963年 托马斯·品钦第一部长篇小说《V.》的全景式视角和巨大的信息量，为《万有引力之虹》的创作埋下了伏笔。

此后
1996年 美国小说家戴维·福斯特·华莱士笔下涉及毒瘾、家庭关系、网球、娱乐、广告、魁北克分裂主义与电影理论等内容的百科全书式小说《无尽的玩笑》，共有388条尾注。

1997年 美国作家唐·德里罗笔下极为复杂的小说《地下世界》，以棒球（尤其是一个特殊的棒球）为核心，通过刻画虚构角色与历史人物，描述了20世纪50—90年代的生活。

百科全书式小说指的是信息量巨大且内容复杂的小说。这类作品涵盖大量专业信息，主题范围从自然科学到艺术再到历史，无所不包。百科全书式小说试图通过大师级的想象，建构一个超越线性存在的虚构世界。赫尔曼·梅尔维尔在《白鲸记》的创作过程中，参照了圣经故事与莎士比亚戏剧等内容，还在其中加入了对鲸特征及船上生活的真实刻画。托马斯·品钦的小说《万有引力之虹》以第二次世界大战即将结束的那一段时期为背景，将战时秘密行动与流行文化、超现实主义、情色描写、火箭研究和数学成功结合在了一起。

宿命论与无序态

小说的情节极为复杂，在时空切换之中描绘了400多个人物角色，展现出了作者惊人的知识储备，涉及的主题包括恐慌、命名论、死亡和熵（热力学术语，表示稳定地陷入无序状态的过程）。作

托马斯·品钦

托马斯·品钦于1937年出生在纽约长岛，他的祖辈是美国马萨诸塞州斯普林菲尔德的创始人。品钦就读于牡蛎湾中学，后在康奈尔大学攻读工程物理。他尚未毕业便离开大学，前往美国海军服役。后来，品钦又回到康奈尔大学，进修英国文学。20世纪60年代初，他作为技术专家在西雅图波音公司工作，这段经历为他日后创作小说提供了素材。在《万有引力之虹》之后，品钦作品中的风格不再那样具有挑战性，反而更加关注人道主义与政治体裁。

主要作品

1966年 《拍卖第四十九批》
1984年 《慢慢学》（短篇故事集）
2006年 《抵抗白昼》
2013年 《致命尖端》

当代文学 **297**

参见：《白鲸记》138~145页，《悲惨世界》166~167页，《战争与和平》178~181页，《第二十二条军规》276页，《无尽的玩笑》337页。

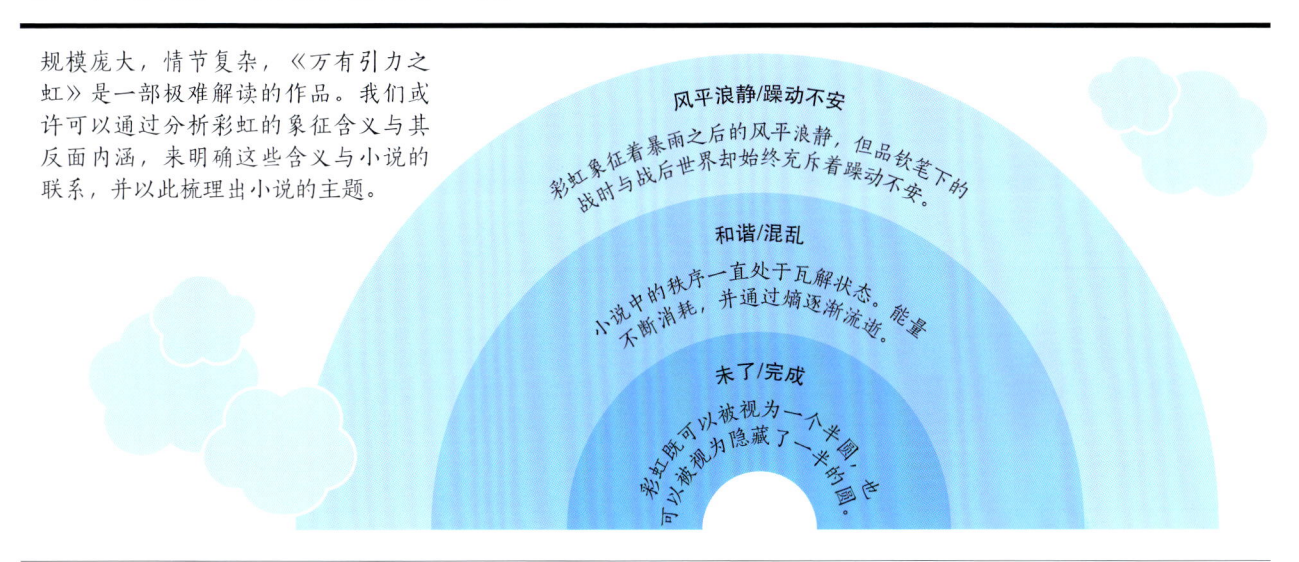

规模庞大，情节复杂，《万有引力之虹》是一部极难解读的作品。我们或许可以通过分析彩虹的象征含义与其反面内涵，来明确这些含义与小说的联系，并以此梳理出小说的主题。

风平浪静/躁动不安
彩虹象征着暴雨之后的风平浪静，但品钦笔下的战时与战后世界却始终充斥着躁动不安。

和谐/混乱
小说中的秩序一直处于瓦解状态。能量不断消耗，并通过熵逐渐流逝。

未了/完成
彩虹既可以被视为一个半圆，也可以被视为隐藏了一半的圆。

品的中心意象是德国V-2火箭，象征着超自然存在和未知未来。开篇之句这样描写V-2火箭轰炸伦敦时的声音："一阵呼啸划过天际。"与之相对应，小说的结尾处同样也讲到了火箭即将引爆。开头和结尾之间，大量主要、次要情节通过对一系列荒谬场景的刻画驱动着书中人物的发展，人们对死亡的疑虑与恐慌也以黑色幽默的方式得以呈现。

小说的情节围绕着几个人物试图解开00000号V-2火箭的秘密而展开，其中一人便是美国士兵泰荣·斯洛索普，他在伦敦的性经历恰好发生在V-2火箭即将降落的地点。后来，斯洛索普救出了荷兰女孩卡婕。攻击卡婕的章鱼是拉斯洛·贾姆弗一手训练出来的。他曾在还是孩子的斯洛索普身上进行了巴甫洛夫条件反射实验，还发明出一种能够激发"性欲"的化合物，该化合物同样也是建造00000号V-2火箭太空舱的材料。火箭发射之时，一个名叫戈特弗莱德的男孩被绑在了太空舱中；男孩是小说中一名纳粹反派的性奴，这名反派试图通过牺牲戈特弗莱德来获得永生。

大量截然不同的观点融合在这样离奇的情境中，读者也像斯洛索普一样，努力解读着其中的含义。

追寻真理的妄想

小说将我们用来探索生命含义的一切体系，无论是科学的、神话的、宗教的、还是政治的，都描绘成某种偏执的妄想。品钦反对人类的理性化尝试，他在小说中建构了一个复杂的现实世界。在这个世界中，所有事物的发展都遵循某种神秘法则，或许这也是作者对于"真正的妄想恰好来源于上述世界观"这一想法的玩味。

在品钦的短篇小说《秘密融合》（*The Secret Integration*）中，几个白人学生有一位想象中的黑人伙伴，他们共同经历了成人世界中的种族主义。《万有引力之虹》同样追溯了人们失去纯真的过程。毫无疑问，品钦一定会感到沾沾自喜，因为在他写下这部黑暗魔幻的杰出作品之后，阅读本身也不再是绝对安全的了。■

V-2火箭是《万有引力之虹》中的一个重要存在。小说讲述了一个组装V-2火箭的计划，但在计划执行过程中却出现了极大的混乱、反常与恐慌。

你即将翻开伊塔洛·卡尔维诺笔下全新的小说

《寒冬夜行人》（1979年），伊塔洛·卡尔维诺

背景介绍

聚焦
元小说

此前
1615年 在西班牙作家米格尔·德·塞万提斯创作的小说《堂吉诃德》第二部中，同名主人公能意识到第一部描绘的是自己的故事。

1759—1767年 英裔爱尔兰作家劳伦斯·斯特恩的自传体小说《项狄传》包含很多离题的内容，直到第三卷，作者才在作品中出生。

1944年 阿根廷作家豪尔赫·路易斯·博尔赫斯的《虚构集》，以一系列神秘莫测却又引人入胜的小故事探讨小说的本质。

此后
1987年 美国作家保罗·奥斯特的小说《纽约三部曲》一改侦探小说的风格，令读者不禁开始质疑该体裁的写作手法。

"元小说"是美国作家威廉·H.盖斯在1970年提出的一个概念。在这种创作形式下，作者运用一系列文学手法，令读者感知到虚构与现实之间的联系，强调文本的本质在于其操作性和人为性。元小说主要指后现代主义作家的作品，然而，早期也出现过不少元小说，例如17世纪作家塞万提斯的史诗巨作《堂吉诃德》以及18世纪作家劳伦斯·斯特恩的离奇经典《项狄传》。

人们普遍将伊塔洛·卡尔维诺创作的《寒冬夜行人》视为现代

卡尔维诺笔下这部关于小说和观点的小说，将虚构的、体裁不同的小说的章节串联在一起，而这10本书的标题也构成了一句完整的句子。

- 寒冬夜行人
- 在马尔堡市郊外
- 从陡壁悬崖上探出身躯
- 不怕寒风，不顾眩晕
- 向着黑魆魆的下边观看
- 一条条相互连接的线

参见：《堂吉诃德》76~81页，《虚构集》245页，《跳房子》274~275页，《法国中尉的女人》291页，《午夜之子》300~305页。

元小说的经典代表作之一。作品情节引人入胜，突破了传统的叙事形式，还邀请读者对阅读的实际过程进行质询。

作为元小说的代表，《寒冬夜行人》开篇便要求读者做好开始阅读"故事"的准备："你即将翻开伊塔洛·卡尔维诺笔下全新的小说《寒冬夜行人》。放松，然后集中注意力。把一切无关的想法都从你的头脑中驱逐出去，让周围的世界从你身边逐渐远离。"

卡尔维诺在第一句中的自我映射是元小说的典型手法。在故事的第一章中，近一半内容都在引导"你"做好实际阅读这本书的准备。这有点像催眠的世界，让人不禁联想到豪尔赫·路易斯·博尔赫斯笔下元小说的丰富趣味，似乎卡尔维诺能够看穿读者在阅读小说时的内心活动。

虚构的奇幻

继冥想式的开头之后，卡尔维诺带领读者进入了一个看似更加传统的情节。一位男性读者（"你"）翻看了这本书，但由于各种原因无法继续。为了看完这本书，他（"你"）遇到了一位女性读者，并爱上了她。在这一过程中，他还发现了一个把所有书都弄得错误百出且毫无意义的阴谋。这种奇怪的叙事模式进一步被元小说中的元素碎片化：提问读者对这本书的反应，从而使他们成为小说的主人公之一。

小说中，一种独特的结构形式贯穿始终。每一章分为两个部分：第一部分以第二人称的口吻描绘阅读时的每一个过程；第二部分则是一本新小说的开始，看似回到了故事本身。1960年，一群法国作家意图通过实验探寻一种全新而又更为苛刻的文学形式，于是，"乌力波"文学团体得以成立。1968年，卡尔维诺成为其中的一员，而"乌力波"对他的影响在作品结构性限制上可见一斑。

叙事迷宫

《寒冬夜行人》中出现的小说作家是不存在的，传记是虚构的，就连国家也是编造的，而这些都是元小说的典型特征。技艺精湛的叙事者对古怪的后现代游戏津津乐道，并将读者带入叙事迷宫之中。这样的经历无疑是令人着迷的。

> "即便有他人在旁，阅读也是一个人的事。
> ——《寒冬夜行人》

伊塔洛·卡尔维诺

伊塔洛·卡尔维诺于1923年出生在古巴。两岁时，他随父母回到故乡意大利，在都灵定居。第二次世界大战期间，卡尔维诺参加了意大利的抵抗运动。战争后期，他转向新闻行业，为《团结报》撰写文章。卡尔维诺于1947年出版了自己的第一部小说《通向蜘蛛巢的小径》。

1964年，他和埃斯特·朱迪斯·辛格结为连理，二人在罗马定居，卡尔维诺也开始专心创作短篇小说。这些作品后来收录在《宇宙奇趣全集》之中。

1968年，卡尔维诺一家搬到巴黎。在那里，他加入了一个由一群创意作家组成的文学团体——"乌力波"。1985年，卡尔维诺因突发脑出血离开了人世。

主要作品

1957年 《树上的男爵》
1959年 《不存在的骑士》
1965年 《宇宙奇趣全集》
1972年 《隐形的城市》

当代文学 **299**

若想理解一条生命，你就必须吞下整个世界

《午夜之子》（1981年），萨曼·鲁西迪

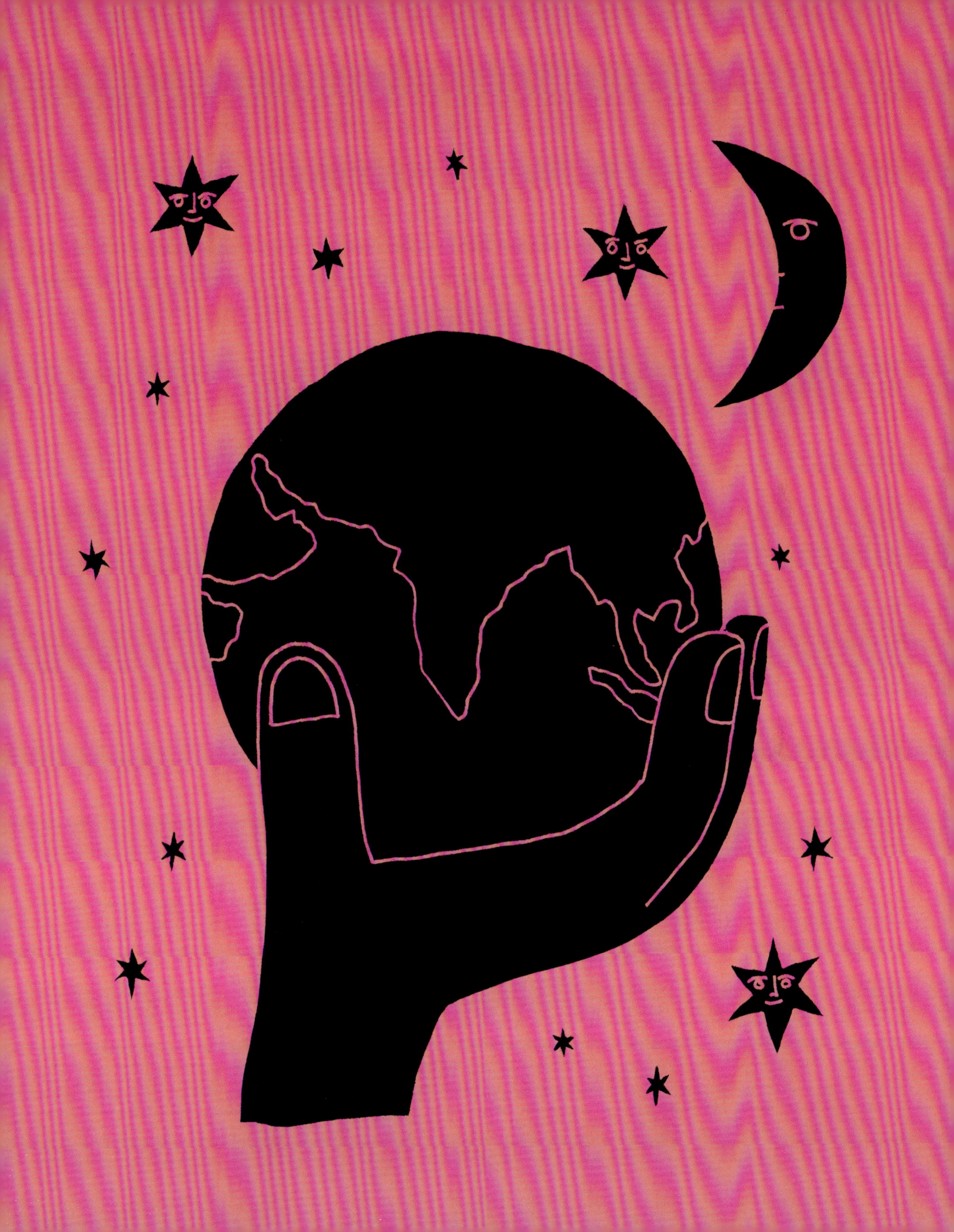

背景介绍

聚焦
魔幻现实主义走向世界

此前

1935年 豪尔赫·路易斯·博尔赫斯的小说《恶棍列传》常被视为第一部魔幻现实主义作品。

1959年 君特·格拉斯创作出了德国文学历史上的首部魔幻现实主义作品《铁皮鼓》。

1967年 加夫列尔·加西亚·马尔克斯的小说《百年孤独》将魔幻现实主义推向了全新的发展高度。

此后

1982年 智利裔美国作家伊莎贝尔·阿连德的小说处女作《幽灵之家》成了一部全球畅销书。

1984年 英国作家安吉拉·卡特创作了魔幻现实主义小说《马戏团之夜》。

2002年 村上春树出版了梦幻般的小说《海边的卡夫卡》。

魔幻现实主义是一种在现实的传统叙事结构与背景中，加入魔幻或超现实元素的文学风格。该词最早用于描述20世纪20年代一些德国艺术家的作品，之后扩展到文学领域，尤其指20世纪中期兴起于拉丁美洲的文学作品。古巴作家阿莱霍·卡彭铁尔（Alejo Carpentier）与阿根廷作家博尔赫斯常被人们视为魔幻现实主义的先驱。后来，哥伦比亚作家马尔克斯在20世纪60—70年代拉美文学大爆炸时期，将魔幻现实主义的发展推向了巅峰。很快，这一文学体裁便自拉丁美洲传播至全世界，美国及欧洲一些作家也将魔幻现实风格或者其中的一些元素应用于自己的作品之中。萨曼·鲁西迪的小说《午夜之子》（Midnight's Children），将魔幻现实主义与后殖民主题及印度现实相结合，展现出一种独特的风格。

> 记忆的真相……会筛选、会删除、会改变、会夸大、会贬低、会美化，也会丑化；但是，它最终会创造出属于自己的真实。
> ——《午夜之子》

魔幻的方方面面

魔幻现实主义作家往往将一些离奇且难以解释的现象或是超自然事件，巧妙地融入现实世界发生的故事中，以使它们看上去没有什么不寻常。魔幻现实主义小说中的故事情节往往如迷宫般错综复杂，常以夸张的细节或色彩幻画出故事中的世界，使得小说的超现实想象更令人费解。

大部分魔幻现实主义作品包

萨曼·鲁西迪

1947年，萨曼·鲁西迪出生于孟买一个克什米尔后裔的穆斯林家庭。印巴分治后不久，他们一家人搬到了巴基斯坦的卡拉奇居住。鲁西迪在印度和英国两地接受教育，并于剑桥大学求学，后成为一名广告文案撰写员。《午夜之子》是萨曼·鲁西迪的第二部小说，也令他成了世界瞩目的作家。凭借这部作品，鲁西迪获得了1981年的布克国际文学奖以及2008年的布克最佳作品奖，并成为印度克什米尔侨民中的重要人物。其另一部作品《撒旦诗篇》的出现却引发了极大争议，其中亵渎神灵的言论令伊朗当时的领导人哈梅内伊·霍梅尼下达了法特瓦（伊斯兰律法的裁决令），宣布追杀鲁西迪。于是，鲁西迪逃往英国。2000年，他在纽约定居，坚持创作与宗教和社会相关的题材。鲁西迪一生经历了4次婚姻。2007年，他被授予爵士称号。

主要作品

1983年 《羞耻》
1988年 《撒旦诗篇》
2005年 《小丑萨利玛》

当代文学 **303**

参见：《铁皮鼓》270~271页，《百年孤独》280~285页，《如意郎君》314~317页，《幽灵之家》334页，《霍乱时期的爱情》335页。

魔幻现实主义走向世界

20世纪前半叶，豪尔赫·路易斯·博尔赫斯等一批拉丁美洲作家将现实与幻想相结合，建构了一种全新的文学风格。

→ 自20世纪中期开始，这种风格被命名为魔幻现实主义，逐渐从哥伦比亚传播至德国乃至日本，并在世界范围内受到读者的喜爱。

→ 后殖民主义与多种文化相互之间的交融进一步扩大了魔幻现实主义的适用范畴，20世纪后期，萨曼·鲁西迪等作家的作品也愈发复杂而荒诞。

含了元小说要素，令读者不断质疑自己的阅读方式。元小说通常包括叙述者的内心独白和故事中的故事，《午夜之子》同时采用了以上两种手法。在叙事中融入魔术戏法，这种操纵现实的手法要求读者自始至终保持活跃，积极参与到阅读体验中。

国家的诞生

从政治角度来看，魔幻现实主义文学通常含沙射影地批判占据主导地位的统治精英阶层，因而其立场大多具有颠覆性。在《午夜之子》中，鲁西迪将小说的部分场景设定在地域广阔、急剧扩张的城市孟买。这里曾经是英国殖民皇冠上的一颗明珠，如今正处于发展的关键时期。英国对印度的殖民统治持续了200年左右，在这之后，印度经历了巨大的政治变革，一系列事件相继发生。

在小说的开头部分，主人公萨里姆·西奈即将迎来31岁生日，却坚信自己命不久矣。整部小说都由他进行叙事，这也是他讲给朋友帕德玛的故事。表面上，《午夜之子》描述的是萨里姆与其父母和祖父母的生活，实际上也记录了现代印度诞生的故事。萨里姆在小说开篇一句中说道："我在1947年8月15日那天……出生在孟买市……那时正是午夜时分……就在印度获得独立的那一刻，我来到了这个世界。"紧接着，他开始解释故事发生的前提。虽然他暗示得很明显，但是读者一开始可能并不能完全理解："我莫名其妙地被铐在了历史

孟买是一座人口稠密的城市，这里上演着各式各样的生活。鲁西迪以丰富而又生动的语言勾勒出了孟买的多面性——肮脏、美丽、悲伤、绝望以及幽默。

印度独立日（1947年8月15日）是一个值得庆贺的日子。然而，随着穆斯林和印度教徒在印度与巴基斯坦这两个全新的国家之间不断迁移，混乱也随之而来。

上，自己的命运同祖国的命运死死拴到了一起。"随着故事情节的进一步展开，读者很快会看到，每个政治事件都受到萨里姆生活中一件或多件事情的驱使，或是驱使着萨里姆生活中一件或多件事情的发生或发展。

萨里姆降生在印度获得独立的那一刻，这件事被印度媒体大肆宣传、广为庆贺。印度开国总理贾瓦哈拉尔·尼赫鲁甚至亲自发函，恭喜他在这个举国欢庆的时刻出生，并称他和整个国家一样重要。萨里姆接受了自己扮演的重要角色，也将自己视为一位重要的历史性人物。他的人生与新生印度的命运紧密相连：印巴分治后紧随而来的流血事件与暴力冲突，透过与之同时发生的家庭暴力得以体现。萨里姆讲述着自己家中的故事和印巴的历史事件，读者也可以从中看出，他迫切希望弄明白，究竟是什么令他成了今天的自己。

多样与唯一

萨里姆最大的特点是他那像黄瓜一样、总是流着鼻涕的大鼻子。10岁时，他发现自己拥有心灵感应术。这一天赋令他发现，总共有1001个"午夜之子"在印度独立日午夜出生，而且他们都拥有超能力，且出生时刻越接近印巴分治时刻，超能力越强。当他意识到他们的存在时，有420个孩子已离开了人世。

萨里姆同另一个"午夜之子"帕尔瓦蒂成为好朋友，而帕尔瓦蒂的超能力是魔法。湿婆也是一名"午夜之子"，她拥有无比结实的膝盖和超强的战斗天赋。作者以印度教神灵的名字命名帕尔瓦蒂与湿婆，以凸显印度文化深厚的宗教基础，同时也为小说中的预言埋下伏笔。

萨里姆运用自己的心灵感应术传播彼此的想法，组织"午夜之子"进行夜间"会议"。这些孩子的数量与印度下议院议员的人数相同，都是581人。因此他们的会议也具有政治象征意味，反映了新成立的印度政府尝试整合广袤国土上不同资源的政治抱负。

历史进程

随着情节进一步发展，鲁西迪将视角转移至整个次大陆，通过人物身上的故事，讲述印度历史以及巴基斯坦与克什米尔的历史。

1962年，中印之间的边境问题引发了战争。这场战争的持续时间很短，但在小说中，印度的战败导致了印度民众士气的衰竭。随着中印之间的矛盾逐渐被激化，萨里

> ……也许，一个人若想在茫茫人海中保持独立，就必须让自己显得古怪些。
>
> ——《午夜之子》

姆的鼻子也开始渐渐堵塞，直到中国军队停止进攻的那天，他才做手术切除了鼻窦。萨里姆生活中的事情又一次与更广范围内的历史事件交织在了一起。

鼻子通了，萨里姆却失去了心灵感应术。像是补偿一样，他人生中第一次感受到了嗅觉。这本身也算是另外一种超能力，因为他不仅能闻到气味，还能察觉到情感和谎言。

记忆、真相、命运

这部小说是萨里姆记忆的万花筒，但是真实与虚假之间的界限却并不清晰，甚至为贯穿整部小说中的魔幻元素留下了充足的叙事空间。小说中的一些人物明显是骗子，萨里姆也承认自己对某些细节进行了加工，以传达真实情感，而非严格的事实真相。

在故事开篇，萨里姆声称自己与另外一个同时出生的孩子的命运调换了，这个孩子就是湿婆。萨里姆原本的父母并非来自将他培养成人、相对富裕的穆斯林家庭：他父亲是一名英国殖民者，母亲则是贫穷的印度教女人。因此，颇为荒谬的是，他完成的所谓"使命"其实是属于另一个孩子的。他以萨里姆·西奈的身份长大成人，所以他坚信，萨里姆·西奈就是真正的自己，就是他生活中的真实。

萨里姆的朋友湿婆和帕尔瓦蒂的名字分别来自印度教的毁灭之神与爱神。通过他们各自在小说中所扮演的角色，我们能看出作者的用意。

> "我是谁？我的答案是：我是自己所见证的一切的总和，是我在他人见证下做过的一切，也是他人对我所做的一切。
> ——《午夜之子》

即便历史事实也不是无懈可击的。萨里姆发现自己甚至记错了圣雄甘地逝世的时间，但他却心安理得地任凭这个错误继续存在，"在我生活的印度，甘地将会一直在这个错误的时间离世"。小说中的事实不是绝对的，而是主观可塑的。

小说的结尾回到了当下，萨里姆向帕德玛讲完了自己的一生。尽管在他自己的预言中，他的身体最终会垮掉，但他还是同意在31岁生日，也就是独立日那天迎娶帕德玛为妻。直至最后，他的人生依然与印度历史交织在一起。

魔幻神秘之旅

对于读者来说，《午夜之子》是一次复杂而又迷幻的旅行，一次从印度街区到现代印度中心的神秘之旅。时间的流逝时而飞快，时而放缓，有时甚至时空错乱。命运时常被激活，未来也可以被预知，人们倾听着先知的预言，并期待预言成真。离奇与魔幻成为日常与现实。鲁西迪将所有魔幻现实主义的元素交织在一起，编织出一张厚实而又生动，充满着暴力、政治与奇迹的"挂毯"，讲述着印度独立之初的故事。∎

解放自我是一回事；对那个解放了的自我宣称所有权又是另外一回事

《宠儿》（1987年），托妮·莫里森

背景介绍

聚焦
当代非裔美国文学

此前

1953年 詹姆斯·鲍德温创作的小说《向苍天呼吁》直面生活在种族社会中的创伤。

1976年 亚利克斯·哈利的小说《根：一个美国家庭的历史》，将自己的家族历史追溯到了奴隶制时期。

1982年 艾丽斯·沃克在《紫色》一书中，揭露了20世纪30年代非裔美国妇女生活的艰辛。

此后

1997年 胡诺特·迪亚斯在其小说集《沉溺》中，以激情的文字描绘了多米尼加裔美国人的移民生活。

1998年 艾薇菊·丹提卡在其小说《锄骨》中，记叙了1937年海地甘蔗工人大屠杀事件。

到了20世纪末，非裔美国文学已从150年前的奴隶叙事发展为美国文学领域中的经典。该类作品从以布克·T. 华盛顿（Booker T. Washington）1901年的《超越奴役》（*Up From Slavery*）为代表的教育类作品，发展到20世纪20年代哈莱姆文艺复兴时期充满活力的文学作品，最终在拉尔夫·艾里森的哲理小说《看不见的人》问世时（1952年）达到顶峰。20世纪50年代末到60年代期间，年轻一代黑人作家受到了美国民权运动及黑人民权运动的极大鼓舞。

参见：《黑人奴隶弗雷德里克·道格拉斯的生平自述》126~127页，《他们眼望上苍》235页，《看不见的人》259页，《我知道笼中鸟为何歌唱》291页，《根》333页。

自20世纪70年代开始，黑人文学领域兴起了一股全新的发展热潮，亚利克斯·哈利（Alex Haley）、玛雅·安吉罗，以及艾丽斯·沃克（Alice Walker）等作家试图以全新的方式探索种族、身份认同与奴隶制遗留问题。托妮·莫里森的小说《宠儿》（*Beloved*）便诞生于这一时期。直至今日，多米尼加裔美国人胡诺特·迪亚斯（Junot Díaz）和海地裔美国人艾薇菊·丹提卡（Edwidge Danticat）等许许多多的非裔美国作家，仍在强调黑人文学的力量。

记忆与历史

莫里森的早期小说，如《最蓝的眼睛》（*The Bluest Eye*）、《苏拉》（*Sula*）和《所罗门之歌》（*Song of Solomon*），均以与她同时代的非裔美国人的经历为主要内容，真实地反映道德精神觉醒、白人审美标准，以及姐妹情

> " 在这个国家中，没有一座房子不是从地板到房梁都充斥着死去黑鬼的悲伤的。"
> ——《宠儿》

谊等主题。她的普利策奖获奖小说《宠儿》被许多人视为非裔美国文学中最具影响力的作品之一。这部小说是莫里森献给"6000多万名"死于贩奴船和囚禁之中的黑人同胞的礼物，极具象征意义地解决了如今仍被搁置一旁的社会问题，重拾黑人身份认同中记忆与历史的支配地位。

《宠儿》取材于现实生活中的真实案例，一个名叫玛格丽特·加纳的黑人女奴逃到俄亥俄州的辛辛那提，当被奴隶主再次抓住时，她毅然杀死了自己的孩子。《宠儿》是一部带有强烈政治色彩的社会历史小说，其中的表现主义手法与风格化修辞，颠覆了读者建立在传统文学审美经验基础之上的文学期待。莫里森在小说中融入了非裔美国人的文化焦点、历史起源与神话故事，以显示自己植根于非洲民俗

解放了的奴隶只是形式上获得了自由，实际上仍然在种族隔离和奴隶制留下的心理创伤中挣扎。图片拍摄于美国南北战争时期。

之中，并深深地以此为傲。她在刻画非裔美国人说话的节奏和言语模式时，并非简单地将黑人用语东拼西凑在一起，而是用饱含深情、充满魔力的声音娓娓道来。她经常在内心独白的开头或结尾处使用诗歌式的重复律。作者发明了一种建立在母性、姐妹之情、非裔基督徒信仰复兴、部落仪式以及幽灵鬼神等元素之上的女性叙事风格。她希望读者能够融入这段加入了超自然元素的历史中，了解人与人之间轻易建立的亲密关系。

小说以1873年美国俄亥俄州辛辛那提小镇的生活为背景。当时，奴隶制已经废除，但种族主义仍在盛行。曾经为奴的塞丝和她18

岁的女儿丹芙住在蓝石路124号一座闹鬼的房子里。这座房子受到一个邪恶灵婴的诅咒，灵婴的名字便是房子的门牌号"124"。塞丝的两个儿子多年前已逃离凶宅，婆婆贝比·萨格斯也已辞世。保罗·D的到来缓缓开启了记忆的闸门。

当下的历史

莫里森的小说在塞丝的当下与过去之间不断切换。20多年前，奴隶们逃往北部，当时通过的《逃亡奴隶法案》允许南部奴隶主到北部自由州追捕逃亡的奴隶。塞丝和她的丈夫哈利因难以忍受新奴隶主"学校教师"的苛待，计划出逃。挺着大肚子的塞丝先送走了两个儿子和小女儿，却没有在约定的地点等到哈利，于是只好独自上路。途中，塞丝在白人姑娘艾米的帮助下生下女儿丹芙。安全到达辛辛那提后，塞丝与婆婆团聚，并享受了短暂的幸福。

> " 我从来没说过。跟谁都没说过。有时候唱唱，但我从来没对任何人说过。"
> ——《宠儿》

奴隶身份是一种身心状态。奴隶被真实的锁链（如脚链、塞口钳、铁颈链）所束缚，同时，塞丝的心灵上亦有一道枷锁，曾经为奴的身份意味着她人生的方方面面都将受到影响。

- 奴隶被剥夺了人性，受到牲畜般的待遇：塞丝努力挣扎，试图建构自我意识。
- 奴隶制强迫人保持沉默：塞丝在回忆中正视了自己当年遭受的暴行。
- 奴隶制牵制人的生活：塞丝在心灵上无法走出过去的阴影。
- 压制着生活方方面面的奴隶制令人产生恐惧并**自我压抑**，这阻碍了塞丝作为一个自由之人的成长。

道德的复杂性

小说中，善恶并不是二元对立的。故事的核心是一个出于深切爱意的恐怖行为。因为同情，白人为获得了自由的奴隶建立了一个所谓的"自由"社会，但事实上，这样的社会是建立在不容置疑的种族歧视与种族隔离基础上的。当保罗·D重新审视加纳先生在世时自己在"甜蜜之家"的生活时，他产生了奴隶主也有"好""坏"之分的奇怪想法：在其他农场中，农场主会将男性奴隶阉割，以便管理，而加纳先生的男性奴隶却个个都是"男子汉"。加纳先生死后，"学校教师"开始采用高压手段，这时，奴隶们才第一次意识到自己的真实处境。保罗·D意识到，只有加纳先生的庇护才能让他们在故土上保持"男子汉"。"但凡迈出那片土地一步，他们便会成为人类世界的非法入侵者。"

回忆的痛苦

长期社会政治压迫引发的自我压抑是小说的重要主题。埋葬的记忆是令自决之路变得举步维艰的情感碎片，在心理需要之下浮出水面。在莫里森看来，非裔美国人只有正视过去，才能活在当下。塞丝和保罗·D过去生活的碎片在小说中慢慢浮现，最终拼凑出南部奴隶生活的恐怖场景。过去过于骇人，回忆断不成章。

"重现回忆"是塞丝发明的一个词，用来指代那些将曾经为奴之人带回久远过去、带回他们曾经生活过地方的回忆。塞丝的"重现回忆"发生在"学校教师"指导他的两个侄子列举她人类属性与动物属性之时，也发生在她被他的两个侄子按倒在地挤取奶水之时。保罗·D将记忆封存在一个生了锈的"烟草罐里，埋于胸前，而那里曾经有一颗鲜红的心"。贝比·萨格斯记起孩子们的出生，7个孩子，不同的生父，她一个都没能留住。

宠儿

宠儿的身上体现着伤痛的过去，她穿着整洁的鞋子和丝裙，在保罗·D将邪恶灵婴驱走后来到塞丝家中，介入了她们的生活。她是个渴望被关注的女人，皮肤如婴儿般细嫩，却极度自私，对塞丝的过去无比了解。塞丝反应迟钝，丹芙却看得清清楚楚。宠儿是还魂者：塞丝死去的女儿长大了，来向塞丝索取多年前欠下的母爱。她是塞丝内心愧疚的化身，既是破坏者，也是推动者，一点点揭开那些难以说清道明的故事。

成为宠儿的关键在于自我意识。曾经为奴的人们一无所有，找回自我才是至关重要的，这也是莫里森作品的中心主题。他们虽然迈出了追求自由的第一步，但未来的路依旧漫长。20世纪50年代，艾里森出版了小说《看不见的人》，主人公仍在寻找自我。我们也能从贝比·萨格斯的林间布道中听到马丁·路德·金民权运动演说词的开篇："在这个地方，是我们的肉体；哭泣、欢笑的肉体，在草地上赤脚跳舞的肉体。热爱它。"对种族、性别和自我的认同是一剂治愈良药，正如保罗·D对塞丝所说的那样："你才是自己最珍贵的财富。"■

非洲民俗传统与美国当下的现状在《宠儿》中结合在了一起：宠儿这个人物本身便体现着人们相信人死后还能以灵魂的方式重生这一信仰。

托妮·莫里森

托妮·莫里森是美国最有影响力的作家之一，获奖无数，也是第一位摘得诺贝尔文学奖（1993年）的黑人女作家。她本名克洛伊·安东尼·沃福德，1931年出生在俄亥俄州洛雷恩的一个工人阶级家庭。莫里斯从小喜欢读书，对音乐和民间传说抱有浓厚的兴趣。她在霍华德大学取得学士学位后，又在康奈尔大学攻读硕士学位。莫里森在纽约任编辑时写下了自己的前四部小说。她的第五部小说《宠儿》受到了广泛好评，并被改编成了电影。1989—2006年，莫里森在普林斯顿大学任教。2005年，她以启迪自己创作《宠儿》的灵感为基础，创作出歌剧剧本《玛格丽特·加纳》。

主要作品

1970年　《最蓝的眼睛》
1977年　《所罗门之歌》
2008年　《恩惠》
2012年　《家园》

天地混沌
《红高粱》（1986年），莫言

在20世纪80年代中期兴起于中国文学领域的寻根运动中，作家在作品中重温民间文化。这场运动的名字来源于韩少功在1985年发表的一篇文章——《文学的根》，该文章号召作家重寻被人遗忘的创造力之源。一些寻根作家以中国的少数民族为主题进行创作，另一些则从崭新的视角审视道家与儒家的固有价值。

近几十年以来，现实主义一直在中国文学中占据主导地位。然而，寻根作家在追溯民间文化影响力的过程中，还引入了超自然元素。于是，中国作家在几十年后又一次获得了世界文坛的注目。

现代性的再定义

寻根运动中最杰出的作品之一便是莫言创作的《红高粱》。红高粱是一种珍贵的粮食作物，作品借其火红的颜色象征热情、杀戮与稳定。小说以中国山东高密东北乡的农村生活为背景，从一个家庭的角度，讲述了抗日战争时期的故事。

作为一本真正的寻根小说，《红高粱》将传说与民俗元素融合在一起，打破了现实主义创作传统中以年代为序的叙事结构，为中国文学中的现代主义注入了全新的活力。■

> 一队队暗红色的人在高粱棵子里穿梭拉网。
> ——《红高粱》

背景介绍

聚焦
寻根运动

此前

1981年 诺贝尔奖获得者高行健创作的《现代小说技巧初探》，奠定了寻根运动的基础。

1985年 居住在拉萨的作家扎西达娃自西藏民间文化与传统中汲取营养，创作了故事《西藏，系在皮绳扣上的魂》。

1985年 王安忆的中篇小说《小鲍庄》，细致入微地刻画了中国北部农村的艰苦生活。

1985年 北京作家阿城在其发表的小说《树王》中，对远离"文明社会"的边陲地区进行了描绘。

此后

1996年 韩少功在《马桥词典》中借用词源学与小品文，检视了1966—1976年人民的生活。

参见：《三国演义》66~67页，《呐喊》222页，《玩的就是心跳》336页。

当代文学　**311**

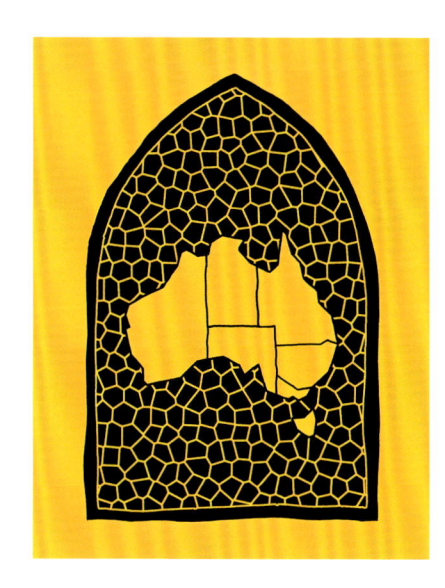

你无法用语言讲述这样一个故事，你只能用心去感受

《奥斯卡和露辛达》（1988年），彼得·凯里

背景介绍

聚焦
澳大利亚文学

此前

1957年　帕特里克·怀特是澳大利亚最具影响力的现代作家之一。他在小说《沃斯》中使用宗教象征主义，讲述了19世纪中期一位极富远见的探险家与澳大利亚邂逅的故事。

1982年　托马斯·肯尼利的小说《辛德勒方舟》将事实与虚构融合在一起，探讨了个人对历史事件的影响。

此后

2001年　彼得·凯里凭借小说《凯利帮真史》第二次获得布克国际文学奖。该作品以虚构化的笔触讲述了澳大利亚传奇英雄内德·凯利的故事。

2006年　澳大利亚作家亚历克西斯·赖特在她的小说《卡彭塔利亚湾》中，描绘了白人强占原住民土地的故事。

20世纪中期以来，世界将关注的目光投射在了澳大利亚作家的身上。这些作家的焦点逐渐自伙伴情谊、民族自豪感以及农村生存，转移至创作更具煽动性、能够引发民众不安情绪的作品上。这类文学作品植根于澳大利亚，涉及的领域包括奇幻、信仰与人际关系。

这一现代体裁的创造者与代表作家之一是澳大利亚小说家彼得·凯里（Peter Carey，1943年—）。他的1988年布克国际文学奖获奖作品《奥斯卡和露辛达》（Oscar and Lucinda）是一部情节丰富、内容复杂的小说，讲述了19世纪中期发生在英格兰与新南威尔士的故事。

罪恶与信仰

书中的主人公是奥斯卡·霍普金斯与露辛达·勒帕拉斯特。奥斯卡是一名年轻的神职人员，在英格兰的海边长大，做事笨手笨脚的，也不善于与人相处，一直都在努力和自己的信仰做斗争。露辛达则是一名思想独立的年轻女性，是在阅读狄更斯、巴尔扎克以及其他文豪的作品中长大的。母亲死后，她成为家中财产的继承人，买下了悉尼一家老旧的玻璃工厂。在那里，她因冷漠孤僻与奇怪的言行被人们看成一个怪胎。

奥斯卡与露辛达在一艘从英国驶向澳大利亚的船上相遇。从那时起，二人便紧紧联系在了一起，共同开始了一项非凡的工程——穿越澳大利亚的灌木丛林，把一座玻璃教堂运送到目的地，并将其建造起来。

《奥斯卡和露辛达》在某种程度上可被视为一部历史小说，其中也充满了奇幻与非现实元素。小说中丰满而又复杂的人物、生动的叙事，以及覆盖了信仰与性欲等内容的广泛主题，令这部作品对现代澳大利亚文学产生了深远影响。■

参见：《三个火枪手》122~123页，《礁湖》286页。

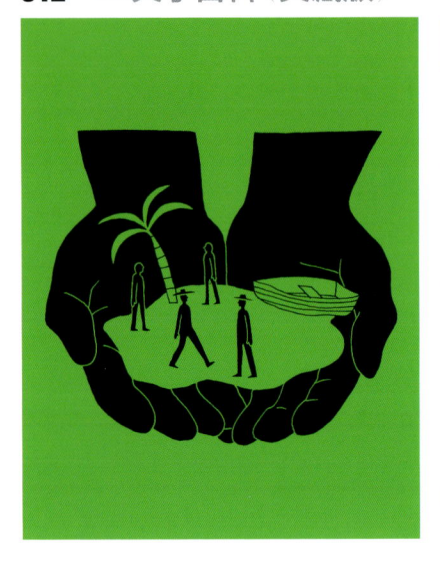

珍惜我们的岛屿，珍惜它青葱的质朴

《奥梅罗斯》（1990年），德里克·沃尔科特

背景介绍

聚焦
加勒比海文学

此前
1949年 古巴作家阿莱霍·卡彭铁尔发表了自己的小说《人间王国》，对加勒比海地区的历史与文化进行了探讨。

1953年 巴贝多作家乔治·莱明创作的《在我皮肤的城堡中》，是该地区最杰出的自传体小说之一，获得了1957年的毛姆文学奖。

1960年 马提尼克岛诗人艾梅·塞泽尔在其作品《返乡之路》中，对黑人文化认同（那些祖先脱离了非洲的黑人的身份认同）这一问题进行了探讨。

此后
1995年 劳娜·古迪荪的作品《对于我们来说，所有花朵都是玫瑰：诗歌》，进一步证明了她是战后最杰出的牙买加诗人之一。

历史与记忆一直都是加勒比海文学的重要主题之一。从这一地区的作品中可以清晰地看出，作者一直在试图寻找一个能够真实反映殖民社会异化现状的文学声音。加勒比海地区的作家以西班牙语、法语、英语或德语进行创作。在后殖民时期的大背景下，每一位作家都会将自己所经历的那一段历史记叙下来。

相互交织的叙事

圣卢西亚作家德里克·沃尔科特是当地文学领域的一位大家。1992年，他因其作品"具有巨大的启发性和广阔的历史视野，是其献身各种文化的结果"，获得了当年的诺贝尔文学奖。

沃尔科特笔下的《奥梅罗斯》（Omeros）有300多页，宏伟壮丽、极具野心，其内容反映出的正是诺贝尔奖委员会对这位作家的评价。这首诗提及了荷马笔下的《奥德赛》和《伊利亚特》，同时也赞美了圣卢西亚的景致、人情与语言。它仿效了但丁的《神曲》，使用"三行诗隔句押韵法"进行创作。尽管作品中如阿喀琉斯与赫克托耳等人物名字的出处十分古老，但将它们放在圣卢西亚渔夫的身上却并不显得怪异。

《奥梅罗斯》将时间与空间交织在一起，对加勒比海地区的奴隶制、美印种族灭绝以及侨民问题进行了质询。沃尔科特在非洲、美国、伦敦和爱尔兰的故事中加入了发生在圣卢西亚的事件，以在集体记忆的叙事过程中创造出马赛克式的感觉。

在加勒比海地区作家试图从他们支离破碎的历史中寻求意义的过程中，岛上生活、对非洲的记忆，还有殖民主义的痕迹始终是他们作品的焦点问题。■

参见：《伊利亚特》26～33页，《奥德赛》54页，《神曲》62～65页，《尤利西斯》214～221页，《毕司沃斯先生的房子》288～289页。

我觉得自己是致命的，处在狂暴的边缘

《美国精神病人》（1991年），
布莱特·伊斯顿·埃利斯

20世纪90年代，越界小说逐渐出现在人们的视野中，其最重要特征便是对强奸、乱伦、恋童、毒品与暴力等禁忌性话题的直白化处理。在此前的几十年中，威廉·S.巴罗斯等作家，通过他们笔下描绘怪异性行为、自残、吸毒还有极端暴力的小说，为该体裁的发展铺平了道路。

越界指的是跨越既定的道德界限，美国作家布莱特·伊斯顿·埃利斯的黑色幽默作品《美国精神病人》中的暴力场景，尤其是对女性的暴力场景，令一些人发出了将这部小说列为禁书的呼声。

精神病人的梦

作品真正的越界之处大概在于书中所传递的信息——人们对于美国梦的追求与精神错乱并无二致。小说以20世纪80年代华尔街繁荣时期的曼哈顿为背景，叙事者帕特里克·贝特曼既是一位雅痞，也是具有反社会人格的杀人狂。他栖居在一个道德沦丧、以毒品为生的环境中；人们每日的生活里只有品牌服装、高级俱乐部和餐厅。读者被迫透过他的双眼审视这个世界，不禁开始质疑这个一切都被商品化了的社会。■

背景介绍

聚焦
越界小说

此前
1973年 在英国作家J. G. 巴拉德笔下备受争议的小说《撞车》中，主人公是一群车祸受害者，而这些人平日里会通过车祸获得性快感。

1984年 美国作家杰·麦克伦尼的讽刺小说《灯红酒绿》，令读者成为一个空洞世界中的中心人物，预示着之后越界小说的出现。

此后
1992年 爱尔兰作家帕特里克·麦凯布的小说《悲情岁月》残酷且令人震惊，将读者带入了男孩弗朗西·布莱迪暴力的幻想世界中。

1996年 美国作家恰克·帕拉尼克越界小说《搏击俱乐部》中的反传统主人公泰勒·德顿，是一位无政府主义、带有受虐倾向的虚无主义者。

> 我有着人类应当具有的一切特征：血肉、皮肤、毛发。但是，我的身上却没有一丝清晰可辨的情感，有的只是贪婪与憎恶。
> ——《美国精神病人》

参见：《洛丽塔》260~261页，《发条橙》289页，《撞车》332页。

安静地，他们沿着这条平静而圣洁的河流顺流而下

《如意郎君》（1993年），维克拉姆·塞斯

背景介绍

聚焦
印度英语作品

此前
20世纪50年代 R.K. 纳拉扬的著作将印度英语作品介绍给了世界。

1981年 萨曼·鲁西迪发表了长篇小说《午夜之子》，标志着印度英语作品的发展进入了全新阶段。

此后
1997年 阿兰达蒂·洛伊凭借《微物之神》获得了布克国际文学奖，书中质疑了印度的种姓制度。

2000年 阿米塔夫·高希的《玻璃官殿》着眼于移民问题和殖民统治。该作品是一部以缅甸、孟加拉国、印度和马来西亚为背景的历史小说。

2006年 印度英语作家姬兰·德赛在其作品《失落的遗产》中，讨论了殖民主义的影响。

在过去的几十年中，印度英语作品成为被认可的文学作品，吸引了越来越多的国际关注。20世纪50—60年代，一些印度作家在深思熟虑之后决定使用英语而非印度语或当地方言来记叙印度生活。R. K. 纳拉扬（R. K. Narayan）是首批在国外得到认可的印度英语小说家之一。早期印度英语小说家大多聚焦印度国内的日常生活。20世纪80年代以来，新一代印度英语小说家开始崭露头角。他们中的大多数人以后殖民时期的印度为背景，就帝国主义影响、宗

当代文学 **315**

参见：《午夜之子》300~305页，《疾病解说者》338页。

错综复杂的故事

萨曼·鲁西迪是首批居住在国外的所谓印度流散小说家之一。他的布克国际文学奖获奖作品《午夜之子》将印度神话、孟买电影与魔幻现实主义文学结合在一起，并用带有印式表达的英语进行创作。人们常将该书视为以流散作家为主导的印度英语文学复兴运动的起点。随后，一些作家追随着鲁西迪的步伐进行创作，其中包括于1993年发表了作品《如意郎君》（A Suitable Boy）的小说家维克拉姆·塞斯。

《如意郎君》是世界上最长的史诗性英语小说之一。故事以20世纪50年代早期的印度为背景。那时，印度独立与印巴分治刚刚过去。小说主要讲述了4个家族在18个月内发生的故事，其中3个家族——梅赫拉家族、查特吉家族与卡普尔家族都是中产阶级，接受过教育，信仰印度教，3个家族之间存在联姻的关系；第四个家族则是来自贵族阶层、信仰伊斯兰教的卡恩家族，也是卡普尔家族的朋友。

故事开始于虚构的城市布拉普尔，它位于恒河河畔的城市贝拿勒斯（也叫瓦拉纳西）与巴特那之间。除这里外，小说中的一些故事也发生在加尔各答、德里及坎普尔。作品中，这些地方的人民生活富足，充满智慧。塞斯通过壮丽、逼真、详细的描写，向读者重现了20世纪50年代印度的面貌，将恒河、拥挤喧闹的市场、悬殊的贫富差距以及极为迥异的风景栩栩如生地展现了出来。小说的中心情节是

恒河两边的城镇充满了勃勃生机与形形色色的故事，为塞斯小说中交织的故事与多样的现实提供了鲜活的背景。

维克拉姆·塞斯

1952年，维克拉姆·塞斯出生在印度的加尔各答，父亲是一名商人，母亲是一名法官。他先后就读于印度的杜恩学校和英国的汤布里奇中学，后进入牛津大学学习哲学、政治学与经济学，取得学士学位。塞斯也取得了斯坦福大学的经济学硕士学位。他曾在中国学习古典诗歌。如今，他定居英国，却还与印度保持着密切的联系。

塞斯的作品包括诗歌、1本儿童读物和3部小说。2009年，塞斯宣布自己正在创作《如意郎君》的续篇，名为《如意新娘》。他本打算在2013年完成这部小说，但在2012年参加英国广播公司的广播节目时，塞斯表示，这本书的写作进度有些缓慢，"截稿日期逼近的咚咚脚步声是作者最为熟悉的声音之一"。

主要作品

1986年 《金门》
1999年 《均衡的音乐》
2005年 《两个生命》（自传）

> "你也一样会嫁给一个我选择的男孩。"鲁帕·梅赫拉夫人坚定地对自己的小女儿这样说道。
>
> ——《如意郎君》

鲁帕·梅赫拉夫人下定决心为自己的小女儿拉塔（一名19岁的女大学生）寻找一位"如意郎君"。

个人与政治

小说以一场婚礼开场：拉塔的姐姐萨薇塔嫁给了一位来自名门望族的年轻大学教授。尽管新郎患有哮喘，但仍称得上是一位"如意郎君"。作为一名思想独立的青年女性，拉塔对自己深爱的姐姐的婚礼抱有极为复杂的感情，她不禁质疑：一个女人怎么能嫁给一个她根本不认识的男人呢？拉塔的想法与行为在很多层面上反映了印度当时的变化。

随着故事进一步发展，拉塔先后与3位年轻男士坠入爱河：穆斯林学生卡比尔、在国际上颇有名望的诗人阿米特，以及目标坚定的鞋商哈里什。直到小说结尾，读者才知道拉塔最终选择了谁。值得注意的是，拉塔是在考虑了母亲的心愿、社会现实以及她对爱情和激情的理解后做出决定的。因此，《如意郎君》不仅仅是一部爱情小说，其中亦包含了数不清的情节支线，连接个人与政治，并搭建起了一张庞大而精妙的人物关系网。故事中既有不停干预4个子女生活的寡妇鲁帕·梅赫拉夫人，也有年轻的穆斯林理想主义者拉什德；既有拉塔最好的朋友——有主见的玛拉蒂，也有年轻的数学天才巴斯卡尔；还有政治家马赫什·卡普尔以及音乐家伊沙克。一些真实的历史人物，譬如印度开国总理贾瓦哈拉尔·尼赫鲁，也被作者写入了作品之中。

《如意郎君》详细地记叙了印巴分治后，尼赫鲁统治时期（1947—1964年）印度国内发生的社会及政治事件。小说还描写了1952年印度独立后的选举预备阶段，卡普尔家族亦参与其中。此外，人们看到拉塔和卡比尔相爱后的反应，以及他们对普兰弟弟马安与穆斯林歌妓萨伊德·巴伊之间感情的态度，都折射出了当时宗教的不宽容，尤其是印度教与伊斯兰教之间的不和。印度教教徒和穆斯林之间因一次激烈冲突，以更加激烈的手段揭示了这一问题。一些印度教教徒打算在清真寺旁边建立一座印度寺庙，这个计划是此次激烈冲突的导火索。作者还描绘了种姓制度的不平等、贫穷，以及低种姓印

拉塔需要做出一个艰难的抉择：究竟应当选谁做自己的伴侣，是穆斯林学生，还是蜚声国际的著名诗人，又或是鞋商？她的困境事实上反映着印巴分治后印度面临的境况：究竟应当选择克服宗教派系之争，还是为实现国际主义而努力，抑或是勉强接受现状，争取维系经济的平稳运行？

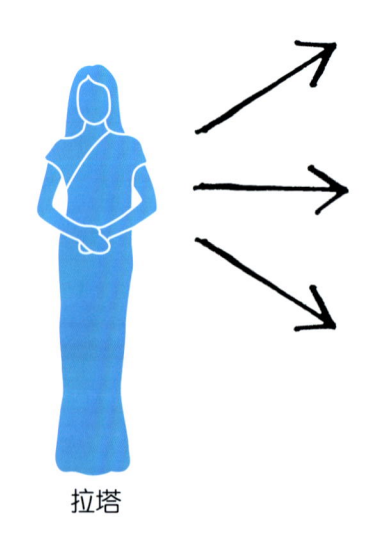

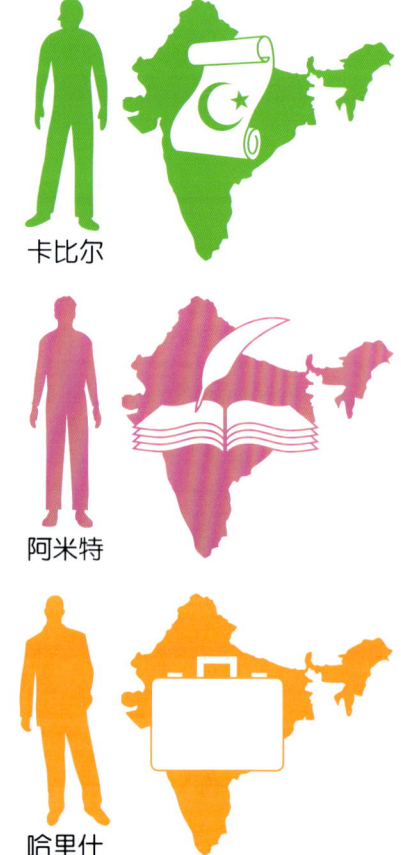

拉塔 → 卡比尔
拉塔 → 阿米特
拉塔 → 哈里什

当代文学　317

度人的生活现状。此外，《如意郎君》还讨论了20世纪50年代印度女性的角色，将拉塔对家族的依赖、拉塔朋友玛拉蒂的独立，还有穆斯林的深闺制度（女性受到隔离，并需要穿着长袍罩衫）进行了对比。

现实中的担忧

与鲁西迪笔下奇幻的印度形象不同，塞斯的小说更侧重于描写发生在现实生活中的事件，如劳动、爱情、家族、立法的复杂性、政治阴谋、宗教冲突等。塞斯以优美的语言和抒情的散文式风格将这些故事一一展现出来，读起来津津有味、引人入胜，有时甚至还会令人忍俊不禁或捧腹大笑。塞斯将平时印度人口中夹杂着印度与穆斯林词汇的英语呈现给读者，很多当地方言也并未翻译成英语。印度英语小说家安妮塔·德赛（Anita Desai）曾说，在鲁西迪之后，"印度作家终于能够以口语化的语言、口语化的英语、印度街头普通人说话的方式来创作他们的作品了"，塞斯便是其中的佼佼者。

帝国主义者的语言？

维克拉姆·塞斯不仅是著名的诗人，同时也是杰出的小说家，因此他的作品中穿插着壮丽的诗篇也就不足为奇了。这些诗句仿佛将读者带入了充满乌尔都诗歌与印度歌曲的世界，将萨伊德·巴伊与音乐家们口中吟唱着的神话传说一一展现在眼前。塞斯笔下的猎虎行动、制革厂发臭的水池、印度的乡村，还有传统节日大壶节始终萦绕在读者的脑海，挥之不去。书中还收录了查特吉家族若无其事地说出的油头滑脑的对句，以及罗列着每章中押韵两行诗（共计19首）的目录。

塞斯耗费8年多的时间才完成这部不朽的著作。小说取得了巨大成功，还获得了英联邦作家奖。人们一直将他与简·奥斯汀相提并论。

长久以来，人们一直激烈地争辩印度英语文学是否能够真正被

婚姻是《如意郎君》的核心内容，也是作者用来讨论宗教、阶级、性别、政治、民族身份认同与个人身份认同等重要话题的载体。

视为一种独立的体裁。他们尤其不能理解的是，为何大多居住在国外的著名印度小说家一定要用英语进行创作。鲁西迪曾说，"独立以来，印度最杰出的文学作品都是用以前帝国主义者的语言写就的，这是一件十分具有讽刺意味的事情，也令许多作家感到无法接受"。在阿兰达蒂·洛伊（Arundhati Roy）等作家（他们或以印度为背景，或集中描写流散在外印度人的无根性与隔离性）的不懈努力之下，印度英语文学这种体裁在21世纪仍在继续发展。

> ❝ 他们可以激烈地赞同彼此的观点，也可以愉快地各执己见。❞
> ——《如意郎君》

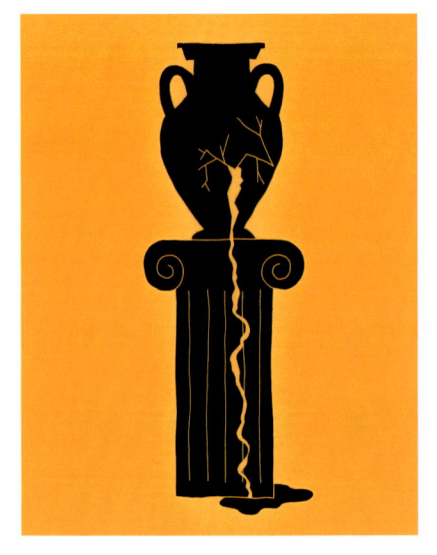

这是一个十分晦涩的想法，也非常深刻，美丽即恐怖

《校园秘史》（1992年），唐娜·塔特

背景介绍

聚焦
校园小说

此前

1951年 美国作家玛丽·麦卡锡发表了《学界丛林》。该作品被视为最早的校园小说之一。

1954年 英国作家金斯利·艾米斯笔下颇具影响力的作品《幸运儿吉姆》，讲述了一位年轻历史讲师在战后艰难求生的故事，令校园小说这一体裁得到了进一步发展。

1990年 英国小说家A. S. 拜厄特的布克国际文学奖获奖小说《占有》，详细描绘了一个以校园为背景的后现代历史谜题。

此后

2000年 美国作家菲利普·罗斯的小说《人性的污秽》，记叙了一位退休古典学教授复杂的一生，以及美国学术界这个不断变化着的世界。

美国作家唐娜·塔特（Donna Tartt）的小说《校园秘史》（*The Secret History*），被视为对校园小说的强有力补充。因为它既借鉴了这一体裁，又令其得到了扩展。校园小说出现于20世纪50年代，当时，西方校园中人们对战后社会的关注与对文学和文化的争论紧紧联系在一起。这类小说以相对封闭的大学校园为背景，通常讽刺着学术生活以及学者的矫揉造作。

文明开化的吸引力

《校园秘史》的主人公是新英格兰一所大学精英社团中的6名古典学学生。这样的设定使得塔特能够在书中聚焦各类文学与文化争论。她在20世纪50年代校园小说作家的基础上进一步利用大学这个环境，对文学与身份，还有体裁本身所扮演的角色提出了质疑。

塔特的小说是一部将19世纪推理小说进一步复杂化的反推理小说。作品以一桩神秘的谋杀案开篇，令读者迷惑不解的不是凶手的身份，而是其杀人动机。塔特借凶手存在于6名学生之中这一前提，探讨了更为深远的思想内涵。她借鉴了古希腊悲剧，令读者不得不开始质疑人物身上的"悲剧性缺点"是否确实存在。透过情节的发展，塔特进一步探究这一问题，并进一步询问我们如何以及为什么仍在使用过去流传下来的文学手法。

一桩哲学式谋杀

对于塔特笔下的学生们来说，文学过于真实：正如其中一个学生亨利所说，"死亡是美丽的源泉"。小说通过一起谋杀案这样的极端文学主题在向这一理念致敬。书中的谋杀案究竟是否应当被解读为一种来源于学术理论的、有趣而又刻意的文学手法？抑或它只是对理论本身的批判？这都是塔特留给读者思考的问题。■

参见：《俄狄浦斯王》34~39页，《耻》322~323页。

我们眼睛看到的仅仅是这个世界中微小的一部分

《奇鸟行状录》（1994—1995年），村上春树

背景介绍

聚焦
为世界写作

此前

1987年 村上春树的作品《挪威的森林》是一部关于友谊、爱情与失去的怀旧式小说，其中的主人公是一位关心美国文学的大学生。

1988年 吉本芭娜娜的小说《厨房》，讲述了一个年轻日本女人在西式烹调中寻求情感慰藉的故事，令人十分神往。

此后

1997年 村上龙的小说《味噌汤里》是一部以东京歌舞伎町为背景的犯罪故事，书中的对话提到了惠特妮·休斯敦与罗伯特·德尼罗等真实存在的美国人物。

2002年 读者可以从《海边的卡夫卡》中看出，村上春树对玄学奇幻文学的尝试——西方文化和神道教在小说中的日本得以相遇。

自20世纪末开始，全球化尤其是美国流行文化在世界范围的传播，为作家提供了一个舞台，令他们摆脱本地传统的束缚，如同为全世界读者创作般自由写作。

美国文化对日本的影响尤为鲜明，这在某种程度上也是由第二次世界大战前后美国对日本的占领（1945—1952年）造成的。可以说，日本作家村上春树的文化背景一半是由美国文化所塑造的：他曾将F.司各特·菲茨杰拉德与杜鲁门·卡波特的作品翻译成日语，本人还经营着一家爵士俱乐部。

东方与西方的相遇

村上春树在创作《奇鸟行状录》（The Wind-Up Bird Chronicle）的过程中，汲取了美国及欧洲的文化。小说本身是一部植根于西方文化的复杂的探索式叙事。正如古希腊神话中俄耳甫斯进入阴间唤醒欧律狄刻一样，冈田亨也深入井中，寻找自己失踪的妻子久美子。

这部作品的内核仍旧是一部日本小说。村上春树一方面唤起了现代日本城市中人们的疏离感，另一方面也对日本历史进行了探究。例如，间宫中尉口中讲述的侵略中国的战争故事以及苏维埃战俘营中的经历，反映的是日本残酷的战争历史。■

> 一个人想要完全理解另一个人……这可能吗？
> ——《奇鸟行状录》

参见：《玩的就是心跳》336页。

也许只有在失明者的世界里，事物才是其原本的模样

《失明症漫记》（1995年），若泽·萨拉马戈

背景介绍

聚焦
讽喻小说

此前

1605年 米格尔·德·塞万提斯在作品《堂吉诃德》中，通过讲述主人公妄图进行一场骑士冒险的故事，探究了人类无法准确认识世界这一主题。

1726年 英裔爱尔兰作家乔纳森·斯威夫特的作品《格列佛游记》，借用荒诞的故事夸大道德腐败与政治腐败。

1945年 英国作家乔治·奥威尔在其作品《动物农场》中，探究了人类社会政治腐败与妄图造反的农场动物之间的相似之处。

此后

2008—2010年 美国作家苏珊·柯林斯出版了作品《饥饿游戏》，通过讽刺寓言指出了当代美国社会中媒体作为政治工具的影响力。

若泽·萨拉马戈笔下令人痛心的作品《失明症漫记》（*Blindness*，原葡萄牙语书名为 *Ensaio Sobre a Cegueira*，意为"关于失明的文章"），是讽喻小说的代表之作。讽喻小说通常包含带有道德或政治内涵的弦外之音，以直白或隐晦的方式将各种事件作为讽刺社会、政治或生活不同方面的隐喻。尽管作家并未对故事中的场景、人物以及时间进行详细说明，但我们仍能看出，《失明症漫记》的创作灵感来源于葡萄牙的新国家体制，即1933—1974年的独裁政权。小说中被学者仔细研究的正是典型右翼资本主义社会中道德、友善以及同情心的缺失。

如果我们都是盲人

小说讲述了这样一个故事：在某个国家的一座城市中，人们逐渐失去光明——他们眼前并非完全

失明的世界

社会上爆发了一种带有隐喻色彩的失明症，即道德、友善及同情心的缺失。

→ 这样一来，社会成员感染上了真正的失明症。

↓

随着旧的社会逐渐堕入黑暗，新的社会在失明之中逐渐成形。

← 社会试图监禁、隔离并控制受到感染的人群。

参见：《神曲》62~65页，《坎特伯雷故事集》68~71页，《堂吉诃德》76~81页，《老实人》96~97页，《格列佛游记》104页，《动物农场》245页，《蝇王》287页。

葡萄牙专制的新国家体制是萨拉马戈小说中不言自明的存在。小说的题目以及内容体现的平行主题就是黑暗与罪恶的政治盲目性。

黑暗，而是一片"浑白"。人们之间相互接触，甚至只是身处同一空间都会被感染，并且无法被治愈。政府将感染人群转移至有专人看守的收容所，只提供食物和清洗设备，任其自生自灭。

在需求、生存以及重拾人类共情之心的驱使下，失明者之间逐渐形成了一个以团结为基石的社会。在这个社会中，书中的主要人物作为社区成员逐渐成长起来。萨拉马戈描述了刚刚失明之人所经历的身体及心理抗争，以此类比已经失去理性、人性以及社群感的人们："这些被拘留的失明者……很快就会变成动物，更糟糕的是，他们还是失明的动物。"一伙盲人暴徒进一步为那里的人们带去了压迫。这些人的到来带有强烈的政治象征意味，指代极权主义政体施加在人们身上的暴力与恐惧。作者通过减少标点的使用以及运用时态与视角之间的灵活切换，为作品注入了巨大的力量，令读者不禁产生一种在他人强迫之下读完整篇作品的感觉。这也呼应了叙事的主题。

盲目与领悟

医生的妻子（第一批被拘留者之一）为了和丈夫在一起而假装失明。透过她的视角，读者对于故事中严峻的形势有了新的理解。他们能够更好地理解故事中的人与他人之间形成的纽带、戒除的习惯，以及一次又一次形成的意识形态。正是通过医生的妻子，人们才发现了彼此，找到了存活下去的希望与力量，意识到了暴徒的残忍以及收容所的无情。她身上体现出的人性与同情心（象征着人们应当努力建立的那一种社会），使得他们最终在收容所之外重新开始了新的生活。■

若泽·萨拉马戈

1922年，若泽·德·索萨·萨拉马戈出生在葡萄牙一个贫穷的工农家庭中。他的父母没有能力送他上学，于是他开始接受技工训练。之后，萨拉马戈发掘了自己的写作才能，这也令他开始从事翻译、记者与编辑工作。作为一名积极投身于政治的人，萨拉马戈发现自己的第一本小说《罪孽之地》并未在保守的天主教政权——新国家体制中赢得好评，其出版也受到了制约。1966年，他凭借《可能的诗歌》一书再次获得人们的关注，并在发表了更多小说作品之后，于1988年获得了诺贝尔文学奖。1992年，萨拉马戈因葡萄牙政府将其某部作品列为禁书而搬至西班牙，并一直在那里生活，直到2010年去世。

主要作品

1982年 《修道院纪事》
1984年 《里卡多·雷伊斯死亡之年》
1991年 《耶稣基督眼中的福音书》
2004年 《复明症漫记》

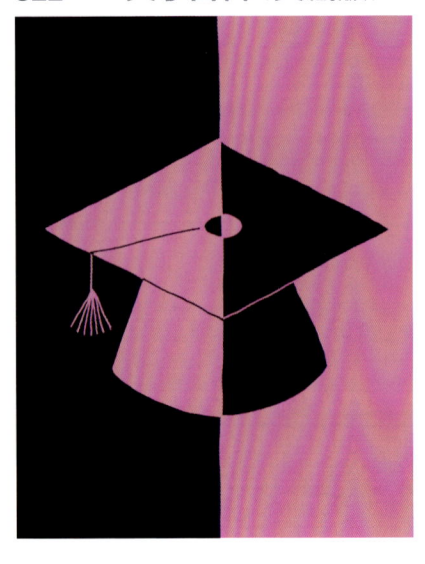

英语并不是描绘南非现实的恰当媒介

《耻》（1999年），J. M. 库切

背景介绍

聚焦
南非文学

此前
1883年 奥莉芙·施赖纳在作品《一个非洲庄园的故事》中，探究了殖民背景下的父权社会问题以及性别问题。

1948年 艾伦·佩顿笔下的畅销书《哭泣的大地》，向全世界揭露了南非的政治压迫。

1963—1990年 数以万计的图书在南非因"内容不良"而被禁。

1991年 作家、激进分子内丁·戈迪默荣获诺贝尔文学奖。

此后
2000年 作家扎克斯·姆达以实验性手法将科萨的历史、神话以及殖民冲突，融合在了《红色之心》这部复杂的作品之中。

2003年 达蒙·加尔各特的作品《好医生》猛烈抨击了政治改革的前景。

几十年以来，以黑人为主的南非社会，一直遭受着殖民主义与种族隔离制度的压迫。一种非凡的文学经典逐渐生根发芽，枝繁叶茂。种族隔离制度期间与该制度终结之后的作品可被划分为两个阵营：诺贝尔文学奖获得者内丁·戈迪默（Nadine Gordimer）等作家创作的复杂小说作为历史的见证，植根于社会现实主义与时代政治中；与之相反，J. M. 库切（J. M. Coetzee）的作品则"与历史相抗衡"，看上去有点缺乏社会责任意识。他的故事都是模糊而又独特的，同后现代主义作品一般，关注创作语言与表达权威。

权力关系

库切的小说《耻》（Disgrace）聚焦戴维·卢里这一人物的堕落。作为一名古典学及现代语言学教授，他被降职，不得不去教授传播学。作为一名在新南非失去安定感的欧洲白人，传播学令卢里倍感失望。

在卢里因性骚扰学生梅拉妮而陷入丑闻并被免职之后，故事的背景转向了东开普省，他的女儿露西在这里经营着一家小农场。卢里期盼着在这里过上理想的乡村生活，却无法适应地主与其黑人雇工和黑人邻居之间的地位变化。于是，他到一家乡下兽医诊所帮忙处决未能得到照管的动物，以打发时间。

卢里虽掌握几门欧洲语言，却无法与露西的邻居帕图斯沟通，"帕图斯的故事若被翻译成英语，

> 忏悔属于另一个世界，属于另一个全然不同的话语体系。
> ——《耻》

参见：《一个非洲庄园的故事》201页，《哭泣的大地》286页，《血染的季节》333页。

听上去一定非常过时"。后来，3个黑人少年闯进农场，强奸了他的女儿，但他却不懂任何可以与他们对话的非洲语言，也不敢告诉大家露西的邻居其实就是共犯。

无常的未来

小说《耻》出版于南非第一次自由选举的5年之后，与对新国家持乐观态度的后种族隔离时期"蜜月"文学形成了鲜明对比。有些人谴责此书的故事情节充满暴力，然而，不可否认的是，这部小说出色地刻画了一个没有文化边界的耻辱之国。《耻》的最后一部分将露西遭到强奸一事与卢里教授性虐待黑人妓女和梅拉妮（她被认为是一名混血儿）的情节进行了对比。出于傲慢，卢里拒绝在听证会上发言。露西对于自己所遭受的折磨保持缄默，这令读者意识到，生活应当归于本真，因为没有哪种语言可以修复或治愈曾经的伤害。

当代文学

J. M. 库切

小说家、语言学家、散文家、翻译家约翰·马克斯韦尔·库切出生于1940年，父母是讲英语的南非白人。库切的早年生活在开普敦和西开普的伍斯特度过。20世纪60年代毕业之后，他在伦敦找到了一份电脑程序员的工作。后来，他在得克萨斯大学攻读英语、语言学以及日耳曼语的博士学位。

1972年起，库切开始在开普敦大学任教，并于2000年成为文学荣誉教授，还经常往返美国讲学。他获得过许多文学奖项，包括布克国际文学奖（2次）与2003年的诺贝尔文学奖。如今，库切定居在澳大利亚南部，并积极投身动物权利保障领域。

主要作品

1977年	《内陆深处》
1980年	《等待野蛮人》
1983年	《迈克尔·K的生活和时代》
1986年	《福》
1990年	《铁器时代》

小说的题目"耻"指的不仅是不思悔改的戴维·卢里。非人道的行径、羞耻与屈辱可能会吞没这一新生的脆弱社会。

职业之耻
教授岌岌可危的学术生涯被他性骚扰学生一事完全摧毁。

性之耻
卢里与妓女的性生活以及其随意勾引女性的无耻行径，与他脑海中挥之不去的拜伦式浪漫形成了鲜明对比。

动物的遭遇
库切小说中常见的主题——人类对动物的可耻疏忽与虐待，透过兽医诊所的残酷行径得以呈现。

种族暴力
露西所遭遇的强奸以及她身边从不间断的安全威胁，反映了黑人与富有的少数白人之间的矛盾。

种族隔离
小说中不同类型的"耻"，揭露的正是南非历史中殖民主义与种族隔离之耻。

每一个瞬间都会发生两次：内与外，而这是两种不同的历史

《白牙》（2000年），扎迪·史密斯

背景介绍

聚焦
多元文化主义

此前

1979年 在小说《摩西登高》中，一个"黑人权力"组织接管了地下室。作家塞穆尔·塞尔文出生于特立尼达岛。他在这部小说中描写了一位来自西印度群岛的房东在伦敦的经历。

1987年 斯里兰卡裔加拿大作家迈克尔·翁达杰在其小说《身着狮皮》中，将当地的文化与描绘多伦多移民劳工的故事巧妙交织在一起。

1991年 勒南·德米尔坎的半自传体小说《红茶三颗糖》成为畅销书。该作品讲述了定居德国的一个土耳其家庭身上矛盾的忠诚。

此后

2004年 英国作家安德烈娅·利维的小说《小岛》讲述了两对恋人的故事，描绘了战后英国移民者的生活。

几个世纪以来，移民早已成为美国、加拿大以及英国文化中的重要组成部分。在近几十年中，一种全新的作品开始涌现，从这些作品中，我们既能看到各国人口的多样性，也能看到英语的无所不在。移民者通常渴望在移民后能够尽快融入全新的文化，这样的需求压抑了他们自己的声音。那些迫切希望将自己的文化融合到故事中的通常是移民者二代。在某种程度上，这也解释了欧洲及世界上其他各国为何在许久之后才出现反映多元文化的作品。随着其他国家的文化逐渐丰富起来，新的声音亦逐渐为人所知。

在英国，多元文化作品的出现可追溯至20世纪50年代英联邦国家的移民热潮。这些作品通常聚焦民众的恐外心理，揭露大城市中多种民族人群的生活。同其他地区一样，许多多种族背景或是移民者二代纷纷开始创作小说，详细记叙那些离散群体是如何融入社会的。扎迪·史密斯的作品《白牙》（*White Teeth*），从年轻人的清新视角，讲述了北伦敦几个家庭中复杂的多元文化特征。

不列颠大熔炉

《白牙》将时间倒退回第二次世界大战结束前的那段日子。在希腊的一个英军坦克部队中，来自英国的白种工人阿吉·琼斯与来自孟加拉国的穆斯林无线电工程师萨马德·伊克巴尔被分配到一起。这段跨越种族、阶级的友谊一直持续到战争结束后。萨马德经人安排，与

> " 你觉得有人是英国人吗？真正的英国人？那根本就是一个童话故事！
> ——《白牙》

当代文学 **325**

参见：《哭泣的大地》286页，《毕司沃斯先生的房子》288~289页，《疾病解说者》338页，《少年派的奇幻漂流》338页，《追风筝的人》338页，《半轮黄日》339页。

在《白牙》中，白人，第一代移民者，以及他们出生在英国的子女之间的关系网反映着不断变化的英国社会本质。

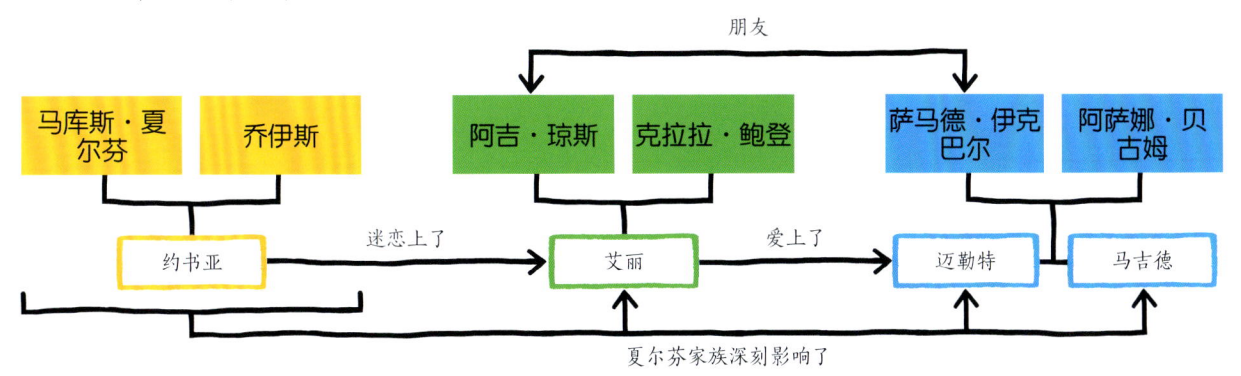

```
       马库斯·夏    乔伊斯      阿吉·琼斯   克拉拉·鲍登     萨马德·伊克   阿萨娜·贝
       尔芬                                                  巴尔         古姆
                                        朋友
          │                        ┌──────────┐              │
          └──约书亚──迷恋上了──→艾丽──爱上了──→迈勒特────马吉德
                                                夏尔芬家族深刻影响了
```

阿萨娜成婚，二人育有一对双胞胎儿子——马吉德和迈勒特；阿吉则与出生于牙买加的妻子克拉拉育有一个名叫艾丽的女儿。

在当地一家餐厅中"搅拌咖喱"的萨马德决定将大儿子马吉德送回孟加拉国，希望他能够在成长中学会尊重自己的穆斯林血统。然而，当马吉德多年后回到英国时，他已经是一位世俗的科学家了。令人感到讽刺的是，马吉德的双胞胎弟弟迈勒特却加入了一个穆斯林原教旨主义团体。受外祖母的影响，艾丽十分向往母亲的故土。与世代都生活在英国、享受着奢华历史与各式权力的人们不同，马吉德、迈勒特和艾丽也同自己的父母一般，在无处寻觅归属感的心情中挣扎。

史密斯记录了他人对移民社区的攻击、一团乱的综合学校，还有七嘴八舌的中产阶级。白人知识分子夏尔芬家庭便是这一切的缩影，他们也对艾丽、迈勒特和马吉德产生了深深的影响。

《白牙》中的部分内容以撒切尔执政时期（20世纪80年代）为背景，充斥着诸如萨曼·鲁西迪笔下的"追杀令"以及街头穿着耐克品牌的孩子们这样的文化指涉。《白牙》是一部丰富多彩的编年史，记录了移民者对于何为英国人尚且感到迷惘的岁月。■

扎迪·史密斯

1975年，扎迪·史密斯出生在北伦敦，父亲是英国人，母亲是牙买加人。她本名莎蒂（Sadie），14岁的时候自己改名为扎迪。史密斯在剑桥大学国王学院读书的最后一年写下了自己第一部，也是最负盛名的小说《白牙》。后来，她搬到美国，在哈佛大学求学，之后在哥伦比亚大学艺术学院教授创意写作，如今在纽约大学任教。她与丈夫——作家尼克·莱尔德和两个孩子往返于纽约和伦敦两地。迄今为止，史密斯凭借自己的作品获得了近20项提名及奖项。近年来，她又将创作触角延伸至短篇故事和评论文章。英国《卫报》的一篇文章曾刊登她为写作虚构文学提出的10条黄金法则，其中一条是"讲述事实的真相，无论遭遇什么样的阻碍，都要把它讲出来"。

主要作品

2002年 《签名收藏家》
2005年 《论美》
2012年 《西北》

保守秘密的最好方法就是装作没有秘密

《盲刺客》（2000年），玛格丽特·阿特伍德

背景介绍

聚焦
南安大略哥特式小说

此前
1832年 约翰·理查森创作的《瓦库斯塔》被视为第一部加拿大小说，故事中充满邪恶与哥特式恐怖。

1967年 蒂莫西·芬德利发表了《疯子的末日》。5年后，作者提出了"南安大略哥特式小说"一词，用以形容自己的这部作品。

1970年 罗伯逊·戴维斯创作的《第五项业务》，是早期南安大略哥特式小说的代表，审视了安大略一个社区的阴暗面。

此后
2009年 爱丽丝·门罗的哥特式短篇故事集《幸福过了头》中充满了诡计、谋杀与恐怖。

2013年 被作者希拉里·夏波形容为"生态哥特式小说"的《帕蒂姐》，是一本现代加拿大鬼故事书。

18—19世纪的哥特式小说中常常出现诸如闹鬼的城堡、专制的反派、陷入险境的女主人公、传说以及鬼魂等元素。到20世纪末，加拿大（以南安大略为首）逐渐发展出自己的哥特式文学。爱丽丝·门罗（Alice Munro）、罗伯逊·戴维斯（Robertson Davies）与玛格丽特·阿特伍德等小说家，纷纷将哥特式小说中的超自然怪诞元素和其中的阴暗意象，与当代加拿大人的生活结合在一起。在大多数情况下，这类文学作品试图在后殖民环境下找寻加拿大的民族身份认同，其中亦反映着移民者对其历史的焦虑感。

叙事复杂性

玛格丽特·阿特伍德笔下的《盲刺客》（The Blind Assassin）是南安大略哥特式小说中的典范，对牺牲与背叛、真相与谎言、阴谋与浪漫，以及生存与死亡之间的界限进行了探讨。

《盲刺客》是一部多层次的小说，由83岁的艾丽丝·蔡斯·格里芬叙事，以她写给孙女的信件为载体，架构起她的回忆录。在艾丽丝的故事中还存在着一部小说，同样名为《盲刺客》，据称由艾丽丝的妹妹劳拉写作而成，讲述了一对爱人的故事。这部小说之中又嵌入了另一个故事——一部由劳拉故事中的男人串联而成的庸俗、刺激的科幻小说。这些故事都由新闻报道所衔接，进一步增添了叙事的事实性。艾丽丝回忆录中的故事主线围绕着20世纪20—30年代的劳拉和艾丽丝展开。作者在《盲刺客》中更

> "黑暗逐渐逼近……劳拉布下的阴影又一次笼罩了她，挥之不去。"
> ——《盲刺客》

参见：《弗兰肯斯坦》120~121页，《呼啸山庄》132~137页，《德古拉》195页，《使女的故事》335页，《故事选集》337页。

新了哥特式文学的主题：闹鬼的城堡变为艾丽丝的家——一座由其富有的祖父建造而成，带有阁楼和角楼，名为阿维隆的庄园；残暴的男性反派是艾丽丝跋扈的丈夫理查德；受害者女主人公是艾丽丝和劳拉本人。

挥之不去的现实

小说整体上以现实主义为基调，但在象征层面上却充满了超现实元素。故事中多次采用倒叙手法，这样一来，那些已经死去的人物会重新出现，就好像他们是过去的鬼魂，在与当下对话。读者在小说开始的时候便已得知劳拉的自杀，然而，她的死却始终萦绕在艾丽丝的脑海中，掩埋的秘密也逐渐浮出水面。

在《盲刺客》中，南安大略本身便是一个黑暗阴森的角色。这里就像古典文学中的冥界：想要进入这里，必须跨过那条不祥的水域。冥界也有邪恶的守门人，那便是故事中的理查德。主人公在此游荡，寻找人生的意义。

阿特伍德对哥特式元素进行了再加工，娴熟地将不同体裁交织在一起。《盲刺客》尽管以黑暗为主题，但其中的各个元素无不照亮着整部作品。

结构上，《盲刺客》故事套着故事，由多位叙事者进行叙事，无不模仿着哥特式文学的写作手法。尽管第三个故事发生在赛克隆星球上，但其中也包含着浪漫、背叛与谋杀等人们所熟知的哥特式元素。

第一层叙事是艾丽丝·蔡斯·格里芬的回忆录。她在其中重述了过去，并对自己和妹妹的人生进行了再一次评估。

第二层叙事的名字也叫作《盲刺客》，由劳拉进行叙事，讲述了一个政治人物与其社交名媛情人之间的故事。

第三层叙事是一部黑暗的科幻故事，讲述了一位盲刺客与哑巴祭祀处女的故事。

当代文学

玛格丽特·阿特伍德

加拿大小说家、诗人、散文家玛格丽特·阿特伍德于1939年出生在安大略省的渥太华。她童年时常与身为昆虫学家的父亲生活在野外。在此期间，她创作了一些诗歌、戏剧和小人书作品。在校期间，阿特伍德便决定成为一名作家。美国作家埃德加·艾伦·坡是她最喜爱的作家之一，他黑暗的写作风格可见于阿特伍德的大多数作品中。

阿特伍德发表的第一部作品是于1966年出版的一部诗集。她的小说处女作是1969年的《可以吃的女人》。从阿特伍德创作的诸如《使女的故事》和以《羚羊与秧鸡》为开篇的三部曲等反乌托邦式小说中，可以看到她对环境问题以及人权问题的关注。阿特伍德曾获得多项卓越的文学奖项，其中包括她凭借《盲刺客》摘取的布克国际文学奖。

主要作品

1985年 《使女的故事》
1988年 《猫眼》
1996年 《别名格雷斯》
2003年 《羚羊与秧鸡》

他的家人希望将一些东西遗忘

《纠正》（2001年），乔纳森·弗兰岑

背景介绍

聚焦
现代家庭中的问题

此前

1951年 在J. D. 塞林格的小说《麦田里的守望者》中，霍尔顿·考尔菲德孤独且不合群，被家庭中的问题所折磨。

1960年 约翰·厄普代克发表了自己"兔子四部曲"中的第一部小说，戏剧化地展现了当代美国家庭生活的混乱。

1993年 杰弗里·尤金尼德斯在作品《处女自杀》中，讲述了5个姐妹原因不明的自杀事件。

此后

2003年 在莱昂内尔·施赖弗的作品《我们需要谈谈凯文》中，作者刻画了一个连环杀人魔的成长经历。

2013年 在唐娜·塔特的作品《金翅雀》中，叙事者西奥·德克尔口中的家庭因酗酒和死亡而分崩离析。

乔纳森·弗兰岑（Jonathan Franzen）的小说《纠正》（The Corrections）在题目上呼应了威廉·加迪斯（William Gaddis）的小说《承认》（The Recognitions）。在《承认》中，总是躁动不安的儿子试图追寻真实，并因自己与濒临疯狂的父亲之间的关系陷入了沉思。《纠正》进一步拓宽了《承认》的广度，虽然作品讲述的依旧是一个家庭的故事，却囊括了更多人物，并从多人视角进行叙事。自20世纪末开始，美国许多杰出的男性作家将家庭问题作为创作的主题，代表人物包括约翰·厄普代克（John Updike）、菲利普·罗斯（Philip Roth）和唐·德里罗（Don DeLillo）。同加迪斯一样，都是弗兰岑在文学创作领域的前辈。

《纠正》讲述了兰伯特一家——父母艾尔弗雷德和伊妮德，还有他们已经成年的3个孩子加里、奇普与丹妮丝——的故事。故事发生的时候，美国经济主要由资本驱使下的高科技与金融领域主导，在这样的大环境下，每一位家庭成员在其不同的家庭观、价值观与权利观的影响下有着不同的需求，这也让家庭陷入了危机。随着情节一步步展开，读者逐渐感受到文字中敏锐的政治与社会洞察力，从金融犯罪到枪支致死，再到食物与儿童文学，作品的主题无所不包。

兰伯特一家人试图聚在一起度过"最后一个"圣诞节，我们也能从情节中慢慢体会到退行性疾病的残酷。主人公们的个人生活全都充满着不稳定性，无论职业、爱

> 「 每当他们要去看望孩子们的时候，他便会变得焦躁不安。
> ——《纠正》

当代文学　**329**

参见：《麦田里的守望者》256~257页，《白牙》324~325页。

情感
从那些受伤的个人身上，能够看到其性格特质的转变，这些转变也令他们成长。

经济
加里一心想从特效药"科尔克托尔"中获利，却没有注意到投资市场的微妙变化。

为人父母
家中的规训压抑了孩子们对父亲艾尔弗雷德自然表露出来的感情。

纠正的种类
《纠正》揭开了一系列与标题相关的联想，并由此将情节一层层展开，令读者不禁思考，我们究竟能够在何种程度上修正自己、修正自己的生活。

医药
"科尔克托尔"药剂是徒劳奢望的象征，"什么都治却又什么都治不好"。

文本
奇普剧本需要做出的改动。

家中流言
长久以来因为信息不完整而产生的流言得以驱散，真相浮出水面。

情，还是精神，皆是如此。

世代变化

弗兰岑在《纠正》中刻画了两代人，用文字反映出了几十年间的社会变革。艾尔弗雷德是一位受到压抑的一家之主，他认同过去的社会秩序。加里、奇普和丹妮丝的成长经历则反映着20世纪末社会的压力、兴衰与动荡。

抛开血缘关系，这些人物身上还存在着一条共同的纽带：尽管他们有些神经质，也都有各自的缺点，却无一例外地渴求更好的人生。艾尔弗雷德也是如此，他坚定不移地认为人们应当为了文明的进步而牺牲家庭关系与情感。

弗兰岑之后发表了名为《不舒适地带》的回忆录，并在其中以自己的经历探讨了母亲的死对他的影响。我们可以从这部激动人心的回忆录中感受到，家庭始终是弗兰岑创作的核心。■

乔纳森·弗兰岑

乔纳森·厄尔·弗兰岑的父亲是土木工程师，母亲艾琳是家庭主妇，这样的家庭同《纠正》中的兰伯特一家并没有什么不同。弗兰岑从小在芝加哥长大，1981年毕业于美国宾夕法尼亚斯沃思莫学院的德文专业。

2001年，弗兰岑与美国著名脱口秀主持人奥普拉·温弗瑞之间爆发了争执。奥普拉在其读书俱乐部中分享了《纠正》这部作品，弗兰岑就此表达了自己的不安，认为男人们会抵触这本书。后来，他围绕一系列主题进行创作，包括欧洲的卑微处境以及电子图书的暂时性。

2001年，弗兰岑凭借《纠正》获得美国全国图书奖，同时获得普利策奖提名。

主要作品

1992年　《强震》
2006年　《不舒适地带》
2010年　《自由》

这一切都源自同一场噩梦,那场我们一同制造的噩梦

《客人》(2001年),黄皙暎

背景介绍

聚焦
三八线

此前
1893年 朝鲜文学逐渐摆脱中国古典文学的阴影,开始以自己的方式发展。第一部在朝鲜发表的西方小说是约翰·班扬的《天路历程》,这部作品的出版年份(1910年)甚至早于《圣经》在朝鲜的译本出现的时间。

1985年 黄皙暎的小说《武器的阴影》,记叙了越南战争期间的黑市贸易。

1964—1994年 朴景利长达16卷、史诗般的历史小说《土地》,刻画了日本殖民统治期间朝鲜人民的挣扎。

此后
2005年 朝鲜和韩国的作家首次齐聚一堂,共同参与了一次文学大会。

第二次世界大战结束后,日本投降,一条以北纬38度为基准的"三八线"将朝鲜半岛一分为二,也分割了苏联与美国各自占领的地区。如今,这条线作为朝鲜和韩国之间的分界,仍具有效力。

战后的一代韩国作家开始了一场传统主义运动,以回望一种理想化的过去。20世纪60年代的韩国作家们摒弃了这股怀旧风,转而探讨韩国近代史上的心理创伤。

外来之恶

黄皙暎(Hwang Sok-yong)在小说《客人》(*The Guest*)中刻画了朝鲜战争中的信川(位于如今的朝鲜)大屠杀。小说的主人公出生在朝鲜,后移居美国,成为一名基督教牧师。多年后,他同哥哥的鬼魂一起回到这片土地,参观大屠杀遗址。在那里,他发现了这场暴行的真相。

在朝鲜语中,"客人"一词

> 我们还是孩子的时候便知道,客人是一种来自西方的疾病。
> ——《客人》

也有"天花"的含义,这是另一种来自西方、席卷全国的传染病。小说共分12个部分,这种结构仿效了萨满教中治疗天花的仪式,即"天花(客人)驱邪术"。■

参见:《无情》241页。

当代文学　331

我们需以生命的逝去为代价来学习如何生活，而我对此深感悔恨

《特别响，非常近》（2005年），乔纳森·萨弗兰·福尔

背景介绍

聚焦
"9·11"后的美国

此前
2001年　乔纳森·弗兰岑出版于2001年9月11日的作品《纠正》，预示了"9·11"事件后美国文学领域的风向。

此后
2007年　唐·德里罗出版了小说《坠落的人》。作品详细刻画了世贸中心的恐怖袭击是如何影响一位中产阶级幸存者的人生的。

2007年　莫欣·哈米德在小说《拉合尔茶馆的陌生人》中，讲述了一位巴基斯坦裔美国金融分析师是如何一步步成为激进主义者的。

2013年　托马斯·品钦发表了小说《致命尖端》。作品生动刻画了互联网繁荣时期的金融违法行为，作者在故事发展过半的地方引入了"9·11"事件。

2001年9月11日发生在美国纽约和华盛顿的恐怖袭击，引发了美国政治及文化领域的重大变革。在最开始的时候，这一事件的性质之恶劣令许多作家无从下笔。"9·11"事件发生后，马丁·艾米斯（Martin Amis）、唐·德里罗等小说家纷纷表示，他们感到自己工作的本质仿佛发生了改变，工作变得更加艰难，这究竟是由什么造成的却无法解释。不同作家用不同的方式诠释这场灾难。

一种全新的视角

在小说《特别响，非常近》（Extremely Loud and Incredibly Close）中，作者乔纳森·萨弗兰·福尔（Jonathan Safran Foer）透过男孩奥斯卡·谢尔的双眼，探索"9·11"事件的余波。奥斯卡的父亲在恐怖袭击中身亡。9个月后，奥斯卡深受抑郁症的折磨。他无意间找到了一把父亲留下的钥匙，踏上了一段旅程，试图走遍整个纽约，弄明白这把钥匙到底有什么用途。小说中使用了多种不同寻常的写作风格：有时页面是全黑的，有时连续几页都是空白的；一些词被圈上红色的圆圈。萨弗兰试图通过这样的写作技巧来让读者重新审视"9·11"事件。■

> 我们的一生中总有许多时候需要迅速逃离某地。然而，人类没有自己的翅膀，至少，我们现在还没长出翅膀。
>
> ——《特别响，非常近》

参见：《纠正》328～329页，《拉合尔茶馆的陌生人》339页。

延伸阅读

《寻觅到的人》
（1970年），加斯东·米隆

《寻觅到的人》（*L'Homme Rapaillé*）是作家、诗人、出版商、魁北克文学代表人物加斯东·米隆（Gaston Miron）最杰出的诗集。米隆在这些抒情浪漫诗歌中探讨了以法语为母语的加拿大魁北克人所处的政治及社会困境。他倡导分离主义，其作品中充满了对魁北克地方语言、历史及人民的赞颂。米隆将诗歌视为永无止境的自我发现过程，正因如此，他才不愿授权出版一部权威的诗集。

《惧恨拉斯维加斯》
（1972年），亨特·S. 汤普森

《惧恨拉斯维加斯》（*Fear and Loathing in Las Vegas*）这部极具影响力的作品，将自传式元素与超现实虚构结合在一起，讲述了记者劳尔公爵与其萨摩亚律师朋友刚左博士在拉斯维加斯一起报道当地一场摩托车竞赛，并参与一场毒品管理者集会的经历。美国作家亨特·S. 汤普森（Hunter S. Thompson）本人便是劳尔公爵的原型，汤普森借这一角色，表达了自己的想法。他以这种叙事框架，批判了20世纪60年代反文化（例如对毒品的依赖）的失败。汤普森使用自己倡导的全新新闻模式——以书中虚构律师的名字命名的"刚左新闻主义"，将事实与虚构成功结合在了一起。

《撞车》
（1973年），J. G. 巴拉德

《撞车》（*Crash*）是一部极具争议的小说，其文字的冲击性是J. G. 巴拉德（J. G. Ballard）这样一位科幻作家信手拈来的。作品描绘了与撞车相关的性爱恋物癖与"恋灾癖"（因灾难或事故而兴奋），反映了人性中迷恋速度的阴暗面。小说中的主人公是科学家罗伯特·沃恩博士，他是"高速公路上的噩梦天使"，幻想着与影星伊丽莎白·泰勒一同死在撞车事故中。《撞车》果敢地将性欲与死亡糅合在一起，刻画了一幅未来高科技时代人类与机器亲密共存的反乌托邦式图景。人类利用科技，而在某种程度上，科技也在利用人类。这样的利用关系极为深刻，机器甚至成了人类关系的媒介。

《历史》
（1974年），艾尔莎·莫兰黛

艾尔莎·莫兰黛（Elsa Morante，1912—1985年）与丈夫阿尔贝托·莫拉维亚都是拥有一半犹太血统的意大利作家。第二次世界大战期间，他们藏身于罗马南部的山中，以逃避纳粹的迫害。30年后，莫兰黛在自己最著名的小说《历史》（*Hisotry*）中重述了这一段经历。小说讲述了政治与冲突对罗马周边农业社区的影响。故事中的主人公是寡妇伊达·曼库索，她是一名教师，无时无刻不在为儿子（她被强暴后生下的孩子）的安全而担忧。《历史》的另一个主题，是战争对于那些穷人的威胁，即使在和平年代，他们仍饱受贫困折磨。

J. G. 巴拉德

尽管J. G. 巴拉德最为人熟知的小说之一《太阳帝国》相对传统，但他无疑是科幻小说新浪潮中的领军人物，尤其擅长刻画未来主义的反乌托邦。1930年，巴拉德出生在中国上海。战争时期，还是一名青少年的巴拉德曾被日本军队拘禁两年之久。后来，他在剑桥大学国王学院主攻医学，希望能够成为一名精神病医师。1951年，巴拉德大二的那一年，他在一次短篇故事竞赛中获得了奖项。同年，他搬到伦敦，学习文学。其第一部小说作品受到了精神分析学与超现实主义艺术的影响。1962年，他成为全职作家。2009年，巴拉德在伦敦去世，享年78岁。

主要作品

1971年 《朱砂》
1973年 《撞车》
1991年 《妇女的仁慈》

《抵抗的美学》
（1975—1981年），彼得·魏斯

《抵抗的美学》（The Aesthetics of Resistance）是一部长达3卷的历史小说，讲述了柏林左翼学生抵抗纳粹统治的故事，也记录了欧洲其他地方的反法西斯运动。该作品主张政治抵抗的模型应来源于艺术家的立场。这部巨著的标题代指其内容中对绘画、雕塑及文学的反思。作者彼得·魏斯（Peter Weiss）出生在德国，却拥有瑞典国籍。除文学创作外，他还是一名戏剧家、画家和电影制作人。

《根》
（1976年），亚历克斯·哈利

美国作家亚历克斯·哈利耗费10年时间，深入调查了自己的族谱，创作出了《根》（Roots）这部以前6代人生活故事的小说。故事从18世纪开始讲起，以半虚构的手法记录了一个十几岁的非洲男孩遭到绑架，被人卖往美国南部为奴的经历。人类凭借意志战胜压迫是书中的一个重要主题。这本书以及由小说改编的电视剧，激发了人们对非裔美国历史与族谱的关注。

> 透过我们的这幅躯壳，我们便是你们，你们即是我们。
> ——亚历克斯·哈利《根》

《人生拼图版》
（1978年），乔治·佩雷克

法国作家乔治·佩雷克（Georges Perec）的作品《人生拼图版》（Life A User's Manual）聚焦巴黎一栋公寓中的居民们。该作品是一张虚构式的网，主线是其中一个居民的项目。他计划将自己走过的500个地方画成500幅水彩画，并将这些画做成拼图。他还计划回到巴黎之前将它们拼好。他也要在拼图完成前，将这些画作送回画面上的地方。教他画画的老师也生活在那栋大楼里，他的目标是画下那里所有的居民。佩雷克是"乌力波"（潜在文学工场）团体中的一员，这些人在一定的约束性原则之下进行创作，为文学中的趣味性而着迷。

《染血之室与其他故事》
（1979年），安吉拉·卡特

安吉拉·卡特（Angela Carter）创作了许多魔幻现实主义作品。她以民间故事为原型，创作了其代表作《染血之室与其他故事》（The Bloody Chamber and Other Stories）中的全部10篇文章，包括《小红帽》《美女与野兽》和《穿靴子的猫》等。作者进一步深化了原作中的心理主题，使其更加现代化，同时也保留了故事中的哥特式民谣氛围。强奸、乱伦、谋杀、折磨与食人等内容都出现在了作品中，向读者展现着人性的阴暗面。作者颠覆了故事中对女性的刻板印象，如女孩的天真无邪与婚姻的幸福美满。在这些故事中，变形也扮演着重要角色，一方面通过魔法得以实现（例如变身为狼的男人），另一方面也体现在身体与道德层面的转变中（例如作品中对月经来潮和欺骗等情节的刻画）。

安吉拉·卡特

安吉拉·卡特以其充满女性主义与魔幻现实主义色彩的小说作品而闻名。她于1940年出生在英格兰的伊斯特本，后进入布里斯托尔大学攻读英国文学。1969年，卡特离开丈夫，独自在东京生活。据她所说，自己的女性主义原则便是在那里成形的。20世纪70—80年代，她在英国多所大学担任客座教授，还在美国及澳大利亚两地授课。1984年，卡特凭借小说《马戏团之夜》获得詹姆斯·泰特·布莱克纪念奖。除写作外，她还是一名记者，也在广播电台和电影制片厂工作。1992年，51岁的卡特在伦敦去世。

主要作品

1967年 《魔幻玩具铺》
1979年 《染血之室与其他故事》
1984年 《马戏团之夜》

《血染的季节》
（1979年），安德烈·布林克

小说《血染的季节》（A Dry White Season）将气候上的干旱与道德层面上的干旱联系在了一起。这部杰出的作品以政治变革推翻南非种族隔离政策、为国家带去复兴前的一段时期为背景，聚焦阿非利堪人（大多数是荷兰裔南非人）的生活。作者安德烈·布林克（André Brink）是白种南非人，他通过对作品中主人公（一位白人男性教师，性格温和）的刻画，探索了社会中的种族狭隘倾向，也对反抗不公正社会制度需要付出的代价进行了讨论。

米兰·昆德拉

米兰·昆德拉于1929年出生在捷克斯洛伐克的布尔诺,童年时期他学习过音乐,他的许多作品中也带有音乐的特质。昆德拉先后在布拉格攻读文学及电影专业,毕业后成为大学讲师。1975年,昆德拉移民法国,此后一直定居在那里,并在1981年正式成为法国公民。他将自己视为小说家,但是,他的作品却巧妙地将哲学、讽刺、政治、喜剧与情色等元素融合在了一起。

主要作品

1967年 《玩笑》
1979年 《笑忘录》
1984年 《生命中不能承受之轻》

《如此长信》
(1979年),玛利亚玛·芭

《如此长信》(*So Long a Letter*)是塞内加尔作家玛利亚玛·芭(Mariama Bâ)以法语写成的小说,刻画了一位刚刚失去丈夫的女教师的情感。在过去的4年里,她在婚姻中一直体会着被人抛弃的心情,然而,如今丈夫去世了,她却要与其第二任更加年轻的妻子共同承担那一份悲痛。整篇小说都是这位寡妇写给她逃往美国的朋友的信。在塞内加尔,个人压迫与社会压迫一直以来都是许多女性生活中的两面。

《幽灵之家》
(1982年),伊莎贝尔·阿连德

《幽灵之家》(*The House of the Spirits*)是智利裔美国作家伊莎贝尔·阿连德(Isabel Allende)的第一部小说,也是最著名的一部。伊莎贝尔是智利社会党前总统萨尔瓦多·阿连德的孙女,那场将萨尔瓦多罢免的政变也出现在了小说的情节之中。起初,这部作品只是伊莎贝尔献给自己百岁祖父的信件,后来才逐渐发展为一部复杂的史诗式长篇小说,记录了在一个社会混乱、政治动荡的无名国家(可以看出是智利)中,家族内3代人的故事。《幽灵之家》包含了魔幻现实主义元素:两姐妹中的克拉腊拥有心灵制动和千里眼的能力,她也有意识地培养着自己的能力,许许多多的幽灵来到她的家中。阿连德在一个分崩离析的国家中刻画了爱情、背叛、复仇与野心等主题。她也让读者在女性血缘的传承中看到了救赎的希望。

> 我怀着腹中的孩子,她是那些对我施暴之人的女儿,也可能是米格尔的女儿,但最重要的是,她是我的女儿。和她一起,我等待着好时候的到来……
> ——伊莎贝尔·阿连德《幽灵之家》

《生命中不能承受之轻》
(1984年),米兰·昆德拉

《生命中不能承受之轻》(*The Unbearable Lightness of Being*)是米兰·昆德拉(Milan Kundera)最著名的作品,讲述了1968年布拉格之春(一场发生在捷克斯洛伐克的政治改革)前后的故事。作品的标题指代的是一个哲学领域中的两难问题:弗里德里希·尼采提出的永恒回归(其中包含着重负)与古希腊哲学家巴门尼德关于生命为轻这一观念的冲突。小说讲述了一位外科医生在淫乱的爱情生活(这样的生活也将他的关注点自国家脆弱而又动荡的政治局势上转移开来)中追寻生命的"轻"的信念。他爱上了一位女招待员并与其成婚,却又无法舍弃自己的情妇。昆德拉在作品中提出了这样一个问题:若人无法回到过去,那么生命究竟有没有重量,又有没有意义?

《神经漫游者》
(1984年),威廉·吉布森

美裔加拿大作家威廉·吉布森(William Gibson)创作的《神经漫游者》(*Neuromancer*)是最早、最具影响力的一部"赛博朋克"(科幻体裁的一个分支,通常刻画未来高科技反乌托邦社会中的反传统主人公)小说。作品中的主人公是一位受过创伤、有自杀倾向的计算机黑客。他被人注射了一种来自俄国的毒药,之后便无法进入互联网世界。后来,一位神秘的雇主找到了他,交给了他一份特殊的工作,并承诺事成之后将他治愈。小说将人们对未来的想象与冷酷的黑色电影结合在了一起。

《情人》
（1984年），玛格丽特·杜拉斯

法国作家玛格丽特·杜拉斯（Marguerite Duras）创作的《情人》（The Lover）讲述了作者的真实经历。故事详细描绘了一个15岁的贫穷女孩与一个富有的27岁中国男人之间的情事。在这之上，作品也探讨了女性赋权、母女关系、青春期以及异域与殖民主义周边的社会禁忌等问题。小说的叙事在第一人称与第三人称、当下与过去之间切换，以散文诗的风格写作而成。

唐·德里罗

1936年，唐·德里罗出生在美国纽约。他凭借早期作品收获了一大批读者的狂热崇拜，后通过小说《白噪音》进入主流文学领域。德里罗在布朗克斯区一个意大利天主教家庭中长大，他在暑期打工的时候发现了自己对阅读的渴求。1958年，他自艺术传播专业毕业，找到了一份撰写广告文案的工作。后来，他对这份工作感到失望，于是辞职专心进行文学创作。在大多数人眼中，德里罗的小说具备后现代主义的基调，美国的物欲横流以及文化空洞是反复出现于其中的主题。

主要作品

1985年	《白噪音》
1988年	《天秤星座》
1991年	《毛二世》
1997年	《地下世界》
2011年	《天使艾斯梅拉尔达》

《使女的故事》
（1985年），玛格丽特·阿特伍德

加拿大作家玛格丽特·阿特伍德（详见327页）的作品《使女的故事》是作者对不远的未来反乌托邦式的想象。在小说中的美国，基督教建立了神权统治，这却令女性逐渐失去了自由。等级与阶级成为社会上的首要组织原则。正是通过这一描写，阿特伍德才得以对当下存在的不平等现象加以评论。故事的叙事者是使女奥芙弗雷德，在性传染病泛滥成灾的年代，她是主人的小老婆，职责是为其繁衍后代。她的主人逐渐对她产生了感情，并赋予了她一定的特权，使她得知了政权的一些秘密。后来，她被牵涉到一场愈发激烈的反抗运动中。小说夸大了父权社会的特征，并对其进行了猛烈的批判。这也正是这部极具争议性的作品的力量所在。

《霍乱时期的爱情》
（1985年），加夫列尔·加西亚·马尔克斯

诺贝尔奖得主、哥伦比亚小说家加夫列尔·加西亚·马尔克斯（详见282页）的作品《霍乱时期的爱情》（Love in the Time of Cholera），以温柔的笔调探讨了爱情的艰难与暧昧，亦巧妙地刻画了人类情感的迂回曲折。书中描绘了两种爱情：一种激情，一种务实，全部铭刻于男性人物身上。弗洛伦蒂诺·阿里萨（代表着激情的爱）50年前第一次向爱人表白了自己的心意，然而，她却因为爱着乌尔比诺医生（代表着务实的爱）而拒绝了他；50年后，阿里萨再一次向她求婚。书中的一个核心问题是：哪一种爱情更有可能为人们带去幸福？霍乱既是出现在故事中的实际情节，

> ……她不会像这里的其他寡妇一样，活活将自己埋葬于四面墙中，缝制着自己的寿衣。
> ——加夫列尔·加西亚·马尔克斯《霍乱时期的爱情》

也是对痴迷的比喻。小说还囊括了其他主题，包括坦率接受衰老，以及老年人（尽管身体愈发孱弱）之间的再续前缘。

《白噪音》
（1985年），唐·德里罗

小说家、剧作家唐·德里罗在其畅销小说《白噪音》（White Noise）中，讲述了在一次化学泄露造成"空中毒雾事件"后，美国一所大学中希特勒研究系的主任如何被迫直面自己死亡的故事。作品阴暗却又引人发笑，检视了消费主义、学术圈中知识分子的虚饰，以及媒体在社会中的支配地位。小说还触及了家庭中的凝聚力、信任与爱等主题，作者也将家庭形容为"世上一切误传的摇篮"。

《纽约三部曲》
（1985—1987年），保罗·奥斯特

保罗·奥斯特（Paul Auster）的作品《纽约三部曲》（The New York

Trilogy）曾引发巨大反响。这3部相互关联的小说分别为《玻璃城》（*City of Glass*）、《幽灵》（*Ghosts*）和《锁闭的房间》（*The Locked Room*）。作者在这部如同黑色电影一般的犯罪小说中，对身份、幻象以及荒谬等元素进行了描绘，还应用了后现代实验主义的写作手法。他嬉闹般地探究了作家与其写作主题之间的联系：在第一部小说中，主人公是一位创作侦探小说的作家，在被人误解为私谬侦探后陷入了纠纷之中；在第三部小说中，一个思路枯竭的作家一心想要找到一位消失了的著名小说家。这些人物沉浸于创作小说、信件、诗歌或报告中，逐渐与现实脱节。贯穿三部曲中的一个重要主题是人生中对于机遇与巧合的处理。

保罗·奥斯特

小说家、散文家、翻译家、诗人保罗·奥斯特的创作始终围绕着对自我、身份与含义的探究，他有时也会将自己写入书中。1947年，奥斯特出生在美国新泽西州的纽瓦克市。1970年，他为翻译当代法国文学而移居巴黎。4年后，奥斯特回到美国，继续从事翻译工作，同时也创作诗歌，并开始写作一系列存在主义神秘小说。这些作品后被收录于《纽约三部曲》之中。奥斯特也创作过不少戏剧作品，还亲自担任导演，将其中两部拍成了电影。

主要作品

1982年　《孤独及其所创造的》
1985—1987年　《纽约三部曲》
1990年　《机缘乐章》
2005年　《布鲁克林的荒唐事》

《撒旦诗篇》
（1988年），萨曼·鲁西迪

在这部极具争议性的作品中，一架飞往伦敦的喷气式飞机遭遇了恐怖袭击，其中的两位印度幸存者成为善良与邪恶的象征，经历了一段不可思议的蜕变。小说的题目"撒旦诗篇"指的是伊斯兰教经典《古兰经》中，那些能将代求祷告传递给异教神明的段落。伊朗的最高领袖向英裔印度作家萨曼·鲁西迪（详见302页）下达了法特瓦（伊斯兰律法的裁决令），因为他在这部作品中亵渎了穆罕默德——文中的一个人物便是以这位先知为原型塑造而成的。

《玩的就是心跳》
（1989年），王朔

中国作家王朔的作品中总是带有几分"流氓"腔调，他用北京方言展示自己对既定价值观的嘲讽与冷漠。他的代表作《玩的就是心跳》以一起谋杀案为线索，讽刺了城市生活的疏离。文中的叙事者是案件的首要嫌疑人——喜欢打牌、喝酒、玩女人的方言。除了这位"硬汉"主人公，书中还充满了各种各样的犯罪与形形色色的底层人物，令人轻易联想到硬汉派侦探小说。

《英国病人》
（1992年），迈克尔·翁达杰

出生在斯里兰卡的加拿大作家迈克尔·翁达杰（Michael Ondaatje）在其获得布克国际文学奖的小说《英国病人》（*The English Patient*）中，描绘了4个人物的人生是如何于1945年在一间意大利别墅中交织在一起的。一名空难幸存者受伤躺在楼上的房间里，一位护士、一个小偷和一个锡克教工兵则忙于照顾他。之后，叙事转回到过去，揭露了一桩发生在北非沙漠中的情事，也揭露了其他危险的秘密。身份被谎言与虚虚实实的真相所遮掩，战争与爱情则为人们带来了身体与情感上的创伤。

《德士古》
（1992年），帕特里克·夏莫瓦佐

马提尼克岛作家帕特里克·夏莫瓦佐（Patrick Chamoiseau）的著名小说《德士古》（*Texaco*）的题目，取自一个真实存在的城外贫民区，也来源于一家与其产业关联的石油公司。创建该社区的人（其父亲是一名获得自由的奴隶）向读者讲述了她的家族

> "人们无法认领或拥有一片沙漠，因为它是风带来的一片纱，从不为石头所停驻，拥有一百种不同的名字……"
> ——迈克尔·翁达杰《英国病人》

故事。故事开始于19世纪20年代早期，叙事者时不时会在其中插入她的日记、信件，还有笔记中的段落。故事的核心是殖民者与被殖民者之间的斗争，官方历史与口述故事之间的差异。这两点都反映在两种语言——法语与克里奥语的相互影响中。

当代文学　337

《塔尼欧斯巨岩》
（1993年），阿敏·马卢夫

以法语进行创作的黎巴嫩作家阿敏·马卢夫（Amin Maalouf）凭借小说《塔尼欧斯巨岩》（The Rock of Tanios）获得了法国龚古尔文学奖。这部作品以19世纪80年代末为背景，当时，黎巴嫩正深陷欧洲与奥斯曼帝国之间的冲突之中。小说讲述了一位谢赫（阿拉伯的酋长或首领）的私生子塔尼欧斯逃离故土，与他的养父一同躲避政治敌人的故事。很快，塔尼欧斯便卷入了一场规模更大的冲突之中，并出人意料地成了西方势力与中东势力之间的调解人。

《绿绿的草，流动的水》
（1993年），托马斯·金

美裔加拿大小说家、广播员托马斯·金（Thomas King）拥有一半切罗基（美洲原住民）血统，以随意而又口语化的散文记录美洲原住民的文化。小说《绿绿的草，流动的水》（Green Grass, Running Water）结构复杂，4条情节线中的每一条都以一个不同的创世神话为支撑。其中一条情节线聚焦的是美洲土著、基督教传统，以及文学作品中的人物（例如《鲁滨逊漂流记》中的鲁滨逊）。这部作品既有喜剧色彩，又颇具讽刺意味，探究了美洲原住民土地问题中的文化与政治侧面。

《故事选集》
（1996年），爱丽丝·门罗

加拿大作家爱丽丝·门罗创作了多部小说。其最杰出的文学成就体现在她所创作的短篇故事之中。这部

> 在郊狼的梦境中，没有什么是不可能发生的。
> ——托马斯·金《绿绿的草，流动的水》

收录了门罗8部作品的《故事选集》（Selected Stories）是其中的代表作。这些故事大多以安大略省西南部的休伦郡为背景，在结构上可谓精妙，穿梭于过去与未来之间。我们也能从中读到作者对道德暧昧与混乱关系，以及人类在不同年龄段对父母、子女、姻亲应尽的责任等问题的关注。

爱丽丝·门罗

爱丽丝·门罗擅长写作文笔细腻、引人入胜、蕴含丰富情感的故事。60年间，她进一步发展并完善了短篇故事的创作。1931年，门罗出生在加拿大安大略省，在西安大略大学攻读英语与新闻专业期间，她发表了自己的第一部作品。她的第一部短篇故事集《快乐影子之舞》在1968年面世，讲述了安大略小镇中女人们的生活。自那以后，门罗创作了许许

《无尽的玩笑》
（1997年），戴维·福斯特·华莱士

《无尽的玩笑》（Infinite Jest）是美国作家戴维·福斯特·华莱士（David Foster Wallace，2008年华莱士的自杀进一步巩固了他在读者心中神一般的地位）的代表作，饱含滑稽的幽默与超现实的事件。这部作品以不久后一段反乌托邦式的未来为背景，对成瘾、康复和美国梦等话题进行了探讨。小说层次丰富，不以时间顺序为线索，讲述了众多人物的故事，如波士顿一家中途之家（为出狱者及离院病人而设）中的住户、附近网球学校的学生，以及一群来自魁北克、坐在轮椅上的恐怖分子。文中讨论的"瘾"包括享乐成瘾、性瘾、民族主义之瘾以及毒瘾。

《我的名字叫红》
（1998年），奥尔罕·帕穆克

土耳其作家、诺贝尔奖获得者奥尔罕·帕穆克（Orhan Pamuk）凭借小说《我的名字叫红》（My Name

多多的小说与短篇故事，内容无所不包。她笔下的叙事既充满丰富的意象，同时又用抒情、零落而又强烈的笔触描绘普通人的复杂生活。门罗本人也成了这一文学风格的先驱者。

主要作品

1978年　《你认为你是谁？》
1996年　《故事选集》
1998年　《一个善良女人的爱》
2004年　《逃离》

裘帕·拉希莉

裘帕·拉希莉（Jhumpa Lahiri）的父亲多年前自印度移民至英国。1967年，拉希莉在伦敦出生。一家人在她两岁的时候搬到了美国，她将那里视为自己的家。高中毕业后，拉希莉进入波士顿大学，攻读多个学位，后在那里教授创意写作。她以自己笔下含蓄、辛辣的散文闻名，就自己作为第二代印度裔美国人的经历进行创作，其笔下的短篇故事和小说都颇受认可。

主要作品

1999年 《疾病解说者》
2003年 《同命人》
2008年 《不适之地》
2013年 《低地》

---

is Red）蜚声世界。这部作品围绕一桩16世纪细密画画家的高智商谋杀案展开，在其艺术性上展现出了后现代主义的意识：人物清楚地知道自己只是虚构的产物，书中也多次提及读者。作者会不时改变叙事角度，引入意想不到的叙事者，一些段落的叙事者甚至是一枚硬币，或是红色这一颜色。小说的主题包括艺术奉献、爱情，以及东西方之间的矛盾。

《疾病解说者》
（1999年），裘帕·拉希莉

《疾病解说者》（Interpreter of Maladies）是裘帕·拉希莉的第一部小说作品，最初遭到多家出版社的拒绝，却在之后赢得了普利策奖。《疾病解说者》中共收录了8个短篇故事，贯穿始终的主题便是第一代与第二代印度移民者在美国的生活经历。作者也对诸如失去、失望、几代移民之间的脱节，以及为印度（其中两篇故事发生的背景地）传统文化在西方世界中寻找合适位置的挣扎等主题进行了描写。在多个故事中，饮食作为人与人之间的纽带，在书中扮演着重要角色。

《奥斯特里茨》
（2001年），W. G. 泽巴尔德

德国作家W. G. 泽巴尔德（W. G. Sebald）的后半生在英格兰度过。他常以自己的母语进行创作，风格与构思却颇与国际接轨，《奥斯特里茨》（Austerlitz）在很大程度上反映了泽巴尔德的写作风格。这部作品通过回忆录、历史记载以及观察的方式，以阴郁的笔调描绘了失去、记忆与消亡等主题。小说的标题便是主人公的名字。他自小被送往英格兰与养父母同住，后来，他发现了身上的捷克血统，成了一名建筑历史学家，并开始探寻自己迷茫的过去。

> 我们童年的恐惧掩藏在一扇门后，若有一天那扇门突然打开，没有人知道我们的内心会发生怎样的变化。
> ——W. G. 泽尔巴德《奥斯特里茨》

《少年派的奇幻漂流》
（2001年），扬·马特尔

加拿大作家扬·马特尔（Yann Martel）在其备受赞誉的小说《少年派的奇幻漂流》（Life of Pi）中，记叙了一位十几岁的印度男孩（动物园管理员的儿子）在去往加拿大的途中遭遇船难漂流海上的故事。他坐在救生艇中，在太平洋上漂流了足足227天，陪在他身边的只有一只名叫理查德·帕克的孟加拉虎。慢慢地，男孩在逆境之中获得了智慧。他的经历（包括遭遇精神失常之人、盲人、狐獴和食人海藻等）令人们得以对精神性、宗教以及动物学加以反思。

《追风筝的人》
（2003年），卡勒德·胡赛尼

《追风筝的人》（The Kite Runner）是一个关于背叛、悔恨、罪恶、救赎与友谊的故事。1975年，在阿富汗，一个12岁的男孩打算在自己最好朋友的帮助下摘取放风筝比赛的冠军，然而，一起暴力事件彻底毁了那场比赛。1979年，当苏联入侵阿富汗时，他被迫逃往美国加利福尼亚州，最终却又回到了塔利班统治下的故土。卡勒德·胡赛尼（Khaled Hosseini）在听说阿富汗下令禁止放风筝后，受到启发，随即写下了这部半自传体小说。

《2666》
（2004年），罗贝托·波拉尼奥

《2666》（作者从未明确解释这一题目的含义）是智利作家罗贝托·

当代文学　**339**

波拉尼奥（Roberto Bolaño）的最后一部作品，也是一部未经修改、错综复杂的小说，讲述了一名神秘作家阿琴波尔迪的故事。作品中的部分内容以第二次世界大战的东线战场为背景，主要情节却都发生在墨西哥一座臭名昭著的小镇中。那里发生了一起连环杀人案，约有300名女性被杀害。波拉尼奥以一系列冗长的警方报告详细记叙了这起连环杀人案。之后，为奖励读者的耐心，作者又用生动的历史重构解答了小说的核心谜团。

> 我们用隐喻将自己迷失在表象之中，又像是在似是而非的海洋中涉水不前。
> ——罗贝托·波拉尼奥《2666》

《半轮黄日》
（2006年），奇玛曼达·恩戈齐·阿迪契

奇玛曼达·恩戈齐·阿迪契的代表作《半轮黄日》（Half of a Yellow Sun），记叙了尼日利亚内战（1967—1970年）时发生的事以及这场战争对3位主人公的影响，而作品标题的灵感则来源于比亚法拉共和国的国旗。小说中刻画的主题包括冲突的人道损失、政治与后殖民时期非洲人的身份认同，还有非洲与西方之间的关系。阿迪契在其作品中加入了女性主义色彩，质疑了西方新闻报道的道德、学术建制的作用，以及救灾援助的有效性。

《乌鸦奇才》
（2006年），恩古吉·瓦·提安哥

《乌鸦奇才》（Wizard of the Crow）以一个虚构的非洲独裁国家为背景，狂妄地讽刺了集权主义政治。作者恩古吉·瓦·提安哥（Ngugi wa Thiong'o）曾是肯尼亚的一名政治犯，刑满释放后移民至美国。小说夸张地演绎了一个腐败的政府。故事中，一名专制的统治者希望建立一座现代的巴别塔，并攀着这座塔进入天堂。在不同的反对声音（一个组织用塑料蛇制造了一场动乱）中，他看到了希望。作品受口述传统影响，充满了夸张的表现手法，同时也带有一丝丝低俗色彩。

《拉合尔茶馆的陌生人》
（2007年），莫欣·哈米德

《拉合尔茶馆的陌生人》（The Reluctant Fundamentalist）讲述的是巴基斯坦拉合尔一间茶馆中的独白。一名巴基斯坦人在经历了失败的爱情和"9·11"事件后，毅然放弃了薪资优厚的工作，从美国回到家中。小说讲述的便是他的感触。回到巴基斯坦后，他对美国资本主义的幻灭发展成了更为激进的观点。巴基斯坦作家莫欣·哈米德（Mohsin Hamid）在作品的一条情节线中，描绘了叙事者的女友无法自过去的恋情中解脱出来。这也成了美国始终难以抛却过去荣光的暗喻。

《我们需要新名字》
（2013年），诺维奥莉特·布拉瓦约

成长小说《我们需要新名字》（We Need New Names）最初以津巴布韦一座名为天堂的棚屋为背景，讲述了人们身处在暴力、贫穷、疾病与不公阴影之下的生活。身为叙事者的年轻女孩被送往美国中西部，与姑姑一同生活，而她却有了新的不满——美国梦的排他性。作者诺维奥莉特·布拉瓦约（Noviolet Bulawayo）在津巴布韦出生，也在那里长大。她在作品中刻画了主人公在津巴布韦时期童年友谊的忠诚与热情。这也是小说最大的闪光之处。

奇玛曼达·恩戈齐·阿迪契

1977年，奇玛曼达·恩戈齐·阿迪契出生在尼日利亚东南部，后在位于埃努古州的尼日利亚大学学习医学与药剂学。她的父亲是那里的统计学教授，她的母亲是第一位女性专科住院医师。毕业后，阿迪契前往美国攻读传播与政治科学，在耶鲁大学取得非洲研究的硕士学位。她创作过许多小说、短篇故事与诗歌作品，凭借《半轮黄日》获得2007年的橘子小说奖。如今，阿迪契往返于美国和尼日利亚两地，教授创意写作课程。

主要作品

2003年　《紫芙蓉》
2006年　《半轮黄日》
2013年　《美国佬》

术　语　表

美学 aesthetic
与美以及对美的鉴赏有关。作为名词，用来指代定义一场艺术运动的一整套原则与观点（如"古典美学"）。

唯美主义 Aestheticism
一场起源于19世纪英格兰的运动，主张"为艺术而艺术"，反对艺术应包含道德讯息与社会目的这一观点。该运动的先驱者包括剧作家奥斯卡·王尔德、艺术家詹姆斯·惠斯勒，以及诗人、艺术家但丁·加百利·罗塞蒂。

亚历山大诗体 alexandrine
一种包含12个音节（6个抑扬格）的诗行。

讽喻 allegory
一种艺术或文学形式，在大多数情况下，透过意象传达表层之下隐藏的信息。譬如，一则寓言可能表面上描绘的是农场上相互争吵的动物，但实际上是在讽刺国家腐败的政治领导者。

头韵 alliteration
一行诗文中相连或相近的几个词语以相同的辅音或音节开头，大多数情况下是为了达到某种诗性效果。

反传统主人公 antihero
一部作品中的主人公，有着与传统意义上（模范）主人公截然相反的道德准则。这或是因为他们生性胆怯，或是因为他们意欲作恶。

反小说 antinovel
一个由20世纪中期存在主义哲学家、作家让-保罗·萨特提出的术语，指代那些故意无视或颠覆传统创作形式的小说。反小说的出现是后现代主义文学发展过程中的一座里程碑，可能存在许多与元小说相近的特征。

民谣 ballad
一种受人喜爱的诗歌形式，常伴随着音乐讲述一段故事，自中世纪开始在欧洲广为流传，直到19世纪早期才逐渐衰落。

成长小说 Bildungsroman
讲述一位年轻主人公在逐渐成长、成熟的过程中的奋斗与情感教育经历。这一体裁起源于18世纪末的德国。许多成长小说带有半自传性质。

拜伦式主人公 Byronic hero
这样的主人公带有英国浪漫主义诗人拜伦勋爵身上为人所知的品质，包括对传统道德的反抗、激情、叛逆与蔑视，也可能具有自我毁灭倾向。

章 canto
源于意大利语中的"歌"，是长诗（尤其是史诗）中的一节，相当于小说或长篇非虚构文学作品中的一个章节。

武功歌 chansons de geste
11—13世纪史诗的一种，在其中加入了诸如查理曼大帝等历史人物的传奇故事，于宫廷中唱演或朗诵。人们常将其视为法国文学的源泉。该词来源于古法语，意为"英雄事迹之歌"。

经典 classic
在文学领域中，经典指代那些在人们看来具有永恒价值与研究意义的作品。

喜剧 comedy
诞生于古希腊的两种戏剧形式之一（另一种是悲剧），旨在引人发笑，同时具有讽刺意义。与悲剧相反，喜剧通常结局圆满，讲述的也是普通人平凡的生活。

奇思妙喻 conceit
一种构思精妙或出人意料的比喻，常常出现于伊丽莎白时期的诗歌之中，本体与喻体之间并无明显的相似性。英国诗人约翰·邓恩将分离的爱人比作圆规的两只脚，虽然相互分离，却仍然连接在一起。

对句 couplet
诗歌中相邻的两行诗句，通常互相押韵。当对句出现在一首诗的结尾处时（例如在莎士比亚的十四行诗中），它们便可以充当诗中情感或信息的总结。

戏剧 drama
意在于舞台之上表演给观众欣赏的作品，起源于公元前6世纪—公元前5世纪的雅典。最初，戏剧的体裁主要包括悲剧与喜剧。该词来源于古希腊语，意为"表演"。

反乌托邦 dystopia
乌托邦的反面：一种（通常出现于小说之中）对未来的想象。在反乌托邦中，社会受极权主义国家支配，或已经因为环境问题、疾病或战争而全然瓦解。反乌托邦中的生活通常是恐惧而又艰难的。

史诗 epic poem
一种叙事长诗，详细记叙历史上或传说中英雄的冒险。史诗是世界上最古老的文学作品，很可能源于口述传统。

书信体小说 epistolary novel
一种流行于18世纪欧洲文学领域的小说。在该类作品中，作者完全依靠人物写下的书信或其他文稿进行叙事。

存在主义 Existentialism
一种于19世纪末出现在欧洲的哲学理论，聚焦个人生活在世界中的体验，以及个人能动性与责任感的重要性。存在主义文学通常包含焦虑、寂寞和人物在面对无意义世界时的偏执等元素。

寓言 fable
一种传递道德讯息的简单故事，通常包含动物角色和虚构元素。

童话故事 fairy tale
包含民间故事中奇幻人物与奇妙事件的短篇故事。以存在魔法、不受时间影响的世界为背景，情节通常发生在乡村。

虚构文学 fiction
一部全然来源于作者想象的作品，包含编造的叙事与假想的人物。虚构作品可能是完全虚幻的，也可能是植根于现实之中的。从广义上看，虚构文学这一体裁包含了小说与故事。

民俗 folklore
千百年来，以口述形式传承下来的传统价值观、传说以及文化风俗。

民间故事 folktale
以口述形式代代相传的流行或传统故事，也是童话故事的另一种说法。

框架叙事 frame narrative
通常以故事主线的叙事者为载体，在表层叙事中引入其中所包含的故事，也就是内层叙事。框架为作品构建起背景与结构，有时也会在其中插入不同的故事，例如薄伽丘的《十日谈》与乔叟的《坎特伯雷故事集》。

体裁 genre
一种文学（或艺术、音乐）的风格或是分类，例如悲剧、喜剧、历史剧、间谍小说、科幻小说、浪漫小说或犯罪小说。

哥特式 Gothic
18世纪末、19世纪初起源于英格兰和德国的文学体裁，探索想象力的极限。哥特式小说通常包含阴郁恐怖的场景（例如城堡、遗迹或墓地）、超自然生物（例如幽灵与吸血鬼），以及一种神秘而又恐怖的氛围。

俳句 haiku
一种日本诗体，由3行诗句构成，分别包含3个、7个、5个音节，通常以自然世界为主题进行创作。该体裁在17—19世纪蓬勃发展，并于20世纪在西方文学界大受欢迎。

硬汉派侦探小说 hard-boiled detective fiction
一种城市犯罪小说，起源于20世纪20年代美国低俗杂志中的侦探故事。主人公通常是一位傲慢的私家侦探，其中的元素包含暴徒、妓女、枪支、性爱、暴力，以及快速而又口语化的对白。

哈莱姆文艺复兴 Harlem Renaissance
美国黑人文学（还有艺术与音乐）的繁荣，最早出现在20世纪20年代纽约哈莱姆地区全新的中产阶级黑人群体之中。这一时期自1918年开始，一直持续至20世纪30年代，促进了美国黑人文化身份的建立。

人文主义 humanism
文艺复兴时期，人们重新开始关注古希腊与古罗马的经典思想，人文主义便是一场起源于此的思想运动。如今，人文主义是一个更为世俗、更为理性的思想体系，关注的是人，而非神。

传说 legend
一种与历史事件、人物或地点相关联的传统故事，在可能的现实范围内进行叙事（而不是像神话那样加入超自然元素），尽管事件发生的具体时间或细节可能已无迹可寻。

魔幻现实主义 magic realism
文学领域中一种后现代主义风格的艺术表达形式，在传统的现实主义叙事中加入离奇或超自然的元素，迫使读者重新评估周遭虚构之物的真实情况。

元小说 metafiction
一类后现代主义作品，以写作技巧（例如将作家描绘为小说中的人物，或是刻画那些能够意识到自己身处故事之中的人物）令读者意识到虚构作品的人为属性，使人们注意到虚构作品与现实生活之间的关系。

比喻 metaphor
一种修辞手法，通过将某物与其他物品画等号来赋予其更深一层的意义。

格律 metre
诗歌领域中作品的韵律，由一行诗文中的"音部"（重音节）所决定。

现代主义 Modernism
文学领域中的一场文学运动，自19世纪末持续至20世纪。现代主义打破了传统的创作形式，以追求全新心理真实层次的实验性手法，拓宽了诗歌与小说的创作界限，意识流便是其中的代表。

主旨 motif
一个反复出现在作品之中的主题，可能会起到反映并巩固作品中其他主题或中心思想的作用。

神话 myth
记载着存在于人类历史之外的诸神或超人类生物，用以解释某一民族或文化中的习俗、礼仪与信仰。通常会与传奇故事相提并论，却与之有所差别。

叙事 narrative
对一系列相互关联的、或虚构或真实的事件的叙述。

叙事声音 narrative voice
作者将叙事传递给读者的方式，例如通过第一人称或全知叙事者。

自然主义 Naturalism
一场在现实主义基础上更进一步的文学运动，试图以精准的细节重现人类的行为。自然主义也试图展现环境与社会压力是如何塑造人（尤其是穷人）的，人们常批判它过分强调人类的悲苦。自然主义起源于19世纪中期的法国，最能体现其特质的大约是爱弥尔·左拉的小说。

新古典主义 neoclassicism
新古典主义痴迷于古希腊与古罗马经典中的理想，在启蒙运动时期（1650—1800年）的欧洲艺术领域极为盛行。在文学领域，新古典主义在法国得到了最大的发展，莫里哀的喜剧与让·拉辛的悲剧都遵从古典主义中的三一律。在英国，新古典主义的代表人物包括诗人亚历山大·蒲柏与讽刺作家乔纳森·斯威夫特。

新新闻主义 New Journalism
一种非虚构作品，借用虚构文学中的艺术手法，以达到最强的文学效果，令事件更为戏剧化，而不是一味坚持叙述新闻中的客观事实。新新闻主义的代表人物包括亨特·S.汤普森、杜鲁门·卡波特、诺曼·梅勒与琼·迪迪恩。该体裁得名于美国作家汤姆·沃尔夫发表于1973年的著作。

非虚构文学 non-fiction
一种完全不掺加想象元素的散文作品，依据事实或真实事件进行创作（与虚构文学相反）。

小说 novel
一种连贯的散文虚构作品，通常长几百页，包含人物与情节。自16世纪开始，小说这一文学形式逐渐得到发展。

中篇小说 novella
一种短于小说、长于短篇故事的散文虚构作品。中篇小说与短篇故事相似，情节紧凑，但是它能够传达的主题却几乎同小说一样广泛。

社会风俗小说 novel of manners
一种文学风格，透过描绘中上层阶级的家庭生活，检视社会中的价值观与矛盾（常带有讽刺意味），文学现实主义是其中的关键元素。在18世纪末哥特式小说与浪漫主义盛行的时候，社会风俗小说应运而生。

颂歌 ode
写给某个人、地或物的抒情诗（通常是为了对其加以赞美），大多数情况下是押韵的。颂歌起源于古希腊，伴随音乐一同表演。

滑稽模仿作品 parody
一种文学作品，通过带有幽默或讽刺性的手法对目标加以模仿，并夸大其效力最低的元素。

拟人化谬误 pathetic fallacy
最早由维多利亚时期评论家约翰·拉斯金于1856年提出。这种文学写作手法将人类的情感寄托在自然或环境之中，如此一来，自然便能够投射出人物的内心状态。

流浪汉小说 picaresque novel
一种片段式的散文叙事形式，主人公通常是一个声名狼藉却惹人喜爱的人。该词来源于西班牙语pícaro，意为"流氓"或"无赖"。

情节 plot
一部文学作品中的故事主体或是关键事件的顺序与关联。

诗歌 poetry
浓缩式的文学表达，旨在比散文更能引发读者的共鸣。诗歌使用一系列写作手法，例如押头韵、押尾韵、比喻以及韵律等，以取得期待的效果。诗歌分为很多种，包括史诗、抒情诗、十四行诗，以及近年来刚刚出现、结构较为松散的自由诗。

后殖民主义文学 postcolonial literature
文学尤其是小说的一个分支，于20世纪中期出现在那些曾经沦为殖民地的国家中。该类作品主要探讨殖民行为的影响，检视压迫与自由、文化身份认同，以及民族大移居等问题。

后现代主义 postmodernism
一场兴起于第二次世界大战后的文学运动，建立在现代主义时期的文学实验之上。尽管后现代主义作品的写作手法不一，但这类作品常以滑稽模仿、集锦，以及将高雅与低俗艺术中的元素混合在一起等手段，嘲讽从前的创作传统。后现代主义作家使用元小说的写作技巧，使读者意识到作品的人为属性。

散文 prose
书面语或口语的日常自然形式，与诗歌结构精致、富有韵律的形式形成对比。

主人公 protagonist
故事或叙事中的主要人物，作品中事件的受事者。

现实主义 realism
精确地刻画普通人的日常生活。通常指代的是19世纪法国作家（尤其是居斯塔夫·福楼拜的小说）采用的写作手法，强调关键性事实与社会洞察，以对浪漫主义文学的情绪化本质做出回应。

押韵 rhyme
在两个或更多的词语中重复相同的音节；这种现象出现在诗句的结尾处时，便会呈现出独特的效果。诗人使用这一手法，以达成不同的目的（例如加深含义、润色诗句，或单纯为了听上去顺耳）。

韵律 rhyme scheme
一首诗歌押韵的方式。一些类别的诗歌有严格的韵律要求，例如三行体、莎士比亚的十四行诗，以及济慈的颂诗。

影射小说 roman à clef
真实的人物与事件会以虚构的形式出现在该类作品之中，在法语中则意为"带钥匙的小说"。

传奇/浪漫故事 romance
出现于16—18世纪，指代那些包含非凡冒险或奇幻元素的虚构作品。在当代作品中，指的是在叙事与情节中聚焦浪漫爱情的文学体裁。

浪漫主义 Romanticism
起源于18世纪末，在欧洲盛行的一场文学运动。该运动中的作家反对启蒙运动中倡导的客观理性，只从自己的角度出发进行创作。理性与节制被灵感与主观所取代。浪漫主义中的主题包含激烈的情感经历以及自然的壮丽之美。

萨迦 saga
一种起源于中世纪冰岛或挪威的叙事作品，主要以古诺尔斯语写就，描绘冰岛的建立（家族萨迦）、挪威的王室（国王萨迦），以及传奇或英勇的事迹（古代萨迦）。尽管萨迦以散文形式呈现，但与史诗有许多相似之处。

讽刺文学 satire
诞生于古希腊的喜剧作品之中，以反语、挖苦、嘲笑与才思揭露或攻击人类的失败与堕落，常带有激励改革的意图。

科幻小说 science fiction
该类作品从当下的科学水平出发，探索那些仍因技术问题而不可能实现的情形及其成真的可能性，或是描绘建立在科学猜测基础上的奇思妙想，例如在地球或其他星球上以完全不同的方式成长起来的社会。

奴隶叙事 slave narrative
那些出自逃奴或是自由奴隶之口的纪实性叙事。这类作品必然十分少见，因为奴隶没有接受教育的权利。反奴隶制运动的领导者对这类作品加以利用，令更多人看到奴隶的困境，以促进欧洲奴隶买卖的终结以及北美洲奴隶制的废除。

独白 soliloquy
一种戏剧手段，令人物大声说出自己的内心想法，以便将自己的情感直接与观众分享。

十四行诗 sonnet
一种起源于中世纪意大利的诗歌类型，每一诗节包含十四个诗行，音节数固定，遵从特定的韵律。两种最为常见的十四行诗是彼得拉克（或意大利）诗体与莎士比亚（或英国）诗体。

推理小说 speculative fiction
最早作为科幻的近义词，由美国科幻小说作家罗伯特·A.海因莱因于1947年提出。如今，推理小说指代的是范围更为宽泛的体裁，透过科幻、恐怖、奇幻、神秘与其他体裁（或多种体裁相结合），探讨"如果……又会怎样"的问题。

意识流 stream of consciousness
现代主义作家使用的一种实验性写作技巧，试图刻画人物当下的思想、感情与认知，通常不是正式完整的句子，而是混乱且没头没尾的。意识流的主要人物包括詹姆斯·乔伊斯、弗吉尼亚·伍尔芙与威廉·福克纳。

狂飙突进运动 Sturm und Drang
一场起始于18世纪末的德国文学运动，推翻了启蒙运动时期的创作传统，纵情于极端的个性、暴力与激情表达。年轻的约翰·沃尔夫冈·冯·歌德与弗里德里希·冯·席勒是其中的两位先驱人物。

三行体 terza rima
一种诗歌形式，采用三行一节的格式以及相互关联的韵律，使一节中的第一行与第三行相互押韵，第二行则与下一节中的第一行和第三行押韵。意大利诗人阿利盖利·但丁尽管不是这一诗体的创造者，却将其成功发展了起来。

悲剧 tragedy
诞生于古希腊的两种戏剧形式之一（另一种是喜剧），在该类作品中，事件的发展逐渐驶向毁灭性的结局，其中的人物（往往因为其身上的悲剧性缺点）也会经历绝望的痛苦，跌入谷底。

悲剧性缺点 tragic flaw
在古希腊悲剧中，悲剧性缺点是主人公性格中最终导致其毁灭的元素。

超验主义 Transcendentalism
一场发源于19世纪美国的文学运动，其拥护者看到了大自然神圣的美与善，并试图以文字将其描绘出来。最著名的超验主义作家包括亨利·戴维·梭罗与拉尔夫·沃尔多·爱默生。

抒情诗人 troubadour
中世纪在欧洲宫廷中创作并演唱诗歌的吟游诗人。他们通常是出身贵族家庭的艺术家，吟唱宫廷爱情，而非血腥或英勇的事迹。

法国北部抒情诗人 trouvères
游走在法国北部的史诗创作者，大约出现在11—14世纪。

三一律 unities
新古典主义戏剧的3条指导性规则，遵循的是亚里士多德对古希腊戏剧的评论。这3条规则分别是行动一致（一个单一的情节或故事线）、时间一致（发生在同一天），以及地点一致（发生在同一地点）。

乌托邦 utopia
一个建立在理论之上的完美社会。在这样的社会之中，所有人都能和谐共存。乌托邦得名于英国人文主义者、政治家托马斯·莫尔爵士创作于1516年的著作。

方言 vernacular
某个特定国家使用的语言；人们日常使用的口语化语言，与正式的文学语言形成对比。

维多利亚时期文学 Victorianliterature
创作于维多利亚女王统治时期（1837—1901年）的英国文学，通常包含篇幅冗长且颇具野心的小说作品，刻画社会中方方面面的典型人事，往往也含有道德教育意义。该领域中的代表作家有查尔斯·狄更斯、乔治·艾略特与威廉·梅克比斯·萨克雷。

魏玛古典主义 Weimar Classicism
一场开始于18世纪80年代，终结于1805年的德国文学运动，因德国城市魏玛而得名。这里是约翰·沃尔夫冈·冯·歌德与弗里德里希·冯·席勒两位代表人物的文学阵地。他们对古希腊经典戏剧与诗歌的结构加以利用，创作出具备美学平衡与和谐的作品。

世界文学 world literature
指代那些发展出自己的读者群，且具备超越原文化、原语言影响力的文学作品。

原著索引

Numbers in **bold** refer to main entries.

38th parallel **330**
2666 (Bolaño) **339**

A

Abe, Kōbō, *The Woman in the Dunes* 263
Abu al-Alahijah 44
Abu Nuwas 44
Achebe, Chinua **269**
  Things Fall Apart 248, **266–69**
Acker, Kathy 313
Adichie, Chimamanda Ngozi **339**
  Half of a Yellow Sun 266, **339**
  Purple Hibiscus 269, 339
The Adventures of Caleb Williams (Godwin) 166
The Adventures of Huckleberry Finn (Twain) 145, 157, **188–89**, 270
The Adventures of Pinocchio (Collodi) 168
Aeneid (Virgil) 19, **40–41**, 62
Aeschylus 18, 37, **54**
  Oresteia **54–55**
Aestheticism 157, **194**
The Aesthetics of Resistance (Weiss) **333**
"The Afternoon of a Faun" (Mallarmé) 165
Against Nature (Huysmans) 194
"The Agony" (Herbert) 91
Ah Cheng, *Romances of the Landscape* 310
Al-Mu'allaqat 44
Alas, Leopolda, *La Regenta* **201**
The Alchemist (Jonson) 75
Alcott, Louisa May, *Little Women* 169, **199**
Alencar, José de, *The Guarani* **164**
Alfonso X **57**
  Cantigas de Santa Maria 57
Alice's Adventures in Wonderland (Carroll) 156, **168–71**
allegorical satire 295, **320–21**
Allende, Isabel, *The House of The Spirits* 302, **334**
Almayer's Folly (Conrad) 197
Amadis of Gaul (Montalvo) **102–03**
American black humour **276**
American Psycho (Ellis) 261, 270, **313**
American voices **188–89**
Amis, Kingsley, *Lucky Jim* 318
Amis, Martin 331
Andersen, Hans Christian, *Fairy Tales* 45, **151**, 169
Angelou, Maya 307
  I Know Why the Caged Bird Sings 259, **291**
Anglo-Saxon literature 19, **42–43**, 48, 219
Animal Farm (Orwell) **245**, 248, 252, 253, 320
Anna Karenina (Tolstoy) 149, 178, **200**
Annals (Ennius) 40
Annie Allen (Brooks) 259
antinovel 249, **274–75**
Antony and Cleopatra (Shakespeare) 87, 89
Apuleius, *The Golden Ass* 40, **56**
Ariel (Plath) 276
Ariosto, Ludovico, *Orlando Furioso* 63
Aristophanes 90
  The Clouds 36
  Wasps **55**
  Wealth 39
Aristotle, *Poetics* **39**, 90
The Armies of the Night (Mailer) **291**
Ars Amatoria (Art of Love) (Ovid) 57
Arthurian chivalric romance 19, **50–51**
As You Like It (Shakespeare) 85, 88, 89
Asbjørnsen, Peter Christen, *Norwegian Folktales* 116
Asturias, Miguel Angel
  Men of Maize 282
  Mr President 282
At Swim-Two-Birds (O'Brien) 274
Atwood, Margaret 14, **327**
  The Blind Assassin 271, 295, **326–27**
  The Edible Woman 327
  The Handmaid's Tale 252, 327, **335**
Auden, W H 117
  Collected Poetry 277
Auschwitz, literature after **258**
Austen, Jane 14, 90, **119**, 131, 317
  Pride and Prejudice 12, 108, **118–19**
Auster, Paul **336**
  The New York Trilogy 298, **336**
Austerlitz (Sebald) **338**
Australian writing **311**
The Awakening (Chopin) **203**

B

Ba Jin, *The Family* 222
Bâ, Mariama, *So Long a Letter* **334**
Baif, Jean Antoine de, *Mimes, Lessons, and Proverbs* 74
Baihua literature **222**
Baldwin, James, *Go Tell It on the Mountain* 259, 306
Ballard, J G **332**
  Crash 313, **332**
  Empire of the Sun 332

"The Ballad of the Brown Girl" (Cullen) 235
Balzac, Honoré de **151**
  The Black Sheep **152**
  The Chouans 122, 151
  La Comédie humaine 156, 160
  Old Goriot **151**
banned books 243, **260–61**, 322
Bao Town (Wang) 310
Barcas trilogy (Vicente) **103**
Barrett Browning, Elizabeth 131
Barrie, J M, *Peter Pan* 169
Bartleby & Co. (Villa-Matas) 274
Bartleby, the Scrivener (Melville) 140
Bashar ibn Burd 44
Bashō, Matsuo, *The Narrow Road to the Interior* 61, **92**
Baudelaire, Charles 157
  Les Fleurs du mal **165**
Beat Generation 243, 248, 249, **264–65**, 288
The Beautiful and Damned (Fitzgerald) 230
Beckett, Samuel, *Waiting for Godot* 210, 248, **262**
Bel Ami (Maupassant) 160
The Bell Jar (Plath) 185, 256, **290**
Beloved (Morrison) 145, 294, **306–09**
Ben Jelloun, Tahar, *The Sand Child* 223
Beowulf 14, 19, **42–43**
Berlin Alexanderplatz (Döblin) 207, **234**
"Bernice Bobs Her Hair" (Fitzgerald) 230
Bhagavad Gita (Vyasa) 24, **25**
The Big Sleep (Chandler) 207, **236–37**
Bildungsroman 128, 206–07, **224–27**
The Black Sheep (Balzac) **152**
Blake, William **105**
  Songs of Innocence and Experience **105**, 110
Bleak House (Dickens) 109, 134, **146–49**, 166, 195, 208
Bleeding Edge (Pynchon) 296, 331
The Blind Assassin (Atwood) 271, 295, **326–27**
Blindness (Saramago) 295, **320–21**
The Bloody Chamber (Carter) 116, **333**
The Bluest Eye (Morrison) 307, 309
Boccaccio, Giovanni 14, 71
  The Decameron 60, 68, 72, **102**
Bolaño, Roberto, *2666* **339**
The Bonfire of the Vanities (Wolfe) 149
Book of Changes 18, **21**
The Book of Disquiet (Pessoa) 216, **244**
Book of Odes (*Shijing*) 46
The Book of Songs (Heine) 111

Borges, Jorge Luis **245**
  A Universal History of Infamy 302
  Ficciones **245**, 282, 298, 299
  "Pierre Menard, Author of the *Quixote*" 81
Bradbury, Ray, *Fahrenheit 451* 252, **287**
Brave New World (Huxley) **243**, 252, 261
Brecht, Bertolt, *Mother Courage and Her Children* 238, **244–45**
Bright Lights, Big City (McInerney) 313
Brink, André, *A Dry White Season* **333–34**
Broch, Hermann, *The Sleepwalkers* 234
The Broken Commandment (Shimazaki) 209
Brontë, Charlotte **129**
  Jane Eyre 109, 118, **128–31**, 137
  Villette 128
Brontë, Emily 131, **134**
  Wuthering Heights 69, 109, 128, 132, **134–37**, 192, 271
Bronze Age **20**
Brooke, Rupert, "The Dead" 212
Brooks, Gwendolyn, *Annie Allen* 259
The Brothers Karamazov (Dostoyevsky) 149, 178, **200–01**, 210
Brown, Dan, *The Da Vinci Code* 261
Buddenbrooks (Mann) 194, 227
Bukowski, Charles 313
  Ham on Rye 256
Bulawayo, NoViolet, *We Need New Names* **339**
Bulgakov, Mikhail, *The Master and Margarita* **290–91**
Bunyan, John, *The Pilgrim's Progress* 330
Burgess, Anthony, *A Clockwork Orange* 252, 270, **289**
Burroughs, William S 265, 313
  Naked Lunch 260, 264
Buson, Yosa 92
The Butcher Boy (McCabe) 313
Butler, Octavia E, *Kindred* 126
Byatt, A S, *Possession: A Romance* 318
Byron, Lord 120, 124, 185
  Don Juan 110

C

Cain, James M
  Double Indemnity 236
  The Postman Always Rings Twice 236
The Cairo Trilogy (Mahfouz) 223
Calderón de la Barca, Pedro, *Life is a Dream* 78
Call to Arms (Lu) 207, **222**

原著索引

The Call of the Wild (London) **240**
Calvino, Italo 295, **299**
    The Castle of Crossed Destinies 274
    If on a Winter's Night a Traveller 69, 294, **298–99**
Camões, Luís de, *The Lusiads* 62, **103**
campus novel **318**
Camus, Albert 177, 211
    The Outsider 211, **245**, 262
Candide (Voltaire) 61, **96–97**, 260
Cane (Toomer) 235
cantar de gesta poetry 48
Cantar de Mio Cid **56–57**
The Canterbury Tales (Chaucer) 60, **68–71**
Cantigas de Santa María (Alfonso X) **57**
Cantos (Pound) 213
Cao Xueqin, *Dream of the Red Chamber* 66
Capote, Truman **279**, 319
    In Cold Blood 249, 273, **278–79**
The Caretaker (Pinter) 262
Carey, Peter
    Oscar and Lucinda **311**
    The True History of the Kelly Gang 311
Caribbean writing 294, **312**
Carpentaria (Wright) 311
Carpentier, Alejo 302
    The Kingdom of this World 312
Carroll, Lewis **171**
    Alice's Adventures in Wonderland 156, **168–71**
Carter, Angela **333**
    The Bloody Chamber 116, **333**
    Nights at the Circus 302
The Castle (Kafka) 211
The Castle of Crossed Destinies (Calvino) 274
The Castle of Otranto (Walpole) 120
Castle Rackrent (Edgeworth) 122
Cat on a Hot Tin Roof (Williams) 272
Catch-22 (Heller) 249, **276**
The Catcher in the Rye (Salinger) 248, **256–57**, 271, 328
Celan, Paul, *Poppy and Memory* 238, **258**
Céline, Louis-Ferdinand, *Journey to the End of The Night* 243
"Cendrillon" (Perrault) 117
Cervantes, Miguel de 14, **78**
    Don Quixote 51, 61, 67, **76–81**, 274, 298, 320
Césaire, Aimé 196
    Return to My Native Land 312
Chamoiseau, Patrick, *Texaco* **336–37**
Chandler, Raymond **236**
    The Big Sleep 207, **236–37**
Chansons de geste **48**, 50, 52
Charlie and the Chocolate Factory (Dahl) 171
Chateaubriand, Francois-René, *René* **150**
Chaucer, Geoffrey 14, 57, **71**, 219
    The Canterbury Tales 60, **68–71**
    Troilus and Criseyde 69

Chekhov, Anton **203**
    Uncle Vanya **203**
Children's and Household Tales (Grimm) 45, 108, **116–17**, 168–69
China's four great classical novels 61, **66–67**
Chopin, Kate, *The Awakening* **203**
The Chouans (Balzac) 122, 151
Chrétien de Troyes 48, **50**
    Lancelot, the Knight of the Cart 19, **50–51**
Christie, Agatha 207
    The Mysterious Affair at Styles 208
Chūshingura (Imuzo, Sosuke, and Shoraku) 93
Civil Rights Movement 235, **259**, 272, 273, 295, 306, 309
Clarissa (Richardson) 100, **104**
classical Arabic literature **44–45**
classical Greek drama 18–19, **34–39**
Claude's Confession (Zola) 191
Clelia (Scudéry) 185
A Clockwork Orange (Burgess) 252, 270, **289**
Cloud Atlas (Mitchell) 69
The Clouds (Aristophanes) 36
Coetzee, J M **323**
    Disgrace 295, **322–23**
Coleridge, Samuel Taylor
    Lyrical Ballads 108, **110**
    The Rime of the Ancient Mariner 144
Collected Poetry (Auden) 277
Collins, Suzanne, *The Hunger Games* 320
Collins, Wilkie **198**, 207
    The Moonstone 146, 149, **198–99**, 208, 271
Collodi, Carlo, *The Adventures of Pinocchio* 168
colonial literature 157, **196–97**, 248
The Color Purple (Walker) 306
The Comedy of Errors (Shakespeare) 88, 89
comedy of manners 13, 61, **90**
Conan Doyle, Sir Arthur 69, 157, 207
    The Hound of the Baskervilles 206, **208**
    The Lost World 184
    Sherlock Holmes stories 149
A Confederação dos Tamoios (Magalhães) 164
A Confederacy of Dunces (Toole) 272
Confucianism 18, **21**
Conrad, Joseph **197**
    Almayer's Folly 197
    Heart of Darkness 157, **196–97**, 267, 271
    Lord Jim **203**
    Nostromo **240**
contemporary African-American literature 294, 295, **306–09**
Conversation in the Cathedral (Vargas Llosa) 282

Cooper, James Fenimore 109
    The Last of the Mohicans 122, **150**
    "Leatherstocking Tales" 122, 150, 188
    The Pioneers 122, 188
Corneille, Pierre 61
    Le Cid **103**
    Psyché 90
The Corrections (Franzen) 182, 295, **328–29**, 331
Cortázar, Julio, *Hopscotch* 249, **274–75**, 282
The Count of Monte Cristo (Dumas) 146, **152–53**
The Counterfeiters (Gide) **242**
The Country of the Pointed Firs (Jewett) 188
Crane, Stephen 191
    The Red Badge of Courage 190, **202**
Crash (Ballard) 313, **332**
Crime and Punishment (Dostoyevsky) 14, 156, **172–77**, 178
Crow (Hughes) **291**
Cry, the Beloved Country (Paton) **286**, 322
The Crying of Lot 49 (Pynchon) 276, **290**, 296
Cullen, Countee, "The Ballad of the Brown Girl" 235

D

The Da Vinci Code (Brown) 261
"Daffodils" (Wordsworth) 192
Dahl, Roald, *Charlie and the Chocolate Factory* 171
d'Alembert, Rond, *Encyclopédie* 61, 96
A Dance of the Forests (Soyinka) 266
Dance of the Happy Shades (Munro) 337
The Dancing Girl (Ōgais) 209
Daniel Deronda (Eliot) **200**
Dante Alighieri **65**, 71
    The Divine Comedy 41, 60, **62–65**, 312
Danticat, Edwidge, *The Farming of Bones* 306
Dao De Jing (Laozi) **54**
A Dark Night's Passing (Naoya) 209
Dark Romanticism **140–45**, 152
Darwin, Charles, *On the Origin of Species* 156, 190
David Copperfield (Dickens) 94, **153**, 225, 226
Davies, Robertson, *Fifth Business* 326
The Day of the Locust (West) 276
"The Dead" (Brooke) 212
Dead Souls (Gogol) **152**
The Death of Artemio Cruz (Fuentes) 282, **290**
Death of a Naturalist (Heaney) **277**
Death in Venice (Mann) 194, 207, 224–25, **240**
The Decameron (Boccaccio) 60, 68, 72, **102**

Defoe, Daniel 14, **94**, 156
    Robinson Crusoe 61, **94–95**, 196
DeLillo, Don 328, **335**
    Falling Man 331
    Underworld 296, 335
    White Noise **335–36**
Demirkan, Renan, *Schwarzer Tee mit drei Stuck Zucker* 324
Desai, Kiran, *The Inheritance of Loss* 314, 317
detective fiction 207, **208**
The Devil to Pay in the Backlands (Guimarães Rosa) **288**
Dhu al-Rummah 44
Diamond Sutra 19
The Diary of a Superfluous Man (Turgenev) 124
Dias, Gonçalves, *I-Juca-Pirama* 164
Díaz, Junot, *Drown* 306
Dickens, Charles 135–36, 137, **147**, 157, 166, 168, 182, 185
    A Tale of Two Cities **198**
    Bleak House 109, 134, **146–49**, 166, 195, 208
    David Copperfield 94, **153**, 225, 226
    Great Expectations **198**
    Little Dorrit 109, 166
    Martin Chuzzlewit 186
    The Old Curiosity Shop 146
    Oliver Twist 134, **151**
    Our Mutual Friend 166
    The Pickwick Papers 146, 147
Dickinson, Emily 125, 131, 213
A Dictionary of Maqiao (Han) 310
Diderot, Denis
    Encyclopédie 61, 96
    Jacques the Fatalist 96, **105**
Digenis Akritas **56**
"Digging" (Heaney) 277
The Discomfort Zone (Franzen) 329
Discourse on the Arts and Sciences (Rousseau) 98
Disgrace (Coetzee) 295, **322–23**
Disraeli, Benjamin, *Sybil* 166
The Divine Comedy (Dante) 41, 60, **62–65**, 312
Döblin, Alfred, *Berlin Alexanderplatz* 207, **234**
Doctor Faustus (Marlowe) 60, **75**
Doctor Zhivago (Pasternak) **288**
A Doll's House (Ibsen) **200**
Don Juan (Byron) 110
Don Quixote (Cervantes) 51, 61, 67, **76–81**, 274, 298, 320
Doña Barbara (Gallegos) **242**
Donne, John, "A Nocturnal Upon St Lucy's Day" 91
Dos Passos, John, *U.S.A.* trilogy 230
Dostoyevsky, Fyodor **174**, 211
    The Brothers Karamazov 149, 178, **200–01**, 210
    Crime and Punishment 14, 156, **172–77**, 178
    The Idiot **199**
Double Indemnity (Cain) 236
Douglass, Frederick **127**
    Narrative of the Life of Frederick Douglass 109, **126–27**

Dracula (Stoker) 157, **195**
Dream of the Red Chamber (Cao) 66
"The Dream of the Rood" 42
Dream Story (Schnitzler) 194
Dreiser, Theodore 191
　Sister Carrie **203**
Drown (Díaz) 306
A Dry White Season (Brink) **333–34**
Du Fu 19, **46**
Dubliners (Joyce) 216
The Duchess of Malfi (Webster) 75
Dujardin, Édouard, *Les Lauriers sont coupés* 216
"Dulce et Decorum Est" (Owen) 206, **212**
Dumas, Alexandre **123**
　The Count of Monte Cristo 146, **152–53**
　The Three Musketeers 109, **122–23**
Duras, Marguerite, *The Lover* **335**
dysfunction in the modern family 295, **328–29**
dystopian literature **250–55**

E

Early Gothic **120–21**
Eça de Queirós **202**
　The Maias **202**
Eddur 52
Edgeworth, Maria, *Castle Rackrent* 122
The Edible Woman (Atwood) 327
Effi Briest (Fontane) **202**
Egyptian Book of the Dead 20, **54**
Ekwensi, Cyprian, *People of the City* 266
El Cantar de mio Cid 48
Eliot, George 109, **183**
　Daniel Deronda **200**
　Middlemarch 130–31, 156, 174, **182–83**
　The Mill on the Floss 128
Eliot, T S 65
　"The Love Song of J. Alfred Prufrock" 213
　The Waste Land 192, 206, **213**, 216, 230, 232
Ellis, Bret Easton, *American Psycho* 261, 270, **313**
Ellison, Ralph 249
　Invisible Man 145, **259**, 306, 309
Emerson, Ralph Waldo 13, 108–09, 125
Empire of the Sun (Ballard) 332
Enamels and Cameos (Gautier) 165
encyclopedic novel **296–97**
Encyclopédie (d'Alembert/Diderot) 61, 96
The English Patient (Ondaatje) **336**
English Romantic poets **110**
Enheduanna 20
Ennius, Quintus, *Annals* 40
The Epic of Gilgamesh 13, 18, **20**, 28
epistolary novel 15, **100–01**, 104, 105, 174
Ethan Frome (Wharton) **240**

Eugene Onegin (Pushkin) 109, **124**
Eugenides, Jeffrey, *The Virgin Suicides* 328
Euripides 18, 37
　Medea **55**
Evenings on a Farm near the Dikanka (Gogol) 178
Exeter Book 42
existentialism **210–11**
Extremely Loud and Incredibly Close (Safran Foer) 295, **331**

F

Fables (La Fontaine) 90
The Faerie Queene (Spenser) 63, **103**
Fahrenheit 451 (Bradbury) 252, **287**
Fairy Tales (Andersen) 45, **151**, 169
Falling Man (DeLillo) 331
The Family (Ba) 222
The Famished Road (Okri) 269
Far From the Madding Crowd (Hardy) 190, **200**
The Farming of Bones (Danticat) 306
Faulkner, William **243**
　The Sound and the Fury 188, 216, **242–43**, 271
Faust (Goethe) 98, 108, 109, **112–15**
Fear and Loathing in Las Vegas (Thompson) **332**
Fernando de Rojas, *La Celestina* 78
Ficciones (Borges) **245**, 282, 298, 299
fictional autobiography **94–95**
Fielding, Henry 61, 81, 156
　Tom Jones 94, **104**, 182
Fifth Business (Davies) 326
Fight Club (Palahniuk) 313
Findley, Timothy, *The Last of the Crazy People* 326
Finnegans Wake (Joyce) 206, 216
Fires on the Plain (Ōoka) 263
First Folio (Shakespeare) 14, 61, **82–89**
Fitzgerald, F Scott **230**, 256, 319
　The Beautiful and Damned 230
　"Bernice Bobs Her Hair" 230
　The Great Gatsby 145, 207, **228–33**
　Tender is the Night 233
　This Side of Paradise 230
Five Classics 18, **21**
Five Weeks in a Balloon (Verne) 184
Flaubert, Gustave 14, **160**
　Madame Bovary 81, 146, 156, **158–63**, 190
　Sentimental Education 163, **199**, 225
　The Temptation of Saint Anthony 161
folklore collections **116–17**
Fontane, Theodore, *Effi Briest* **202**
Forster, E M, *A Passage to India* 196, **241–42**
The Fountainhead (Rand) **245**
Fowles, John, *The French Lieutenant's Woman* **291**
Frame, Janet, *The Lagoon and Other Stories* 286

frame narrative 23, **68–71**, 102, 203
Frankenstein (Shelley) 108, **120–21**, 184, 192
Franz Sternbald's Wanderings (Tieck) 224
Franzen, Jonathan **329**
　The Corrections 182, 295, **328–29**, 331
　The Discomfort Zone 329
The French Lieutenant's Woman (Fowles) **291**
French neoclassicism **90**, 103–04
French realism 156, **158–63**
French Symbolists **165**
Fuentes, Carlos, *The Death of Artemio Cruz* 282, **290**
Fujiwara no Shunzei, *Senzaishū (Collection of a Thousand Years)* 47
Fuller, Margaret 125
Futon (Katai) 209

G

Gaddis, William, *The Recognitions* 328
Galgut, Damon, *The Good Doctor* 322
Galland, Antoine 45
Gallegos, Rómulo, *Doña Barbara* **242**
Gao Xingjian 310
García Márquez, Gabriel 15, **284**, 287
　The General in His Labyrinth 122
　Love in the Time of Cholera **335**
　One Hundred Years of Solitude 249, **280–85**, 302
Garcilaso Inca de la Vega 78, 164
Gargantua and Pantagruel (Rabelais) 60, 61, **72–73**, 260
Gaskell, Elizabeth **153**
　Mary Barton 153, 166
　North and South 153
The Gaucho Martín Fierro (Hernandez) **199**
Gautier, Théophile, *Enamels and Cameos* 165
The General in His Labyrinth (García Márquez) 122
Genet, Jean, *Les Nègres* 262
Geneva Bible 84
German Romanticism 99, **111**, 115
Germinal (Zola) 157, 163, 166, **190–91**
Ghosh, Amitav, *The Glass Palace* 314, 317
Gibran, Khalil, *The Prophet* **223**
Gibson, William, *Neuromancer* **334–35**
Gide, André, *The Counterfeiters* **242**
Gilbert, Sandra M, *The Madwoman in the Attic* 131
Gilman, Charlotte Perkins, "The Yellow Wallpaper" 128, **131**
Ginsberg, Allen 265
　Howl and Other Poems 248, 261, 264, **288**

Gissing, George, *New Grub Street* 190
The Glass Bead Game (Hesse) 234
The Glass Palace (Ghosh) 314, 317
Glenarvon (Lamb) 185
Go (Holmes) 264
Go Set a Watchman (Lee) 273
Go Tell It on the Mountain (Baldwin) 259, 306
The God of Small Things (Roy) 314, 317
Godwin, William, *The Adventures of Caleb Williams* 166
Goethe, Johann Wolfgang von 99, **115**, 183
　Faust 98, 108, 109, **112–15**
　The Sorrows of Young Werther 98, **105**, 256
　Wilhelm Meister's Apprenticeship 224–25
Gogol, Nikolai **152**
　Dead Souls **152**
　Evenings on a Farm near the Dikanka 178
Golden Age of Latin literature **40–41**
The Golden Ass (Apuleius) 40, **56**
The Goldfinch (Tartt) 328
Golding, William **287**
　Lord of the Flies **287**
Goldsmith, Oliver 90
The Good Doctor (Galgut) 322
Goodbye, Columbus (Roth) 276
Goodison, Lorna, *To Us, All Flowers Are Roses: Poems* 312
Gordimer, Nadine 322
　July's People 261
The Grapes of Wrath (Steinbeck) 188, 189, **244**
Grass, Günter **271**
　The Tin Drum 249, **270–71**, 302
Gravity's Rainbow (Pynchon) 294, 295, **296–97**
Great American Novel **145**
Great Expectations (Dickens) **198**
The Great Gatsby (Fitzgerald) 145, 207, **228–33**
Greek epic **26–33**
Green Grass, Running Water (King) **337**
Green Henry (Keller) 224
Grimm, Jacob and Wilhelm **117**
　Children's and Household Tales 45, 108, **116–17**, 168–69
The Groves of Academe (McCarthy) 318
The Guarani (Alencar) **164**
Gubar, Susan, *The Madwoman in the Attic* 131
The Guest (Hwang) 295, **330**
Guillaume de Lorris, *Romance of the Rose* **57**
Guilleragues, Gabriel-Joseph de, *Letters of a Portuguese Nun* 100
Guimarães Rosa, João, *The Devil to Pay in the Backlands* **288**
Gulliver's Travels (Swift) 61, 94, 95, **104**, 270, 321
Gustavus Vassa, the African 126

原著索引 **347**

H

Habila, Helon, *Waiting for an Angel* 266
haiku and haibun **92**, 209
Haley, Alex 307
  Roots 306, **333**
Half of a Yellow Sun (Adichie) 266, **339**
Ham on Rye (Bukowski) 256
Hamid, Mohsin, *The Reluctant Fundamentalist* 331, **339**
Hamlet (Shakespeare) 85, 87, **88**, 144, 174, 221
Hammett, Dashiell
  The Maltese Falcon 236
  Red Harvest 236
Hamsun, Knut, *Hunger* **202**
Han Shaogong, *A Dictionary of Maqiao* 310
The Handmaid's Tale (Atwood) 252, 327, **335**
hard-boiled detective fiction 207, **236–37**, 336
Hardy, Thomas **193**
  Far From the Madding Crowd 190, **200**
  Jude the Obscure **202**
  Tess of the d'Urbervilles 157, **192–93**
Harlem Renaissance **235**
Harmonium (Stevens) 213
Harry Potter (Rowling) **170**, 261
The Hawk in the Rain (Hughes) 277
Hawthorne, Nathaniel 141
  The House of the Seven Gables 140
  The Scarlet Letter 140, **153**
Heaney, Seamus
  Death of a Naturalist **277**
  "Digging" 277
Heart of Darkness (Conrad) 157, **196–97**, 267, 271
The Heart Is a Lonely Hunter (McCullers) 272
The Heart of Redness (Mda) 322
The Heartless (Yi) **241**
Heian court, Japan 19, **47**
Heidi (Spyri) 169
Heine, Heinrich, *The Book of Songs* 111
Heller, Joseph, *Catch-22* 249, **276**
Hemingway, Ernest 188–89, **286**
  The Old Man and the Sea **287**
  The Sun Also Rises 186, 230, 264, 286
Henry IV (Shakespeare) 75, 88, 89
The Heptameron (Marguerite de Navarre) 68
Herbert, George, "The Agony" 91
Herder, Gottfried 112, 113
Hernandez, José, *The Gaucho Martín Fierro* **199**
A Hero of Our Time (Lermontov) 124, **151–52**
Herrick, Robert, *Hesperides* 91
Hesiod, *Theogony* 28, **54**

Hesperides (Herrick) 91
Hesse, Hermann
  The Glass Bead Game 234
  Siddhartha **241**
Hildebrandslied **56**
Hilsenrath, Edgar, *The Nazi and the Barber* 258
historical novel **122–23**
History (Morante) **332**
The Hobbit (Tolkien) 171, 287
Hoffmann, E T A 109
  Nachtstücke **111**, 120
  "The Sandman" 111, 120
Hölderlin, Friedrich, *Hyperion* 111
Holmes, John Clellon, *Go* 264
Holocaust **258**
Homer **28**
  Iliad 18, **26–33**, 41, 54, 62, 294, 312
  Odyssey 18, 28, 33, 41, **54**, 62, 220–21, 312
Hopscotch (Cortázar) 249, **274–75**, 282
Horace 28, 40, 74
Hosseini, Khaled, *The Kite Runner* **338**
The Hound of the Baskervilles (Conan Doyle) 206, **208**
A House For Mr Biswas (Naipaul) **289**
The House of Mirth (Wharton) 118
The House of the Seven Gables (Hawthorne) 140
The House of The Spirits (Allende) 302, **334**
Howl and Other Poems (Ginsberg) 248, 261, 264, **288**
Hughes, Langston, *The Ways of White Folks* 235
Hughes, Ted
  Crow **291**
  The Hawk in the Rain 277
Hughes, Thomas, *Tom Brown's School Days* 169
Hugo, Victor 122, 157, **167**, 181, 182
  Les Miserables 156, **166–67**, 182
The Human Stain (Roth) 318
Hunger (Hamsun) **202**
The Hunger Games (Collins) 320
Hurston, Zora Neale, *Their Eyes Were Watching God* 207, **235**
Hussein, Taha, *A Man of Letters* 223
Huxley, Aldous, *Brave New World* **243**, 252, 261
Huysmans, Joris-Karl, *Against Nature* 194
Hwang Sok-yong
  The Guest 295, **330**
  The Shadow of Arms 330
Hymns (Ronsard) 74
Hyperion (Hölderlin) 111

IJ

I Am a Cat (Sōseki) **209**
I Ching **21**
I Know Why the Caged Bird Sings (Angelou) 259, **291**

I-Juca-Pirama (Dias) 164
I-novel **209**
Ibsen, Henrik **200**
  A Doll's House **200**
Icelandic sagas 19, **52–53**
The Idiot (Dostoyevsky) **199**
If This is a Man (Levi) 258
If on a Winter's Night a Traveller (Calvino) 69, 294, **298–99**
Iliad (Homer) 18, **26–33**, 41, 54, 62, 294, 312
Imperial Chinese poetry **46**
Imuzo, Takedo, *Chūshingura* 93
"In the Apartments of Death" (Sachs) 258
In the Castle of My Skin (Lamming) 312
In Cold Blood (Capote) 249, 273, **278–79**
In the Miso Soup (Murakami) 319
In Search of Lost Time (Proust) 216, **240–41**
In the Skin of a Lion (Ondaatje) 324
Incidents in the Life of a Slave Girl (Jacobs) 126
Indian English writing 294, 295, **314–17**
Indianism/Indianismo **164**
Infinite Jest (Wallace) 296, **337**
The Inheritance of Loss (Desai) 314, 317
Interpreter of Maladies (Lahiri) **338**
invention of childhood **168–71**
Invisible Man (Ellison) 145, **259**, 306, 309
Ionesco, Eugène, *Rhinocéros* 262
Irving, Washington, *The Sketch Book* **150**
Islamic Golden Age 19, **44–45**
Issa, Kobayashi, *The Spring of My Life* 92
Ivanhoe (Scott) 122, **150**
Jacobethan theatre **75**
Jacobs, Harriet 109
  Incidents in the Life of a Slave Girl 126
Jacques the Fatalist (Diderot) 96, **105**
James, Henry 177, 183, **187**, 217
  The Portrait of a Lady 157, 174, **186–87**
  The Turn of the Screw **203**, 271
Jane Eyre (Brontë) 109, 118, **128–31**, 137
Jean de Meun, *Romance of the Rose* **57**
Jewett, Sarah Orne, *The Country of the Pointed Firs* 188
Jewish Holocaust **258**
Johannes von Tepl, *Ploughman of Bohemia* 72
Johnson, Samuel 91
Jonson, Ben 61, 84
  The Alchemist 75
  Works 84, 85–86
Journey to the Centre of the Earth (Verne) 184
Journey to the End of The Night (Céline) **243**

Journey to the West (Wu) 66
Joyce, James **216**
  Dubliners 216
  Finnegans Wake 206, 216
  A Portrait of the Artist as a Young Man 217, 225, **241**, 256
  Ulysses 206, **214–21**, 241, 260
Jude the Obscure (Hardy) **202**
Julie, or the New Heloise (Rousseau) 100
Julius Caesar (Shakespeare) 87, 88, 89
July's People (Gordimer) 261
The Jungle Book (Kipling) 157, 168, **202**
The Jungle (Sinclair) 166

K

Kabuki and Bunraku theatre **93**
Kafka, Franz **211**
  The Castle 211
  Letter to His father 211
  Metamorphosis 206, **210–11**, 234
  The Trial 211, **242**
Kafka on the Shore (Murakami) 302, 319
Kalevala (Lönnrot) 116, **151**
Kalidasa 19
Karlamagnús saga 48
Katai, Tayama, *Futon* 209
Kawabata, Yasunari, *Snow Country* **286**
Keats, John 256
  "Ode to a Nightingale" 110
Keller, Gottfried, *Green Henry* 224
Kemal, Yasar **288**
  Memed, My Hawk **288**
Keneally, Thomas, *Schindler's Ark* 311
Kerouac, Jack **265**
  On the Road 185, 248, **264–65**
Kesey, Ken, *One Flew Over the Cuckoo's Nest* 271, **289**
Kindred (Butler) 126
King Lear (Shakespeare) **88**, 144
King, Thomas, *Green Grass, Running Water* **337**
The Kingdom of this World (Carpentier) 312
Kingsley, Charles, *The Water Babies* 168
Kipling, Rudyard 196
  The Jungle Book 157, 168, **202**
Kitchen (Yashimoto) 319
The Kite Runner (Hosseini) **338**
Kivi, Aleksis, *Seven Brothers* **199**
Klinger, Friedrich Maximilian von, *Sturm und Drang* 98
Kokinshū poetry collection **47**
Konjaku monogatari 47
Kundera, Milan **334**
  The Unbearable Lightness of Being **334**
Kyd, Thomas, *The Spanish Tragedy* 75

L

La Celestina (Fernando de Rojas) 78
La Comédie humaine (Balzac) 156, 160
La Fayette, Madame de, *The Princess of Cleves* **104**
La Fontaine, Jean de, *Fables* 90
La Jalousie (Robbe-Grillet) **288–89**
La Regenta (Alas) **201**
Laclos, Pierre Choderlos de **101**
    Les Liaisons dangereuses 13, **100–01**
Lady Chatterley's Lover (Lawrence) 260
The Lagoon and Other Stories (Frame) **286**
Lahiri, Jhumpa 317, **338**
    Interpreter of Maladies **338**
Lamb, Lady Caroline, *Glenarvon* 185
Lamming, George, *In the Castle of My Skin* 312
Lancelot, the Knight of the Cart (Chrétien de Troyes) 19, **50–51**
Lancelot-Grail cycle (Vulgate Cycle) 50
The Land (Park) 330
Laozi, *Dao De Jing* **54**
Larkin, Philip, *Whitsun Weddings* 277
L'Assommoir (Zola) 166
The Last of the Crazy People (Findley) 326
The Last of the Mohicans (Cooper) 122, **150**
Latin American Boom **282–85**
Lawrence, D H **241**
    Lady Chatterley's Lover 260
    Sons and Lovers 192, **240**
Lazarillo de Tormes 78
Le Cid (Corneille) **103**
Le Morte d'Arthur (Malory) 50, 51, **102**
"Leatherstocking Tales" (Cooper) 122, 150, 188
Leaves of Grass (Whitman) 109, **125**
Lee, Harper **273**, 278
    Go Set a Watchman 273
    To Kill a Mockingbird 249, 271, **272–73**
Lermontov, Mikhail 108
    A Hero of Our Time 124, **151–52**
Leroux, Gaston, *The Phantom of the Opera* 195
Les Amours de Cassandre (Ronsard) **74**
Les Fleurs du mal (Baudelaire) **165**
Les Lauriers sont coupés (Dujardin) 216
Les Liaisons dangereuses (Laclos) 13, **100–01**
Les Misérables, (Hugo) 156, **166–67**, 182
Les Nègres (Genet) 262
Lessing, Gotthold Ephraim, *Nathan the Wise* 96
Letters Concerning the English Nation (Voltaire) 97

Letters of a Portuguese Nun (Guilleragues) 100
Levi, Primo, *If This is a Man* 258
Levy, Andrea, *Small Island* 324
Lewis, C S, *Narnia* series 171
Lewis, Matthew, *The Monk* 121
L'homme rapaillé (Miron) **332**
Li Bai 19, **46**
Life is a Dream (Calderón de la Barca) 78
The Life of Lazarillo de Tormes 78
Life of Pi (Martel) 270, **338**
Life A User's Manual (Perec) **333**
literature
    definition and literary canon 12–13
    global explosion 15
    story of 13–14
    vocabulary, expanded 15
Little Dorrit (Dickens) 109, 166
The Little Prince (Saint-Exupéry) 207, **238–39**
Little Women (Alcott) 169, **199**
Lolita (Nabokov) 186, 248, **260–61**, 270
London, Jack 191
    The Call of the Wild **240**
Lönnrot, Elias, *Kalevala* 116, **151**
Lope de Vega, *New Rules for Writing Plays at this Time* 78
Lord of the Flies (Golding) **287**
Lord Jim (Conrad) **203**
The Lord of the Rings (Tolkien) **287**
Lost Generation literature 207, **228–33**
The Lost World (Conan Doyle) 184
"The Love Song of J. Alfred Prufrock" (Eliot) 213
The Love Suicides at Sonezaki (Monzaemon) **93**
Love in the Time of Cholera (García Márquez) **335**
The Lover (Duras) **335**
Love's Labour's Lost (Shakespeare) 87, 88
Lu Xun
    Call to Arms 207, **222**
    Old Tales Retold 222
Lucky Jim (Amis) 318
Luo Guanzhong **66**
    Romance of the Three Kingdoms 60, **66–67**
The Lusiads (Camões) 62, **103**
lyric poetry **49**
Lyrical Ballads (Wordsworth/Coleridge) 108, **110**

M

Maalouf, Amin, *The Rock of Tanios* **337**
Mabinogion **56**, 116
Macbeth (Shakespeare) 85, 87, 88, 144
McCabe, Patrick, *The Butcher Boy* 313
McCarthy, Mary, *The Groves of Academe* 318

McCullers, Carson, *The Heart Is a Lonely Hunter* 272
McEwan, Ian 331
McInerney, Jay, *Bright Lights, Big City* 313
Madame Bovary (Flaubert) 81, 146, 156, **158–63**, 190
Madame de Treymes (Wharton) 186
The Madwoman in the Attic (Gilbert and Gubar) 131
Magalhães, Gonçalves de, *A Confederação dos Tamoios* 164
The Magic Mountain (Mann) 206–07, **224–27**
magic realism 15, 234, 294, 295, **302–05**
Mahabharata (Vyasa) 13, 18, **22–25**, 28
Mahfouz, Naguib, *The Cairo Trilogy* 223
The Maias (Eça de Queirós) **202**
Mailer, Norman **291**
    The Armies of the Night **291**
Mallarmé, Stéphane 157
    "The Afternoon of a Faun" 165
Malory, Sir Thomas, *Le Morte d'Arthur* 50, 51, **102**
The Maltese Falcon (Hammett) 236
A Man of Letters (Hussein) 223
The Man Without Qualities (Musil) 234, **243**
Mann, Thomas **227**
    Buddenbrooks 194, 227
    Death in Venice 194, 207, 224–25, **240**
    The Magic Mountain 206–07, **224–27**
Marguerite de Navarre, *The Heptameron* 68
Marlowe, Christopher 61, 89, 114
    Doctor Faustus 60, **75**
Martel, Yann, *Life of Pi* 270, **338**
Martin Chuzzlewit (Dickens) 186
Marvell, Andrew, *Miscellaneous Poems* **91**
Mary Barton (Gaskell) 153, 166
The Master and Margarita (Bulgakov) **290–91**
Maupassant, Guy de, *Bel Ami* 160
Mda, NoZakes, *The Heart of Redness* 322
Measure for Measure (Shakespeare) 87, 88
Medea (Euripides) **55**
Melville, Herman **140**
    Bartleby, the Scrivener 140
    Moby-Dick 109, **138–45**, 296
Memed, My Hawk (Kemal) **288**
Men of Maize (Asturias) 282
metafiction 295, **298–99**, 302–03
Metamorphoses (Ovid) 40, **55–56**, 84
Metamorphosis (Kafka) 206, **210–11**, 234
Metaphysical Poets **91**
Middlemarch (Eliot) 130–31, 156, 174, **182–83**
Midnight's Children (Rushdie) 227, 271, 294, **300–05**, 314, 315

A Midsummer Night's Dream (Shakespeare) 85, 87, **88–89**
The Mill on the Floss (Eliot) 128
Miller, Henry, *Tropic of Cancer* **243**, 260
Milton, John 61, **103**
    Paradise Lost 62, **103**, 144
Mimes, Lessons, and Proverbs (Baif) 74
Miron, Gaston, *L'homme rapaillé* **332**
The Misanthrope (Molière) **90**
Miscellaneous Poems (Marvell) **91**
Mishima, Yukio, *The Temple of the Golden Pavilion* **263**
Mitchell, David, *Cloud Atlas* 69
Mo Yan, *Red Sorghum* **310**
Moby-Dick (Melville) 109, **138–45**, 296
Modern Arabic voices **223**
Modernism 15, 69, 200, **206–07**, 224, 235
Modernist poetry **213**, 232
Moe, Jørgen, *Norwegian Folktales* 116
Molière 13, 61
    The Misanthrope **90**
    Psyché 90
The Monk (Lewis) 121
Montalvo, Garci Rodríguez de, *Amadis of Gaul* **102–03**
Montesquieu, *Persian Letters* 96
Monzaemon, Chikamatsu, *The Love Suicides at Sonezaki* **93**
The Moonstone (Collins) 146, 149, **198–99**, 208, 271
Morante, Elsa, *History* **332**
More, Thomas, *Utopia* 252
Morrison, Toni 295, **309**
    Beloved 145, 294, **306–09**
    The Bluest Eye 307, 309
    Song of Solomon 307, 309
    Sula 307
Moses Ascending (Selvon) 324
Mother Courage and Her Children (Brecht) 238, **244–45**
Mr President (Asturias) 282
Mrs Dalloway (Woolf) 182, 217, **242**
multiculturalism 294–95, **324–25**
Munro, Alice **337**
    Dance of the Happy Shades 337
    Selected Stories **337**
    Too Much Happiness 326
Murakami, Haruki
    Kafka on the Shore 302, 319
    Norwegian Wood 319
    The Wind-Up Bird Chronicle **319**
Murakami, Ryu, *In the Miso Soup* 319
Murasaki Shikibu, *The Tale of Genji* 19, **47**, 61, 174
The Murders in the Rue Morgue (Poe) 208
Musäus, Johann Karl August 116
Musil, Robert, *The Man Without Qualities* 234, **243**
My Name is Red (Pamuk) **338**
The Mysteries of Udolpho (Radcliffe) 120
The Mysterious Affair at Styles (Christie) 208

原著索引 **349**

NO

Nabokov, Vladimir **261**
  Lolita 186, 248, **260–61**, 270
Nachtstücke (Hoffmann) **111**, 120
Naevius, Gnaeus 40
Naipaul, V S 294
  A House For Mr Biswas **289**
Naked Lunch (Burroughs) 260, 264
Naoya, Shiga, *A Dark Night's Passing* 209
Narayan, R K 315
Narnia series (Lewis) 171
Narrative of the Life of Frederick Douglass (Douglass) 109, **126–27**
The Narrow Road to the Interior (Bashō) 61, **92**
Nathan the Wise (Lessing) 96
Native Son (Wright) 259
Naturalism **190–91**, 219
Nausea (Sartre) 210, **244**
The Nazi and the Barber (Hilsenrath) 258
Négritude literary movement 196
Negro literature **235**
Neuromancer (Gibson) **334–35**
New Grub Street (Gissing) 190
New Journalism **278–79**
New Rules for Writing Plays at this Time (Lope de Vega) 78
The New York Trilogy (Auster) 298, **336**
Ngugi wa Thiong'o, *Wizard of the Crow* **339**
Nibelungenlied **57**
Nietzsche, Friedrich, *Thus Spoke Zarathustra* 210
Nigerian voices **266–69**
Nights at the Circus (Carter) 302
Nineteen Eighty-Four (Orwell) 248, **250–55**, 261
Njal's Saga **52–53**
"A Nocturnal Upon St Lucy's Day" (Donne) 91
Nordic sagas **52–53**
North and South (Gaskell) **153**
Northup, Solomon 109
  Twelve Years a Slave 127
Norwegian Folktales (Asbjørnsen/Moe) 116
Norwegian Wood (Murakami) 319
Nostromo (Conrad) **240**
Notes from the Underground (Dostoyevsky) 219
novel of manners **118–19**
O'Brien, Flann, *At Swim-Two-Birds* 274
"Ode to a Nightingale" (Keats) 110
Odyssey (Homer) 18, 33, 38, 41, **54**, 62, 220–21, 312
Oedipus the King (Sophocles) **34–39**
Of Mice and Men (Steinbeck) **244**
Ōgais, Mori, *The Dancing Girl* 209
Okri, Ben, *The Famished Road* 269
The Old Curiosity Shop (Dickens) 146

Old English poetry **42–43**
Old French **48**, 51
Old Goriot (Balzac) **151**
The Old Man and the Sea (Hemingway) **287**
Old Tales Retold (Lu) 222
Oliver Twist (Dickens) 134, **151**
Omeros (Walcott) 294, **312**
omniscient narrator **182–83**
On the Origin of Species (Darwin) 156, 190
On the Road (Kerouac) 185, 248, **264–65**
Ondaatje, Michael
  The English Patient **336**
  In the Skin of a Lion 324
One Day in the Life of Ivan Denisovich (Solzhenitsyn) **289**
One Flew Over the Cuckoo's Nest (Kesey) 271, **289**
One Hundred Years of Solitude (García Márquez) 249, **280–85**, 302
One Thousand and One Nights 14, 19, **44–45**, 68
Ōoka, Shōhei, *Fires on the Plain* 263
Oresteia (Aeschylus) **54–55**
Orlando Furioso (Ariosto) 63
Orwell, George **252**
  Animal Farm **245**, 248, 252, 253, 320
  Nineteen Eighty-Four 248, **250–55**, 261
Oscar and Lucinda (Carey) **311**
Other Voices, Other Rooms (Capote) 279
Oulipo group 299, 333
Our Mutual Friend (Dickens) 166
The Outsider (Camus) 211, **245**, 262
Ovid 28, 71
  Ars Amatoria (Art of Love) 57
  Metamorphoses 40, **55–56**, 84
Owen, Wilfred
  "Dulce et Decorum Est" 206, **212**
  Poems 206, 207, **212**
"Ozymandias" (Shelley) 110

P

Palahniuk, Chuck, *Fight Club* 313
The Palm-Wine Drinkard (Tutuola) 266
Pamela (Richardson) 94, 100, 104, 118, 174, 217
Pamuk, Orhan, *My Name is Red* **338**
Paradise Lost (Milton) 62, **103**, 144
Park Kyong-ni, *The Land* 330
Paroles (Prévert) **286**
A Passage to India (Forster) 196, **241–42**
Pasternak, Boris, *Doctor Zhivago* **288**
pathetic fallacy **192–93**
Paton, Alan, *Cry, the Beloved Country* **286**, 322
Pedro Páramo (Rulfo) **287–88**
People of the City (Ekwensi) 266

Perdita (Scharper) 326
Perec, Georges, *Life A User's Manual* **333**
Perfume (Süskind) 227
Perrault, Charles
  "Cendrillon" 117
  Tales of Mother Goose 116
Persian Letters (Montesquieu) 96
Pessoa, Fernando, *The Book of Disquiet* 216, **244**
Peter Pan (Barrie) 169
Petrarch 72, 74
The Phantom of the Opera (Leroux) 195
Phèdre (Racine) 90, **103–04**
philosophes **96–97**
picaresque novel 78, 127
The Pickwick Papers (Dickens) 146, 147
The Picture of Dorian Gray (Wilde) 157, **194**, 195
"Pierre Menard, Author of the Quixote" (Borges) 81
The Pilgrim's Progress (Bunyan) 330
The Pillow Book (Sei Shōnagon) 19, 47, **56**
Pinter, Harold, *The Caretaker* 262
The Pioneers (Cooper) 122, 188
Plath, Sylvia
  Ariel 276
  The Bell Jar 185, 256, **290**
Playing for Thrills (Wang) **336**
The Pléiade **74**
Ploughman of Bohemia (Johannes von Tepl) 72
The Plum in the Golden Vase 66
Poe, Edgar Allan 109, 134, 141, 207, 327
  The Murders in the Rue Morgue 208
  "The Raven" 140
  Tales of the Grotesque and Arabesque 152
Poems (Owen) 206, 207, **212**
Poetics (Aristotle) **39**, 90
Poppy and Memory (Celan) 238, **258**
A Portrait of the Artist as a Young Man (Joyce) 217, 225, **241**, 256
The Portrait of a Lady (James) 157, 174, **186–87**
Possession: A Romance (Byatt) 318
post 9/11 America **331**
post-classical epic poetry **62–63**
post-war Japanese writing **263**
post-war poetry **277**
The Postman Always Rings Twice (Cain) 236
Pound, Ezra 206, 216, 230
  Cantos 213
The Prelude (Wordsworth) 168
Prévert, Jacques, *Paroles* **286**
Pride and Prejudice (Austen) 12, 108, **118–19**
The Prince of Homburg (von Kleist) 111
The Princess of Cleves (La Fayette) **104**
The Prophet (Gibran) 223

Prose Edda (Sturluson) 52
protest novel **259**
Proust, Marcel 217
  In Search of Lost Time 216, **240–41**
Psyché (Molière/Corneille/Quinault) 90
psychological realism **172–77**
Puranas (Hindu texts) 22
Purple Hibiscus (Adichie) 269, 339
Pushkin, Alexander 108
  Eugene Onegin 109, **124**
  Tales of Belkin 178
Pynchon, Thomas **296**
  Bleeding Edge 296, 331
  The Crying of Lot 49 276, **290**, 296
  Gravity's Rainbow 294, 295, **296–97**
  V. 296

QR

Qu Yuan, *Songs of Chu* 46, **55**
Quan Tangshi **46**
Quinault, Philippe
  Psyché 90
  The Rivals 90
Qur'an ("Recitation") 44
"Rabbit" series (Updike) 328
Rabelais, François **73**, 219
  Gargantua and Pantagruel 60, 61, **72–73**, 260
Racine, Jean 61
  Phèdre 90, **103–04**
Radcliffe, Ann, *The Mysteries of Udolpho* 120
The Radetzky March (Roth) 238
Radical Chic and Mau-Mauing the Flak Catchers (Wolfe) 278
Ramayana (Valmiki) 18, 22, 23, 25, **55**
Rand, Ayn, *The Fountainhead* **245**
"The Raven" (Poe) 140
"Recitation" (Qur'an) 44
The Recognitions (Gaddis) 328
The Red Badge of Courage (Crane) 190, **202**
The Red and the Black (Stendhal) **150–51**, 160, 174
Red Harvest (Hammett) 236
The Red Room (Strindberg) **185**
Red Sorghum (Mo) **310**
The Reluctant Fundamentalist (Hamid) 331, **339**
Renaissance humanism 14, **72–73**
René (Chateaubriand) **150**
Return to My Native Land (Césaire) 312
Rhinocéros (Ionesco) 262
Rhys, Jean, *Wide Sargasso Sea* 131, **290**
Richard III (Shakespeare) 87, 88, **89**
Richardson, John, *Wacousta* 326
Richardson, Samuel **104**
  Clarissa 100, **104**
  Pamela 94, 100, 104, 118, 174, 217
Rimbaud, Arthur, *A Season in Hell* 165, **199–200**

The Rime of the Ancient Mariner (Coleridge) 144
The Rivals (Quinault) 90
Rob Roy (Scott) 122
Robbe-Grillet, Alain, *La Jalousie* **288–89**
The Robbers (Schiller) 61, **98–99**
Robinson Crusoe (Defoe) 61, **94–95**, 196
The Rock of Tanios (Maalouf) **337**
roman à clef **185**
Roman literature **40–41**
Romance of the Rose (Guillaume de Lorris/Jean de Meun) **57**
Romance of the Three Kingdoms (Luo) 60, **66–67**
Romances of the Landscape (Ah Cheng) 310
Ronsard, Pierre de
  Hymns 74
  Les Amours de Cassandre **74**
  Sonnets for Hélène 74
Roots (Haley) 306, **333**
"roots-seeking" (*xungen*) movement **310**
Rossetti, Christina 131
Roth, Joseph, *The Radetzky March* 238
Roth, Philip 328
  Goodbye, Columbus 276
  The Human Stain 318
Rousseau, Jean-Jacques 96
  Discourse on the Arts and Sciences 98
  Émile 168
  Julie, or the New Heloise 100
Rowe, Nicholas, *Shakespeare's Complete Works* 84
Rowling, J K, *Harry Potter* series **170**, 261
Roy, Arundhati, *The God of Small Things* 314, 317
The Royal Game (Zweig) 238
Rulfo, Juan, *Pedro Páramo* **287–88**
Rushdie, Salman 294, **302**, 317, 325
  Midnight's Children 227, 271, 294, **300–05**, 314, 315
  The Satanic Verses 260, 261, 302, **336**
Ruskin, John 137, 171, 192
Russia's Golden Age **178–81**

S

Sachs, Nelly, "In the Apartments of Death" 258
Safran Foer, Jonathan, *Extremely Loud and Incredibly Close* 295, **331**
Saint-Exupéry, Antoine de **239**
  The Little Prince 207, **238–39**
Sakurajima (Umezaki) 263
Salinger, J D **257**
  The Catcher in the Rye 248, **256–57**, 271, 328
The Sand Child (Ben Jelloun) 223
"The Sandman" (Hoffmann) 111, 120
Sanskrit epics 18, 19, **22–25**

Saramago, José 287, 295, **321**
  Blindness 295, **320–21**
Sartre, Jean-Paul 177, 211, 249, 274
  Nausea 210, **244**
Sassoon, Siegfried 212
The Satanic Verses (Rushdie) 260, 261, 302, **336**
The Scarlet Letter (Hawthorne) 140, **153**
Scharper, Hilary, *Perdita* 326
Schiller, Friedrich **99**, 112, 113–14, 115
  The Robbers 61, **98–99**
  Wallenstein 112
Schindler's Ark (Keneally) 311
Schnitzler, Arthur, *Dream Story* 194
Schreiner, Olive, *The Story of an African Farm* **201**, 322
Schwarzer Tee mit drei Stuck Zucker (Demirkan) 324
scientific romance **184**
Scott, Sir Walter 53, 109, **150**, 162
  Ivanhoe 122, **150**
  Rob Roy 122
  Waverley 122, 150
Scudéry, Madeleine de, *Clelia* 185
A Season in Hell (Rimbaud) 165, **199–200**
Sebald, W G, *Austerlitz* **338**
"The Second Coming" (Yeats) 266
The Secret History (Tartt) **318**
Sei Shōnagon **56**
  The Pillow Book 19, 47, **56**
Selected Stories (Munro) **337**
Selvon, Sam, *Moses Ascending* 324
Senghor, L-S 196
Sentimental Education (Flaubert) 163, **199**, 225
Senzaishū (Collection of a Thousand Years) (Fujiwara) 47
serial novel **146–49**
Seth, Vikram 294, **315**
  A Suitable Boy 295, **314–17**
Seven Brothers (Kivi) **199**
The Shadow of Arms (Hwang) 330
Shakespeare, William **82–89**, 125
  A Midsummer Night's Dream 85, 87, **88–89**
  Antony and Cleopatra 87, 89
  As You Like It 85, 88, 89
  authorship debate 89
  The Comedy of Errors 88, 89
  First Folio 14, 61, **82–89**
  Hamlet 85, 87, **88**, 144, 174, 221
  Henry IV 75, 88, 89
  Julius Caesar 87, 88, 89
  King Lear **88**, 144
  Love's Labour's Lost 87, 88
  Macbeth 85, 87, 88, 144
  Measure for Measure 87, 88
  recurring motifs 88
  Richard III 87, 88, **89**
  The Tempest 84, 87, 88, 89, 196, 243
  Twelfth Night 84, 85, 87, 88, 89
Shelley, Mary **121**, 131
  Frankenstein 108, **120–21**, 184, 192
Shelley, Percy Bysshe 120, 121
  "Ozymandias" 110

Sheridan, Richard Brinsley 90
Sherlock Holmes stories (Doyle) 149
Shi Nai'an, *The Water Margin* 60, 66
shi tradition 46
Shika, Masaoka 92
Shimazaki, Tōson, *The Broken Commandment* 209
Shoraku, Miyoshi, *Chūshingura* 93
Shriver, Lionel, *We Need to Talk about Kevin* 328
Siddhartha (Hesse) **241**
Sinclair, Upton 191
  The Jungle 166
Sir Gawain and the Green Knight 71, **102**
Sister Carrie (Dreiser) **203**
The Sketch Book (Irving) **150**
Slaughterhouse-Five (Vonnegut) 276, **291**
slave narratives **126–27**
The Sleepwalkers (Broch) 234
Small Island (Levy) 324
Smith, Zadie **325**
  White Teeth 295, **324–25**
Snow Country (Kawabata) **286**
So Long a Letter (Bâ) **334**
social protest novel **166–67**
Solzhenitsyn, Aleksandr, *One Day in the Life of Ivan Denisovich* **289**
The Song of Roland (Turold) **49**
Song of Solomon (Morrison) 307, 309
Songs of Chu (Qu Yuan) 46, **55**
Songs of Innocence and Experience (Blake) **105**, 110
Songs without Words (Verlaine) 165
Sonnets for Hélène (Ronsard) 74
Sons and Lovers (Lawrence) 192, **240**
Sophocles 18, **36**
  Oedipus the King **34–39**
The Sorrows of Young Werther (Goethe) 98, **105**, 256
Sōseki, Natsume, *I Am a Cat* **209**
Sosuke, Namiki, *Chūshingura* 93
The Sound and the Fury (Faulkner) 188, 216, **242–43**, 271
South African literature 295, **322–23**
South Korea, 38th parallel **330**
Southern Gothic **272–73**
Southern Ontario Gothic **326–27**
Soyinka, Wole, *A Dance of the Forests* 266
Spain's Golden Century **78–81**
The Spanish Tragedy (Kyd) 75
Spenser, Edmund 61
  The Faerie Queene 63, **103**
The Spring of My Life (Issa) 92
Spyri, Johanna, *Heidi* 169
Stein, Gertrude 230
Steinbeck, John 12, **244**
  The Grapes of Wrath 188, 189, **244**
  Of Mice and Men **244**
Stendhal
  The Charterhouse of Parma 160
  The Red and the Black **150–51**, 160, 174
Sterne, Laurence 12
  Tristram Shandy 61, **104–05**, 221, 271, 298

Stevens, Wallace, *Harmonium* 213
Stevenson, Robert Louis **201**
  The Strange Case of Dr Jekyll and Mr Hyde 157, 195, **201–02**
  Treasure Island **201**
Stoker, Bram, *Dracula* 157, **195**
The Story of an African Farm (Schreiner) **201**, 322
The Story of Bayad and Riyad 44
Stowe, Harriet Beecher 15
  Uncle Tom's Cabin 145, **153**, 166, 188, 261
The Strange Case of Dr Jekyll and Mr Hyde (Stevenson) 157, 195, **201–02**
stream of consciousness 15, 105, 206, **216–21**, 282
Strindberg, August, *The Red Room* **185**
Sturlunga Saga 52
Sturluson, Snorri, *Prose Edda* 52
Sturm und Drang (Klinger) 98
Sturm und Drang movement 14, **98–99**, 105, 108, 113
A Suitable Boy (Seth) 295, **314–17**
Sula (Morrison) 307
The Sun Also Rises (Hemingway) 186, 230, 264, 286
superfluous man 108, **124**
Süskind, Patrick, *Perfume* 227
Swift, Jonathan, *Gulliver's Travels* 61, 94, 95, **104**, 270, 321
Swiss Family Robinson (Wyss) 168
Sybil (Disraeli) 166

T

The Tale of Genji (Murasaki) 19, **47**, 61, 174
The Tale of Igor's Campaign **57**
The Tale of the Lady Ochikubo 46
A Tale of Two Cities (Dickens) **198**
Tales of Belkin (Pushkin) 178
Tales of the Grotesque and Arabesque (Poe) **152**
Tales of Mother Goose (Perrault) 116
Talese, Gay 278
Tanpinar, Ahmet Hamdi, *The Time Regulation Institute* **289**
Tartt, Donna
  The Goldfinch 328
  The Secret History **318**
teenager, birth of the **256–57**
The Tempest (Shakespeare) 84, 87, 88, 89, 196, 243
The Temple of the Golden Pavilion (Mishima) **263**
The Temptation of Saint Anthony (Flaubert) 161
Tender is the Night (Fitzgerald) 233
Tess of the d'Urbervilles (Hardy) 157, **192–93**
Texaco (Chamoiseau) **336–37**
Thackeray, William Makepeace, *Vanity Fair* 118, **153**
Theatre of the Absurd **262**

Their Eyes Were Watching God (Hurston) 207, **235**
Theogony (Hesiod) 28, **54**
Thérèse Raquin (Zola) **198**
Things Fall Apart (Achebe) 248, **266–69**
This Side of Paradise (Fitzgerald) 230
Thomas of Britain, *Tristan* 50
Thompson, Hunter S, *Fear and Loathing in Las Vegas* **332**
Thoreau, Henry David 108–09
  Walden 125
Three Hundred Tang Poems (*Tang shisanbai shou*) 46
The Three Musketeers (Dumas) 109, **122–23**
Thus Spoke Zarathustra (Nietzsche) 210
Tibet (Zhaxi (Tashi) Dawa) 310
Tieck, Ludwig, *Franz Sternbald's Wanderings* 224
The Time of the Hero (Vargas Llosa) **290**
The Time Machine (Wells) 184
The Time Regulation Institute (Tanpinar) **289**
The Tin Drum (Grass) 249, **270–71**, 302
To Kill a Mockingbird (Lee) 249, 271, **272–73**
To the Lighthouse (Woolf) 216, 217
To Us, All Flowers Are Roses: Poems (Goodison) 312
Tolkien, J R R 43, 53
  The Hobbit 171, 287
  The Lord of the Rings **287**
Tolstoy, Leo **181**, 182
  Anna Karenina 149, 178, **200**
  War and Peace 109, 156, **178–81**, 182
Tom Brown's School Days (Hughes) 169
Tom Jones (Fielding) 94, **104**, 182
Too Much Happiness (Munro) 326
Toole, John Kennedy, *A Confederacy of Dunces* 272
Toomer, Jean, *Cane* 235
transatlantic fiction **186–87**
Transcendentalism 14, **125**, 140, 141
transgressive fiction **313**
Treasure Island (Stevenson) **201**
The Trial (Kafka) 211, **242**
Tristan (Thomas of Britain) 50
Tristram Shandy (Sterne) 61, **104–05**, 221, 271, 298
Troilus and Criseyde (Chaucer) 69
Trollope, Anthony, *The Way We Live Now* 186
Tropic of Cancer (Miller) **243**, 260
troubadours and minnesingers 19, **49**, 50–51
The True History of the Kelly Gang (Carey) 311
Turgenev, Ivan 108
  The Diary of a Superfluous Man 124
The Turn of the Screw (James) **203**, 271

Turold, *The Song of Roland* **49**
Tutuola, Amos, *The Palm-Wine Drinkard* 266
Twain, Mark 15, **189**
  The Adventures of Huckleberry Finn 145, 157, **188–89**, 270
Twelfth Night (Shakespeare) 84, 85, 87, 88, 89
Twelve Years a Slave (Northup) 127
Twenty Thousand Leagues Under the Sea (Verne) **184**

UV

Ulysses (Joyce) 206, **214–21**, 241, 260
Umezaki, Haruo, *Sakurajima* 263
The Unbearable Lightness of Being (Kundera) **334**
Uncle Tom's Cabin (Stowe) 145, **153**, 166, 188, 261
Uncle Vanya, (Chekhov) **203**
"Under the Linden Tree" (Walther) **49**
Underworld (DeLillo) 296, 335
A Universal History of Infamy (Borges) 302
universal (world) writing **319**
unreliable narrator **270–71**
Up From Slavery (Washington) 306
Updike, John, "Rabbit" series 328
Urban Gothic 157, **195**
U.S.A. trilogy (Dos Passos) 230
Utopia (More) 252
V. (Pynchon) 296
Valmiki **55**
  Ramayana 22, 23, 25, **55**
Vanity Fair (Thackeray) 118, **153**
Vargas Llosa, Mario
  Conversation in the Cathedral 282
  The Time of the Hero **290**
Vaughan, Henry, "The World" 91
Vedas 20, 22–23
Verlaine, Paul, *Songs without Words* 165
Verne, Jules 157
  Five Weeks in a Balloon 184
  Journey to the Centre of the Earth 184
  Twenty Thousand Leagues Under the Sea **184**
Vestiges of the Natural History of Creation 184
Vicente, Gil, *Barcas* trilogy **103**
Victorian feminism **128–31**
Victorian Gothic **134–37**
Villa-Matas, Enrique, *Bartleby & Co.* 274
Villette (Brontë) 128
Virgil 28, **40**, 64
  Aeneid 19, **40–41**, 62
The Virgin Suicides (Eugenides) 328
Voltaire **97**
  Candide 61, **96–97**, 260
  Letters Concerning the English Nation 97
Von Kleist, Heinrich, *The Prince of Homburg* 111

Vonnegut, Kurt, *Slaughterhouse-Five* 276, **291**
Voss (White) 311
Vulgate Cycle (Lancelot-Grail) 50
Vyasa
  Bhagavad Gita 24, **25**
  Mahabharata 13, 18, **22–25**, 28

W

Wacousta (Richardson) 326
Waiting for an Angel (Habila) 266
Waiting for Godot (Beckett) 210, 248, **262**
Walcott, Derek 294
  Omeros 294, **312**
Walden (Thoreau) 125
Waldere 42
Walker, Alice 307
  The Color Purple 306
Wallace, David Foster, *Infinite Jest* 296, **337**
Wallenstein, (Schiller) 112
Walpole, Horace, *The Castle of Otranto* 120
Walther von der Vogelweide, "Under the Linden Tree" **49**
Wang Anyi, *Bao Town* 310
Wang Shuo, *Playing for Thrills* **336**
Wang Wei 19, **46**
War and Peace (Tolstoy) 109, 156, **178–81**, 182
Washington, Booker T, *Up From Slavery* 306
Wasps (Aristophanes) **55**
The Waste Land (Eliot) 192, 206, **213**, 216, 230, 232
The Water Babies (Kingsley) 168
The Water Margin (Shi) 60, 66
Waverley (Scott) 122, 150
The Way We Live Now (Trollope) 186
The Ways of White Folks (Hughes) 235
We (Zamyatin) 252, 253
We Need New Names (Bulawayo) **339**
We Need to Talk about Kevin (Shriver) 328
Wealth (Aristophanes) 39
Webster, John, *The Duchess of Malfi* 75
Weimar Classicism 99, 108, 111, **112–15**
Weimar-era experimentalism 207, **234**
Weiss, Peter, *The Aesthetics of Resistance* **333**
The Well Cradle (Izutsu) (Zeami Motokiyo) **102**
Wells, H G, *The Time Machine* 184
Wen of Zhou, King 18, **21**
West, Nathanael, *The Day of the Locust* 276
Wharton, Edith 187
  Ethan Frome **240**
  The House of Mirth 118
  Madame de Treymes 186

White Noise (DeLillo) **335–36**
White, Patrick, *Voss* 311
White Teeth (Smith) 295, **324–25**
Whitman, Walt 108–09
  Leaves of Grass 109, **125**
Whitsun Weddings (Larkin) 277
Wide Sargasso Sea (Rhys) 131, **290**
Wieland, Christoph Martin 113
Wilde, Oscar 90
  The Picture of Dorian Gray 157, **194**, 195
Wilhelm Meister's Apprenticeship (Goethe) **224–25**
Williams, Tennessee, *Cat on a Hot Tin Roof* 272
The Wind-Up Bird Chronicle (Murakami) **319**
Wizard of the Crow (Ngugi wa Thiong'o) **339**
Wolfe, Tom
  Radical Chic and Mau-Mauing the Flak Catchers 278
  The Bonfire of the Vanities 149
Wollstonecraft, Mary 121
The Woman in the Dunes (Abe) 263
Woolf, Virginia 135, **242**
  Mrs Dalloway 182, 217, **242**
  To the Lighthouse 216, 217
Wordsworth, William
  "Daffodils" 192
  Lyrical Ballads 108, **110**
  The Prelude 168
Works (Jonson) 84, 85–86
"The World" (Vaughan) 91
World War I poets 206, 207, **212**
world (universal) writing **319**
Wright, Alexis, *Carpentaria* 311
Wright, Richard, *Native Son* 259
writers in exile **238–39**
Wu Cheng'en, *Journey to the West* 66
Wuthering Heights (Brontë) 69, 109, 128, 132, **134–37**, 192, 271
Wyss, Johann David, *Swiss Family Robinson* 168

XYZ

xungen ("roots-seeking") movement **310**
Yashimoto, Banana, *Kitchen* 319
Yeats, W B, "The Second Coming" 266
"The Yellow Wallpaper" (Gilman) 128, 131
Yi Kwang-su, *The Heartless* **241**
Zamyatin, Yevgeny, *We* 252, 253
Zeami Motokiyo, *The Well Cradle* (Izutsu) **102**
Zhaxi (Tashi) Dawa, *Tibet* 310
Zola, Émile **191**, 218–19
  Claude's Confession 191
  Germinal 157, 163, 166, **190–91**
  L'Assommoir 166
  Thérèse Raquin **198**
Zweig, Stefan, *The Royal Game* 238

致 谢

Dorling Kindersley would like to thank: Margaret McCormack for providing the index; Christopher Westhorp for proofreading the book; Alexandra Beeden, Sam Kennedy, and Georgina Palffy for editorial assistance; and Gadi Farfour and Phil Gamble for design assistance.

Quotations on page 212 are taken from *Wilfred Owen: The War Poems* (Chatto & Windus, 1994), edited by Jon Stallworthy.

Quotations on page 223 taken from *The Prophet* by Kahlil Gibran (Penguin Books, 2002) Introduction © Robin Waterfield, 1998.

PICTURE CREDITS

The publisher would like to thank the following for their kind permission to reproduce their photographs:

(Key: a-above; b-below; c-centre; l-left; r-right; t-top)

23 akg-images: Roland and Sabrina Michaud (br). **25 akg-images:** British Library (tl). **28 Alamy Images:** Peter Horree (bl). **29 Dreamstime.com:** Nikolai Sorokin (br). **30 Corbis:** Alfredo Dagli Orti/The Art Archive (tr). **32 Getty Images:** Universal History Archive/Contributor (b). **33 Alamy Images:** ACTIVE MUSEUM (tr). **36 Corbis:** (bl). **Dreamstime.com:** Emicristea (tl). **38 Getty Images:** De Agostini Picture Library (br). **39 Alamy Images:** epa european pressphoto agency b.v. (bl). **51 Alamy Images:** World History Archive (tl). **64 Corbis:** David Lees (bl). **65 Corbis:** Hulton-Deutsch/Hulton-Deutsch Collection (tr). **67 The Art Archive:** Ashmolean Museum (br). **69 The Bridgeman Art Library:** Private Collection/Bridgeman Images (tl). **70 Alamy Images:** Pictorial Press Ltd. (bl). **71 Corbis:** (tr). **73 Corbis:** Michael Nicholson (tr). **78 Corbis:** (bl). **81 Dreamstime.com:** Typhoonski (bl). **84 Corbis:** (bl). **85 Corbis:** Steven Vidler/Eurasia Press (tr). **87 Corbis:** Lebrecht Authors/Lebrecht Music & Arts (tl). **Alamy Images:** Lebrecht Music and Arts Photo Library (br). **88 Corbis:** John Springer Collection (br). **89 Alamy Images:** AF archive (tl). **97 Corbis:** The Art Archive (tr). **99 Corbis:** (bl). **101 Corbis:** Leemage (tr). **114 Corbis:** Robbie Jack (tl). **115 Topfoto:** The Granger Collection (bl). **Corbis:** Leemage (tr). **117 Getty Images:** DEA PICTURE LIBRARY (tr). **119 Corbis:** Hulton-Deutsch/Hulton-Deutsch Collection (tr). **121 Corbis:** (tr). **123 Corbis:** Hulton-Deutsch Collection (tr). **127 Corbis:** (bl). **129 Getty Images:** Stock Montage/Contributor (bl). **134 Getty Images:** Hulton Archive/Stringer (bl). **136 Alamy Images:** Daniel J. Rao (tl). **137 Corbis:** (tr). **140 Corbis:** (bl). **142 Corbis:** John Springer Collection (tl). **143 Corbis:** (br). **144 Alamy Images:** North Wind Picture Archives (tl). **145 Alamy Images:** United Archives GmbH (tl). **147 Corbis:** Chris Hellier (tr). **Alamy Images:** Classic Image (bc). **148 Corbis:** Geoffrey Clements (tl). **160 Corbis:** Hulton-Deutsch Collection (bl). **161 Corbis:** Leemage (tr). **162 Topfoto:** The Granger Collection (tr). **163 The Bridgeman Art Library:** Archives Charmet (br). **167 Corbis:** Hulton-Deutsch Collection (tr). **170 Corbis:** (tl). **Alamy Images:** ITAR-TASS Photo Agency (bl). **171 Getty Images:** Oscar G. Rejlander/Contributor (tr). **Corbis:** Derek Bayes/Lebrecht Music & Arts/Lebrecht Music & Arts (bc). **174 Corbis:** (bl). **175 Getty Images:** Imagno (tr). **176 Corbis:** David Scharf (tl). Hulton-Deutsch Collection (br). **180 Alamy Images:** Heritage Image Partnership Ltd. (tl). **181 Corbis:** Leemage (bl). **Alamy Images:** GL Archive (tr). **183 Corbis:** The Print Collector (bl). **187 Corbis:** (bl). **189 Corbis:** (tr). **191 Corbis:** Hulton-Deutsch Collection (tr). **193 Corbis:** (tr). **197 Corbis:** Hulton-Deutsch Collection (tr). **211 Corbis:** (tr). **216 Getty Images:** Culture Club/Contributor (bl). **217 Getty Images:** Apic/Contributor (tr). **219 Alamy Images:** Gabriela Insuratelu (tl). **220 Corbis:** Leemage (br). **225 akg-images:** ullstein bild (t). **227 akg-images:** (bc). **Corbis:** Hulton-Deutsch Collection (tr). **230 Corbis:** (bl). **231 Getty Images:** Paramount Pictures/Handout (tr). **239 Corbis:** Bettmann (tr). **252 Getty Images:** Hulton Archive/Stringer (bl). **255 Getty Images:** Heritage Images/Contributor (br). **257 Dreamstime.com:** Nicolarenna (tr). **Corbis:** Bettmann (tr). **261 Alamy Images:** Everett Collection Historical (bl). **265 Corbis:** Bettmann (bl). **CHARLES PLATIAU/Reuters (tr). 267 Alamy Images:** Eye Ubiquitous (tl). **268 Topfoto:** Charles Walker (bl). **269 Alamy Images:** ZUMA Press, Inc. (tr). **271 Corbis:** Marc Brasz (tr). **273 Getty Images:** Donald Uhrbrock/Contributor (bl). **274 Getty Images:** Keystone-France/Contributor (b). **275 Corbis:** Sophie Bassouls/Sygma (tr). **279 Corbis:** Hulton-Deutsch Collection (bl). **282 Corbis:** Karl-Heinz Eiferle/dpa (br). **284 Getty Images:** Philippe Le Tellier/Contributor (br). **285 Alamy Images:** Jan Sochor (tr). **297 Corbis:** Bettmann (br). **299 Corbis:** Sophie Bassouls/Sygma (tr). **302 Corbis:** Walter McBride (br). **303 Alamy Images:** Dinodia Photos (br). **304 Getty Images:** Dinodia Photos/Contributor (br). **305 Alamy Images:** FotoFlirt (br). **307 Corbis:** (tr). **309 Corbis:** Nigel Pavitt/JAI (bl). Colin McPherson (tr). **315 Corbis:** Destinations (bl). Eric Fougere/VIP Images (tr). **317 Corbis:** Jihan Abdalla/Blend Images (tl). **321 Alamy Images:** PPFC Collection (tr). **Corbis:** Sophie Bassouls/Sygma (bl). **323 Corbis:** James Andanson/Sygma (tr). **325 Corbis:** Colin McPherson (bl). **327 Corbis:** Rune Hellestad (tr). **329 Alamy Images:** dpa picture alliance (tr).

All other images © Dorling Kindersley. For more information see:

www.dkimages.com